10/27

Les Yeux foudroyés

Dean R. Koontz

Les yeux foudroyés

ROMAN

traduit de l'anglais
par Jacques Damy-Polanis
et Serge Quadruppani

Albin Michel

Édition originale américaine :

TWILIGHT EYES
© 1987 by Nkui, Inc.

Traduction française :

© Éditions Albin Michel S.A., 1989
22, rue Huyghens 75014 Paris

ISBN 2-226-03801-9

Ce livre est dédié à
Tim et Serena Powers
et
Jim et Viki Blaylock
parce qu'ils sont
des compagnons de travail
dans les vignes
et parce
qu'il semble approprié
qu'une histoire aussi étrange
soit dédiée à
des gens étranges.

Je m'étais dit que certains des ouvriers de la nature avaient fait les hommes, et ne les avaient pas bien faits, vu qu'ils imitaient si abominablement l'humanité.

SHAKESPEARE

*L'espoir est le pilier
qui soutient le monde
L'espoir est le rêve
d'un homme qui s'éveille.*

PLINE L'ANCIEN

Je suis du parti des impénitents qui affirment la valeur de la vie comme une fin en soi.

Olivier WENDELL HOLMES, Jr.

PREMIÈRE PARTIE

VISION CRÉPUSCULAIRE

l'encore triste musique de l'humanité...

William Wordsworth

L'humanité n'est pas toujours ce qui est beau. Certains des pires assassins sont beaux. L'humanité n'est pas toujours ce qui sonne joliment et flatte l'oreille, car n'importe quel aboyeur de foire peut charmer un serpent, mais certains aboyeurs ne sont pas des plus humains. Une personne fait preuve d'humanité quand elle est là si vous avez besoin d'elle, quand elle vous héberge, quand elle a une parole réconfortante venue du cœur, quand elle vous fait sentir que vous n'êtes pas seul, quand elle fait sienne votre lutte. Voilà ce qu'est l'humanité, si vous voulez le savoir. Et si nous en avions un peu plus en ce monde, nous pourrions peut-être nous sortir du sac d'embrouilles dans lequel nous sommes... ou tout au moins cesser de porter ce sac tout droit en Enfer, comme nous le faisons depuis si longtemps.

Un aboyeur de foire anonyme

1

La fête foraine

Ce fut cette année-là que notre président fut assassiné à Dallas. Ce fut la fin de l'innocence, la fin d'une certaine façon de penser et d'être, et certains se découragèrent, disant que c'était aussi la mort de l'espoir. Mais même si les feuilles d'automne ne laissent après leur chute que des branches squelettiques, le printemps rhabille les bois ; pour compenser la perte d'une grand-mère bien-aimée, son petit-enfant vient au monde plein de force et de curiosité ; quand un jour s'achève, le suivant commence, car il n'y a dans cet univers infini aucune conclusion définitive à quoi que ce soit, et certes pas à l'espoir. Des cendres d'un âge révolu naît un autre âge, et la naissance, c'est l'espoir. L'année qui suivit cet assassinat nous apporta les Beatles, de nouvelles orientations de l'art moderne qui allaient modifier notre façon de percevoir notre environnement, et le début d'une méfiance revigorante à l'égard des gouvernements. Si elle contenait aussi le germe de la guerre, cela devait servir à nous enseigner que — comme l'espoir — la terreur, la douleur et l'abattement sont nos compagnons de tous les instants dans cette vie, leçon qui n'est jamais dépourvue de valeur.

J'atteignis la fête foraine le sixième mois de ma dix-septième année aux heures les plus sombres de la nuit, un jeudi d'août, plus de trois mois avant cette mort à Dallas. Ce qui m'est arrivé durant la semaine qui suivit a changé ma vie aussi profondément qu'un assassinat pouvait transformer l'avenir d'une nation, bien que de prime abord le parc d'attractions désert aux baraques closes n'eût pas l'air d'un endroit où le destin choisirait de se mettre à l'affût.

A quatre heures du matin, le champ de foire du comté était fermé depuis près de quatre heures. Les forains avaient immobilisé la grande roue, le télé-combat, le hully-gully et autres manèges. Ils avaient bouclé leurs attrape-nigauds, comptoirs à sandwiches, tirs mécaniques et tripots à petit jeu, avaient éteint les lumières, arrêté la musique et remisé tout le charme criard de la fête. Une fois les gogos partis, ils avaient regagné leurs caravanes, parquées dans une grande prairie au sud des baraques d'attractions. L'homme tatoué, les nains, les rabatteurs, les strip-teaseuses, les aboyeurs, ceux qui tenaient les stands des jeux de massacre et des lancements d'anneaux, l'homme qui gagnait sa vie en faisant de la barbe à papa, la femme qui trempait des pommes dans du caramel liquide, l'homme à trois yeux, la femme à barbe et tous les autres étaient endormis, luttaient contre l'insomnie ou faisaient l'amour comme s'ils étaient des citoyens ordinaires — ce que, dans ce monde, ils étaient effectivement.

La lune aux trois quarts pleine, glissant vers l'horizon d'un côté du ciel, était encore assez haute pour répandre une pâle lueur hivernale qui semblait anachronique dans la chaleur humide de cette nuit d'août pennsylvanienne. Tout en déambulant sur le terrain pour me faire une idée de l'endroit. Je remarquai l'étrange blancheur de mes mains dans cette luminescence glaciale qui les rendait pareilles à celles d'un cadavre ou d'un fantôme. Ce fut alors que je perçus pour la première fois la présence de la Mort tapie parmi les manèges et les baraques, et pressentis obscurément que la fête foraine serait le théâtre d'un meurtre et d'une effusion de sang.

Au-dessus de moi, des banderoles en plastique pendaient mollement dans l'air lourd ; c'étaient des oriflammes aux couleurs vives quand le soleil les caressait ou quand elles baignaient dans l'éclat éblouissant des dix mille lumières de la fête, mais privées à présent de toute couleur elles ressemblaient à des dizaines de chauves-souris endormies suspendues au-dessus de l'allée couverte de sciure. Je vis en passant à la hauteur du silencieux manège de chevaux de bois une débandade pétrifiée en plein galop — étalons noirs, juments blanches, chevaux pies, alezans dorés, mustangs, qui chargeaient dans la nuit sans bouger d'un pouce, comme si la rivière du temps les avait épargnés. Telles de fines projections de peinture métallisée, des parcelles de clair de lune adhéraient aux mâts de cuivre qui transperçaient les chevaux, mais dans cette clarté sinistre le métal avait un éclat argenté et glacial.

J'avais sauté par-dessus la haute clôture qui ceinturait le champ de foire, car les grilles étaient fermées quand j'étais arrivé. Je me sentais maintenant vaguement coupable, comme un voleur en quête de butin, ce qui était singulier car je n'avais rien d'un voleur et ne nourrissais aucune intention criminelle à l'égard de qui que ce fût dans la fête foraine.

De fait, j'étais un meurtrier, recherché par la police de l'Oregon, mais je n'éprouvais aucune culpabilité pour le sang que j'avais versé là-bas, à l'autre bout du continent. J'avais tué mon oncle Denton à coups de hache parce que je n'étais pas assez fort pour l'achever à mains nues. Ni remords ni culpabilité ne me poursuivaient, car l'oncle Denton avait été l'un d'eux.

La police, elle, me poursuivait, et rien ne m'assurait qu'une fuite de cinq mille kilomètres m'eût acquis une quelconque sécurité. Je n'utilisais plus mon vrai nom, Carl Stanfeuss. J'avais commencé par me baptiser Dan Jones, puis Joe Dann, puis Harry Murphy. J'étais maintenant Slim MacKenzie, et je comptais le rester pendant quelque temps ; j'aimais bien la sonorité de ce nom. Slim Mackenzie. C'était le genre de nom qu'aurait pu porter le meilleur copain de John Wayne dans un de ses westerns. J'avais laissé pousser mes cheveux, mais ils étaient toujours châtains. Je ne pouvais pas faire grand-chose d'autre pour changer d'aspect, sinon rester libre assez longtemps pour que le temps fît de moi un homme différent.

Ce que j'espérais trouver dans la fête foraine, c'était un asile, l'anonymat, un endroit où dormir, trois repas copieux par jour et de l'argent de poche, toutes choses que je comptais gagner honnêtement. Bien que je fusse un meurtrier, j'étais le moins dangereux des desperados qui fussent jamais venus de l'Ouest.

Cette première nuit, je n'en avais pas moins l'impression d'être un voleur et je m'attendais à ce que quelqu'un donnât l'alarme, fonçant vers moi à travers le labyrinthe de manèges, de stands à hamburgers et de kiosques à barbe à papa. Plusieurs gardes devaient sans doute patrouiller sur le champ de foire, mais je ne les avais vus nulle part quand j'étais entré. Guettant le bruit de leur voiture, je poursuivais ma visite du célèbre parc d'attractions Sombra Frères, le second des plus grands spectacles forains du pays.

Je m'arrêtai enfin près de la grande roue géante, que l'obscurité métamorphosait de manière inquiétante : dans la lueur de la lune, à cette heure de la nuit, elle ne ressemblait plus à une machine, surtout une machine conçue pour l'amusement, mais prenait l'apparence d'un squelette d'énorme animal préhistorique. On aurait dit que les poutrelles, les longerons et les entretoises n'étaient plus des objets de bois ni de métal, mais des accrétions de calcium et autres minéraux, derniers vestiges d'un léviathan décomposé rejeté sur la plage déserte d'une mer ancienne.

Debout dans le motif complexe des ombres lunaires projetées par cet imaginaire fossile paléolithique, je levai les yeux vers les nacelles à deux places, suspendues immobiles, et je sus que cette roue allait jouer un rôle clef dans ma vie. Je ne savais ni comment ni pourquoi ni quand, mais je savais sans aucun doute que quelque chose de capital et de terrible arriverait ici. Je le *savais*.

Les prémonitions font partie de mon don. Elles n'en sont pas la partie la plus importante, ni la plus utile, la plus surprenante ou la plus effrayante. Je possède d'autres talents particuliers, que j'utilise mais que je ne comprends pas. Ce sont des talents qui ont modelé ma vie, mais que je ne peux ni contrôler ni employer à volonté. J'ai la Vision Crépusculaire.

Les yeux levés vers la grande roue, je ne distinguais pas véritablement les détails de l'événement redoutable que recelait le futur, mais j'étais submergé par une vague de sensations morbides, un flot d'impressions de terreur, de douleur et de mort. Je chancelai et faillis tomber à genoux. Je n'arrivais plus à respirer, mon cœur battait la chamade, et mes testicules s'étaient contractées ; j'eus un instant l'impression d'avoir été frappé par la foudre.

Puis la bourrasque s'apaisa, les dernières ondes d'énergie psychique s'écoulèrent à travers moi et il ne resta rien que les vibrations sourdes, à peine décelables, perceptibles seulement par des gens de mon espèce... des vibrations menaçantes qui émanaient de la roue comme si cette dernière diffusait des particules de l'énergie de mort emmagasinée en elle, de la même façon qu'un ciel d'orage charge la journée d'une expectative anxieuse avant même le premier éclair ou le premier coup de tonnerre.

Je respirai de nouveau. Mon pouls ralentit. La chaleur moite de la nuit d'août m'avait couvert le visage d'un voile gras de transpiration longtemps avant que je fusse entré dans le parc d'attractions, mais j'étais maintenant inondé de sueur. Je m'épongeai le visage avec le bas de mon T-shirt.

En partie parce que j'espérais pouvoir éclaircir d'une façon ou d'une autre ces brumeuses prémonitions de danger et voir exactement quelle violence m'attendait, et en partie parce que j'étais résolu à ne pas me laisser intimider par l'aura funeste qui émanait de l'énorme machine, je me déchargeai d'un coup d'épaules de mon sac à dos, déroulait mon duvet et me préparai à passer les dernières heures de la nuit dans la pâle bigarrure des ombres violacées et du clair de lune gris cendré, au pied même de la roue dont la silhouette se découpait au-dessus de moi. L'air était si lourd et si chaud que je ne me servis du sac de couchage qu'en guise de matelas. Étendu sur le dos, je contemplai l'imposante attraction foraine, puis les étoiles visibles au-delà de sa courbe et entre les traverses. Malgré mes efforts, je ne percevais plus rien de l'avenir, mais la profusion d'étoiles que je voyais inspirait l'humilité ; je songeai à l'immensité de l'espace et me sentis plus seul que jamais.

Au bout d'un quart d'heure à peine, je commençai à m'assoupir. Alors que mes paupières allaient se fermer, j'entendis un mouvement dans le parc d'attractions désert, non loin de moi. C'était un crissement sec, comme si quelqu'un marchait sur des emballages de bonbons abandonnés. Je me redressai pour écouter. Le crissement cessa, mais fut suivi du martèlement assourdi d'un pas lourd sur la terre battue.

Un instant plus tard, une silhouette confuse apparut dans la pénombre à l'angle d'une tente qui abritait l'un des spectacles de danse du ventre ; elle traversa vivement l'allée centrale et glissa dans l'obscurité de l'autre côté de la grande roue, à six mètres de moi au plus, puis reparut dans le clair de lune près de la chenille. C'était un homme, d'assez grande taille — à moins que l'ombre, telle une volumineuse houppelande, lui donnât une apparence faussement imposante. Il s'éloigna d'un pas vif sans m'avoir remarqué. Je n'avais fait que l'apercevoir sans distinguer son visage, mais je me levai d'un bond, tremblant, soudain glacé malgré la chaleur d'août ; car le peu que j'en avais vu était assez pour faire grésiller d'un bout à l'autre de ma colonne vertébrale un courant chargé de peur.

C'en était un.

Je sortis le couteau caché dans ma botte. Quand je me retournai, la lame au poing, des rayons de lune blafards chatoyèrent le long du tranchant.

J'hésitai. Je me dis que je devais lever le camp et partir, sortir de là, aller chercher refuge ailleurs.

Mais j'étais las de fuir, ô combien, et j'avais besoin d'un endroit où me sentir chez moi. J'étais fatigué et désorienté par trop de routes, trop de villes, trop d'étrangers, trop de changements. Au cours de ces derniers mois, j'avais travaillé dans une demi-douzaine de roulottes et d'attractions minables, le bas-fond du monde forain, et j'avais entendu parler de la vie bien meilleure qu'on pouvait mener en s'intégrant à une organisation comme le E. James Strates, Vivona Frères, le Royal American ou Sombra Frères. Et maintenant que j'avais visité ce parc d'attractions dans l'obscurité, que j'en avais absorbé les empreintes physique et psychique, je voulais rester. En dépit de l'aura maléfique qui nimbait la grande roue, en dépit de la prémonition de meurtre et de sang versé dans les jours à venir, il émanait de l'équipage Sombra d'autres vibrations, meilleures, qui me faisaient sentir que je pouvais aussi m'y trouver heureux. Je voulais rester plus que je n'avais jamais rien voulu d'autre.

J'avais besoin d'un foyer et d'amis.

Je n'avais que dix-sept ans.

Mais si je voulais rester, lui devait mourir. Je me sentais incapable de vivre dans la fête foraine en sachant que l'un d'eux s'y terrait aussi.

Je levai le couteau à hauteur de ma hanche.

Je le suivis, au-delà de la chenille, par-derrière le hully-gully, enjambant d'épais câbles électriques, essayant d'éviter de poser le pied sur des papiers gras qui risquaient de lui révéler ma présence comme ils m'avaient révélé la sienne. Nous nous dirigions vers le centre obscur et silencieux du parc d'attractions.

2

Le gobelin

Il préparait quelque mauvais coup, comme le font toujours ses semblables. Se hâtant parmi l'archipel de ténèbres, il traversait d'un pas plus vif les îlots de clarté lunaire, et accordait sa préférence aux flaques profondes d'obscurité où il n'hésitait que lorsqu'il avait besoin de reconnaître le terrain, glissant d'un couvert au suivant avec de fréquents regards en arrière sans pourtant jamais m'apercevoir ni me deviner.

Je le suivais sans bruit par le centre du parc d'attractions sans emprunter aucune des allées parallèles, traversant les manèges et me faufilant derrière les stands de jeux et les baraques de rafraîchissements, le long de la grande balançoire, entre le tip-top et le pousse-pousse, l'observant depuis l'abri des groupes électrogènes maintenant endormis, des camions et autres équipements disséminés tout au long du parc. Sa destination devint évidente : le pavillon des autos-tamponneuses ; il s'arrêta un instant pour jeter un dernier regard autour de lui, puis il gravit les deux marches, ouvrit la barrière et descendit sous le plafond de grillage électrifié, louvoyant parmi les petites voitures disséminées sur le plancher de bois, là où les avait abandonnées leur dernier conducteur payant.

Peut-être aurais-je dû me cacher dans l'ombre proche, pour l'observer un moment et me faire une idée de ses intentions. C'eût été probablement la meilleure tactique, car je connaissais moins bien l'ennemi en ce temps-là que je ne le connais maintenant, et le moindre apport à ma maigre somme de savoir aurait pu m'être utile. Mais ma haine pour les gobelins — le seul nom qui me fût venu à l'esprit pour les désigner — ne le cédait qu'à ma peur, et je craignais que le fait de retarder la confrontation n'érodât mon courage. Furtivement, ce qui ne tenait pas à mes dons spéciaux mais à mes dix-sept ans, mon agilité et mon excellente condition physique, je m'approchai du pavillon des autos-tamponneuses et suivis le gobelin à l'intérieur.

Les voitures à deux places étaient petites, à peine plus hautes que mes genoux. Une perche se dressait à l'arrière de chaque machine vers le grillage du plafond, où elle puisait le courant qui permettait au conducteur d'entrer violemment en collision avec les autres véhicules conduits de manière tout aussi démente. Quand les gogos envahissaient le parc d'attractions, les hurlements qui déchiraient l'air dans la zone des autos-tamponneuses en faisaient habituellement l'un des endroits les plus bruyants de la fête foraine, mais elle était à présent aussi surnaturellement silencieuse que la débandade pétrifiée du manège de chevaux de bois. Du fait que les voitures étaient basses et n'offraient aucune protection, et que l'espace de visite aménagé sous le plancher de bois surélevé faisait résonner chaque pas dans l'air calme de la nuit, il n'était pas facile d'approcher sans être repéré.

Mon ennemi m'aida inconsciemment en concentrant toute son attention sur la tâche qui l'avait amené dans le parc d'attractions à la lune, la plus grande partie de sa prudence s'étant épuisée durant son trajet. Il était agenouillé derrière une voiture à peu près au milieu du long pavillon rectangulaire, la tête penchée sur la flaque de lumière que projetait une lampe de poche.

Comme je me glissais plus près, la réverbération ambrée confirma qu'il s'agissait effectivement d'un spécimen de bonne taille, au cou épais et aux épaules robustes. L'étoffe de sa chemise à carreaux jaunes et marron, tendue sur son dos large, laissait deviner une musculature puissante.

Outre la lampe de poche, il avait apporté une trousse à outils en tissu, qu'il avait dépliée et étalée sur le sol à côté de lui. Les outils logés dans une série de poches luisaient quand un rayon de lumière égaré se réfléchissait sur le poli de leurs surfaces usinées. Il travaillait vite, avec un minimum de bruit, mais les légers frottements, le cliquetis et le grincement du métal contre le métal suffisaient à masquer ma progression régulière.

J'avais l'intention de me glisser à pas de loup jusqu'à moins de deux mètres de lui, puis de lui sauter dessus et de lui planter ma lame dans le cou pour lui sectionner la jugulaire avant qu'il pût se rendre compte qu'il n'était pas seul. Malgré les bruits qu'il faisait et mon silence de chat, cependant, il prit soudain conscience d'être observé alors que j'étais encore à quatre ou cinq mètres de lui. Il se détourna à demi de sa tâche mystérieuse et leva vers moi des yeux écarquillés de surprise.

Le faisceau lumineux de la lampe de poche, posée sur l'épais pare-chocs en caoutchouc de l'auto-tamponneuse, baignait son visage d'un éclat qui allait diminuant du menton vers le front, déformant ses traits, posant des ombres bizarres au-dessus de ses pommettes saillantes et creusant ses orbites autour de ses yeux brillants. Même sans l'effet insolite de l'éclairage, il n'aurait rien perdu de l'expression dure et cruelle que lui donnaient son front anguleux, ses sourcils rapprochés au-dessus d'un nez large, sa mâchoire prognathe et sa bouche mince que les ombres réduisaient à une fente.

Comme je tenais mon couteau de côté, caché à sa vue par la position de mon corps, il ne s'était pas encore rendu compte du danger qu'il courait. Avec une effronterie née de la suffisance propre à tous les gobelins que j'ai jamais rencontrés, il essaya de me donner le change.

— Eh là, qu'est-ce que c'est ? demanda-t-il d'un ton rude. Que fais-tu ici ? T'es de la compagnie ? J' t'ai jamais vu dans les parages. Qu'est-ce que tu fabriques ?

Les yeux baissés vers lui, le cœur battant, prêt à vomir de terreur, je voyais ce que les autres ne pouvaient voir. Je voyais le gobelin en lui, derrière son déguisement.

Cette faculté de percevoir la bête à l'intérieur est la chose la plus difficile à expliquer qui soit. Ce n'est pas comme si ma vision psychique « épluchait » l'apparence humaine pour révéler l'horreur tapie au-dessous, ni comme si je pouvais faire abstraction de l'illusion d'humanité pour obtenir une vision dégagée de l'illusionniste malfaisant qui croit m'abuser. Au lieu de cela, je vois les deux à la fois, l'humain et le monstrueux, le premier superposé au second. Peut-être pourrais-je mieux m'expliquer en faisant appel à l'art de la poterie. Dans une galerie de Carmel, en Californie, j'ai vu un jour un vase dont l'émail rouge d'une magnifique transparence était luminescent comme l'air dans la porte ouverte de quelque prodigieuse fournaise ; il donnait une impression de fantastique profondeur, de domaines magiques et de vastes réalités en trois dimensions, tout cela dans la surface lisse de l'argile. Je vois quelque chose de tout à fait comparable quand je regarde un gobelin. La forme humaine est pleine et réelle à sa façon, mais à travers le vernis je vois l'autre réalité à l'intérieur.

Là, dans le pavillon des autos-tamponneuses, je voyais à travers le vernis humain du mécanicien nocturne l'imposteur démoniaque qu'il recouvrait.

— Alors, dis quelque chose, fit-il impatiemment sans même prendre la peine de se lever.

Il ne craignait rien des humains ordinaires, car son expérience lui disait qu'ils ne pouvaient lui faire aucun mal. Il ne savait pas que je n'étais pas ordinaire.

— Tu fais partie de la troupe ? Tu es employé par Sombra Frères ? Ou n'es-tu qu'un stupide gamin trop curieux qui fourre son nez dans les affaires des autres ?

L'être dissimulé dans la carcasse humaine était à la fois porcin et canin, avec une peau épaisse, sombre et mouchetée, dont la teinte et l'aspect évoquaient le vieux cuivre. La forme de son crâne rappelait celle d'un berger allemand, avec une bouche pleine de dents cruellement pointues et de crocs recourbés qui ne paraissaient ni canins ni porcins, mais reptiliens. Le nez aux narines charnues et frémissantes ressemblait plus à un groin de porc qu'à un museau de chien. Ses yeux en boutons de bottine, rouges et malveillants, étaient ceux d'un sanglier vicieux ; autour d'eux, l'ambre de la peau maroquinée fonçait jusqu'à passer au vert des ailes de scarabée. Quand il parlait, je voyais une langue lovée se dérouler en partie à l'intérieur de sa bouche. Ses mains à cinq doigts avaient un aspect humain, bien que dotées chacune d'une articulation supplémentaire. Leurs jointures étaient plus grosses, plus osseuses et, pire, elles étaient munies de griffes noires et incurvées, pointues et bien aiguisées. Le corps ressemblait à celui d'un chien qui aurait évolué au point que sa nature lui commandait de se tenir debout à l'imitation de l'homme, et sa forme avait pour la plus grande part une apparence de grâce, sauf aux épaules et dans les bras noueux qui semblaient contenir trop d'os malformés pour permettre un mouvement fluide.

Une ou deux secondes s'écoulèrent en silence, un silence causé par ma peur et par une aversion pour la tâche sanguinaire qui m'attendait. Il dut prendre mon hésitation pour de la confusion coupable, car il essaya de m'intimider de plus belle et fut surpris quand, au lieu de m'enfuir ou d'invoquer une excuse peu convaincante, je me jetai sur lui.

— Monstre. Démon. Je sais ce que tu es, dis-je entre mes dents tout en plongeant le couteau jusqu'à la garde.

J'avais visé le cou, l'artère palpitante. Mais je la manquai et la lame s'enfonça dans le haut de son épaule, glissant à travers le muscle et le cartilage, entre les os.

Il laissa échapper un grognement de douleur, mais ne poussa aucun hurlement. Ma déclaration l'avait stupéfié. Pas plus que moi, il n'était prêt à rompre le duel.

J'arrachai le couteau tandis qu'il retombait contre l'auto-tamponneuse et, profitant de son état de choc momentané, frappai de nouveau.

Un homme ordinaire aurait été perdu, vaincu autant par la paralysie temporaire due à la terreur et à la surprise que par la férocité de mon attaque. Mais c'était un gobelin, et bien qu'il fût empêtré dans son déguisement de chair et d'os humains, il n'était pas limité à des réactions humaines. Des réflexes d'une rapidité surnaturelle lui firent lever un bras musculeux en guise de bouclier, arrondir les épaules et rentrer la tête à la manière d'une tortue, ce qui eut pour effet de dévier mon second coup. La lame lui entama légèrement le bras et glissa sur le sommet de son crâne, lui entaillant le cuir chevelu sans provoquer de dommages sérieux.

Alors même que mon couteau déchirait une petite bande de peau et de cheveux, il passa de la défensive à l'offensive et je me rendis compte que j'étais en danger. Je me trouvais au-dessus de lui, le pressant contre la voiture tout en essayant de lui glisser un genou dans l'entrecuisse pour me donner le temps de brandir de nouveau le couteau, mais il bloqua mon genou et empoigna mon T-shirt. *Sachant* que son autre main se dirigeait vers mes yeux, je me rejetai en arrière, m'écartant de lui en pressant un pied sur sa poitrine. Mon T-shirt se déchira du col jusqu'en bas, mais j'étais libre et culbutai sur le sol entre deux voitures.

A la grande loterie génétique considérée par Dieu comme un principe de gestion efficace, j'avais non seulement gagné mes dons psychiques, mais également une aptitude naturelle pour l'athlétisme : j'avais toujours été rapide et agile. Sans cette bonne fortune, je n'aurais jamais survécu à mon premier combat avec un gobelin (mon oncle Denton), sans parler de cette lutte cauchemardesque parmi les autos-tamponneuses.

Notre corps à corps avait délogé la lampe de poche posée sur le pare-chocs en caoutchouc. Elle tomba sur le sol et s'éteignit, nous laissant guerroyer dans l'ombre à la seule clarté laiteuse qui nous parvenait indirectement de la lune déclinante. Alors que je culbutais à l'écart et me remettais sur mes pieds en position accroupie, il se précipita sur moi depuis la voiture. Son visage n'était qu'un vide noir, à part un disque de lumière pâle miroitant dans l'un de ses yeux.

Comme il s'abattait sur moi, je ramenai le couteau depuis le sol selon un arc ascendant, mais il se rejeta en arrière. Alors que la lame passait à un demi-centimètre de son nez, il me saisit le poignet et, sa grande taille lui assurant une force supérieure à la mienne, parvint à maintenir mon bras immobile au-dessus de ma tête.

Il ramena alors son bras droit en arrière et me frappa du poing à la gorge, un coup terrible qui m'aurait broyé la trachée-artère s'il m'avait atteint de plein fouet. Mais je baissai la tête et me détournai de lui, absorbant l'impact moitié sur la gorge et moitié sur le cou. Le coup n'en fut pas moins dévastateur. J'eus un haut-le-cœur, incapable de reprendre mon souffle. Derrière mes yeux larmoyants, je vis s'élever une obscurité beaucoup plus profonde que la nuit qui nous enveloppait.

Désespérément, avec une force panique chargée d'adrénaline, je vis son poing reculer pour me frapper de nouveau, et cessai brusquement de lutter. J'étreignis mon adversaire, m'accrochai à lui de façon à l'empêcher d'appuyer ses coups, et déjouant ainsi sa contre-attaque je retrouvai à la fois mon souffle et l'espoir.

Nous fîmes plusieurs pas en trébuchant sur le plancher, tournant, nous inclinant, haletant, sa main gauche toujours serrée autour de mon poignet droit, nos deux bras levés. Nous devions avoir l'air d'un étrange couple de danseurs apaches glissant sur le parquet sans musique.

Quand nous approchâmes de la rambarde en bois festonnée qui entourait le pavillon, là où le clair de lune cendré était le plus brillant, je vis à travers le vernis humain de mon adversaire, avec une clarté inhabituelle et saisissante, non à cause de la lune mais parce que mon pouvoir psychique parut s'accroître l'espace d'un instant. Ses traits contrefaits s'estompèrent jusqu'à devenir pareils aux lignes et aux plans à peine visibles d'un masque de cristal. Au-delà du costume maintenant parfaitement transparent, les détails diaboliques et les textures repoussantes de l'être chien-porc étaient plus vifs et plus réels que je ne les avais jamais perçus auparavant

— ou voulu les percevoir. Sa longue langue, aussi fourchue que celle d'un serpent, crépie et couverte de verrues, huileuse et sombre, ondulait hors de sa bouche aux dents acérées. Entre sa lèvre supérieure et son groin, un espace qui semblait à première vue couvert de mucus séché était en fait une agglomération de nodules squameux, de petits kystes et de verrues hérissées. Les narines aux bords épais étaient dilatées, frémissantes. La chair marbrée du visage paraissait malsaine, et même putrescente.

Et les yeux.

Les *yeux*.

Rouges, avec des iris noirs fracturés comme du verre cassé, ils se fixèrent sur les miens, et tandis que nous luttions près de la rambarde du pavillon, j'eus un instant l'impression de tomber dans ces yeux comme s'ils étaient des puits sans fond remplis de feu. Je pris conscience d'une haine si intense qu'elle me brûlait presque, mais les yeux laissaient paraître plus que de l'aversion et de la rage. Ils révélaient aussi une malignité beaucoup plus ancienne que la race humaine et aussi pure que la flamme du gaz, si malveillante qu'elle aurait pu foudroyer un homme de la même façon que le regard de Méduse changeait en pierres les guerriers les plus courageux. Pourtant, pis encore que la malignité était l'impression palpable de démence, une démence qui allait au-delà de toute compréhension ou description humaines, mais cependant pas au-delà de l'appréhension humaine. Car ces yeux me communiquaient en quelque sorte la certitude que la haine de cet être pour l'humanité n'était pas seulement une facette de son mal, mais résidait au cœur même de sa folie, et que toute l'invention perverse et les manigances enfiévrées de son esprit dément avaient pour uniques objets la souffrance et la destruction d'autant d'hommes, de femmes et d'enfants qu'il était capable d'atteindre.

J'étais écœuré et repoussé par ce que je voyais dans ces yeux et par mon contact physique rapproché avec le monstre, mais je n'osais pas relâcher mon étreinte, car c'eût été ma mort. Je me cramponnais donc de plus belle, encore plus près, et nous heurtâmes la rambarde, puis nous en éloignâmes en quelques pas titubants.

Il avait fait un étau de sa main gauche, broyant résolument les os de mon poignet droit, essayant de les réduire à l'état d'esquilles et de poussière calcaire — ou du moins de me forcer à lâcher le couteau. La douleur était atroce mais je tins bon et, non sans une indicible répugnance, je le mordis au visage, à la joue, puis trouvai son oreille que je sectionnai d'un coup de dents.

Il hoqueta mais ne hurla pas, révélant un désir de discrétion plus fort encore que le mien, et une résolution stoïque que jamais je ne pourrais espérer égaler. Mais bien qu'il eût étouffé son cri tandis que je recrachais son oreille arrachée, il n'était pas aguerri à la douleur et à la peur au point de pouvoir poursuivre la lutte sans broncher. Il chancela, recula en titubant, heurta violemment un poteau, porta une main à sa joue ensanglantée, puis à sa tête, cherchant frénétiquement l'oreille qui n'était plus là. Il tenait toujours mon bras droit au-dessus de ma tête, mais il n'avait plus la même vigueur et je me dégageai d'une torsion.

J'aurais dû choisir cet instant pour lui enfoncer le couteau dans le ventre, mais ma main privée de circulation était engourdie et je parvenais à peine à maintenir ma prise sur l'arme. Une attaque aurait été téméraire ; mes doigts gourds risquaient de laisser tomber le couteau au moment crucial.

Écœuré par le goût du sang mais résistant à l'envie de vomir, je reculai vivement, transférai l'arme dans ma main gauche et fis fonctionner vigoureusement ma main droite, l'ouvrant et la refermant dans l'espoir de chasser l'engourdissement de mes doigts. J'y ressentis bientôt un fourmillement, et je sus que j'en aurais retrouvé l'usage dans quelques minutes.

Ce ne fut pas de son plein gré, bien sûr, qu'il m'accorda les minutes dont j'avais besoin. Avec une fureur si vive qu'elle aurait dû illuminer la nuit, il fonça vers moi, m'obligeant à me jeter de côté entre deux voitures et à sauter par-dessus une troisième. Nous tournâmes pendant un moment tout autour du pavillon, ayant quelque peu inversé nos rôles depuis l'instant où j'avais franchi la barrière à pas de loup. Maintenant, c'était lui le chat, avec une seule oreille mais nullement découragé, et moi la souris avec une patte engourdie. Et malgré le fait que je me déplaçais avec une rapidité, une agilité et une ruse nées d'un instinct de survie d'une acuité redoublée, il fit ce que font toujours les chats avec les souris : il combla inéluctablement l'écart en dépit de toutes mes manœuvres et stratagèmes.

La lente poursuite était étrangement silencieuse, ponctuée seulement par le bruit sourd de nos pas sur le plancher creux, le raclement sec des chaussures sur le bois, le ferraillement grinçant des autos-tamponneuses quand il nous arrivait de tendre une main pour assurer notre équilibre alors que nous les enjambions ou les contournions, et notre souffle haletant. Pas une parole de colère, pas une menace, pas un appel à la clémence ou à l'aide. Aucun de nous deux n'allait donner à l'autre la satisfaction d'un gémissement de douleur.

Le sang recommençait graduellement à circuler dans ma main droite. Malgré l'enflure et les élancements de mon poignet torturé, je pensais avoir suffisamment récupéré pour employer une technique que j'avais apprise d'un homme appelé Nerves MacPhearson dans une fête foraine du Michigan, moins élégante, où j'avais passé quelques semaines un peu plus tôt cet été-là après avoir fui la police de l'Oregon. Nerves MacPhearson, mon très regretté mentor, était un lanceur de couteaux extraordinaire. J'aurais voulu qu'il fût auprès de moi maintenant.

Je glissai le couteau — muni d'un manche lesté et équilibré pour le jet — de ma main gauche à ma main droite. Je ne l'avais pas lancé contre le gobelin alors qu'il était agenouillé derrière l'auto-tamponneuse, car sa position ne permettait pas un coup mortel direct. Et je ne l'avais pas lancé la première fois que je m'étais libéré parce que, en vérité, je ne faisais pas confiance à mon talent.

Nerves m'avait appris un tas de choses sur la théorie et la pratique du lancer de couteau. Même après lui avoir dit au revoir, après avoir quitté la caravane dans laquelle nous avions voyagé ensemble pendant quelque temps, j'avais continué à étudier le maniement de l'arme et passé des centaines d'heures à perfectionner ma technique. Malgré tout, je n'étais manifestement pas assez bon pour lancer le couteau contre le gobelin en premier recours. Considérant l'avantage de taille et de force de mon adversaire, je me serais retrouvé virtuellement sans défense si je l'avais manqué ou ne l'avais blessé que superficiellement.

Mais maintenant, après l'avoir combattu au corps à corps, je savais que je ne faisais pas le poids et qu'un lancer soigneusement calculé était ma seule chance de survie. Il ne parut pas remarquer qu'en transférant le couteau dans ma main gauche, je l'avais saisi par la lame et non par le manche. Quand je fis demi-tour et que je m'élançai dans une longue zone dégagée du pavillon, il présuma que la peur avait pris le dessus et que je fuyais le combat. Il se jeta à ma poursuite, triomphant, insouciant désormais de sa propre sécurité. Dès que j'entendis son pas lourd sur les planches derrière moi, je m'arrêtai, fis volte-face, évaluai en un clin d'œil position, angle et vitesse, et fis voler la lame.

Ivanhoé lui-même, décochant sa flèche la mieux ajustée, n'aurait pu faire mieux que moi avec mon couteau volant. L'arme culbuta exactement le nombre de fois nécessaires et frappa au point voulu de son mouvement tournoyant, atteignant mon ennemi à la gorge et s'enfonçant jusqu'à la garde. La pointe devait ressortir de l'autre côté de son cou, car la lame avait six pouces de long. Il s'arrêta brusquement en vacillant, et sa bouche s'ouvrit. La lumière était pauvre, à l'endroit où il se tenait, mais suffisante pour qu'on pût lire la surprise à la fois dans les yeux humains et dans les yeux ardents du démon tapi au-delà. Un unique jet de sang gicla de sa bouche, pareil à un flot d'huile noire dans la pénombre, et il émit des bruits croassants.

Il inspira avec un sifflement et un râle futiles.

Il parut étonné.

Il porta ses mains sur le couteau.

Il tomba à genoux.

Mais il ne mourut pas.

Dans un effort qui parut colossal, le gobelin commença à se dépouiller de son enveloppe humaine. Plus précisément, il n'y avait pas de dépouille ; la forme humaine commença à perdre de sa netteté. Les traits faciaux se dissolvaient, et le corps changeait à son tour. La transformation d'un état à l'autre semblait déchirante, exténuante. Tandis que le monstre tombait en avant sur les mains et les genoux, le déguisement humain devenait évident et l'horrible groin de porc apparut, s'estompa, et reparut plusieurs fois. De même, le crâne se fondait en une forme canine, la conservait un moment, commençait à revenir à des proportions humaines, puis se transformait avec une nouvelle vigueur en projetant des dents meurtrières.

Je reculai, atteignis la rambarde et m'y arrêtai, prêt à la franchir d'un bond pour regagner l'allée au cas où le gobelin aurait magiquement acquis une nouvelle force et une nouvelle immunité contre sa blessure par la simple vertu de sa hideuse métamorphose. Peut-être, sous sa forme de gobelin, était-il capable de se guérir d'une manière qui lui était impossible tant qu'il se trouvait pris au piège dans sa condition d'humain. Cela paraissait invraisemblable, fantastique... mais pas plus que le fait même de son existence.

Enfin, ayant presque totalement changé d'état, remuant ses

énormes mâchoires et grinçant des dents, ses vêtements absurdement suspendus sur son corps transformé, ses griffes ayant transpercé le cuir de ses chaussures, il se traîna sur le plancher du pavillon dans ma direction. Ses épaules, ses bras et ses hanches malformés, alourdis d'étranges excroissances d'os superflu, se mouvaient laborieusement tout en donnant l'impression qu'ils auraient propulsé la bête avec une grâce et une vitesse inconcevables si elle n'avait été blessée et affaiblie. Non filtrés par le masque humain, ses yeux n'étaient plus seulement rouges, ils étaient également lumineux ; ils ne brillaient pas d'une lumière réfractée, comme ceux d'un chat, mais rayonnaient d'un éclat sanglant qui chatoyait dans l'air en avant d'eux et projetait une traînée rougeâtre sur le sol obscur.

J'eus un moment l'impression que la métamorphose régénérait effectivement l'ennemi, et je suis sûr que c'était la raison de sa transformation. Sous sa forme humaine, il était pris au piège et voué à une mort rapide, alors que sous sa forme de gobelin il pouvait faire appel à une force étrangère qui ne le sauverait peut-être pas mais lui donnerait au moins suffisamment de ressource pour me poursuivre et me tuer en un ultime défi. Parce que nous étions seuls, parce qu'il n'y avait personne d'autre pour voir ce qu'il devenait, il courait le risque de cette révélation. J'avais déjà assisté à un tel spectacle en des circonstances similaires, avec un autre gobelin, dans une petite ville au sud de Milwaukee. Ce n'en était pas moins terrifiant la seconde fois. Pleine d'une nouvelle vitalité, la bête saisit le manche du couteau de sa main griffue, arracha la lame de sa gorge et jeta l'arme de côté. Bavant du sang, avec un rictus de démon surgi de l'enfer, elle se mit à courir vers moi à quatre pattes.

Je sautai sur la rambarde, et m'apprêtais à passer de l'autre côté quand j'entendis une voiture approcher dans la large allée qui longeait le pavillon. Ce devaient être les gardes, dont j'avais redouté plus tôt l'apparition, en train de faire leur tournée.

Sifflant, frappant de sa courte queue épaisse le plancher de bois, la bête avait presque atteint la rambarde. Elle levait vers moi des yeux furieux, luisants de rage meurtrière.

Le bruit de moteur s'enfla, mais je ne me précipitai pas vers les gardes pour leur demander secours. Je savais que le gobelin n'allait pas maintenir obligeamment sa forme réelle pour qu'ils pussent l'examiner ; il revêtirait de nouveau son déguisement, et ce vers

29

quoi je conduirais les gardes aurait l'air d'un homme mort ou agonisant : ma victime. Dès que les phares devinrent visibles, mais avant que la voiture n'apparût, je bondis de la rambarde vers l'intérieur du pavillon, sautant par-dessus la bête qui se cabra pour m'attraper, mais me manqua.

J'atterris à pieds joints, glissai sur les mains, boulai, me remis à quatre pattes et traversai en rampant la plus grande partie du pavillon avant de me retourner pour regarder derrière moi. Les deux rubis lumineux du regard brûlant du gobelin étaient fixés sur moi. Affaibli par sa gorge fracassée, sa trachée rompue, ses artères béantes, il en était réduit à ramper sur le ventre. Il avançait lentement, tel un lézard tropical souffrant d'un épaississement du sang dû au froid, comblant l'écart qui nous séparait avec une souffrance évidente, mais une détermination inébranlable. Il était à six mètres de moi.

Au-delà du gobelin, au-delà du pavillon, la lumière des phares devint plus vive, puis la conduite intérieure Ford apparut. Elle glissait lentement, moteur ronronnant, ses pneus produisant un son curieusement étouffé sur la sciure et les détritus. Les phares éclairaient l'allée, non le stand des autos-tamponneuses, mais l'un des gardes manœuvrait un projecteur dont le faisceau balaya le flanc du pavillon.

Je m'aplatis contre le sol.

Le gobelin était à moins de cinq mètres de moi, et se rapprochait doucement.

La rambarde à mi-corps qui entourait le champ de bataille des autos-tamponneuses était si massive que les espaces libres entre les épais balustres étaient plus étroits que les balustres eux-mêmes. C'était une chance ; bien que la lumière du projecteur clignotât par les interstices, ceux-ci étaient insuffisants pour donner aux gardes une bonne vue de l'intérieur du pavillon, du moins tant qu'ils continuaient à rouler.

Le gobelin mourant s'avança lourdement d'une autre flexion spasmodique de ses pattes puissantes, se traînant dans une flaque de clarté lunaire où je pus voir le sang qui suintait de son groin et dégouttait de sa bouche. Moins de quatre mètres. Il fit claquer ses mâchoires, frémit et se souleva de nouveau, sa tête passant de la lumière à l'ombre. Trois mètres.

Je glissai en arrière, toujours à plat ventre, impatient de m'éloigner de cette gargouille vivante — mais je me figeai après avoir franchi une cinquantaine de centimètres car la voiture de patrouille venait de s'immobiliser dans l'allée, juste à côté du stand des autos-tamponneuses. Je me dis que les gardes devaient avoir coutume de faire halte de temps à autre au long de leur parcours, qu'ils ne s'étaient pas arrêtés parce qu'ils avaient vu quelque chose d'insolite dans le pavillon, et je priai avec ferveur que ce fût bien le cas. Par une nuit aussi chaude et aussi moite, cependant, ils devaient rouler toutes vitres ouvertes ; une fois arrêtés, ils pourraient entendre le moindre son émis par le gobelin ou par moi. Cette idée présente à l'esprit, je cessai de battre en retraite et me collai au sol en maudissant intérieurement ce coup du sort.

D'un élan vacillant ponctué d'un grognement et d'une inspiration laborieuse, la bête blessée se traîna plus près de moi, réduisant de nouveau à trois mètres l'écart que j'avais commencé à creuser. Ses yeux vermillon étaient moins clairs et moins brillants qu'auparavant ; devenus troubles, leurs étranges profondeurs voilées, ils paraissaient aussi mystérieux et sinistres que les lanternes d'un vaisseau fantôme aperçu au loin dans la nuit sur une mer obscure noyée de brume.

Depuis la voiture, les gardes promenèrent le phare mobile sur les baraques fermées de l'autre côté de l'allée, puis le firent pivoter lentement jusqu'à illuminer le flanc du pavillon, dardant ses rais entre les larges supports de la rambarde. S'il y avait peu de chances pour qu'ils nous repèrent à travers l'écran des balustres, il n'était pas impossible que les inspirations sifflantes du monstre ou le battement de sa queue sur le plancher creux finissent par couvrir le bruit du moteur qui tournait au ralenti.

Je faillis crier à haute voix : « Meurs donc, maudite bête ! »

Il se hala en avant avec plus d'énergie encore, et franchit deux bons mètres avant de s'abattre sur le ventre avec un bruit sourd alors qu'un mètre à peine nous séparait.

Le projecteur s'immobilisa.

Les gardes avaient entendu quelque chose.

Une flèche de lumière éblouissante jaillit entre deux balustres, sa pointe se fichant dans le plancher du pavillon à deux ou trois mètres sur ma gauche. Dans l'étroit faisceau révélateur, les planches de bois — grain, entailles, éraflures, sillons, taches — se trouvaient, du moins de mon point de vue rasant, mises en valeur de manière surnaturelle dans tous leurs détails les plus étonnants et les plus complexes. Une minuscule écharde dressée devenait un arbre imposant — comme si le projecteur ne se contentait pas d'illuminer, mais agrandissait également ce qu'il touchait.

Avec un léger gargouillement, le souffle du gobelin s'échappa de sa gorge ravagée — sans être suivi d'aucune inspiration nouvelle. A mon grand soulagement, la lueur faiblit dans ses yeux haineux : le feu ardent se réduisit à une flamme vacillante, la flamme à des braises, les braises à des cendres rougeâtres.

Le faisceau du projecteur se déplaça dans la direction du gobelin mourant, puis s'immobilisa de nouveau à moins de deux mètres de lui.

Le monstre subissait maintenant une autre transformation, pareille à l'ultime réaction d'un loup-garou de cinéma frappé d'une balle d'argent, abandonnant sa forme fantômale pour revêtir une dernière fois le visage, les membres et la peau comparativement plus terrestres d'un être humain. Il consacrait ses dernières parcelles d'énergie à maintenir secrète la présence de sa race parmi les hommes ordinaires. La gargouille avait disparu. Un homme mort reposait dans l'obscurité devant moi. Un homme mort que j'avais tué.

Je ne pouvais plus distinguer le gobelin à l'intérieur.

Le vernis humain transparent n'était plus un vernis, mais une peinture convaincante derrière laquelle il ne semblait plus y avoir aucun mystère.

Dans l'allée, la Ford avança un peu, s'arrêta de nouveau, et le projecteur des gardes franchit quelques balustres, puis trouva une nouvelle brèche par où se glisser. Le faisceau explora le plancher, tombant sur le talon de l'une des chaussures du cadavre.

Je retins mon souffle.

Je distinguais la poussière sur cette partie de la chaussure, l'usure au long du bord en caoutchouc, et un petit morceau de papier collé à l'endroit où le talon rejoignait la semelle. J'étais bien sûr beaucoup plus près que le garde assis dans la Ford, lequel suivait sans doute le faisceau de son projecteur en plissant les yeux, mais je voyais si clairement qu'il devait certainement en voir un peu, assez pour me perdre.

Deux ou trois secondes s'égrenèrent.

Puis deux ou trois de plus.

La lumière glissa jusqu'à un autre interstice. Cette fois, c'était sur ma droite, une dizaine de centimètres au-delà de l'autre pied du cadavre.

Un frisson de soulagement me parcourut, et je pris une inspiration — mais retins de nouveau mon souffle en voyant la lumière revenir en arrière de quelques balustres, à l'endroit où elle s'était posée un peu plus tôt.

Paniqué, je glissai en avant aussi silencieusement que possible, saisis le corps par les bras et le tirai vers moi d'une saccade, pas plus de quelques centimètres, pas assez pour causer beaucoup de bruit.

Le faisceau pointa de nouveau à travers la rambarde en direction de la chaussure du cadavre. Mais j'avais agi assez vite. Le talon était maintenant de deux ou trois centimètres hors d'atteinte du pinceau lumineux.

Les événements de ce dernier quart d'heure m'avaient tendu à l'extrême et mon cœur tictaquait beaucoup plus vite qu'une horloge, deux battements par seconde. Au bout de huit battements, quatre secondes, la lumière se déplaça et la Ford s'éloigna doucement dans l'allée vers l'autre extrémité du parc. J'étais sauf.

Non, pas sauf. Moins en danger.

Je devais encore faire disparaître le corps et nettoyer le sang avant que la lumière du jour me rendît les choses plus difficiles et que le matin ramenât les forains dans leur parc d'attractions. Dès que je me levai, une douleur aiguë me vrilla les deux genoux ; quand j'avais sauté de la balustrade par-dessus le gobelin rampant, j'avais trébuché et j'étais tombé sur les mains et les genoux sans grand-chose de la grâce dont je me vantais un peu plus tôt. J'avais aussi la paume des mains légèrement écorchée, mais ni cette gêne, ni la douleur dans mon poignet droit que le gobelin avait serré si fort, ni celle de mon cou et de ma gorge qui avaient encaissé le coup de poing ne devaient m'entraver.

Abaissant les yeux vers les restes de mon ennemi enveloppés de ténèbres, essayant de trouver le moyen le plus simple de déplacer son corps pesant, je me souvins tout à coup de mon sac à dos et de mon sac de couchage que j'avais laissés près de la grande roue. C'étaient de petits objets, posés à cheval entre l'ombre et la vague lueur nacrée de la lune, et il y avait peu de chances pour que la patrouille les repérât. D'un autre côté, les gardes avaient fait si souvent le tour de la fête foraine qu'ils savaient exactement ce qu'ils auraient dû voir en n'importe quel lieu donné de leur circuit. Il était facile d'imaginer leur regard glissant sur le sac à dos, puis sur le sac de couchage, pour revenir brusquement en arrière de la même façon que le faisceau du projecteur était revenu inopinément explorer le voisinage du cadavre. S'ils voyaient mes affaires, s'ils avaient la preuve que quelque vagabond avait franchi la clôture durant la nuit et s'était installé pour dormir dans le parc d'attractions, ils retourneraient aussitôt au pavillon des autos-tamponneuses pour l'examiner de plus près. Et trouver le sang. Et le corps.

Seigneur.

Je devais atteindre la grande roue avant eux.

Je fonçai vers la rambarde, que je franchis d'un bond en m'y appuyant d'une main, et partis au pas de course à travers le cœur obscur du parc d'attractions. Mes jambes pédalaient, mes bras brassaient l'air épais et moite, et mes cheveux volaient en tous sens comme s'il y avait eu un démon derrière moi, ce qui était le cas, bien qu'il fût mort.

3

Le mort errant

J'ai parfois l'impression que toutes choses en cette vie sont subjectives, que rien dans l'univers ne peut être objectivement quantifié-qualifié-défini, que les physiciens et les menuisiers sont les uns comme les autres abusés par leur certitude de pouvoir peser et mesurer les outils et les matériaux avec lesquels ils travaillent et de pouvoir obtenir des chiffres réels qui signifient quelque chose. Je dois admettre que quand cette philosophie s'empare de moi, je suis habituellement d'une humeur lugubre qui exclut toute pensée rationnelle, bon à rien qu'à me saouler ou aller me coucher. Pour mieux me faire comprendre, j'avancerai la manière dont je perçus le parc d'attractions cette nuit-là tandis que je courais depuis le pavillon des autos-tamponneuses à travers la zone centrale jonchée de matériel et sillonnée de câbles pour essayer d'arriver à la grande roue avant les gardes de Sombra Frères.

Tout à l'heure, la lune éclairait à peine la nuit. A présent, sa lumière n'était plus douce mais brutale, elle n'était plus nacrée ni cendrée, mais blanche, intense. Quelques minutes plus tôt, le parc déserté était noyé d'ombre et pour la plus grande part dissimulé aux regards, mais il ressemblait maintenant à une cour de prison baignant dans l'éclat impitoyable d'une douzaine de lampes à arc géantes qui dissipaient toutes les ombres et vaporisaient la moindre poche d'obscurité protectrice. A chacune de mes foulées, sous l'effet de la panique, j'étais sûr que j'allais être repéré et je maudissais la lune. Le centre du parc lui-même, encombré de camions et de matériel qui m'avaient fourni des centaines d'abris quand j'avais suivi le gobelin au pavillon des autos-tamponneuses, était maintenant aussi découvert et inhospitalier que la cour de prison en question. Je me sentais démasqué, dévoilé, visible, *nu*. Entre les camions, les générateurs, les manèges et les attrape-nigauds, j'apercevais parfois la voiture de patrouille qui avançait lentement vers le fond du parc, et j'étais sûr que les gardes devaient m'apercevoir aussi, même si ma position n'était pas révélée par le flamboiement des phares.

Chose surprenante, j'atteignis la grande roue avant les gardes. Ils avaient suivi la première grande allée jusqu'au bout et avaient tourné à droite dans la promenade plus courte qui décrivait une courbe à l'arrière du parc d'attractions, où étaient installés tous les spectacles de danse du ventre. Ils roulaient maintenant vers le croisement suivant, où ils tourneraient de nouveau à droite pour emprunter la seconde des deux longues allées. La grande roue n'était qu'à dix mètres de ce second virage, et je serais repéré dès qu'ils franchiraient la courbe. J'escaladai la barrière de tubes qui entourait la roue géante, butai contre un câble qui m'envoya mordre la poussière avec assez de force pour me couper le souffle, et me précipitai frénétiquement à quatre pattes vers le sac à dos et le duvet avec toute la grâce d'un crabe infirme.

Ayant ramassé mes affaires en moins de deux, je fis trois pas vers la barrière, mais plusieurs objets tombèrent de mon sac ouvert et je dus revenir en arrière pour les récupérer. Je vis alors la Ford qui prenait son virage vers la seconde allée. Ses phares balayèrent le terrain dans ma direction, excluant toute perspective de retraite vers le centre du parc. Ils me repéreraient quand je franchirais la barrière de tubes, et la chasse serait ouverte. Indécis, je restai là sans bouger comme le plus beau crétin qui eût jamais existé, immobilisé par les chaînes de la culpabilité.

Puis je fonçai à quatre pattes, bondis, plongeai vers la cabine où l'on vendait les tickets pour la grande roue. Elle était plus près que la barrière, beaucoup plus près que le couvert aléatoire que je pourrais trouver au-delà, mais Dieu qu'elle était petite ! Ce n'était qu'un box pour une personne, d'environ un mètre vingt de côté, avec un toit de style pagode. Je m'accroupis contre l'une des parois, mon sac et mon duvet replié serrés contre moi, cloué par le projecteur de la lune et convaincu qu'un pied, un genou ou une hanche devait dépasser.

Quand la Ford passa à hauteur de la grande roue, je tournai autour de la cabine de manière à la maintenir entre moi et les gardes. Leur projecteur sonda l'obscurité autour de moi, plus loin en arrière... puis ils s'éloignèrent sans donner l'alarme. Tapi dans l'ombre que projetait l'une des arêtes du toit en pagode, je les suivis des yeux tout au long de l'allée. Ils poursuivirent leur ronde à une allure tranquille, s'arrêtèrent trois fois pour diriger leur projecteur sur une chose ou une autre et mirent cinq bonnes minutes pour atteindre le bout de la promenade. Je craignais de les voir tourner à droite à l'entrée du parc d'attractions, ce qui voudrait dire qu'ils allaient repartir vers la première allée et faire un autre circuit. Mais ils virèrent à gauche en direction de la tribune d'honneur et du champ de courses long de deux kilomètres, vers les étables et les écuries où se tenaient les expositions de bétail et les concours.

En dépit de la chaleur d'août, mes dents claquaient. Mon cœur battait si fort que j'étais surpris qu'ils ne l'aient pas entendu par-dessus le ronflement de leur moteur, et je faisais en respirant autant de bruit qu'un soufflet. J'étais un véritable homme-orchestre, spécialiste en rythme vierge de toute mélodie.

Je restai affalé contre la cabine en attendant que le tremblement cessât, jusqu'au moment où je me sentis capable de m'occuper du cadavre que j'avais laissé dans le pavillon des autos-tamponneuses. Me débarrasser du corps exigerait des nerfs solides, du calme, et la prudence d'une souris dans une exposition de chats.

Finalement, quand je fus de nouveau maître de moi, je roulai mon duvet, en serrai les sangles pour en faire un paquet aussi petit que possible, et le portai avec mon sac à dos dans l'ombre profonde du hully-gully. Je laissai le tout à un endroit où il me serait facile de le retrouver, sans qu'on pût le voir depuis l'allée.

Je retournai aux autos-tamponneuses.

Tout était tranquille.

La grille grinça légèrement quand je la poussai.

Chacun de mes pas se répercutait sous le plancher de bois.

Peu m'importait. Cette fois, je ne m'approchais furtivement de personne.

Au-delà des flancs ouverts du pavillon régnait le chatoiement du clair de lune.

La peinture brillante de la balustrade semblait rayonner de sa propre lueur.

Là, sous le toit, s'accumulaient les ombres

Les ombres et la chaleur humide

Les autos miniatures semblaient blotties comme des moutons dans un sombre pâturage.

Le corps avait disparu.

Je crus d'abord avoir oublié où exactement j'avais laissé le cadavre. Peut-être était-il derrière ces deux autres voitures, ou là-bas dans cette autre flaque de ténèbres, hors d'atteinte du clair de lune. Il me vint alors à l'esprit que le gobelin n'était peut-être pas mort quand je l'avais laissé. Mourant, oui ; il avait été mortellement blessé, c'était indéniable, mais peut-être était-il parvenu à se traîner dans un autre angle du pavillon avant d'expirer. Je me mis à chercher en tous sens parmi les voitures, sondant avec précaution les moindres lacs et flaques d'obscurité sans autre résultat que d'accroître ma nervosité.

Je m'immobilisai. J'écoutai.

Silence.

Je me fis réceptif aux vibrations psychiques.

Rien.

Je pensais me rappeler sous quelle voiture avait roulé la torche électrique quand elle était tombée du pare-chocs. Je la cherchai et la trouvai — rassuré de n'avoir pas rêvé tout ce combat contre le gobelin. Quand je manœuvrai l'interrupteur, la lampe s'alluma. Abritant le faisceau d'une main, j'en balayai le sol et vis une autre preuve de ce que le violent affrontement dont j'avais le souvenir ne s'était pas déroulé dans un cauchemar. Du sang. Une grande quantité de sang, qui s'épaississait et s'infiltrait dans le bois. Sa couleur fonçait, entre le cramoisi et le bordeaux avec une nuance de rouille sur les bords. Il séchait, mais c'était indéniablement du sang. Les éclaboussures, les traînées et les mares me permettaient de recréer la lutte telle que je me la rappelais.

Je retrouvai aussi mon couteau, souillé de sang séché. Je m'apprêtai à le remettre dans sa gaine à l'intérieur de ma botte, mais scrutai avec circonspection l'obscurité qui m'entourait et décidai de le garder à la main.

Le sang, le couteau... Mais le corps avait disparu.

Et la trousse à outils manquait également.

J'avais envie de courir, de ficher le camp de là sans même prendre le temps de retourner chercher mes affaires au hully-gully. Je voulais seulement foncer dans l'allée en soulevant des nuages de sciure jusqu'à la grille principale du champ de foire, l'escalader et continuer à courir, Seigneur, courir, sans m'arrêter pendant des heures et des heures jusqu'au matin, à travers les montagnes de Pennsylvanie, au fin fond de nulle part, jusqu'à trouver un cours d'eau où me laver du sang et de la puanteur de mon ennemi, où trouver un lit moussu pour m'étendre à l'abri des fougères, et dormir en paix sans peur d'être vu par qui — ou *quoi* — que ce fût.

Je n'étais qu'un garçon de dix-sept ans.

Mais durant les quelques mois passés, mes fantastiques et terrifiantes expériences m'avaient endurci et forcé à grandir vite. La survie exigeait que ce garçon se comportât comme un homme, et pas n'importe lequel : un homme aux nerfs d'acier et à la volonté de fer.

Au lieu de courir, je sortis et contournai la construction, examinant le sol poussiéreux dans le faisceau de la lampe de poche. Je ne trouvai aucune trace de sang, comme il y en aurait eu si le gobelin avait eu assez de force pour se traîner quelque part. Je savais d'expérience que ces êtres n'étaient pas plus à l'abri de la mort que je ne l'étais ; ils ne pouvaient pas se guérir miraculeusement, se lever et ressortir du tombeau. L'oncle Denton n'avait pas été invincible ; une fois mort, il était resté mort. Celui-ci aussi : il était mort sur le plancher du pavillon, indiscutablement mort ; il était donc toujours mort ; quelque part, mort. Ce qui ne laissait qu'une seule autre explication pour sa disparition : quelqu'un avait trouvé son corps et l'avait emporté.

Pourquoi ? Pourquoi ne pas appeler la police ? Quiconque avait découvert le cadavre ne pouvait pas savoir qu'il avait été autrefois animé par une créature démoniaque dont le visage aurait convenu aux galeries de l'enfer. Mon complice inconnu aurait vu un homme mort, rien de plus. Pourquoi aiderait-il un étranger à dissimuler un meurtre ?

Je me doutai que j'étais observé.

Le tremblement revint. Au prix d'un dur effort, je le chassai.

J'avais du travail à faire.

De retour à l'intérieur du pavillon, je m'approchai de l'auto tamponneuse sur laquelle travaillait le gobelin quand je l'avais surpris. A l'arrière, le capot avait été soulevé, exposant le moteur et la connexion entre le terminal de la perche d'alimentation et l'alternateur. Je contemplai un moment ces entrailles mécaniques, mais je ne voyais pas ce qu'il avait pu faire, et n'aurais même pas pu dire s'il avait eu le temps de saboter quelque chose avant mon interruption.

La cabine des tickets des autos-tamponneuses n'était pas fermée à clef. Dans un angle de la minuscule construction, je trouvai un balai, une pelle, et un seau qui contenait quelques chiffons sales. Je me servis des chiffons pour essuyer le sang qui n'avait pas encore séché sur le plancher de bois. Je rapportai ensuite dans le pavillon des poignées de terre poudreuse blanchie par l'été ; j'en saupoudrai toutes les taches humides et rougeâtres que je pus trouver, puis je l'écrasai sous mes bottes avant de balayer. Les taches de sang ne disparurent pas, mais elles avaient changé d'aspect et ne paraissaient pas plus récentes, ni différentes des innombrables souillures de graisse et d'huile qui se superposaient d'un bout à l'autre de la plate-forme. Je remis le balai et la pelle dans la cabine, mais jetai les chiffons ensanglantés dans une poubelle au bord de l'allée, les dissimulant sous des boîtes de pop-corn vides, des cornets de glaces froissés et autres détritus. J'y laissai également la torche électrique du mort.

Je me sentais toujours observé. Ça me donnait la chair de poule.

Debout au milieu de l'allée, je tournai lentement sur moi-même, balayant du regard la fête foraine où les banderoles pendaient toujours comme des chauves-souris endormies, où les baraques d'attractions et de sandwiches aux volets clos étaient noires et silencieuses comme des tombes. Sur le point de se coucher, la lune maintenant posée en équilibre sur l'horizon montagneux silhouettait la lointaine grande roue, le télé-combat et le tip-top, qui évoquaient d'une certaine façon les futuristes et colossales machines de guerre martiennes de *La Guerre des mondes*, de H. G. Wells.

Je n'étais pas seul. Plus aucun doute, maintenant. Je sentais quelqu'un dans les parages, mais je ne parvenais pas à percevoir son identité, à comprendre ses intentions ni à situer sa position.

Des yeux inconnus observaient.

Des oreilles inconnues écoutaient.

Et brusquement, le parc d'attractions fut une fois de plus différent de ce qu'il avait été. Ce n'était plus une cour de prison aride où je me tenais impuissant, désespérément exposé dans l'éclat accusateur des lampes à arc. En fait, la nuit n'était soudain plus assez claire pour mon goût. Elle s'assombrissait rapidement, porteuse de ténèbres plus profondes et plus menaçantes que tout ce qu'on avait jamais pu voir ou imaginer. Je maudis la trahison que représentait le coucher de la lune. L'impression de mise à nu, loin de diminuer avec sa disparition, se doublait maintenant d'une claustrophobie grandissante. Le parc d'attractions devenait un lieu plein de formes étrangères non éclairées, aussi profondément inquiétantes qu'une collection de pierres funéraires aux formes bizarres, sculptées et dressées par une race impénétrable sur un autre monde. Toute familiarité s'enfuyait ; chaque édifice, chaque machine, chaque objet était étrange. Je me sentais assiégé, enfermé, pris au piège, et j'eus pendant un moment peur de bouger, certain que, de quelque côté que je me tourne, j'allais tomber dans des mâchoires ouvertes, dans l'étreinte d'une entité hostile.

— Qui est là ? demandai-je.

Pas de réponse.

— Où avez-vous emporté le corps ?

Le parc d'attractions obscur était une parfaite éponge acoustique ; il absorbait ma voix sans que le silence en fût troublé, comme si je n'avais jamais parlé.

— Que voulez-vous de moi ? demandai-je à l'observateur inconnu. Êtes-vous un ami ou un ennemi ?

Peut-être ne savait-il pas s'il était l'un ou l'autre, car il ne répondit pas, mais je sentais pourtant qu'un moment viendrait où il se dévoilerait et révélerait clairement ses intentions.

Ce fut à cet instant que je sus, avec une certitude de voyant, que je n'aurais pu m'enfuir du parc d'attractions de Sombra Frères même si je l'avais essayé. Ce n'étaient ni un caprice ni un désespoir de fugitif qui m'avaient amené là. Quelque chose d'important devait m'arriver dans cette fête foraine. Le destin avait été mon guide ; quand j'aurais joué le rôle qui m'était échu, et seulement alors, le destin me laisserait libre de choisir mon avenir.

4

Rêves de gobelins

Outre les expositions agricoles, les fêtes foraines et les spectacles de danse du ventre, la plupart des foires de comté présentent des courses de chevaux, de sorte que la tribune d'honneur des champs de foire abrite généralement des douches et des vestiaires à l'usage des jockeys et des drivers de sulkys. Cet endroit n'y faisait pas exception. La porte était verrouillée, mais ce n'était pas cela qui aurait pu m'arrêter. Aussi ardemment que je pusse désirer retrouver cette innocence perdue, je n'étais plus un simple garçon de ferme de l'Oregon ; j'étais un jeune homme qui connaissait la route. J'avais dans mon portefeuille une fine languette de plastique rigide, que j'utilisai pour forcer la fragile serrure en moins d'une minute. J'entrai, allumai l'éclairage, et reverrouillai la porte derrière moi.

Sur la gauche s'alignaient les compartiments métalliques des toilettes peintes en vert, sur la droite des éviers ébréchés et des miroirs jaunis par l'âge et, au fond, les douches. La grande salle était partagée en son centre par une double rangée d'armoires éraflées et cabossées, dressées dos à dos face à des bancs tailladés. Un sol de ciment nu. Des murs de parpaings. Des tubes fluorescents fixés au plafond sans autre protection. Des odeurs vaguement fétides — sueur, urine, liniment rance, mycoses — et l'âcre senteur omniprésente d'un désinfectant parfumé à l'aiguille de pin donnaient à l'air une richesse nauséabonde qui me fit faire la grimace mais n'était pas tout à fait — quoique *presque* — assez répugnante pour déclencher un haut-le-cœur. Ce n'était pas un endroit élégant. Ce n'était pas là qu'on risquait de rencontrer aucun des Kennedy, par exemple, ni Cary Grant. Mais il n'y avait pas de fenêtres, ce qui voulait dire que je pouvais laisser l'éclairage allumé sans danger, et il y faisait beaucoup plus frais, sinon moins humide, que sur le champ de foire poussiéreux à l'extérieur.

Je commençai par me rincer la bouche pour en éliminer le goût métallique du sang, et me brosser les dents. Dans le miroir trouble fixé au-dessus du lavabo, mes yeux m'apparurent si farouches et si hagards que j'en détournai vivement mon regard.

Mon T-shirt était déchiré, ma chemise et mon jean tachés de sang. Après avoir pris une douche, éliminé de mes cheveux la puanteur du gobelin et m'être séché à l'aide d'un paquet de serviettes en papier, j'enfilai un autre T-shirt et un jean que je sortis de mon sac à dos. Je lavai dans un évier une partie du sang du T-shirt déchiré, fis tremper également le jean, puis je les tordis et les enfouis dans une poubelle presque pleine à côté de la porte. Je ne voulais pas risquer d'être pris avec les pièces à conviction que constitueraient des vêtements tachés de sang parmi mes affaires. Le reste de ma garde-robe était entièrement constitué du nouveau jean que je venais de mettre, du T-shirt que je portais, d'un autre T-shirt, de trois slips et d'autant de paires de chaussettes, et d'une veste légère en velours côtelé.

On voyage léger, quand on est recherché pour meurtre. Les seules choses pesantes qu'on emporte avec soi sont les souvenirs, la peur et la solitude.

Je décidai que l'endroit le plus sûr où passer la dernière heure de la nuit était ici dans le vestiaire, au-dessous des tribunes. Je déroulai mon sac de couchage sur le sol, devant la porte, et m'y étendis. Personne ne pourrait entrer sans que le bruit de la serrure m'alertât, et mon corps servirait à bloquer la porte contre toute intrusion.

Je laissai l'éclairage allumé.

Je n'avais pas peur de l'obscurité. Je préférais simplement ne pas m'y soumettre.

Fermant les yeux, je pensai à l'Oregon…

J'avais la nostalgie de la ferme, des prairies verdoyantes où j'avais joué enfant dans l'ombre des grandioses monts Siskiyou, à côté desquels les montagnes de l'Est semblaient anciennes, usées et ternies. En des souvenirs qui se déroulaient maintenant à la manière de découpages origami incroyablement élaborés, je vis les hauts remparts des Siskiyou boisés en gradins d'énormes épicéas de Sitka, avec çà et là des épicéas pleureurs (le plus beau de tous les conifères), des cyprès de Lawson, des douglas, des sapins du Pacifique au parfum de mandarine, qui n'avaient pour rivaux en matière d'influence aromatique que les cèdres à encens houppés, des cornouillers sans parfum mais aux feuilles brillantes, des érables à grandes feuilles, des érables pleureurs champêtres, des rangées bien ordonnées de chênes à galles vert foncé, et même à la lumière fanée de la mémoire ce spectacle me coupa le souffle.

Mon cousin Kerry Harkenfield, le beau-fils de l'oncle Denton, avait trouvé une mort particulièrement horrible au milieu de toute cette beauté. On l'avait assassiné. Il avait été mon cousin préféré et mon meilleur ami. Même des mois après sa mort, même à l'époque où je me trouvais dans la fête foraine de Sombra Frères, je ressentais encore sa perte. Intensément.

Je rouvris les yeux et contemplai les panneaux insonorisants du plafond, tachés d'humidité et poussiéreux, me forçant à écarter le terrible souvenir du corps brisé de Kerry. Il y avait de meilleurs souvenirs de l'Oregon...

Dans la cour, devant notre maison, poussait un de ces grands épicéas généralement appelés épicéas pleureurs, dont les branches arquées étaient drapées d'élégants châles de dentelle vert-noir. En été, le feuillage luisant servait de champ de parade pour le soleil, de la même façon que le plateau de velours d'un joaillier présente les pierres précieuses sous leur meilleur jour ; les rameaux étaient souvent tendus de chaînes et de chapelets immatériels mais néanmoins éblouissants, de colliers étincelants et d'arcs miroitants ornés de pierreries, tous constitués uniquement de l'éclat du soleil. En hiver, la neige encroûtait l'épicéa pleureur, épousant sa forme particulière ; si le temps était clair, l'arbre ressemblait à un officiant de Noël — mais si la journée était grise, il devenait un parent affligé au milieu d'un cimetière, l'incarnation même de la tristesse et de la souffrance.

Cet épicéa portait ses vêtements de deuil le jour où j'ai tué mon oncle Denton. J'avais une hache. Il n'avait que ses mains nues. Le supprimer n'avait pourtant pas été facile.

Encore un mauvais souvenir. Je changeai de position et refermai les yeux. Si je voulais avoir le moindre espoir de dormir, je ne devais penser qu'au bon temps, à maman, à papa et à mes sœurs.

Je suis né dans la ferme blanche qui se dressait derrière l'épicéa ; ma naissance avait impatiemment attendue et je fus un enfant entouré d'amour, le premier et unique fils de Cynthia et Kurt

Stanfeuss. Mes deux sœurs avaient en elles juste assez du garçon manqué pour faire de bonnes compagnes de jeu, juste assez de grâce féminine et de sensibilité pour m'inculquer quelques bonnes manières, un peu de recherche et de raffinement que je n'aurais peut-être pas acquis par ailleurs dans le monde rustique des vallées champêtres du Siskiyou.

Sarah Louise, blonde et de teint clair comme notre père, avait deux ans de plus que moi. Dès son plus jeune âge, elle avait su dessiner et peindre avec un tel talent qu'elle donnait l'impression d'avoir été une artiste célèbre dans une vie antérieure, et son rêve était de gagner sa vie avec ses pinceaux et sa palette. Douée d'une empathie particulière pour les animaux, elle pouvait maîtriser parfaitement et sans effort n'importe quel cheval, charmer un chat boudeur, calmer par son simple passage un poulailler plein de poules agitées, ou soutirer à force de cajoleries un rictus penaud et un frétillement de queue au chien le plus hargneux.

Jennifer Ruth, brune au teint d'amande comme notre mère, avait trois ans de plus que moi. C'était une lectrice vorace de romans d'aventures et d'imagination, tout comme Sarah, mais elle n'avait pour ainsi dire aucun talent artistique, bien qu'elle fît un art de sa manière de jongler avec les chiffres. Son affinité pour les nombres, pour toutes formes de mathématiques ou de disciplines apparentées, provoquait un étonnement constant chez tous les autres membres du foyer Stanfeuss qui, si on leur avait donné le choix entre additionner une longue colonne de chiffres et mettre un collier à un porc-épic, auraient choisi le porc-épic à tout coup. Jenny avait aussi une mémoire photographique. Elle était capable de citer mot pour mot des passages de livres qu'elle avait lus des années plus tôt. Sarah et moi étions profondément envieux de la facilité avec laquelle elle accumulait les meilleures notes sur ses bulletins scolaires.

La fusion des gènes de mes parents montrait des signes évidents de magie biologique alliée à un don rare pour la découverte, car aucun de leurs enfants n'avait échappé au fardeau de talents extraordinaires. Ce n'est pas qu'il fût difficile de comprendre comment ils avaient pu nous engendrer, car eux aussi avaient des dons, chacun à leur manière.

Mon père était un génie musical, et j'emploie le mot génie dans son sens original, non comme indication de son quotient intellectuel mais pour exprimer le fait qu'il était doué d'une faculté naturelle exceptionnelle qui, dans son cas, concernait la musique. Il n'y avait pas un instrument dont il ne fût capable de jouer correctement en moins d'une journée ; en une semaine, il pouvait exécuter les morceaux les plus complexes et les plus exigeants avec une facilité que d'autres n'acquéraient qu'après des années de laborieux efforts. Il y avait un piano dans notre salon, et papa y jouait souvent, de mémoire, des airs qu'il avait entendus le matin même à la radio en conduisant la camionnette à la ville.

Pendant quelques mois après sa mort, toute musique disparut de notre maison.

J'avais quinze ans quand mon père mourut et je crus à l'époque, comme tout le monde, que sa mort avait été un accident. La plupart des gens le croient encore. Je sais maintenant que mon oncle Denton l'avait tué.

Mais j'avais tué Denton, alors pourquoi ne pouvais-je pas dormir ? Je l'avais vengé, primitive justice avait été faite, alors pourquoi ne pouvais-je trouver au moins une ou deux heures de paix ? Pourquoi chaque nuit était-elle une épreuve ? Je ne pouvais dormir que quand l'insomnie me laissait dans un état d'épuisement si complet que le choix se réduisait au sommeil ou à la folie.

Je me tournai et me retournai sur ma couche.

Je pensai à ma mère, qui était aussi exceptionnelle que mon père l'avait été. Maman avait un don pour tout ce qui était vert, tout ce qui poussait ; les plantes prospéraient avec elle comme les animaux obéissaient à sa plus jeune fille ou comme les problèmes mathématiques se résolvaient d'eux-mêmes pour sa fille aînée. Un rapide coup d'œil à n'importe quelle plante, un bref palper d'une feuille ou d'une tige, et maman savait exactement de quelles substances nutritives ou de quels soins particuliers son ami végétal avait besoin. Son potager avait toujours produit les tomates les plus grosses et les plus savoureuses qu'on eût jamais mangées, le maïs le plus juteux, les oignons les plus doux. Maman était aussi une guérisseuse. Oh, pas une guérisseuse mystique, vous savez, aucun charlatanisme d'aucune sorte ; elle ne prétendait à aucun pouvoir psychique, et ne guérissait pas en imposant les mains. C'était une herboriste qui mélangeait ses propres cataplasmes, baumes ou onguents, et préparait de délicieuses tisanes médicinales. Personne dans la famille Stanfeuss n'attrapait jamais un mauvais rhume, jamais rien de pire qu'un petit reniflement qui ne durait pas plus d'une journée. Jamais nous ne souffrions d'herpès, de grippe, de bronchite ou de conjonctivite, ni des autres maladies que les enfants rapportent de l'école et passent à leurs parents. Voisins et membres de la famille venaient souvent trouver ma mère pour ses décoctions d'herbes et, bien qu'on lui eût fréquemment offert de l'argent, elle n'avait jamais accepté un sou en échange ; pour elle, il eût été blasphématoire d'en tirer un bénéfice autre que le plaisir d'en faire profiter sa famille et tout un chacun.

Je suis doué moi aussi, bien sûr, encore que mes aptitudes particulières soient bien différentes des talents plus rationnels de mes sœurs et de mes parents. Chez moi, la chance de Cynthia et Kurt Stanfeuss au jeu du hasard génétique n'était plus de la simple magie, mais presque de la sorcellerie.

Selon ma grand-mère Stanfeuss, qui possède un trésor de sagesse populaire ésotérique, j'ai la Vision Crépusculaire. Mes yeux ont la couleur même du crépuscule, une teinte bizarre plus violette que bleue, avec une clarté particulière et le don de réfracter la lumière de telle sorte qu'ils semblent d'étrange façon légèrement lumieux, et (m'a-t-on dit) sont d'une beauté insolite. Mémé dit que pas une personne sur un demi-million n'a de tels yeux, et je dois admettre que je n'en ai jamais vu d'autres comme les miens. En me découvrant enveloppé de langes dans les bras de ma mère, mémé dit à mes parents que les Yeux Crépusculaires chez un nouveau-né étaient un présage de facultés psychiques ; s'ils ne changeaient pas de couleur avant son second anniversaire (et les miens n'avaient pas changé), les dictons populaires — selon mémé — prévoyaient que les facultés psychiques seraient particulièrement fortes et se manifesteraient de diverses façons.

Mémé avait raison.

En revoyant son visage tendre aux rides légères, en me représentant ses yeux (vert de mer) pleins de chaleur et d'affection, je ne trouvai pas la paix, mais tout au moins une sorte de trève. Le sommeil se glissa jusqu'à moi dans cet armistice, tel un infirmier militaire apportant un anesthésique sur un champ de bataille temporairement silencieux.

Je rêvai de gobelins, ce qui m'arrive fréquemment.

Dans mon dernier rêve, mon oncle Denton hurlait tandis que je brandissais la hache : *Non ! Je ne suis pas un gobelin ! Je suis comme toi, Carl. Qu'est-ce que tu racontes ? Tu es fou ? Il n'y a pas de gobelins. Rien de tel. Tu es fou, Carl. Oh, mon Dieu ! Oh, mon Dieu ! Fou ! Tu es fou ! Fou !* Dans la réalité, il n'avait pas crié, n'avait pas nié mes accusations. Dans la réalité, notre lutte avait été acharnée et implacable. Mais trois heures après que le sommeil se fut emparé de moi, je m'éveillai avec la voix de Denton se répercutant encore depuis le rêve — *Fou ! Tu es fou, Carl ! Oh, mon Dieu, tu es fou !* — et je tremblais, inondé de sueur, désorienté, enfiévré par le doute.

Haletant, geignant, je m'approchai d'un pas chancelant du lavabo le plus proche, ouvris le robinet d'eau froide et m'aspergeai le visage. Les images rémanentes du rêve s'éloignèrent, s'estompèrent, disparurent.

A contrecœur, je levai la tête et me regardai dans le miroir. J'ai parfois du mal à affronter le reflet de mes yeux étranges parce que j'ai peur d'y lire effectivement la folie. C'était le cas à présent.

Je ne pouvais pas exclure l'hypothèse, aussi faible fût-elle, que les gobelins ne fussent rien d'autre que des fantasmes de mon imagination torturée. Dieu sait que je voulais l'exclure, pour préserver la fermeté de mes convictions, mais la possibilité de l'hallucination et de la folie demeurait, me vidant périodiquement de toute volonté et de toute résolution aussi sûrement qu'une sangsue dérobe un sang vital.

Je plongeais maintenant mon regard dans mes propres yeux angoissés, et ils étaient si insolites que leur réflexion n'était pas plate et bidimensionnelle, comme chez n'importe quel autre homme ; l'image réfléchie semblait avoir autant de profondeur, de réalité et de pouvoir que les yeux réels. Je sondai mon propre regard honnêtement et impitoyablement, mais n'y pus déceler aucun signe de démence.

Je me dis que mon aptitude à voir au travers du déguisement des gobelins était aussi indéniable que mes autres facultés psychiques. Je savais que mes autres pouvoirs étaient réels et fiables, car de nombreuses personnes avaient bénéficié de ma voyance et en avaient été étonnées. Ma grand-mère Stanfeuss m'appelait « le petit prophète », parce que je pouvais parfois lire l'avenir et parfois voir des moments du passé d'autres personnes. Et, bon sang, je pouvais aussi voir les gobelins ; le fait que j'étais le seul à les voir n'était pas une raison pour douter de ma vision.

Mais le doute demeurait.

— Un jour, dis-je à mon sombre reflet dans le miroir jauni, ce doute fera surface au mauvais moment. Il te submergera quand tu seras en train de défendre ta vie contre un gobelin. Et ce sera ta mort.

5

Phénomènes de foire

Trois heures de sommeil, quelques minutes pour me laver, quelques minutes de plus pour rouler mon duvet et me harnacher de mon sac à dos firent qu'il était neuf heures et demie quand j'ouvris la porte du vestiaire et sortis. C'était une journée chaude et sans nuages, mais l'air était moins humide que le soir précédent. Il soufflait une brise rafraîchissante qui me donna une sensation de repos et chassa les doutes aux confins les plus reculés de mon esprit, de la même façon qu'elle rassemblait les détritus et les feuilles mortes pour les amasser dans les recoins formés par les édifices et la végétation du champ de foire ; si elle ne faisait pas disparaître totalement les ordures, du moins les ôtait-elle de sous les pas. J'étais heureux de vivre.

Je retournai au parc d'attractions et fus surpris de ce que j'y trouvai. La fête foraine, quand je l'avais quittée la nuit précédente, m'avait laissé une impression de danger menaçant, une sensation lugubre, oppressante, mais en plein jour elle paraissait inoffensive, et même joyeuse. Les centaines de banderoles, toutes incolores de nuit dans la lueur délavée de la lune, étaient maintenant pourpres comme des rubans de Noël, jaunes comme des soucis, vert émeraude, blanches, bleu électrique, rouge vif, et elles ondulaient, battaient et claquaient dans le vent. Les manèges luisaient et étincelaient avec tant d'éclat dans la lumière vive du soleil d'août que, même d'assez près, ils paraissaient non seulement plus neufs et plus luxueux qu'ils ne l'étaient, mais semblaient plaqués d'argent et de l'or le plus fin, telles des machines fabriquées par les elfes dans un conte de fées.

A neuf heures et demie, les grilles du champ de foire n'étaient pas encore ouvertes au public. Seuls quelques forains étaient revenus au parc d'attractions.

Dans l'allée, deux hommes ramassaient les vieux papiers à l'aide de bâtons munis d'une longue pointe et les enfournaient dans de grands sacs pendus à leurs épaules. Nous échangeâmes des « b'jour » et « salut » au passage.

Un homme corpulent, avec des cheveux noirs et une moustache en guidon de bicyclette, se tenait sur l'estrade du bonimenteur du Palais du rire, à un mètre cinquante au-dessus du sol, les mains sur les hanches, le regard levé vers le visage de clown géant qui formait toute la façade du stand. Il avait dû me voir du coin de l'œil, car il se retourna et se pencha vers moi pour me demander si, à mon avis, le nez du clown avait besoin d'un coup de peinture.

— Il me semble parfait, répondis-je. On dirait qu'il a été peint pas plus tard que la semaine dernière. Un beau rouge vif.

— Il a effectivement été repeint la semaine dernière. Avant, il était jaune, ça faisait quatorze ans qu'il était jaune. Il y a un mois, je me suis marié pour la première fois, et ma femme, Giselle, dit qu'un nez de clown devrait être rouge. Comme je suis bigrement amoureux de Giselle, j'ai décidé de le peindre, vous voyez, et c'est ce que j'ai fait. Mais que je sois pendu si ce n'est pas une erreur, parce que quand il était jaune, c'était un nez qui avait du *caractère*, vous savez. Maintenant, il ressemble à n'importe quel nez de clown que vous ayez pu voir dans toute votre foutue vie, et ça nous avance à quoi ?

Il ne semblait pas attendre de réponse, car il sauta de l'estrade, s'éloigna à grands pas tout en grommelant et disparut derrière le labyrinthe.

Je déambulai le long de l'allée jusqu'à la grande balançoire, où un petit homme sec et nerveux était en train de réparer le générateur. Ses cheveux avaient cette nuance d'orange qui n'est ni auburn ni rousse, mais que tout le monde appelle néanmoins rousse, et ses taches de rousseur étaient si nombreuses et si éclatantes qu'elles semblaient irréelles, comme si elles avaient été soigneusement peintes sur ses joues et sur son nez. Je lui dis que je m'appelais Slim MacKenzie, mais il ne me dit pas son nom. Devinant en lui l'esprit de clan peu communicatif du vieux forain, je lui parlai un peu des attractions miteuses pour lesquelles j'avais travaillé tout au long du Midwest depuis l'Ohio tandis qu'il continuait à tripoter le générateur sans dire un mot. Je dus finir par le convaincre que j'étais à la hauteur, car il essuya ses mains graisseuses sur un chiffon, me dit que son nom était Rudy Morton mais que tout le monde l'appelait le Rouge, et me demanda avec un hochement de tête :

— Tu cherches du travail ?

Comme j'acquiesçai, il ajouta :

— C'est Pudding Jordan qui s'occupe de toutes les embauches. C'est lui notre graisseur de bielles, et il est le bras droit d'Arturo Sombra. Tu le trouveras probablement dans l'enceinte du quartier général.

Il m'expliqua où c'était, près de l'entrée du parc d'attractions. Je le remerciai, et je sais qu'il m'observa pendant un moment tandis que je m'éloignais, bien que je ne me fusse pas retourné une seule fois pour regarder en arrière.

Plutôt que de faire le détour par l'allée, je traversai directement le parc d'attractions ensoleillé. Le forain que je rencontrai ensuite était un homme de grande taille qui venait dans ma direction la tête baissée, les mains dans les poches et les épaules voûtées, avec un air trop abattu pour une journée aussi radieuse. Il mesurait plus d'un mètre quatre-vingt-dix, avec des épaules massives et des bras énormes, et ses cent vingt kilos de muscles en faisaient une silhouette impressionnante même quand il se tenait avachi. Sa tête était inclinée si bas entre ses épaules herculéennes que je ne voyais rien de son visage, et je savais qu'il ne me voyait pas. Il avançait entre les lourdes masses de matériel, marchant sur les câbles, traînant les pieds dans les accumulations de détritus, absorbé dans ses pensées. Craignant de le surprendre, je lançai avant d'arriver à sa hauteur :

— Belle matinée, n'est-ce pas ?

Il fit deux pas de plus, comme s'il lui fallait tout ce temps pour comprendre que mon salut lui était adressé. Nous étions à moins de trois mètres l'un de l'autre quand il leva les yeux vers moi, révélant un visage qui me glaça la moelle.

Un gobelin ! pensai-je.

Je faillis tendre la main vers le couteau dissimulé dans ma botte.

Oh, Seigneur, Dieu, non, un autre gobelin !

— Vous avez dit quelque chose ? demanda-t-il.

Quand l'onde de choc m'eut traversé, je vis qu'il n'était en fin de compte pas un gobelin — du moins pas un gobelin comme les autres. Il avait un visage de cauchemar, mais qui n'avait rien du

52

porc ni du chien. Pas de groin charnu, pas de crocs, pas de langue reptilienne frétillante. Il était humain, mais c'était un phénomène de foire, avec un crâne si difforme qu'il prouvait que Dieu avait des moments étrangement macabres. En fait...

Imaginez que vous soyez un sculpteur divin, en train de travailler un matériau de chair, de sang et d'os avec une mauvaise gueule de bois et un sens de l'humour abject. Commencez votre sculpture par une énorme mâchoire brutale qui ne se rétrécit pas vers les oreilles de votre création (comme dans un visage normal), mais se termine brutalement en de vilaines excroissances d'os noueux évoquant les boulons apparents sur le cou du monstre de Frankenstein dans sa version cinématographique. Maintenant, juste au-dessus de ces excroissances inesthétiques, donnez à votre infortunée création une paire d'oreilles pareilles à des feuilles de chou fripées : puis une bouche inspirée d'un godet de pelle mécanique. Ajoutez-y de grandes dents carrées, trop nombreuses, tassées les unes contre les autres et se chevauchant par endroits, toutes d'une teinte jaunâtre si choquante que votre créature aura honte d'ouvrir la bouche en bonne compagnie. Cela vous paraît assez cruel pour épancher la colère divine que vous avez pu éprouver ? Faux. Vous êtes apparemment en proie à une rage cosmique, une rogne surnaturelle assez puissante pour faire trembler l'univers d'un bout à l'autre, car vous modelez aussi un front assez épais pour servir d'armure, vous le rehaussez jusqu'à ce qu'il fasse saillie au-dessus des yeux et transforme les orbites qu'il surplombe en véritables grottes. Maintenant, dans une fièvre de création maligne, vous creusez un trou dans ce front, au-dessus de l'œil droit mais plus près de la tempe que l'orbite qui se trouve au-dessous, et vous y insérez un troisième œil sans iris ni pupille, juste un ovale de tissu orange foncé, indifférencié. Cela fait, vous ajoutez deux touches finales qui sont indiscutablement la marque d'un génie malveillant : vous plantez un nez d'une forme noble et parfaite au centre de cette tronche monstrueuse, pour railler votre créature en lui donnant une idée de ce qui aurait pu être ; dans les deux orbites inférieures, vous enchâssez une paire de beaux yeux brun clair, chaleureux, intelligents, normaux, merveilleusement expressifs, de sorte que quiconque les voit doit en détourner vivement le regard sous peine de pleurer irrésistiblement de pitié pour l'âme sensible emprisonnée dans cette masse grossière. Vous me suivez toujours ? Vous n'avez probablement plus envie de jouer à Dieu. Qu'est-ce qui Lui prend parfois ? Ne vous le demandez-vous pas ? Si une créature comme celle-là peut résulter tout simplement de Sa morosité ou de Sa rancune, imaginez quel devait être Son état d'esprit quand Il a créé l'enfer et y a exilé les anges rebelles.

Cette frasque de Dieu parla de nouveau, et sa voix était douce et affable.

— Désolé, vous avez dit quelque chose ? J'étais dans la lune.

— Hum... heu... j'ai dit... belle matinée.

— Oui. Sans doute. Vous êtes nouveau, n'est-ce pas ?

— Heu... Je m'appelle Carl... Slim.

— Carl Slim ?

— Non... heu... Slim MacKenzie, dis-je, la tête renversée en arrière pour lever les yeux vers lui.

— Joel Tuck, dit-il.

Je n'arrivais pas à me faire au timbre riche et au ton doux de sa voix. D'après son apparence, je m'attendais à une voix de verre brisé, de roc fracassé, pleine d'hostilité glaciale.

Il me tendit la main, et je la serrai. Elle était comme la main de n'importe qui.

— Je suis le propriétaire du dix-en-un.

— Ah, fis-je, essayant vainement de ne pas regarder l'œil orange et aveugle.

Un dix-en-un est un spectacle forain, généralement une exhibition de phénomènes, comportant au moins dix attractions — ou phénomènes — sous la même tente.

— Et pas seulement le propriétaire, ajouta Joel Tuck. Je suis aussi l'attraction vedette.

— Sans aucun doute.

Il éclata de rire, et je rougis de confusion, mais il ne me laissa pas bredouiller mes excuses jusqu'au bout. Il secoua sa tête déformée et posa une lourde main sur mon épaule, m'assurant avec un sourire qu'il n'y avait pas d'offense.

— En fait, dit-il, étonnamment volubile, il est réconfortant de rencontrer un forain pour la première fois et de le voir montrer son saisissement. Vous savez, la plupart des gogos qui paient pour entrer dans le dix-en-un me montrent du doigt, poussent des exclamations et font des commentaires en ma présence. Très peu ont l'esprit ou la grâce de quitter le spectacle meilleurs qu'ils n'étaient entrés, en éprouvant de la gratitude pour leur bonne

54

fortune. Tous stupides, mesquins... enfin, vous savez comment sont les gogos. Mais les forains... à leur façon, il leur arrive parfois d'être tout aussi mauvais.

Je hochai la tête, comme si je savais de quoi il parlait. J'avais réussi à détacher mon regard de son troisième œil, mais je n'arrivais plus à le détourner de sa bouche en pelle mécanique. En la voyant s'ouvrir et se fermer en claquant, avec ses mâchoires noueuses qui grinçaient et se renflaient, je me mis à penser à Disneyland. L'année qui précéda sa mort, mon père nous avait emmenés en Californie, à Disneyland, alors récemment créé. Mais déjà à cette époque, il y avait là-bas ce qu'on appelait des robots « audio-animatroniques », dotés de visages et de mouvements qui imitaient de façon convaincante la réalité dans tous ses détails, à l'exception de la bouche, qui s'ouvrait et se fermait en claquant sans aucun des mouvements subtils et complexes d'une bouche réelle. Joel Tuck avait l'air d'un robot audio-animatronique macabre que les techniciens de Disneyland auraient construit pour faire une bonne farce à l'oncle Walt.

Dieu ait pitié de moi pour avoir été aussi insensible. Je m'attendais à ce que cet homme monstrueux fût aussi monstrueux de pensée et de parole. Mais il poursuivait :

— Les forains sont tous si douloureusement conscients de leur tradition de tolérance et de fraternité que leur diplomatie en est parfois irritante. Mais vous ! Ah, vous avez frappé la note juste. Ni curiosité morbide, ni supériorité suffisante, ni effusions ni fausse pitié comme les gogos. Pas de diplomatie excessive ni d'indifférence étudiée comme les forains. Compréhensiblement frappé, sans honte pour vos réactions instinctives, en garçon qui sait se tenir mais n'en est pas pour autant dépourvu d'une saine curiosité et d'une franchise bienvenue — je suis content de faire votre connaissance.

— Moi de même.

Sa générosité dans l'analyse de mes réactions et de mes motivations me fit rougir encore plus, mais il fit mine de ne pas le remarquer.

— Bien, il faut que je m'en aille. Le spectacle commence à onze heures, et je dois être prêt à ouvrir le dix-en-un. De plus, quand il y a des gogos dans le parc d'attractions, je ne sors pas de la tente à visage découvert. Il ne serait pas juste d'imposer cette tronche à quelqu'un qui ne veut pas la voir. Et puis je ne suis pas d'accord pour donner à ces salauds un spectacle gratuit !

— Alors, à plus tard.

Mon regard revint à son troisième œil, qui se plissa une fois, comme il m'adressait un clin d'œil.

Il fit deux pas, ses chaussures de pointure quarante-sept arrachant de petits nuages de poussière blanche au sol desséché par le sol d'août. Puis il se retourna vers moi, hésita, et dit enfin :

— Qu'attendez-vous de la fête foraine ?

— Que... vous voulez dire... de cette fête foraine en particulier ?

— De la vie en général.

— Eh bien... un endroit où dormir.

Ses mâchoires remuèrent et se contractèrent.

— Vous l'aurez.

— Trois repas copieux par jour.

— Cela aussi.

— De l'argent de poche.

— Vous ferez mieux que ça. Je vois que vous êtes jeune, intelligent, vif. Vous réussirez. Quoi d'autre ?

— Vous voulez dire... qu'est-ce que je veux d'autre ?

— Oui. Quoi d'autre ?

Je poussai un soupir.

— L'anonymat.

— Ah !

Son expression pouvait être un sourire complice ou une grimace ; il n'était pas toujours facile de deviner ce que voulait exprimer ce visage distordu. La bouche entrouverte sur des dents pareilles aux pieux tachés et patinés d'une vieille clôture, il me considérait comme s'il allait me poser d'autres questions ou m'offrir un conseil, mais il était trop bon forain pour se montrer indiscret.

— Ah ! se contenta-t-il de répéter.

— Un asile, dis-je, souhaitant presque qu'il se montrât indiscret, soudain pris d'un besoin dément de me confier à lui et de lui parler des gobelins, de l'oncle Denton.

Depuis des mois, depuis la première fois que j'avais tué un gobelin, il m'avait fallu pour survivre une force de caractère et une résolution inébranlables, et durant ce temps, au cours de tous mes voyages, je n'avais rencontré personne qui parût avoir été soumis à de telles épreuves. Mais je sentais maintenant que j'avais trouvé en Joel Tuck un homme dont la souffrance, l'angoisse et la solitude avaient été bien plus grandes que les miennes, endurées depuis beaucoup plus longtemps ; c'était un homme qui avait accepté l'inacceptable avec une force et une grâce peu communes, quelqu'un qui pourrait comprendre ce que c'était de vivre en permanence dans un cauchemar, sans un instant de répit. Malgré son visage monstrueux, il y avait en lui quelque chose de paternel ; j'éprouvais un désir extraordinaire de m'appuyer contre lui et de laisser enfin les larmes couler, après tout ce temps, de lui parler des êtres démoniaques qui hantaient la terre en secret. Mais la maîtrise de soi était mon bien le plus précieux, et la suspicion un atout qui s'était avéré inestimable pour ma survie. Il ne m'était facile de rejeter ni l'un ni l'autre, et je me contentai de répéter :

— Un asile.

— Un asile. Je pense que vous le trouverez aussi. Je l'espère vraiment parce que... je pense que vous en avez besoin, Slim MacKenzie. Je pense que vous en avez désespérément besoin.

Cette remarque s'accordait si peu avec le reste de notre conversation qu'elle me donna un choc.

Nous nous dévisageâmes pendant un moment.

Cette fois, je ne regardais pas l'orbite orange et aveugle de son front, mais ses yeux. Je crus y voir de la compassion.

Psychiquement, je sentais en lui une main tendue, une certaine chaleur. Mais je percevais aussi une dissimulation qui n'était pas apparente dans son attitude, un signe déconcertant indiquant qu'il était plus que ce qu'il paraissait — que peut-être même il était vaguement, d'une certaine façon, dangereux.

Un frisson d'appréhension me parcourut, mais je ne savais pas si je devais avoir peur de lui ou de quelque chose qui lui arriverait.

Le moment se brisa comme un fil fragile — brusquement mais sans grand drame.

— A bientôt, dit-il.

— Oui, fis-je, la bouche si sèche et la gorge si serrée que je n'aurais rien pu dire de plus.

Il se retourna et s'éloigna.

Je le regardai jusqu'à ce qu'il eût disparu — de la même façon que le mécanicien, Red Morton, m'avait regardé quand je m'éloignais de la grande balançoire.

Je songeai de nouveau à quitter la fête foraine et à trouver un endroit où les augures et les présages seraient moins inquiétants. Mais j'en étais à mes derniers sous, et j'en avais assez d'être seul sur la route ; j'avais besoin de me trouver une place quelque part — et j'étais assez prophète pour savoir qu'on ne peut pas échapper au Destin, aussi ardemment qu'on le désire.

De plus, Sombra Frères était manifestement le refuge idéal pour un caprice de la nature. Joel Tuck et moi. Phénomènes de foire.

6

Fille du soleil

Le quartier général de la fête était logé dans trois remorques peintes de couleurs vives, chacune barrée d'un arc-en-ciel éclatant, disposées en U. Une palissade mobile fermait l'enceinte. M. Timothy Jordan, dit Pudding, avait un bureau dans la longue remorque de gauche, qui abritait aussi le comptable et la femme qui distribuait chaque matin les rouleaux de tickets.

J'attendis une demi-heure dans une pièce neutre au sol de linoléum où le comptable chauve, M. Dooley, se plongeait dans des piles de papiers. Tout en travaillant, il piochait continuellement dans une assiette de radis, de *pepperoncini* et d'olives noires, et son haleine épicée imprégnait la pièce sans qu'aucune des personnes qui y entraient ne parût en être importunée — ni même en prendre conscience.

Je m'attendais vaguement à ce que l'un des visiteurs se précipitât dans la remorque pour annoncer qu'un forain manquait, ou même qu'on en avait découvert un, mort, à proximité du pavillon des autos-tamponneuses. Tous les regards se seraient alors tournés vers moi parce que j'étais un étranger, un nouvel arrivant, un suspect en puissance, et ils auraient lu la culpabilité sur mon visage, et... Mais aucune alarme ne fut déclenchée.

On m'annonça enfin que M. Jordan était prêt à me recevoir, et quand je pénétrai dans son bureau à l'arrière de la remorque, je vis aussitôt d'où lui venait son surnom. Il mesurait un peu plus d'un mètre soixante-dix, largement quinze centimètres de moins que Joel Tuck, mais il devait peser à peu près autant que ce dernier, au moins cent vingt kilos. Il avait un visage pareil à un pudding, un nez rond qui ressemblait à une prune pâle, et un menton aussi informe qu'une boulette de pâte.

Quand je franchis sa porte, une voiture miniature tournait en cercles sur son bureau. C'était une petite décapotable dans laquelle quatre clowns minuscules se levaient et se rasseyaient tour à tour en rythme.

— Regarde celui-ci, dit-il en remontant un autre jouet. Je l'ai eu hier. Il est absolument fantastique. Absolument.

Il le posa, et je vis que c'était un chien en métal avec des pattes articulées qui le propulsaient sur le bureau en une série de lentes culbutes. Il le regarda évoluer, les yeux brillants de plaisir.

Jetant un regard autour de la pièce, je vis des jouets partout. L'un des murs était garni d'étagères sur lesquelles il n'y avait aucun livre, seulement une collection pittoresque de voitures et de camions à ressort, de figurines, et un minuscule moulin à vent qui devait probablement s'enorgueillir d'ailes tournantes. Dans un angle, deux marionnettes étaient pendues à une cheville pour éviter que leurs ficelles ne s'emmêlent, cependant qu'une poupée de ventriloque à l'air attentif était perchée sur un tabouret dans un autre angle.

Mon regard revint au bureau juste à temps pour voir le chien terminer une dernière culbute, plus lente encore que les autres. Puis, mû par l'ultime détente du ressort, il s'assit sur son arrière-train et leva les pattes de devant, comme s'il mendiait une approbation pour le tour qu'il venait d'exécuter.

Pudding Jordan me regarda avec un large sourire.

— N'est-ce pas tout simplement l'absolu de l'absolu ?

Il me plut immédiatement.

— Fantastique, acquiesçai-je.

— Alors tu veux t'enrôler chez Sombra Frères, c'est ça ? demanda-t-il en se carrant dans son fauteuil dès que je me fus installé dans un autre.

— Oui, monsieur.

— Je ne pense pas que tu sois un concessionnaire avec ta propre boutique, désireux de payer le privilège d'un emplacement réservé dans le parc d'attractions.

— Non, monsieur. Je n'ai que dix-sept ans.

— Oh, la jeunesse, c'est pas un argument ! J'ai vu des concessionnaires pas plus vieux que toi. Connu une gamine qui a commencé à quinze ans comme devineuse de poids. Elle avait un bagout réellement attirant, savait charmer les gogos, et elle s'est tellement bien débrouillée qu'elle a ajouté un ou deux autres petits jeux à son empire miniature. Puis elle est arrivée à s'acheter un tir aux canards quand elle avait ton âge. Et les tirs aux canards ne sont pas donnés ; trente-cinq mille dollars, en fait.

— Alors je suppose qu'en comparaison, je suis déjà un perdant dans la vie.

Pudding Jordan sourit. C'était un beau sourire.

— Donc, ce que tu veux, c'est devenir un employé de Sombra Frères.

— Oui, monsieur. A moins qu'un concessionnaire n'ait besoin d'un aide quelconque...

— Je suppose que tu n'es rien d'autre qu'un commis, du muscle à bon marché tout juste bon à monter le manège d'avions et la grande roue, charger les camions et transporter du matériel à dos d'homme. C'est ça ? Tu n'as rien de plus à offrir que ta sueur ?

Je m'avançais au bord de mon fauteuil.

— Je peux faire marcher n'importe quel attrape-nigaud, n'importe quel stand d'à-tous-les-coups-l'on-gagne. Je peux mener un lapinodrome avec autant d'adresse que n'importe qui. Je peux faire un peu de boniment — bon sang, mieux que les trois quarts des types que j'ai entendus baratiner le badaud dans les attractions miteuses où j'ai travaillé, sans prétendre pour autant être aussi bon que les camelots-nés qui viennent sans doute se proposer dans les meilleures équipes, comme la vôtre. Je peux faire un Bozo parfait pour le tir mécanique, parce que je n'ai pas peur de me mouiller, et que les insultes que je lance aux gogos ne sont pas méchantes, mais drôles, et qu'ils réagissent toujours mieux à la drôlerie. Je sais faire tout un tas de choses.

— Bien, bien, on dirait que les dieux sourient à Sombra Frères, aujourd'hui. Que je dois pendu si je me trompe, quand ils nous envoient un homme à tout faire aussi merveilleux. L'absolu.

— Moquez-vous de moi autant que vous voulez, monsieur, mais trouvez-moi quelque chose. Je vous jure que je ne vous décevrai pas.

Il se leva en s'étirant, et sa bedaine tressauta.

— Bien, Slim, je pense que je vais parler de toi à Rya Raines. C'est une concessionnaire. Elle a besoin de quelqu'un pour tenir la mailloche. Tu as déjà fait ça ?

— Bien sûr.

— Très bien. Si tu lui plais et si tu peux t'entendre avec elle, tu es casé. Si vous ne vous entendez pas, reviens me voir et je t'enverrai à quelqu'un d'autre, ou je t'engagerai dans l'équipe de Sombra Frères.

Je me levai à mon tour.

— Cette Mme Raines...

— Mademoiselle.

— D'après ce que vous dites... il est difficile de s'entendre avec elle, ou quoi ?

Il sourit.

— Tu verras. Quant au logement, je suppose que tu n'as pas plus de caravane personnelle que de concession, alors il va falloir t'installer dans l'une des remorques-dortoirs. Je vais voir qui a besoin d'un compagnon de chambre. Tu pourras payer la première semaine de loyer à Cash Dooley, le comptable que tu as vu dans l'autre pièce.

Je dansai d'un pied sur l'autre.

— Heu... j'ai laissé mon sac à dos et mon duvet dehors, et je préférerais vraiment dormir sous les étoiles. C'est plus sain.

— Ici, ce n'est pas permis. Si on laissait faire, on se retrouverait avec toute une bande d'extras qui dormiraient en plein air, qui boiraient ouvertement et copuleraient avec n'importe quoi, des femmes aux chats errants. Nous aurions l'air de parfaits romanichels, ce qui n'est certes pas le cas. Nous avons de la classe jusqu'au bout des ongles.

— Ah.

Il pencha la tête et me regarda en plissant les yeux.

— Fauché ?

— Eh bien...

— Tu ne peux pas payer le loyer ?

Je haussai les épaules.

— Nous te logerons gratis pendant deux semaines. Après ça, tu paieras comme tout le monde.

— Mince ! Merci, monsieur Jordan, mais je n'accepterai votre hospitalité que pour une semaine. Après ça, je pourrai me suffire. Dois aller tout droit à la mailloche ? Je sais où c'est, et je sais que le spectacle commence à onze heures, aujourd'hui. Ce qui veut dire que les grilles vont ouvrir d'ici dix minutes.

Il continuait à me regarder en plissant ses yeux, autour desquels la graisse formait des bourrelets. Son nez se rida comme s'il allait se transformer en pruneau.

— Tu as pris un petit déjeuner ?

— Non, monsieur. Je n'avais pas faim.

— C'est presque l'heure de déjeuner.

— Je n'ai toujours pas faim.

— Moi, j'ai toujours faim. Tu as dîné, hier soir ?

— Moi ?

— Toi.

— Bien sûr.

Il fronça les sourcils d'un air sceptique, fouilla dans sa poche dont il sortit deux billets d'un dollar, et contourna son bureau, la main tendue vers moi.

— Oh, non, monsieur... Je ne peux pas accepter.

— Ce n'est qu'un prêt, dit-il en prenant ma main, dans laquelle il pressa les billets. Tu me le rendras.

— Mais je ne suis pas fauché à ce point. J'ai un peu d'argent.

— Combien ?

— Heu... dix dollars.

Il sourit de nouveau.

— Fais voir.

— Heu ?

— Menteur. Combien, vraiment ?

Je baissai les yeux vers mes chaussures.

— Vraiment, allons ? Dis-moi la vérité, fit-il d'un ton sévère.

— Eh bien... hummm... douze *cents.*

— Ah oui, je vois. Tu es un Rockefeller. Grands dieux, je suis absolument mortifié de penser que j'ai essayé de te prêter de l'argent. Déjà riche à dix-sept ans, manifestement un héritier de la fortune Vanderbilt.

Il me donna deux dollars de plus.

— Maintenant, écoute-moi, monsieur le playboy-riche-à-millions, va au stand à hamburgers de Sam Trizer, à côté du manège de chevaux de bois. C'est l'un des meilleurs du parc, et il ouvre tôt pour servir les forains. Fais un bon repas, et ensuite seulement tu iras voir Rya Raines à sa mailloche.

Je hochai la tête, honteux de ma pauvreté parce qu'un Stanfeuss ne devait jamais compter que sur un autre Stanfeuss. Mortifié et furieux contre moi-même, je me sentais néanmoins plein de gratitude pour la charité joviale du gros homme.

Quand j'atteignis la porte et l'ouvris, il me dit :

— Attends une seconde.

Je me retournai et vis qu'il me regardait d'un air différent. Jusque-là, il m'avait jaugé pour évaluer mon caractère, mes aptitudes et mon sens de la responsabilité, mais il me regardait maintenant de la façon dont un handicapeur aurait examiné un cheval sur lequel il avait l'intention de placer un pari.

— Tu es costaud pour ton âge. De bons biceps, de bonnes épaules. Et tu sais te mouvoir. Tu as l'air de pouvoir te défendre en cas de difficulté.

Comme je devais apparemment fournir une réponse quelconque, je dis :

— Eh bien... ça m'est déjà arrivé, oui.

Je me demandais ce qu'il dirait si je lui racontais que j'avais déjà tué quatre gobelins — quatre créatures à face de porc, crocs de chien et langue de serpent, avec des yeux rouges meurtriers et des griffes comme des rapières.

Il m'observa en silence pendant un moment.

— Écoute, dit-il enfin, si tu peux t'entendre avec Rya, c'est pour elle que tu travailleras. Mais demain, j'aimerais que tu fasses un travail spécial pour moi. Il n'y aura probablement pas de grabuge, mais c'est une possibilité. En mettant les choses au pire, tu pourrais être obligé de faire le coup de poing. Mais je pense qu'il te suffira de traîner alentour en roulant des mécaniques.

— Tout ce que vous voudrez.

— Tu ne me demandes pas de quel travail il s'agit ?

— Vous pourrez me l'expliquer demain.

— Tu ne veux pas te réserver la possibilité de refuser ?

— Pas la peine.

— Ça comporte des risques.

Je montrai les quatre dollars qu'il m'avait donnés.

— Vous venez de vous acheter un preneur de risques.

— Tu es bon marché.

— Ce ne sont pas les quatre dollars qui m'ont acheté, monsieur. C'est la gentillesse.

Le compliment le mit mal à l'aise.

— Fiche-moi le camp d'ici, va manger et commence à gagner ta croûte. On n'aime pas voir traîner des fainéants sur le terrain. Et tu peux m'appeler Pudding, comme tout le monde.

Dans un meilleur état d'esprit que je ne l'avais été depuis des mois, je passai dans le bureau avant, où Cash Dooley me dit que je pouvais laisser mes affaires à sa garde en attendant qu'on m'eût trouvé une place dans une caravane, puis je me rendis au stand de Sam Trizer pour y déjeuner sur le pouce. Aux États-Unis, on appelle ces endroits des « grabstands » parce qu'il n'y a pas de place où s'asseoir ; on doit y empoigner sa nourriture au vol et la manger debout. J'avalai deux délicieux hot-dogs au piment, des frites, un fouetté à la vanille, puis remontai vers le centre du parc d'attractions.

En matière de foire de comté, celle-ci était mieux que la moyenne, presque grande, mais loin de l'être autant que celles de Milwaukee, St Paul, Topeka, Pittsburgh ou Little Rock, où le montant des entrées pouvait atteindre les bons jours un quart de million de dollars. Quoi qu'il en soit, jeudi n'était pas loin du week-end. C'était l'été, les enfants n'allaient pas à l'école et beaucoup de gens étaient en vacances. De plus, dans la Pennsylvanie rurale, la fête foraine était une occasion de se divertir comme il y en avait peu — les gens venaient de quatre-vingts à cent kilomètres alentour —, et, les grilles à peine ouvertes, un millier de gogos avaient déjà envahi le terrain. Les bonimenteurs de tous les attrape-nigauds et autres stands de jeu, prêts à offrir leurs services, commençaient à haranguer le badaud de passage et de nombreux manèges tournaient déjà. Le parfum du pop-corn emplissait l'air, ainsi que celui du fuel des moteurs Diesel et de la graisse des cuisines. La machine à plaisir tapageuse lançait tout juste son moteur, mais dans quelques heures elle tournerait à plein régime — un millier de sons exotiques, une conflagration générale de couleurs et de mouvements qui semblerait finalement s'enfler jusqu'à devenir l'univers, jusqu'à ce qu'il soit impossible de croire qu'il existait quoi que ce fût au-delà de la fête foraine.

Je dépassai le stand des autos-tamponneuses, m'attendant presque à y voir la police et une foule de badauds horrifiés. Mais le guichet des tickets était ouvert, les voitures roulaient et les gogos poussaient des cris perçants — uniquement destinés à leurs vis-à-vis quand ils précipitaient leurs véhicules aux pare-chocs de caoutchouc les uns contre les autres. Si quelqu'un avait remarqué les taches fraîches sur le sol du pavillon, il ne s'était pas rendu compte que c'était du sang.

Je me demandai où mon aide inconnu avait emporté le cadavre, quand il finirait par sortir de l'ombre et se faire connaître. Et quand il se dévoilerait, que voudrait-il de moi en échange de son silence ?

La mailloche, ou « canon », était dans la première allée, à la lisière extérieure du parc d'attractions, serrée entre un jeu de ballon et la petite tente rayée d'une diseuse de bonne aventure. C'était un dispositif simple constitué d'un patin de frappe de cinquante centimètres de côté, monté sur des ressorts et destiné à mesurer la force de l'impact, d'un arrière-plan imitant la forme d'un thermomètre haut de six mètres, et d'une cloche fixée en haut du thermomètre. Il suffisait aux types qui voulaient impressionner leur cavalière de payer cinquante *cents,* de prendre la masse fournie par l'opérateur et d'en assener un coup le plus fort possible sur le patin de frappe. Le coup faisait monter un petit bloc de bois le long du thermomètre, qui était divisé en cinq sections : GRAND-MAMAN, GRAND-PAPA, BON GARÇON, COSTAUD, et DUR-DE-DUR. Si vous étiez assez dur-de-dur pour envoyer le bloc tout en haut et faire sonner la cloche, non seulement vous aviez impressionné votre compagne et aviez une meilleure chance de la mettre dans votre lit avant la fin de la soirée, mais vous gagniez aussi un petit animal en peluche bon marché.

A côté de la mailloche se trouvait une collection d'ours en peluche qui étaient loin de paraître aussi bon marché que les lots habituels de ce genre de jeu, et sur un tabouret à côté des ours en peluche était assise la fille la plus belle que j'eusse jamais vue. Elle portait un jean de velours côtelé marron et un chemisier à damiers rouges et bruns, et je remarquai vaguement qu'elle avait un corps mince aux proportions intéressantes, mais en vérité je ne prêtai pas beaucoup d'attention à la façon dont elle était bâtie — ce serait pour plus tard — car je fus sur le moment entièrement captivé par ses cheveux et son visage. Sa chevelure épaisse, douce, soyeuse, chatoyante, trop blonde pour qu'on pût la qualifier d'auburn, trop auburn pour être blonde, était ramenée d'un côté de son visage, dissimulant à moitié l'un de ses yeux et me rappelant Veronica Lake, vedette de cinéma d'une autre époque. S'il y avait le moindre défaut dans son visage exquis, c'était que la perfection même de ses traits lui donnait également un air légèrement froid, distant et inaccessible. Ses yeux étaient grands, bleus et limpides. Le chaud soleil d'août glissait sur elle comme si elle avait été sur une scène au lieu d'être perchée sur un tabouret de bois délabré, et il ne l'éclairait pas de la même façon que les autres personnes présentes dans le parc d'attractions ; il semblait la favoriser, rayonnant sur elle comme un père contemplerait sa fille préférée, accentuant le lustre naturel de ses cheveux, révélant fièrement la porcelaine satinée de son teint, se moulant amoureusement à ses pommettes sculptées et à son nez adroitement ciselé, suggérant sans les illuminer pleinement une grande profondeur et de nombreux mystères dans ses yeux enchanteurs.

Je restai confondu, et l'observai un moment faire son boniment. Elle attira un gogo hors du groupe de badauds, prit ses cinquante *cents*, compatit à son incapacité à propulser le bloc de bois au-dessus de BON GARÇON, et le persuada mielleusement de débourser un dollar pour trois essais supplémentaires. Elle violait toutes les règles de l'aboyeur de foire : jamais elle ne raillait les gogos, pas même un soupçon, elle élevait rarement la voix, mais son message n'en portait pas moins par-dessus la musique que diffusait la tente de la gitane diseuse de bonne aventure, le boniment de l'aboyeur du jeu de ballon voisin ou le rugissement grandissant du parc d'attractions en train de s'éveiller. Le plus insolite, c'est qu'elle ne se levait jamais de son tabouret, n'essayait pas d'attirer les gogos par un étalage énergique de talents de bonimenteur, n'employait ni gestes dramatiques, ni pas de danse comiques, ni plaisanteries tapageuses, ni sous-entendus grivois, expressions à double sens ou autres techniques habituelles. Son bavardage était finement amusant, et elle était superbe ; c'était suffisant, et elle était assez intelligente pour savoir que c'était suffisant.

Elle me coupa le souffle.

Avec le traînement de pieds intimidé qu'il m'arrivait d'avoir au voisinage des jolies filles, je finis par m'approcher d'elle. Elle crut que j'étais un gogo désireux de brandir la masse, mais je la détrompai.

— Non, je cherche Miss Raines.

— Pourquoi ?

— C'est M. Jordan qui m'envoie.

— Vous êtes Slim ? Je suis Rya Raines.

— Oh ! fis-je, ahuri.

Elle avait l'air d'une jeune fille, à peine plus âgée que moi, et pas du genre concessionnaire rusée et agressive auquel je m'attendais.

Un léger froncement de sourcils modifia légèrement ses traits, sans diminuer en rien sa beauté.

— Quel âge avez-vous ?

— Dix-sept ans.

— Vous paraissez plus jeune.

— Je vais sur mes dix-huit ans, répliquai-je, sur la défensive.

— C'est la progression habituelle.

— Hein ?

— Après ça, ce sera dix-neuf, et puis vingt, et ensuite rien ne vous arrêtera plus, dit-elle avec une nuance de sarcasme non déguisé.

Sentant qu'elle était de celles qui réagiraient sans doute mieux à l'aplomb qu'à la servilité, je souris et rétorquai :

— Je suppose que ça ne s'est pas passé comme ça pour vous. J'ai l'impression que vous avez sauté tout droit de douze à quatre-vingt-dix.

Elle ne me retourna pas mon sourire, et ne se départit pas de sa froideur, mais elle abandonna le froncement de sourcils.

— Vous savez parler ?

— Je ne parle pas ?

— Vous savez ce que je veux dire.

En guise de réponse, je pris la masse, frappai le patin avec assez de force pour faire sonner la cloche et attirer l'attention des gogos les plus proches, me tournai vers l'allée et me lançai dans un boniment. En quelques minutes, j'eus encaissé trois dollars.

— Vous ferez l'affaire, dit Rya Raines.

Quand elle me parlait, elle me regardait droit dans les yeux, et son regard me donnait plus chaud que le soleil d'août.

— Tout ce que vous devez savoir, c'est que le jeu n'est pas truqué, ce que vous avez déjà prouvé, et je ne veux pas d'un baron. Les jeux truqués et les barons ne sont pas autorisés chez Sombra Frères, et je n'en aurais pas même s'ils étaient autorisés. Ce n'est pas facile de faire sonner cette cloche ; c'est même bigrement difficile. Mais le gogo a une chance honnête de gagner, et quand il gagne il emporte le prix, pas d'excuses.

— J'ai compris.

Otant son tablier à poches ventrales et son distributeur de monnaie, elle me les passa tout en me parlant du ton aussi ferme et aussi vif d'un jeune cadre de la General Motors.

— J'enverrai quelqu'un à cinq heures, et vous serez libre de cinq à huit pour dîner et faire un somme si vous en avez besoin, puis vous reviendrez jusqu'à la fermeture. Vous m'apporterez les reçus ce soir à ma caravane, dans la prairie. J'ai une Airstream, le plus gros modèle. Vous la reconnaîtrez parce que c'est la seule qui soit attelée à un pick-up Chevrolet rouge, tout neuf. Si vous êtes réglo, si vous ne faites rien de stupide, comme d'essayer de piocher dans la recette, vous ne serez pas mécontent de travailler pour moi. Je possède quelques autres concessions, et je suis toujours à la recherche de gens capables d'assumer des responsabilités. Vous serez payé tous les jours en fin de journée, et si vous êtes assez bon bonimenteur pour améliorer la moyenne de la recette, vous aurez une part des bénéfices supplémentaires. Si vous êtes honnête avec moi, vous ferez un meilleur marché qu'avec n'importe qui d'autre. Mais — maintenant écoutez bien et soyez prévenu — si vous essayez de me couillonner, gamin, je veillerai à ce que vous vous retrouviez avec les roubignolles en écharpe. Nous nous comprenons ?

— Oui...

— Bien.

Me rappelant l'allusion de Pudding Jordan à la fille qui avait commencé comme devineuse de poids et était parvenue à acquérir une concession importante à l'âge de dix-sept ans, je lui demandai :

— Euh, l'un de ces autres jeux que vous avez, c'est un tir aux canards ?

— Un tir aux canards, un stand de devineur de poids, un jeu de massacre, une pizzeria, un manège pour enfants appelé le Joyeux Tramway de Toonerville, et soixante-dix pour cent de participation dans une attraction appelée les Curiosités de l'Amiral, répondit-elle d'un ton tranchant. Et je n'ai ni douze ans ni quatre-vingt-dix ans ; j'ai vingt et un ans, et j'ai fait un sacré bout de chemin à partir de rien en sacrément peu de temps. Pour monter tout ça, il ne faut pas être gourde, naïve ou indulgente. Je n'ai rien du gogo, et tant que vous n'oublierez pas ça, Slim, nous nous entendrons parfaitement.

Sans me demander si j'avais d'autres questions, elle s'éloigna dans l'allée. A chacune de ses enjambées, son petit derrière haut et ferme oscillait gentiment dans son jean serré.

Je la regardai jusqu'à ce qu'elle eût disparu dans la foule grandissante, puis, prenant soudain conscience de ma condition, je posai le tablier et le distributeur de monnaie, me tournai vers la mailloche et empoignai le marteau de forgeron. Je l'abattis sept fois coup sur coup, faisant sonner la cloche six fois et ne m'arrêtant que lorsque je pus faire face aux gogos qui passaient sans l'embarras d'une érection par trop visible.

Tout l'après-midi, je fis du boniment devant la mailloche avec un plaisir authentique. La foule des gogos qui s'écoulait d'abord en un mince filet forma bientôt un ruisseau, puis un fleuve qui roulait son flot ininterrompu au long de l'allée dans la chaleur éblouissante de l'été. Je leur extirpais leurs demi-dollars luisants avec presque autant de facilité que si j'avais plongé la main dans leurs poches.

Même quand je vis le premier gobelin de la journée, un peu après deux heures, je ne perdis pas ma bonne humeur ni mon enthousiasme. J'étais habitué à voir sept ou huit gobelins par semaine, beaucoup plus si je travaillais dans une fête foraine qui attirait une foule appréciable ou si je traversais une grande ville populeuse. J'avais depuis longtemps calculé qu'une personne sur quatre ou cinq cents était un gobelin déguisé, ce qui équivalait à environ un demi-million pour les États-Unis à eux seuls ; si je ne m'étais pas accoutumé à en voir partout où j'allais, je serais devenu fou avant même d'arriver à Sombra Frères. Je savais maintenant qu'ils n'avaient pas conscience de la menace particulière que je représentais pour eux ; ne se rendant pas compte que je pouvais percer leur déguisement, ils ne s'intéressaient pas spécialement à moi, mais il me démangeait de tuer tous ceux que je voyais car je savais d'expérience qu'ils étaient hostiles à l'humanité entière et n'avaient d'autre objectif que de causer détresse et souffrance sur la terre. Il m'arrivait cependant rarement de les rencontrer dans des endroits suffisamment déserts pour pouvoir les attaquer ; peu désireux d'apprendre à quoi ressemblait l'intérieur d'une prison, je n'osais pas abattre l'un de ces monstres haïssables sous les yeux de témoins incapables de percevoir le démon sous le costume humain.

Le gobelin qui déambula devant la mailloche un peu après deux heures était confortablement niché dans le corps d'un gogo : un jeune campagnard de dix-huit ou dix-neuf ans, grand et fort, avec des cheveux blond filasse, un visage ouvert et bon enfant, vêtu d'une veste de l'armée, d'un jean coupé et de sandales. Accompagné de deux garçons de son âge, dont ni l'un ni l'autre n'était un gobelin, il avait l'air du citoyen le plus innocent qu'on pût imaginer, plaisantant, faisant un peu le pitre et s'amusant d'une façon ordinaire. Mais sous le vernis humain, un gobelin guettait de ses yeux de feu.

Le jeune campagnard ne s'arrêta pas à la mailloche. Je poursuivis mon boniment sans m'interrompre tout en le regardant passer et, moins de dix minutes plus tard, je vis une seconde bête. Celle-ci affectait l'apparence d'un homme trapu aux cheveux gris, d'environ cinquante-cinq ans, mais sa forme étrangère m'apparaissait dans toute sa laideur.

Je sais que ce que je vois n'est pas en fait le gobelin physique enfermé dans une sorte de chair plastique. Le corps humain est bien réel. Ce que je perçois, je suppose, est soit l'esprit du gobelin, soit le potentiel biologique de sa chair polymorphe.

A trois heures moins le quart, j'en vis deux autres. Extérieurement, ce n'étaient que deux jolies adolescentes, des godiches provinciales éblouies par la fête foraine. A l'intérieur se tapissaient des entités monstrueuses au groin rose frémissant.

A quatre heures, quarante gobelins avaient défilé devant la mailloche. Un ou deux s'étaient même arrêtés pour essayer leur force, et ma bonne humeur avait fini par disparaître. La foule du parc d'attractions ne devait pas compter plus de six à huit mille personnes, de sorte que les monstres dépassaient de loin la proportion habituelle.

Il se passait quelque chose. Quelque chose devait arriver dans le parc d'attractions de Sombra Frères cet après-midi même ; cette extraordinaire concentration de gobelins n'avait qu'un objectif : assister à la détresse et à la souffrance humaines. En tant qu'espèce, ils semblaient non seulement savourer notre douleur, mais en tirer substance, s'en nourrir, comme si notre agonie était leur seule — ou principale — subsistance. Je ne les avais vus en groupes importants que sur les lieux de tragédies : les obsèques de quatre joueurs de football du lycée tués dans un accident d'autocar quelques années plus tôt dans ma ville natale, un terrible carambolage automobile dans le Colorado, un incendie à Chicago. Maintenant, plus je voyais de gobelins parmi les gogos ordinaires, plus je me sentais glacé dans la chaleur d'août.

Quand l'explication me vint enfin à l'esprit, j'étais tellement à cran que j'envisageais sérieusement d'utiliser le couteau dissimulé dans ma botte pour en frapper au moins un ou deux avant de prendre la fuite. Puis je compris ce qui avait dû se passer. Ils étaient venus pour assister à un accident au pavillon des autos-tamponneuses, s'attendant à ce qu'un conducteur fût mutilé ou tué. Oui. Bien sûr. C'était ce que ce salaud machinait la nuit passée, avant que je ne l'aie affronté et tué ; il préparait un

« accident ». Maintenant que j'y pensais, j'étais certain de savoir ce qui avait été projeté, car je l'avais surpris en train de saboter l'alimentation électrique du moteur de l'une des petites voitures. En le tuant, j'avais sans le savoir sauvé un pauvre gogo de l'électrocution.

Le mot s'était propagé parmi les gobelins : *Mort, souffrance, horrible mutilation et hystérie collective demain à la fête foraine ! Ne manquez pas ce spectacle sensationnel ! Amenez vos femmes et vos enfants ! Sang et chair brûlée ! Un spectacle pour toute la famille !* Répondant à ce message, ils étaient venus, mais le festin promis d'affliction humaine ne leur avait pas été servi et ils déambulaient par les allées, essayant de savoir ce qui s'était passé, cherchant peut-être même le gobelin que j'avais tué.

De 16 heures jusqu'à 17 heures, heure à laquelle mon remplaçant arriva, mon moral ne cessa de remonter car je ne vis plus aucun de mes ennemis. Une fois libre, je passai une demi-heure à explorer la foule, mais les gobelins étaient apparemment tous repartis, déçus.

Je retournai au stand à hamburgers de Sam Trizer pour y manger un morceau. Après avoir dîné, je me sentis beaucoup mieux et je sifflotais même en me dirigeant vers le quartier général pour savoir ce qu'il en était de mon logement, quand je rencontrai Pudding Jordan près du manège de chevaux de bois.

— Comment ça va ? demanda-t-il, élevant la voix pour couvrir la musique de l'orgue limonaire.

— Super bien.

Nous nous approchâmes de la cabine à tickets, à l'écart du flot des gogos.

Il mangeait un doughnut au chocolat, et s'essuya les lèvres avant de remarquer :

— Rya ne t'a apparemment pas arraché une oreille ou un doigt d'un coup de dents.

— Elle est bien, dis-je.

Il haussa les sourcils.

— C'est vrai, insistai-je, sur la défensive. Un peu revêche, peut-être, avec son franc-parler. Mais au-dessous de tout ça, il y a une brave fille, sensible, qui vaut la peine d'être connue.

— Oh, tu as raison. Absolument. Je ne suis pas surpris par ce que tu me dis — seulement par le fait que tu aies percé à jour aussi vite son masque de dur à cuire. La plupart des gens ne prennent pas le temps de voir la gentillesse qui est en elle, et certains ne la voient jamais.

Mon moral monta encore d'un cran quand j'entendis cette confirmation de mes vagues impressions psychiques. Je voulais qu'elle soit sympathique. Je voulais qu'elle soit une bonne personne sous le masque de la Dame de Glace. Je voulais qu'elle soit une personne qui vaille la peine d'être connue. Bon sang, ça se résumait au fait que je la voulais, tout simplement, et je ne voulais pas vouloir une garce.

— Cash Dooley t'a trouvé un coin de caravane, dit Pudding. Tu devrais t'y installer pendant ta pause.

— J'y vais.

J'allais me détourner de lui, en pleine euphorie, quand je vis du coin de l'œil quelque chose qui me fit redescendre en flèche. Je lui fis face de nouveau, espérant avoir imaginé ce que je croyais avoir vu, mais ce n'était pas mon imagination ; c'était toujours là. Du sang. Il y avait du sang partout sur le visage de Pudding Jordan. Ce n'était pas du vrai sang, comprenez-le. Il finissait son doughnut au chocolat, n'était pas blessé, n'éprouvait aucune douleur. Ce qui m'apparaissait était une vision de voyant, un présage de violence à venir. Et pas seulement de la violence. Au visage de Pudding vivant se superposait une image de son visage dans la mort, les yeux ouverts mais aveugles, ses joues potelées barbouillées de sang. Le courant du temps ne l'emportait pas seulement vers une blessure, mais... vers une mort imminente.

Il me regarda avec un battement de paupières.

— Quoi ?

— Heu...

L'éclair prémonitoire s'estompa.

— Il y a quelque chose qui ne va pas, Slim ?

La vision avait disparu.

Je n'avais aucun moyen de le lui dire ni de faire qu'il me croie. Et même si j'avais pu faire qu'il me croie, je n'avais aucun moyen de changer l'avenir

— Slim ?

— Non. Il n'y a rien. Je voulais juste...

— Eh bien ?

— Je voulais vous dire encore merci.

— Tu es fichtrement trop reconnaissant, gamin. Je ne supporte pas les chiots larmoyants.

Il fronça les sourcils d'un air menaçant.

— Et maintenant, disparais.

J'hésitai. Puis, pour dissimuler ma confusion et ma peur, je dis :

— C'est votre imitation de Rya Raines ?

Il battit de nouveau des paupières et me sourit.

— Oui. Comment c'était ?

— Pas assez méchant, loin de là.

Il éclata de rire et, tout en m'éloignant, j'essayai de me persuader que mes prémonitions ne se réalisaient pas toujours...

(mais elles se réalisaient)

... et que, même s'il allait mourir, ce ne serait pas de sitôt...

(mais je sentais que ce serait en fait très bientôt)

... et que même si c'était bientôt, il y avait certainement quelque chose que je pouvais faire pour l'empêcher.

Quelque chose.

Certainement quelque chose.

7

Visiteur nocturne

La foule s'éclaircissait et le parc d'attractions commença à fermer ses volets à minuit, mais je maintins la mailloche ouverte jusqu'à minuit et demi pour récolter quelques demi-dollars supplémentaires ; je voulais rapporter une recette de DUR-DE-DUR (plutôt que de BON GARÇON) pour ma première journée de travail. Le temps de fermer le stand, il était un peu plus de une heure du matin quand je me dirigeai vers la prairie où les forains avaient installé leur communauté mobile, derrière le champ de foire du comté.

Dans mon dos, les dernières lampes du parc s'éteignirent alors que je m'en allais, comme si tout le spectacle n'avait eu lieu que pour mon seul bénéfice.

Devant moi en contrebas, dans un grand champ ceinturé de bois, près de trois cents caravanes s'alignaient en rangées bien ordonnées. La plupart appartenaient aux concessionnaires et à leurs familles, mais une trentaine d'entre elles, propriété de Sombra Frères, étaient louées aux forains qui, comme moi, ne disposaient pas de leur propre logement. Certains appelaient le campement « Gibtown-sur-roues ». Durant l'hiver, quand il n'y avait pas de tournées, la plupart de ces gens descendaient vers le sud à Gibsonton, en Floride — « Gibtown » pour les autochtones qui avaient bâti l'endroit —, un lieu entièrement peuplé de forains. Gibtown était leur havre, leur refuge assuré, le seul lieu au monde qui fût véritablement leur foyer. De la mi-octobre à la fin de novembre, ils se dirigeaient vers Gibtown en un flot continu depuis toutes les foires du pays, des grands équipages comme ceux d'E. James Strates aux petites troupes les plus minables. Là, au soleil de Floride, les attendaient soit des parkings joliment aménagés pour leurs caravanes, soit des caravanes plus grandes montées sur des fondations en béton permanentes, et ils restaient dans cet asile jusqu'à ce qu'une nouvelle tournée commençât au printemps. Même hors saison, ils préféraient rester ensemble, à l'écart du monde normal qu'ils avaient tendance à trouver trop terne, hostile et mesquin, plein de règles inutiles. Quand ils étaient sur la route, où qu'ils fussent entraînés par leur travail durant leur saison itinérante, ils restaient fermement attachés à l'idéal de Gibsonton et revenaient chaque nuit à un endroit familier, à cette Gibtown-sur-roues.

Le reste de l'Amérique moderne semble tendre à la fragmentation. D'une année sur l'autre, il y a de moins en moins de cohérence dans tous les groupes ethniques ; les Églises et autres institutions, autrefois ciment de la société, sont fréquemment qualifiées d'inutiles, voire d'oppressives, comme si nos concitoyens percevaient dans le mécanisme de l'univers un chaos perversement attirant qu'ils cherchaient à imiter, même si cette imitation conduisait à l'annihilation. Chez les forains, par contre, il existe un sens de la communauté puissant et soigneusement préservé qui ne diminue pas avec le temps.

Comme je descendais le chemin de la colline vers la tiédeur estivale de la prairie, maintenant que la fête s'était tue et que les grillons chantaient dans l'obscurité, les lumières ambrées qui filtraient aux fenêtres des caravanes avaient quelque chose de fantomatique. Elles semblaient chatoyer dans l'air humide, non comme un éclairage électrique mais plutôt comme les feux de camp et les lampes à huile d'un campement d'une autre époque. En fait, une fois les détails modernes voilés de ténèbres et déformés par les étranges motifs de lumière que tamisaient les rideaux et les stores, l'aspect et l'atmosphère de Gibtown-sur-roues évoquaient un rassemblement de roulottes de bohémiens groupées en rangs serrés contre la réprobation des autochtones dans un paysage rural de l'Europe du XIXᵉ siècle. Lorsque j'atteignis les premières caravanes, des lumières s'éteignaient çà et là à mesure que les forains allaient se coucher. Il régnait sur la prairie cette quiétude qui tient au respect universel des forains pour leurs voisins : pas de radios ni de télévisions bruyantes, pas de cris d'enfants en bas âge livrés à eux-mêmes, pas de discussions tapageuses, pas d'aboiements de chiens, toutes choses qu'on aurait pu s'attendre à trouver dans un quartier soi-disant respectable du monde extérieur. La lumière du jour aurait également révélé qu'aucun détritus ne traînait dans les allées délimitées par les caravanes.

Plus tôt, durant ma pause, j'avais apporté mes affaires à la caravane que trois autres types partageaient avec moi, puis j'avais fait un tour dans la prairie pour trouver l'Airstream de Rya Raines. Maintenant, chargé de pièces, avec une épaisse liasse de billets d'un dollar dans l'une des poches du tablier, j'allai directement à son logement.

Par la porte ouverte, je vis Rya assise dans un fauteuil sous le faisceau de lumière jaune d'une lampe de bureau. Elle parlait avec une naine.

Je frappai au panneau de la porte.

— Entrez, Slim, dit-elle.

Je gravis les trois marches métalliques, et la naine se retourna pour me regarder. D'âge indéterminé — vingt ans ou cinquante ans, c'était difficile à dire —, elle mesurait environ un mètre, avec un tronc normal, des membres atrophiés et une grosse tête. Rya fit les présentations ; la petite femme s'appelait Irma Lorus, et elle tenait le jeu de massacre de Rya. Elle portait des tennis d'enfant, un pantalon noir et un chemisier ample à manches courtes couleur pêche. Ses cheveux noirs, épais et brillants, avaient les reflets bleu sombre des ailes de corbeau. Ils étaient magnifiques et elle en était manifestement fière, car un grand soin avait été apporté à leur coupe et à la manière dont ils étaient arrangés autour de son visage démesuré.

— Ah oui, dit-elle en tendant sa petite main tremblante. J'ai entendu parler de vous, Slim MacKenzie. Mme Frazelli, qui dirige le Bingo Palace avec son mari Tony, dit que vous êtes trop jeune pour vivre seul, que vous avez terriblement besoin de repas familiaux et d'attention maternelle. Harv Seveen, qui a l'un des spectacles de danse du ventre, dit que vous avez l'air de quelqu'un qui se dérobe au service militaire ou qui fuit la police parce qu'il s'est fait prendre pour un petit larcin... comme de faire une promenade en voiture sans le consentement de son propriétaire ; de toute façon, elle trouve que vous êtes un type bien. Les aboyeurs disent que vous savez attirer le gogo, et qu'avec quelques années de pratique vous pourriez même devenir le meilleur bonimenteur de la troupe. Quant à Bob Weyland, le propriétaire du manège de chevaux de bois, il est un peu inquiet parce que sa fille vous prend pour le prince Charmant et dit qu'elle mourra si vous ne lui prêtez pas attention ; elle a seize ans, elle s'appelle Tina, et mérite qu'on lui prête attention. Et Madame Zena, notre diseuse de bonne aventure tsigane qui s'appelle aussi Mme Pearl Yarnell, du Bronx, dit que vous êtes Taureau, que vous avez cinq ans de plus que vous ne paraissez et que vous fuyez une liaison amoureuse tragique.

Je n'étais pas surpris qu'un certain nombre de forains eussent fait un tour du côté de la mailloche pour voir qui j'étais. En tant que nouveau venu dans une communauté étroite, je devais m'attendre à quelques manifestations de curiosité. Je fus néanmoins embarrassé d'apprendre l'entichement de Tina Weyland, et amusé d'entendre les impressions « psychiques » qu'avait eues de moi Madame Zena.

— Eh bien, Irma, dis-je, je suis effectivement Taureau, j'ai dix-sept ans, et jamais une fille ne m'a même donné l'occasion d'avoir le cœur brisé — et si Mme Frazelli est bonne cuisinière, dites-lui que je m'endors tous les soirs en pleurant rien que de penser à des plats cuisinés à la maison.

— Vous êtes le bienvenu chez moi aussi, dit Irma avec un sourire. Venez faire la connaissance de Paulie, mon mari. Tenez, pourquoi ne passeriez-vous pas dimanche soir vers huit heures, une fois que nous serons installés à la prochaine étape de la tournée ? Je vous préparerai un poulet au chili et mon fameux gâteau de la Forêt-Noire pour le dessert.

— J'y serai, promis-je.

Je savais d'expérience que, de tous les forains, les nains étaient les plus prompts à accepter un étranger, à s'ouvrir, les premiers à faire confiance, à se montrer aimables et à rire. J'avais d'abord attribué leurs dispositions amicales apparemment universelles au désavantage physique de leur taille, pensant que quand on était petit, on devait se montrer amical pour éviter d'offrir une cible facile aux bravaches, aux ivrognes et aux voyous de tout acabit. Mais quand j'en vins à mieux connaître un couple d'entre eux, je me rendis compte graduellement que mon analyse simpliste de leurs personnalités extraverties manquait de générosité. En tant que groupe — et presque jusqu'au dernier individu — les nains sont volontaires, sûrs d'eux et indépendants. Ils n'ont pas plus peur de la vie que les gens de taille normale. Cette extraversion a d'autres causes, dont la moindre n'est pas une compassion née de la souffrance. Mais cette nuit-là dans l'Airstream de Rya Raines, encore jeune et ayant beaucoup à apprendre, je n'avais toujours pas compris véritablement leur psychologie.

Cette nuit-là, je ne compris pas non plus Rya, mais je fus frappé par les tempéraments radicalement différents de ces deux femmes. Irma était chaleureuse et sociable, alors que Rya Raines demeurait froide et introvertie. Irma avait un merveilleux sourire dont elle faisait largement usage, mais Rya, dépourvue d'expression, me dévisageait de ses yeux bleus cristallins qui absorbaient tout sans rien donner en échange.

Assise dans le fauteuil, pieds nus, une jambe étendue droit devant elle et l'autre repliée, Rya était l'essence des rêves d'un jeune homme. Elle portait un short blanc et un T-shirt jaune pâle. Ses jambes nues étaient bronzées, ses chevilles fines, ses mollets ravissants, ses genoux bruns et lisses, ses cuisses dures. J'avais envie de glisser mes mains le long de ces jambes et de sentir la ferme musculature de ces cuisses, mais je me contentai de les cacher dans le tablier pour qu'elle ne les vît pas trembler. Son T-shirt, légèrement humide dans l'air moite, moulait d'une manière séduisante ses seins aux formes pleines, dont je distinguais les mamelons sous la finesse du coton.

Rya et Irma formaient un contraste saisissant, splendeur et chaos, les deux échelons extrêmes et opposés de l'échelle de la fantaisie biologique. Rya Raines était la quintessence du physique féminin, perfection de ligne et de forme, rêve fait réalité, promesse et dessein de la nature accomplis. Mais Irma était là pour rappeler que, malgré tous ses mécanismes complexes et ses millénaires de pratique, la nature réussissait rarement dans la tâche que Dieu lui avait confiée : *Enfante-les à* Mon *image.* Si la nature était une invention divine, un mécanisme inspiré de Dieu, comme avait coutume de le dire ma grand-mère, pourquoi ne revenait-Il pas réparer ce fichu mécanisme ? C'était manifestement une machine dotée d'un merveilleux potentiel, à en juger par Rya Raines.

— Vous paraissez dix-sept ans, dit la naine, mais du diable si vous agissez comme tel ou en donnez l'impression.

Ne sachant que répondre, je marmonnai :

— Eh bien...

— Vous avez peut-être dix-sept ans, mais vous êtes un homme, c'est évident. Je pense que je vais dire à Bob Weyland que vous êtes un peu trop adulte pour Tina, c'est certain. Il y a de la dureté en vous.

— Quelque chose… d'obscur, dit Rya.

— Oui, acquiesça Irma. Quelque chose d'obscur. Il y a ça aussi.

Elles étaient curieuses, mais elles appartenaient aussi au monde forain. Même si elles ne voyaient pas d'inconvénient à me dire comment j'étais, jamais elles ne pourraient se résoudre à me demander ce que j'étais sans mon invitation.

Irma s'en alla, et je comptai les reçus pour Rya sur la table de la cuisine. Elle me dit que la recette était de vingt pour cent supérieure à la moyenne, me paya une journée de salaire en liquide et me donna trente pour cent des gains supplémentaires, ce qui me parut plus qu'équitable car je n'avais pas compté recevoir ma part des surplus de recettes avant d'avoir travaillé pendant une ou deux semaines.

Quand nous eûmes terminé nos comptes, j'enlevai le tablier sans embarras, car l'érection qu'il servait à dissimuler avait maintenant disparu. Debout à la table juste à côté d'elle, je distinguais toujours les contours insuffisamment drapés de ses beaux seins et son visage me coupait toujours le souffle mais, réagissant à son attitude de femme d'affaires et à sa froideur intransigeante, le moteur emballé de ma libido s'était calmé et tournait à un ralenti paresseux.

Je lui dis que Pudding Jordan m'avait demandé de faire un travail pour lui le lendemain et que je ne savais pas quand je serais libre pour tenir la mailloche, mais elle était déjà au courant.

— Quand vous aurez fini ce que vous avez à faire pour Pudding, allez à la mailloche relever Marco, le type qui l'a tenue aujourd'hui pendant votre pause. Il vous remplacera le temps que vous serez parti.

Je la remerciai pour ma paie, pour l'occasion qu'elle m'avait donnée de faire mes preuves. Comme elle ne manifestait aucune réaction, je fis demi-tour et me dirigeai gauchement vers la porte.

— Slim ?

Je m'immobilisai, me tournai de nouveau vers elle.

— Oui ?

Elle se tenait debout, les mains sur les hanches, l'air renfrogné, les yeux étrécis, pleine d'une défiance rébarbative. Je crus qu'elle allait me réprimander pour une raison quelconque, mais elle dit :

— Bienvenue à bord.

Je ne pense pas qu'elle avait même conscience de paraître aussi défiante — ni qu'elle savait prendre un autre air.

— Merci, dis-je. C'est agréable d'avoir un bateau sous les pieds.

Ma voyance me faisait sentir en elle une tendresse émouvante, une vulnérabilité particulière sous l'armure qu'elle avait élaborée pour se protéger du monde. Ce que j'avais dit à Pudding était vrai ; je sentais effectivement qu'il y avait une femme sensible derrière l'image de l'Amazone dure à cuire sous laquelle elle se cachait. Mais alors que je la regardais ainsi depuis le seuil, dressée pleine de défiance à côté de la table sur laquelle s'entassaient les pièces et les billets, je sentis quelque chose d'autre, une tristesse dont je n'avais pas eu conscience auparavant. C'était une mélancolie immuable, profonde et soigneusement dissimulée. Aussi vagues et indéfinies que fussent ces émanations psychiques, elles me touchaient vivement et j'avais envie de revenir vers elle, la prendre dans mes bras, sans la moindre motivation sexuelle mais pour la réconforter et peut-être la décharger d'une partie de sa mystérieuse angoisse.

Je n'allai pas vers elle, ne la pris pas dans mes bras, car je savais que mes intentions seraient mal interprétées. Bon sang, je la voyais déjà me donner un coup de genou dans l'entrejambe, me propulser jusqu'à la porte, m'envoyer rouler dans la poussière au bas des marches métalliques et me saquer.

— Si vous continuez à vous débrouiller aussi bien à la mailloche, dit-elle, vous n'y croupirez pas longtemps. Je vous confierai quelque chose de mieux.

— Je ferai mon possible.

— L'an prochain, j'achèterai une ou deux nouvelles concessions, dit-elle en se dirigeant vers le fauteuil dans lequel elle était assise à mon arrivée. Des concessions importantes. J'aurai besoin de gens de confiance pour m'aider à les faire marcher.

Je me rendis compte qu'elle ne voulait pas que je parte. Ce n'était pas qu'elle fût attirée vers moi ; pas que je fusse irrésistible ou quoi que ce soit. Rya Raines n'avait simplement pas envie d'être seule pour l'instant. Habituellement, oui. Mais pas en cet instant. Quel que fût son hôte, elle aurait essayé de le retenir. Je ne réagis pas à la solitude que je percevais en elle, car je sentais également qu'elle n'avait pas conscience d'être aussi lisible ; si elle s'apercevait que son masque d'indépendance si soigneusement peint était temporairement transparent, elle en serait embarrassée. Et furieuse. Et, bien sûr, elle passerait sa colère sur moi.

Je me contentai donc de dire :

— Eh bien, j'espère que je ne vous décevrai jamais.

Je souris, hochai la tête en ajoutant : « A demain », puis je franchis la porte.

Elle ne me rappela pas. Au tréfonds de mon cœur à peine sorti de l'adolescence, toujours lascif, immature et imperturbablement romantique, j'espérais qu'elle parlerait, que, si je me retournais, je la verrais là sur le seuil de la caravane dans un contre-jour saisissant, qu'elle dirait — doucement, très doucement — quelque chose d'inimaginablement séduisant, et que je l'entraînerais dans une nuit de passion effrénée. Dans la vie réelle, rien ne se passe jamais ainsi.

Au bas des marches, je me retournai, et je la vis, et elle me regardait, mais elle était toujours à l'intérieur, assise de nouveau dans le fauteuil. Elle offrait une image si fantastiquement érotique que je restai un moment dans l'incapacité de bouger, et que je n'aurais pas pu faire un geste même si j'avais su qu'un gobelin fonçait sur moi avec des yeux meurtriers. Ses jambes nues étaient étendues devant elle, légèrement écartées, et la lumière de la lampe de bureau donnait à sa peau souple un reflet huilé. Le faisceau vertical laissait des ombres au-dessous de ses seins, accentuant leur forme alléchante. Ses bras minces, sa gorge délicate, son visage sans défaut, ses cheveux blond auburn — tout rayonnait d'or et de splendeur. Elle n'était pas simplement révélée et amoureusement caressée par la lumière ; elle semblait au contraire être la source de la lumière, comme si elle — et non la lampe — était l'objet rayonnant. La nuit était venue, mais le soleil ne l'avait pas quittée.

Je me détournai de la porte ouverte, le cœur battant, et fis trois pas dans la nuit au long de l'allée qui séparait les caravanes, mais je m'immobilisai, saisi, en voyant Rya Raines apparaître dans l'obscurité devant moi. Cette Rya-là était vêtue d'un jean et d'un chemisier sali. Elle fut d'abord une image vacillante, embrumée, comme un film projeté sur un drap noir ondulant. En quelques instants, cependant, elle acquit une consistance indiscernable de la réalité, bien qu'elle fût indéniablement irréelle. Cette Rya n'était pas non plus érotique ; son visage était d'une pâleur livide, et du sang coulait au coin de sa bouche voluptueuse. Je vis que son chemisier n'était pas sale, mais taché de sang. Son cou, ses épaules, sa poitrine et son ventre étaient teintés de sang. D'une voix qui évoquait le vol d'un papillon de nuit, chaque mot voletant légèrement de ses lèvres humides de sang, elle dit : « *Je meurs, je meurs... ne me laisse pas mourir...* »

— Non, dis-je, d'une voix plus basse encore que celle de l'apparition, m'élançant stupidement en avant pour étreindre et réconforter la vision de Rya avec la grâce et la spontanéité qui m'avaient fait défaut quand la femme réelle avait eu besoin de réconfort. Non. Je ne te laisserai pas mourir.

Avec l'inconsistance d'un personnage de rêve, elle n'était soudain plus là. La nuit était vide.

Je trébuchai dans l'air lourd où elle s'était tenue.

Je tombai à genoux et baissai la tête.

Je restai ainsi pendant un moment.

Je ne voulais pas accepter le message de la vision. Mais je ne pouvais m'en libérer.

N'avais-je franchi cinq mille kilomètres, n'avais-je obligeamment laissé le Destin me choisir une nouvelle retraite, n'avais-je commencé à me faire de nouveaux amis que pour les voir tous anéantis dans quelque imprévisible cataclysme ?

Si seulement je pouvais voir le danger, je pourrais en prévenir Rya, Pudding, et toutes les victimes potentielles ; si je parvenais à les convaincre de mes pouvoirs, ils pourraient prendre des mesures pour échapper à la mort. Mais même en me faisant aussi réceptif que possible, je ne pus obtenir le moindre indice concernant la nature du désastre imminent.

Je savais seulement que les gobelins y étaient impliqués.

J'avais la nausée en pensant aux pertes à venir.

Après être resté agenouillé dans la poussière et l'herbe sèche pendant un temps indéterminé, je me remis péniblement debout. Personne ne m'avait vu ni entendu. Rya n'était pas venue à la porte de sa caravane, n'avait pas regardé à l'extérieur. J'étais seul avec le clair de lune et le chant des grillons. L'estomac serré et houleux, je n'arrivais pas à me tenir droit. Des lumières s'étaient éteintes pendant que j'étais à l'intérieur, d'autres encore s'éteignaient sous mes yeux. Quelqu'un se préparait un dîner tardif d'œufs et d'oignons, et la nuit exhalait une fragrance sublime qui m'aurait d'ordinaire donné faim, mais qui, dans mon état présent, ne fit qu'aggraver mon malaise. Chancelant, je me mis en route vers la caravane où on m'avait affecté un lit.

L'aube avait été teintée d'espoir, et quand j'étais revenu à la fête foraine depuis le vestiaire de la tribune, l'endroit m'avait paru lumineux et plein de promesses. Mais l'obscurité, tout comme elle avait envahi peu de temps auparavant le parc d'attractions, m'envahissait, se déversait maintenant sur moi, à travers moi.

Alors que j'avais presque atteint mon logement, je pris conscience d'un regard posé sur moi, bien que personne ne fût en vue. Depuis l'intérieur, le dessous ou l'arrière d'une des nombreuses caravanes, quelqu'un m'observait, et j'étais plus qu'à demi convaincu qu'il s'agissait de celui qui avait emporté le cadavre du pavillon des autos-tamponneuses et m'avait ensuite épié depuis un recoin du parc d'attractions sous le manteau de la nuit.

Trop hébété et désespéré pour m'en soucier, je gagnai ma chambre pour me mettre au lit.

La caravane comportait une petite cuisine, une salle de séjour, un cabinet de toilette et deux chambres. Il y avait deux lits dans chaque chambre, et mon colocataire était un type appelé Barney Quadlow, un commis grand et fort à l'esprit lent. Il n'accordait pas une pensée à ce qui lui arriverait quand il serait trop vieux pour soulever et coltiner du matériel, persuadé que Sombra Frères prendrait soin de lui — ce qui serait effectivement le cas. J'avais fait sa connaissance un peu plus tôt et nous avions bavardé, bien que très brièvement. Je ne le connaissais pas très bien, mais il m'avait paru assez gentil ; quand je l'avais sondé à l'aide de mon sixième sens, j'avais découvert une personnalité plus placide que tout ce que j'avais jamais connu.

Le gobelin que j'avais tué au pavillon des autos-tamponneuses devait être lui aussi un commis, comme Barney, ce qui expliquerait pourquoi sa disparition n'avait pas causé de grand remue-ménage. Les commis n'étaient pas les employés les plus fiables ; beaucoup avaient la passion du voyage et, quand ils trouvaient que la fête foraine elle-même ne bougeait pas assez à leur gré, ils s'en allaient sans rien dire.

Barney dormait, le souffle profond et régulier, et je pris soin de ne pas le réveiller. Je pliai mes vêtements et les posai sur une chaise, ne gardant que mon linge de corps, et m'étendis sur le lit par-dessus les draps. Par la fenêtre ouverte, une légère brise pénétrait dans la pièce, mais la nuit était chaude.

Je n'espérais pas dormir. Parfois, cependant, le désespoir peut agir à la manière de la fatigue comme un poids tirant sur l'esprit ;

en un temps étonnamment court, pas plus d'une minute, ce poids m'entraîna dans un oubli bienfaisant.

Dans le silence et l'obscurité sépulcraux du cœur de la nuit, je m'éveillai à demi et crus voir une silhouette massive debout sur le seuil de la chambre. Aucune lumière n'était allumée. Les couches d'ombre multiples qui emplissaient la caravane, toutes en différentes nuances de noir, m'empêchaient de distinguer qui se tenait là. Répugnant à m'éveiller complètement, je me dis que c'était Barney Quadlow revenant du cabinet de toilette ou y allant, mais la silhouette ne s'éloignait ni ne se rapprochait ; elle restait simplement là à observer. En outre, j'entendais la respiration rythmique de Barney dans le lit voisin. Je me dis donc que c'était l'un des deux hommes qui partageaient la caravane avec nous... mais je les avais également rencontrés, et aucun d'eux n'avait une stature aussi imposante. Puis, abruti et engourdi de sommeil, je conclus que ce devait être la Mort, la Sinistre Faucheuse elle-même venue prendre ma vie. Au lieu de me dresser d'un bond sous l'effet de la panique, je fermai les yeux et me rendormis. La mort pure et simple ne m'effrayait pas ; dans l'état d'esprit lugubre qui m'avait accompagné jusqu'au sommeil et avait influencé mes rêves imprécis, je n'étais pas particulièrement opposé à une visite de la Mort — s'il s'agissait bien d'elle.

Je retournai dans l'Oregon. C'était la seule façon dont j'osais revenir chez moi — en rêve.

Après quatre heures et demie de sommeil, ce qui est pour moi un long repos, je m'éveillai complètement à six heures un quart. Vendredi matin. Barney dormait encore, ainsi que les occupants de la pièce voisine. Une lumière grise, pareille à de la poussière, filtrait par la fenêtre. La silhouette aperçue dans l'embrasure avait disparu — si elle avait jamais été là.

Je me levai et sortis vivement un T-shirt propre, un slip et une paire de chaussettes du sac à dos que j'avais rangé la veille dans le placard. Poisseux, crasseux, impatient de me délecter d'une bonne douche, je glissai ces vêtements dans l'une de mes bottes, pris les bottes et me tournai vers la chaise pour y prendre mon jean, quand je vis deux morceaux de papier blanc posés sur ce dernier. Je ne me rappelais pas les avoir mis là, et comme il n'était pas facile de les lire dans la lumière grise, je les ramassai, pris mon jean et me glissai silencieusement dans le couloir qui menait au cabinet de toilette. Une fois là, je fermai la porte, allumai la lumière, et posai mes bottes et mon pantalon.

Je parcourus des yeux la première feuille de papier, puis l'autre.

L'inquiétant personnage aperçu dans l'encadrement de la porte n'avait donc pas été une illusion ni un produit de mon imagination. Il avait laissé deux objets qu'il jugeait susceptibles de m'intéresser.

C'étaient des entrées gratuites comme Sombra Frères en distribuait à pleins paniers aux autorités locales et aux gros bonnets en quête de petites faveurs dans toutes les villes où s'installait la fête foraine.

La première était un bon pour un tour gratuit d'autos-tamponneuses.

La seconde était pour la grande roue.

8

Obscurité à midi

Installée sur un gisement houiller maintenant épuisé, tirant sa subsistance d'une unique aciérie et d'une gare de triage régionale, déclinant régulièrement mais pas encore tout à fait consciente de l'inévitabilité de sa décadence, la petite ville de Yontsdown (population 22 450 habitants d'après le panneau de bienvenue planté à la limite de la commune), située dans le comté montagneux de Yontsdown, en Pennsylvanie, était la prochaine étape de la tournée de Sombra Frères. Quand le contrat actuel serait terminé, samedi soir, le parc d'attractions serait démonté, emballé et transporté cent cinquante kilomètres plus loin dans le même État, sur le champ de foire du comté de Yontsdown. Les mineurs, les ouvriers de l'aciérie et les employés de la gare de triage étaient habitués à organiser leurs soirées et leurs week-ends autour de la télévision, des bars locaux ou de l'une des trois églises catholiques qui organisaient continuellement des fêtes, des bals et des réunions paroissiales, et ils accueilleraient la fête foraine avec autant d'enthousiasme que les fermiers en avaient manifesté à l'étape précédente.

Vendredi matin, je me rendis à Yontsdown avec Pudding Jordan et un homme appelé Luke Bendingo, qui conduisait la voiture. J'étais assis à l'avant à côté de Luke tandis que notre corpulent patron occupait seul le siège arrière. Vêtu avec goût d'un pantalon sport noir, d'une chemise d'été marron et d'une veste à chevrons, il avait moins l'air d'un forain que d'un châtelain bien nourri. A mesure que nous traversions les terres cultivées, puis les premières collines, nous pûmes savourer depuis le luxe de sa Cadillac jaune climatisée la beauté verdoyante du paysage dans la moiteur d'août.

Nous nous rendions à Yontsdown pour graisser les rails avant la venue du train d'équipage, qui commencerait à arriver aux premières heures de la matinée de samedi. Les rails que nous devions graisser n'étaient pas ceux sur lesquels le train allait rouler ; c'étaient en réalité ceux qui menaient aux poches des élus et des fonctionnaires de Yontsdown.

Pudding était le directeur général de Sombra Frères, ce qui représentait une tâche importante et accaparante. Mais il était aussi le « graisseur de bielles », et ses fonctions en cette qualité étaient parfois plus importantes que tout ce qu'il pouvait faire en tant que PDG. Chaque fête foraine employait un homme dont la tâche consistait à soudoyer les responsables des services publics, et on l'appelait le graisseur de bielles parce qu'il allait en avant de la caravane aplanir les difficultés avec la police, les conseillers municipaux et régionaux et certains autres fonctionnaires clefs de l'administration, les « gratifiant » de billets de banque et de carnets de tickets gratuits pour leur famille et leurs amis. Si une fête foraine essayait de travailler sans graisseur de bielles, sans les frais généraux supplémentaires de la corruption, la police ferait une descente vengeresse sur le parc d'attractions. Elle fermerait les jeux, même s'il s'agissait d'une entreprise honnête qui n'escroquait pas les gogos. Vindicatifs, exerçant leur autorité avec un joyeux mépris de l'équité et de la propriété, les flics mettraient les scellés sur le plus propre des spectacles déshabillés, interpréteraient à leur façon les règlements du ministère de la Santé pour cadenasser tous les stands de restauration, déclareraient légalement périlleux la grande roue, les montagnes russes et autres manèges à frisson alors qu'ils étaient parfaitement sûrs, asphyxiant ainsi rapidement et efficacement la fête foraine pour l'obliger à se soumettre. C'était une telle catastrophe que Pudding entendait précisément éviter en se rendant à Yontsdown.

Il était l'homme de l'emploi. Un graisseur de bielles devait être mielleux, patelin à la perfection, capable de verser un pot-de-vin qui n'ait pas l'air d'en être un. Afin de maintenir l'illusion que le paiement n'était rien d'autre qu'un cadeau amical — et permettre ainsi à ses interlocuteurs corrompus de garder intacts leur amour-propre et leur dignité — un graisseur de bielles devait se rappeler un certain nombre de détails concernant les shérifs, maires et autres fonctionnaires auxquels il avait affaire d'une année sur l'autre, de façon à pouvoir leur poser des questions pertinentes à propos de leurs femmes et appeler leurs enfants par leurs noms. Il devait se montrer intéressé par leur sort et paraître content de les revoir, mais il devait néanmoins éviter de se montrer trop chaleureux ; après tout, il n'était qu'un forain, presque une espèce sous-humaine aux yeux de nombreux bien-pensants, et une familiarité excessive se heurterait à coup sûr à un rejet glacial. Parfois aussi, il devait se montrer coriace, refuser avec diplomatie de satisfaire à des exigences pécuniaires supérieures à ce que l'entreprise était disposée à payer. Être un graisseur de bielles revenait à peu près à marcher sur la corde raide, sans filet, au-dessus d'une fosse occupée par des ours et des lions affamés.

Tandis que nous traversions la campagne pennsylvanienne pour accomplir notre mission de corruption distinguée, Pudding nous distrayait d'un flot ininterrompu d'histoires drôles, de poèmes humoristiques, de jeux de mots et d'anecdotes désopilantes relatives aux années qu'il avait passées sur la route. Il racontait chaque histoire avec un plaisir évident et récitait chaque poème avec un style et un enthousiasme espiègles. Je me rendis compte que, pour lui, jeux de mots, rimes ingénieuses et astuces surprenantes n'étaient rien que d'autres jouets qui servaient à l'occuper quand ceux de ses étagères n'étaient pas à sa portée. Bien qu'il fût un directeur efficace, gérant une exploitation de plusieurs millions de dollars, et un graisseur de bielles coriace capable de se comporter honorablement dans des situations délicates, il donnait résolument libre cours à une partie de lui-même qui n'avait jamais mûri, à un enfant heureux qui, sous quarante-cinq ans de rude expérience et d'innombrables kilos de graisse, affrontait encore le monde avec émerveillement.

J'essayais de me détendre et de partager sa bonne humeur ; j'y parvenais presque, mais je ne pouvais oublier la vision que j'avais eue la veille de son visage couvert de sang, de ses yeux ouverts sur un regard aveugle. J'avais un jour sauvé ma mère d'un accident grave, et peut-être de la mort, en la convaincant de la fiabilité de ma prémonition psychique et en la persuadant de changer la réservation de son billet d'avion ; maintenant, si seulement je pouvais prédire la nature exacte du danger que courait Pudding, le jour et l'heure de sa manifestation, je parviendrais peut-être à le persuader et à le sauver lui aussi. Je me dis que des visions plus détaillées me viendraient en temps utile et me permettraient de protéger mes nouveaux amis. Sans croire tout à fait ce que je me disais, je me raccrochai néanmoins à une parcelle d'espoir suffisante pour prévenir une chute vertigineuse dans le découragement total. Je répondis même à la bonne humeur de Pudding par quelques histoires de forains glanées sur la route, et il leur accorda plus de rire qu'elles n'en méritaient.

Depuis l'instant où nous nous étions mis en route, Luke, un homme bien découplé d'une quarantaine d'années, n'avait parlé que par monosyllabes ; *oui, non, oh* et *bon Dieu* semblaient constituer tout son vocabulaire. Je crus d'abord qu'il était de mauvaise humeur ou carrément hostile, mais il riait autant que moi et son attitude n'avait par ailleurs rien de froid ni de distant ; quand il finit par essayer de faire chorus avec une réponse de plus d'un mot, je découvris qu'il était bègue et que sa réticence à parler résultait de cette infirmité.

De temps à autre, entre un bon mot et un poème humoristique, Pudding nous parlait de Lisle Kelsko, le chef de la police de Yontsdown avec lequel se feraient la plupart des tractations. Il fragmentait l'information sans s'y attarder, comme si elle n'avait rien de particulièrement important ni intéressant, mais l'image qu'il dépeignit graduellement était fort déplaisante. Selon Pudding, Lisle Kelsko était un ignorant et un sale type. Mais il n'était pas stupide. Kelsko était un individu répugnant, mais il était fier. C'était un menteur pathologique, mais il ne se laissait pas prendre aux mensonges des autres, comme le font la plupart des menteurs, car il n'avait pas perdu la faculté de percevoir la différence entre le vrai et le faux. Il n'avait simplement aucun respect pour cette différence. Kelsko était vicieux, sadique, arrogant, obstiné, de loin l'homme le plus difficile avec qui Pudding devait traiter dans les dix États que parcourait le Sombra Frères.

— Vous vous attendez à des ennuis ? demandai-je.

— Kelsko empoche les pots-de-vin sans jamais exiger trop, mais il aime nous donner un avertissement de temps en temps.

— Quel genre d'avertissement ?

— Il aime bien envoyer quelques-uns de ses hommes nous secouer un peu les puces.

— Vous voulez dire... une raclée ? demandai-je avec inquiétude.

— Tout juste, gamin.

— Et ça se passe à intervalles réguliers ?

— Il y a neuf ans que nous venons ici depuis que Kelsko a été nommé chef de la police, et c'est arrivé six fois sur les neuf.

Luke Bendingo détacha du volant une main aux articulations épaisses pour montrer la cicatrice blanche de quelques centimètres qui s'incurvait vers le bas depuis le coin de son œil droit.

— Vous avez récolté ça dans une bagarre avec les hommes de Kelsko ? dis-je

— Ouais, répondit Luke. Les foutus s-s-salauds.

— Vous dites qu'ils nous donnent un avertissement ? Un avertissement ? Qu'est-ce que c'est que ces foutaises ?

— Kelsko veut nous faire comprendre qu'il encaisse les pots-de-vin mais qu'il ne faut pas lui marcher sur les pieds.

— Mais pourquoi ne se contente-t-il pas de nous le dire ?

Pudding fronça les sourcils en secouant la tête.

— Gamin, nous sommes dans un pays minier. Même si on ne sort plus grand-chose du sol, ce sera toujours un pays minier parce que ceux qui ont travaillé dans les mines sont toujours là. Et, le diable les emporte, ces gens-là ne changent jamais. La vie de mineur est dure et dangereuse, et elle engendre des hommes durs et dangereux, des types maussades et opiniâtres. Pour descendre dans la mine, il faut être désespéré, stupide, ou tellement macho qu'on cherche à se montrer plus vicieux que la mine elle-même. Même ceux qui n'ont jamais mis le pied dans un puits de mine... eh bien, ils ont pris les attitudes de dur à cuire de leurs vieux. Les habitants de ces collines aiment purement et simplement la bagarre, juste pour le plaisir absolu. Si Kelsko se contentait de nous morigéner, de nous donner un avertissement verbal, il raterait tout l'amusement.

C'était probablement mon imagination, nourrie de la peur des matraques, des nerfs de bœuf et des tuyaux d'arrosage lestés de plomb, mais à mesure que nous montions dans une région de plus en plus montagneuse, la journée semblait devenir moins lumineuse, moins chaude, moins prometteuse qu'elle ne l'était à notre départ. Les arbres semblaient nettement moins beaux que les pins, les épicéas et les sapins de l'Oregon dont je me souvenais si bien, et les remparts de ces montagnes de l'Est, géologiquement plus anciennes que les Siskiyous, dégageaient une impression de vieillesse sombre et dépourvue de grâce, de décadence, de malveillance née de la fatigue. Je me rendais compte que je laissais mes émotions colorer ce que je voyais. Cette partie du monde possédait une beauté particulière, comme l'Oregon. Je savais que je me montrais irrationnel en attribuant des intentions et des sentiments humains à un paysage, mais je ne pouvais pourtant me défaire de l'impression que les montagnes oppressantes observaient notre passage dans l'intention de nous engloutir à jamais.

— Mais si les hommes de Kelsko nous tombent dessus, dis-je, nous ne pourrons pas nous défendre. Pas contre des flics, dans un poste de police, bon sang. Nous nous retrouverions en taule pour coups et blessures.

— Oh, ça ne se passera pas au poste de police, répondit Pudding depuis le siège arrière. Pas plus qu'au voisinage du palais de justice, quand nous irons remplir les poches des conseillers du comté. Pas même dans les limites de la ville. Absolument pas. Je te le garantis. Et bien que ce soient de prétendus défenseurs de la loi, ils ne porteront pas d'uniformes. Kelsko les envoie en dehors de leur service, en civil. Ils nous attendent en dehors de la ville et nous bloquent le passage sur un tronçon de route tranquille. Trois fois, ils nous ont même fait sortir de la chaussée pour nous arrêter.

— Et frapper ?

— Oui.

— Et vous ripostez ?

— Fichtre oui.

— Un jour, P.-P.-Pudding a c-cassé le b-b-bras d'un type, dit Luke.

— Je n'aurais pas dû le faire, dit Pudding. C'était aller trop loin, tu vois. Chercher des ennuis.

Je me tournai sur mon siège et considérai le gros homme d'un œil plus respectueux.

— Mais si on vous laisse vous défendre, si ce n'est pas seulement un passage à tabac, pourquoi n'amenez-vous pas quelques-uns des forains vraiment *costauds* pour écraser ces salauds ? Pourquoi des types comme Luke et moi ?

— Oh, ils n'aimeraient pas ça. Ils veulent avoir l'occasion de nous taper dessus un petit peu, et ils veulent recevoir quelques gnons de leur côté parce que ça prouve que c'était une *vraie* bagarre, tu vois. Ils veulent se prouver qu'ils sont des gars du pays noir coriaces, durs de durs comme leurs pères, mais ils ne veulent pas vraiment risquer de se faire tabasser. Si je venais ici avec quelqu'un comme Barney Quadlow ou Deke Feeny, l'hercule du stand de Tom Catshank... parbleu, les gars de Kelsko battraient en retraite à toute allure, ils ne s'y frotteraient même pas.

— Qu'est-ce qu'il y aurait de mal à ça ? Vous n'*aimez* pas ces bagarres quand même ?

— Diable non ! s'exclama Pudding, exclamation que Luke reprit en écho. Mais tu vois, s'ils n'ont pas leur bagarre, s'ils n'ont pas l'occasion de transmettre l'avertissement de Kelsko, ils nous causeront des ennuis une fois que nous aurons monté le parc d'attractions.

— Alors une fois que vous avez enduré les coups, ils vous laissent vaquer à vos occupations sans vous embêter ?

— Tu as tout compris.

— C'est comme si... la bagarre était un tribut que vous devez payer pour être admis.

— Un peu ça, oui.

— C'est dingue.

— Absolument.

— Puéril.

— Comme je te l'ai dit, nous sommes dans un pays minier.

Nous roulâmes en silence pendant quelques instants.

Je me demandai si c'était là le danger qui menaçait Pudding. Peut-être la bagarre allait-elle dégénérer, cette année. Peut-être l'un des hommes de Kelsko serait-il un psychopathe, incapable de se contrôler une fois qu'il aurait commencé à frapper Pudding, et peut-être serait-il trop fort pour qu'aucun de nous pût l'arrêter avant qu'il soit trop tard.

J'avais peur.

Je respirai profondément et m'efforçai d'attendre le courant d'énergie psychique qui s'écoulait toujours à travers et autour de moi, cherchant la confirmation de mes pires craintes, cherchant quelque indice, aussi mince fût-il, de ce que le rendez-vous de Pudding Jordan avec la Mort serait à Yontsdown. Je ne perçus rien d'utile ; peut-être était-ce bon signe. Si c'était là que la situation deviendrait critique pour Pudding, j'en détecterais certainement au moins un signe. Certainement.

— Je suppose que je suis juste le genre de garde du corps dont vous avez besoin. Assez costaud pour éviter d'être trop malmené... mais pas assez pour m'en tirer sans égratignures.

— Il faut qu'ils voient du sang, confirma Pudding. C'est ça qui leur donne satisfaction.

— Seigneur !

— Je t'ai prévenu hier.

— Je sais.

— Je t'ai dit que tu aurais dû attendre de savoir en quoi consistait le boulot.

— Je sais.

— Mais tu étais tellement reconnaissant d'avoir du travail que tu as bondi avant de regarder. Bon sang, tu as bondi avant même de savoir par-dessus quoi tu sautais. Et maintenant, à mi-saut, tu baisses les yeux et tu vois un tigre qui veut t'attraper pour te bouffer les couilles !

Luke Bendingo éclata de rire.

— Je suppose que c'est une bonne leçon, répondis-je.

— Absolument. En fait, c'est une leçon si fichtrement précieuse que je suis à moitié persuadé de faire preuve d'une générosité tout à fait déplorable en te payant pour ce boulot.

Le ciel avait commencé à se couvrir.

Des deux côtés de la route, les pentes hérissées de pins nous enserraient de plus près. Des chênes contournés aux troncs noirs et noueux se dressaient parmi les pins, certains surchargés de grosses excroissances ligneuses, bosselées et cancéreuses. Nous dépassâmes un long puits de mine abandonné, en retrait d'une centaine de mètres par rapport à la route, et un basculeur de wagons à moitié démantelé près d'un épi de voie ferrée envahi de mauvaises herbes, tous deux recouverts d'une croûte de suie noire, puis plusieurs maisons grises dont la peinture s'écaillait. Les carcasses d'automobiles rouillées posées sur des parpaings de béton étaient si nombreuses qu'on aurait pu croire qu'elles constituaient la décoration favorite des pelouses, comme les vasques pour les oiseaux et les flamants de plâtre dans d'autres régions.

— Ce que vous devriez faire l'an prochain, dis-je, c'est amener Joel Tuck avec vous et le faire entrer tout droit dans le bureau de Kelsko.

— Ça, ce s-s-serait q-quelque chose ! dit Luke en assenant une claque sur le tableau de bord.

— Il suffirait que Joel soit à côté de vous — sans rien dire, notez bien, sans jamais proférer une menace ni faire un geste

94

hostile — et il pourrait même sourire, d'un sourire vraiment amical, en se contentant de fixer son troisième œil sur Kelsko, cet œil orange et vide ; je parie que personne ne vous attendrait à la sortie de la ville.

— Bien sûr que non, dit Pudding. Ils seraient tous au poste de police, en train de nettoyer la chiasse de leurs falzars.

Nous éclatâmes de rire et une partie de la tension nous quitta, mais notre moral ne regagna pas son altitude perdue ; quelques minutes plus tard, nous franchîmes les limites de Yontsdown.

En dépit de son industrie du XXe siècle — l'aciérie d'où s'élevaient au loin des panaches de fumée grise et de vapeur blanche, la gare de triage grouillante d'activité —, il y avait dans l'aspect et l'atmosphère de Yontsdown quelque chose de médiéval. Sous un ciel d'été que ternissaient rapidement des nuages couleur de fer, nous suivîmes des rues étroites, dont une ou deux étaient même revêtues de pavés. Malgré les montagnes vides environnantes et la quantité de terres disponibles, les maisons étaient entassées les unes sur les autres, chacune se dressant au-dessus de sa voisine. La plupart étaient à demi momifiées sous une peau funèbre de poussière gris-jaune, et au moins un tiers d'entres elles avaient besoin d'un coup de peinture, d'un nouveau toit ou d'un plancher de bois neuf pour leur terrasse affaissée. Il se dégageait des magasins, des épiceries et des agences une impression de désolation que ne tempérait à peu près aucun signe de prospérité. Quand nous traversâmes le pont en fer noir datant de la crise reliant les berges de la rivière boueuse qui coupait la ville en deux, les pneus de la Cadillac chantèrent un air monocorde et lugubre sur le sol métallique. Les quelques bâtiments les plus élevés ne dépassaient pas six à huit étages. C'étaient des constructions de brique et de granit qui contribuaient à l'atmosphère médiévale parce que, du moins pour moi, ils ressemblaient à des châteaux forts en réduction : fenêtres aveugles qui semblaient d'une étroitesse aussi défensive que des meurtrières, porches renfoncés dont les linteaux de granit étaient d'une épaisseur démesurée pour la charge modeste qu'ils avaient à soutenir, si protégés et rébarbatifs que je n'aurais pas été surpris de voir au-dessus de l'un d'eux les pointes aiguës d'une herse. Çà et là, les toits plats étaient bordés d'entablements crénelés qui évoquaient les remparts d'un château fort.

Cet endroit ne me plaisait pas.

Nous dépassâmes un bâtiment de brique à deux étages, de forme irrégulière, dont l'une des ailes avait été réduite par le feu à quatre pans du murs. Une portion du toit d'ardoise s'était effondrée et la plupart des fenêtres avaient explosé sous l'effet de la chaleur. Les briques, depuis longtemps décolorées par l'accumulation des agents polluants en provenance de l'aciérie, des mines et de la gare de triage, étaient marquées de taches de suie en éventail au-dessus de chaque fenêtre. La remise en état avait commencé, et des ouvriers travaillaient sur les lieux.

— Ça, c'est la seule école primaire de la ville, dit Pudding. Il y a eu une grosse explosion dans le réservoir de fuel de la chaufferie en avril dernier, un jour où il faisait pourtant bon et où le chauffage était éteint. Je ne sais pas s'ils ont jamais découvert ce qui s'était passé. Un accident terrible. Je l'ai lu dans les journaux. On en a parlé dans tout le pays. Sept gamins carbonisés, c'est horrible, mais ç'aurait été bien pire s'il n'y avait eu un ou deux héros parmi les professeurs. C'est un miracle absolu qu'ils n'aient pas perdu quarante ou cinquante enfants, ou même une centaine.

— B-b-bon Dieu, c-c'est affreux. Des p-p-petits enfants, dit Luke Bendingo en secouant la tête. Ce monde est d-dur, q-q-q-quelquefois.

— C'est bien vrai, fit Pudding.

Je me retournai pour regarder l'école quand nous l'eûmes dépassée. D'horribles vibrations me parvenaient de ce bâtiment incendié, et j'avais le sentiment irrépressible que l'avenir lui réservait d'autres tragédies.

Nous nous arrêtâmes à un feu rouge, à côté d'un café devant lequel se trouvait un distributeur automatique de journaux. Depuis la voiture, je pus lire la manchette du *Yontsdown Register :* PIQUE-NIQUE PAROISSIAL TRAGIQUE : QUATRE MORTS CAUSÉES PAR LE BOTULISME.

Pudding avait dû lire le gros titre, lui aussi, car il dit :

— Cette pauvre ville maudite a besoin plus que jamais d'une fête foraine.

Nous franchîmes deux autres pâtés de maisons avant de nous garer dans un parking à l'arrière de l'hôtel de ville, à côté de plusieurs voitures de police. Cet édifice de grès et de granit haut de quatre étages, qui abritait à la fois le conseil municipal et le quartier général de la police, était le bâtiment le plus médiéval de tous. Des barreaux de fer en protégeaient les fenêtres étroites profondément encaissées. Son toit en terrasse était entouré d'un parapet qui ressemblait encore plus aux remparts d'un château que tout ce que j'avais vu auparavant, jusqu'aux embrasures régulièrement espacées et aux merlons équarris ; les merlons — parties hautes des crénelures de pierre alternant avec les embrasures ouvertes — étaient percés de meurtrières et de boulins, et même surmontés de faîteaux de pierre taillés en pointe.

L'hôtel de ville de Yontsdown n'était pas seulement rébarbatif d'un point de vue architectural, la construction même dégageait une impression de vie malveillante. J'avais la sensation inquiétante que cet agglomérat de pierre, de mortier et d'acier avait en quelque sorte acquis une conscience, qu'il nous observait tandis que nous descendions de voiture, et qu'y entrer reviendrait à s'engager allégrement entre les dents d'un dragon colossal pour se jeter dans sa gueule béante.

Je ne savais pas si cette impression sinistre était d'origine psychique ou si j'étais entraîné par mon imagination galopante ; il n'est pas toujours facile de discerner la différence. Peut-être étais-je en proie à une crise de paranoïa. Peut-être voyais-je le danger, la souffrance et la mort là où ils n'existaient pas réellement. Je suis sujet à des attaques de paranoïa, je l'admets. Vous seriez paranoïaque, vous aussi, si vous pouviez voir les choses que je vois, les êtres inhumains qui vivent déguisés parmi nous...

— Slim ? dit Pudding. Qu'est-ce qui ne va pas ?

— Heu... rien.

— Tu as le teint un peu terreux.

— Ça va.

— Ils ne nous attaqueront pas ici.

— Je ne m'inquiète pas pour ça.

— Je te l'ai dit... on n'a jamais d'ennuis *en ville*.

— Je sais. Je n'ai pas peur de la bagarre, ne vous tracassez pas pour moi. Je n'ai jamais fui un combat de toute ma vie, et je ne fuirai certainement pas celui-là.

— Je ne l'ai jamais pensé, dit Pudding en fronçant les sourcils.

— Allons voir Kelsko, dis-je.

Nous entrâmes dans le bâtiment par l'arrière ; en mission de corruption, on ne se présente pas à la porte principale pour expliquer l'objet de sa visite au réceptionniste. Pudding passa le premier, Luke le suivit, et je tins la porte, m'attardant un instant pour jeter un regard en arrière à la Cadillac jaune, de loin l'objet le plus lumineux dans ce lugubre décor citadin. Elle me faisait penser aux papillons brillamment colorés qui, à cause de leur parure éclatante, attirent les oiseaux prédateurs et se font dévorer dans une dernière palpitation de leurs ailes aux multiples nuances. La Cadillac m'apparaissait soudain comme un symbole de notre naïveté et de notre vulnérabilité.

La porte de derrière donnait sur un couloir de service à droite duquel s'ouvrait un escalier. Pudding s'engagea dans l'escalier, et nous le suivîmes.

Il était midi passé de deux minutes, et nous avions rendez-vous avec le chef Lisle Kelsko à l'heure du déjeuner — mais pas pour le déjeuner lui-même, car nous étions des forains et la plupart des gens respectables préfèrent ne pas rompre le pain avec nos semblables. Surtout les gens respectables dont nous garnissions subrepticement les poches de bakchichs.

La prison et le poste de police lui-même étaient au rez-de-chaussée de l'aile où nous nous trouvions, mais le bureau de Kelsko était ailleurs. Nous gravîmes six volées de marches de béton et franchîmes une porte coupe-feu avant de déboucher dans le hall du troisième étage sans avoir rencontré personne. Le sol du couloir était revêtu de carreaux de vinyle vert foncé soigneusement polis, et l'air était imprégné d'une odeur de désinfectant légèrement désagréable. A trois portes de l'escalier de service se trouvait le bureau privé du chef de la police. La porte, dont la moitié supérieure en verre dépoli portait son nom et son titre peints au pochoir, était ouverte. Nous entrâmes.

J'avais les mains moites.

Mon cœur battait la chamade.

Je ne savais pas pourquoi.

Malgré ce qu'avait dit Pudding, je craignais un guet-apens, mais ce n'était pas ce qui m'effrayait maintenant.

Quelque chose d'autre. Quelque chose... d'insaisissable...

Aucune lampe n'était allumée dans le bureau d'accueil, qui ne comportait qu'une fenêtre munie de barreaux à côté d'un distributeur d'eau réfrigérée. Le ciel bleu avait presque entièrement cédé sous l'avance de l'armada de nuages sombres et les lamelles des stores vénitiens étaient inclinées à quarante-cinq degrés, de sorte que la lumière poudreuse permettait à peine de distinguer les classeurs métalliques, la table de travail où trônaient une plaque chauffante et une cafetière, le portemanteau vide, l'immense carte murale du comté, et trois chaises de bois alignées le long du mur. Masse imprécise, le bureau de la secrétaire était soigneusement tenu et présentement inoccupé.

Lisle Kelsko avait probablement donné congé un peu plus tôt à cette dernière pour éviter qu'elle ne surprît notre conversation.

La porte du second bureau était entrebâillée. Au-delà de l'ouverture, il y avait de la lumière, et sans doute quelqu'un. Sans hésitation, Pudding traversa la pièce sombre dans cette direction, et nous le suivîmes.

Je commençais à me sentir oppressé.

Ma bouche était si sèche que j'avais l'impression d'avoir mangé de la poussière.

Pudding frappa d'un doigt léger à la seconde porte.

— Entrez, entrez, répondit une voix depuis l'intérieur.

C'était une voix de baryton, et ces deux mots courts suffisaient à évoquer une autorité calme, une supériorité suffisante.

Pudding entra, Luke sur ses talons, et je l'entendis dire :

— Bonjour, bonjour, commissaire Kelsko, quel plaisir de vous revoir.

Lorsque j'entrai, le dernier, je vis une pièce d'une simplicité surprenante, presque aussi morne qu'une cellule — murs gris, stores vénitiens blancs, mobilier utilitaire, ni photographies ni tableaux sur les murs — puis je vis Kelsko, assis derrière un grand bureau métallique, qui nous contemplait avec un mépris non déguisé. J'eus le souffle coupé, car l'identité de Kelsko était une imposture ; à l'intérieur de cette forme humaine, au-delà du vernis humain, se tenait le gobelin d'aspect le plus vicieux que j'eusse jamais vu.

Peut-être aurais-je dû me douter que dans un endroit comme Yontsdown, les autorités pouvaient être des gobelins. Mais l'idée que des gens puissent vivre sous la domination malveillante de tels êtres était si terrible que je l'avais inconsciemment rejetée.

Jamais je ne saurais comment je parvins à dissimuler ma stupéfaction, mon dégoût, et le fait que j'avais percé à jour le secret maléfique de Kelsko. Stupidement planté à côté de Luke, les poings serrés, pétrifié mais en même temps tendu comme un ressort par la peur, je me sentais aussi voyant qu'un chat qui aurait eu le dos arqué et les oreilles aplaties. J'étais certain que Kelsko verrait ma répulsion et en percevrait la raison. Mais il n'en fut rien. Luke et moi eûmes à peine droit à un regard, toute son attention étant concentrée sur Pudding.

Un peu plus de cinquante ans, environ un mètre soixante-quinze, trapu, Kelsko pesait vingt kilos de trop. Il portait un uniforme kaki, mais pas de revolver. Sous des cheveux gris acier coupés en brosse, son visage carré était dur, empreint de brutalité. Ses sourcils touffus se rejoignaient au-dessus d'yeux encastrés dans des orbites osseuses et sa bouche n'était qu'une entaille mauvaise.

Le gobelin qui était en lui n'était pas non plus un régal pour la vue. Jamais je n'ai vu une de ces bêtes qui ne fût hideuse, bien que certaines le soient légèrement moins que d'autres. Certaines ont des yeux un peu moins féroces. Certaines ont des dents moins acérées que d'autres. Certaines ont un peu moins l'air de prédateurs que leurs congénères. (Cette légère variation dans l'apparence des gobelins semblait à mes yeux prouver qu'ils étaient réels, et pas seulement les fantômes d'un esprit malade ; car si je les avais imaginés, s'ils n'avaient été que les créations de la peur d'un aliéné, ils auraient tous eu le même aspect, n'est-ce pas ?) L'être démoniaque qui était en Kelsko avait des yeux rouges qui ne brûlaient pas seulement de haine, mais étaient l'essence même de la haine en fusion, plus pénétrants que ceux d'aucun gobelin que j'eusse jamais rencontré auparavant. La peau vert scarabée était striée d'un réseau de craquelures, épaissie de ce qui semblait être du tissu cicatriciel. L'aspect obscènement charnu de son groin palpitant était rendu encore plus répugnant par l'addition de replis de peau autour des narines, des lobes pâles et ridés qui tremblotaient quand il inspirait ou expirait et qui étaient peut-être dus à un âge extrêmement avancé. Les émanations psychiques qui se déversaient de ce monstre donnaient en effet une impression de malfaisance incroyablement ancienne, une malfaisance qui remontait si loin dans le temps que les pyramides semblaient modernes en comparaison ; c'était un ragoût empoisonné d'émotions malveillantes et d'intentions cruelles, cuit à grand feu pendant des éternités jusqu'à ce que toute possibilité de pensée charitable ou innocente s'en fût évaporée depuis longtemps.

Jordan jouait le rôle du graisseur de bielles patelin avec un enthousiasme doublé d'un talent extraordinaire, et Lisle Kelsko feignait de n'être rien de plus qu'un flic de bassin houiller indécrottablement coriace, borné, amoral et autoritaire. Pudding était convaincant, mais la chose qui se faisait passer pour Kelsko méritait un Oscar. Par moments, son jeu était *si* parfait que même à mes yeux son vernis humain devenait opaque ; le gobelin s'estompait jusqu'à n'être plus qu'une ombre amorphe à l'intérieur de la chair humaine, m'obligeant à faire un effort pour le distinguer de nouveau.

De mon point de vue, notre situation devint encore plus intolérable quand, une minute après notre arrivée dans le bureau de Kelsko, un policier en uniforme entra derrière nous et referma la porte. Lui aussi était un gobelin. Son déguisement humain avait environ trente ans, il était grand, mince, avec d'épais cheveux noirs coiffés en arrière dégageant un séduisant visage italien. Le gobelin qui en occupait l'intérieur était effrayant, mais sensiblement moins repoussant que la bête tapie sous l'apparence de Kelsko.

Quand la porte se ferma derrière nous avec un claquement sourd, je sursautai. Depuis son fauteuil, d'où il n'avait pas daigné se lever à notre entrée et d'où il ne dispensait que des regards mauvais et des réponses sèches et hostiles au bavardage amical de Pudding, Lisle Kelsko me lança un bref regard. Je devais avoir une expression bizarre, car Luke Bendigo me regarda lui aussi d'un air bizarre, puis me fit un clin d'œil pour m'assurer que tout était OK. Quand le jeune flic alla se planter dans un angle où je pouvais le voir, les bras croisés sur la poitrine, je me détendis un peu — juste un peu.

Jamais auparavant je ne m'étais trouvé dans une pièce avec deux gobelins en même temps, moins encore deux gobelins qui se faisaient passer pour des policiers et dont l'un portait à la ceinture une arme chargée. J'aurais voulu me jeter sur eux ; j'aurais voulu broyer leurs visages haïssables ; j'aurais voulu m'enfuir ; j'aurais voulu sortir le couteau de ma botte et le planter dans la gorge de Kelsko ; j'aurais voulu hurler ; j'aurais voulu vomir ; j'aurais voulu empoigner le revolver du jeune flic et lui faire sauter la cervelle, décharger quelques balles dans la poitrine de Kelsko. Mais tout ce que je pouvais faire était de rester debout à côté de Luke, empêcher la peur de paraître dans mes yeux et sur mon visage, et m'efforcer d'avoir l'air intimidant.

L'entretien dura moins de dix minutes et fut loin d'être aussi désagréable que Pudding me l'avait laissé prévoir. Il fut loin de nous railler, de nous humilier ou de nous défier autant que je m'y attendais. Il n'était pas aussi exigeant, sarcastique, grossier, querelleur ni menaçant que le Kelsko des histoires pittoresques de Pudding. Il était glacial, oui, arrogant, oui, et plein d'une aversion non dissimulée à notre égard. Cela ne faisait aucun doute. Il était surchargé de violence, comme une ligne électrique à haute tension, et si nous entamions son isolant, soit en l'insultant, soit en répliquant ou en lui laissant entendre tant soit peu que nous nous estimions supérieurs à lui, il nous assaillirait d'une décharge de mégavolts que nous n'oublierions jamais. Mais nous demeurâmes dociles, obséquieux et empressés, et il se contint. Pudding déposa l'enveloppe qui contenait l'argent sur le bureau et distribua des carnets de tickets gratuits tout en continuant à faire des plaisanteries et à s'enquérir de la famille du chef. Nous eûmes rapidement terminé ce que nous étions venus faire, et fûmes congédiés.

Revenus dans le couloir du troisième étage, nous reprîmes l'escalier de service pour monter au quatrième, désert maintenant que la pause du déjeuner était bien avancée. Tandis que nos pas claquaient sur les carreaux de vinyle sombre d'un couloir lugubre conduisant jusqu'à l'aile où se trouvait le bureau du maire, Pudding paraissait de plus en plus soucieux.

A un moment donné, soulagé de n'être plus en compagnie des gobelins et me rappelant ce qu'il m'avait dit dans la voiture, j'observai :

— Eh bien, ça ne s'est pas si mal passé.

— Oui. C'est bien ce qui me tracasse.

— M-m-moi aussi, dit Luke.

— Que voulez-vous dire ?

— C'était fichtrement trop facile. Jamais, depuis que je le connais, Kelsko ne s'est montré aussi conciliant. Il y a quelque chose qui ne va pas.

— De quel ordre ? demandai-je.

— J'aimerais le savoir.

— Il se p-passe q-q-quelque chose.

— Quelque chose, approuva Pudding.

Le bureau du maire n'était pas aussi simple que celui du chef de la police. L'élégante table de travail était en acajou et les autres meubles, coûteux et de bon goût — style club masculin anglais de premier ordre, revêtement de cuir vert chasseur — reposaient sur une luxueuse moquette couleur d'or. Les murs étaient festonnés de distinctions civiques et de photographies de Son Honneur dans l'exercice de toutes sortes d'activités charitables.

Albert Spectorsky, occupant élu de cette fonction, était un homme grand et rubicond, vêtu classiquement d'un complet bleu, d'une chemise blanche et d'une cravate bleue, et ses traits étaient marqués du sceau de l'indulgence. Un penchant pour les nourritures riches se lisait dans la forme lunaire de son visage et dans l'abondance de mentons sous sa bouche vermeille. Son goût pour le bon whisky était mis en évidence par les vaisseaux sanguins éclatés qui animaient ses joues et son nez bulbeux d'une lueur rougeoyante. Et tout en lui dégageait une indéfinissable mais indubitable impression de promiscuité, de perversion sexuelle et de concupiscence pour les prostituées. Ce qui le rendait attirant était un sourire merveilleusement chaleureux, un abord agréable, et une aptitude à se concentrer avec tant d'attention et de sympathie sur ce que vous disiez qu'il pouvait vous faire sentir que vous étiez la personne la plus importante au monde, du moins en ce qui le concernait. C'était un amateur de bons mots, un politicien jovial, un copain-copain. Et c'était un trompe-l'œil. Parce que ce qu'il y avait réellement au-dessous de tout cela, c'était un gobelin.

Le maire Spectorsky ne nous ignora pas, Luke et moi, comme l'avait fait Kelsko. Il nous tendit même la main.

Je la serrai.

Je le touchai, et parvins tant bien que mal à rester maître de moi, ce qui ne fut pas facile car ce contact était pire que celui des quatre gobelins que j'avais tués au cours des quatre mois passés. C'était ainsi que j'imaginais une rencontre avec Satan s'il m'était imposé de lui serrer la main ; tel un épanchement de bile, le mal jaillissait de lui et se déversait en moi au point de contact formé par nos deux mains serrées, me contaminant et me donnant la nausée. Un éclair de haine implacable et de rage intense fusa également de lui, explosa à travers moi et fit monter mon pouls à au moins cent cinquante.

— Content de vous voir, dit-il avec un large sourire. Content de vous voir. Nous attendons toujours avec impatience l'arrivée de la fête foraine !

Le talent de ce gobelin était en tout point égal à celui de Lisle Kelsko. Il faisait une superbe représentation de l'espèce humaine et, comme Kelsko, il était un spécimen particulièrement répugnant de son espèce, avec des dents saillantes, une peau flétrie, verruqueuse, grêlée et rendue presque pustuleuse par le passage d'innombrables années. Ses yeux pourpres rayonnants semblaient avoir pris leur couleur aux océans de sang humain qu'il avait à lui seul fait répandre, et aux profondeurs inexplorées d'agonie humaine chauffée au rouge qu'il avait à lui seul infligées à notre malheureuse espèce.

Pudding et Luke se sentirent un peu mieux après notre entretien avec le maire Spectorsky parce qu'il était, me dirent-ils, toujours égal à lui-même.

Mais je me sentais encore plus mal.

Pudding avait eu raison quand il avait dit qu'ils manigançaient quelque chose.

Un froid profond et sans dégel possible s'était infiltré partout en moi. La glace durcissait mes os.

Il se passait quelque chose d'inquiétant.

Très inquiétant.

Dieu nous aide.

De l'autre côté de la rue par rapport au bâtiment de l'hôtel de ville se trouvait le palais de justice de Yontsdown, où divers fonctionnaires du comté exerçaient leurs activités dans les bureaux qui jouxtaient la salle d'audience. Dans l'une de ces enfilades de pièces, la présidente du conseil du comté, Mary Vanaletto, nous attendait.

Elle aussi était un gobelin.

Pudding la traita différemment de Kelsko ou de Spectorsky, non parce qu'il sentait qu'elle était un gobelin ou quelque chose de plus — ou de moins — qu'humain, mais parce qu'elle était une femme, et une femme séduisante. Âgée d'environ quarante ans, brune, mince, avec de grands yeux et une bouche sensuelle, elle réagit si bien au charme que lui fit Pudding — rougissant, flirtant, gloussant, gobant les compliments qu'il lui débitait — que ce dernier commença à se prendre au jeu. Il pensait manifestement avoir fait sur elle une impression irrésistible, mais je voyais qu'elle jouait la comédie avec un talent de beaucoup supérieur au sien. A l'intérieur de l'habile déguisement humain, le gobelin, beaucoup moins vieux et décadent que Kelsko ou Spectorsky, ne désirait rien avec plus d'intensité que de tuer Pudding, nous tuer tous.

Autant que je pusse en juger, c'était ce que voulait tout gobelin : le plaisir de massacrer des êtres humains l'un après l'autre, mais pas en une frénésie absolue, pas en un long bain de sang ; ils voulaient fragmenter le massacre, nous tuer un par un de façon à pouvoir savourer le sang et la détresse. Mary Vanaletto éprouvait ce même besoin sadique, et en regardant Pudding lui tenir la main, lui tapoter l'épaule et d'une manière générale se montrer empressé à son égard, il me fallait toute ma maîtrise pour ne pas l'arracher à son contact en hurlant : « Sauvez-vous ! »

Il y avait autre chose chez Mary Vanaletto, un facteur autre que sa nature véritable de gobelin, qui me donna la chair de poule. C'était une chose à laquelle je n'avais jamais encore été confronté et que, même dans mes cauchemars les plus sinistres, je n'avais pas imaginée. A travers le vernis humain transparent, je voyais non pas *un* gobelin, mais quatre : un être de taille adulte comme ceux que j'avais l'habitude de voir, et trois petites bêtes aux yeux clos et aux traits à demi formés. Toutes trois semblaient exister à l'intérieur du grand gobelin qui se faisait passer pour Mary Vanaletto, dans son abdomen pour être précis, et ils étaient pelotonnés, immobiles, dans une attitude fœtale évidente. Cette effroyable, horrible, abominable monstruosité était enceinte.

Il ne m'était jamais venu à l'esprit que les gobelins pouvaient se reproduire. Le fait même de leur existence était un sujet de préoccupation suffisant. La perspective de générations de gobelins pas encore nés, destinés à mener le troupeau humain, était intolérable. Je les pensais montés de l'enfer ou descendus d'un autre monde, leur nombre étant limité à ce qu'il était quand ils étaient apparus ; dans mon esprit, leur conception était des plus mystérieuses.

Plus maintenant.

Tandis que Pudding taquinait et amusait Mary Vanaletto, tandis que Luke suivait leurs traits d'esprit en souriant depuis la chaise voisine de la mienne, je me rebellai contre l'image mentale écœurante d'un gobelin à gueule de chien enfonçant son pénis abjectement difforme dans le vagin froid et mutant d'une femelle aux yeux rouges et au groin de porc, tous deux haletant, bavant et râlant, leurs langues verruqueuses pendantes, leurs corps grotesques convulsés par l'extase. Mais dès que j'eus réussi à écarter cette image insupportable de mon esprit, une image plus horrible encore m'apparut : des gobelins nouveau-nés, petits, couleur de larve, lisses, luisants et humides, avec des yeux rouges déments qui brasillaient, des petites griffes aiguës et des dents pointues qui n'étaient pas encore des crocs vicieux, tous trois glissant, poussant et se tortillant pour sortir de la matrice fétide de leur mère.

Non.

Oh, Seigneur, s'il vous plaît, non. Si je ne sortais pas cette pensée de mon esprit immédiatement, je prendrais le couteau dans ma botte et détruirais cette conseillère du comté de Yontsdown sous les yeux de Pudding et de Luke, et aucun de nous ne quitterait cette ville vivant.

Tant bien que mal, je tins bon.

Tant bien que mal, je ressortis de ce bureau avec ma raison intacte et mon couteau toujours dans ma botte.

En chemin vers la sortie du bâtiment administratif, nous traversâmes la salle des pas perdus résonnante d'échos — sol de marbre, énormes fenêtres à meneaux multiples et plafond voûté — sur laquelle donnait la salle du tribunal. Obéissant à une impulsion, je m'approchai des portes de chêne massives à poignées de cuivre, et j'entrouvris légèrement le battant pour regarder à l'intérieur. L'affaire à l'audience ayant atteint le stade des dernières plaidoiries, personne n'était encore parti déjeuner. Le juge était un gobelin. Le procureur était un gobelin. Les deux gardes en uniforme et le sténographe d'audience étaient pleinement humains, mais trois membres du jury étaient des gobelins.

— Que fais-tu, Slim ? demanda Pudding.

Ébranlé de plus belle par ce que j'avais vu dans la salle du tribunal, je laissai la porte se refermer doucement et rejoignis Pudding et Luke.

— Rien. Simple curiosité.

Au carrefour, nous traversâmes la rue en sens inverse et j'en profitai pour observer les autres piétons et les conducteurs des véhicules arrêtés au feu rouge. Sur une quarantaine de personnes présentes dans cette rue fuligineuse, je vis deux gobelins, ce qui représentait vingt fois la proportion normale.

Comme nous avions fini de distribuer les pots-de-vin, nous contournâmes l'hôtel de ville pour gagner le parking qui se trouvait derrière le bâtiment.

— Un instant, dis-je quand nous fûmes à cinq mètres de la

Cadillac jaune. Il faut que j'aille jeter un coup d'œil à quelque chose.

Je fis demi-tour et repartis en sens inverse à grands pas.

— Où vas-tu ? cria Pudding.

— Juste un instant, répondis-je en prenant le pas de course.

Le cœur palpitant, les poumons se dilatant et se contractant avec toute la souplesse de la fonte, je longeai le flanc du bâtiment municipal, atteignis la façade, gravis les marches de granit, franchis les portes de verre et entrai dans un hall moins majestueux que celui du palais de justice. Divers services municipaux avaient leurs bureaux publics au rez-de-chaussée, et le quartier général de la police se trouvait sur la gauche. Après avoir poussé une série de portes en verre dépoli encadré de noyer, je débouchai dans une antichambre ceinte d'une main courante en bois.

Le policier de service à la réception se tenait sur une estrade haute de plus de cinquante centimètres. C'était un gobelin.

Un crayon à bille dans une main, il détourna les yeux du dossier sur lequel il travaillait et les abaissa vers moi.

— Puis-je vous être utile ?

Derrière lui s'étendait un large espace ouvert meublé d'une douzaine de tables de travail, d'une vingtaine de hauts classeurs, d'une photocopieuse et d'autres appareils de bureau. Un télétype cliquetait dans un angle. Sur les huit employés de bureau, trois étaient des gobelins. Sur les quatre hommes qui travaillaient à l'écart des employés et semblaient être des inspecteurs en civil, deux étaient des gobelins. Trois agents en uniforme étaient présent en cet instant, et *tous* étaient des gobelins.

Dans Yontsdown, les gobelins ne se contentaient pas de vivre parmi les citoyens ordinaires pour en faire leurs proies au hasard. Ici, la guerre entre les espèces était bien organisée — du moins du côté des gobelins. Ici, les imposteurs subversifs faisaient les lois et les appliquaient, et malheur au pauvre type qui se rendait coupable de la moindre infraction.

— Qu'est-ce que vous vouliez ? demanda l'agent de service.

— Heu... je cherche le service de santé municipal.

— De l'autre côté du hall, fit-il d'un ton impatient.

— Oui, dis-je, feignant la confusion. Ici, ça doit être le commissariat.

— Ce n'est certainement pas l'école de ballet.

Je ressortis, conscient du regard de ses yeux pourpres qui me brûlait le dos. Je regagnai la Cadillac jaune où m'attendaient Pudding Jordan et Luke Bendingo, curieux et inconscients.

— Qu'est-ce que tu fabriquais ? demanda Pudding.

— Je voulais regarder de plus près l'entrée de ce bâtiment.

— Pourquoi ?

— Je suis fana d'architecture.

— Vraiment ?

— Oui.

— Depuis quand ?

— Quand j'étais enfant.

— Tu es toujours un enfant.

— Vous ne l'êtes pas, mais vous êtes fana de jouets, ce qui est bien plus étrange que d'être fana d'architecture.

Pudding me regarda un moment, les yeux fixes, puis il haussa les épaules.

— Je suppose que tu as raison. Mais les jouets sont plus amusants.

— Oh, je ne sais pas, dis-je comme nous montions dans la voiture. L'architecture peut être fascinante. Et cette ville est pleine d'échantillons fantastiques de styles gothique et médiéval.

— Médiéval ? dit Pudding alors que Luke faisait démarrer le moteur. Tu veux dire, comme au Moyen Age ?

— Oui.

— Pour ça, tu as raison. Cette ville sort tout droit du Moyen Age, c'est sûr.

En ressortant de la ville, nous arrivâmes de nouveau à proximité de l'école primaire incendiée, où sept enfants étaient morts au mois d'avril dernier. La première fois que nous étions passés près du bâtiment, j'avais capté les vibrations précognitives d'une autre tragédie future. Maintenant, alors que je regardais les fenêtres pulvérisées et les murs maculés de suie dont nous nous rapprochions inexorablement, une vague d'impressions extralucides déferla depuis ces briques roussies par le feu. Pour mon sixième sens, c'était une vague tout aussi réelle qu'un mur d'eau se précipitant vers moi avec un poids et une force considérables, masse tourbillonnante de possibilités, de probabilités et d'inimaginables tragédies. Il s'associait à cet édifice une quantité tellement extraordinaire de souffrance humaine et d'angoisse qu'il n'était pas seulement enveloppé d'une aura sinistre, mais qu'il flottait dans un océan d'énergie de mort. La vague arrivait avec la vitesse et la puissance d'un train de marchandises, telles ces immenses déferlantes se ruant vers la plage dans tous les films qui se passent à Hawaii ; mais elle était noire et menaçante, différente de tout ce que j'avais vu jusque-là, et j'en fus soudain terrifié. De fins embruns psychiques étaient projetés en avant de la vague elle-même, et quand ces goutelettes invisibles éclaboussèrent mon esprit réceptif, j'« entendis » des enfants hurler de douleur et de terreur... le feu rugir, siffler et crépiter comme un rire sadique... le tintement des cloches d'alarme... un mur s'écroulant dans un craquement de tonnerre... des cris... des sirènes lointaines... Je « vis » d'indescriptibles horreurs : un professeur dont les cheveux étaient en flammes... des enfants trébuchant aveuglément dans la fumée suffocante... d'autres enfants se réfugiant désespérément et inutilement sous les tables de la salle de classe alors que des morceaux de plafond fumants s'abattaient sur eux... Une partie de ce que je voyais et entendais concernait l'incendie qui avait déjà eu lieu, le bûcher d'avril ; mais certaines images provenaient d'un incendie pas encore allumé, c'étaient des sons et des visions d'un cauchemar qui appartenait encore au futur. Dans les deux cas, je percevais que la soudaine combustion de l'école n'était ni acciden-telle, ni causée par une erreur humaine, ni imputable au mauvais fonctionnement d'une machine, mais que c'était l'œuvre des gobelins. Je commençais à ressentir la souffrance des enfants, la chaleur fulgurante, et je commençais à faire l'expérience de leur terreur. La vague psychique me fonçait dessus, s'élevait plus haut... plus haut, devenait plus sombre, tel un tsunami noir si puissant qu'il allait sûrement me broyer, si froid qu'il aspirerait de ma chair toute la chaleur de vie. Je fermai les yeux et refusai de regarder l'école à demi détruite dont nous nous rapprochions, je m'efforçai désespérément d'édifier l'équivalent mental d'un bou-clier de plomb autour de mon sixième sens, de repousser l'irradiation extralucide indésirable qui tenait lieu d'eau dans la vague destructrice prête à s'abattre sur moi. Pour détourner mon esprit de l'école, je pensai à ma mère et à mes sœurs, je pensai à l'Oregon, aux Siskiyous... je pensai au visage délicatement sculpté et aux cheveux émaillés de soleil de Rya Raines. Ce furent les fantasmes et les souvenirs que j'avais d'elle qui me cuirassèrent effectivement contre l'assaut du raz de marée psychique quand celui-ci me frappa, me maltraita, et me traversa sans me réduire en pièces ni m'emporter. J'attendis une demi-minute, jusqu'à ne plus rien sentir de paranormal, puis j'ouvris les yeux. L'école était derrière nous. Nous approchions du vieux pont de fer, qui paraissait construit d'os noirs fossilisés.

Comme Pudding était assis à l'arrière et que Luke était entièrement concentré sur la conduite (craignant sans doute que la moindre infraction aux règlements de la circulation dans Yontsdown déchaînât contre nous la fureur de l'un des hommes de Kelsko), ni l'un ni l'autre ne remarqua l'étrange attaque qui, durant une minute, m'avait rendu aussi muet et rigide qu'un épileptique privé de soins. Je fus content de ne pas avoir à inventer d'explication, car je n'aurais sans doute pas pu parler sans trahir mon agitation.

J'étais submergé de pitié pour les habitants humains de cet endroit misérable. Avec un incendie d'école déjà marqué au fer dans l'histoire de la ville, avec un sinistre bien pire inscrit dans son futur, j'étais sûr de ce que je découvrirais si je me rendais à la caserne de pompiers la plus proche : des gobelins. Pensant au gros titre que j'avais lu dans le journal local — PIQUE-NIQUE PAROISSIAL TRAGIQUE : QUATRE MORTS CAUSÉES PAR LE BOTULISME — je savais ce que j'aurais trouvé si j'avais rendu visite au prêtre dans son presbytère : une bête démoniaque en col ecclésiastique administrant des bénédictions et de la compassion, comme elle avait dû administrer les toxines bactériennes mortelles dans la salade de pommes de terre et dans le ragoût de haricots blancs à la sauce tomate, tout en lorgnant avec allégresse sous le couvert de son remarquable déguisement. Quelle foule de gobelins avait dû se rassembler devant l'école primaire ce jour-là, dès que l'alarme s'était déclenchée, pour contempler le sinistre avec une feinte horreur, se lamentant avec ostentation tout en se nourrissant subrepticement de l'agonie humaine comme nous irions déjeuner dans un McDonald, chaque hurlement d'enfant pareil à une bouchée de hamburger juteux, chaque éclair rayonnant de souffrance pareil à une frite croustillante. Déguisés en personnages officiels de la ville, affectant la stupeur et un sentiment de perte écrasant, ils devaient s'être tapis dans la morgue municipale pour observer avidement les pères qui venaient à leur corps défendant identifier les macabres dépouilles carbonisées de leurs enfants bien-aimés. Se donnant l'air d'amis et de voisins accablés de chagrin, ils avaient dû se rendre chez les parents affligés pour offrir soutien et réconfort moral tout en absorbant secrètement le succulent gâteau psychique de l'angoisse et de la détresse, tout comme, des mois plus tard, ils rôdaient à présent autour des familles de ceux qui avaient été empoisonnés au pique-nique paroissial. Quels que fussent le respect et l'admiration dont jouissait le défunt, aucun enterrement ne devait se faire à Yontsdown sans une longue escorte. Il y avait là une fosse à serpents pleine de gobelins prêts à se glisser partout où un banquet de souffrance avait été dressé pour eux. Et si le destin ne produisait pas assez de victimes pour leur goût, ils faisaient un peu de cuisine à leur façon : flamber une école, orchestrer une collision catastrophique sur la route, préparer soigneusement un accident mortel à l'aciérie ou à la gare de triage...

L'aspect le plus effrayant de ce que j'avais découvert à Yontsdown n'était pas simplement l'effarante concentration de gobelins, mais leur désir et leur capacité de s'organiser et de prendre le contrôle des institutions humaines, trait que je ne leur connaissais pas jusque-là. J'avais toujours considéré les gobelins comme des prédateurs errants qui s'insinuaient partout dans la société et choisissaient leurs victimes plus ou moins au hasard sous l'impulsion du moment. Mais à Yontsdown, ils avaient pris les rênes du pouvoir ; avec une détermination terrifiante, ils avaient transformé toute la ville et le comté environnant en une réserve de chasse privée.

Et ils se reproduisaient ici dans les montagnes de Pennsylvanie, dans ce pays minier perdu où le reste du monde jetait rarement un regard.

Ils se reproduisaient.

Seigneur.

Je me demandai combien d'autres nids de ces vampires existaient dans d'autres obscurs recoins du monde. Ils étaient vraiment des vampires, à leur façon, car je sentais intuitivement que s'ils ne tiraient pas leur principale nourriture du sang lui-même, ils la tiraient des auras rayonnantes de douleur, d'angoisse et de peur produites par les êtres humains dans des situations désespérées. La distinction était dénuée de sens. Il importe peu aux animaux destinés à l'abattoir de savoir quelles portions de leur anatomie sont les plus appréciées à la table du dîner.

Notre conversation, alors que nous ressortions de la ville, fut beaucoup moins animée que lors du voyage aller. Pudding et Luke appréhendaient l'embuscade des hommes de Kelsko, et je n'avais toujours pas recouvré la parole après tout ce que j'avais vu du passé et du futur lugubre des enfants de l'école primaire de Yontsdown.

Nous franchîmes les limites de la ville.

Nous dépassâmes le bouquet de chênes noirs noueux alourdis d'étranges excroissances.

Personne ne nous arrêta.

Personne n'essaya de nous faire sortir de la route

— Bientôt, dit Pudding.

Un kilomètre après la sortie de la ville.

Nous dépassâmes les maisons isolées qui avaient besoin de peinture et de nouveaux toits, où les épaves d'automobiles rouillées reposaient sur des parpaings de béton dans les avant-cours.

Rien.

Pudding et Luke étaient de plus en plus tendus.

— Il nous a laissés quittes trop facilement, dit Pudding, faisant allusion à Kelsko. Quelque part pendant le prochain kilomètre...

Deux kilomètres après la sortie de la ville.

— Il a voulu nous donner un faux sentiment de sécurité, dit Pudding, et puis nous tomber dessus comme une tonne de briques. C'est ce qu'il manigançait. Et maintenant, ils vont nous démolir. Il faut que les gars du pays noir puissent s'amuser.

Trois kilomètres.

— Ça ne leur ressemble pas de rater leur partie de plaisir. D'une seconde à l'autre ils vont nous attaquer...

Quatre kilomètres.

Pudding supposa que les ennuis se produiraient à la mine abandonnée, où les ruines du basculeur de wagons et autres constructions projetaient telles des dents leurs poutres et leurs fragments de métal déchiquetés vers le ciel gris et bas.

Mais ces monuments à une industrie défunte apparurent, et nous les dépassâmes sans incident.

Cinq kilomètres.

Six.

A quinze kilomètres de la ville, Pudding finit par se détendre avec un soupir.

— Ils vont nous laisser tranquilles pour cette fois.

— Pourquoi ? demanda Luke d'un ton soupçonneux.

— Ce n'est pas exactement la première fois. Il y a eu deux années où ils n'ont pas cherché de bagarre, et ils ne nous ont jamais donné de raison. Cette année... eh bien... c'est peut-être à cause de l'incendie de l'école et de la tragédie de ce pique-nique paroissial, hier. Même Lisle Kelsko considère sans doute qu'il y a eu assez d'horreurs dans l'année, et il ne veut pas risquer de nous effaroucher. Cette année, comme je l'ai dit, j'ai l'impression que ces pauvres gens ont plus que jamais besoin d'une fête foraine.

Pudding et Luke avaient l'intention de s'arrêter en route pour prendre un déjeuner tardif, prévoyant d'arriver au parc d'attractions tôt dans la soirée. A mesure que nous progressions sur la route du retour à travers la Pennsylvanie, leur moral remontait, mais pas le mien. Je savais pourquoi Kelsko nous avait épargné la rixe habituelle. C'était parce qu'il avait quelque chose de pire à l'esprit pour la semaine suivante, quand nous serions installés sur le champ de foire du comté de Yontsdown. La grande roue. Je ne savais pas exactement quand ça se passerait, et je ne savais pas exactement ce qu'ils avaient l'intention de faire, mais je savais que les gobelins saboteraient la grande roue et que mes inquiétantes visions de sang sur le parc d'attractions allaient bientôt, tels des bourgeons malfaisants, éclore en une sombre réalité.

9

Contrastes

Après un déjeuner tardif, nous reprîmes la route pour la dernière partie du voyage de retour. Les souvenirs de Yontsdown pesaient encore lourdement sur moi et je ne pouvais plus faire l'effort de participer à la conversation ni de rire aux plaisanteries de Pudding, bien que la plupart fussent vraiment drôles. Pour y échapper, je fis semblant de sommeiller, affalé dans mon coin, la tête dodelinant de côté.

Des pensées fiévreuses bourdonnaient dans mon esprit...

Que sont les gobelins ? D'où viennent-ils ?

Chaque gobelin est-il un marionnettiste, un parasite qui s'ensemence au plus profond de la chair humaine, puis prend le contrôle de l'esprit de son hôte et dirige le corps volé comme si c'était le sien ? Ou bien les corps ne sont-ils que des imitations d'humains, des costumes élaborés dans des matrices artificielles, qu'ils revêtent aussi aisément que nous enfilons un nouveau complet ?

D'innombrables fois, depuis des années, j'avais ressassé ces questions et un millier d'autres. Le problème était qu'il y avait fichtrement trop de réponses, dont n'importe laquelle aurait pu être juste, mais dont aucune ne pouvait être vérifiée scientifiquement — ni même me donner satisfaction.

Ayant vu ma part de films d'anticipation, je ne manquais pas d'idées fantaisistes dans lesquelles puiser. Après avoir vu mon premier gobelin, j'étais devenu un lecteur avide de science-fiction, espérant que quelque écrivain avait déjà imaginé cette situation et fourni une explication qui me servirait aussi bien qu'elle servait ses personnages fictifs. De ces contes souvent extravagants, j'avais tiré de nombreuses théories à prendre en considération : les gobelins pourraient être des extraterrestres venus d'un monde lointain, qui auraient atterri sur notre planète soit par accident, soit dans l'intention de nous conquérir, ou de tester notre aptitude à participer pleinement au gouvernement galactique, ou de voler tout notre uranium pour l'utiliser dans les hyperpropulseurs de leurs vaisseaux spatiaux, soit encore pour nous empaqueter tout simplement dans des tubes de plastique afin de disposer de casse-croûte savoureux durant leurs longs trajets monotones au long des bras spiraloïdes de la galaxie. J'envisageais ces possibilités et bien d'autres, n'en rejetais aucune, aussi saugrenue ou idiote qu'elle pût paraître, mais demeurais sceptique à l'égard de toutes les explications que pouvaient me donner ces romans de science-fiction. D'une part, j'avais peine à croire que des êtres capables de franchir des années-lumière feraient un voyage aussi long pour venir simplement s'écraser au sol en essayant de poser leur vaisseau ; leurs machines seraient sans défaillance, leurs ordinateurs ne feraient pas d'erreur. Et si une espèce aussi avancée voulait nous conquérir, la guerre serait terminée en un seul après-midi. Ces livres, donc, s'ils me procurèrent des centaines d'heures de merveilleux divertissements, ne me fournirent aucun radeau auquel me cramponner durant les mauvais moments, aucun entendement des gobelins, et assurément aucune indication quant à ce que je devais faire à leur égard ou aux moyens de les mettre en déroute.

L'autre théorie évidente était qu'il s'agissait de démons montés tout droit de l'enfer, doués d'une aptitude satanique à obnubiler l'esprit humain de sorte que nous ne voyions en les regardant que des hommes ordinaires. Je croyais en Dieu (ou je m'en persuadais), et mes relations avec Lui étaient par moments si antagoniques (de ma part, en tout cas), que je n'avais aucune difficulté à Le croire capable de permettre l'existence d'un lieu aussi immonde que l'enfer. Mes parents étaient luthériens. Ils nous avaient emmenés à l'église presque chaque dimanche, Sarah, Jenny et moi, et il m'était arrivé de vouloir monter sur mon banc pour invectiver le pasteur :

— Si Dieu est si bon, pourquoi laisse-t-Il les gens mourir ? Pourquoi a-t-Il donné le cancer à la gentille Mme Hurley qui habitait un peu plus loin que chez nous ? S'Il est si bon, pourquoi a-t-Il laissé le fils des Thompson mourir là-bas en Corée ?

Même si la foi déteignait un peu sur moi, elle n'interférait pas avec ma capacité de raisonnement, et je n'étais jamais parvenu à m'accommoder de la contradiction entre la doctrine de l'infinie miséricorde de Dieu et la cruauté du cosmos qu'Il avait créé pour nous. L'enfer, la damnation éternelle et les démons n'étaient donc pas seulement concevables ; ils semblaient presque un point de conception essentiel dans un univers bâti par un architecte divin aussi pervers que Celui qui avait apparemment établi les plans du nôtre.

Néanmoins, tout en croyant à l'enfer et aux démons, je n'arrivais toujours pas à croire que les gobelins pussent s'expliquer par l'application de cette mythologie. S'ils étaient montés de l'enfer, il y aurait eu en eux quelque chose de... cosmique — une terrifiante impression de forces divines à l'œuvre, de savoir et de dessein suprêmes dans leur maintien et leur activité, mais je ne ressentais rien de tout cela dans les faibles vibrations psychiques qui émanaient d'eux. En outre, des lieutenants de Lucifer posséde- raient un pouvoir illimité, alors que ces gobelins étaient par de nombreux côtés moins puissants que je ne l'étais, sans aucun de mes dons ou perceptions extraordinaires. Pour des démons, ils étaient trop faciles à éliminer. Ni hache ni couteau ni arme à feu n'aurait pu abattre un séide de Satan.

S'ils avaient eu un aspect plus canin et moins porcin, j'aurais été à demi convaincu qu'ils étaient des loups-garous, malgré le fait qu'ils rôdaient en permanence et pas seulement à la pleine lune. Comme le loup-garou fabuleux, ils semblaient capables de chan- ger de forme, imitant l'apparence humaine avec un talent mysté- rieux, mais capables aussi de revenir à leur véritable et hideux aspect si c'était nécessaire, comme dans le pavillon des autos- tamponneuses. Et s'ils s'étaient nourris de sang dans un sens littéral, j'aurais opté pour la légende des vampires, me serais fait appeler Dr Van Helsing, et j'aurais (depuis longtemps et avec plaisir) commencé à aiguiser une forêt virtuelle de pieux en bois. Mais aucune de ces explications ne semblait convenir, bien qu'à mon avis d'autres médiums eussent vu ces gobelins des siècles plus tôt, donnant naissance aux premiers contes de métamorphose humaine en chauves-souris ou autres horreurs de lycanthropes. En fait, Vlad l'empaleur, le monarque bien réel de Transylvanie dont l'intérêt sanguinaire pour les exécutions en masse spectacu- laires a inspiré le personnage fictif de Dracula, était très vraisem- blablement un gobelin ; après tout, Vlad était un homme qui semblait se délecter de la souffrance humaine, trait fondamental de tous les gobelins que j'ai eu l'infortune d'observer.

En revenant de Yontsdown cet après-midi-là dans la Cadillac jaune, je me posais donc ces questions familières et m'efforçais d'atteindre une explication sans parvenir au moindre éclaircissement. Je me serais épargné tout cet effort si j'avais pu lire l'avenir à seulement quelques jours de là, car j'étais à ce point proche d'apprendre la vérité sur les gobelins. Je n'avais pas conscience de l'imminence des révélations, mais j'allais apprendre la vérité l'avant-dernière nuit du séjour de la fête foraine à Yontsdown. Et lorsque, enfin, je découvrirais les origines et les motivations des odieux gobelins, tout prendrait un sens parfait — un sens immédiat et terrible — et je souhaiterais, avec une ferveur égale à celle d'Adam quand la porte du jardin d'Eden se referma sur lui, n'avoir jamais acquis un tel savoir. Mais je feignais pour l'instant de dormir, la bouche ouverte, laissant mon corps se mouvoir librement au gré du tangage et du roulis de la Cadillac tout en m'efforçant de comprendre, avide d'explications.

Nous revînmes au parc d'attractions à cinq heures et demie de ce vendredi après-midi. Le parc d'attractions, encore baigné du soleil d'été mais brillant aussi de toutes ses lumières, était bondé de gogos. Je me rendis directement à la mailloche pour relever Marco, qui m'avait remplacé, et entrepris de soulager les passants des pièces et des billets qui alourdissaient leurs poches.

A aucun moment de la longue soirée n'apparut un seul gobelin dans l'allée, mais je ne m'en sentis pas pour autant réconforté. Il ne manquerait pas de gobelins dans le parc d'attractions, la semaine prochaine à Yontsdown ; le champ de foire en grouillerait, surtout autour de la grande roue, où leurs visages brilleraient d'un sadique plaisir anticipé.

Marco revint prendre ma place à huit heures, m'accordant une heure pour aller dîner. Comme je n'avais pas particulièrement faim, je déambulai au long des allées plutôt que de me diriger vers une baraque à sandwiches. Quelques minutes plus tard, je me retrouvai devant Shockville, le dix-en-un qui appartenait à Joel Tuck.

Une banderole aux illustrations sinistres s'étirait sur toute la façade du stand : BIZARRERIES HUMAINES DE TOUS LES COINS DU

MONDE. Les représentations hardies et colorées de Jack-quatre-mains (un Indien doté d'une paire de bras supplémentaires), Lila la femme tatouée, Gloria Neames et ses trois cent quarante kilos (« la femme la plus grosse du monde »), et autres monstres authentiques ou auto-fabriqués, étaient indiscutablement l'œuvre de David C. « Snap » Wyatt, le dernier des grands artistes du cirque et de la fête foraine, dont les banderoles décoraient les tentes de tous les propriétaires d'attractions qui en avaient les moyens. A en juger par les bizarreries humaines promises dans ce dix-en-un, Joel Tuck en avait non seulement les moyens, mais il avait assemblé une équipe à laquelle seul le talent singulier de Wyatt pouvait faire honneur.

Comme le crépuscule approchait, un groupe important de badauds s'était amassé devant Shockville, contemplant bouche bée les illustrations monstrueusement imaginatives de M. Wyatt et écoutant le boniment de l'aboyeur. Tout en manifestant une certaine réticence, certains faisant même allusion à l'indignité que constituait l'exhibition de pauvres infirmes, la plupart avaient manifestement envie d'entrer dans la tente. Quelques femmes faisaient les dégoûtées, exigeant d'être persuadées et poussées dans une expédition aussi hardie, mais la plupart, hommes et femmes, avançaient graduellement vers la cabine des tickets.

Quelque chose m'y attirait aussi.

Pas la curiosité morbide qui étreignait les gogos.

Quelque chose de plus... obscur. Quelque chose à l'intérieur de la tente voulait que je vienne voir... quelque chose dont, je le sentais, je devais connaître l'existence si je voulais survivre à la prochaine semaine et faire mon foyer de l'entreprise Sombra Frères.

Telle une chauve-souris qui m'aurait sucé le sang, une prémonition me glaçait la nuque, aspirant toute la chaleur que j'avais en moi.

J'aurais pu passer gratuitement, mais j'achetai néanmoins un ticket pour deux dollars, prix élevé à cette époque, et j'entrai.

La tente était divisée en quatre longs compartiments, avec un couloir délimité par des cordes serpentant à travers toutes les pièces. Chaque compartiment comprenait trois stalles, une estrade dans chaque stalle, une chaise sur chaque estrade, une bizarrerie humaine sur chaque chaise. Le dix-en-un de Joel Tuck était une occasion rare pour les gogos — deux attractions supplémentaires,

118

deux raisons de plus de douter des intentions bienveillantes de Dieu. Derrière chaque phénomène, s'étalant sur toute la largeur de la stalle, une grande pancarte aux illustrations colorées résumait l'histoire et expliquait la nature médicale de la difformité qui rendait chaque objet vivant de l'exposition digne d'un rôle vedette à Shockville.

Le contraste entre l'attitude des gogos à l'extérieur et celle qu'ils adoptaient une fois entrés était saisissant. Dans l'allée, ils avaient paru moralement opposés au concept d'une exhibition de phénomènes, ou du moins légèrement rebutés tout en subissant l'irrésistible attraction de la curiosité. Mais dans la tente, cette attitude civilisée disparaissait. Peut-être ne reflétait-elle pas des convictions, mais simplement des platitudes creuses, des déguisements sous lesquels se dissimulait la véritable sauvagerie de la nature humaine. A présent, ils montraient du doigt, poussaient des exclamations, riaient des gens contrefaits dont ils étaient les spectateurs payants, comme si ceux qui se tenaient sur les estrades n'étaient pas seulement difformes mais également sourds, ou trop simples d'esprit pour comprendre les insultes qui leur étaient adressées. Certains gogos émettaient des plaisanteries de mauvais goût ; même les meilleurs d'entre eux étaient tout juste assez décents pour garder le silence, aucun ne l'était assez pour dire à ses grossiers compagnons de se taire. Pour moi, les « attractions » du dix-en-un méritaient le même respect qu'on pourrait manifester pour les peintures des anciens maîtres dans un musée, car ils mettent assurément en lumière la signification de la vie aussi bien que l'œuvre de Rembrandt, de Matisse ou de Van Gogh. Tout comme le grand art, ces phénomènes peuvent toucher le cœur, nous rappeler nos peurs primitives, susciter en nous une humble évaluation de notre condition et de notre existence propres, et incarner la rage que nous éprouvons habituellement quand nous sommes confrontés à la froide indifférence de cet univers imparfait. Je ne percevais aucun de ces sentiments chez les gogos, mais peut-être me montrais-je trop dur à leur égard. Quoi qu'il en soit, moins de deux minutes après être entré, il me parut que les véritables monstres étaient ceux qui avaient payé pour faire cette visite macabre.

Mais ils en avaient pour leur argent. Dans la première stalle était assis Jack-quatre-mains, sans chemise, révélant la paire de bras supplémentaires — chétifs et atrophiés mais fonctionnant — qui prenaient naissance à quelques centimètres au-dessous et légèrement en arrière d'une paire de bras ordinaires normalement constitués. Les membres superflus étaient quelque peu difformes et visiblement faibles, mais il s'en servait pour tenir un journal tout en utilisant ses mains ordinaires pour boire un rafraîchissement et manger des cacahuètes. Dans la stalle voisine se tenait Lila, la femme tatouée, phénomène de sa propre fabrication. Après Lila venaient Flippo l'homme-phoque, Monsieur Six (six orteils à chaque pied, six doigts à chaque main), l'homme-alligator, Roberta la femme caoutchouc, un albinos simplement appelé Fantôme, et d'autres présentés pour « l'éducation et l'étonnement de ceux qui possèdent un esprit investigateur et une saine curiosité à propos des mystères de la vie », comme l'avait annoncé le bonimenteur devant la tente.

J'allais lentement de stalle en stalle, en badaud silencieux. A chaque attraction, je m'arrêtais juste le temps de déterminer s'il s'agissait ou non de la source du magnétisme psychique dont j'avais senti la force en passant dans l'allée.

Je la ressentais toujours...

Je m'enfonçai plus avant dans Shockville.

La bizarrerie humaine suivante était mieux reçue qu'aucune autre par les gogos : Miss Gloria Neames, la femme de trois cent quarante kilos, censée être la grosse dame la plus grosse de la terre. C'était une prétention que je n'aurais pas songé discuter, ni en ce qui concernait la taille, ni en ce qui concernait le titre de dame, mais aussi gargantuesque fût-elle, je sentis en elle une réserve et une sensibilité extrêmement émouvantes. Assise sur une chaise robuste spécialement construite, elle devait avoir du mal à se lever et il lui était sans doute impossible de marcher sans aide ; le simple fait de respirer était une épreuve, à en juger par le bruit qu'elle faisait. C'était une montagne de femme en *muumuu* hawaiien rouge, avec un ventre énorme dont les replis remontaient jusqu'à un surplomb de seins si immenses qu'ils n'avaient plus aucune fonction anatomique reconnaissable. Ses bras semblaient irréels, pareils à des sculptures mi-comiques, mi-héroïques modelées dans des monticules de lard marbré, et ses multiples mentons pendaient si loin sur son cou qu'ils touchaient presque son sternum. Son visage lunaire était surprenant, serein comme celui d'un Bouddha, mais également d'une beauté inattendue ; sous cette apparence boursouflée, pareille à une photographie superposée à une autre, transparaissait la promesse frappante et émouvante de la mince et splendide Gloria Neames qui aurait pu être.

Certains des gogos aimaient Gloria parce qu'elle leur donnait l'occasion de taquiner leur femme ou leur petite amie — « Si jamais tu deviens aussi grosse que *ça*, ma petite, tu feras mieux de te chercher une place de phénomène de foire, parce que tu peux être sûre que je ne resterai pas avec toi ! » — feignant de plaisanter tout en communiquant un message sérieux. Et les femmes ou les petites amies, surtout celles à qui le message était destiné, celles qui avaient elles-mêmes un peu d'embonpoint, aimaient Gloria parce qu'elles se sentaient comparativement sveltes et élégantes en sa présence. Bon sang, à côté d'elle, Pudding aurait eu l'air d'un de ces enfants asiatiques sous-alimentés comme on en voit dans les annonces des magazines pour la lutte contre la faim. Et presque tous aimaient le fait que Gloria leur parlait, ce que ne faisaient pas la plupart des phénomènes. Elle répondait à leurs questions en esquivant avec élégance celles qui étaient impertinentes ou trop personnelles sans provoquer aucun embarras, ni pour elle-même ni pour les imbéciles qui les avaient posées.

Arrêté dans la stalle de la grosse dame, j'eus l'impression psychique qu'elle jouerait un rôle important dans ma vie, mais je savais que ce n'était pas Gloria qui m'avait attiré à Shockville. Ce magnétisme aussi inquiétant qu'irrésistible continuait à m'entraîner et je me rapprochais de sa source, plus loin dans la tente foraine.

La dernière stalle, la douzième, était occupée par Joel Tuck, l'homme aux oreilles en feuilles de chou, l'homme à la bouche en benne de pelleteuse et aux dents jaune bile, l'homme au front frankensteinien et au troisième œil, géant, phénomène de foire, homme d'affaires et philosophe. Il lisait un livre sans prêter attention à ce qui l'entourait — ni à moi — mais installé de façon que les gogos pussent voir son visage dans tous ses sinistres détails.

C'était là que je me sentais entraîné. Je crus d'abord que le pouvoir attractif avait son origine en Joel Tuck, ce qui était peut-être vrai dans une certaine mesure, mais pas en totalité : une partie du magnétisme venait de l'endroit lui-même, du sol en terre battue de la stalle. Au-delà de la corde et des chandeliers de soutien qui délimitaient le passage du public se trouvait un espace dégagé d'environ deux mètres de large entre cette ligne de démarcation et

121

le bord de la plate-forme sur laquelle se tenait Joel Tuck. Mes yeux étaient attirés vers cette portion de sol poussiéreuse recouverte de sciure de bois, d'où je vis s'élever une chaleur sombre, inquiétante, tout à fait distincte de la chaleur d'août étouffante qui collait au moindre centimètre carré du parc d'attractions ; c'était une chaleur que j'étais le seul à pouvoir sentir. Bien qu'elle n'eût pas d'odeur, elle était pareille à la vapeur odorante s'élevant d'un tas de fumier dans une ferme. Elle me faisait penser à la mort, à la chaleur produite par la décomposition d'un cadavre putréfié. Sans parvenir à en appréhender la signification, je me demandais néanmoins si je ne sentais pas que cet endroit allait devenir une tombe secrète, peut-être même la mienne. En m'attardant sur cette angoissante éventualité, j'acquis la certitude grandissante que je me tenais au bord d'une sépulture qui serait ouverte dans un avenir proche, qu'un corps sanglant y serait jeté aux heures les plus sombres de la nuit, et que...

— Mais, n'est-ce pas Carl Slim ? fit Joel, qui avait fini par me remarquer. Non, un instant, désolé. Seulement Slim, hein ? Slim MacKenzie.

Il se moquait de moi, et je souris. Les émanations occultes qui s'élevaient du sol s'estompèrent, faiblissant rapidement jusqu'à disparaître.

Le flot des gogos avait cessé un moment de s'écouler, de sorte que je me trouvais provisoirement seul avec Joel.

— Comment vont les affaires ? demandai-je.

— Bien, comme presque toujours, répondit-il avec le timbre riche et mélodieux d'un speaker de station FM ne diffusant que de la musique classique. Et toi ? Tu as trouvé ce que tu espérais, dans la fête foraine ?

— Un endroit où dormir, trois repas copieux par jour, mieux que de l'argent de poche — oui, ça va.

— L'anonymat ?

— Ça aussi, je suppose.

— L'asile ?

— Jusqu'à présent.

Comme avant, je ressentis chez cet homme étrange quelque chose de paternel, la capacité et le désir de procurer réconfort, amitié, conseils. Mais je percevais aussi en lui, comme je l'avais fait plus tôt, un danger, une menace indéfinissable, et je n'arrivais pas à comprendre comment il pouvait représenter à la fois ces deux

122

potentialités à mon égard. Il pouvait être mon mentor ou mon ennemi, l'un ou l'autre mais certainement pas les deux, et je sentais pourtant en lui ces deux possibilités contradictoires, de sorte que je ne m'ouvris pas à lui comme j'aurais pu le faire.

— Que penses-tu de cette fille ? me demanda-t-il depuis son siège, sur l'estrade.

— Quelle fille ?

— Y en a-t-il une autre ?

— Tu veux dire... Rya Raines ?

— Elle t'a plu ?

— Bien sûr. C'est une fille bien.

— C'est tout ?

— Quoi d'autre ?

— Demande à n'importe quel homme du parc d'attractions ce qu'il pense de Miss Rya Raines, et il passera une demi-heure à chanter les louanges de son visage et de son corps — et il ronchonnera une autre demi-heure à propos de son caractère avant de recommencer à la porter aux nues, mais jamais il ne se contentera de dire « c'est une fille bien » sans rien ajouter.

— Elle est sympathique.

— Tu as le béguin, dit-il en mouvant laborieusement ses mâchoires osseuses, faisant claquer ses dents jaunes quand il appuyait les consonnes les plus dures.

— Oh... non. Non. Pas moi.

— Foutaises.

Je haussai les épaules.

— Allons, allons, dit-il en fixant sur moi le regard aveugle et néanmoins pénétrant de son œil orange tout en faisant rouler les deux autres avec une feinte impatience. Bien sûr que si. Peut-être pire. Tu es peut-être en train de tomber amoureux.

— Non, vraiment, elle est plus âgée que moi, fis-je, gêné.

— Quelques années à peine.

— Elle est quand même plus âgée.

— En ce qui concerne l'expérience, l'esprit et l'intelligence, tu es plus vieux que ton âge, au moins autant qu'elle. Cesse d'esquiver mes questions, Slim MacKenzie. Tu as le béguin, avoue-le.

— Eh bien, elle est très belle.

— Et au-dessous ?

— Hein ?

— Au-dessous ? répéta-t-il.

— Tu veux dire : est-ce que sa beauté est plus que superficielle ?

— L'est-elle ?

— Eh bien, fis-je, surpris de la facilité avec laquelle il me tirait les vers du nez, elle aime se faire passer pour une dure à cuire... mais à l'intérieur... je vois des qualités tout aussi attirantes que son visage.

— Je serais plutôt d'accord avec toi, dit-il en hochant la tête.

A l'autre bout de la tente, un groupe de gogos rieurs approchait. Joel se mit à parler plus vite, se penchant en avant dans son fauteuil pour profiter de nos derniers instants d'intimité.

— Mais, tu sais... il y a aussi de la tristesse en elle.

Je songeai à l'humeur sombre dans laquelle je l'avais laissée la nuit précédente, la solitude et le désespoir poignants qui semblaient l'attirer dans quelque obscur abîme privé.

— Oui, j'en suis conscient. Je ne sais pas d'où vient cette tristesse, ni ce qu'elle signifie, mais j'en suis conscient.

— Ça donne à penser, dit Joel, puis il hésita.

— Quoi ?

Il me dévisagea avec une telle intensité que j'eus presque l'impression qu'il lisait dans mon âme grâce à quelque pouvoir psychique particulier. Puis il soupira et poursuivit :

— Une surface d'une beauté tellement éblouissante, et aussi une beauté intérieure, nous sommes d'accord... mais est-il possible qu'il y ait un autre « intérieur » au-dessous de celui que tu peux voir ?

Je secouai la tête.

— Je ne pense pas qu'elle soit du genre trompeur.

— Oh, nous le sommes tous, mon jeune ami ! Nous trompons tous. Certains d'entre nous trompent le monde entier, chacun des êtres qu'ils rencontrent. D'autres ne trompent que des gens choisis, femmes et amants, pères et mères. Et certains ne trompent qu'eux-mêmes. Mais aucun d'entre nous n'est totalement honnête avec tout le monde, tout le temps et en tout. Diable, le besoin de tromper n'est qu'une autre des malédictions que doit supporter notre malheureuse espèce.

— Qu'est-ce que tu essaies de me faire comprendre à son sujet ?

— Rien, dit-il, en se laissant soudain aller dans son fauteuil. Rien.

— Pourquoi es-tu tellement mystérieux ?

— Mystérieux ?

— Oui.

— J'en serais bien incapable, dit-il, son visage de mutant empreint de l'expression la plus énigmatique que j'aie jamais vue.

Les gogos atteignirent la douzième stalle. C'étaient deux couples d'une vingtaine d'années, les filles avec des cheveux laqués bouffants et trop de maquillage, les hommes en pantalon à damiers et chemise disparates — un quatuor de snobs campagnards. L'une des filles, la plus rondelette, poussa un couinement de frayeur en voyant Joel Tuck. L'autre fille couina parce que son amie l'avait fait, et les hommes passèrent des bras protecteurs autour de leurs femmes comme s'il y avait un réel danger que Joel Tuck bondît de sa petite estrade avec des intentions de viol ou de cannibalisme.

Tandis que les gogos échangeaient leurs commentaires, Joel Tuck leva son livre et se replongea dans sa lecture, ignorant les questions qu'ils lui posaient et se retranchant dans une dignité presque palpable. C'était en fait une dignité que les gogos eux-mêmes pouvaient sentir et qui finit par les intimider, les incitant à un silence respectueux.

D'autres gogos arrivèrent et je m'attardai un moment, observant Joel, absorbant les odeurs de toile chauffée au soleil, de sciure de bois et de poussière. Puis je laissai mon regard glisser vers cet espace de terre battue couverte de sciure entre la corde et l'estrade ; je perçus de nouveau les images de décomposition et de mort mais, en dépit de tous mes efforts, je ne parvins pas à deviner exactement ce que signifiaient ces sombres vibrations. Sauf que... j'avais toujours l'impression inquiétante qu'une pelle retournerait cette terre pour en faire ma tombe.

Je savais que je reviendrais. Quand le parc d'attractions serait fermé. Quand les phénomènes seraient partis. Quand la tente serait désertée. Je me glisserais là en cachette pour contempler cet espace de terre funeste, pour poser mes mains contre le sol, pour essayer d'arracher un avertissement plus explicite à l'énergie psychique concentrée là. Je devais me cuirasser contre le danger imminent, et je ne pouvais le faire avant de savoir avec précision quel était le danger.

Quand je quittai le dix-en-un et ressortis dans l'allée, le ciel crépusculaire était de la même couleur que mes yeux.

Comme c'était un vendredi, l'avant-dernière soirée du séjour de la fête foraine, les gogos s'attardèrent plus que de coutume et le parc d'attractions ferma plus tard que la nuit précédente. Il était presque une heure et demie du matin quand, après avoir enfermé les ours en peluche de la mailloche, je descendis dans la prairie vers la caravane de Rya, chargé de pièces qui tintaient à chaque pas.

La lune éclairait par transparence les minces nuages effilochés qui filigranaient le ciel, teintant de l'argent le plus pur leurs lisières dentelées.

En ayant déjà terminé avec ses autres caissiers, Rya m'attendait, vêtue à peu près comme elle l'avait été le soir précédent : short vert pâle, T-shirt blanc, pas de bijoux — elle n'en avait pas besoin, plus rayonnante dans sa beauté sans fard qu'elle n'aurait pu l'être couverte de colliers de diamant.

D'humeur peu communicative, elle ne répondait que quand je lui adressais la parole, et seulement par monosyllabes. Elle prit l'argent, le rangea dans une armoire et me donna une demi-journée de salaire, que je glissai dans la poche de mon jean.

Je l'observai attentivement tandis qu'elle accomplissait ces petites tâches, pas seulement parce qu'elle était ravissante mais parce que je n'avais pas oublié la vision qui m'avait assailli la nuit précédente en sortant de sa caravane, l'apparition de Rya maculée de sang et saignant à la commissure des lèvres qui m'avait doucement supplié de ne pas la laisser mourir. J'espérais que mon don de voyance serait de nouveau stimulé par la présence de la vraie Rya, qu'il me viendrait de nouvelles prémonitions plus détaillées qui me permettraient de la mettre en garde contre un danger précis. Mais tout ce que j'obtins de sa proximité fut un sentiment renforcé de la profonde tristesse qui était en elle... et une nouvelle stimulation sexuelle.

Une fois payé, je n'avais plus d'excuse pour m'attarder. Je lui souhaitais bonne nuit et me dirigeai vers la porte.

— Demain, nous aurons une journée chargée, dit-elle avant que j'eusse mis le pied dehors.

Je me retournai vers elle.

— Le samedi est toujours chargé.

— Et demain soir, c'est la fermeture — on démonte tout.

Et dimanche, nous irions nous installer à Yontsdown, mais je ne voulais pas y penser.

— Il y a toujours tant à faire le samedi que j'ai du mal à dormir le vendredi soir, ajouta-t-elle.

J'avais l'intuition que, comme moi, elle avait du mal à dormir la plupart des nuits et que, quand elle arrivait à dormir, elle se réveillait souvent sans être reposée.

— Je sais ce que vous voulez dire, répondis-je gauchement.

— Marcher me fait du bien. Quelquefois, le vendredi, je vais dans le parc d'attractions et j'arpente les allées dans l'obscurité pour dépenser l'excès d'énergie, laisser la tranquillité comme... s'infiltrer en moi. C'est paisible, quand tout est fermé, quand les gogos sont partis et que les lumières sont éteintes. Ce que je préfère... quand nous sommes installés dans un endroit comme celui-ci, où le champ de foire est en pleine campagne, c'est aller me promener dans les champs environnants, ou même dans les bois quand il y a une route ou un bon chemin... et un clair de lune.

A part son cours sévère sur la manière de tenir la mailloche, c'était le plus long discours que je lui avais entendu tenir jusqu'à présent, et la première fois qu'elle me donnait l'impression de voiloir établir un rapport avec moi, bien que sa voix demeurât aussi impersonnelle et professionnelle que pendant les heures de travail. En fait, elle était même plus froide qu'avant parce qu'il lui manquait l'enthousiasme de la femme d'affaires engagée dans la cueillette des dollars. C'était une voix unie, à présent, indifférente, comme si toute raison d'être, toute signification et tout intérêt l'avaient quittée avec la fermeture du parc d'attractions pour ne reparaître qu'à l'ouverture du lendemain. Sa voix était si dépourvue de timbre, si terne et si lasse que, sans la perception particulière de mon sixième sens, je ne me serais peut-être pas rendu compte qu'elle cherchait à établir la communication, qu'elle avait besoin d'un contact humain. Je savais qu'elle essayait d'être décontractée, et même amicale, mais ça ne lui était pas facile.

— Ce soir, il y a de la lune, dis-je.

— Oui.

— Et il y a des champs alentour.

— Oui.

— Et des bois.

Elle abaissa les yeux vers ses pieds nus.

— J'avais l'intention d'aller me promener, moi aussi, dis-je.

Sans croiser mon regard, elle se dirigea vers le fauteuil devant lequel elle avait laissé une paire de chaussures de tennis, qu'elle mit avant de revenir vers moi.

Nous nous éloignâmes en serpentant par les rues provisoires de la ville de caravanes, et débouchâmes dans la prairie où l'herbe sauvage était noir et argent dans les rayons de lune et les ombres de la nuit. L'herbe, qui nous arrivait aux genoux, devait chatouiller les jambes nues de Rya, mais elle ne se plaignit pas. Nous marchâmes en silence pendant un moment, d'abord parce que nous étions trop mal à l'aise l'un avec l'autre pour établir facilement la conversation, puis parce que toute conversation commença à paraître inutile.

A la lisière de la prairie, nous tournâmes vers le nord-ouest en suivant la ligne des arbres, et une brise agréable se leva derrière nous. Les remparts imposants de la forêt dressaient leurs formidables créneaux dans la nuit comme s'il ne s'agissait plus de rangs serrés de pins, d'érables et de bouleaux, mais de noires barrières compactes impossibles à franchir autrement que par l'escalade. Finalement, à près d'un kilomètre du parc d'attractions, nous atteignîmes un endroit où une petite route de terre battue partageait les bois, montant vers la nuit et l'inconnu.

Sans échanger un mot, nous tournâmes dans le chemin et franchîmes environ deux cents mètres avant que Rya parlât enfin.

— Est-ce que vous rêvez ?
— Parfois.
— De quoi ?
— De gobelins, répondis-je franchement, mais j'aurais commencé à mentir si elle m'avait demandé des explications.
— Des cauchemars ?
— Oui.
— Vos rêves sont-ils habituellement des cauchemars ?
— Oui.

Bien qu'il manquât à ces montagnes de Pennsylvanie l'immensité et l'atmosphère préhistorique qui rendaient les Siskiyous si impressionnants, il y régnait néanmoins le silence inspirateur d'humilité qu'on ne trouve que dans les régions les plus sauvages. C'était un calme plus empreint de vénération que celui des cathédrales, qui nous incitait à parler à voix basse, presque à chuchoter, bien qu'il n'y eût personne pour surprendre notre conversation.

— Les miens aussi, dit-elle. Des cauchemars. Pas souvent. Tout le temps.

— Des gobelins ?

— Non.

Elle n'ajouta rien, et je savais qu'elle ne m'en dirait plus que quand elle aurait choisi de le faire.

Nous poursuivîmes notre marche dans la forêt qui nous enserrait de part et d'autre. Le clair de lune animait la route de terre battue d'une phosphorescence grise qui lui donnait l'aspect d'un lit de cendres, comme si le chariot de Dieu avait foncé à travers les bois, ses roues embrasées d'un feu divin laissant un sillage carbonisé.

— Des cimetières, dit Rya au bout d'un moment.

— Dans vos rêves ?

— Oui, répondit-elle d'un souffle aussi léger que la brise. Pas toujours le même. Quelquefois, il s'étend sur un champ jusqu'aux quatre horizons, une pierre tombale après l'autre, toutes parfaitement identiques.

Sa voix se fit encore plus basse :

— Quelquefois, c'est un cimetière enneigé sur une colline, avec des arbres dénudés pleins de branches noires et pointues, avec des tombes de toutes sortes qui descendent en terrasses, des obélisques de marbre, des pierres basses de granit, des statues inclinées et usées par d'innombrables hivers... et je marche vers le fond du cimetière, le bas de la colline... vers la route qui mène hors de là... et je suis sûre qu'il y a une route en bas quelque part... mais je n'arrive pas à la trouver.

Sa voix n'était plus seulement basse, à présent, mais si morne que je sentis une ligne froide s'imprimer le long de mon épine dorsale, comme si une lame glaciale avait été appliquée sur ma peau.

— D'abord, j'avance lentement entre les monuments avec la crainte de glisser et de tomber dans la neige, mais quand je descends plusieurs niveaux et que je ne vois toujours pas la route en bas... je commence à aller plus vite... de plus en plus vite... et je finis par courir, trébucher, tomber, me relever, me remettre à courir, zigzaguer entre les tombes, plonger sur la pente de la colline.

Une pause. Une inspiration, surperficielle, rejetée avec un faible soupir d'effroi et quelques derniers mots :

— Et vous savez ce que je trouve ?

Je pensais le savoir. Comme nous atteignions la crête d'une colline basse et continuions à marcher, je dis :

— Vous voyez un nom sur l'une des tombes, et c'est le vôtre.

Elle frissonna.

— L'une des tombes est la mienne. Je le sens dans tous mes rêves. Mais je ne la trouve jamais. Je souhaiterais presque la trouver. Je pense que... si je la trouvais... si je trouvais ma propre tombe... je cesserais de rêver de ces choses...

Parce que tu ne te réveillerais pas, songeai-je. Tu serais morte pour de vrai. On dit que c'est ce qui se passe si on ne se réveille pas avant de mourir dans un rêve. Mourir dans un rêve — et ne jamais se réveiller.

— Ce que je trouve quand je descends assez loin sur le flanc de la colline, c'est... la route que je cherchais... sauf que ce n'est plus une route. Il y a des gens enterrés et des pierres tombales jusque dans l'asphalte, comme s'il y en avait eu tant à mettre qu'il ne restait plus assez de place dans le cimetière et qu'on ait dû les enterrer partout où il y avait de l'espace. Des centaines de tombes, quatre de front, rangée après rangée, tout le long de la route. Alors... vous voyez... la route n'est plus une sortie. Ce n'est plus qu'une partie du cimetière. Au-dessous, les arbres morts et d'autres monuments continuent à s'étager de plus en plus bas, aussi loin que je puisse voir. Et le pire, c'est que... d'une certaine façon je sais que tous ces gens sont morts... à cause de...

— A cause de quoi ?

— A cause de moi, dit-elle d'un ton malheureux. Parce que je les ai tués.

— On dirait que vous vous sentez vraiment coupable.

— Je me sens coupable.

— Mais ce n'est qu'un rêve.

— Quand je me réveille... il subsiste... trop réel pour être un rêve. Il a plus de signification qu'un simple rêve. C'est... un présage, peut-être.

— Mais vous n'êtes pas une meurtrière.

— Non.

— Alors qu'est-ce que ça peut signifier ?

— Je ne sais pas.

— Ce ne sont que des rêves, ça n'a pas de sens, insistai-je.

— Si.

— Alors dites-moi quel sens ça peut avoir. Dites-moi ce que ça signifie.

— Je ne peux pas.

Mais à l'entendre, j'eus le sentiment inquiétant qu'elle savait précisément ce que signifiait le rêve, qu'elle avait commencé à me mentir exactement comme je l'aurais fait si elle avait insisté pour que je lui donne trop de détails à propos des gobelins de mes propres cauchemars.

Nous avions suivi la route jusqu'en haut de la côte, puis au long d'une pente douce qui s'incurvait sur cinq cents mètres à travers un bouquet de chênes que le clair de lune avait plus de mal à percer. Après un kilomètre et demi environ, la route se terminait au bord d'un petit lac entouré de bois.

La berge qui s'inclinait en pente douce jusqu'à l'eau était couverte d'une herbe moelleuse et luxuriante. Le lac ressemblait à une énorme flaque d'huile, et n'aurait ressemblé à rien du tout si la lune et les étoiles blancs de givre ne s'étaient reflétées à sa surface, illuminant vaguement quelques rides et remous. L'herbe qui ondoyait sous la brise était noire comme celle de la prairie derrière les caravanes, chaque brin tendre souligné d'une arête argentée.

Rya s'assit dans l'herbe, et je m'assis à côté d'elle.

Elle semblait avoir de nouveau besoin de silence.

Je respectai sa volonté.

Assis sous la voûte de la nuit, prêtant l'oreille aux lointains grillons et au léger clapotis que faisaient les poissons en attrapant les insectes à la surface de l'eau, toute conversation me semblait de nouveau inutile. Il me suffisait d'être à son côté, à peine séparé d'elle par une longueur de bras. Il y avait un contraste frappant entre cet endroit et ceux où j'avais passé le reste de la journée. D'abord Yontsdown, avec ses cheminées d'usines, ses bâtiments médiévaux et son atmosphère omniprésente de tragédie toute proche, puis le parc d'attractions avec ses plaisirs tapageurs et ses nuées de gogos. C'était un soulagement de pouvoir maintenant passer un moment dans un endroit où l'unique preuve de l'existence de l'homme était la route en terre battue à laquelle nous tournions le dos, et dont je m'efforçais d'effacer le souvenir. Grégaire par nature, il arrivait néanmoins que la compagnie d'autres humains m'inspirât autant de lassitude que les gobelins m'inspiraient de dégoût et de répulsion. Et parfois, quand je voyais des hommes et des femmes se montrer aussi cruels les uns envers les autres que les gogos l'avaient été ce jour même dans le stand d'attractions de Joel Tuck, il me semblait que nous méritions les gobelins, que nous étions une espèce tragiquement imparfaite, incapable d'apprécier à sa juste valeur le miracle de notre existence, et que nous nous étions justement attiré les attentions vicieuses des gobelins par nos actions méprisables dirigées contre nos semblables. Après tout, beaucoup des dieux que nous adorions étaient, dans une certaine mesure, des juges exigeants et capables d'une cruauté terrifiante. Qui pourrait dire qu'ils n'étaient pas capables de nous affliger d'une invasion de gobelins, la considérant comme une juste punition pour les péchés auxquels nous nous étions livrés ? Ici, cependant, dans la tranquillité de la forêt, je me sentais traversé d'une énergie purifiante et commençais graduellement à me sentir mieux en dépit de notre conversation sur les cimetières et les cauchemars.

Au bout d'un moment, je m'aperçus que Rya pleurait. Elle ne faisait aucun bruit, son corps n'était secoué d'aucun sanglot étouffé. Je n'en pris conscience qu'avec la perception psychique de cette effroyable tristesse montant de nouveau en elle. Regardant de côté, je vis une larme miroitante glisser sur sa joue lisse, autre tache d'argent dans le clair de lune.

— Qu'est-ce qui ne va pas ? demandai-je.

Elle secoua la tête.

— Vous ne voulez pas parler ?

Elle secoua de nouveau la tête.

Intensément conscient de son besoin de réconfort, du fait qu'elle était venue à moi expressément pour être réconfortée, mais ne sachant comment le faire, je détournai les yeux et contemplai la noirceur huileuse du lac. Elle court-circuitait mes circuits logiques, bon sang. Elle était différente de tous les gens que j'avais connus jusque-là, pleine de profondeurs déconcertantes et de sombres secrets, et il me semblait que je n'osais pas réagir à son égard aussi spontanément et franchement que je l'aurais fait avec n'importe qui d'autre. J'avais l'impression d'être un astronaute établissant un premier contact avec un extraterrestre, accablé par le sentiment du goufre qui nous séparait, craignant de poursuivre de peur que la communication initiale fût mal comprise. Je me trouvais donc totalement incapable de répondre à son attente, incapable d'agir. Je me dis que j'avais été un imbécile d'espérer faire fondre la glace qu'il y avait entre nous, que j'avais été idiot d'imaginer la possibilité d'une relation intime avec elle, que j'avais perdu la tête à son sujet, que ces eaux-là étaient trop sombres et trop étranges, que je ne la comprendrais jamais et...

... et elle m'embrassa.

Elle pressa ses lèvres douces contre les miennes, sa bouche

s'ouvrit et je lui rendis son baiser avec une passion que je n'avais jamais connue auparavant, nos langues se cherchant et se confondant jusqu'à ce que je fusse incapable de distinguer la mienne de la sienne. Je posai mes deux mains sur ses cheveux éclatants — mélange de blond et d'auburn à la lumière du jour, mais d'argent sous la lune — que je laissai couler entre mes doigts. Leur contact était celui de rayons de lune qu'on aurait filés en tresses fraîches et soyeuses. Je touchai son visage, et le grain de sa peau me fit frissonner. Je laissai mes mains glisser plus bas, le long de son cou, la tenant par les épaules tandis que nos baisers se faisaient plus ardents, puis épousant enfin la forme pleine de ses seins.

Depuis l'instant où elle s'était appuyée contre moi et m'avait donné le premier baiser, elle avait tremblé. Je sentais que ce n'était pas un frémissement d'anticipation érotique, mais le signe d'une incertitude, d'un embarras, d'une timidité et d'une peur d'être rejetée qui n'était pas sans ressemblance avec mon propre état d'esprit. Un frisson plus fort la secoua soudain. Elle s'écarta de moi.

— Oh, bon sang, fit-elle.

— Quoi ? demandai-je, le souffle coupé.

— Pourquoi deux personnes...

— Quoi ?

— ... ne peuvent-elles pas...

— Quoi ?

Des larmes roulaient maintenant sur son visage. Sa voix chevrota.

— ... simplement se tendre la main...

— Tu as tendu la main, j'ai tendu la main.

— ... et écarter cette barrière...

— Il n'y a pas de barrière. Plus maintenant.

Je sentais la tristesse en elle, un puits de solitude trop profond pour être sondé, une grisaille, un retrait, et je craignis que cette disposition ne la submergeât au pire moment, ne nous imposât cet éloignement même qu'elle affirmait redouter.

— C'est là..., dit-elle, toujours-là... toujours si difficile d'établir un contact réel... un vrai...

— C'est facile.

— Non.

— Nous avons fait plus de la moitié du chemin.

— ... une fosse, un gouffre...

133

— Tais-toi, dis-je, avec autant de douceur et d'amour que j'eusse jamais mis dans deux mots.

Je la repris dans mes bras, l'embrassai de nouveau.

Nous nous embrassâmes et nous caressâmes avec une passion grandissante, tout en étant résolus à savourer cette première exploration. Nous n'étions pas assis dans l'herbe depuis plus de cinq ou dix minutes, mais il semblait que des jours entiers s'étaient écoulés sans que nous nous en rendions compte. Quand elle s'écarta de nouveau de moi, je protestai, mais elle fit « Chut », d'une telle façon que je sus que je devais garder le silence. Elle se mit debout et, sans aucune des manipulations tâtonnantes de boutons, agrafes ou fermetures Eclair qui peuvent parfois réfrigérer l'ardeur la plus intense, ses vêtements glissèrent, révélant les formes émouvantes de son corps.

Même de nuit dans cette forêt sombre, elle semblait être la fille du soleil, car le clair de lune n'est rien d'autre qu'une réflexion de la lumière solaire et le moindre rayon de cet ersatz semblait se frayer un chemin jusqu'à elle. L'éclat de la lune rendait sa peau translucide, accentuait les courbes et les plans délicatement sensuels de son corps sans défaut. Éros en de fluides replis de noir et d'argent : la sphère argentée des fesses compactes parfaitement fendues par l'obscurité, une pellicule de givre moulée sur la musculature alléchante d'une cuisse, quelques poils pubiens nerveux et brillants touchés par un reflet d'argent, la concavité de son ventre, s'incurvant en une douce poche d'ombre depuis la tache de lune nacrée, puis se renflant de nouveau dans l'éclat perlé avant d'atteindre l'obscurité au-dessous des seins lourds, et — oh oui — ses seins retroussés aux contours bouleversants, aux mamelons gonflés, peints moitié d'argent et moitié de noir. Une lumière laiteuse, une lumière neigeuse, une lumière de platine baignait — apparemment de l'intérieur — la douceur élégante de ses épaules, soulignait la ligne délicate de sa gorge, effleurait les arêtes et les replis fragiles d'une oreille en forme de coquillage.

Comme d'une grande hauteur, elle descendit à la manière d'une entité céleste, avec une grâce lente, et s'étendit sur l'herbe épaisse et douce.

Je me dévêtis.

Je lui fis l'amour avec les mains, avec les lèvres, avec la langue, et avant même d'avoir envisagé de la pénétrer je l'avais fait jouir deux fois. Je n'étais pas un amant extraordinaire — loin de là ; mon expérience sexuelle se limitait à deux femmes connues dans d'autres fêtes foraines. Mais grâce à mon sixième sens, je devinais apparemment toujours ce qu'on attendait de moi, ce qui donnerait du plaisir.

Puis, alors qu'elle demeurait étalée sur ce lit d'herbe, j'écartai ses cuisses polies entre lesquelles je me mis à aller et venir. Le moment initial de la pénétration ne fut rien d'autre que la mécanique anatomique, habituelle et banale. Mais quand nous nous rejoignîmes, l'expérience cessa d'être banale pour s'élever du mécanique au mystique ; nous ne fûmes plus de simples amants mais un seul organisme, poursuivant instinctivement et sans pensée quelque apothéose de l'esprit et du corps à demi entrevue, mystérieuse mais ardemment désirée. L'intensité de sa réaction à mon égard semblait aussi psychique que l'était la mienne envers elle. Accrochée à moi, jamais elle ne fit un mouvement à contretemps, ne prononça une parole déplacée, ne perturba en quoi que ce fût les rythmes profondément satisfaisants et étonnamment complexes de notre passion ; au contraire, elle s'accorda à chaque inflexion et contre-inflexion, chaque poussée et contre-poussée, chaque pause frémissante, chaque pulsation et chaque battement jusqu'à ce que nous eussions atteint et surpassé une harmonie sans défaut. Le monde recula. Nous étions un ; nous étions tout ; nous étions l'unique.

Dans cet état sublime et presque sacré, l'éjaculation semblait une offense triviale, une intrusion grossière de vile biologie plus qu'une conclusion naturelle à notre accouplement. Mais elle était inévitable. En fait, non seulement elle était inéluctable mais elle ne fut pas longue à venir. Je n'étais en elle que depuis quatre ou cinq minutes quand je sentis l'éruption s'amorcer et me rendis compte, non sans embarras, qu'elle était irrépressible. Je commençai à me retirer d'elle mais elle m'étreignit plus fort, m'enlaçant de ses jambes et de ses bras effilés, son sexe se resserrant fougueusement autour du mien. Je parvins à hoqueter une mise en garde contre le danger imminent de fécondation, mais elle dit :

— Ça va, Slim, ça va. Je ne peux pas avoir d'enfants de toute façon, pas d'enfants, ça va. Jouis en moi, chéri. S'il te plaît, jouis en moi, remplis-moi.

Sur ces dernières paroles, elle fut secouée par un autre orgasme et, parcourue de tremblements, arqua son corps contre le mien, pressa ses seins contre ma poitrine. Je fus soudain dénoué, détaché, et de longs rubans fluides de sperme se dévidèrent hors de moi, s'effilochèrent en elle.

Il nous fallut longtemps pour reprendre conscience du monde qui nous entourait, et plus longtemps encore pour nous séparer. Mais nous finîmes par nous retrouver étendus côte à côte dans l'herbe, sur le dos, les yeux perdus dans les étoiles et nous tenant par la main. Nous gardions le silence parce que, pour l'instant, tout ce qui avait besoin d'être dit l'avait déjà été sans recours à la parole.

Cinq longues minutes chaleureuses s'écoulèrent avant que Rya demandât :

— Qui es-tu, Slim MacKenzie ?

— Juste moi.

— Quelqu'un de spécial.

— Tu plaisantes. Spécial ? Je n'ai pas pu me contrôler. J'ai explosé comme un feu d'artifice. Bon sang, je te promets de faire un effort la prochaine fois. Je ne suis pas un amant extraordinaire, je n'ai rien d'un Casanova, mais j'ai généralement plus d'endurance que...

— Non, dit-elle à voix basse. Ne rabaisse pas les choses comme ça. Ne me dis pas que ce n'était pas le plus naturel, le plus excitant... le plus plus que tu aies jamais connu. Parce que ça l'était. Ça l'était.

— Mais je...

— Ç'a a duré assez longtemps. Juste assez longtemps. Et maintenant tais-toi.

Je me tus.

Le filigrane de nuages s'était dispersé. Le ciel était cristallin et la lune ressemblait à un globe de Lalique.

Cette extraordinaire journée de contrastes avait comporté l'horreur et la laideur les plus effroyables, mais elle avait été également emplie d'une beauté presque douloureuse par son intensité. Les gobelins malveillants de Yontsdown — pour compenser : Rya Raines. La grisaille sinistre de la malheureuse ville — pour équilibrer : ce splendide canevas de lune et d'étoiles sous lequel j'étais étendu maintenant, assouvi. Les visions de feu et de mort à l'école primaire — d'un autre côté : le souvenir du corps de Rya embrasé par la lune descendant vers l'herbe avec une promesse de joie. Sans Rya, c'eût été une journée de désespoir le plus absolu. Là, sur la berge de ce lac obscur, elle semblait représenter, du moins pour le moment, l'incarnation de tout ce qui s'était bien passé dans les plans dressés par le divin architecte pour l'univers. Si j'avais pu trouver Dieu en cet instant, j'aurais tiré avec insistance sur l'ourlet de sa robe, je lui aurais donné des coups de pied dans les tibias et je l'aurais d'une manière générale importuné jusqu'à ce qu'Il eût accepté de rebâtir les vastes portions de Sa création qu'il avait ratées la première fois, et de se servir durant cette reconstruction de Rya Raines comme exemple suprême de ce qui était possible si seulement Il voulait bien consacrer toute Son attention et tout Son talent à ce projet.

Joel Tuck se trompait. Je n'avais pas le béguin pour elle.

J'étais amoureux.

Dieu me vienne en aide, j'étais amoureux d'elle. Et je ne savais pas encore que le moment approchait rapidement où, à cause de mon amour pour elle, j'aurais désespérément besoin de l'aide de Dieu, ne serait-ce que pour survivre.

Au bout d'un moment, elle lâcha ma main, s'assit, ramena ses genoux contre sa poitrine et passa ses bras autour de ses jambes repliées, les yeux fixés sur le lac sans lumière dans lequel un poisson éclaboussa la surface avant de reprendre sa nage en silence. Je m'assis à côté d'elle, et nous n'éprouvions toujours pas le besoin de nous montrer plus bavards que les poissons dans l'eau.

Un autre éclaboussement, au loin.

Un bruissement de roseaux agités par la brise au bord de l'eau.

Des chants de grillons.

Les appels lugubres de grenouilles solitaires en rut.

Je me rendis compte après un certain temps que Rya pleurait de nouveau.

Je portai une main à son visage, me mouillai le bout du doigt à une larme.

— Qu'est-ce qu'il y a ? demandai-je.

Elle ne répondit rien.

— Dis-moi, insistai-je.

— Arrête.

— Arrête quoi ?

— De parler.

Je me tus.

Les grenouilles finirent par se taire.

Quand elle parla enfin, elle dit :

— L'eau paraît attirante.

— Elle me paraît humide, c'est tout.

— Tentante.

— Sans doute couverte d'algues, avec plein de boue au fond.

— Quelquefois, à Gibtown, pendant la morte-saison, je vais à la plage faire de longues marches et il m'arrive de penser que ce serait bien de nager vers le large, de continuer à nager sans jamais revenir.

Il y avait en elle une lassitude spirituelle et émotionnelle atterrante, une mélancolie affligeante. Je me demandai si c'était en rapport avec son incapacité d'avoir des enfants, mais la stérilité ne semblait pas une cause suffisante pour ce noir accablement. En cet instant, sa voix était celle d'une femme dont le cœur avait été rongé par une amère tristesse d'une telle pureté et d'une telle acidité que la source en défiait l'imagination.

Je ne comprenais pas comment elle pouvait tomber si soudainement de l'extase à l'abattement. Quelques minutes plus tôt seulement, elle m'avait dit que notre étreinte avait été le plus plus. Maintenant, elle replongeait presque avec plaisir dans le désespoir, dans une désolation stérile sans issue et sans soleil qui m'épouvantait.

— Ne serait-ce pas merveilleux de nager aussi loin qu'on le peut, dit-elle, et une fois épuisé, de nager encore plus loin jusqu'à avoir les bras comme du plomb et les jambes comme un lest de plongeur sous-marin, et...

— Non ! m'écriai-je, lui empoignant le visage entre mes deux mains et lui tournant la tête pour la forcer à me regarder. Non, ce ne serait pas merveilleux. Ce ne serait pas merveilleux du tout. Que dis-tu ? Qu'est-ce qui ne va pas chez toi ? Pourquoi es-tu comme ça ?

Il n'y eut pas de réponse, ni sur ses lèvres ni dans ses yeux. Ces derniers ne révélaient qu'une tristesse impénétrable même pour mon sixième sens, une solitude qui semblait totalement inaccessible à tous les assauts que je pouvais espérer lui livrer. A cette vue, la peur m'étreignit le ventre, je me sentis le cœur vide et mort, et mes yeux s'emplirent de larmes.

Ne sachant plus que faire, je l'attirai sur l'herbe, l'embrassai, la caressai, et recommençai à lui faire l'amour. Elle se montra d'abord réticente, puis elle commença à répondre à mes avances et nous ne fîmes bientôt plus qu'un. Et cette fois, en dépit de ses allusions au suicide et du fait qu'elle refusait de me faire comprendre les raisons de son désespoir, nous fûmes encore plus proches l'un de l'autre qu'auparavant. Si la passion était la seule corde que je pusse trouver à lui lancer, si c'était la seule chose qui pût la tirer des sables mouvants qui l'aspiraient, il était du moins rassurant de savoir que ma passion pour elle était une ligne de sauvetage d'une longueur infinie.

Apaisés, nous restâmes étendus un moment dans les bras l'un de l'autre, sans que la qualité de notre silence dégénérât en une mélancolie funèbre comme cela s'était produit plus tôt. Nous finîmes par nous rhabiller et reprîmes la route forestière en direction du champ de foire.

J'étais électrisé par ce que nous avions fait ce soir, et plein d'un espoir pour l'avenir comme je n'en avais plus connu depuis le jour où j'avais vu un gobelin pour la première fois. J'aurais voulu crier, rejeter ma tête en arrière, rire à la lune, mais je ne fis rien de tout cela ; avec chaque pas qui nous ramenait de la nature vierge, j'avais un peu plus peur, profondément peur qu'elle bascule de nouveau du bonheur au désespoir et que, cette fois, elle ne puisse plus jamais revenir à la lumière. Et j'avais peur aussi de la vision persistante de son visage ensanglanté, de ce que cette vision pouvait présager. C'était un brouet dément d'émotions conflictuelles qu'il était difficile de maintenir au-dessous du point d'ébullition, surtout pour un garçon de dix-sept ans sans foyer, coupé de sa famille et manquant sévèrement d'affection, de raison d'être et de stabilité. Par chance, Rya resta de bonne humeur jusqu'à la porte de sa caravane Airstream, m'épargnant le spectacle décourageant d'une nouvelle plongée dans cet empire de mélancolie et me laissant espérer dans une certaine mesure que je parviendrais finalement à la détourner à jamais de son attirance pour cette nage suicide dans l'étreinte indifférente des remous marins de la Floride.

Quant à la vision… eh bien il faudrait que je trouve un moyen de l'aider à éviter le danger qui la guettait. Contrairement au passé, le futur pouvait être changé.

Arrivés devant sa porte, nous nous embrassâmes.

— Je te sens encore en moi, je sens encore ta semence brûlante au fond de moi. Je vais l'emporter au lit avec moi, me lover autour de sa chaleur ; ce sera comme de veiller sur le feu toute la nuit pour écarter les mauvais rêves. Pas de cimetières cette nuit, Slim. Non, pas cette nuit.

Puis elle entra et referma la porte sur elle.

Grâce aux gobelins, qui m'emplissent d'une tension paranoïaque quand je suis éveillé et qui perturbent mon sommeil de cauchemars, je suis habitué à l'insomnie. Pendant des années, je me suis contenté de dormir très peu, quelques heures la plupart des nuits, pas du tout certaines nuits, et mon métabolisme s'est graduellement ajusté au fait que je n'aurai jamais tout à fait mon content de sommeil. Cette nuit, de nouveau, j'étais parfaitement éveillé bien qu'il fût quatre heures du matin. Mais cette fois du moins, la cause de mon insomnie était une joie irrépressible plutôt qu'une terreur glaciale.

Je remontai jusqu'au parc d'attractions.

Je suivis l'allée en pensant à Rya. Un tel torrent d'images vivantes m'emplissait l'esprit qu'il m'aurait semblé impossible d'y faire entrer la moindre pensée d'une nature différente. Mais je me rendis bientôt compte que je m'étais arrêté, les poings serrés, parcouru d'un frisson glacé, devant la baraque aux phénomènes de Joel Tuck, et que je n'étais pas venu là sans raison. Je contemplais les banderoles de Snap Wyatt suspendues sur la façade de la tente. Ces portraits de monstres étaient plus inquiétants maintenant, dans les rayons de lune qui les enluminaient à peine, qu'à la lumière intransigeante du jour, car l'imagination humaine a le pouvoir d'évoquer des atrocités surpassant en horreur celles que Dieu lui-même peut commettre. Alors que mon esprit conscient s'était fixé sur Rya, mon inconscient m'avait entraîné là dans le dessein d'examiner cette parcelle de terre, dans la douzième stalle, d'où j'avais reçu de puissantes émanations psychiques de mort.

Peut-être de ma propre mort.

Je ne voulais pas entrer là.

Je voulais m'éloigner.

Tandis que je contemplais fixement les pans rabattus de l'entrée de la tente, mon désir de m'éloigner se mua en une irrésistible envie de courir.

Mais une clef de mon avenir se trouvait à l'intérieur. Il fallait que je sache exactement quel aimant psychique m'avait attiré là la veille. Pour maximiser mes chances de survie, il fallait que je sache pourquoi cette énergie de mort avait émané du sol de terre battue face à la plate-forme de Joel Tuck et pourquoi j'avais senti que cette portion de terrain pourrait devenir ma tombe.

Je me dis qu'il n'y avait rien à redouter dans la tente. Les phénomènes étaient dans leurs caravanes, profondément endormis. Et même s'ils avaient été là, aucun d'eux ne m'aurait fait de mal. La tente n'avait en elle-même rien de dangereux ni de mauvais. Ce n'était qu'un grand abri de toile que ne hantaient rien de pire que la stupidité et le manque de délicatesse de dix mille gogos.

Et pourtant j'avais peur.

Effrayé, je m'approchai des rabats de toile soigneusement attachés qui fermaient l'entrée.

Quand je les eus atteints, je dénouai l'une des cordes en tremblant.

En tremblant, je fis un pas à l'intérieur.

10

La tombe

Obscurité humide.

L'odeur des toiles usées.

Sciure.

J'étais là, debout à l'intérieur de la baraque aux phénomènes, très calme, l'esprit en alerte, l'oreille tendue. La vaste tente close comme une chambre était parfaitement silencieuse mais offrait une résonance particulière, comme une conque géante au fond de laquelle me parvenait le chuchotis océanique de mon sang courant dans mes veines, affluant à mes oreilles.

En dépit du silence et de l'heure tardive, j'avais l'horrifiante sensation de n'être pas seul.

Fouillant du regard les ténèbres impénétrables, je me baissai pour tirer le poignard de ma botte.

La sensation du couteau dans ma main ne m'apporta aucune impression de sécurité. Il ne servirait pas à grand-chose si je ne voyais pas venir l'attaque.

La baraque était à proximité de l'allée centrale et bénéficiait d'un accès facile aux lignes électriques du champ de foire ; elle n'était donc pas reliée aux générateurs des forains et je n'eus pas besoin de démarrer un moteur diesel pour allumer. Je fouillai l'obscurité à gauche puis à droite de l'entrée, en quête d'un commutateur fixé sur un étai ou d'une chaîne pendant du plafond.

La sensation psychique de danger devenait plus aiguë.

L'attaque paraissait imminente.

Enfin, bon Dieu, où était ce commutateur ?

Tâtonnant, je trouvai un épais pilier de bois autour duquel serpentait un câble électrique flexible.

Je perçus un bruit rauque, haché, de respiration.

Je me figeai.

Écoutai.

Rien.

Puis je compris que cette respiration était la mienne.

Une impression inopportune de folie me paralysa brièvement. Je restai planté là, engourdi de stupidité, saisi par cette sensation de déception que connaissent ceux qui, enfants, sont restés couchés, les yeux grands ouverts, des heures durant, dans la crainte du monstre sous le lit pour découvrir, après une courageuse inspection, qu'en fin de compte le monstre n'existait pas ou, au pire, n'était qu'une vieille paire de tennis usées.

Néanmoins, l'impression extrasensorielle d'une violence imminente ne s'atténuait pas. Bien au contraire. Le danger se coagulait dans l'air humide, moisi.

Je suivis à tâtons le câble du bout de mes doigts tremblants, trouvai une boîte de dérivation, un commutateur. Je l'actionnai. Au-dessus de l'allée et des box délimités par des cordes, des ampoules nues brillèrent.

Poignard en main, je passai avec précaution devant la stalle vide où Jack-quatre-mains s'était exhibé l'après-midi précédent et où sa pathétique histoire était toujours racontée sur une toile au fond de la scène, et continuai, laissant derrière moi le deuxième box, puis le troisième pour atteindre enfin le quatrième et dernier, celui où se tenait d'ordinaire Joel Tuck et où pesait maintenant la menace de mort.

Je m'approchai de la corde de la stalle de Joel Tuck.

La portion de terre recouverte de sciure devant la plate-forme irradiait pour moi comme une masse de plutonium. Mais ce n'était pas de mortelles particules gamma qui en émanaient. J'étais exposé au rayonnement d'innombrables images de mort — et à des odeurs, des sons, des sensations tactiles — hors de portée des cinq sens que je partage avec les autres humains, mais enregistrées et déchiffrées par mon sixième sens, mon don de double vue. Je *sentais* : des tombes ouvertes dans lesquelles l'obscurité stagnait comme du sang croupissant ; des amoncellements d'os décolorés par le temps avec des monocles de toiles d'araignées aux orbites des crânes vides ; une odeur de moisissure à peine transformée en terre ; le lourd grincement d'un couvercle de pierre qu'on fait glisser à grand-peine pour ouvrir un sarcophage ; des cadavres sur des dalles dans des salles empestant l'aldéhyde formique ; une douce puanteur de roses et d'œillets coupés qui ont commencé à se décomposer ; la noirceur d'une tombe souterraine ; le bruit sourd d'un cercueil qu'on referme ; une main froide qui presse ses doigts morts sur mon visage...

— Jésus, dis-je, d'une voix tremblante.

Les éclairs de précognition — pour la plupart symboles de mort plutôt qu'évocations de scènes réelles à venir dans ma vie — étaient bien plus forts et bien pires à présent que hier après-midi.

Je levai une main pour m'essuyer le visage.

J'étais couvert de sueur froide.

Tout en essayant de disposer l'embrouillamini d'impressions psychiques dans un ordre sensé, en me débattant pour ne pas être submergé par elles, je fis passer une jambe par-dessus la corde délimitant le box, puis une autre et pénétrai dans les lieux. Je craignais de perdre conscience dans cette tempête suprasensorielle. C'était inhabituel mais à deux reprises la chose m'était déjà arrivée, quand j'avais été confronté à des charges particulièrement puissantes d'énergie occulte, et chaque fois je m'étais réveillé quelques heures après avec une sévère migraine. Je n'osais aller plus avant en ces lieux pleins de promesses maléfiques. Si je perdais conscience dans Shockville, je serais tué là où je tomberais. J'en étais sûr.

Je m'agenouillai sur le sol de terre devant la scène.

Va-t'en ! m'intimait une voix intérieure.

Étreignant le couteau au point que ma main droite me faisait mal et que mes articulations pliées blanchissaient, vidées de sang, je me servis de la main gauche pour balayer la sciure sur un mètre carré. La terre était piétinée mais non damée. Je pouvais la creuser facilement à mains nues. Les premiers centimètres venaient par mottes mais au-dessous le sol était meuble, exactement le contraire de ce qui aurait dû être. Là quelqu'un avait creusé un trou au cours des deux derniers jours.

Non pas un trou. Pas un simple trou. Une tombe.

Mais de qui ? Quel cadavre y gisait ?

Je ne tenais pas vraiment à le savoir.

Il fallait que je le sache.

Je continuai de retirer de la terre.

Les images de mort s'intensifièrent.

En outre, le sentiment que cette excavation pouvait devenir ma propre tombe ne faisait que croître tandis que je griffais la terre. Mais cela ne paraissait pas possible parce qu'il était clair qu'un autre corps en était locataire. Peut-être me méprenais-je sur les émanations psychiques, ce qui était une autre possibilité, car je ne savais pas toujours donner sens aux vibrations sur lesquelles se branchait mon sixième sens.

Je posai mon couteau pour prendre la terre à deux mains et en deux minutes, j'avais ménagé un trou d'environ un mètre de long, soixante centimètres de large et une quinzaine de centimètres de profondeur. Je savais que je ferais mieux d'aller chercher une pelle mais le sol était tout à fait meuble et j'ignorais où dénicher l'outil et puis, je ne pouvais pas m'arrêter. J'étais littéralement forcé de continuer à creuser sans la moindre relâche, poussé par la certitude morbide, folle mais irrévocable que cette tombe se révélerait la mienne, que j'allais nettoyer mon propre visage de la terre qui le recouvrait et que je lèverais les yeux sur moi. Dans une extase de terreur provoquée par le jaillissement continu d'effrayantes images psychiques, je fouillai la terre molle avec frénésie, une eau amère et froide s'égouttant de mes sourcils, de mon nez et de mes joues, grognant comme un animal, haletant, les poumons en feu. Je creusais toujours plus profond, reniflant de dégoût pour une odeur psychique surie de mort, comme s'il s'était agi d'une odeur réelle — plus profond encore — car le cadavre était trop frais pour avoir dépassé les tout premiers stades, les plus doux, de la décomposition. Plus profond. Mes mains étaient souillées, mes ongles noirs de crasse et de la terre avait voltigé dans mes cheveux, s'était collée à mon visage tandis que je me déchaînais. Une part de moi s'écartait pour me considérer de haut, pour contempler l'animal frénétique que j'étais devenu et cette part détachée de moi se demandait si j'étais fou, comme elle se l'était demandé la nuit précédente, en voyant le visage dur et torturé dans le miroir du vestiaire.

Une main.

Pâle.

Légèrement bleuie.

Elle apparaissait dans le sol devant moi, dans une position de détente finale, comme si la terre autour d'elle était un suaire sur lequel elle avait été placée avec un tendre soin. Du sang séché était incrusté sous les ongles et aux jointures.

Les images psychiques de mort s'évanouissaient à présent que j'étais entré en contact avec le réel objet de mort qui les irradiait.

J'avais creusé peut-être cinquante centimètres en profondeur. Maintenant j'ôtai avec précaution la terre, dégageant l'autre main, à demi recouverte par la première, et les poignets et une partie des bras... jusqu'à ce qu'il devînt évident que le mort avait été couché pour reposer dans la position traditionnelle, les bras croisés sur la poitrine. Puis, tout à tour incapable de respirer et respirant trop, secoué de spasmes de peur qui me faisaient claquer des dents, je commençai à creuser dans une aire plus étendue autour des mains.

Un nez.

Un front large.

Un glissando de harpe, onde non sonore, vibration froide, me traversa.

Je ne jugeai pas nécessaire de débarrasser le visage de la terre car dès que je l'avais à demi découvert, j'avais su que c'était l'homme, le gobelin, que j'avais tué la nuit précédente dans le pavillon des autos-tamponneuses. Ses paupières étaient closes, avec une teinte glauque comme si une personne douée d'un humour pervers lui avait appliqué un maquillage avant de le mettre en terre. Sa lèvre supérieure était retroussée sur le côté, dans un ricanement figé par la mort, et de la boue était coincée entre ses dents.

A la limite de mon champ de vision, je perçus un mouvement dans une autre partie de la tente.

Je sursautai, tournai brusquement la tête du côté de la promenade de l'autre côté de la corde, mais il n'y avait personne. J'étais convaincu d'avoir vu quelque chose bouger et puis, avant même que j'aie eu le temps de me relever sur la tombe pour chercher à en savoir plus, je les ai revues — des ombres bondissantes dansant sur le sol couvert de sciure, sur la paroi la plus lointaine de la tente, puis de nouveau sur le sol. Un gémissement assourdi les accompagnait comme si une nichée de cauchemars s'était introduite dans la dernière stalle de la tente et se traînait vers moi, comme si elle ne s'était pas encore trouvée en vue du quatrième box, mais s'approchait à pas pesants, et n'était plus très loin.

Joel Tuck ?

Sans aucun doute, c'était lui qui avait fait disparaître le gobelin mort du pavillon des autos-tamponneuses et qui l'avait enterré ici. Pourquoi ? Je n'en avais pas la moindre idée. Était-ce pour m'aider, me déconcerter, m'effrayer ? Je n'avais aucun élément pour trancher. Il pouvait être un ami ou un ennemi.

Sans détacher mon regard de l'ouverture du box, m'attendant à voir surgir des ennuis sous une forme ou sous une autre, à tout instant, je tâtonnai derrière moi à la recherche du couteau que j'avais posé à l'écart.

Une fois encore, les ombres bondirent et une fois encore elles furent accompagnées d'un gémissement bas mais je compris d'un coup que ce bruit était le chant funèbre du vent qui s'était levé au-dehors. Les ombres cabriolantes étaient l'œuvre inoffensive du vent. Chaque bourrasque puissante s'insinuait à l'intérieur de la tente et, en soufflant dans le couloir de toile, faisait tournoyer les ampoules nues qui se balançaient vers le toit.

Soulagé, je cessai de chercher mon couteau à l'aveuglette et retournai mon attention vers le cadavre.

Ses yeux étaient ouverts.

Je reculai, puis constatai qu'ils étaient restés morts et sans regard, couverts d'un film opalescent et laiteux qui reflétait la lumière venue du toit et semblaient presque gelés. La chair du mort était encore flasque, sa bouche toujours figée dans un ricanement rigide, les lèvres toujours entrouvertes sur des dents encroûtées de terre. Sa gorge arborait la blessure dévastatrice — même si elle ne semblait pas aussi grave que dans mon souvenir — et nul souffle n'en émanait ou n'y entrait. Il n'était pas vivant, c'était plus que certain. A l'évidence, la rétraction surprenante des paupières n'était rien de plus qu'un de ces spasmes post mortem qui effraient souvent les plus sensibles des étudiants de médecine débutants ou des croques-morts novices. Oui. Mais... d'un autre côté... de telles réactions nerveuses, de tels spasmes musculaires, était-ce possible deux jours après la mort ? Bon, très bien, peut-être les paupières étaient-elles fermées par le poids de la terre amassée sur le cadavre ; celle-ci enlevée, les paupières s'étaient ouvertes.

Les morts ne reviennent pas à la vie.

Il n'y a que les fous pour prétendre avoir vu des cadavres marcher.

Je n'étais pas fou.

Non, je ne l'étais pas.

Je gardai les yeux fixés sur le mort et peu à peu ma respiration désordonnée se calma. Les battements bondissants de mon cœur s'apaisèrent aussi.

Là. C'était mieux.

De nouveau, je me demandai pourquoi Joel Tuck avait enterré

ce corps à ma place et, m'ayant rendu ce service, pourquoi il n'était pas venu me voir pour s'en prévaloir. Et d'abord, pourquoi avoir agi ainsi ? Pourquoi se rendre complice d'un meurtre ? A moins bien sûr, qu'il sût que celui que j'avais assassiné n'était pas un être humain. Et si, voyant lui aussi les gobelins, peut-être grâce à son troisième œil, il éprouvait de la sympathie pour mes élans homicides ?

En tout cas, ce n'était pas le moment de réfléchir là-dessus. A tout instant la voiture de patrouille risquait de passer devant Shockville et ses occupants et de découvrir que les lumières étaient allumées. Certes, à présent je n'étais plus l'intrus d'il y a deux jours, mais un forain. Ils voudraient néanmoins savoir ce que je faisais dans une baraque qui ne m'appartenait pas et où je ne travaillais pas. S'ils découvraient la tombe ou, pire encore, le corps, mon statut de forain ne me protégerait pas contre une arrestation, des poursuites et la prison à perpétuité.

Des deux mains, je repoussai le tas de terre dans la tombe à demi réouverte. Comme l'humus humide se répandait en travers des mains du mort, l'une d'elles bougea, renvoyant vers moi un peu de boue, m'en éclaboussant le visage et l'autre main se tordit spasmodiquement comme un crabe blessé, les yeux voilés clignèrent et comme je tombais et reculais en arrière, le cadavre leva la tête et commença à s'extirper de ce qui n'était plus sa dernière demeure.

Là, ce n'était pas une vision.

C'était réel.

Je hurlai. Aucun son ne passa mes lèvres.

Je secouai la tête violemment, dans un geste de dénégation farouche. Il me semblait que le cadavre ne s'était relevé qu'en raison du fait qu'un peu plus tôt, je m'étais imaginé très précisément le même événement macabre et que cette pensée folle avait le terrible pouvoir de transformer l'horreur en réalité, comme si mon imagination était un génie qui prenant mes pires peurs pour des souhaits les avait réalisées. Et si tel était le cas, alors je pourrais refouler le génie de l'imaginaire dans la lampe, refuser cette apparition et être sauvé.

Mais j'avais beau secouer la tête, et nier ce que j'avais sous les yeux, le cadavre ne se rallongeait pas pour reprendre le rôle du mort. Ses mains d'une pâleur terreuse tâtonnaient vers les bords de la fosse et il se hissait en position assise en fixant son regard droit sur moi, de la terre meuble glissant des plis de sa chemise, les cheveux crasseux, emmêlés, hérissés.

Jc m'étais rejeté en arrière sur le sol, jusqu'à ce que mon dos touche la cloison de toile séparant cette stalle de la suivante. Je voulais me lever, sauter par-dessus la corde et filer sans demander mon reste, mais j'étais aussi incapable de courir que de crier.

Le cadavre grimaça un sourire et des paquets d'humus tombèrent de sa bouche ouverte, mais de la boue restait entre ses dents. Le rictus ébréché des crânes sans chair, le bâillement empoisonné des serpents, le ricanement de Lugosi sous la cape de Dracula — tout cela pâlissait en comparaison de la grotesque association des lèvres exsangues et des dents boueuses.

Je parvins à me mettre à genoux.

Le cadavre agitait obscènement la langue, rejetant encore de la terre humide hors de sa bouche et un faible gémissement, plus fatigué que menaçant, lui échappa — son gazeux, mélange de croassement et de borborygme de lave.

Je hoquetai et m'aperçus que je me levais, comme dans un rêve, comme si j'étais regonflé par le gaz puant qui s'échappait du cadavre devant moi.

Essuyant la brûlure salée de la sueur froide au coin de mes yeux, je me vis me ramasser, penché en avant, roulant les épaules, baissant la tête, comme un singe.

Mais j'ignorais ce que j'allais faire ensuite. Tout ce que je savais, c'était que je ne pouvais m'enfuir. D'une manière ou d'une autre, il fallait que je m'occupe de cette chose abominable, que je la retue, que je fasse correctement le boulot, cette fois, bon Dieu, parce que si moi, je ne m'en occupais pas, alors elle se sortirait de là, irait chercher les gobelins les plus proches qui avertiraient les autres gobelins et très vite, tous, tant qu'ils étaient, sauraient qui j'étais et tous ensemble, ils s'organiseraient pour se lancer à mes trousses, me traquer à mort, parce que, plus que n'importe quel humain, je représentais pour eux une menace.

Maintenant je voyais, derrière la pellicule recouvrant les yeux, derrière les yeux eux-mêmes, une faible lueur rouge, la lumière rouge d'autres yeux, des yeux de gobelin. Une infime brillance. Un faible reflet des flammes de l'enfer. Ce n'était pas la lueur de fournaise que j'avais vue. Rien qu'une braise palpitant tout au fond de ces orbites embrumées. Je n'apercevais rien d'autre du gobelin, ni groin, ni gueule aux dents acérées, rien qu'une évocation de ces yeux haineux, peut-être parce que la bête était trop engagée sur la route de la mort pour reprojeter sa présence entière dans cette lourde carcasse humaine. Mais même cela, j'en étais sûr, était impossible. Je lui avais tranché la gorge, bon Dieu ! et son cœur avait cessé de battre la nuit précédente, là-bas, dans le pavillon des autos-tamponneuses et il avait aussi cessé de respirer, bon sang, cela faisait quarante-huit heures qu'il n'avait pas respiré, sous le sol de la stalle — et pour ce que j'en voyais, il ne respirait toujours pas — et il avait perdu tant de sang qu'il ne pouvait lui en rester assez pour faire fonctionner le système circulatoire.

Son sourire s'élargit tandis qu'il s'efforçait de s'extirper de la fosse à demi dégagée. Mais une partie de son corps restait bloquée sous près de cinquante centimètres de terre, et il avait un peu de mal à s'en dégager. Mais il continuait avec une détermination diabolique à creuser et à tirer, en se débattant et en se tordant, comme une machine cassée.

Je l'avais laissé pour mort au pavillon des autos-tamponneuses et pourtant, à l'évidence, une étincelle de vie était restée en lui. Apparemment, ceux de son espèce pouvaient échapper à la mort dans des circonstances où l'homme ordinaire n'avait plus qu'à s'y abandonner, ils pouvaient se réfugier dans un état — de quel genre ? — de vie suspendue, quelque chose de ce genre, en se recroquevillant sur la défensive, autour de leur toute dernière étincelle de vie. Et puis quoi ? Est-ce qu'un gobelin presque mort pouvait souffler sur la braise de sa vie et la transformer en petite flamme, reconstruire un feu, réparer son corps endommagé et sortir de la tombe ? Si je ne l'avais pas déterré, celui-là, est-ce que sa gorge saccagée aurait guéri et est-ce qu'il aurait recouvré tout son sang ? Lorsque la fête foraine serait partie, dans une quinzaine, laissant le champ de foire déserté, est-ce que le gobelin aurait joué une version sinistre de l'histoire de Lazare, en ouvrant sa propre tombe de l'intérieur ?

Je me sentais vaciller au bord d'un abîme psychologique. Si je n'étais pas déjà fou, alors je n'avais jamais été aussi proche de la folie qu'à cet instant.

En grognant de frustration, avec des mouvements désordonnés et selon toute apparence, avec une force assez médiocre, le cadavre, qui ne respirait plus mais qu'une vie démoniaque animait, griffait la terre pesant sur la partie inférieure de son corps et rejetait le sol de côté avec une application lente, stupide. Ses yeux opalescents ne se détachaient pas de moi, me fixant intensément par-dessous son sourcil bas, souillé de terre. Il n'était pas fort, non, mais il prenait de la force en ces instants mêmes où je restais figé, tétanisé par la terreur. Il attaqua le reste de terre avec un redoublement d'ardeur et la vague lueur rouge dans ses yeux devenait plus brillante.

Le poignard.

L'arme était à côté de la fosse. Au bout de leur fil, les ampoules tournoyaient, balancées par le vent et un reflet brillant courait le long de la lame d'acier, lui donnant l'allure d'une arme magique, comme si ce n'était pas un simple poignard, mais Excalibur elle-même ; en fait, à mes yeux, en cet instant sinistre, il valait bien n'importe quelle épée magique arrachée à son fourreau de pierre. Mais pour poser une main sur le couteau, il me fallait me mettre à portée de la chose à demi morte.

Du fond de sa gorge déchirée, le cadavre émit un son aigu, humide, saccadé qui était peut-être un rire — le rire des pensionnaires d'un asile ou le rire d'un damné.

Il s'était presque libéré une jambe.

Avec une soudaine résolution, je me lançai en avant, vers le poignard.

La chose me précéda, lança un bras maladroit sur le côté, rejetant le couteau hors de ma portée. Avec un tintement et un dernier reflet, l'arme roula dans la sciure et disparut dans l'ombre sous lr rebord de la plate-forme de bois qui portait la chaise vide de Joel Tuck.

Le poignard était ma seule chance.

Alors je plongeai par-dessus la fosse, et la chose morte m'agrippa une jambe d'une main glacée dont le froid me pénétra instantanément à travers mon jean mais je lui donnai un coup de botte dans la tête et me dégageai. A l'extrémité de la stalle, je trébuchai, tombai à moitié, me retrouvai sur les genoux, puis sur le ventre, à l'endroit où mon couteau avait disparu. L'ouverture sous la plate-forme faisait bien quinze centimètres, assez pour passer un bras. Je fouillai à tâtons, trouvai de la terre, de la sciure et un vieux clou rouillé, mais pas de couteau. Derrière moi, j'entendais la chose morte qui gargouillait sans un mot, le son de la terre rejetée, des membres qui s'extirpaient de leur tombe, des bruits de succion, des grognements, des grattements. Sans prendre le temps de jeter un coup d'œil en arrière, je me pressai tant et si bien contre la plate-forme que le rebord d'une planche s'enfonça douloureusement dans mon épaule et tendis le bras une quinzaine de centimètres plus loin en fouillant, en essayant de voir avec le bout des doigts, ne trouvant qu'un morceau de bois et une enveloppe de paquet de cigarettes ou de friandise en Cellophane, je n'allais donc pas assez loin, et j'étais tourmenté par la pensée que ma main était inconsciemment à un cheveu de l'objet désiré et il n'y avait rien d'autre à faire que de pousser, presser pour aller plus loin, pour avancer d'encore trois centimètres, par pitié... Ça y est ! j'étais allé plus loin, mais sans plus de résultat, nulle trace du couteau, alors je cherchai un peu à gauche, puis à droite, étreignant frénétiquement le vide et la terre et une touffe d'herbe sèche. Maintenant des sons, un caquetage, un baragouin et le sourd craquement d'un pas lourd et je pleurnichai, je m'entendis pleurnicher sans pouvoir m'arrêter — encore un centimètre ! — et sous la plate-forme quelque chose pique mon pouce, enfin la pointe aiguë du poignard, et je saisis l'extrémité de la lame entre pouce et index, le tirai à l'extérieur, assurai ma prise sur le manche — mais avant que j'aie pu me relever ou même rouler sur le dos, le cadavre se penchait sur moi et m'attrapait par la peau du cou et le fond de la culotte, me soulevait avec une force à laquelle je ne m'étais pas attendu et me balançait. J'atterris brutalement dans la fosse, face contre terre, un lombric contre le nez, m'étouffant dans la boue.

Luttant contre des haut-le-cœur, avalant de la boue, recrachant, je me laissai tomber sur le dos à l'instant où le gobelin au cerveau endommagé se mettait lourdement en marche, amenant la machine cassée de son corps au bord de la tombe. Il baissa son regard luisant. Des yeux de feu et de gel. Son ombre impalpable allait et venait sur moi au gré de l'ampoule balancée par les courants d'air.

Nous n'étions pas à distance suffisante pour que je lance mon couteau efficacement. Mais, pressentant tout d'un coup l'intention de la chose morte, j'étreignis le manche à deux mains et brandis l'arme, bloquant épaules, coudes et poignets, dirigeant la pointe de l'arme sur la créature à l'instant précis où elle écartait les bras et, avec un sourire idiot, s'abattait sur moi. Elle s'empala sur l'arme et mes bras bronchèrent sous son poids. Elle s'effondra sur le haut de mon corps, me coupant le souffle.

Le poignard était enfoncé jusqu'à la garde dans son cœur sans vie et pourtant, la chose bougeait encore Son menton reposant sur mon épaule, elle pressait une joue graisseuse et froide contre la mienne. Elle faisait entendre à mon oreille un marmonnement insensé, un son déconcertant comme celui d'une personne plongée dans les affres de la passion. Bras et jambes se tordaient avec vivacité mais sans but, et ses mains tremblaient par saccades.

Mes forces décuplées par le déferlement du dégoût et une terreur sans limites, je poussai, me tortillai, frappai du pied et du poing, pressai, tordis, griffai et me dégageai de dessous la créature, jusqu'à ce que nos positions soient inversées, moi au-dessus de lui, un genou sur son aine, l'autre dans la boue à côté du gobelin. Je crachai des jurons, mélange de mots à demi articulés et d'onomatopées aussi peu sensé que le baragouin qui sortait des lèvres de mon adversaire agonisant. Il bougeait toujours, et j'arrachai le poignard de son cœur et frappai encore et encore, à trois reprises, à la gorge et à la poitrine et au ventre, et encore, encore une fois. Au hasard et sans conviction, il balança vers moi ses poings gros comme des briques. Même dans ma fureur frénétique, j'évitai la plupart des coups sans grand mal mais ceux, peu nombreux, qui touchèrent mes bras et mes épaules furent efficaces. Enfin mon couteau produisit le résultat attendu, extirpant la vie antinaturelle qui animait cette chair froide, l'excisant morceau par morceau, jusqu'à ce que les spasmes des jambes se calment, jusqu'à ce que les bras ralentissent leurs mouvements de plus en plus erratiques, jusqu'à ce que la créature se morde la langue. Enfin ses bras retombèrent, inertes, à ses côtés, et sa bouche se relâcha et la faible lueur cramoisie de son intelligence gobeline s'effaça de ses yeux.

Je l'avais tué.

Une nouvelle fois.

Mais tuer ne suffisait pas. Je devais m'assurer que la chose resterait morte. Maintenant je voyais bien que sa blessure fatale à la gorge avait partiellement guéri depuis la bagarre du pavillon des autos-tamponneuses. Jusqu'à cette nuit, je ne savais pas que les gobelins, comme les vampires du folklore européen, pouvaient parfois ressusciter s'ils n'avaient pas été traités avec suffisamment de vigueur. Maintenant que je connaissais la sinistre réalité, je ne prendrais plus de risque. Avant de craquer sous les coups de la nausée, je coupai la tête de la créature. Ce n'était pas un travail facile, mais mon couteau était bien aiguisé, la lame en acier trempé et j'avais encore la force de la terreur et de la fureur. Du moins cette boucherie ne faisait-elle pas couler de sang, puisque j'avais saigné le cadavre deux nuits auparavant.

Au-dehors, à grand renfort de gémissements et de sifflements, le vent brûlant de l'été se jetait contre la tente. Les toiles ondoyantes tiraient sur les cordes et les piquets, craquant, claquant, tambourinant comme les ailes d'un grand oiseau noir cherchant à s'essorer mais enchaîné à un perchoir terrestre.

De grands papillons de nuit noirs voltigeaient autour des ampoules qui se balançaient et ajoutaient leurs ombres plongeantes au tourbillon de lumière et aux formes incertaines et inquiétantes surgies de l'ombre. Considéré avec des yeux affublés des lunettes de la terreur et brouillés par une sueur piquante, ce constant mouvement fantomatique avait de quoi rendre fou et ne faisait qu'empirer les vagues de vertige qui me parcouraient déjà.

Quand j'eus enfin achevé la décapitation, je songeai d'abord à placer la tête de la chose entre ses jambes avant de refermer la tombe, mais cela ne me parut pas suffisant. J'imaginais le cadavre, à nouveau enterré, bougeant peu à peu les mains sous le sol, cherchant sa caboche blessée, se rassemblant, le cou se ressoudant, les morceaux de sa colonne vertébrale se fondant, la lueur cramoisie revenant dans ses yeux étranges... Voilà pourquoi je plaçai la tête à part et n'enterrai que le corps. Je piétinai les lieux, tassant la terre de mon mieux, puis y répandis de la sciure.

Tenant la tête par les cheveux, avec une sensation de sauvagerie qui ne me plaisait pas le moins du monde, je retournai en hâte à l'entrée de Shockville et éteignis les lumières.

Le rabat que j'avais détaché claquait dans la nuit venteuse. Je jetai un coup d'œil prudent dans l'allée où, sous la lumière déclinante de la lune, rien ne bougeait hormis les ombres spectrales de fantômes de poussière brillante que le vent avait tirés du néant.

Je me glissai au-dehors, posai la tête à terre, rattachai les toiles à l'entrée, repris la tête et gagnai comme un voleur l'arrière du groupe de barraques, et passant entre deux spectacles de stripteaseuses chastement représentées, j'aboutis à un groupe de camions rassemblés comme un troupeau d'éléphants endormis, je passai devant des groupes électrogènes et d'énormes cages à bois vides, traversai un champ désert, jusqu'au plus proche bras de la forêt qui enserrait le champ de foire sur trois côtés. A chaque pas, je craignais un peu plus que la tête que je balançais par ses cheveux

154

revienne à la vie — une lueur renaissant dans ses yeux, les lèvres se plissant, les dents grinçant — et je la tenais à bout de bras, pour qu'elle ne vienne pas heurter accidentellement ma jambe et ne pas lui donner la possibilité de me planter les dents dans la cuisse.

Bien sûr, la chose était morte, toute vie s'en était enfuie à jamais. Le grincement et le claquement de ses dents, son marmottement obtus de haine et de colère n'étaient que pures créations de mon imagination enfiévrée, en pleine débandade à travers un paysage cauchemardesque de possibilités horrifiques.

Je pénétrai enfin dans les sous-bois broussailleux, y découvris une petite clairière à côté d'un ruisseau et plaçai la tête coupée sur une roche offrant un support adéquat. Même là les blêmes et inquiétants rayons de lune fournissaient une lumière suffisante pour me prouver que mes craintes étaient sans fondement et que l'objet de ma terreur resterait sans vie, naturelle ou autre.

Près du petit cours d'eau le sol, un terreau gras, était mou, facile à creuser à mains nues. Les arbres, avec les chemises de sorcière et les robes de magicien de leurs frondaisons nocturnes, montaient la garde à la lisière de la clairière tandis que je creusais un trou, enterrais la tête, tassais le sol et dissimulais mon œuvre en éparpillant feuilles mortes et aiguilles de pin.

Désormais, pour renaître encore comme Lazare, le cadavre décapité devrait d'abord s'extraire de sa fosse dans la foire, ramper ou marcher tant bien que mal jusqu'à la forêt sans se faire voir, retrouver la clairière et tirer sa tête de la deuxième tombe. Bien que les événements des dernières heures eussent accru mon respect pour les pouvoirs maléfiques de la race gobeline, j'étais tout à fait certain qu'ils ne pouvaient vaincre de tels obstacles. La bête était morte et le resterait.

Marcher de la baraque à la forêt, creuser la tombe, enterrer la tête, tout cela, je l'avais accompli dans un état proche de la panique. Aussi demeurai-je immobile un moment, debout, les bras ballants, en essayant de retrouver mon calme. Ce n'était pas facile.

Je ne pouvais détacher mes pensées de l'oncle Denton, là-bas dans l'Oregon. Est-ce que son cadavre sévèrement endommagé avait guéri dans le secret de son cercueil ? S'était-il frayé un chemin en force hors de la tombe quelques semaines après que j'avais fui les foudres de la loi ? Aurait-il rendu visite à la ferme où vivaient toujours mes sœurs et ma mère, pour se venger de la famille Stanfeuss, seraient-elles tombées victimes d'un gobelin, à cause de moi ? Non. Impensable. Je ne pourrais vivre sous le poids étouffant de cette culpabilité. Denton n'était pas revenu. D'abord, ce jour funeste où je l'avais attaqué, il s'était battu avec tant de férocité que ma rage avait atteint un état de frénésie quasi psychotique et je lui avais infligé des dégâts horribles avec la hache, en la maniant avec un emportement délirant même après qu'il était mort. Ensuite, même s'il avait réussi à ressusciter, il ne serait certainement pas retourné chez les Stanfeuss ni nulle part dans les vallées Siskiyou, où il était connu, car le miracle de son retour d'entre les morts aurait produit une sensation qui aurait concentré une curiosité infatigable sur lui. J'étais sûr qu'il se trouvait toujours dans son cercueil, en décomposition — si par hasard il n'était pas dans sa tombe, alors, il était loin de l'Oregon, il vivait sous un autre nom, tourmentait d'autres innocents, et non ma famille.

Quittant la clairière, je fonçai à travers les broussailles et gagnai le champ à ciel ouvert où la nuit embaumait les gerbes d'or. J'étais à mi-chemin du champ de foire quand je pris conscience d'avoir toujours en bouche le goût de la boue que j'avais involontairement mordue quand j'avais été projeté dans la tombe du gobelin. Cette immonde sensation me fit revivre chaque détail des horreurs de l'heure précédente. La nausée me submergea. Je tombai à quatre pattes, baissai la tête, et vomis dans l'herbe et les gerbes d'or.

Quand la nausée passa, je rampai quelques mètres plus loin et me mis sur le dos, le regard tourné vers les étoiles, reprenant mon souffle, essayant de trouver la force de continuer.

Il était quatre heures cinquante. Plus qu'une heure avant le soleil orange de l'aube.

Par association d'idées, je songeai à l'aveugle œil orange que Joel Tuck avait au front. Joel Tuck... il avait fait disparaître le corps du pavillon des autos-tamponneuses et l'avait enterré, ce qui ressemblait au geste d'une personne connaissant les gobelins et désireuse de m'aider. C'était lui, à peu près certainement, qui s'était introduit dans la caravane où j'avais dormi la nuit précédente et qui avait laissé les deux passes — un donnant accès aux autos-tamponneuses et l'autre à la grande roue — sur mes jeans pliés. Il voyait les gobelins et, dans une certaine mesure, il percevait les énergies maléfiques autour de la grande roue, même si son don psychique était probablement moins fort que le mien.

156

C'était la première fois que je rencontrais quelqu'un possédant un pouvoir psychique quelconque, et c'était certainement la première fois que j'avais affaire à un individu voyant les gobelins dans toute leur vérité. Un instant, le sentiment de la fraternité me submergea, une sensation d'appartenance commune si poignante et si ardemment désirée que les larmes me montèrent aux yeux. Je n'étais pas seul.

Mais pourquoi Joel brouillait-il les pistes ? Pourquoi répugnait-il à me faire connaître le lien de fraternité qui nous unissait ? Manifestement, il ne voulait pas que je sache qui il était. Mais pourquoi ? Parce que... ce n'était pas un ami. Tout à coup, il me vint à l'idée que Tuck se considérait peut-être comme neutre dans la bataille entre l'humanité et la race des gobelins. N'avait-il pas été traité plus mal par les hommes que par les gobelins, même si c'était seulement parce qu'il n'avait affaire aux seconds qu'occasionnellement ? Rejeté et même insulté par la société en général, n'ayant accès à la dignité que dans le refuge de la foire, il estimait peut-être qu'il n'avait pas de raison de s'opposer à la guerre des gobelins contre les gogos. Si tel était le cas, il m'avait aidé à me débarrasser du cadavre et m'avait signalé le danger planant sur la grande roue pour l'unique raison que cette menace-là pesait sur les forains, les seules personnes auxquelles il faisait allégeance dans cette guerre secrète. S'il ne voulait pas m'approcher à visage découvert, c'était parce qu'il sentait que ma propre vendetta contre les démons ne s'arrêtait pas aux frontières de la fête, et qu'il ne voulait pas être entraîné dans un conflit plus large ; il ne voulait faire la guerre que lorsqu'elle le touchait.

Il m'avait aidé une fois, mais ne le ferait pas toujours.

Pour résumer, j'étais toujours salement seul.

La lune s'était couchée. La nuit était très noire.

Épuisé, je me dressai sur l'herbe et les gerbes d'or et retournai au vestiaire derrière la tribune d'honneur, où je me nettoyai les mains, passai quinze minutes à retirer la boue de mes ongles, et me douchai. Puis je regagnai la caravane dans la prairie où on m'avait attribué une couchette.

Mon compagnon de chambrée, Barney Quadlow, ronflait bruyamment.

Je me déshabillai et me couchai. J'étais physiquement et mentalement engourdi.

La détente que j'avais connue — et partagée — avec Rya Raines n'était plus qu'un souvenir ténu, bien que deux heures plus tôt, nous fussions encore ensemble. L'horreur récente était bien plus vivace et comme une nouvelle couche de douleur, elle recouvrait le bonheur que j'avais éprouvé. Maintenant, de ce moment passé avec Rya, je me rappelais bien plus clairement son humeur morose, sa tristesse profonde et inexplicable, parce que je savais que Rya tôt ou tard serait la cause d'une autre crise que je devrais affronter.

Un tel poids sur mes épaules.

Trop lourd.

Je n'avais que dix-sept ans.

Je pleurai en silence sur l'Oregon, sur mes sœurs perdues et l'amour d'une mère trop lointaine.

J'aspirais au sommeil.

J'avais désespérément besoin de me reposer.

Dans deux jours, nous serions à Yontsdown.

11

La nuit de la mue

A huit heures et demie ce samedi matin, je m'arrachai à un cauchemar différent de tous ceux que j'avais eus jusque-là.

Dans ce rêve je me trouvais au milieu d'un immense cimetière qui s'étendait aux flancs d'une série de collines apparemment sans fin, un endroit grouillant de monuments de marbre et de granit de toutes tailles et de toutes formes ; certains étaient craquelés, beaucoup étaient renversés, en interminables rangées, en quantités défiant la mesure ; c'était le cimetière des rêves de Rya. Elle y était aussi, et elle me fuyait, courant dans la neige, sous les branches noires des arbres dénudés. Je la pourchassais et, chose étrange et inquiétante, j'éprouvais pour elle à la fois de l'amour et du dégoût ; je ne savais pas exactement ce que j'allais lui faire quand je l'attraperais. Une partie de moi voulait couvrir son visage de baisers et lui faire l'amour, mais une autre partie voulait lui serrer la gorge jusqu'à ce que les yeux lui sortent des orbites, que son visage noircisse et que la mort voile ses beaux yeux bleus. Cette fureur sauvage dirigée contre quelqu'un que j'aimais me plongeait dans la terreur et plus d'une fois je m'arrêtai. Mais à chacune de mes haltes, elle faisait halte, elle aussi, et m'attendait parmi les pierres tombales plus bas sur la colline, comme si elle avait voulu que je l'attrape. J'essayais de l'avertir que ce n'était pas un jeu d'amoureux, que chez moi quelque chose ne tournait pas rond, que je risquais de ne plus me maîtriser quand je l'attraperais, mais je ne pouvais obtenir de mes lèvres et de ma langue qu'elles forment des mots. Chaque fois que je m'arrêtais, elle me faisait signe et je me retrouvais en train de la poursuivre à nouveau. Et puis je compris ce qui m'arrivait. Il devait y avoir un gobelin en moi ! Un de ces êtres démoniaques était entré en moi, avait pris le contrôle, détruit mon esprit et mon âme, n'épargnant que la chair, qui était maintenant sa chair à lui, mais Rya l'ignorait ; elle ne voyait encore que Slim, simplement Slim MacKenzie, son amoureux ; elle ne voyait pas quel terrible danger pesait sur elle, ne comprenait pas que Slim était mort et disparu, que son corps vivant était à présent au service d'une créature inhumaine, et que si l'être la rattrapait, il étoufferait la vie en elle, et maintenant il gagnait du terrain et elle se retournait vers lui-moi, en riant — elle était si belle, belle et condamnée — et à présent lui-moi était à trente mètres d'elle, cinq, trois, deux, et puis je l'agrippais, la faisais pivoter...

... et en m'éveillant, je sentais encore sa gorge écrasée par mes mains d'acier.

Je me mis sur mon séant, prêtant l'oreille aux battements furieux de mon cœur et à mon souffle saccadé, essayant de débarrasser mon esprit du cauchemar. Dans la lumière matinale je clignai les yeux en essayant désespérément de me persuader que, si vivante et forte qu'ait été cette scène, ce n'était qu'un rêve et non une prémonition.

Pas une prémonition.

Par pitié.

Les stands ouvraient à onze heures, ce qui me laissait encore deux heures pour cesser de contempler le sang qui souillait aussi mes mains, à défaut, grâce à Dieu, de trouver autre chose pour m'occuper. La fête était installée en bordure du chef-lieu du comté, un bourg de sept à huit mille âmes. J'allai au centre à pied pour prendre un petit déjeuner dans une buvette puis, dans une boutique de vêtements pour hommes voisine, j'achetai deux jeans et deux chemises. C'était une si parfaite journée d'août que je me persuadai peu à peu que tout se passerait bien — Rya et moi, la semaine à Yontsdown — pourvu que je garde ma présence d'esprit et ne perde pas espoir.

Je revins sur le champ de foire à dix heures et demie, rangeai chemises et jeans neufs dans la caravane et à onze heures moins le quart, j'étais dans le parc d'attractions. Je m'occupai de la mailloche et avant l'ouverture de la fête elle était prête à fonctionner. Je m'assis sur la chaise en attendant les premiers gogos et puis Rya apparut.

Quelle fille magnifique ! Des jambes nues et bronzées. Un short jaune. Un T-shirt barré de quatre bandes jaunes de différentes nuances. Dans le parc d'attractions elle portait un soutien-gorge, car nous étions en 1963 et si elle s'en était abstenue, elle aurait choqué les gogos, même si parmi les forains, dans la ville de caravanes, c'était acceptable. Sa chevelure était retenue en arrière par un foulard jaune noué. Radieuse.

Je me levai, esquissai le geste de la prendre aux épaules pour l'embrasser sur les joues mais d'une main posée sur le torse, elle me retint en disant :

— Je ne veux pas de malentendu.

— A quel sujet ?

— Cette nuit.

— Sur quoi je pourrais me méprendre ?

— Sur ce que ça signifie.

— Et qu'est-ce que ça signifie, alors ?

Elle fronçait le sourcil :

— Ça signifie que tu me plais.

— Formidable !

— ... et que nous pouvons nous donner l'un à l'autre du plaisir.

— Tu as remarqué !

— ... mais ça ne veut pas dire que je suis ta nana ou quoi que ce soit de ce genre.

— C'est vrai que pour moi, t'es une nana.

— Dans le parc d'attractions, je suis ta patronne.

— Ah !

— Et tu es mon employé.

— Ah !

Ben merde, j'ai pensé.

— Et je ne veux pas de... de familiarité inhabituelle sur le parc d'attractions.

— A Dieu ne plaise. Mais est-ce qu'on continuera à être d'une familiarité inhabituelle en dehors du parc d'attractions ?

Elle était totalement inconsciente de la brutalité de sa démarche et de son ton, et ne voyait pas quelle humiliation m'infligeait ses paroles ; aussi comme elle n'était pas très sûre de ce que signifiait ma désinvolture, elle risqua un sourire.

— C'est ça, dit-elle. Hors du parc j'espère que tu seras aussi inhabituellement familier que tu voudras.

— On dirait que j'ai deux boulots, à la façon dont tu le présentes. Est-ce que tu m'as embauché pour mes talents de bonimenteur... ou pour mon corps ?

Son sourire se crispa.

— Pour ton boniment, bien sûr.

— Parce que, vous comprenez, patronne, je n'aimerais pas que vous abusiez d'un pauvre employé sous-payé.

— Je suis sérieuse, Slim.

— Je m'en suis aperçu.

— Alors pourquoi blagues-tu ?

— Parce que c'est un substitut civilisé.

— Un substitut à quoi ?

— Aux cris, aux hurlements, aux insultes grossières.

— Tu es en colère contre moi.

— Ah ! vous êtes aussi sensible que vous êtes belle, patronne.

— Tu n'as pas de raison de te mettre en colère.

— Non. Disons que je m'énerve vite.

— J'essaie seulement de faire en sorte que tout se passe bien entre nous.

— Très femme d'affaires. J'admire.

— Écoute, Slim, tout ce que je te dis c'est que ce qui se passe entre nous en privé est une chose... et ce qui se passe ici dans le parc d'attractions, c'en est une autre.

— Oh, mon Dieu, je n'aurais jamais songé à te proposer de le faire ici, en plein parc.

— Tu n'es pas arrangeant.

— Et toi, de ton côté, tu es un prodige de diplomatie.

— Écoute, il y a des types, ils se mettent à jouer les patrons, et ils s'imaginent qu'ils n'ont plus besoin de prendre leur part du travail.

— Je ressemble à ce genre de types ?

— J'espère que non.

— On peut pas vraiment dire que la confiance règne.

— Je ne veux pas que tu sois en colère contre moi.

— Je ne le suis pas, mentis-je.

Je savais que les relations à deux lui étaient difficiles. Grâce à ma perception psychique, j'avais une vue approfondie de la tristesse, de la solitude et de l'incertitude dissimulée sous les airs bravaches qui formaient son caractère, et tout en lui en voulant j'étais triste pour elle.

— Mais si, dit-elle. Tu es en colère.

— Ça va, dis-je. Maintenant il faut que je travaille.

Je montrai du doigt l'extrémité du champ de foire.

— Voilà les gogos qui arrivent.

— Plus de problème entre nous ? demanda-t-elle.

— Ouais.

— Bien vrai ?

— Ouais.

— A plus tard.

Je la regardai s'éloigner, et je l'aimais, et la haïssais. Mais je l'aimais surtout, cette Amazone d'une fragilité touchante. Ça ne rimait à rien de lui en vouloir ; c'était une force inévitable, élémentaire ; autant se mettre en colère contre le vent, le froid de l'hiver ou la brûlure de l'été.

A treize heures, Marco prit ma place pour trente minutes, puis, à dix-sept heures, pour une pause de trois heures. En ces deux occasions, je songeai à faire un tour du côté de Shockville pour dire un mot à l'énigmatique Joel Tuck, et chaque fois, je décidai d'éviter toute démarche inconsidérée. C'était le jour le plus important de cette foire et la foule était trois ou quatre fois plus nombreuse qu'elle ne l'avait été durant la semaine, et ce que j'avais à dire à Joel ne pouvait être prononcé devant des gogos. En outre, j'avais la crainte — en fait la certitude — que trop d'insistance ou de précipitation le pousse à se taire. Il pourrait tout aussi bien nier connaître les gobelins et leurs enterrements secrets au cœur de la nuit, et alors je ne saurais plus comment procéder. Je croyais avoir un allié potentiel en la personne de ce monstre — un allié, et un ami et aussi, étrangement, une sorte de père —, et je redoutais qu'une confrontation prématurée l'éloigne de moi. J'étais probablement la première personne qu'il rencontrait, capable de voir comme lui les gobelins, tout comme il était pour moi aussi le premier doté de cette encombrante capacité. Alors, tôt ou tard, sa curiosité aurait raison de ses réticences. Jusque-là je devais me montrer patient.

C'est pourquoi, après un sommaire dîner, je descendis jusqu'à la prairie pour dormir deux heures dans la caravane. Cette fois, il n'y eut pas de cauchemars. J'étais trop fatigué pour rêver.

J'étais de retour avant huit heures à la mailloche. Les cinq dernières heures passèrent rapidement et avec grand profit sous une pluie multicolore de lumières qui éclaboussaient toute chose, y compris les tonitruants manèges où retentissaient des rires claironnants. Les gogos défilaient devant la mailloche, la montrant du doigt, bavardant, béant d'admiration, comme de l'eau débordant des gouttières et dans ce flot dérivaient des billets de banque et des pièces de monnaie, dont je pêchais un certain nombre au profit de Rya Raines. Enfin, vers une heure du matin, le parc d'attractions commença de fermer ses baraques.

Pour les forains la dernière nuit d'un séjour dans une ville est la « nuit de la mue », et ils ne songent plus qu'à l'avenir parce qu'en eux vit un irrésistible esprit gitan. La foire s'extirpe de la ville comme le serpent de sa vieille peau et tout comme le reptile se renouvelle par ce simple changement, les forains et leur foire renaissent dans la promesse de nouveaux emplacements et de nouvelles poches à soulager d'un argent neuf.

Marco vint prendre la recette du jour et sans plus tarder je me mis en devoir de démonter la mailloche. Et tandis que je m'adonnais à ce labeur, quelques centaines d'autres forains — concessionnaires, associés, bonimenteurs, montreurs de bêtes, acrobates, cyclistes, camelots, nains et nabots, stripteaseuses, cuistots des buvettes, commis, tous, sauf les enfants, au lit à cette heure, et ceux qui les surveillaient, tous étaient au travail, démantelant et empaquetant les manèges, les attrape-nigauds, les spectacles forains, les stands et les autres baraques, illuminés par les éclairages géants alimentés par les groupes électrogènes. Les petites montagnes russes, une rareté dans les foires ambulantes, construites tout entières en tubes métalliques étaient démontées dans un incessant concert de clang-pong-cling-spang ! qui irritait d'abord puis qui bientôt sonnait comme une étrange musique atonale, pas totalement désagréable, avant de se fondre dans le bruit de fond général. Au Palais du rire, le visage du clown se défit en quatre parties qu'on posa à terre, la dernière, l'énorme nez jaune, restant suspendue un moment seule dans la nuit comme un énorme pif gargantuesque qui se moquerait du chat du Cheshire. Un être de proportions dinausoriennes, avec un appétit en conséquence, avait englouti une partie de la grande roue. A Shockville on descendait les toiles de cinq mètres présentant les formes tourmentées et les visages des bizarreries humaines ; tandis que, dans le grincement des poulies ceux qui agitaient et enroulaient les bannières abaissaient les mâts d'amarrage, les portraits en deux dimensions donnaient l'illusion d'une vie tridimensionnelle, — clignant de l'œil, grimaçant un sourire, regardant en dessous, grondant, riant, à l'adresse des forains affairés à leurs pieds, avant de se plier, des lèvres de toile baisant des fronts peints, leurs yeux sans fond ne contemplant plus désormais que leur propre nez, la réalité en deux dimensions succédant à cette brève imitation de vie. Le monstre avait avalé une nouvelle bouchée de la grande roue. Quand j'eus terminé avec la mailloche, j'aidai à emballer les autres baraques de Rya Raines, puis je m'en fus à travers le parc en plein effondrement, donnant un coup de main partout où il en était besoin. Nous avons déboulonné les panneaux de bois, plié les tentes en parachutes prêts à s'ouvrir sur Yontsdown, démonté poutres et traverses, échangé des plaisanteries, nous nous sommes écorché les phalanges, nous avons forcé sur nos muscles, nous nous sommes coupés aux doigts, nous avons cloué les couvercles des caisses, chargé celles-ci dans les camions, arraché le plancher du pavillon des autos-tamponneuses, grogné, transpiré, juré, ri, englouti du soda, ingurgité de la bière glacée, évité les deux éléphants qui faisaient rouler les plus grosses poutres jusqu'aux camions, chanté quelques chansons (dont certaines de Buddy Holly, mort depuis déjà quatre ans et demi, son corps compressé dans la carcasse d'un Beechcraft sur le sol glacé d'une ferme entre Clear Lake, dans l'Iowa, et Fargo, dans le Dakota du Nord), et nous avons dévissé les vis, décloué les clous, dénoué les cordes, enroulé quelques kilomètres de câbles électriques et la dernière fois que j'ai regardé du côté de la grande roue, j'ai découvert qu'elle avait été entièrement dévorée, qu'il n'en restait pas le plus petit ossement.

Rudy Morton, dit le Rouge, chef mécanicien de Sombra Frères, que j'avais rencontré à la grande balançoire le premier matin, dirigeait une équipe, et il était quant à lui placé sous les ordres de Gordon Alwein, notre directeur des transports chauve et barbu. Gordy était responsable du chargement final de l'énorme parc d'attractions, et comme Sombra Frères voyageait dans quarante-six voitures de chemin de fer et dix-neuf énormes camions, son travail était très prenant.

Peu à peu le parc d'attractions, comme une énorme lampe aux mille flammes, s'éteignait.

Recru de fatigue, mais avec une sensation extrêmement heureuse de communauté vécue, je retournai à la ville de caravanes sur la prairie. Beaucoup étaient déjà parties pour Yontsdown ; d'autres ne s'en iraient que demain.

Je ne gagnai pas la mienne.

J'allai dans l'Airstream de Rya.

Elle m'attendait.

— J'espérais que tu viendrais, dit-elle.

— Tu savais que je le ferais.

— Je voulais te dire...

— Pas la peine...

— ... que je suis désolée

— Je suis sale.

— Tu veux te doucher ?

C'était ce que je voulais, et je le fis.

Tandis que je me séchais, elle me sortit une bière.

Dans son lit, où je croyais n'être bon qu'à dormir, nous fîmes l'amour de la manière la plus délicieuse qui fût, avec aisance et lenteur, tout en soupirs et murmures dans le noir, caresses suaves, mouvement des hanches alangui et rêveur, chuchotis des peaux qui se rencontrent, son haleine douce comme le trèfle d'été. Au bout d'un moment, il nous sembla glisser en un lieu d'ombres nullement menaçantes, nous fondant l'un dans l'autre, nous rejoignant toujours davantage à chaque seconde et je sentis que nous approchions d'une union parfaite et permanente, que nous étions bien près de devenir une entité unique sous deux identités, ce qui était l'état que je désirais par-dessus tout, un moyen de se débarrasser des mauvais souvenirs, des responsabilités et de la perte douloureuse de l'Oregon. Un tel renoncement à soi semblait à portée de la main, il suffisait que je synchronise le rythme de notre rapport avec le battement de son cœur et puis, quelques instants plus tard, la synchronisation fut atteinte et par la médiation de mon sperme je passai les battements de mon propre cœur dans le sien, tous deux battant désormais à l'unisson et dans un adorable frisson, un soupir expirant, je cessai d'exister.

Je rêvai du cimetière. Des plaques de grès décomposées par le temps. Des monuments de marbre délabrés. Des obélisques de granit usés par les intempéries et des rectangles et des globes sur lesquels étaient perchés des étourneaux aux becs affreusement crochus. Rya courait. Je la pourchassais. J'allais la tuer. Je ne voulais pas la tuer mais pour une raison que je ne comprenais pas,

166

je n'avais pas d'autre choix que de la jeter à terre pour lui arracher la vie. Ce n'étaient pas de simples empreintes qu'elle laissait dans la neige : elles étaient pleines de sang. Comme elle n'était pas blessée, je supposai que le sang n'était qu'un signe, le présage du meurtre à venir, la preuve de l'inéluctabilité de nos rôles, victime et meurtrier, proie et chasseur. Je me rapprochais, et sa chevelure flottait derrière elle dans le vent, je l'agrippai, ses pieds se dérobèrent et nous chûmes ensemble parmi les pierres tombales ; et puis je fus sur elle, grognant, désirant sa gorge, comme si j'étais un animal et non un homme, claquant des mâchoires, cherchant la jugulaire, et le sang jaillit, de rapides jets tièdes d'un liquide épais et cramoisi...

Je m'éveillai.

M'assis.

Sentis le goût du sang.

Secouai la tête, clignai les yeux, m'éveillai tout à fait.

Je sentis encore le goût du sang.

Oh, mon Dieu !

Ce devait être un effet de l'imagination. Un dernier reste de rêve.

Mais il ne voulait pas s'en aller.

A tâtons je cherchai la lampe de chevet, l'allumai vivement et la lumière me parut dure et accusatrice.

Les ombres refluèrent dans les coins de la petite pièce.

Je portai une main à ma bouche. Pressai des doigts tremblants sur mes lèvres. Baissai les yeux sur mes doigts. Du sang.

A mes côtés, la forme de Rya était recroquevillée sous un unique drap, comme un corps discrètement couvert par des policiers consciencieux sur la scène d'un meurtre. Elle se détournait à demi de moi. Tout ce que je voyais d'elle, c'était sa chevelure brillante sur l'oreiller. Elle ne bougeait pas. Si elle respirait, elle inhalait et exhalait si superficiellement que c'en était indétectable.

Je déglutis avec peine.

Ce goût de sang. Cuivré. Comme de sucer une vieille pièce de monnaie.

Non. Je ne l'avais pas réellement égorgée pendant mon rêve. Oh, mon Dieu ! Impossible. Je n'étais pas un dément. Je n'étais pas un tueur psychopathe. Je n'étais pas capable de tuer quelqu'un que j'aimais.

Mais en dépit de mes dénégations désespérées, une terreur folle, foudroyante s'abattit sur moi comme un oiseau furieux et je ne trouvai pas le courage de tirer le drap pour examiner Rya. M'adossant à la tête du lit, je plongeai le visage dans mes mains.

Ces dernières heures, j'avais obtenu la première preuve consistante de ce que les gobelins étaient bien réels, qu'ils n'étaient nullement des chimères de mon imagination aliénée. Dans mon cœur, j'avais toujours su qu'ils existaient, que je ne tuais pas des innocents. Mais... la connaissance du cœur ne préserve pas du doute et la crainte d'être fou m'avait longtemps assailli. Maintenant je savais que Joel Tuck voyait lui aussi les êtres démoniaques. Et je m'étais battu avec un cadavre qui avait été réanimé par une faible lueur de la force vitale gobeline. S'il s'était agi d'un homme ordinaire, d'une innocente victime de ma folie, il ne serait certainement pas revenu d'entre les morts. Non, je n'étais pas fou.

Et pourtant je restais assis, le visage dissimulé sous le masque de mes paumes et de mes doigts, refusant de tendre la main pour la toucher, tremblant à l'idée de ce que j'avais pu faire.

Le goût du sang me donna un haut-le-cœur. Je frissonnai et pris une profonde inspiration, et avec l'air inspiré vint la saveur du sang.

Ces deux dernières années, j'avais connu des moments sombres et sinistres durant lesquels j'avais été vaincu par l'impression que le monde n'était qu'un charnier créé et mis à tourner dans le vide dans le seul but de fournir une scène au Grand Guignol cosmique — et j'étais dans l'un de ces moments. En proie à cette dépression, j'avais chaque fois le sentiment que l'humanité n'était bonne qu'au massacre, que nous nous tuions les uns les autres ou que nous tombions entre les griffes des gobelins, à moins que nous ne fussions victimes d'un de ces tours du destin — cancer, tremblements de terre, raz de marée, tumeurs au cerveau, foudre céleste — qui constituaient les contributions pittoresques de Dieu au complot. Mais j'avais toujours réussi à m'arracher à ces abîmes en m'accrochant à la conviction que ma croisade contre les gobelins en dernier ressort sauvait des vies et que je découvrirais un jour le moyen de convaincre d'autres hommes et femmes de l'existence de monstres dissimulés parmi nous. Alors, selon mon scénario, les hommes cesseraient de se battre et de se faire du mal pour tourner toute leur attention sur la vraie guerre. Mais si j'avais attaqué Rya dans un accès de délire, et arraché sa vie, si j'étais capable de tuer quelqu'un que j'aimais, alors j'étais fou et toute espérance pour moi, tout espoir dans l'avenir de mon espèce n'était qu'une pathétique...

... et puis Rya a gémi dans son sommeil.

J'ai sursauté.

Elle s'est débattue contre quelque chose dans son cauchemar, a levé la tête, s'est acharnée un moment contre le drap jusqu'à ce qu'elle ait découvert son visage et sa gorge puis est retombée dans un sommeil moins agité mais encore inquiet. Son visage était toujours aussi adorable — sans coupure, ni morsure, ni trace de coup — même si son front était plissé et sa lèvre retroussée par l'anxiété de son mauvais rêve, dans une grimace lui découvrant les dents. Sa gorge était intacte. Nulle trace de sang.

Je défaillis de soulagement, et je remerciai Dieu avec effusion. Mes habituels sarcasmes contre Son œuvre étaient temporairement oubliés.

Nu, l'esprit confus et effrayé, je sortis en silence du lit, gagnai la salle de bains, fermai la porte et allumai. J'examinai d'abord mes mains que j'avais portées à mes lèvres, et vis que j'avais encore du sang sur les doigts. Puis je levai les yeux vers le miroir. Il y avait du sang sur mon menton, il brillait sur mes lèvres, collait à mes dents.

Je me lavai les mains, me frottai le visage, me rinçai la bouche, trouvai un bain de bouche dans l'armoire à pharmacie et me débarrassai du goût de cuivre. Je me dis que je m'étais sans doute mordu la langue pendant mon sommeil mais le liquide antiseptique ne me piquait pas et un examen attentif ne me permit pas de trouver une coupure.

D'une manière ou d'une autre, le sang du rêve avait acquis une existence réelle et était resté avec moi quand je m'étais réveillé, que je m'étais tiré de ce cauchemar. Ce qui était impossible.

Je contemplai le reflet de mes yeux à vision crépusculaire.

— Qu'est-ce que ça veut dire ? me demandai-je.

L'image du miroir ne me répondit pas.

— Bon Dieu, qu'est-ce qui se passe exactement ?

Mon vis-à-vis ignorait la réponse ou préférait garder ses secrets derrière ses lèvres closes.

Je retournai dans la chambre.

Rya n'avait pas échappé au cauchemar. Elle gisait à demi dévoilée par le glissement du drap blanc et ses jambes s'agitaient comme si elle courait, et elle disait : « Je vous en prie, je vous en prie », et : « Oh ! » et elle agrippait à pleines mains les draps, levant un instant la tête, avant de passer à un état plus calme où elle ne résistait au rêve que par des mots marmonnés et quelques faibles cris de temps à autre.

Je me couchai.

Les médecins spécialisés dans les troubles du sommeil assurent que nos rêves sont d'une durée étonnamment courte. Si long que paraisse un cauchemar, expliquent les chercheurs, il ne dure en fait que quelques minutes tout au plus, et généralement vingt à soixante secondes. Manifestement Rya n'avait pas lu les rapports des experts, car elle passa la deuxième moitié de la nuit à leur prouver leur erreur. Son sommeil était troublé par des bataillons de fantômes ennemis, par des combats imaginés et des poursuites rêvées.

Je l'observai durant une demi-heure dans la lueur ambrée de la lampe de chevet. Puis j'éteignis et restai assis encore une demi-heure à l'écouter, en me disant que son sommeil était aussi peu reposant que le mien. Enfin je m'étendis sur le dos et à travers le matelas je pouvais encore sentir chaque crispation, chaque spasme de la terreur qu'elle éprouvait au fond de son rêve.

Je me demandais si elle était dans un de ses cimetières.

Je me demandais si c'était le cimetière sur la colline.

Je me demandais qu'est-ce qui la poursuivait parmi les tombes.

Je me demandais si c'était moi.

12

Octobre retrouvé

Jaillissant des camions aux portes ouvertes à la volée et des caisses aux couvercles arrachés, semblable à quelque merveilleux mécanisme à ressort fabriqué par ces habiles artisans suisses, célèbres pour leurs horloges de beffroi aux automates grandeur nature prodigieusement compliqués, le parc d'attractions se rebâtit sur le champ de foire du comté de Yontsdown. Ce dimanche à sept heures du soir ce fut comme si la nuit de la mue n'avait jamais existé, comme si nous n'avions pas bougé de la nuit tandis qu'une nouvelle ville se substituait à la précédente. Les forains disent qu'ils aiment voyager et qu'ils ne sauraient vivre sans changer au moins une fois par semaine de point de rassemblement, les forains embrassent — disons même qu'ils portent aux nues — la philosophie des parias-gitans-vagabonds et ils raffolent des contes et légendes dont les héros vivent aux marges périlleuses de la société, mais chaque fois qu'ils s'en vont, ils emportent leur village dans leur bagage. Leurs camions, leurs caravanes, leurs voitures, leurs paquets et leurs poches sont bourrés des commodités familières de leur vie et leur respect pour la tradition est bien plus grand que celui qu'on trouverait dans n'importe laquelle de ces villes du Kansas recroquevillées — sans rien changer, de génération en génération — contre l'immensité des plaines au vide intimidant. Les forains attendent la nuit de la mue parce que c'est l'affirmation de leur liberté, par contraste avec l'emprisonnement de ces mornes gogos qui doivent toujours rester en arrière. Mais au bout d'un jour de route, les forains se sentent perdus et inquiets, car le mythe de la route a beau être partie intégrante de l'esprit gitan, la route elle-même est l'œuvre et la propriété de la société normale, et le vagabond ne peut aller que là où la société lui trace un chemin. Sachant au fond d'eux-mêmes quelle vulnérabilité leur confère leur mobilité, ils accueillent le moment de l'arrivée avec plus de plaisir encore que celui de la destruction ordonnée de la nuit de la mue. La fête est toujours réinstallée plus vite qu'elle n'avait été démontée et nulle nuit n'est plus douce que cette première nuit sur un nouvel emplacement quand, par ailleurs, le goût de l'errance a été satisfait pour six jours de plus et que le sentiment de la communauté a été renforcé. Quand ils ont dressé les tentes et assemblé les parois de bois verni de leurs différentes attractions, quand ils ont élevé leurs fortifications imaginaires de cuivre, de chrome, de plastique et de lumière pour se protéger contre toute attaque de la réalité, ils se sentent en paix comme jamais.

Ce dimanche soir, dans la caravane d'Irma et de Paulie, où nous avions été invités, Rya et moi, à partager un repas concocté par nos hôtes, tout un chacun était de si bonne humeur que j'en oubliais presque que notre programme de tournée nous avait conduis non dans une cité ordinaire mais dans une ville dominée par les gobelins, dans un nid de démons.

De petite taille, mais non point nain comme sa femme aux cheveux aile de corbeau, Paulie était un mime doué. Il nous régala d'imitations hilarantes de vedettes du cinéma et d'hommes politiques et en particulier d'un amusant dialogue entre John Kennedy et Nikita Khrouchtchev. On ne pouvait manquer de s'étonner en voyant comment le visage caoutchouteux de ce Noir se recomposait instantanément pour évoquer quasiment n'importe quel personnage célèbre, quelle que fût sa race.

Paulie était aussi excellent magicien et travaillait dans le spectacle de Tom Catshank. Pour un homme de ce gabarit — un mètre cinquante-six tout au plus, ses mains étaient vraiment grandes, avec de longs doigts minces, et sa conversation était ponctuée d'une surprenante variété de gestes presque aussi expressifs que des mots. Il me plut tout de suite.

Rya se dégela un peu et même se mêla un brin aux plaisanteries, et si elle ne renonça pas entièrement à l'attitude froide et à l'air distant qui étaient ses marques distinctives (on était chez un employé, non ?) elle ne s'embêta certainement pas à cette soirée.

Puis, devant la table rabattable sur laquelle étaient posés le café et une Forêt-Noire, Irma soupira :

— Pauvre Gloria Neames !

— Pourquoi ? demanda Rya. Qu'est-ce qui lui arrive ?

Irma se tourna vers moi :

— Tu la connais, Slim ?

— C'est la dame... forte.

— Grosse, dit Paulie, ses mains dessinant dans l'air une sphère. Gloria ne se sent pas insultée quand on la traite de grosse. Ça ne lui plaît pas de l'être, la pauvre, mais elle ne se fait pas d'illusions. Elle ne se prend pas pour une Marilyn Monroe ou une Katharine Hepburn.

— Bon, elle n'y peut rien, alors inutile de se battre contre ça, m'expliqua Irma. C'est les glandes.

— Ah bon ? fis-je.

— Oh, je sais. Tu te dis qu'elle doit s'empiffrer comme une truie en se plaignant de ses glandes, mais dans le cas de Gloria, c'est vrai. Peg Seeton vit avec Gloria, tu sais, c'est lui qui s'occupe plus ou moins d'elle, qui appelle à l'aide deux commis quand Gloria a besoin de sortir, et Peg dit que la pauvre mange à peine plus que toi et moi, certainement pas assez pour nourrir trois cent quarante kilos. Et si Gloria grignotait en douce, Peg le saurait parce que c'est lui qui doit faire les courses et Gloria ne peut guère se déplacer sans lui.

— Elle ne peut pas marcher toute seule ? demandai-je.

— Bien sûr que si, répondit Paulie. Mais ce n'est pas facile et elle est morte de peur à l'idée de tomber. Ce serait pareil pour n'importe qui pèserait plus de deux cent cinquante ou trois cents kilos. Si Gloria tombe, elle ne peut pas se relever seule.

— En fait, reprit Irma, elle est tout à fait incapable de se redresser. Bon, oui, d'une chaise, elle peut toujours se relever mais pas si elle tombe par terre ou à la renverse sur le sol. La dernière fois qu'elle est tombée, tous les commis mobilisés n'ont pas réussi à la remettre sur pied.

— Trois cent quarante kilos à soulever, insista Paulie, ses mains cognant contre les parois de la cabine à sa droite et à sa gauche, comme s'il était écrasé soudain par un énorme poids. Elle est trop bien rembourrée pour se briser les os mais l'humiliation est terrible, même quand c'est devant nous, devant les siens.

— C'est terrible, approuva Irma en secouant tristement la tête.

— La dernière fois, raconta Rya, il a fallu amener une

dépanneuse et la soulever avec un cric. Et même comme ça, c'était pas facile de la redresser et de la garder debout.

— Ça peut paraître rigolo, mais ça ne l'est pas, m'assura Irma.

— Mais je n'ai pas souri, non ? rétorquai-je, effaré par cet aperçu de ce que la grosse femme devait endurer.

Dans ma liste mentale des mauvaises blagues que Dieu nous joue, j'ajoutai une nouvelle rubrique : cancer, tremblements de terre, raz de marée, tumeurs au cerveau, foudre... glandes.

— Mais tu n'apprends rien à personne, observa Rya, sauf peut-être à Slim, alors pourquoi dis-tu « Pauvre Gloria » ?

— Elle était vraiment dans tous ses états hier soir, répondit Irma.

— Elle a eu une amende pour excès de vitesse, expliqua Paulie.

— C'est pas la catastrophe du siècle, remarqua Rya.

— C'est pas l'amende qui l'a bouleversée, dit Paulie.

— C'est la façon dont les flics l'ont traitée, compléta Irma et à mon adresse, elle poursuivit :

— Gloria a une Cadillac spécialement aménagée. Avec châssis renforcé. On a retiré les sièges arrière pour déplacer les sièges avant vers le fond. On a mis l'accélérateur et les freins au tableau de bord et on a élargi les portes pour qu'elle puisse plus facilement monter et descendre. Elle s'est offert un auto-radio, ce qu'il y a de mieux et même un petit réfrigérateur sous le tableau de bord pour ses boissons glacées, un butagaz et des toilettes — tout ça très bien installé dans la voiture. Elle l'adore, sa voiture.

— Ça a dû coûter cher.

— Bah oui, mais Gloria est à l'aise, assura Paulie. Il faut bien comprendre que, sur une bonne semaine, dans une affaire importante comme cette foire dans un comté de l'État de New York, qui est prévue pour la fin du mois, on peut compter sur sept cents à huit cent mille entrées en six jours dans le parc d'attractions et sur le nombre... il y aura peut-être cent cinquante mille gogos qui paieront aussi pour entrer dans Shockville.

Impressionné, j'articulai :

— A deux sacs par tête de pipe...

— Ça fait trois cent mille par semaine, conclut Rya qui prit la cafetière pour remplir de nouveau sa tasse. Joel Tuck prend la moitié de la somme —, là-dessus il paie de solides droits à Sombra Frères et tous les frais — l'autre moitié est partagée par les onze autres attractions.

— Ce qui veut dire que Gloria gagne plus de treize mille dollars dans une semaine comme celle-là, dit Paulie, ses mains expressives comptant d'invisibles liasses de billets. De quoi acheter deux Cadillac aménagées. Toutes les semaines ne sont pas aussi bonnes, bien sûr. Certaines fois, elle ne gagne que deux mille dollars en huit jours, mais en moyenne, de la mi-avril à la mi-octobre, elle doit se faire dans les cinq mille.

— Ce qui compte, c'est pas que la Cadillac coûte cher, mais qu'elle lui donne de la liberté. Tu comprends, le seul moment où elle est vraiment mobile c'est quand elle est installée dans sa voiture. Après tout, c'est une foraine et pour un forain, c'est sacrément important d'être libre, mobile.

— Non, intervint Rya, ce qui compte, ce n'est pas la liberté que lui donne la voiture. C'est l'histoire de son amende pour excès de vitesse et c'est que vous tournez autour du pot.

— Bon, fit Irma, Gloria conduisait la voiture ce matin, tu vois, pendant que Peg menait le camion avec leur caravane et Gloria avait à peine dépassé la limite du comté d'un kilomètre qu'un adjoint du shérif l'a arrêtée pour excès de vitesse. Vous savez, Gloria conduit depuis vingt-deux ans et n'a jamais eu ni accident ni contravention.

Avec un geste emphatique de la main, Paulie poursuivit :

— Elle est bonne conductrice, et prudente, parce qu'elle sait quel désastre ce serait si elle avait un accident. Les ambulanciers ne réussiraient jamais à la sortir. Alors elle fait attention et elle roule doucement.

— Alors quand cet adjoint du shérif du comté de Yontsdown l'a fait arrêter, reprit Irma, elle s'est dit que soit c'était une erreur, soit un piège quelconque pour coincer les étrangers et comme ça paraissait bien être ça, elle a dit à l'autre abruti qu'elle paierait l'amende. Mais ça ne lui a pas suffi. Il est devenu grossier, s'est mis à l'insulter et a voulu qu'elle sorte de la voiture mais elle avait peur de tomber alors elle a insisté pour conduire jusqu'au bureau du shérif au centre de Yontsdown, avec lui qui la suivait et une fois arrivés là, il l'a fait sortir de la voiture, l'a fait entrer et ils se sont mis à lui faire des misères, à la menacer de la boucler pour refus d'obéissance à un représentant de la loi, ce genre de conneries.

Tout en terminant son gâteau, Paulie continua, en agitant sa fourchette :

— Ils ont trimbalé la pauvre Gloria d'un bout à l'autre de

l'immeuble, sans lui laisser jamais la possibilité de s'asseoir, alors elle s'accrochait aux murs, aux comptoirs, aux rampes, aux bureaux et à tout ce à quoi elle pouvait se raccrocher et elle dit qu'ils voulaient qu'elle tombe, ça crevait les yeux, parce qu'ils savaient que ce serait un cauchemar pour elle. Ils se moquaient tous d'elle. Ils ne l'ont pas non plus autorisée à aller aux toilettes, en disant qu'elle allait casser la cuvette. Comme tu peux t'en douter, son cœur ne va pas très bien et elle raconte qu'il battait très fort, que ça la secouait. Quand ils l'ont enfin autorisée à téléphoner, ils avaient réussi à la faire craquer, elle pleurait et, crois-moi, elle n'est pas du genre à s'apitoyer sur son sort ou à chialer facilement.

— Ensuite, dit Irma, elle appelle le bureau de la foire et ils font venir Pudding au téléphone, il fonce en ville pour venir à son secours mais à ce moment-là, ça faisait trois heures qu'on la gardait au centre administratif du comté !

— J'ai toujours cru, observa Rya, que Pudding était débrouillard. Comment a-t-il pu laisser faire une chose pareille ?

Je leur racontai en quelques mots notre voyage de vendredi à Yontsdown.

— Pudding a très bien fait son boulot. Tout le monde a marché. Cette bonne femme, Mary Vanaletto, du conseil du comté, c'était elle qui encaissait les pots-de-vin du comté. Pudding leur a donné du fric et des entrées gratuites pour tous les membres du conseil, pour le shérif et ses hommes.

— Alors peut-être qu'elle s'est mis dans la poche tout le paquet et qu'elle a dit aux autres que cette année nous n'avions pas banqué, dit Rya, et que maintenant le bureau du shérif en a après nous.

— Je ne crois pas, opinai-je. Je crois... que pour une raison quelconque... ils cherchent la bagarre.

— Pourquoi ? demanda Rya.

— Ben, je n'en sais rien... mais c'est le sentiment que j'ai depuis vendredi, répondis-je, évasif.

Irma hocha la tête et Paulie dit :

— Pudding est déjà en train d'avertir les autres. Il faut qu'on soit totalement irréprochables parce qu'il pense qu'ils vont chercher n'importe quel prétexte pour nous faire des ennuis, nous faire fermer, nous cogner pour nous faire cracher encore du fric.

Je savais que ce n'était pas notre argent qui les intéressait, mais notre sang et nos souffrances. Mais je ne pouvais parler à Rya et nos deux amis des gobelins. Même les forains, qui sont les personnes au monde les plus tolérantes, jugeraient mon histoire non pas excentrique mais démente. S'ils prisent fort l'excentricité, pas plus que les gens ordinaires, ils n'aiment les assassins psychopathes. Je ne me permis que quelques commentaires inoffensifs sur notre confrontation avec les autorités de Yontsdown en gardant la sinistre vérité pour moi.

Mais je savais que les persécutions infligées à Gloria Neames n'étaient que le premier coup de feu de la guerre. Le pire était encore à venir. Pire que d'être abattu par les flics. Pire que tout ce que mes nouveaux amis pouvaient imaginer. Dès ce moment je fus incapable de chasser les gobelins de mes pensées et la suite de la soirée fut moins drôle pour moi. Je souriais, je riais, je continuai à participer à la conversation mais un homme qui se tient au milieu d'un nid de vipères a peu de chance d'être à l'aise.

Nous sortîmes de la caravane des Lorus peu après sept heures et Rya dit :
— Tu as sommeil ?
— Non.
— Moi non plus.
— Tu veux faire un tour ? demandai-je.
— Non. Il y a autre chose que j'ai envie de faire.
— Ah oui ! Moi aussi j'en ai envie.
— Non, pas ça, dit-elle en riant doucement.
— Ah !
— Pas encore.
— Voilà qui est plus prometteur.
Elle m'entraîna au parc d'attractions.
Au début de la journée de solides volets de nuages gris d'acier s'étaient refermés sur le ciel, et ils étaient toujours en place. La lune et les étoiles disparaissaient derrière l'obstacle. Le parc était une ville d'ombres : dalles et piliers d'obscurité ; toits d'obscurité pentus ; rideaux d'ombres accrochés à des baguettes de pénombre au-dessus d'ouvertures d'encre, couches successives de nuit dans toutes leurs subtiles nuances — ébène, charbon, prunelle, noir sulfureux, noir d'aniline, cyanure d'azi-

larine, laque, charbon de bois, carbone, corbeau, sable héraldique, portes noires dans des murs noirs.

Nous suivîmes l'allée jusqu'à la grande roue devant laquelle Rya s'arrêta. Elle n'apparaissait que comme une série de formes reliées, géométriques et noires, se découpant sur un ciel sans lune à peine moins sombre.

Je percevais les mauvaises vibrations psychiques que déversait la roue géante. Comme le mercredi soir sur l'autre champ de foire, je ne recevais aucune image précise, n'apercevais pas le contour de ce qui allait se passer là. Mais, comme auparavant, j'avais une conscience aiguë de la menace fatale contenue dans cette machine comme l'électricité dans une pile.

A ma grande surprise, Rya ouvrit une porte dans la barrière en tubes d'acier et marcha droit sur la grande roue. Avec un regard en arrière, elle me lança :

— Viens.

— Où ça ?

— Là-haut.

— Là-dessus ?

— Oui.

— Comment ?

— Il paraît qu'on descend du singe.

— Pas moi.

— Paraît qu'on en descend tous.

— Je descend... de la marmotte.

— Ça va te plaire.

— Trop dangereux.

— Très facile, assura-t-elle en agrippant la roue et en commençant à grimper.

Je l'observai, grande gosse dans une version adulte de Jungle Jim, et ça ne m'amusait pas.

Je me souvins de la vision de Rya couverte de sang. J'étais sûr que sa mort n'était pas proche ; la nuit paraissait sûre mais pas assez pour calmer mon cœur éperdu.

— Reviens, dis-je. Ne fais pas ça.

Elle s'immobilisa, à cinq mètres du sol et baissa son visage obscur vers moi.

— Viens.

— C'est dingue.

— Tu vas adorer.

— Mais...

— Je t'en prie, Slim.

— Oh, Seigneur !

— Ne me déçois pas, dit-elle, puis elle se détourna de moi et reprit son ascension.

Je n'avais pas d'impression extrasensorielle concernant un danger qui aurait émané de la grande roue et aurait pesé sur nous ce soir. La menace venant de la grande machine gisait encore à quelques jours de là dans le futur ; pour l'instant ce n'était que du bois, de l'acier et des centaines d'ampoules éteintes.

A contrecœur, je grimpai, découvrant que la multitude de traverses et de poutrelles fournissait plus de prises et d'anfractuosités que je n'aurais cru. La roue était bloquée, et immobile à l'exception de certaines des nacelles à deux sièges qui se balançaient doucement quand la brise soufflait — ou quand nos efforts étaient transmis à travers la structure jusqu'aux alvéoles dans lesquelles les sièges étaient accrochés sur d'épaisses barres d'acier. En dépit de ma plaisanterie sur mes aïeux marmottes, je prouvai promptement qu'ils étaient singes.

Grâce à Dieu Rya ne grimpa pas jusqu'à la nacelle la plus élevée mais s'arrêta à l'avant-dernière. Elle était assise là, la barre de sécurité enlevée pour me laisser entrer, me souriant largement dans les ténèbres tandis que j'arrivais, tremblant et suant. Quittant la structure métallique, je me laissai tomber dans le siège à ses côtés et ce sourire si rare valait presque l'effort de l'ascension.

En m'élançant dans la nacelle, je l'avais fait balancer sur son axe, et pendant un instant où mon cœur s'arrêta de battre je crus que j'allais passer par-dessus bord, dégringoler à travers la cascade gelée de métal et de bois, faisant tanguer chaque nacelle sur mon parcours, jusqu'à ce que je heurte le sol avec une force à briser les os. Mais agrippant d'une main le flanc décoré de la nacelle, je saisis de l'autre le dossier courbe du siège, et attendis que le balancement s'apaise. Avec une assurance qui me parut folle, Rya ne se tint que d'une main et, alors que le tangage était à son maximum, elle se pencha, attrapa la barre de sécurité abaissée et, la tirant en arrière, la bloqua dans la gâche avec un raclement sonore.

— Voilà, dit-elle, confortable et douillet.

Elle se pelotonna contre moi.

— Je te disais que ce serait charmant. Rien de plus charmant qu'un tour de roue dans la nuit avec le moteur arrêté et tout autour de nous noir et silencieux.

— Tu montes ici souvent ?

— Oui.

— Seule ?

— Oui.

Pendant de longues minutes, nous ne dîmes plus rien, restant simplement assis là l'un contre l'autre, à nous balancer doucement dans le grincement des gonds, à observer le monde sans soleil du haut de notre sombre piédestal. Quand nous parlâmes, ce fut de sujets que nous n'avions jamais abordés jusque-là — livres, poésie, films, fleurs préférées, musique —, et je m'aperçus que nos conversations avaient été jusqu'alors souvent bien sombres. On eût dit que Rya, pour se lancer dans l'ascension, avait laissé derrière elle un poids sans nom et qu'à présent, elle s'élançait, déchaînée, habitée par l'inattendue légèreté de l'humour et un rire puéril que je ne lui avais jamais entendu. C'était, depuis que je connaissais Rya Raines, l'une des rares fois où je ne sentais pas en elle sa mystérieuse tristesse.

Et puis, au bout d'un moment, je la sentis de nouveau, même si je ne puis déterminer l'instant précis où la blême marée de la mélancolie commença de refluer sur elle. Nous parlâmes entre autres de Buddy Holly, dont nous avions chanté les airs en travaillant la nuit de la mue, et nous donnâmes, en une série de comiques duos, un pot-pourri a cappella de ses chansons que nous préférions. La pensée de la mort prématurée de Holly nous traversa certainement l'esprit et fut peut-être la première marche de la descente aux sous-sols funèbres qui lui était familière, car un peu plus tard, nous parlions de James Dean, mort depuis plus de sept ans, sa vie envoyée à la casse avec sa voiture sur une nationale solitaire de Californie. Puis Rya commença de broyer du noir devant cette injustice : mourir jeune, elle remâcha cette idée, et cette idée la rongea, la tourmenta sans relâche, et ce fut alors, je crois, que je sentis que sa tristesse revenait. Je tentai de faire dévier la discussion mais sans grand succès car tout à coup, elle parut non seulement fascinée par les sujets morbides mais encore étrangement ravie.

A la fin, tout plaisir enfui de sa voix, elle s'écarta de moi et dit :

— Comment allais-tu en octobre ? Comment te sentais-tu ?

180

Pendant quelques instants, je ne compris pas ce qu'elle voulait dire.

— Cuba, ajouta-t-elle. En octobre. Le blocus, la crise des missiles. On était au bord du précipice, d'après eux. De la guerre nucléaire. Du jugement dernier. Comment te sentais-tu ?

Ce mois d'octobre avait été un tournant pour moi et, je suppose, pour tous ceux d'entre nous qui étaient assez vieux pour comprendre la signification de la crise. A moi, cela fit sentir que l'humanité était à présent capable de s'effacer elle-même de la surface de la terre. Et je commençai à comprendre que les gobelins — que j'observais déjà depuis quelques années — devaient faire leurs délices de la complexification et du progrès technologique exponentiel de notre société, car l'une et l'autre leur fournissaient de plus en plus de moyens spectaculaires de torturer l'humanité. Qu'arriverait-il si un gobelin accédait à une position de pouvoir politique suffisante pour lui donner le contrôle du Bouton Rouge aux États-Unis ou en Union soviétique ? Ils n'ignoraient certainement pas que leur espèce serait éliminée avec la nôtre ; l'apocalypse leur enlèverait le plaisir de nous torturer lentement, ce qui est, semble-t-il, pour eux le plaisir suprême. Ce qui semblait militer pour l'idée qu'ils laisseraient les missiles dans leurs silos. Mais, oh quelle somptueuse fête de souffrances offriraient les derniers jours, les dernières heures ! Les villes rasées, les tempêtes de flammes, les pluies de déchets radioactifs : si les gobelins nous haïssaient avec autant d'intensité et de furie démente que je le ressentais, alors, c'était bel et bien le scénario qu'ils désiraient, quelles que fussent les implications pour leur propre survie. La crise cubaine me fit comprendre que je serais forcé de passer à l'action contre les gobelins tôt ou tard, si pathétiquement inadéquate que fût ma guerre en solitaire.

La crise. Le virage. En août 1962, l'Union soviétique avait commencé à installer secrètement une importante batterie de missiles nucléaires à Cuba, avec l'intention de parfaire sa capacité de porter le premier coup par surprise aux États-Unis. En octobre 1962, après avoir demandé que les Russes démantèlent leurs provocantes installations de lancement, après s'être heurté à un refus et avoir reçu de nouvelles preuves de l'accélération frénétique des travaux, le président Kennedy avait ordonné un blocus de Cuba qui entraînerait l'envoi par le fond de tout navire tentant de franchir le périmètre de sécurité. Et puis, le samedi 27 octobre, l'un de nos avions espions U-2 fut abattu, alors qu'il violait l'espace aérien soviétique, par un missile russe sol-air et une invasion de Cuba par les États-Unis fut programmée (nous devions l'apprendre plus tard) pour le 29 octobre. Le déclenchement de la troisième guerre mondiale n'était plus apparemment qu'une question d'heures. Pendant la semaine du blocus l'écolier américain moyen participa à plusieurs exercices d'alerte aérienne ; les populations des villes les plus importantes répétèrent les gestes à faire en cas de raid aérien ; toutes les forces armées étaient sur le pied de guerre ; les unités de la garde nationale furent mobilisées et mises à la disposition du Président ; des services religieux spéciaux furent célébrés dans les églises et l'on signala une augmentation spectaculaire de la participation aux offices. Et si les gobelins n'avaient jamais envisagé la destruction totale de la civilisation, l'idée leur en est certainement venue durant la crise de Cuba, car pendant cette période ils ont goûté une riche décoction de nos anxiétés provoquées par la simple anticipation d'un holocauste.

— Comment te sentais-tu ? insista Rya assise à mes côtés dans la grande roue immobile au-dessus du parc d'attractions éteint dans un monde encore intact.

Je ne comprendrais notre conversation que quelques jours plus tard. Cette nuit-là il m'apparut que nous avions abouti à ces sujets morbides par pur hasard. Même avec mes perceptions psychiques j'étais incapable de voir à quelles profondeurs ces questions la remuaient... et pourquoi.

Comment te sentais-tu ?

— J'avais peur, dis-je.

— Tu étais où, cette semaine-là ?

— Dans l'Oregon. Au lycée.

— Tu pensais que ça allait arriver ?

— Je ne sais pas.

— Tu croyais qu'on allait mourir ?

— Nous n'étions pas tout à fait dans une zone cible.

— Mais les retombées auraient atteint presque tout le monde, non ?

— Je suppose.

— Alors, tu croyais qu'on allait mourir ?

— Peut-être. J'y pensais.

— Et qu'est-ce que ça te faisait ? demanda-t-elle.

— Pas du bien.

182

— C'est tout ?

— J'étais inquiet pour ma mère et mes sœurs, j'avais peur de ce qui leur arriverait. Mon père était mort depuis quelque temps et j'étais l'homme de la maison, alors il fallait apparemment que je fasse quelque chose pour les protéger, pour assurer leur survie, tu sais, mais j'avais la tête vide et j'en éprouvais un tel sentiment d'impuissance... j'étais presque malade d'impuissance.

Elle parut déçue, comme si elle avait espéré de moi une autre réponse, quelque chose de plus spectaculaire... ou de plus sinistre.

— Et toi, où étais-tu cette semaine-là ? demandai-je.

— A Gibtown. Il y a des installations militaires à proximité. Une cible de choix.

— Alors, tu t'attendais à mourir ?

— Oui.

— Alors toi, qu'est-ce que ça te faisait ?

Elle garda le silence.

— Eh ben ? insistai-je. Qu'est-ce que tu ressentais devant la fin du monde ?

— De la curiosité.

Réponse inadéquate et troublante. Mais avant que j'aie pu lui demander de développer, mon attention fut distraite par un éclair lointain, vers l'ouest.

— On ferait mieux de descendre.

— Pas encore.

— Il y a un orage qui approche.

— On a tout le temps.

Elle fit bouger la nacelle comme si nous avions été dans une balançoire et les gonds grincèrent. D'une voix qui me glaça, elle poursuivit :

— Quand la menace de guerre s'est éloignée, je suis allée dans une bibliothèque pour fouiner dans tous leurs bouquins sur les armes nucléaires. Je voulais savoir comme ça aurait été si c'était vraiment arrivé, et tout l'hiver, là-bas à Gibtown, j'ai étudié la question. J'en savais jamais assez. Ça me fascinait littéralement.

De nouveau un éclair palpita au bord du monde.

Le visage de Rya étincela et il sembla que la pulsation désordonnée de lumière venait d'elle, qu'elle était une ampoule en train de griller.

Le tonnerre gronda le long de la ligne déchiquetée de l'horizon comme si le ciel en s'abaissant avait heurté le sommet des montagnes. Des échos de la collision roulèrent à grand fracas dans les nuages au-dessus du parc d'attractions.

— On ferait mieux de descendre, dis-je.

Ignorant ma remarque, la voix basse mais claire, baignée de crainte, chaque mot se détachant avec la douceur d'un pas sur le tapis pelucheux d'une chapelle ardente, elle poursuivit :

— L'holocauste nucléaire aurait une étrange beauté, tu sais, une terrible beauté. La mesquinerie et la saleté des villes serait entièrement pulvérisée par les champignons atomiques lisses et envahissants, tout comme les vrais champignons qui poussent sur le fumier et en tirent leur force. Et imagine le ciel ! Écarlate et orange, vert avec une brume acide, jaune soufre, écumant, bourbeux, tacheté de couleurs qu'on n'a jamais vues jusque-là dans le ciel, ridé d'une étrange lumière...

Comme un ange rebelle jeté hors du paradis, un éclair brilla au-dessus de nous, descendit en chancelant les marches célestes, diminuant dans sa chute à travers les cieux, avant de s'évanouir dans les ténèbres inférieures. Il était beaucoup plus près que le précédent. Le bruit du tonnerre était beaucoup plus violent qu'auparavant. L'air sentait l'ozone.

— C'est dangereux ici, dis-je, en tendant la main vers la gâche qui tenait la barre de sécurité en place.

Retenant ma main, elle dit :

— Du fait de la pollution et des cendres circulant en haute atmosphère, il y aurait encore pendant des mois les plus incroyables couchers de soleil. Et quand la cendre commencerait à retomber, il y aurait là aussi une certaine beauté, pas très différente de celle d'une épaisse chute de neige, excepté que ce serait la plus longue tempête de neige qu'on ait jamais vue, qu'elle durerait plusieurs mois et que même les jungles qui n'ont jamais connu la neige seraient gelées et recouvertes par cette tempête-là...

L'air était lourd d'humidité.

Les massives machines de guerre du tonnerre grondaient dans les champs de bataille au-dessus de nous.

Je posai une main sur les siennes, mais elle agrippait fermement la gâche.

— Et enfin, continua-t-elle, au bout de deux ans, la radio-activité redescendrait au-dessous du seuil présentant un danger pour la vie. Le ciel redeviendrait clair et bleu et les riches cendres fourniraient une riche couche nutritive pour une herbe plus verte et plus épaisse que tout ce qu'on aurait vu jusque-là et l'air si abondamment lessivé serait plus propre. Et les insectes régneraient sur la terre, cela aussi aurait une beauté spéciale.

A moins d'un kilomètre, le fouet d'un éclair claqua dans le noir et zébra brièvement la peau de la nuit.

— Qu'est-ce que tu as ? demandai-je, le cœur battant soudain la chamade comme si le bout de ce fouet électrique m'avait effleuré, mettant en route un moteur d'effroi.

— Tu ne crois pas, demanda-t-elle, qu'il y a de la beauté dans un monde d'insectes ?

— Rya, pour l'amour de Dieu, ce siège est en métal. La plus grande partie de la roue aussi.

— Les couleurs éclatantes des papillons, le vert iridescent des ailes de coléoptères...

— Bon sang, on est sur le truc le plus haut dans les environs. L'éclair tombe sur le point le plus haut...

— ... la carapace orange et noire de la coccinelle...

— Rya, si la foudre tombe, on va être grillés vifs !

— Ça va aller.

— Il faut descendre.

— Pas encore, pas encore, chuchota-t-elle.

Elle ne lâchait pas la gâche.

— Avec seulement les insectes et peut-être quelques petits animaux, dit-elle, comme tout redeviendrait propre, frais et neuf ! Sans personne pour le salir, pour...

Elle fut interrompue par un éclair féroce et furieux. Directement au-dessus de nos têtes une craquelure parcourut le dôme noir du ciel, comme la trace d'un choc zigzaguant sur une porcelaine vernie. L'explosion qui l'accompagna fut si violente que la grande roue vibra. Et un autre coup de tonnerre éclata, et il me sembla qu'en dépit de leur fourreau de chair mes os s'entrechoquaient comme les dés favoris du joueur dans les replis étouffant les sons d'une bourse tiède.

— Rya, maintenant, on y va, bon Dieu ! insistai-je.

— Maintenant, d'accord, approuva-t-elle tandis que quelques grosses gouttes de pluie tiède commençaient à tomber.

Dans la lumière stroboscopique, son large sourire flottait entre l'excitation puérile et l'allégresse macabre. Soulevant la gâche qu'elle avait gardée sous la main, elle rejeta en arrière la barre de sécurité.

— Maintenant ! On y va ! Voyons qui va gagner... nous ou l'orage.

Comme j'étais monté le dernier dans la nacelle, c'était à moi d'en sortir le premier, c'était d'abord à moi à relever le défi. Je m'élançai hors de mon siège, agrippai l'une des poutres qui formaient la jante de la grande roue, enroulai mes jambes autour d'une autre poutre et glissai d'environ un mètre cinquante, en diagonale par rapport au sol, jusqu'à ce qu'une des traverses me bloque. Un instant pris de vertige à cette hauteur mortelle, je m'accrochai au croisement de poutrelles. Quelques énormes gouttes d'eau fendirent l'air devant mon visage, d'autres me frappèrent avec l'impact de petits cailloux mollement lancés et certaines frappèrent la roue avec un *plop-plop-plop* tout à fait audible. Le vertige ne passa pas entièrement mais Rya était sortie au-dessus de moi dans la superstructure, et attendait que je bouge pour lui livrer le passage, et les éclairs brillèrent de nouveau, me rappelant le danger d'électrocution, alors je me détachai de la poutre et descendis sur la traverse inférieure. Haletant, je me laissai glisser le long de celle-ci jusqu'à la poutre suivante et très vite il apparut que la descente était bien plus ardue que la montée parce que nous allions à reculons. La pluie se fit plus forte et le vent se leva, et dès cet instant il devint plus difficile de s'assurer une prise solide sur le métal humide. A plusieurs reprises je glissai, agrippai désespérément un câble surtendu, une poutrelle, une mince traverse, tout ce qui était à ma portée, que cela me parût ou non capable de supporter mon poids et je me retournai un ongle et me brûlai la paume d'une main. Par moments la roue ressemblait à quelque énorme toile à travers laquelle à tout instant une araignée d'éclair aux mille pattes menaçait de foncer pour me dévorer. Mais à d'autres moments, c'était une immense roulette ; le tourbillon de la pluie, les sursauts du vent et la lumière chaotique de la tempête — le tout combiné avec un vertige rampant — produisaient une illusion de mouvement, un tournoiement fantomatique et quand je regardais au-dessus de moi à travers la masse de la roue palpitante d'ombre, il me semblait que Rya et moi étions deux infortunées boules d'ivoire lancées vers des destins séparés. La pluie rabattait mes cheveux détrempés dans mes yeux. Mes jeans gorgés d'eau pesèrent bientôt comme une armure, me tirant vers le bas. J'étais encore à trois mètres du sol quand je glissai et ne trouvai rien cette fois pour me rattraper. Je plongeai dans la pluie, les bras écartés dans une imitation d'ailes inhabituelle, poussant un cri perçant d'oiseau terrorisé. J'étais sûr de heurter quelque pointe hérissant le sol et de m'y empaler. Au lieu de quoi je m'aplatis dans la boue, le souffle coupé par le choc, mais sans une égratignure.

Je roulai sur le dos, levai les yeux et vis Rya encore perchée sur la roue, fouettée par la pluie, ses cheveux humides et emmêlés claquant encore dans le vent comme une oriflamme enrubannée. A trois étages du sol, ses pieds glissèrent sur une traverse et elle se retrouva brutalement pendue par les mains, tout son poids tirant sur ses bras fins, ses jambes gigotant comme si elle essayait de toucher la poutre invisible sous elle.

Patinant dans la boue, je me redressai, la tête rejetée en arrière, le visage offert à la pluie, et je l'observais en retenant mon souffle.

J'avais été fou de lui permettre de grimper là.

C'était là, après tout, qu'elle mourrait.

C'était contre cela que ma vision me mettait en garde. J'aurais dû le lui dire. J'aurais dû l'arrêter.

En dépit de sa position précaire et du fait que ses bras devaient n'être plus qu'un incendie de douleur, et ses épaules sur le point de se disloquer, je crus l'entendre rire là-haut. Puis je compris que ce devait être le vent sifflant entre les poutres, les traverses et les câbles. Le vent, certainement.

De nouveau la foudre se jeta en hurlant sur la terre. Autour de moi le parc fut un moment incandescent et au-dessus la grande roue se découpa brièvement dans tous ses détails. Un instant, je fus sûr que l'éclair avait touché la roue elle-même et qu'un milliard de volts avaient desséché la chair sur les os de Rya mais dans les lueurs moins cataclysmiques qui suivirent je vis que non contente d'avoir échappé à l'électrocution elle avait réussi à poser les pieds sur du solide. Elle redescendait.

C'était stupide, mais je lui criai, les mains en porte-voix :

— Dépêche-toi !

De poutre en traverse et de traverse en poutre, elle descendait, mais les battements déchaînés de mon cœur ne se calmèrent pas lorsqu'elle fut à une hauteur d'où une chute ne pouvait plus être mortelle. Tant qu'elle agripperait une quelconque partie de la roue, elle risquait de recevoir le baiser rougi à blanc de l'orage.

Enfin, elle ne fut plus qu'à deux mètres cinquante du sol. Elle se tourna vers l'extérieur, en ne tenant plus la roue que d'une main, prête à sauter quand une lance de feu transperça la nuit et frappa la terre juste derrière l'allée centrale à quelque cinquante mètres de là et le craquement sembla la projeter hors de la roue. Elle tomba sur ses pieds, chancela mais j'étais là pour la rattraper et l'empêcher de choir dans la boue et ses bras m'enlacèrent, les miens l'enlacèrent. Nous nous embrassâmes très fort, tremblant tous deux, incapables de bouger, incapables de parler, à peine capables de respirer.

Une autre fulmination fit trembler la nuit et envoya une algue de feu du ciel sur la terre et celle-là, enfin, lécha la grande roue, qui s'illumina, jusque dans ses moindres poutres et traverses, les câbles se transformant en filaments embrasés, et un instant il sembla que l'énorme machine était incrustée de bijoux que parcouraient le reflet dansant des flammes. Puis l'électricité tueuse fut avalée par la terre, en passant par la superstructure porteuse, les chaînes d'ancrage et les câbles de tension.

Brutalement la tempête s'aggrava, tourna à l'averse violente, au déluge. La pluie tambourina sur la terre, claquant et frappant les parois des tentes, faisant sonner une dizaine de notes sur les différentes surfaces métalliques, et le vent hurla.

Nous courûmes à travers le parc d'attractions, pataugeant dans la boue, aspirant l'air chargé d'ozone et de l'odeur de sciure humide et de celle des éléphants, point tout à fait déplaisante, nous nous éloignâmes du parc et descendîmes jusqu'à la prairie, au campement de caravanes. Sur ses jambes nombreuses et électriques, rapides comme des pattes d'araignée, articulées comme celles des crabes, un monstre nous poursuivait, sans cesse apparemment sur nos talons. Nous ne nous sentîmes en sécurité que dans l'Aistream de Rya, la porte close derrière nous.

— C'était dingue ! lançai-je.

— Chut, dit-elle.

— Pourquoi as-tu voulu qu'on reste là-haut quand tu as vu que l'orage approchait ?

— Chut, répéta-t-elle.

— Tu trouvais ça amusant ?

Dans un placard de la cuisine, elle avait pris deux verres et une bouteille de cognac. Dégoulinante et souriante, elle gagna la chambre à coucher.

Lui emboîtant le pas, j'insistai :

— C'était amusant, bon Dieu ?

Dans la chambre, elle remplit les deux verres et m'en tendit un.

Le verre cogna contre mes dents. Le cognac était tiède dans la bouche, brûlant dans la gorge, bouillant dans l'estomac.

Rya ôta ses chaussures de tennis et ses chaussettes trempées puis se débarrassa de son T-shirt humide. Des gouttes d'eau luisaient et tremblaient sur ses bras, ses épaules, ses seins nus.

— Tu aurais pu te tuer, dis-je.

Ôtant son short et sa culotte, elle but une autre gorgée et s'approcha de moi.

— Tu espérais te tuer, c'est ça, bon Dieu ?

— Chut, répéta-t-elle.

Je tremblais sans pouvoir me contrôler.

Elle paraissait calme. Si elle avait eu peur durant l'escalade, la peur l'avait abandonnée dès l'instant où elle avait retrouvé le sol.

— Qu'est-ce qui ne va pas chez toi ? demandai-je.

En guise de réponse, elle se mit en devoir de me déshabiller.

— Pas maintenant, dis-je. Ce n'est pas le moment...

— C'est le moment parfait, insista-t-elle.

— Je ne suis pas d'humeur...

— L'humeur est parfaite.

— Je ne peux pas.

— Si.

— Non.

— Si.

— Non.

— Tiens, tu vois ?

Après nous restâmes un moment étendus dans un silence repu, sur les draps humides, nos corps dorés par la lumière ambrée de la lampe de chevet. Le bruit de la pluie frappant le toit arrondi et dégoulinant sur la peau métallique incurvée de notre cocon était merveilleusement apaisant.

Mais je n'avais pas oublié la roue et la pétrifiante descente à travers la structure fouettée d'orage, et au bout d'un moment je dis :

— On aurait presque dit que tu voulais que la foudre te frappe quand tu étais suspendue là-haut. .

Elle ne dit mot.

De la jointure de mes mains croisées, je suivis légèrement la ligne de sa mâchoire, puis ouvrit les doigts pour caresser sa gorge douce et souple et suivre la courbe de ses seins.

— Tu es belle, intelligente, tu réussis. Pourquoi courir un risque pareil ?

Pas de réponse.

— Tu as tout ce qu'il faut pour vivre.

Elle garda le silence.

Le code de bonne conduite des forains m'imposait le respect de son intimité et m'interdisait de l'interroger sur son désir de mort. Mais le code ne me défendait pas de commenter des événements dont j'avais été témoin, et il me semblait que sa pulsion suicidaire était rien moins que secrète. Alors je lui demandai :

— Pourquoi ?

Et j'ajoutai :

— Tu crois vraiment qu'il y a quelque chose... d'attirant dans la mort ?

Sans me laisser démonter par son silence obstiné, je dis :

— Je crois que je t'aime.

Et comme cette phrase ne suscitait aucune réponse, je dis :

— Je ne veux pas qu'il t'arrive quoi que ce soit. Je ne laisserai pas quoi que ce soit t'arriver.

Elle se tourna sur le côté, s'accrocha à moi, et nichant son visage au creux de mon épaule, elle dit :

— Serre-moi.

Ce qui était, dans ces circonstances, la meilleure réponse que je pusse espérer.

Une pluie serrée tombait toujours le lundi matin. Le ciel était sombre, tumultueux, coagulé et si bas que j'avais l'impression de pouvoir le toucher avec l'aide d'un simple escabeau. Selon la météo, les cieux ne s'éclairciraient pas avant le lendemain. A neuf heures, la cérémonie d'ouverture fut annulée et le début de la foire du comté de Yontsdown fut reporté de vingt-quatre heures. A dix heures moins le quart, les pertes financières provoquées par la pluie avaient été exagérées à tel point que, à en juger par leurs gémissements, il apparaissait que chaque concessionnaire, chaque ouvrier se serait retrouvé milliardaire, n'était la traîtrise du temps qui les conduisait à la banqueroute. Et peu après dix heures, on trouva Pudding Jordan mort près des chevaux de bois.

13

Le lézard sur le carreau

Le temps que j'arrive au parc d'attractions, une centaine de forains étaient attroupés autour du manège. Certains portaient des cirés jaunes avec d'informes chapeaux assortis, d'autres des impers de vinyle noir, quelques-uns étaient en babouches de plastique, en bottes ou en sandales, en galoches ou en chaussures de ville et certains étaient pieds nus, il y en avait qui avaient enfilé un manteau par-dessus leur pyjama et près de la moitié tenaient des parapluies dont les couleurs variées contribuaient à donner une note gaie au rassemblement. D'autres ne s'étaient pas du tout vêtus pour la tempête et ceux-là, qui étaient à présent serrés les uns contre les autres, dans une double misère — l'humidité et le chagrin —, trempés jusqu'à l'os et éclaboussés de boue, ressemblaient à des réfugiés alignés le long d'une frontière pour fuir quelque pays en guerre.

Le T-shirt, le jean et les chaussures que je portais n'avaient pas séché depuis la nuit passée. En approchant de la foule près du manège, je fus avant tout impressionné par son silence. Personne ne parlait. Personne. Pas un mot. Ils étaient trempés à la fois de larmes et de pluie et leur douleur était visible sur leurs visages cendreux et dans leurs yeux noyés, mais ils pleuraient sans bruit. Leur silence montrait à quel point ils aimaient Pudding Jordan, à quel point sa mort leur était impensable ; ils étaient si abasourdis qu'ils ne pouvaient plus que contempler en silence un monde sans lui. Plus tard quand le choc serait passé, il y aurait de bruyantes lamentations, des sanglots incontrôlables, de l'hystérie, des chants funèbres, des prières et peut-être des questions furieuses adressées à Dieu mais pour l'instant leur intense

191

chagrin formait un vide parfait impénétrable aux ondes sonores.

Ils connaissaient Pudding mieux que moi, mais j'étais incapable de rester discrètement à la périphérie de la foule. Je me frayai lentement un passage dans l'assemblée endeuillée en chuchotant « Excusez-moi » et « Pardon » jusqu'à la plate-forme du manège. La pluie s'immisçait sous le toit à bandes noires et blanches, ruisselait en grosses gouttes sur les mâts de cuivre et rafraîchissait les corps de bois des chevaux. Je me faufilai entre des sabots dressés et des dents découvertes dans une excitation équine, des flancs peints qui ne faisaient qu'un avec d'inamovibles selles et étriers, à travers le troupeau figé dans son voyage sans fin, jusqu'à l'endroit où le voyage de Pudding Jordan, lui, s'était brutalement terminé, au milieu de cette multitude piaffant pour l'éternité.

Pudding gisait sur le dos, sur le plancher du manège, entre un étalon noir et une jument blanche, les yeux écarquillés par l'étonnement de se trouver ainsi couché au milieu de ce troupeau de bêtes piétinantes, comme s'il avait été tué par leurs sabots. Sa bouche était ouverte aussi, ses lèvres fendues et une dent au moins était cassée. On eût pu croire qu'un foulard rouge de cow-boy lui masquait le bas du visage mais c'était un voile de sang.

Il était vêtu d'un pantalon gris sombre, d'une chemise blanche et d'un imperméable déboutonné. La jambe droite de son pantalon était remontée sur le genou et son gros mollet blanc était en partie découvert. Son pied droit était déchaussé et le mocassin manquant était enfoncé dans l'étrier de l'étalon noir.

Trois personnes se trouvaient auprès du corps. Luke Bendigo, qui nous avait fait faire l'aller et retour à Yontsdown le vendredi précédent, se tenait près de l'arrière-train de la jument blanche, le visage aussi pâle que celle-ci, et le tableau qu'il m'offrait — yeux plissés, bouche tordue — exprimait le bouillonnement de la rage et du chagrin provisoirement refoulés par le choc. Un homme était agenouillé sur le plancher, que je n'avais jamais vu auparavant. La soixantaine coquette, le cheveu gris, il arborait une moustache grise soigneusement peignée. Il se trouvait derrière le corps de Pudding et lui tenait la tête, comme un guérisseur tentant de rendre la santé à un malheureux. Des sanglots muets le secouaient et chacun de ses spasmes de douleur lui arrachait des larmes. Le troisième homme était Joel Tuck. Séparé de la scène par une monture, adossé à un cheval pie, il agrippait un pilier de cuivre

192

d'une énorme main. Sur ce visage de mutant, croisement entre un portrait cubiste de Picasso et une chose sortie des cauchemars de Mary Shelley, l'expression qui apparaissait était pour une fois facile à lire : il était anéanti par la perte de Pudding Jordan.

Au loin des sirènes mugirent, de plus en plus fort, avant de mourir dans un gémissement. Un instant plus tard, deux voitures de police arrivaient dans l'allée, leurs gyrophares clignotant dans la lumière gris plomb, la brume et la pluie. Comme elles se garaient devant le manège et que leurs portes claquaient, je levai les yeux et vis que trois des quatre policiers de Yontsdown qui arrivaient étaient des gobelins.

Je sentis sur moi le regard de Joel et en me tournant vers lui, je fus troublé par le surprenant sentiment de soupçon que je perçus dans son visage tordu et dans son aura psychique. Cette vision, s'ajoutant à l'arrivée des gobelins, et au furieux cyclone d'émanations psychiques qui jaillissait du cadavre, c'était plus que je n'en pouvais supporter. Je battis en retraite.

Pendant un moment je longeai l'arrière du parc d'attractions en m'éloignant au maximum du manège, à travers une pluie qui parfois formait une brume épaisse et parfois se déversait en trombes. Ce n'était pourtant pas d'eau que j'étais submergé, mais bien de culpabilité. Joel m'avait vu tuer l'homme près des autos-tamponneuses et avait supposé que j'avais commis ce meurtre parce que, comme lui, je percevais les gobelins au-delà de l'apparence humaine. Mais maintenant Pudding était mort, et il n'y avait nulle trace de gobelin dans le pauvre Timothy Jordan, et Joel se demandait s'il ne s'était pas mépris à mon propos. Il commençait probablement à se dire que je n'avais aucun don de vision particulier, que j'étais un simplement un tueur, et que j'avais fait une seconde victime, innocente, cette fois. Mais je n'avais pas fait de mal à Pudding et les soupçons de Joel Tuck n'étaient pas à l'origine de cette culpabilité cuisante que j'éprouvais. Je me sentais coupable parce que j'avais su que Pudding était en danger, j'avais eu la vision de son visage maculé de sang et je ne l'avais pas prévenu.

J'aurais pu prévoir le moment précis de la crise, prédire exactement où et comment il rencontrerait la mort, être là pour l'empêcher. Mes pouvoirs psychiques étaient limités, les images et impressions extrasensorielles qu'ils me fournissaient souvent vagues et confuses ? Et alors ? J'avais peu, sinon aucun contrôle sur eux ? Et alors ? J'aurais dû l'empêcher. J'aurais dû sauver mon ami.

J'aurais dû.

J'aurais dû.

Les parties de cartes, les réunions de tricoteuses et les autres cercles de Gibtown-sur-roues s'étaient transformés en assemblées funèbres. Les forains essayaient de s'aider mutuellement à supporter la mort de Pudding. Certains pleuraient toujours. Quelques-uns priaient. Mais la plupart échangeaient des histoires sur leur ami car les souvenirs étaient un moyen de le garder en vie. Ils étaient réunis en rond autour des tables des caravanes, et quand l'un d'eux avait terminé une anecdote sur leur graisseur de bielles grassouillet et amateur de jouets, le suivant apportait sa contribution et ainsi de suite, *les histoires* tournaient, et on riait même par moments car Pudding Jordan avait été un homme à la fois amusant et exceptionnel et peu à peu la terrible tristesse cédait la place à une tristesse douce-amère plus facile à supporter. Le formalisme subtil du processus, le rituel presque inconscient qu'ils suivaient ressemblait beaucoup à la tradition juive de la *shivah* ; si l'on m'avait demandé de tendre les mains au-dessus d'un bassin pour verser de l'eau sur mes doigts, et si l'on m'avait fourni une *kipa* noire pour que je m'en couvre la tête et si j'avais trouvé tout le monde assis sur des sièges de deuil à la place des chaises et des canapés, je n'en aurais pas été surpris.

Je passai plusieurs heures à marcher sous la pluie en m'arrêtant de temps à autre dans une caravane, pour participer à la shivah qui s'y tenait et à chaque fois, je récoltai quelques bribes d'information. D'abord j'appris que l'élégant homme grisonnant qui pleurait au-dessus du corps de Pudding était Arturo Sombra, le seul frère Sombra encore vivant, propriétaire de la foire. Pudding Jordan était son légataire universel et devait hériter de l'entreprise après la disparition du vieil homme. Les flics avaient aggravé la situation de M. Sombra en partant de l'hypothèse qu'il y avait derrière cette mort des magouilles illégales et que le meurtrier était un forain. Au grand ébahissement général les flics insinuaient même que Pudding avait peut-être été éliminé parce que sa position dans la société lui donnait mille occasions de puiser dans la caisse et qu'il en avait peut-être profité. Ils suggéraient qu'il était fort possible que le meurtrier fût M. Sombra en personne, bien qu'il n'y eût aucune raison de nourrir de tels soupçons — et des raisons solides de les rejeter. Ils passaient sur le gril le vieil homme, Cash Dooley, tous ceux qui pourraient savoir si Jimmy se remplissait les poches et ils mettaient dans les interrogatoires toute leur science de la brutalité et de la méchanceté. Tout le monde, dans la ville de caravanes, était scandalisé.

Je n'étais pas surpris. J'étais sûr que les flics ne croyaient pas sérieusement à ces accusations tous azimuts. Mais trois d'entre eux étaient des gobelins. Ils avaient vu le chagrin muet des centaines de personnes rassemblées autour du manège ; cette anxiété les avait ravis et leur avait même ouvert l'appétit. Ils ne pouvaient résister au plaisir d'augmenter notre souffrance, de la presser pour extraire d'Arturo Sombra et de nous tous jusqu'à la dernière goutte d'angoisse.

Plus tard, on dit que le coroner du comté était arrivé, avait examiné le corps *in situ*, posé quelques questions à Arturo Sombra et rejeté la possibilité de magouilles illégales. Au soulagement général, il trancha en faveur d'une « mort accidentelle ». Apparemment, c'était un fait bien connu que lorsque Pudding ne trouvait pas le sommeil, il gagnait le parc, mettait le manège en marche (mais non pas la musique mécanique) et faisait un long tour tout seul. Il adorait les manèges. Le plus gros de tous ses jouets à ressort, le manège, était trop gros pour être gardé dans un tiroir de son bureau. En général, à cause de sa taille, Pudding s'asseyait sur l'un de ces bancs aux sculptures élaborées et aux peintures intriquées qui tendaient des bras de sirène ou d'hippocampe. Mais parfois, et ce dut être le cas la nuit précédente, il montait sur un cheval. Inquiet peut-être à l'idée des pertes financières qu'entraînerait le mauvais temps, préoccupé peut-être par les ennuis que pourrait nous faire le chef de la police Lisle Kelsko, souffrant d'insomnie et cherchant un moyen de se calmer les nerfs, Pudding avait enfourché l'étalon noir pendant qu'il tournait, s'était assis sur le siège de bois, une main sur le poteau de cuivre, le vent d'été lui gonflant les cheveux, glissant dans l'obscurité, sans autre son que le tonnerre et le tambourinement de la pluie, souriant très vraisemblablement avec le plaisir inconscient du gamin, sifflant peut-être, blotti avec bonheur dans une magie centrifuge qui envoie au loin les soucis et les années et rassemble les rêves, et au bout d'un moment il avait commencé à se sentir mieux et décidé de rentrer se coucher — mais en descendant de l'étalon, sa chaussure droite s'était prise dans l'étrier et bien qu'il se fût dégagé le pied, il était tombé. Dans la chute, si brève qu'elle eût été, il s'était fendu les lèvres, brisé deux dents et le cou.

Telle était la version officielle.

Mort accidentelle.

Un simple accident.

Une mort stupide, ridicule, absurde, mais rien de plus qu'un tragique accident.

Connerie.

Je ne savais pas exactement ce qui était arrivé à Pudding Jordan, mais je savais bel et bien qu'un gobelin l'avait assassiné de sang-froid. Tout à l'heure, quand je me tenais au-dessus de son corps, j'avais distingué trois sortes d'éléments au milieu des fragments d'images kaléidoscopiques et des sensations qui m'avaient assailli : d'abord, il n'était pas mort sur le manège, mais dans l'ombre de la grande roue, ensuite un gobelin l'avait frappé trois fois, lui avait brisé le cou et l'avait transporté jusqu'au manège avec l'aide de ses semblables pour faire une mise en scène d'accident.

Sans crainte d'erreur, on pouvait faire quelques suppositions. Incapable de dormir, Pudding était évidemment allé faire un tour dans le parc d'attractions, dans le noir, dans la tempête et il avait vu quelque chose qu'il n'aurait pas dû voir. Quoi ? Peut-être des étrangers au monde des forains qui avaient commencé quelques douteux travaux sur la grande roue et il avait dû les interpeller sans se rendre compte que ce n'étaient pas des hommes ordinaires. Au lieu de s'enfuir, ils l'avaient attaqué.

J'ai dit que j'avais clairement perçu trois choses quand je me tenais dans le manège devant l'enveloppe mortelle du gros homme. La troisième était celle que j'avais le plus de mal à traiter, car c'était un moment d'intense contact personnel avec Pudding, un coup d'œil dans son esprit qui rendait sa perte encore plus poignante. Grâce à mon don de double vue j'avais perçu ses dernières pensées. Elles s'attardaient là dans ce corps, attendant d'être lues par quelqu'un comme moi, un reste d'énergie psychique comme un lambeau accroché à une clôture de barbelés marquant la frontière entre ici et l'éternité. Tandis que sa vie s'éteignait, sa dernière pensée fut pour une famille d'ours mécaniques en peluche — Papa, Maman, Bébé, que sa mère lui avait offerte pour son septième anniversaire. Il avait tant aimé ces jouets. Ils avaient quelque chose de spécial, c'était le cadeau parfait, à ce moment-là, car cet anniversaire tombait deux mois seulement après que son père eut été tué sous ses yeux, renversé par un bus à Baltimore, et ces ours à ressort lui avaient fourni la part de rêve indispensable et un refuge temporaire à l'écart d'un monde qui avait semblé soudain trop froid, trop cruel, trop arbitraire pour être supporté. Et voilà qu'en mourant, Pudding s'était demandé si lui, Pudding, était Bébé Ours et si, là où il allait, il allait retrouver Maman et Papa. Et il avait peur d'être rejeté quelque part dans le noir et le vide, seul.

Je ne puis maîtriser mes pouvoirs psychiques. Je ne puis détourner ma vision crépusculaire de ces images. Si je pouvais, Seigneur, je ne me serais jamais mis à l'unisson de la terreur des tréfonds de l'âme, du sentiment de solitude qui avait submergé Pudding Jordan quand il avait plongé dans l'abîme. J'en étais hanté ce jour-là, tandis que je marchais sous la pluie, quand j'entrais dans les caravanes où l'on parlait de notre copain et où on le pleurait, quand face à la grande roue, j'insultai l'espèce démoniaque. Des années plus tard, j'en étais encore hanté. En fait, aujourd'hui encore, quand le sommeil me fuit et que je suis d'humeur particulièrement morose, malgré moi me revient le souvenir des émotions de Pudding au seuil de la mort et elles sont si vives qu'elles pourraient aussi bien être mes propres émotions. Aujourd'hui, je sais y faire face. Je sais faire face quasiment à tout désormais, après ce que j'ai traversé et ce que j'ai vu. Mais ce jour-là, sur le champ de foire du comté de Yontsdown... je n'avais que dix-sept ans.

A trois heures de l'après-midi, ce lundi, on disait dans la ville de caravanes que le corps de Pudding avait été emmené dans un dépôt mortuaire où il serait incinéré. Les cendres contenues dans une urne seraient retournées à Arturo Sombra soit demain soit mercredi, et au soir de ce dernier jour, après la fermeture du parc d'attractions, il y aurait des funérailles. L'office funèbre serait célébré devant les chevaux de bois que Pudding avait tant aimés, pour cette raison et aussi, supposai-je, parce que c'était là qu'il avait trouvé le chemin pour sortir de ce monde.

Cette nuit-là, Rya Raines et moi, nous dînâmes dans sa caravane. Je fis une salade verte croquante et elle confectionna une excellente omelette au fromage, mais ni elle ni moi ne mangeâmes beaucoup. Nous n'avions pas très faim.

Nous passâmes la nuit dans le même lit, mais nous ne fîmes pas l'amour. Nous restions assis, calés par les oreillers, et nous nous tenions par la main, buvions un peu, échangions quelques baisers, parlions un peu.

A plusieurs reprises, Rya pleura sur Pudding Jordan, et ses larmes me surprirent. Si je ne doutais pas qu'elle fût capable de chagrin, je ne l'avais vue jusqu'alors pleurer que dans un cas : lorsqu'elle était confrontée à son propre poids d'affliction, et même alors, elle avait paru répandre des larmes à contrecœur, comme si une épouvantable pression intérieure contrecarrait sa propre volonté. Toutes les autres fois — excepté bien sûr, dans les griffes nues de la passion —, elle restait à l'abri de son personnage froid, dur à cuire, taciturne, en faisant comme si ce monde ne pouvait pas la toucher. J'avais senti que son attachement aux autres forains était bien plus fort et profond qu'elle ne voulait le reconnaître même en son for intérieur. Voilà que son chagrin de la mort du graisseur de bielles confirmait mes impressions.

Plus tôt, j'avais pleuré mais maintenant mes yeux étaient secs, j'étais au-delà du chagrin, submergé d'une rage froide. J'étais toujours affligé par la mort de Pudding mais je voulais plus encore le venger. Et je le vengerais. Tôt ou tard je tuerais des gobelins rien que pour égaliser le score, et, avec un peu de chance, je réussirais à mettre la main précisément sur la créature qui avait brisé le cou de Pudding.

En outre, mes préoccupations étaient passées des morts aux vivants et j'avais la conscience aiguë de ce que ma vision de la mort de Rya se réaliserait de manière aussi inattendue que le décès prophétisé de Pudding. Et ce risque était intolérable. Je ne pouvais — ne devais, ne voulais, n'osais même — accepter qu'il lui arrive du mal. A notre manière circonspecte, qui était décidément bien particulière pour un couple d'amants, nous formions une union différente de tout ce que j'avais connu et je ne pouvais imaginer une autre relation pareille dans l'avenir. Si Rya Raines mourait une part de moi mourrait aussi et il y aurait en moi des zones sinistrées qui deviendraient à jamais inaccessibles.

Il fallait prendre des mesures préventives. Une de ces nuits où je ne dormirais pas dans sa caravane, je me posterais à l'extérieur, sans qu'elle le sache, tout près de la porte. Tant qu'à souffrir d'insomnie, j'étais aussi bien là qu'ailleurs. J'exercerais sans relâche mon sixième sens pour tenter de trouver d'autres détails sur la menace encore si mal définie que l'avenir lui réservait. Si je pouvais prédire le moment exact de sa crise et détecter la source du danger, je saurais la protéger. Je ne devais pas échouer avec elle comme j'avais échoué avec Pudding Jordan.

Rya savait peut-être d'instinct qu'elle avait besoin de protection et peut-être savait-elle aussi que je comptais bien être là quand il le faudrait car à mesure que la soirée s'avançait, elle me livrait des secrets qu'elle n'avait jamais, me sembla-t-il, découverts à quiconque chez Sombra Frères. Elle buvait plus que de coutume. Quoi qu'elle ne fût en aucune façon soûle, je la soupçonnai de chercher à se donner l'excuse de l'ébriété qui lui serait bien utile le lendemain matin, quand elle s'en voudrait beaucoup et qu'elle regretterait fort de m'avoir tant parlé de son passé.

— Mes parents n'étaient pas forains, annonça-t-elle d'une manière qui montrait qu'elle ne demandait qu'à être encouragée dans la voie des confidences.

— Tu es d'où ? demandai-je.

— De Virginie occidentale. Je suis née chez les gens des collines de Virginie occidentale. On vivait dans une baraque pourrie dans un trou perdu des montagnes, à quelque chose comme un kilomètre de la prochaine baraque pourrie. Tu sais comment sont les gens des collines ?

— Pas vraiment.

— Pauvres, dit-elle, cinglante.

— Y'a pas de honte.

— Pauvres, sans éducation, sans aucune envie d'éducation, ignorants. Secrets, repliés sur eux-mêmes, suspicieux. Encroûtés dans leurs habitudes, bornés, étroits d'esprit. Et certains... un grand nombre... il y a trop de consanguinité entre eux. Les cousins épousent trop souvent les cousines dans ces collines. Et il y a pire. Bien pire.

Peu à peu, sans qu'il fût besoin de l'encourager davantage, elle me parla de sa mère, Maralee Sween. Maralee était la quatrième de sept enfants nés de cousins germains dont le mariage n'avait été béni par aucun ministre du culte, aucun représentant de l'Etat et qui n'existait qu'en vertu de la tradition. Les sept enfants des Sween étaient beaux mais l'un était retardé et cinq autres pas très brillants. Maralee figurait parmi ces derniers et dans sa rayonnante blondeur, elle était la plus belle des sept, avec des yeux verts lumineux et un visage superbe qui éveilla la concupiscence de tous les garçons des collines dès qu'elle eut treize ans. Longtemps avant que ses charmes abondants se fussent épanouis, Maralee avait acquis une considérable expérience sexuelle qui n'avait à coup sûr rien de romantique. A un âge où beaucoup de jeunes filles ont leur premier flirt et ignorent encore ce que signifie exactement « aller jusqu'au bout », Maralee avait perdu le compte des gars des collines qui lui avaient écarté les jambes sur diverses couches herbues, dans des gorges au sol couvert de feuilles, dans le grenier à foin de granges vermoulues, sur des matelas moisis jetés à l'orée des masures que les gens des collines avaient commencé de bâtir de bric et de broc dans le Trou de Harmon, et sur les puantes banquettes arrière de différentes guimbardes que les pedzouilles des montagnes collectionnaient avec tant de plaisir. Parfois consentante parfois non, mais la plupart du temps, sans opinion. Dans les collines, perdre son innocence à un âge si tendre n'était pas inhabituel. La seule surprise fut qu'elle évita la grossesse bien au-delà de son quatorzième anniversaire.

Dans cette région des Appalaches, parmi ces montagnards, les règles légales et morales d'une société policée étaient dédaignées, généralement ignorées ; mais, à la différence des forains, les habitants de ces trous perdus n'ont pas créé leurs propres lois et codes pour remplacer ceux qu'ils ont rejetés. Il y a dans la littérature américaine une tradition de récits sur le « noble sauvage », et notre culture affecte au moins de croire qu'une vie proche de la nature et loin des maux de la civilisation est d'une certaine façon plus saine et plus sage que l'existence de la plupart d'entre nous. En fait, la vérité est souvent tout à l'opposé. Quand les hommes quittent la civilisation ils se débarrassent rapidement de l'attirail inessentiel de la société moderne — voitures de luxe, maisons de fantaisie, prêt-à-porter, soirées théâtrales, billets de concerts — et les vertus d'une vie plus simple sont peut-être défendables, mais si les hommes vont suffisamment loin dans cette voie et restent suffisamment longtemps à l'écart, ils se débarrassent aussi de trop d'inhibitions. Les inhibitions implantées par la religion et la société ne sont en général ni stupides, ni absurdes, ni mesquines, comme il était récemment à la mode de le prétendre ; en fait bon nombre de ces interdits sont des survivances hautement souhaitables qui, sur la longue durée, contribuent à produire une population mieux éduquée, mieux nourrie, plus prospère. Les terres sauvages incitent à la sauvagerie.

A quatorze ans, Maralee était enceinte, illettrée, sans éducation et, de fait, inéducable, sans perspective, avec trop peu d'imagination pour être terrifiée par son sort, un esprit trop lent pour apprécier pleinement le fait que le reste de sa vie était promis à une longue et cruelle descente dans un abîme affreux. Avec un calme bovin, elle attendait dans la certitude que quelqu'un viendrait s'occuper d'elle et du bébé. Le bébé en question était Rya et avant même sa naissance, quelqu'un s'offrit pour faire de Maralee Sween une honnête femme, prouvant peut-être par là qu'il y a un Dieu pour les filles des montagnes enceintes comme il y en a un pour les ivrognes. Le chevaleresque gentleman désireux de demander la main de Maralee n'était autre qu'Abner Kady, son aîné de vingt-six ans, un mètre quatre-vingt-quinze, cent vingt kilos, le cou presque aussi large que la tête, l'homme le plus redouté d'un comté où les campagnards redoutables ne faisaient pas défaut.

Abner Kady gagnait sa vie à sa façon, dans la distillation clandestine, l'élevage des chiens chasseurs de ratons-laveurs, le petit larcin et à l'occasion, le gros vol. Une ou deux fois par an, avec quelques copains, ils allaient sur la nationale pour piquer un camion, de préférence avec un chargement de cigarettes ou de whisky, ou de toute autre marchandise qu'ils pouvaient revendre avec bénéfice. Ils transportaient leur butin dans un marais qu'ils connaissaient du côté de Clarksburg, et s'ils avaient travaillé plus ils auraient fini par se retrouver à peu près riches, ou bien derrière les barreaux, mais leur ambition n'était pas plus grande que leurs scrupules. Non content d'être un bagarreur, bouilleur de cru illicite, nervi et voleur, c'était aussi à l'occasion, un violeur qui prenait de force une femme quand il était d'humeur à épicer le rut d'un brin de danger. Mais il n'avait jamais connu la prison car personne n'avait le cran de témoigner contre lui.

Pour Maralee Sween, Abner Kady était un bon parti. Il avait une maison de quatre pièces — guère plus qu'une baraque, mais avec l'eau courante — et nul dans sa famille ne manquait jamais de whisky, de nourriture ou vêtements. Si Abner ne pouvait voler ce dont il avait besoin d'une façon, il le volait d'une autre et dans les collines c'était le propre des bons fournisseurs.

Il était bon avec Maralee, aussi, ou du moins aussi bon qu'il l'était avec quiconque. Il ne l'aimait pas. Il était incapable d'aimer. Toutefois, s'il la maltraitait en paroles, il ne leva en fait jamais la main sur elle, principalement parce qu'il était fier de la beauté et éternellement excité par le corps de Maralee, ce qu'il n'aurait pu ressentir avec une marchandise abîmée.

— Et puis, compléta Rya d'une voix descendue au chuchotis des souvenirs obsédants, il ne voulait pas casser sa petite machine à plaisirs. C'est comme ça qu'il l'appelait — sa « petite machine à plaisirs. »

Ce surnom, je le sentais, ne signifiait pas qu'Abner Kady prenait beaucoup de plaisir à faire l'amour avec Maralee. C'était autre chose, une chose sinistre. Quoi que ce fût et bien que Rya eût, je le savais, désespérément besoin de s'en décharger, elle n'arriverait pas à en parler sans y avoir été encouragée. Je lui versai donc un autre verre, lui tins la main et avec des paroles gentilles l'aidai à pénétrer dans le champs de mines de sa mémoire.

Des larmes brillèrent à nouveau dans ses yeux et cette fois, ce n'était pas pour Pudding mais pour elle-même. Elle était plus dure à son propre égard qu'à l'égard de quiconque et ne s'autorisait pas de faiblesse humaine comme l'apitoiement sur moi. Elle battit des paupières et refoula ces larmes qui l'auraient pourtant tellement soulagée. Sur un débit heurté, d'une voix qui mourait à chaque mot, elle dit :

— Ça voulait dire... qu'elle était... sa machine à bébés... et que... les bébés... pouvaient donner du plaisir. En particulier... en particulier... les bébés filles.

Je savais qu'elle n'était pas en train de m'emmener dans un voyage à la Hansel et Gretel dans la forêt hantée, mais dans un lieu bien plus terrifiant, dans le souvenir monstrueux d'une enfance assiégée, et je n'étais pas sûr de vouloir l'accompagner. Je l'aimais. Je savais que la mort de Pudding ne l'avait pas seulement chagrinée, mais encore effrayée, qu'elle lui avait rappelé sa propre condition de mortelle et mis en elle le besoin de contact humain intime, contact qu'elle ne pourrait pleinement réaliser qu'en brisant les barrières qu'elle avait érigées entre elle et le reste du monde. Elle avait besoin que je l'écoute, que la fasse parler, que je la comprenne. Je voulais être là pour elle. Mais je craignais que ses secrets ne fussent... disons, vivants et affamés et qu'ils ne se livrent qu'en échange d'une part de mon âme.

— Oh, mon Dieu, m'exclamai-je, non !

— Les bébés filles, répéta-t-elle, sans me regarder ni regarder autre chose dans la pièce, en fixant la spirale du temps avec une frayeur et une répugnance visibles. Ce n'est pas qu'il négligeait mes demi-frères. Il en avait l'usage, aussi. Mais il préférait les filles. Quand j'ai atteint onze ans, ma mère lui avait déjà donné quatre gosses, deux filles et deux garçons. Aussi loin que je me rappelle... je suppose... depuis l'âge de trois ans... il me...

— Touchait, ajoutai-je vivement.

— Il se servait de moi, dit-elle.

D'une voix mourante, elle raconta ces années de peur, de violence et de viols ignobles. Son histoire me laissa avec un grand froid, une grande obscurité à l'intéreur de moi-même.

— Je ne connaissais rien d'autre quand j'étais petite... être avec lui... faire ce qu'il voulait... le toucher... et être au lit avec eux... ma mère et lui... quand ils le faisaient. J'aurais dû croire ça normal, tu vois ? Pour ce que j'y connaissais... J'aurais dû imaginer que toutes les familles étaient comme la nôtre... mais non. Je savais que ce n'était pas bien... que c'était malsain... et je détestais ça. Je le détestais !

Je la serrai contre moi.

Je la berçai dans mes bras.

Elle ne voulait plus pleurer sur elle-même.

— Je haïssais Abner. Oh... mon Dieu... tu ne peux pas savoir à quel point je le haïssais, de tout mon cœur, à tout instant, sans relâche. Tu n'imagines pas ce que c'est de haïr avec cette intensité.

Songeant à mes propres sentiments à l'égard des gobelins je me demandai si même ceux-là pouvaient être comparés à la haine nourrie dans cette baraque de quatre pièces dans les Appalaches. Je supposai qu'elle avait raison : je ne pouvais connaître de haine aussi pure que celle dont elle parlait, car c'était une faible enfant incapable de rendre les coups, et sa haine avait eu plus d'années que la mienne pour croître et s'intensifier.

— Mais ensuite... quand je m'en suis sortie... quand suffisamment de temps a passé... j'en suis venue à haïr ma mère davantage. C'était ma mère, non ? Pourquoi est-ce que je n'étais pas sa... sacrée pour elle ? Comment pouvait-elle... le laisser... m'u-m'utiliser co-comme ça ?

Je n'avais pas de réponse.

Cette fois, ce n'était pas Dieu qui était à blâmer. La plupart du temps, nous n'avons nul besoin de Lui ou des gobelins ; nous savons nous faire du mal et nous détruire les uns les autres sans assistance divine ou démoniaque, merci bien.

— Elle était si jolie, tu sais, et pas du genre effronté, elle avait l'air très doux et je croyais qu'elle était un ange parce que c'était à ça qu'ils étaient censés ressembler et elle avait cette... lumière... Mais j'ai fini par voir à quel point elle était mauvaise. Oh, c'était en partie par ignorance et faiblesse d'esprit. Elle était stupide, tu comprends. D'une imbécillité montagnarde, produit du mariage entre deux cousins germains eux-mêmes probablement issus de l'union de cousins et le miracle c'est que moi, je ne me sois pas retrouvée retardée ni monstre à trois bras bon pour le spectacle de Joel Tuck. Et je ne me suis pas non plus retrouvée enceinte d'Abner pour lui fournir d'autres enfants à... violenter. D'abord parce que... parce que à cause de ce qu'il m'a fait... je ne pourrai jamais avoir d'enfants. Et puis, à onze ans, j'ai fini par m'en sortir.

— A onze ans ? Comment ?

— Je l'ai tué.

— Bien, dis-je doucement.

— Pendant qu'il dormait.

— Bien.

— Je lui ai enfoncé un couteau de boucher dans la gorge.

Pendant une dizaine de minutes, je la serrai dans mes bras et nous nous abstînmes de tendre le bras pour prendre un verre ou de faire quoi que ce fût d'autre, nous contentant d'être là.

Elle dit :

— Je n'avais jamais..

— Raconté ça ?

— Jamais.

— Avec moi, pas de danger.

— Je sais. Mais... pourquoi est-ce que j'ai choisi de te le raconter ?

— J'étais là au bon moment.

— Non. C'est plus que ça.

— Quoi ?

— Je ne sais pas, dit-elle.

Elle s'écarta de moi et leva les yeux à la rencontre des miens.

— Il y a quelque chose de différent en toi. Quelque chose de spécial.

— Mais non, fis-je, mal à l'aise.

— Tes yeux sont si beaux et si peu ordinaires. Ils me donnent une sensation de... sécurité. Il y a un tel... calme en toi... Non, pas exactement un calme... Parce que toi non plus, tu ne connais pas la paix. Mais de la force. Tant de force en toi. Et tu es si compréhensif. Mais ce n'est pas seulement une question de force, de compréhension et de compassion. C'est... quelque chose de spécial... quelque chose que je ne peux pas définir.

— Tu m'embarrasses, dis-je.

— Quel âge as-tu, Slim ?

— Je te l'ai déjà dit... dix-sept ans.

— Non.

— Non ?

— Tu es plus vieux.

— Dix-sept ans.

— Dis-moi la vérité.

— Bon, très bien. Dix-sept et demi.

— On n'arrivera pas à la vérité avec des moitiés d'année, assura-t-elle. Ça nous prendra toute la nuit. Alors je vais te dire quel âge tu as. Je le sais. A en juger par ta force, ton calme, tes yeux... Je dirai que tu as cent ans... une centaine d'années d'expérience.

— Cent un en septembre, dis-je en souriant.

— Dis-moi ton secret.

— Je n'en ai pas.

— Allez. Dis-le-moi.

— Je ne suis qu'un vulgaire vagabond, un cheminot. Tu veux que je sois davantage parce qu'on veut toujours que les choses soient meilleures et plus nobles et plus intéressantes qu'elles ne sont. Mais je ne suis que moi.

— Slim MacKenzie.

— Voilà, mentis-je, sans trop savoir pourquoi je refusais de m'ouvrir à elle comme elle s'était ouverte à moi. J'étais effectivement embarrassé mais pas par ce qu'elle m'avait dit ; ma gêne venait de la promptitude avec laquelle j'avais décidé de la tromper.

— Slim MacKenzie, voilà ce que je suis. Sans sombres secrets, sans profondeurs secrètes. Un type ennuyeux, en fait. Mais tu n'as pas fini. Qu'est-ce qui s'est passé après que tu l'as tué ?

Silence. Elle ne voulait pas revenir au souvenir de cette époque. Et puis :

— Je n'avais que onze ans, alors je n'ai pas été mise en prison.

En fait, quand les autorités ont appris ce qui se passait dans notre taudis, on a dit que c'était moi la victime.

— Et c'était vrai.

— Ils ont retiré tous ses enfants à ma mère. Ils nous ont séparés. Je n'ai jamais revu les autres. J'ai abouti dans un orphelinat.

Tout à coup, j'ai senti un autre terrible secret en elle et j'ai su avec une certitude extrasensorielle qu'à l'orphelinat elle avait rencontré quelque chose d'au moins aussi horrible qu'Abner Kady.

— Et alors ? demandai-je.

Son regard se détacha de moi, elle tendit la main vers la table de nuit pour y prendre son verre et poursuivit :

— Et alors je me suis enfuie de là à quatorze ans. J'avais l'air plus vieille. J'ai été formée tôt, comme ma mère. Alors je n'ai pas eu beaucoup de mal à entrer dans la foire. J'ai pris le nom de Raines parce que... j'ai toujours aimé la pluie *, la regarder, l'écouter... En tout cas, depuis, je suis toujours restée ici.

— A bâtir un empire.

— Eh oui ! Pour me donner l'impression que j'avais de la valeur.

— Tu en as.

— Je ne parle pas seulement d'un point de vue financier.

— Moi non plus.

— Même si ça compte. Parce que depuis que je gagne ma vie, je suis déterminée à ne jamais... me vautrer dans l'ordure, ne jamais replonger... Je vais me bâtir un petit empire, comme tu dis, et je serai quelqu'un, pour toujours.

Il n'était pas difficile de voir que cette gosse qui avait subi tant de misère, avait grandi avec la sensation ne rien valoir et avait fini par être obsédée du désir de réussite. Je le comprenais sans peine et ne pouvai lui en vouloir d'être devenue une femme d'affaires brusque et résolue. Si elle n'avait pas dirigé sa colère dans cette direction, relâchant ainsi la pression, sa fureur l'aurait détruite tôt ou tard.

J'étais ébahi par sa force.

Mais elle ne se permettait toujours pas de pleurer sur elle-même.

Et elle dissimulait la vérité sur l'orphelinat en prétendant que ces quelques années avaient été sans histoire.

Mais je m'abstins de réclamer la suite. D'une part, je savais qu'elle me la livrerait tôt ou tard. La porte s'était ouverte, et elle ne se refermerait plus. D'autre part, j'en avais assez entendu pour cette

* *Rain :* pluie (NDT).

fois, et même trop. Sous le poids de ce nouveau fardeau, je me sentais faible et mal dans ma peau.

Nous avons bu.

Nous avons parlé d'autre chose.

Nous avons bu encore.

Nous avons éteint et sommes restés étendus sans dormir.

Puis, au bout d'un moment, nous nous sommes endormis.

Et nous avons rêvé.

Le cimetière...

Au milieu de la nuit, elle m'a réveillé pour faire l'amour. C'était toujours aussi bon et quand nous fûmes apaisés, je ne pus m'empêcher de m'étonner qu'après ce qu'elle avait enduré, elle trouvât encore du plaisir à l'acte d'amour.

— Il y en a, dit-elle, qui seraient devenues frigides... ou nymphomanes. Je ne sais pas pourquoi je ne l'ai pas fait. Sauf que... ben... si j'avais fait l'un ou l'autre, ça aurait signifié qu'Abner Kady avait gagné, m'avait brisée. Tu comprends ? Mais on ne me brisera jamais. Jamais. Je plie mais ne casse pas. Je survivrai. Je continuerai. Je deviendrai la concessionnaire la plus prospère de cette entreprise et un jour, je posséderai toute la foire. Bon Dieu, je le ferai ! Tu verras. C'est mon objectif, mais ne t'avise pas d'en parler. Je ferai ce qu'il faut pour ça, je travaillerai aussi dur qu'il faudra, je prendrai tous les risques nécessaires et tout le bataclan sera à moi, et alors je serai quelqu'un, et ça n'aura aucune importance, d'où je viens, ce qui m'est arrivé quand j'étais petite, et ça n'aura aucune importance que je n'aie jamais su que mon père ou cette espèce de mère que j'avais ne m'aimaient pas, parce que je m'en serai débarrassé, de tout ça, comme je me suis débarrassé de mon accent bouseux. Tu verras. Tu verras. Attends un peu et tu verras.

Comme j'ai dit en commençant cette histoire, l'espérance est le compagnon constant de nos vies. C'est une chose que ni la nature cruelle, ni Dieu, ni d'autres hommes ne peuvent nous arracher. La santé, la richesse, les parents, des frères et des sœurs bien-aimés, des enfants, des amis, le passé, le futur — tout cela peut nous être dérobé aussi aisément qu'une bourse laissée sans surveillance. Mais notre plus grand trésor, l'espérance, demeure. C'est un robuste petit moteur interne, ronronnant, cliquetant, il nous pousse encore quand la raison nous suggère de nous rendre. C'est chez nous ce qu'il y a de plus pathétique et de plus noble, la plus absurde et la plus admirable de nos qualités, car aussi longtemps que nous gardons l'espoir, nous conservons aussi notre disponibilité pour l'amour, le dévouement, la décence.

Au bout d'un moment, Rya se rendormit.

Je ne pouvais pas.

Pudding était mort. Mon père était mort. Bientôt peut-être Rya serait morte, si je ne parvenais pas à prévoir la nature exacte du danger à venir et à l'écarter d'elle.

Dans l'obscurité je me levai, gagnai la fenêtre et repoussai le rideau à l'instant même où plusieurs éclairs — pas aussi violents que ceux qui avaient déchiré le ciel la veille mais éclatants tout de même — s'éteignaient hors de ma vue, au-delà de la fenêtre, la transformant en miroir palpitant. Mon pâle reflet vacilla comme une flamme, rappelant le truc de cinéma utilisé par les metteurs en scène d'autrefois pour suggérer le passage du temps, et à chaque disparition-réapparition de l'image j'avais le sentiment que des années m'étaient arrachées, que du passé ou bien du futur m'étaient pris de force, sans que je puisse dire si c'était l'un ou l'autre.

Pendant toute la durée de ce tir de barrage, tandis que je contemplais mon reflet fantomatique, j'eus un éclair de peur née de ma faiblesse et de ma tristesse, le sentiment que moi seul existais réellement, que je renfermais la création, et toute chose et tout être étaient une fiction de mon imagination. Mais ensuite, quand la dernière pulsation d'éclair s'éteignit, quand le verre redevint transparent, je sursautai en apercevant une forme à l'extérieur de la fenêtre délavée de pluie et cette vue chassa tous mes fantasmes solipsistes. C'était un petit lézard, un caméléon collé au carreau en toute sécurité par ses pieds à ventouses, qui m'exposait son ventre, sa longue queue incurvée en forme de point d'interrogation. Il avait été là tout le temps où j'avais contemplé mon seul reflet et cette brusque révélation me rappela que nous voyons fort peu de ce que nous regardons, que nous nous satisfaisons généralement de la surface des choses, peut-être parce qu'une vue plus profonde est souvent terrifiante de complexité. A présent, au-delà du caméléon je voyais la pluie battante, des voiles de gouttes d'argent en fusion qui grésillaient et craquaient tandis que des éclairs plus lointains faisaient luire un milliard de gouttelettes dans leur chute, et au-delà de la pluie il y avait la caravane voisine, et au-delà l'alignement des autres caravanes, puis le parc invisible, et au-delà encore la ville de Yontsdown et plus loin encore... l'éternité.

Rya murmura dans son sommeil.

Dans les ténèbres je regagnai le lit.

Elle, forme fantomatique sous les draps.

Debout devant elle, je la contemplai.

Je me souvins de la question qu'avait posée Joel Tuck l'autre vendredi à Shockville, quand nous discutions de Rya : « Une surface d'une beauté tellement éblouissante, et aussi une beauté intérieure, nous sommes d'accord... mais est-il possible qu'il y ait un autre " intérieur " au-dessous de celui que tu peux voir ? »

Jusqu'à cette nuit, je n'avais vu de Rya que l'équivalent de mon reflet sur la vitre illuminée d'éclairs. A présent je voyais plus profond en elle et j'étais tenté de croire que je connaissais enfin la vraie femme, dans toutes ses dimensions, mais en fait la Rya que je connaissais maintenant n'était qu'une ombre à peine plus détaillée, à peine plus proche de la réalité. J'avais enfin vu en elle au-delà de la surface, j'avais vu la couche suivante, le lézard sur le carreau, mais il y avait encore d'innombrables couches au-delà, et je sentais que je ne pourrais sauver Rya tant que je n'aurais pas fouillé plus avant les mystères qui s'entassaient à l'infini en elle.

Elle murmura de nouveau.

Elle se débattit.

— Tombes..., dit-elle, tant de tombes...

Elle gémit.

— Slim... oh... Slim, non.

Elle agita les jambes dans les draps, comme si elle courait.

— ... non... non...

Son rêve, mon rêve.

Comment pouvions-nous avoir le même rêve ?

Et pourquoi ? Qu'est-ce que ça signifiait ?

Je restai debout devant elle et en fermant les yeux je voyais le cimetière, je vivais le cauchemar au moment même où elle s'effondrait à terre. J'attendis, crispé, pour voir si elle se réveillait avec un cri étranglé. Je voulais savoir si dans son rêve je l'attrapais et lui ouvrais la gorge comme dans ma propre version du cauchemar, car si ce détail était semblable, alors c'était plus qu'un hasard ; cela signifiait forcément quelque chose ; si son rêve et le mien se terminaient avec mes dents plongeant dans sa chair et son sang jaillissant, alors ce que j'aurais de mieux à faire pour elle, ce serait de partir, immédiatement, de m'en aller au loin et de ne jamais revenir.

Mais elle ne cria pas. Sa panique s'effaça et elle cessa de battre des jambes, sa respiration reprit un rythme calme.

Au-dehors, le vent et la pluie chantaient un chant funèbre pour les morts et les vivants qui s'accrochent à l'espérance dans un monde de cimetières.

14

C'est toujours plus clair juste avant la nuit

Mardi matin, il n'y avait pas de soleil dans le ciel, ni d'éclairs dans l'orage, ni de vent dans la pluie. Elle tombait comme épuisée, un lourd fardeau de pluie, des kilos, des quintaux, des tonnes de pluie, écrasant l'herbe, soupirant lourdement sur les toits des caravanes, sur les toits pentus des tentes d'où elle glissait, languide, jusqu'au sol avant de s'endormir dans les mares, elle s'égouttait de la grande roue, elle tombait à gros ploc-ploc du télé-combat.

De nouveau l'ouverture fut annulée. Le début de la foire du comté de Yontsdown fut repoussé une fois encore de vingt-quatre heures.

Rya ne regretta pas ses révélations de la veille autant que je l'avais craint. Au petit déjeuner, elle eut le sourire plus facile que la Rya que j'avais connue durant la semaine écoulée, et elle fut si peu avare de démonstrations d'affection qu'elle se serait fait irrémédiablement une réputation de gourgandine effrontée si quelqu'un avait été là pour la voir.

Plus tard, quand nous rendîmes visite à un autre couple de forains, pour voir comment ils passaient leur temps, elle se conduisit davantage comme la Rya qu'ils connaissaient : froide, distante. Mais même si elle s'était montrée aussi différente en leur compagnie qu'en la mienne seule, je ne suis pas sûr qu'ils l'auraient remarqué. Un voile funèbre recouvrait Gibtown-sur-roues, un terne et suffocant drap de découragement dû en partie à la monotonie de la pluie, en partie à la perte financière provoquée par le mauvais temps mais surtout au fait que Pudding Jordan était mort depuis un jour à peine. La tragédie régnait encore au milieu d'eux.

Après nous être arrêtés à la caravane des Lorus, puis à celle des Frazelli, et chez les Catshank, nous décidâmes pour finir de passer le reste de la journée ensemble, rien que nous deux, et puis en revenant à l'Airstream de Rya nous prîmes une décision plus importante. Elle s'arrêta brusquement et saisit de ses mains glacées de pluie mon bras qui tenait le parapluie.

— Slim ! lança-t-elle avec une lueur dans les yeux que je ne lui avais jamais vue auparavant.

— Quoi ?

— On va à la caravane où tu as un lit, on empaquette tes affaires, et on les emmène chez moi.

— Tu n'es pas sérieuse, me récriai-je en priant Dieu qu'elle le fût.

— Ne me dis pas que tu n'en as pas envie.

— Très bien, je ne te le dirai pas.

— Dis donc, insista-t-elle en fronçant le sourcil, c'est pas ta patronne qui te parle.

— Je ne le pensais pas.

— C'est ta nana, insista-t-elle.

— Je voulais seulement vérifier que tu avais bien réfléchi.

— Mais oui.

— Ça me fait l'effet d'un coup de tête.

— C'est l'effet que j'ai essayé de te faire, crétin. Je ne voulais pas que tu croies que je suis calculatrice.

— Je voulais être sûr que tu ne faisais pas n'importe quoi.

— Rya Raines ne fait jamais n'importe quoi.

— Ça, je crois que c'est vrai, hein ?

Et ce fut aussi simple que cela. Un quart d'heure plus tard, nous vivions ensemble.

Nous passâmes l'après-midi à faire des sablés dans la minuscule cuisine de son Airstream, quatre douzaines au beurre de cacahuète, et six douzaines au chocolat, et ce fut l'un des plus beaux jours de ma vie. Les arômes qui mettaient l'eau à la bouche, le cérémonial du léchage de la cuillère après chaque fournée, les blagues, les taquineries, le travail en commun... tout cela me rappelait des après-midi semblables en Oregon dans la cuisine de notre maison, avec mes sœurs et ma mère. Mais là, c'était encore mieux. J'avais aimé ces après-midi sans les apprécier vraiment car j'étais trop jeune pour m'apercevoir que je vivais des jours de bonheur, trop jeune pour voir que toute chose a une fin. Comme j'avais abandonné l'illusion enfantine d'une suspension éternelle du temps et que j'avais le sentiment que ces simples plaisirs domestiques ne reviendraient jamais, ces heures passées dans la cuisine avec Rya avaient un caractère poignant, elles me laissaient une douce douleur dans la poitrine.

Nous dînâmes aussi ensemble et après nous écoutâmes la radio : WBZ à Boston, KDKA à Pittsburgh, Dick Biondi qui se mettait lui-même en boîte là-bas à Chicago. Elles diffusaient les airs de ce temps — « He's So Fine », par les Chiffons ; « Surfin' USA », par les Beach Boys ; « Rhythm of the Rain », par les Cascades ; « Up on the Roof », par les Drifters ; « Blowin' in the Wind » par Peter, Paul and Mary ; ainsi que « Puff (the Magic Dragon) » par les mêmes ; « Limbo Rock » et « Sugar Shack », « Rock Around the Clock » et « My Boyfriend's Back », et des chansons de Leslie Gore, les Four Seasons, Bobby Darin, les Chantays, Ray Charles, Little Eva, Dion, Chubby Checker, les Shirelles, Roy Orbison, Sam Cook, Bobby Lewis, et Elvis, toujours Elvis... et si vous ne croyez pas que c'était une bonne année, pour la musique, alors, bon Dieu, pas de doute, vous n'étiez pas là.

Nous ne fîmes pas l'amour cette nuit-là, notre première nuit ensemble, mais elle n'aurait pas pu être meilleure. Cette soirée-là ne pouvait pas être mieux. Nous n'avions jamais été si proches, pas même dans la fusion charnelle. Quoiqu'elle ne révélât rien de plus de ses secrets, et que je fisse comme si je n'étais qu'un simple routard étonné et ravi d'avoir trouvé un chez-soi et quelqu'un à aimer, nous nous sentions bien ensemble, sans doute parce que si nous dissimulions en pensée, nous ne cachions rien dans nos cœurs.

A onze heures la pluie s'arrêta. Elle passa sans crier gare du grondement au crépitement puis au clap-plop espacé de grosses gouttes, comme elle avait commencé deux jours plus tôt, puis elle cessa tout à fait, abandonnant la nuit à un silence fumant. Debout à la fenêtre de la chambre, fouillant du regard les ténèbres embrumées, j'eus le sentiment que l'orage n'avait pas seulement nettoyé le monde, mais aussi quelque chose en moi ; en réalité, c'était Rya Raines qui m'avait nettoyé. De ma solitude.

Parmi les dalles d'albâtre d'une cité des morts à flanc de colline, je l'agrippai et l'obligeai à me faire face et ses yeux étaient fous de peur, et j'étais plein de souffrance et de regret mais sa gorge s'offrait et je m'en approchai en dépit de mes regrets, je sentis la chair tendre sous mes dents nues...

Je m'élançai tête la première hors du sommeil avant de sentir le goût de son sang dans ma bouche. Je me retrouvai assis dans le lit, le visage dans les mains, comme si elle risquait de s'éveiller et d'une certaine façon, à travers même l'obscurité, lire sur mon visage quelles violences je m'apprêtais dans mon rêve à commettre sur elle.

Alors, à ma grande surprise, je perçus la présence de quelqu'un debout dans l'obscurité près du lit. Sursautant, encore baigné des miasmes des terreurs contradictoires de mon cauchemar, j'écartai les mains de mon visage et les lançai en avant dans un geste de défense en me rejetant en arrière contre la tête du lit.

— Slim ?

C'était Rya. Elle était debout dans la ruelle, les yeux baissés sur moi, bien que dans le giron de l'obscurité je fusse aussi invisible pour elle qu'elle l'était pour moi. Elle m'avait observé pendant que je poursuivais son rêve dans les paysages funèbres, tout comme je l'avais surveillée la nuit précédente.

— Ah, Rya, c'est toi, articulai-je tant bien que mal en laissant échapper le souffle douloureusement retenu dans ma poitrine, tandis que mon cœur battait la chamade.

— Qu'est-ce qui n'allait pas ? demanda-t-elle.

— Un rêve.

— Quel genre ?

— Pénible.

— Tes gobelins ?

— Non.

— C'était... mon cimetière ?

Je ne dis mot.

Elle s'assit au bord du lit.

— C'était ça ? insista-t-elle.

— Oui. Comment le sais-tu ?

— D'après ce que tu disais dans ton sommeil.

Je jetai un coup d'œil aux chiffres lumineux de la pendule. Trois heures trente.

— Et j'étais dans ton rêve ? demanda-t-elle.

— Oui.

214

Elle émit un son que je ne pouvais interpréter.

— J'étais lancé...

— Non! s'empressa-t-elle de me couper. Ne me raconte pas. Ça n'a pas d'importance. Je ne veux pas en entendre davantage. Ça n'a pas d'importance. Vraiment.

Mais il semblait clair qu'elle savait que ça en avait bel et bien, de l'importance, qu'elle comprenait ce cauchemar commun mieux que moi et qu'elle savait précisément ce que signifiait cet étrange partage.

A moins que, les voiles du sommeil s'accrochant encore à moi et des lambeaux de rêves étouffant mes pensées et mes perceptions, je ne me fusse mépris sur son état d'esprit. J'aurais vu alors du mystère là où il n'y en avait pas. Peut-être répugnait-elle à discuter de la situation simplement parce qu'elle l'effrayait — et non parce qu'elle avait saisi son sens et qu'elle le redoutait.

Quand je rouvris la bouche pour parler, elle me fit chut et se serra dans mes bras. Jamais elle n'avait été aussi passionnée, aussi suave, souple et exquisément habile dans l'art d'éveiller mes sens mais je crus détecter dans sa façon de faire l'amour une inquiétante nuance de désespoir tranquille, comme si elle ne cherchait pas seulement le plaisir et la fusion mais aussi l'oubli, un abri contre quelque sombre savoir qu'elle ne pouvait supporter.

Le mercredi matin le vent chassa les nuages et le ciel bleu revint avec ses corneilles et ses corbeaux, ses rouges-gorges rouges et ses rouges-gorges bleus, la terre fumait encore comme si une puissante machinerie tournait juste en dessous de la mince croûte terrestre et au parc d'attractions sciure et copeaux de bois séchaient dans le brûlant soleil d'août. Les forains étaient sortis en masse pour constater de visu les dégâts, polir chromes et cuivres, amarrer les toiles de tente et parler du « temps en or » qu'il faisait à présent — et le terme était assurément bien choisi.

Une heure avant l'appel du personnel je repérai Joel Tuck derrière la tente abritant Shockville. Il portait des bottes d'homme des bois dans lesquelles était enfoncé le bas de son pantalon de travail et une chemise écossaise rouge aux manches roulées sur ses bras massifs. Il enfonçait les piquets de tente plus profondément et avec sa masse, il avait l'air d'un mutant.

— J'ai à te parler, annonçai-je.

— J'ai appris que tu avais déménagé.

— Ça s'est su si vite ? demandai-je en écarquillant les yeux.

— De quoi veux-tu me parler ? demanda-t-il, sans hostilité manifeste mais avec une froideur qu'il n'avait jamais manifestée auparavant.

— D'abord, du pavillon des autos-tamponneuses.

— Qu'est-ce qu'il y a à en dire ?

— Je sais que tu as vu ce qui s'y était passé.

— Je ne te suis pas.

— Tu m'as très bien suivi cette nuit-là.

Ses traits tordus, impénétrables donnaient à son visage l'apparence d'un masque de céramique qui aurait été brisé, puis recollé par un soûlographe en bordée.

Comme il ne disait rien, j'ajoutai :

— Tu l'as enterré dans le sol près de l'estrade.

— Qui ça ?

— Le gobelin.

— Gobelin ?

— C'est comme ça que je les appelle, même si toi tu utilises peut-être un autre mot. Le dictionnaire dit que le gobelin est « un être imaginaire, démon de certaines mythologies, grotesque, malveillant envers l'homme ». C'est assez correct, à mon sens. Tu peux bien les appeler comme tu veux, je m'en fiche. Mais je sais que tu les vois.

— Ah bon, moi je vois des gobelins ?

— Je veux que tu comprennes trois choses. Premièrement, je les hais et j'en tuerai chaque fois que j'en aurai l'occasion — et que ça me semblera faisable. Deuxièmement, eux, ils ont assassiné Pudding Jordan parce qu'il les a surpris en train de tenter de saboter la grande roue. Troisièmement, ils ne vont pas abandonner ; ils reviendront finir le boulot sur la roue et si on ne les arrête pas, il va s'y passer des choses terribles.

— C'est vrai, ça ?

— Tu le sais bien. Tu m'as laissé un ticket pour la grande roue dans ma chambre.

— J'ai fait ça ?

— Enfin, bon Dieu, il n'y a aucune raison pour que tu sois aussi prudent avec moi ! m'impatientai-je. On a tous les deux le don. On devrait être alliés.

Il leva un sourcil et l'œil orange au-dessus dut loucher pour laisser la place à cette expression d'étonnement. Je poursuivis :

— Au milieu de toutes les diseuses de bonne aventure, des gens qui lisent les lignes de la main et des médiums que j'ai connus dans les autres foires, tu es la première personne que je rencontre qui possède effectivement un don extrasensoriel.

— J'ai ça, moi ?

— Et tu es la seule personne de ma connaissance qui voit les gobelins comme je les vois.

— Je fais ça, moi ?

— C'est obligé.

— Ah bon ?

— Oh, qu'est-ce que tu peux être énervant quand tu t'y mets !

— Ah bon ?

— J'y ai réfléchi. Je sais que tu as vu ce qui s'est passé aux autos-tamponneuses et que tu t'es occupé du corps...

— Du corps ?

— ... et puis que tu as essayé de me prévenir au sujet de la grande roue au cas où je ne sentirais pas ce qui se trame. Tu as eu des doutes quand Pudding a été trouvé mort. Tu t'es demandé si par hasard je n'étais pas un simple psychopathe, parce que tu sais que Pudding n'était pas un gobelin. Mais tu ne m'as pas accusé ; tu as décidé de voir venir. C'est pour ça que je suis venu. Pour éclaircir les choses entre nous. Pour mettre cartes sur table. Tu peux être sûr que je les vois, que je les hais et que nous pouvons travailler ensemble à les arrêter. Il faut qu'on les empêche de faire ce qu'ils ont manigancé à la grande roue. Je suis allé y faire un tour ce matin pour sentir les émanations qui en proviennent et je suis sûr que rien n'arrivera aujourd'hui. Mais demain ou vendredi...

Il me fixait sans mot dire.

— Bon Dieu ! m'exclamai-je, pourquoi est-ce que tu tiens tant à faire des mystères avec moi ?

— Je ne fais pas de mystère.

— Mais si.

— Non. Je suis seulement stupéfait.

— Ah ?

— Oui, stupéfait. Parce que, Carl Slim, c'est la conversation la plus ahurissante que j'aie jamais eue de ma vie et je n'ai pas compris un traître mot de ce que tu m'as raconté.

Je sentais qu'il était troublé, et peut-être une bonne partie de ce trouble était-elle de l'étonnement, mais je ne pouvais croire qu'il fût totalement pris au dépourvu par ce que je lui avais dit.

Je le dévisageai.

Il me dévisagea.

— Vraiment énervant, dis-je.

— Oh, je comprends, annonça-t-il, c'est une espèce de blague.

— Oh mon Dieu !

— Une blague compliquée.

— Si tu ne voulais pas que je sache que tu étais là, si tu ne voulais pas me faire savoir que je n'étais pas seul, alors pourquoi est-ce que tu m'as aidé à me débarrasser du corps ?

— Ma foi, disons que c'est un passe-temps.

— De quoi parles-tu ?

— De se débarrasser des corps. C'est un passe-temps. Il y a des gens qui collectionnent les timbres-poste, d'autres qui fabriquent des modèles réduits et moi je me débarrasse des corps chaque fois que j'en trouve un.

Je secouai la tête, découragé.

— Et c'est aussi, poursuivit-il, parce que je suis quelqu'un de très propre. Je ne peux pas supporter les détritus et il n'y a pas pire détritus d'un corps en décomposition. En particulier un corps de gobelin. Alors quand j'en trouve un, je nettoie la saleté et...

— C'est pas une blague ! m'écriai-je, perdant patience.

Ses trois yeux battirent des paupières.

— Bon, soit c'est une blague, soit t'es un gars drôlement perturbé. J'ai assez d'affection pour toi pour refuser de croire que tu es cinglé, alors, si tu veux bien, je me dirai simplement que c'était une blague.

Je lui tournai le dos et m'en fus à grands pas jusqu'au coin de la tente et au-delà, jusqu'à l'allée centrale.

A quoi jouait-il, bon Dieu ?

La tempête avait chassé de l'atmosphère le plus gros de l'humidité et la lourde chaleur d'août ne revint pas avec le ciel bleu. La journée était tiède et sèche, avec une petite brise douce et propre venue des montagnes entourant la foire, et quand les portes s'ouvrirent à midi, les gogos arrivèrent aussi nombreux que pendant un week-end.

La fête, fantastique métier à tisser, formait un voile magique de visions, d'odeurs et de sons exotiques qui plongeait les gogos dans le ravissement. C'était un voile familier et confortable dont nous forains nous nous drapions avec un joyeux soulagement après deux jours de pluie et la mort de notre graisseur de bielles. Les musiques s'entrechoquaient : orgues de barbarie, « The Stripper » par David Rose, hurlé par des haut-parleurs devant l'un des spectacles de strip-tease, le rugissement de la moto du cascadeur sur le « mur de la mort », le grondement-sifflement-hurlement des manèges, le souffle de l'air comprimé qui fait tournoyer les nacelles de métal du tip-top, les diesels tournant à plein régime, le bonimenteur du dix-en-un rameutant le chaland, le rire d'hommes et de femmes, les cris et les gloussements des enfants, et les camelots criant : « Et ce n'est pas tout, mesdames et messieurs... » Les fils de senteurs, les filaments d'odeurs, travaillés par la navette, sortaient du métier à tisser : huile des cuisines, pop-corn chaud, caramel en fusion dans les cuves fumantes et odorantes des stands de pommes d'amour. Les parfums et les sons formaient la texture du voile de la fête, mais les visions en étaient les teintures qui lui conféraient sa brillante couleur : l'acier nu et poli des capsules en forme d'œuf du télé-combat, au-dessus duquel les projecteurs semblaient fondre et se répandre en chatoyants films argentés de mercure ; les nacelles rouges tournoyantes du tip-top ; les sequins miroitants, les perles luisantes, les paillettes étincelantes des girls paradant et n'offrant que la promesse tentante des charmes qu'elles livreraient à l'intérieur ; les fanions rouges, bleus, orange, jaunes, blancs et verts claquant dans la brise comme les ailes de milliers de perroquets attachés ; le rire gigantesque de la face de clown du Palais du rire, avec son nez toujours jaune ; le cuivre montant et tournoyant des piliers des manèges. Ce magique manteau de la fête était une parure d'arc-en-ciel aux poches innombrables et mystérieuses, d'un dessin et d'une coupe flamboyants ; quand on l'enfilait, on endossait aussi le sentiment de l'immortalité et les tracas du monde réel s'évanouissaient.

A la différence des gogos et de la plupart des autres forains, je ne pouvais me débarrasser de mes soucis dans le tohu-bohu de la fête, car je m'attendais sans cesse à voir apparaître sur la grande allée mes premiers gobelins. Mais l'après-midi se fondit dans la soirée et la soirée céda la place à la nuit et aucun représentant de l'espèce démoniaque n'apparut. Leur absence ne me plut pas plus qu'elle ne me soulagea. Yontsdown était un nid, un sol nourricier et ils auraient dû être bien plus nombreux qu'à l'ordinaire dans le parc d'attractions. Je savais pourquoi ils étaient restés à l'écart. Ils attendaient pour s'amuser vraiment dans les jours à venir. Ce soir, aucune tragédie n'était prévue, aucune parade de sang et de mort, alors ils attendraient demain ou après-demain. Alors ils afflueraient en masse, par centaines, et s'empresseraient de s'asseoir le long de la balustrade en bas de la grande roue. S'ils avaient réussi leur coup, elle aurait probablement un « accident mécanique » qui la ferait s'abattre en avant ou bien s'effondrer sur elle-même et ce serait au moment où ce désastre approcherait qu'ils viendraient faire un tour à la fête.

Cette nuit-là, après le départ des gogos, toutes les lumières du parc d'attractions s'éteignirent, à l'exception des ampoules du manège, où les forains se réunissaient pour rendre un dernier hommage à Pudding Jordan. Nous étions des centaines autour des chevaux de bois ; les premiers rangs étaient nimbés de lumières ambrées et rouges qui, dans ces circonstances, évoquaient la lueur des cierges et la luminosité de vitrail d'une cathédrale, tandis que les plus éloignés de cette chapelle ardente de fortune demeuraient dans une ombre respectueuse ou une obscurité de deuil. Certains se tenaient sur les manèges voisins et d'autres avaient grimpé sur des camions garés au centre du parc. Tous se taisaient comme en ce lundi matin où le corps avait été découvert.

L'urne renfermant les cendres de Pudding fut placée sur l'un des chariots, avec des sirènes formant une garde d'honneur et un cortège de chevaux dans des poses orgueilleuses devant et derrière. Arturo Sombra mit en marche le moteur mais s'abstint de faire tourner l'orgue mécanique.

Tandis que le manège tournait en silence, Cash Dooley lut quelques passages choisis de *Pipers at the Gates of Dawn* des Pink Floyd, et un chapitre du *Vent dans les saules*, de Kenneth Grahame, conformément à la volonté de Pudding.

Puis le moteur du manège s'éteignit.

Les chevaux glissèrent lentement jusqu'à l'arrêt complet.

On éteignit les lumières.

Nous rentrâmes chez nous, et Pudding Jordan aussi.

Rya s'endormit aussitôt mais je ne pus l'imiter. Je restai étendu, éveillé, à me poser des questions sur Joel Tuck, à m'inquiéter au sujet de la grande roue et de la vision du visage ensanglanté de Rya, préoccupé par les projets que les gobelins pourraient encore nourrir.

Tandis que la nuit traînait en longueur, je maudissais ma vision crépusculaire. Il y a des moments où j'aspire à être né dépourvu de dons psychiques, en particulier de la capacité de voir les gobelins. Parfois rien ne paraît plus doux que l'ignorance parfaite avec laquelle les autres se mêlent à l'espèce démoniaque. Peut-être est-il préférable d'ignorer que les bêtes sont parmi nous. Préférable de ne pas les voir, de ne pas se sentir ensuite sans défense, obsédé et dépassé par le nombre. L'ignorance serait au moins un bon remède à l'insomnie.

Sauf, bien sûr, que si je n'avais pas vu les gobelins, je serais déjà mort, victime des jeux sadiques de mon oncle Denton.

L'oncle Denton.

Voici venu le moment de parler de traîtrise, d'un gobelin se dissimulant dans ma propre famille sous les traits d'un humain, portant un déguisement si parfait que même la lame aiguë d'une hache ne parvint pas à lui arracher sa fausse personnalité et à révéler le monstre intérieur.

La sœur de mon père, tante Paula, avait épousé en premières noces Charlie Forster et lui avait donné un fils, Kerry, né la même année et le même mois que moi. Mais Charlie était mort d'un cancer, une espèce de gobelin personnel qui l'avait dévoré de l'intérieur et il fut mis en terre alors que Kerry et moi avions trois ans. Tante Paula demeura seule pendant dix ans à élever Kerry. Mais ensuite Denton Harkenfield entra dans sa vie, et elle avait décidé de ne pas rester veuve jusqu'à la fin de ses jours.

Denton était étranger à la vallée, et même à l'Oregon, puisqu'il avait ses attaches dans l'Oklahoma (à l'en croire), mais chacun l'accepta avec une remarquable promptitude, si l'on considère que dans la région la troisième génération d'immigrants était encore appelée « les nouveaux » par la majorité qui pouvait faire remonter ses origines à la conquête du Nord-Ouest. Denton était bel homme, beau parleur, poli, modeste, rieur, conteur-né possédant une réserve apparemment inépuisable d'anecdotes amusantes et d'expériences intéressantes. C'était un homme aux goûts simples, sans prétention. Bien qu'il semblât avoir de l'argent, il n'en faisait pas étalage et ne se conduisait pas comme si son bien le plaçait au-dessus du premier quidam venu. Il plut à tout le monde.

A tout le monde sauf à moi.

Enfant, je n'étais pas capable de voir clairement les gobelins mais je savais qu'ils différaient des autres humains. Parfois — ce n'était pas fréquent dans l'Oregon rural —, je rencontrais une personne environnée d'un étrange brouillard, avec une forme enroulée noir fumée et je sentais que je devais faire attention où je posais les pieds en la contournant mais je ne comprenais pas pourquoi. Mais quand la puberté commença de modifier mon équilibre hormonal et mon métabolisme, la vision des gobelins s'éclaircit peu à peu, passant de l'image vague des démons à celle de tous leurs détails malfaisants.

A l'époque où Denton Harkenfield arriva de l'Oklahoma — ou de l'enfer — je commençais à peine à discerner que l'esprit fumeux à l'intérieur de ces gens n'était pas simplement une mystérieuse forme nouvelle d'énergie psychique mais un être réel, un démon, un extraterrestre manipulateur d'apparence ou une créature inconnue. Pendant la période où Denton fit sa cour à tante Paula, ma capacité de perception augmenta sérieusement jusqu'à la semaine du mariage où l'idée qu'elle allait épouser une telle bête me paniqua. Mais apparemment je n'y pouvais rien.

Tous les autres pensaient que Paula avait une chance exceptionnelle d'avoir déniché un homme aussi universellement aimé et admiré. Même Kerry, mon cousin préféré, mon meilleur ami, n'écouterait pas un instant des propos dirigés contre son futur nouveau papa qui l'avait conquis avant même de s'emparer du cœur de sa mère, et avait promis de l'adopter.

Ma famille savait que j'avais un don de double vue et l'on prenait au sérieux mes prémonitions et mes visions. Un jour que maman devait prendre l'avion pour assister aux funérailles de sa sœur dans l'Indiana, je perçus des émanations inquiétantes provenant de son billet et je fus persuadé que son appareil s'écraserait. Je lui fis une telle scène qu'elle renonça à embarquer à la dernière minute et prit un autre vol. En fait, le premier avion ne s'écrasa pas, mais pendant le voyage, un petit incendie se déclara à bord, de nombreux passagers furent submergés de fumée et trois d'entre eux furent asphyxiés avant que le pilote ait réussi à atterrir. Je ne puis assurer que ma mère aurait été la quatrième victime si elle avait été à bord, mais quand j'ai touché son billet, je n'ai pas senti le papier mais le cuivre froid et dur d'une poignée de cercueil.

Cependant je n'avais jamais parlé à personne des formes de fumée tourbillonnante présentes en certaines personnes. D'une part je ne savais pas ce que je voyais et ce que cela signifiait. D'autre part j'avais compris que je m'exposerais à un terrible danger si l'un de ces êtres habités d'obscurité découvrait que j'étais conscient de sa spécificité. C'était mon secret.

Quand vint la semaine du mariage, et que je fus enfin capable de voir dans tous ses répugnants détails le gobelin chien-porc à l'intérieur de M. Denton Harkenfield, il m'eût été impossible de me mettre à bavarder à propos de monstres déguisés en êtres humains ; nul ne m'aurait cru. Voyez-vous, en dépit de la précision et de la validité reconnues de mes visions, nombreux étaient ceux qui ne considéraient pas mes dons inhabituels comme une bénédiction. Bien que rarement employés ou mentionnés, mes pouvoirs me cataloguaient comme « étrange » et dans notre vallée certains croyaient que les devins étaient à tout coup mentalement instables. Il ne manquait pas de bonnes âmes pour conseiller à mes parents de me surveiller de près pour repérer des attitudes hallucinées ou un autisme naissant, et mes parents avaient beau être allergiques à ces propos, j'étais sûr que parfois ils s'inquiétaient à l'idée que mon don finît par apparaître comme une malédiction. La tradition populaire associe si étroitement les pouvoirs psychiques et l'instabilité mentale que même ma grand-mère, qui considérait ma vision crépusculaire comme une bénédiction, une source de joies sans mélange, craignait que j'en perde un jour le contrôle, que je retourne mes capacités contre moi jusqu'à ma propre destruction. Aussi redoutai-je qu'en discourant sur les gobelins je ne fisse que renforcer les craintes de ceux qui me voyaient finir un jour dans une cellule capitonnée.

En fait je doutais moi-même de ma santé mentale. Je connaissais la tradition populaire et j'avais surpris certaines mises en garde adressées à mes parents. Quand je commençai à voir les gobelins, je me demandai si je n'étais pas en train de perdre l'esprit.

Par la suite, redoutant le gobelin qui habitait Denton Harkenfield et pressentant la haine intense qui poussait en avant cette créature, je n'avais pourtant aucune preuve concrète de ses mauvaises intentions à l'égard de tante Paula, de Kerry ou de quiconque. Son comportement était exemplaire.

Enfin, j'hésitai à donner l'alarme parce que si l'on ne me croyait pas — ce qui serait inévitablement le cas — je n'aurais réussi qu'à alerter l'oncle Denton du danger que je représentais pour son espèce. Si je n'étais pas victime d'hallucinations, s'il était bel et bien un monstre assassin, la dernière chose que je voulais faire était d'attirer l'attention sur moi, de me retrouver seul et sans défense, pour qu'il me tue à sa convenance.

Le mariage eut lieu, Denton adopta Kerry et pendant quelques mois Paula et Kerry furent heureux comme jamais. Le gobelin ne quittait pas Denton mais je commençais à me demander si la créature était d'une nature ignoble ou simplement... différente de nous.

Tandis que prospérait la famille Harkenfield, tragédies et désastres s'accumulaient en nombres inhabituels parmi leurs voisins de la vallée Siskiyou, mais il me fallut un long moment pour comprendre que l'oncle Denton était la source de cette mystérieuse série de malchances. La famille Whitborn, à huit cents mètres de chez nous, à un kilomètre de chez les Harkenfield fut frappée par l'incendie de sa maison, à la suite de l'explosion d'un poêle à mazout ; trois des six enfants Whitborn périrent dans le feu. Quelques mois plus tard, du côté de Goshawkan Lane, un seul des cinq membres de la famille Jenerette survécut à l'intoxication au monoxyde de carbone consécutive à l'obturation inexplicable du tuyau de leur fourneau qui remplit la maison de fumées mortelles au milieu de la nuit. Rebecca, treize ans, fille de Miles et Hannah Norfron, disparut au cours d'une balade avec Hopy, son petit chien. On la retrouva une semaine plus tard, du côté du chef-lieu, à trente kilomètres de là, dans une maison abandonnée ; on ne s'était pas contenté de la tuer. Elle avait été torturée, et longuement. On ne retrouva jamais Hopy.

Puis les ennuis se rapprochèrent de chez nous. Ma grand-mère tomba dans l'escalier de sa cave, se rompit le cou. Une journée entière était presque passée lorsqu'on la découvrit. Je ne retournai pas chez grand-maman après sa mort, ce qui m'empêcha sans doute de découvrir dès ce moment que Denton Harkenfield était la source de la plupart des malheurs qui s'abattaient sur la vallée ; si je m'étais tenu en haut des marches de cet escalier, si j'étais descendu pour m'agenouiller à l'endroit où ils avaient trouvé le corps de mémé, j'aurais senti qu'oncle Denton avait contribué à son décès et peut-être aurais-je pu l'empêcher de poursuivre ses méfaits. A l'enterrement, alors que le corps était mort depuis trois jours et que ses enveloppes d'énergies psychiques s'étaient épuisées, je fus submergé de perceptions extrasensorielles si violentes que je m'évanouis et dus être ramené à la maison. On pensa que le chagrin m'avait fait perdre connaissance mais c'était la découverte horrifiante que mémé avait été assassinée et était morte dans la terreur. Mais je ne savais pas qui l'avait tuée, et n'avais pas l'ombre d'une preuve qu'un meurtre eût été commis, et je n'avais que quatorze ans, à cet âge personne ne vous écoute, et l'on me considérait déjà comme quelqu'un d'étrange, alors je gardai le silence.

Je savais que l'oncle Denton était quelque chose de plus — ou de moins — qu'un humain mais je ne le soupçonnai pas immédiatement de meurtre. J'étais encore désorienté par l'amour que lui portaient tante Paula et Kerry et par la gentillesse qu'il me manifestait, en étant toujours prêt à plaisanter avec moi et à me montrer ce qui me paraissait un intérêt sincère pour mes succès à l'école et dans l'équipe scolaire junior de lutte. Tante Paula et lui me firent de superbes cadeaux de Noël et pour mon anniversaire il m'offrit plusieurs romans de Robert Heinlein et de A. E. Van Vogt plus un billet craquant neuf de cinq dollars. Je ne l'avais vu faire que du bien, et en le sentant réellement bouillonner de haine, je me demandais si ce n'était pas un effet de mon imagination. Si un être humain ordinaire avait commis une telle tuerie, un résidu psychique de cette infamie serait resté accroché à lui, et je l'aurais détecté tôt ou tard, mais des gobelins n'émane que la haine, et comme je ne percevais aucune culpabilité particulière dans l'aura de l'oncle Denton, je ne le soupçonnai pas de l'assassinat de ma grand-mère.

Ce que je remarquai, en fait, c'est qu'à chaque décès, Denton s'attardait dans la chapelle ardente plus longtemps que n'importe quel autre visiteur ami, ou membre de la famille. Il était toujours plein de sollicitude, de sympathie, prêt à fournir la plus accueillante des épaules pour y pleurer, faisant les courses pour la famille endeuillée, aidant de son mieux. Il avait l'habitude de rendre de fréquentes visites aux survivants après l'enterrement des chers disparus, pour voir comment ils allaient et offrir ses services. Tout le monde faisait l'éloge de son bon cœur, de son humanité, de son esprit charitable mais il déclinait modestement le compliment. C'est ce qui me troublait le plus. C'était particulièrement déroutant quand je voyais en lui le gobelin qui souriait de toutes ses dents avec la plus extrême méchanceté dans ces moments de chagrin, et qui semblait même se repaître de la souffrance des malheureux. Qui était le vrai oncle Denton : la bête exultante de cruauté ou le voisin plein de bonté et l'ami attentif ?

Je n'avais pas encore découvert la réponse à cette question quand, huit mois plus tard, mon père mourut écrasé par son tracteur. Il employait l'engin à dépierrer un nouveau champ qu'il voulait mettre en culture, une parcelle de vingt acres séparée de notre maison et de notre grange par un bras de forêt descendu des Siskiyous. Comme il ne rentrait pas dîner, mes sœurs partirent à sa recherche et le découvrirent. J'appris la nouvelle deux heures plus tard en rentrant de l'école où j'avais participé à un match de lutte. (« Oh Carl, dut me dire ma sœur Jenny en m'étreignant violemment, son pauvre visage, son pauvre visage, tout noir et mort, son pauvre visage ! ») De ce moment tante Paula et oncle Denton vinrent chez nous et il fut le roc auquel ma mère et mes sœurs s'agrippèrent. Il tenta de me réconforter moi aussi et son chagrin comme ses manifestations de sympathie paraissaient sincères mais je pouvais voir en lui le gobelin qui ricanait en me fixant de ses yeux rouges et brûlants. Bien qu'à demi convaincu que le démon caché n'était qu'un être issu de mon imagination ou même la preuve de ma folie croissante, je m'écartai de Denton et l'évitai au maximum.

Au début le shérif du comté eut quelques soupçons sur la mort de mon père car certaines de ses blessures ne semblaient guère explicables par le renversement du tracteur. Mais comme nul n'avait de raison d'assassiner mon papa, et comme aucun autre élément ne venait corroborer l'idée d'un crime, le shérif finit par conclure que Papa n'avait pas été tué sur le coup quand le tracteur était tombé sur lui, qu'il s'était débattu un moment et que ses efforts avaient occasionné les autres blessures. A l'enterrement, je perdis connaissance comme lors des funérailles de ma grand-mère, et pour la même raison : une onde violente d'énergie psychique, une marée brutale et sans forme me frappa et je sus que mon père, lui aussi, avait été assassiné. Mais j'ignorais pourquoi et par qui.

Deux mois plus tard, je trouvai enfin le courage d'aller dans le pré où Papa avait eu son accident. Là, tiré par des forces occultes, je m'approchai inexorablement de l'endroit précis où il avait péri, et quand je m'agenouillai sur le sol qui avait bu le sang de mon père, je vis l'oncle Denton qui le frappait sur le côté de la tête avec un tuyau, qui l'assommait et renversait le tracteur sur lui. Mon père avait repris conscience et vécu encore cinq minutes, en se débattant contre le poids du tracteur tandis qu'au-dessus de lui, Denton Harkenfield l'observait et se délectait. L'horreur de ce spectacle me submergea et je m'évanouis pour me réveiller quelques minutes plus tard avec une mauvaise migraine et les mains violemment crispées sur des mottes de terre moisie.

Je passai les deux derniers mois à jouer en secret les détectives. La maison de ma grand-mère fut vendue peu après sa mort mais j'y retournai pendant une absence des nouveaux propriétaires et m'introduisis dans les lieux par une fenêtre du sous-sol que je savais dépourvue de loquet. En bas, puis en haut des marches de la cave, je reçus des impressions psychiques vagues mais indiscutables qui me convainquirent que Denton l'avait poussée et puis, descendant l'escalier, lui avait rompu le cou, la chute n'ayant pas eu l'effet voulu. Je revis en pensée l'extraordinaire accumulation de coups du sort qui s'étaient abattus sur les habitants de notre vallée depuis deux ans. Je me rendis sur les ruines éparses de la maison des Whitborn détruite par l'incendie dans lequel trois enfants avaient succombé et pendant que les gens qui avaient racheté la vieille maison des Jenerette étaient sortis, je m'introduisis chez eux et posai les mains sur le poêle qui avait répandu les fumées mortelles. Dans ces deux occasions, j'eus des impressions extrasensorielles très fortes montrant l'implication de Denton Harkenfield. Un samedi où maman alla faire des courses au chef-lieu du comté, je l'accompagnai et pendant qu'elle courait les boutiques, je me rendis à la maison abandonnée où l'on avait retrouvé le cadavre torturé et mutilé de Rebecca Norfron. Là aussi ma double vue me permit de repérer la trace de Denton Harkenfield.

Avec tout ça, je ne disposais d'aucune preuve. Mes histoires de gobelins ne seraient pas plus crédibles à présent qu'au début, quand j'avais découvert la vraie nature de Denton Harkenfield. Si je l'accusais publiquement sans m'assurer qu'il serait arrêté, je serais immanquablement la victime du prochain « accident ». La preuve qui me manquait, j'espérais l'obtenir en anticipant son prochain crime dans un éclair précognitif. Si je savais où il allait frapper, je pourrais être là pour intervenir de manière spectaculaire et après quoi sa victime manquée — grâce à moi — témoignerait contre lui et il serait jeté en prison. Je redoutais une telle confrontation dans laquelle je risquais de bousiller le boulot et de liquider tout le monde, le bourreau et la victime que je voulais sauver, mais aucune autre manière d'agir ne me paraissait porteuse d'espoir.

Je passai plus de temps près de l'oncle Denton, bien que sa double identité fût terrifiante et repoussante, car je pensais qu'en sa compagnie j'avais plus de chance de recevoir un éclair précognitif. Mais à ma grande surprise, une année s'écoula sans aucun des événements attendus. Je sentis bien, en de nombreuses occasions, que la violence s'accumulait en lui mais je n'eus aucune vision des meurtres à venir et chaque fois que sa rage et sa violence semblaient avoir atteint une puissance inhabituellement féroce, chaque fois qu'il me paraissait disposé à frapper pour relâcher la pression intérieure, il partait pour une affaire quelconque ou une brève période de congé avec tante Paula, et il revenait toujours dans un état plus stable, sa haine et sa rage s'étant affaiblies, sans avoir disparu. Je le soupçonnai d'être cause de souffrances là où il allait et d'éviter par prudence d'accroître nos malheurs trop près de chez nous, de manière inhabituelle. Lorsque j'étais en sa compagnie, je ne parvenais pas à obtenir de vision extrasensorielle de ces crimes parce que, tant qu'il n'était pas arrivé sur place et qu'il n'avait pas enquêté sur les possibilités de destruction, il ignorait lui-même où il porterait ses coups.

Puis, après une année de paix dans notre vallée, je sentis que Denton avait l'intention de ramener la guerre sur son champ de bataille originel. Pis, je perçus qu'il projetait de tuer Kerry, mon cousin, son propre fils adoptif. Si, comme je commençais à le supposer, le gobelin en lui se repaissait de la souffrance humaine, il goûterait un véritable festin, d'une somptuosité inégalée, dans les suites de la mort de Kerry. Tante Paula, qui avait perdu quelques années plus tôt un époux et était profondément attachée à son fils, serait anéantie par la perte de Kerry... et le gobelin lui tiendrait compagnie non pas seulement dans la chapelle ardente mais vingt-quatre heures sur vingt-quatre, sept jours sur sept, en se délectant de sa douleur et de son désespoir. Tandis que la haine du gobelin se faisait chaque jour plus virulente, que les présages de la violence à venir devenaient incroyablement évidents pour mon sixième sens, la panique me gagnait, car je ne parvenais pas à voir le lieu, le moment ou la méthode du meurtre imminent.

La nuit précédant l'assassinat, fin avril, je m'éveillai d'un cauchemar dans lequel Kerry mourait dans les forêts de Siskiyou, parmi des pins et des épicéas immenses. Dans le rêve, il tournait en rond, perdu, mourant de froid et je courais derrière lui avec une couverture et une Thermos de chocolat brûlant mais en dépit de sa faiblesse il réussissait toujours à garder son avance, jusqu'à ce que je m'éveille non dans un état de terreur pure mais de frustration.

Je ne pouvais utiliser mon sixième sens pour arracher d'autres détails à l'éther mais au matin je me rendis chez les Harkenfield pour avertir Kerry du danger. Je ne savais trop comment amener le sujet et présenter mes informations de manière convaincante mais je n'ignorais pas qu'il fallait le prévenir immédiatement. En chemin, j'ai dû examiner et rejeter diverses façons de m'y prendre. Mais quand j'arrivai chez eux, il n'y avait personne. J'attendis deux heures environ et finis par rentrer chez nous en me disant que je reviendrais plus tard, vers l'heure du souper. Je ne revis jamais Kerry... vivant.

En fin d'après-midi, on nous apprit qu'oncle Denton et tante Paula s'inquiétaient pour Kerry. Ce matin, tante Paula s'étant rendue en voiture au chef-lieu pour régler diverses affaires, Kerry avait déclaré à Denton qu'il allait faire un tour dans la montagne pour braconner un peu de petit gibier dans les bois derrière leur maison et il avait annoncé qu'il serait de retour à deux heures au plus tard. C'est du moins ce que prétendit Denton. A cinq heures, toujours aucun signe de Kerry. Je m'attendais au pire car ce n'était pas le genre de mon cousin de braconner. Je ne croyais pas qu'il eût dit une chose pareille à Denton ni qu'il fût parti seul là-haut dans les Siskiyous. Denton l'y avait attiré sous un prétexte quelconque et puis avait... disposé de lui.

Durant la plus grande partie de la nuit, des battues passèrent les premières pentes des collines au peigne fin. En vain. Au petit jour, les sauveteurs ressortirent en plus grand nombre, avec une meute de limiers et moi. Je n'avais jamais jusqu'alors utilisé mon don de double vue dans une telle recherche. Comme je ne le contrôlais pas, je ne pensais pas réussir à percevoir quelque chose d'utile, et je ne leur parlai même pas de mon intention de mettre mes talents spéciaux à contribution. A ma grande surprise, en deux heures, avant les chiens, j'eus une série d'éclairs psychiques et trouvai le corps au début d'une rigole d'écoulement étroite et profonde, au pied d'une pente rocheuse.

Kerry était si abîmé qu'il était difficile de croire que toutes ses blessures fussent consécutives à sa chute le long du ravin. En d'autres circonstances, le coroner du comté aurait trouvé suffisamment d'éléments pour ordonner l'ouverture d'une enquête sur les circonstances de la mort mais le cadavre n'était pas dans un état permettant les subtiles analyses d'une autopsie, en particulier si elle était pratiquée par un médecin de campagne. Pendant la nuit, des animaux — des ratons-laveurs peut-être, ou des renards, des mulots ou des belettes — avaient attaqué le corps. Quelque chose lui avait mangé les yeux et quelque chose avait fouillé dans les viscères de Kerry ; son visage était taillardé et le bout de quelques doigts avait été arraché.

Quelques jours plus tard, j'attaquai l'oncle Denton à coups de hache. Je me rappelle avec quelle détermination féroce il se battit et quels doutes effroyables m'accablaient. Mais en dépit de mes inquiétudes, je maniai ma hache, car je savais d'instinct qu'il m'anéantirait avec une allègre promptitude si je montrais le plus petit signe de faiblesse, la moindre hésitation. Ce dont je me souviens le plus clairement c'est de la sensation de l'arme dans ma main lorsque je l'utilisai contre lui : c'était la sensation de la justice.

Je ne me souviens pas du retour à la maison. J'étais debout devant le cadavre de Denton et puis tout à coup je me retrouvai dans l'ombre de l'épicéa de la ferme Stanfeuss, en train de nettoyer avec un vieux couteau la lame sanglante de la hache. Sortant de ma transe, je jetai la hache et le chiffon et peu à peu je vis qu'il faudrait sous peu labourer les champs, que les collines reverdiraient bientôt et mettraient leurs superbes atours de printemps, que les Siskiyous étaient plus majestueuses que jamais et que le ciel était d'une clarté aiguë, d'un bleu douloureux, sauf vers l'ouest où de noirs nuages annonciateurs d'orage s'amassaient avec une vitesse menaçante. Debout dans la lumière solaire, tandis que d'étranges ombres de nuages couraient vers moi, je sus, sans avoir recours à mes dons de double vue, que je regardais probablement ce paysage bien-aimé pour la dernière fois. Les nuages qui approchaient présageaient l'avenir orageux et sans soleil que je m'étais gagné à la force de cette lame bien aiguisée.

A présent, à quatre mois et quinze cents kilomètres de ces événements, étendu aux côtés de Rya Raines dans l'obscurité de sa chambre, prêtant l'oreille à sa respiration régulière pendant qu'elle dormait, je me sentis poussé à rester dans le train du souvenir jusqu'au bout de la ligne. Secoué de frissons incontrôlables, baigné d'une fine sueur froide, je revécu ma dernière heure dans notre maison de l'Oregon : le bouclage hâtif de mon sac à dos, les questions affolées de ma mère, mon refus de lui expliquer dans quels ennuis je m'étais fourré, le mélange d'amour et de frayeur dans les yeux de mes sœurs, je les revois qui ont envie de m'étreindre et de m'apaiser mais qui se retiennent en découvrant le sang sur mes mains et mes vêtements. Je savais qu'il était inutile de leur parler des gobelins ; même si elles me croyaient, elles n'y pouvaient rien et je ne voulais pas les charger du fardeau de ma croisade contre les démons, car j'avais déjà commencé à deviner que ce serait inévitablement cela, une croisade. Alors j'étais parti, plusieurs heures avant qu'on trouve le corps de Denton Harkenfield et plus tard j'ai envoyé à ma mère et à mes sœurs une lettre contenant de vagues assertions sur l'implication de Denton dans la mort de mon père et de Kerry. Le dernier arrêt du train de la mémoire est d'une certaine façon le pire : maman, Jenny et Sarah se tiennent sur le perron et me regardent partir ; elles pleurent, déroutées, effrayées, elles ont peur pour moi, elles ont peur de moi, elles sont abandonnées dans un monde plus triste et plus froid. Fin du trajet. Grâce à Dieu. Épuisé mais curieusement purifié par le voyage, je me tournai sur le côté, face à Rya et sombrai dans un sommeil profond qui, pour la première fois depuis des jours et des jours, fut sans rêves.

Le matin, au petit déjeuner, me sentant coupable de la tenir à l'écart de tant de secrets, et cherchant un moyen de la mettre en garde contre le danger inconnu qui la menaçait, je racontai à Rya que j'avais la vision crépusculaire, sans mentionner ma capacité à distinguer les gobelins. Je lui parlai du billet d'avion de ma mère qui m'avait donné la sensation de tenir une poignée de cercueil et rapportai d'autres cas moins spectaculaires de prémonitions exactes. C'était suffisant pour un début ; si j'avais ajouté à cela mes histoires de gobelins dissimulés sous une apparence humaine, l'ensemble aurait été dur à avaler.

A ma grande surprise, et pour mon plus grand plaisir, elle accepta avec beaucoup moins de difficulté que prévu ce que je lui racontais. Son premier geste fut de reprendre son gobelet de café pour avaler une gorgée avec une certaine nervosité, comme si la chaleur et l'amertume du breuvage pouvaient lui prouver qu'elle ne rêvait pas. Mais elle ne tarda pas à être captivée par mes récits et il fut bientôt évident qu'elle me croyait.

— Je le savais bien, qu'il y avait quelque chose de spécial chez toi, dit-elle. Qu'est-ce que je te disais, justement, l'autre soir ? C'était pas de la pure bouillie sentimentale, tu sais. Je voulais dire que je sentais vraiment quelque chose de particulier... quelque chose d'unique et d'inhabituel chez toi. Et j'avais raison !

Elle avait beaucoup de questions à poser et j'y répondis de mon mieux, tout en évitant les allusions aux gobelins ou à la mise à mort de Denton Harkenfield dans l'Oregon. Dans ses réactions, je perçus à la fois un étonnement admiratif et une sombre épouvante, bien que cette seconde émotion fût moins claire que l'autre. Elle exprima sans retenue son émerveillement mais tenta de dissimuler sa consternation et elle y parvint si bien qu'en dépit de mes perceptions extrasensorielles, je n'étais pas sûr de ne pas me faire des idées.

Pour finir, je tendis le bras à travers la table pour prendre sa main dans la mienne, et ajoutai :

— J'ai une raison pour te raconter tout ça.

— C'est quoi ?

— Mais d'abord, il faut que je sache si tu as envie...

— Envie de quoi ?

— De vivre, complétai-je. La semaine dernière... tu parlais de l'océan là-bas en Floride, de nager vers le large jusqu'à ce que tes bras pèsent comme du plomb...

— C'étaient des paroles en l'air, assura-t-elle sans conviction.

— Et il y a quatre jours, la nuit où on est montés sur la grande roue, on aurait presque dit que tu voulais que l'éclair te frappe là, sur les poutres.

Détournant le regard, elle baissa les yeux sur les traînées de jaune d'œuf et les miettes de toast dans son assiette. Elle garda le silence.

Avec un élan d'amour qui devait être aussi évident dans ma voix que le bégaiement dans celle de Luke Bendingo, j'insistai :

— Rya, il y a une certaine... étrangeté chez toi.

— Ben, fit-elle sans lever les yeux.

— Depuis que tu m'as parlé d'Abner Kady et de ta mère, j'ai commencé à comprendre pourquoi une humeur noire s'abat sur toi par instants. Mais j'ai beau comprendre, ça ne calme pas mon inquiétude.

— Pas besoin de s'inquiéter, dit-elle doucement.

— Dis-moi ça en me regardant dans les yeux.

Il lui fallut un long moment pour détacher son regard des restes de petit déjeuner mais elle me regarda franchement dans les yeux quand elle parla :

— J'ai ces... accès... ces dépressions... et parfois, il me semble que c'est trop difficile de continuer. Mais je ne me laisse jamais complètement aller. Oh, je n'ai jamais... fait de tentative. Ne t'inquiète pas pour ça. Je me tirerai toujours de ces moments de déprime et je continuerai parce que j'ai deux sacrées bonnes raisons de ne pas craquer. Si je craquais, Abner Kady gagnerait, non ? Et ça, je ne le permettrai jamais. Il faut que je continue, que je me bâtisse un petit empire et que j'arrive à quelque chose parce que chaque jour où j'avance, chaque petit succès que je remporte, c'est un triomphe sur lui, non ?

— Oui. Et l'autre raison ?

— C'est toi.

Je n'en espérais pas moins.

— Depuis que tu es entré dans ma vie, expliqua-t-elle, j'ai une deuxième raison de continuer.

Je soulevai ses mains pour les baiser.

Si elle paraissait relativement calme en dépit de ses larmes, intérieurement, elle était plongée dans un tourbillon d'émotions dont je ne pouvais dégager le sens.

— Très bien, dis-je. On a trouvé tous les deux quelque chose qui vaut la peine d'être vécu et le pire serait maintenant qu'on se perde. Alors... je ne veux pas t'effrayer... mais j'ai eu une... une espèce de prémonition... qui m'inquiète.

— Ça me concerne ?

— Oui.

Son adorable visage s'assombrit.

— C'est... vraiment mauvais ?

— Non, non, mentis-je. C'est juste... une sensation vague d'ennuis en travers de ta route, alors je veux que tu fasses attention quand je ne suis pas avec toi. Ne prends pas de risques...

— Quel genre de risques ?

— Oh, je ne sais pas. Ne grimpe plus nulle part, et surtout pas sur la grande roue, tant que je n'aurai pas senti que la crise est passée. Ne conduis pas trop vite. Fais attention. Reste en alerte. Ce n'est probablement rien du tout. Je me fais sans doute du mauvais sang parce que tu comptes trop pour moi. Mais ça ne te fera pas de mal de faire plus attention pendant quelques jours jusqu'à ce que j'aie une prémonition plus claire ou jusqu'à ce que je sente que le danger est passé. D'accord ?

— D'accord.

Je ne lui parlai pas de l'affreuse vision dans laquelle elle était couverte de sang car je ne voulais pas la terrifier. Ce serait inutile et risquerait même d'accroître le danger qu'elle courait, car épuisée par une terreur prolongée et continuelle, elle risquerait de manquer de présence d'esprit au moment de la crise. Je voulais qu'elle soit prudente, pas constamment effrayée, et quand peu après nous gagnâmes le parc d'attractions et que nous nous séparâmes sur un baiser, je sentis qu'elle était dans un état d'esprit proche de celui que je désirais.

Le soleil d'août déversait une lumière dorée sur la fête et les oiseaux croisaient dans un ciel d'un bleu serein. Tout en préparant la mailloche, je me sentis d'une humeur de plus en plus allègre, jusqu'à avoir l'impression que je pourrais m'envoler et rejoindre les oiseaux du ciel si je le désirais. Rya m'avait révélé sa honte secrète et l'horreur de son enfance appalachienne et je lui avais confié le secret de ma vision crépusculaire, et cette mise en commun de mystères longtemps préservés créait entre nous un lien d'importance ; nous ne serions plus jamais seuls, ni l'un ni l'autre. J'avais confiance : elle finirait bien par me révéler l'autre secret, l'histoire de sa vie à l'orphelinat et quand ce serait fait, je pourrais tester sa foi en moi avec quelques allusions aux gobelins. J'étais presque sûr que si j'avais un peu de temps devant moi, elle serait un jour en mesure d'accepter mes histoires de gobelins comme des récits véridiques. Certes, d'autres problèmes m'attendaient : l'énigme de Joel Tuck ; les projets des gobelins concernant la grande roue, qui pourraient recouper le danger menaçant Rya ; et notre présence à Yontsdown, où grouillaient des démons disposant de pouvoirs grâce auxquels ils pouvaient nous infliger des malheurs imprévisibles. Mais pour la première fois, j'étais sûr de triompher, de parvenir à éviter le désastre de la grande roue, de réussir à sauver Rya. J'étais sûr que ma vie, enfin, était sur la bonne voie.

C'est toujours plus clair juste avant la nuit.

15

La mort

L'après-midi et le début de la soirée de ce jeudi se déroulèrent sans un accroc comme un brillant écheveau de soie : d'une chaleur agréable, nullement accablante, avec peu d'humidité dans l'air, une brise douce et rafraîchissante qui ne souffla jamais assez fort pour créer des difficultés avec les tentes, des milliers de gogos pressés de se débarrasser de leur argent, et pas de gobelins.

Mais avec la tombée de la nuit, les choses changèrent.

D'abord je vis arriver des gobelins dans l'allée centrale. Ils n'étaient pas nombreux, une demi-douzaine à peine mais leur allure, sous leur déguisement, était pire que d'habitude. Leurs groins semblaient frémir plus obscènement et leurs yeux de charbons ardents brillaient avec plus d'éclat que jamais, avec une haine fiévreuse qui excédait leur malveillance habituelle envers nous. Je sentis qu'ils avaient dépassé le point d'ébullition et qu'ils étaient sortis en quête de destructions qui leur permettraient de relâcher un peu de la pression accumulée en eux.

Puis mon attention fut attirée par la grande roue, qui commençait à subir des changements visibles à mes yeux seuls. D'abord l'énorme machine prit une forme floue, plus énorme encore qu'en réalité, et grandit peu à peu comme une créature vivante qui serait restée accroupie pour donner une fausse impression de sa taille. Dans ma vision elle grandit et enfla tant et si bien qu'elle ne fut plus seulement l'objet dominant la fête (tel avait toujours été le cas) mais un mécanisme réellement haut comme une montagne, une construction élevée vers le ciel qui écraserait tout le monde dans le parc d'attractions si elle s'abattait. Vers dix heures les centaines de lumières soulignant les contours de la roue parurent diminuer en puissance, baisser de minute en minute, jusqu'à ce que, vers onze heures, l'attraction géante soit totalement sombre. Une part de moi voyait bien que les ampoules continuaient de briller et quand je regardais la roue du coin de l'œil, je pouvais confirmer que son décor éblouissant existait toujours, mais quand je la considérais de face, je ne voyais qu'une grande roue immense et inquiétante, ombre menaçante qui tournait sur un ciel noir comme l'une des meules du moulin des enfers — celle qui moud sans relâche la farine des souffrances et des malheurs cruels.

Je savais la signification de ce que je voyais. La catastrophe de la grande roue n'aurait pas lieu cette nuit ; mais on allait en poser les bases, dans les heures creuses suivant l'arrêt des attractions. La demi-douzaine de gobelins que j'avais aperçue était un commando qui resterait dans les lieux après la fermeture. Je le sentais, le ressentais, le savais. Quand tous les gogos seraient au lit, les démons sortiraient en rampant de leurs différentes cachettes, se rassembleraient et saboteraient la roue comme ils en avaient eu l'intention dimanche soir, quand ils avaient été interrompus par Pudding Jordan. Ensuite, demain, la mort frapperait d'innocents amateurs de tours de grande roue.

A minuit la dinosaurienne attraction, dans ma vision crépusculaire, n'était pas seulement dépourvue de lumières. On eût dit un énorme moteur silencieux qui produisait et répandait lui-même une obscurité plus profonde. C'était presque la même image froide et inquiétante que j'avais eue la première nuit où j'étais entré dans le parc de Sombra Frères, une semaine plus tôt, dans une autre ville, mais l'étrange impression était maintenant plus forte et plus troublante.

Peu après une heure du matin, la fête commença à se vider et contre mes habitudes laborieuses et zélées, je fus parmi les premiers à fermer. J'avais bouclé la mailloche et fait la caisse quand j'aperçus Marco qui passait dans l'allée. Je l'appelai, le persuadai de porter la recette à Rya dans sa caravane et de l'avertir que j'avais une affaire importante à régler et serais en retard.

Tandis que les guirlandes, les rampes et les panneaux lumineux s'éteignaient d'un bout à l'autre de la foire, tandis que les toiles étaient rabattues et fixées à l'entrée des tentes, tandis que les gogos s'éloignaient, seuls ou en petits groupes, je déambulai avec toute la nonchalance dont j'étais capable en me rapprochant du centre du champ de foire et quand personne ne fit attention à moi, je me glissai dans l'ombre derrière un camion. J'y restai dix minutes et comme le soleil n'avait pas réussi depuis deux jours à introduire dans ce recoin ses doigts desséchants, l'humidité pénétra mes vêtements, exacerbant le froid qui m'avait saisi quand j'avais commencé à remarquer les changements de la grande roue.

On éteignit les dernières lumières.

On coupa le dernier groupe électrogène, qui se tut avec un halètement, un cliquètement.

Les dernières voix s'évanouirent dans le lointain.

J'attendis une minute ou deux puis m'écartant du camion, je restai immobile, silencieux, j'écoutai, respirai, écoutai.

Après la cacophonie de la fête, le silence du parc d'attractions au repos était surnaturel. Pas un tic-tac. Pas un froissement.

En suivant avec précaution une route discrète qui conduisait à travers ces lieux où la nuit était encore assombrie par des masses d'ombre, je rampai jusqu'au hully-gully, m'arrêtai près de la rampe conduisant à l'attraction et de nouveau écoutai intensément. Une fois de plus, je n'entendis rien.

Je franchis prudemment la chaîne au bas de la rampe et montai jusqu'à la plate-forme, courbé en deux pour ne pas offrir une silhouette trop visible. La rampe était faite de madriers solidement assemblés et comme je portais des espadrilles je n'émis quasiment aucun son en montant. Mais une fois sur la plate-forme, il ne fut pas aussi facile de se déplacer en douceur ; jour après jour, les vibrations des roues d'acier s'étaient propagées dans les rails et dans le bois qui les entourait, provoquant des craquelures et des fentes à toutes les jointures de l'ensemble. La plate-forme s'élevait vers l'arrière et, en la montant, je suivis le garde-fou extérieur, où les planches du parquet étaient étroitement jointes et protestaient le moins. Mais ma progression fut accompagnée par plusieurs sons légers et cassants étonnamment bruyants dans le silence mystérieux du parc déserté. Je me dis que les gobelins, si par hasard ils les entendaient, interpréteraient ces rumeurs indiscrètes comme les bruits de détente des objets inanimés mais je grimaçai et m'immobilisai à chaque fois que le bois gémissait sous mes pieds.

En quelques minutes, je passai devant toutes les nacelles qui ressemblaient à des escargots géants cheminant dans la pénombre et parvins au sommet de la plate-forme, à trois mètres du sol environ, où je m'accroupis contre le garde-fou pour fouiller du regard la foire baignée de nuit. J'avais choisi ce poste d'observation parce qu'il me permettait de surveiller la base de la grande roue et me donnait la meilleure vue possible sur le parc d'attractions, tout en demeurant invisible.

Depuis la semaine dernière, la nuit avait dévoré une partie de la lune. Elle n'était pas aussi secourable qu'au moment où j'avais poursuivi le gobelin jusqu'au pavillon des autos-tamponneuses. Par ailleurs, les ombres m'offraient tout autant qu'aux gobelins un abri rassurant. Ce qui était perdu d'un côté était gagné de l'autre.

Et j'avais sur eux un avantage inappréciable. Je les savais là, mais ils étaient presqu'à coup sûr inconscients de ma présence et ne pouvaient savoir que je les chassais.

Quarante fastidieuses minutes s'écoulèrent avant que j'entende l'un des intrus quitter sa cachette. La chance était à mes côtés, car le bruit — un raclement de métal sur du métal et un léger grincement de charnière manquant d'huile — provenait d'un endroit situé directement en face de moi, sur l'arrière de l'attraction, où les camions et les lampes à arc éteintes, les groupes électrogènes et les autres équipements étaient alignés, au milieu du parc d'attractions, flanqués de part et d'autre de manèges. La protestation des charnières fut vite suivie d'un mouvement qui accrocha mon regard. Une dalle d'ombre tourna dans l'ombre plus épaisse qui l'entourait. C'était l'un des battants d'une double porte à l'arrière d'un camion. Un homme sortit avec mille précautions, à cinq mètres de moi. C'était un homme pour tous les autres, et un gobelin pour moi. Les cheveux se hérissèrent sur ma nuque. Dans cette obscurité, je ne voyais pas grand-chose du démon derrière la forme humaine mais je n'eus aucune difficulté à apercevoir les yeux pourpres et luisants.

Quand la créature eut étudié la nuit et se fut persuadée qu'elle n'était pas observée et que nul danger ne la menaçait, elle se retourna vers l'arrière du camion. J'hésitai, me demandant si elle allait appeler ses semblables qui se seraient trouvés à l'intérieur du véhicule mais elle commença à fermer la porte.

Je me levai, passai une jambe, puis l'autre par-dessus le garde-fou et me retrouvai perché sur la balustrade du manège, et la bête n'aurait pu manquer de m'apercevoir si elle s'était brusquement retournée. Mais elle s'en abstint et, achevant de repousser le battant, elle remit en place le loquet le plus doucement possible, mais fit assez de bruit pour couvrir le son de mes pieds atterrissant sur le sol après un saut de chat.

Sans un regard en arrière vers les ombres denses où j'étais recroquevillé, la créature s'éloigna en direction de la grande roue, qui se dressait à deux cents mètres de là.

Je tirai le poignard de ma botte et emboîtai le pas au démon.

Il se déplaçait avec les plus extrêmes précautions.

Je fis de même.

Il ne faisait presque pas de bruit.

Je ne faisais pas de bruit du tout.

Je le rattrapai au flanc d'un autre camion. La bête ne découvrit ma présence qu'à l'instant où je fondis sur elle, lui passai un bras autour du cou, lui tirai brutalement la tête en arrière et lui ouvris la gorge avec mon poignard. Quand je sentis le sang jaillir, je relâchai mon étreinte et m'écartai, et l'être tomba aussi brusquement et mollement qu'une marionnette dont on vient de couper les fils. Sur le sol, il se tordit quelques secondes, levant les mains vers sa gorge ouverte, d'où le sang fusait noir comme de l'huile à moteur dans la nuit sans lumière. Il ne parvint à émettre aucun son car il ne pouvait tirer aucun souffle de sa trachée détruite ni provoquer la moindre vibration dans son larynx perforé. De toute façon, il ne vécut pas trente secondes, sa vie lui échappant dans une série de faibles palpitations. Les yeux rouges et luisants me fixaient et tandis que je l'observais, la lumière en eux refluait.

Maintenant ce n'était plus qu'un homme entre deux âges avec des favoris broussailleux et de la bedaine.

Je poussai le corps sous le camion, pour éviter qu'une autre de ces bêtes ne tombe dessus et ne soit alertée. Plus tard, il faudrait que je revienne le décapiter et enterrer les deux parties du corps dans des fosses séparées. Mais pour l'instant, j'avais d'autres soucis.

Le rapport de forces s'était un peu amélioré. Cinq et non plus six contre un. Mais la situation n'était pas très rassurante.

J'essayai de me réconforter en me racontant que les six que j'avais vus sur le cours central n'étaient peut-être pas tous restés après la fermeture mais ça ne marchait pas. Je savais bien qu'ils étaient tous dans les environs — pour autant que je pusse savoir une chose pareille.

Mon cœur battait la chamade, gonflant mes veines et mes artères d'un sang qui me donnait une clarté d'esprit exceptionnelle ; je n'étais ni étourdi ni frénétique mais sensibilisé aux plus petites nuances de la nuit, dans un état assez proche de celui du renard en chasse qui traque sa proie dans les bois et, en même temps reste sur ses gardes vis-à-vis de tout ce qui pourrait faire de lui une proie.

A pas de loup, je m'avançai sous la lune à demi-dévorée, un couteau dégouttant de sang à la main, sa lame brillant comme une traînée de liquide huileux tendue magiquement en l'air.

Des papillons de nuit voltigeaient comme des flocons de neige autour de poteaux chromés, passant et repassant devant d'autres surfaces de métal poli, partout où les attirait un vague reflet de pâle lueur lunaire.

Je me glissai d'un couvert à un autre, l'oreille et l'œil aux aguets.

Je courus à pas légers, courbé en deux.

Je contournai doucement les coins aveugles.

M'aplatis.

Rampai.

Glissai.

Me faufilai.

Un moustique me chatouilla le cou de ses longues pattes, ses ailes fragiles battant vigoureusement l'air et j'esquissai le geste de l'écraser puis songeai que le bruit de la claque risquait de me dénoncer. Je refermai lentement une main sur lui tandis qu'il se nourrissait de moi — et l'écrasai entre paume et cou.

Il me sembla entendre quelque chose du côté du Palais du rire mais ce fut très vraisemblablement mon sixième sens qui m'envoya dans cette direction. Dans les ténèbres, l'immense face de clown paraissait cligner de l'œil à mon intention, mais sans humour ; c'était plutôt le genre de clin d'œil que vous adresse la Mort quand elle vous fait l'honneur de réclamer son dû, un clin d'œil sinistre simulé par les asticots grouillant dans une orbite.

Un gobelin qui était monté dans une gondole du Palais du rire avant la fermeture avait eu l'ingénieuse idée de sortir de l'énorme bouche béante du clown pour retrouver ses comparses. L'air fanfaron, une dégaine à la Elvis, il arborait une banane avantageuse et devait avoir dans les vingt-cinq ans. Tapi contre la caisse, je l'observais... et quand il passa à ma hauteur, je frappai.

Cette fois-ci, je ne fus pas aussi rapide ou aussi puissant qu'auparavant et la bête réussit à lever un bras et à détourner la lame au moment où la pointe coupante allait taillader sa gorge. L'acier coupant comme un rasoir fendit la chair de son avant-bras et lui fit une estafilade le long de la main, la pointe s'arrêtant entre

241

les premières phalanges de deux doigts. Le démon poussa un petit cri à peine audible qu'il étouffa en s'apercevant sans doute qu'un hurlement risquait d'attirer aussi bien des forains curieux que d'autres gobelins.

Alors même que le sang jaillissait de son bras, le démon s'arrachait à mon étreinte. Avec un titubement d'ivrogne il se jeta sur moi, ses yeux lumineux brillant du désir de meurtre.

Avant qu'il ait récupéré son équilibre, je lui balançai mon pied dans l'entrejambe. Prisonnier de la forme humaine, il était l'otage de ses faiblesses physiologiques et se plia donc en deux quand la douleur explosa dans ses testicules. Mon pied frappa de nouveau, plus haut cette fois et comme la bête baissait obligeamment la tête au même moment, le coup la cueillit sous le menton. Elle s'étala les quatre fers en l'air sur l'allée couverte de sciure et je tombai dessus en enfonçant profondément le couteau dans sa gorge, puis en tournant la lame. J'encaissai deux ou trois coups de poing à la tête et aux épaules quand elle fit une futile tentative pour me repousser mais je réussis à extirper la vie de cette créature comme l'air d'un ballon crevé.

Haletant mais gardant à l'esprit la nécessité de rester silencieux, je me relevai péniblement au-dessus du gobelin mort… et reçus un coup par-derrière à la nuque. La douleur explosa mais je restai conscient. Je tombai, roulai, et vit un autre gobelin qui se précipitait vers moi, un long morceau de bois à la main.

Sous le choc j'avais laissé tomber mon couteau. Je l'apercevais, luisant faiblement, à trois mètres de là, mais je n'avais pas le temps de l'atteindre.

Ses lèvres noires retroussées dans un rictus mauvais derrière son apparence humaine, mon troisième adversaire fut sur moi le temps d'un seul battement des paupières de ses yeux ardents, brandissant le madrier comme une hache, il m'en frappa au visage comme j'avais frappé Denton Harkenfield. Je croisai les bras au-dessus de la tête pour m'éviter une fracture du crâne et la bête abattit à trois reprises le lourd gourdin sur mes bras, arrachant une douleur brûlante à mes os comme un forgeron qui fait jaillir des étincelles de l'enclume. Puis il changea de tactique et s'en prit à mes côtes sans protection. Relevant les genoux je me roulai en boule et tentai de me déplacer sur le côté, en quête d'un objet que je pourrais interposer entre nous mais le gobelin suivit le mouvement avec une démoniaque allégresse, faisant pleuvoir les coups sur mes jambes, mes fesses, mon dos, mes flancs, mes bras. Aucun d'entre eux ne porta avec une force à briser les os car je ne cessais de fuir le bâton mais je ne pourrais supporter longtemps ce châtiment en conservant la volonté et la capacité de bouger ; je commençai à croire que j'étais un homme mort. Dans un sursaut désespéré, je me découvris la tête et tentai d'agripper le gourdin mais le démon, qui me dominait et me surveillait de son regard luisant, déjoua facilement ma tentative et je ne réussis qu'à récolter une dizaine d'échardes dans les doigts et les paumes. La créature brandit la trique très haut et l'abattit avec la fureur d'un fou dangereux ou d'un samouraï en pleine frénésie guerrière. Le bâton qui venait droit sur moi me paraissait plus gros qu'un arbre qu'on abat et je sus que cette fois en me frappant, il m'arracherait la conscience ou la vie...

... mais en fait l'arme tout à coup glissait des mains du gobelin, voltigeait vers ma droite, et roulait, vibrante, dans la sciure. Avec un grognement rauque de douleur et de surprise, mon attaquant tomba vers moi, frappé par ce qui semblait être un pur tour de sorcellerie. Il me fallut ramper pour éviter d'être coincé sous la bête et quand je me retournai, ébahi, je vis comment j'avais été sauvé. Joel Tuck se tenait au-dessus du gobelin, avec en main la massue qu'il utilisait mercredi matin quand je l'avais découvert en train de planter les piquets de tente derrière Shockville. Joel frappa encore un coup et le crâne du gobelin éclata avec un bruit sourd, humide, répugnant.

La bataille tout entière s'était déroulée dans un quasi-silence. Le bruit le plus fort avait été le son assourdi du gourdin frappant l'une ou l'autre partie de mon anatomie, ce qu'on ne pouvait entendre à plus d'une trentaine de mètres.

Encore torturé de douleur, l'esprit au ralenti, je contemplai d'un air stupide Joel qui, abandonnant sa massue, agrippait le gobelin mort par les pieds et tirait le corps hors de l'allée, pour le dissimuler dans la niche formée par la plate-forme du bonimenteur et le guichet du Palais du rire. Puis il s'attaqua à l'autre cadavre, celui de l'imitateur d'Elvis et le fourra dans la même cachette. Pendant cette dernière manœuvre, j'avais réussi à me mettre sur les genoux et commencé à me frotter les côtes et les bras pour chasser un peu la douleur.

En le regardant tirer le deuxième corps derrière le guichet pour le poser sur l'autre mort, j'eus un moment de sinistre gaieté nerveuse. J'imaginais Joel devant une énorme cheminée, bien calé dans une confortable chaise à bascule, sirotant un verre de cognac — et de temps à autre se levant pour tirer un cadavre d'un énorme tas, pour le jeter dans l'âtre où d'autres morts des deux sexes étaient déjà à demi consumés par les flammes. Hormis le fait que des corps avaient été substitués aux bûches ordinaires, c'était une rassurante scène domestique et Joel sifflait même, et joyeusement, en enfonçant une barre de fer dans la masse de chair brûlante. Je sentis le fou rire monter en moi et je savais que je n'oserais pas me laisser aller car alors je serais incapable de m'arrêter. J'étais au bord de l'hystérie. Cette découverte me choqua et m'effraya. Secouant la tête, je chassai cette étrange scène de coin du feu hors de mon esprit.

Le temps que j'aie suffisamment récupéré pour essayer de me relever, Joel était là pour m'aider. Dans la lumière fantomatique du croissant de lune, son visage malformé ne paraissait pas plus monstrueux, comme on aurait pu s'y attendre, mais plus doux, moins menaçant, comme un dessin d'enfant, presque plus amusant qu'effrayant. Je m'appuyai sur lui un moment, en me rappelant à quel point il était grand, ce sacré bonhomme et quand enfin je parlai, j'eus la présence d'esprit de murmurer :

— Ça va.

Ni lui ni moi ne commentâmes son apparition inattendue et nous ne fîmes non plus aucune allusion au fait qu'il avait prétendu n'avoir jamais vu de gobelin alors qu'il s'adonnait sans hésiter au meurtre. Plus tard, nous aurions le temps. Si nous en réchappions.

Je clopinai sur la chaussée à la recherche de mon couteau. En me baissant, j'eus un étourdissement mais je le surmontai, tirai le poignard de la sciure, me redressai et retournai vers Joel avec cette allure — langue entre les dents, cou raide, épaules redressées, très très prudent — que prennent les ivrognes qui croient tromper leur monde en passant un test de sobriété.

Joel ne fut pas dupe de ma forfanterie. Me prenant par un bras, il me soutint pendant que nous quittions l'allée à découvert et m'aida à me frayer un chemin sur l'arrière des attractions. Nous trouvâmes refuge dans le havre d'ombre d'un Caterpillar.

— Quelque chose de cassé ? chuchota-t-il.

— Je crois pas.

— Des plaies graves ?

— Non, assurai-je en m'arrachant des mains deux des plus grosses échardes.

J'avais évité d'être grièvement blessé mais demain j'allais déguster. Si j'arrivais au lendemain.

— Il y a encore des gobelins.

Il se tut un moment.

Nous écoutions.

Dans le lointain s'éleva le sinistre sifflement d'un train.

Plus près, la rapide et douce vibration des ailes des papillons de nuit.

Des respirations. Les nôtres.

— Combien crois-tu ? demanda-t-il enfin tout bas.

— Six peut-être.

— J'en ai tué deux, dit-il.

— Y compris celui que je t'ai vu ratatiner ?

— Non. Avec celui-là, ça fait trois.

Comme moi, il avait su qu'ils allaient saboter la grande roue cette nuit. Comme moi, il était sorti pour les en empêcher. J'avais envie de l'embrasser.

— J'en ai tué deux, chuchotai-je.

— Toi ?

— Moi.

— Alors… il en reste un ?

— Je crois.

— Tu veux qu'on le cherche ?

— Non.

— Ah ?

— *Il faut* qu'on le cherche.

— Exact.

— La grande roue, soufflai-je entre mes dents.

Nous nous glissâmes à travers l'encombrement des machines à l'arrière des attractions jusqu'auprès de la grande roue. Malgré sa taille, Joel Tuck se déplaçait avec une grâce athlétique et dans un silence absolu. Nous nous arrêtâmes dans une congère d'ombre amassée contre une remorque portant un groupe électrogène, et en détaillant du regard les alentours, j'aperçus le sixième gobelin debout au pied de la grande roue.

Il avait pris l'apparence d'un homme de trente-cinq ans, grand, assez musclé, aux cheveux blonds bouclés. Mais comme il était à découvert, et qu'un souffreteux rayon d'une lune anémique le couvrait d'une sorte de talc, je parvins aussi à voir en lui le gobelin, même à cette distance de dix mètres.

— Il est troublé, chuchota Joel. Il se demande où sont passés les autres. Il faut qu'on l'attrape... avant qu'il s'inquiète vraiment et qu'il file.

Nous nous rapprochâmes encore de deux mètres jusqu'au dernier carré d'ombre où nous nous accroupîmes. Pour atteindre le gobelin, il nous faudrait nous redresser à découvert, foncer sur quatre mètres, passer par-dessous la barrière basse et traverser encore quatre ou cinq mètres d'un terrain encombré de câbles.

Évidemment, pendant que nous franchirions la barrière, notre ennemi s'enfuirait. Si nous ne parvenions pas à le rattraper, il irait en courant à Yontsdown avertir ses semblables : *il y a des gens à la fête qui nous voient sous nos déguisements !* Alors Lisle Kelsko trouverait une excuse pour faire une descente au parc d'attractions. Il (son gobelin) débarquerait armé d'une poignée de mandats de perquisition et de fusils et il fourrerait son nez aussi bien dans les spectacles forains, les attrape-gogos et les baraques à strip-tease, que dans nos caravanes. Il ne serait pas satisfait tant que les tueurs de gobelins n'auraient pas été identifiés et d'une manière ou d'une autre, éliminés.

Mais si on pouvait égorger le sixième gobelin et l'enterrer secrètement avec ses compagnons, Kelsko soupçonnerait sans doute très fortement que quelqu'un dans la fête était responsable de leur disparition, mais il n'aurait pas de preuve. Et peut-être ne devinerait-il pas que les saboteurs avaient été anéantis parce que leur apparence humaine avait été percée à jour. Si ce sixième gobelin ne retournait pas à Yontsdown avec une mise en garde explicite et une description de Joel et moi, alors, il y avait encore de l'espoir.

Ma main droite était trempée de sueur. Je l'essuyai vigoureusement sur mon jean puis saisit mon poignard par la pointe. Mes bras étaient endoloris de coups mais j'étais assez sûr de pouvoir placer une lame là où je voulais. Je chuchotai rapidement mon intention à Joel et quand le gobelin me tourna le dos pour surveiller les ombres de l'autre côté, je me dressai, fis quelques pas en courant, m'immobilisai brusquement quand il commença à se retourner vers moi et lançai le poignard avec toute la force, la vitesse et la précision dont j'étais capable.

Trop tôt, d'une seconde. Et trop bas. Avant que la créature ait terminé son demi-tour, la lame lui pénétra profondément dans l'épaule au lieu de lui percer le tendre centre de la gorge. Le démon chancela en arrière et heurta le guichet. Je m'élançai vers lui, me prit le pied dans un câble et tombai lourdement sur le sol.

Quand Joel arriva sur la bête, elle avait arraché le couteau de son épaule et titubait, toujours debout. Avec un rictus et un sifflement qui n'avait rien d'humain, l'être sabra l'air devant Joel mais celui-ci, agile malgré sa taille, d'un coup de poing lui fit tomber le couteau des mains, le repoussa brutalement et se jeta sur lui quand il tomba sur le sol. Il l'étrangla.

Je récupérai mon couteau, essuyai la lame sur mon pantalon et le replaçai dans son fourreau.

Même si j'avais été en mesure de m'occuper de ces six gobelins sans l'aide de Joel, je n'aurais pas eu la force de les enterrer seul. Avec son énorme carrure et sa musculature imposante, il pouvait tirer deux cadavres à la fois, tandis que je ne pouvais en trimbaler qu'un. Si j'avais été seul, j'aurais été obligé de faire six voyages jusqu'aux bois derrière le champ de foire mais là, deux allers-retours suffirent.

De plus, grâce à Joel, il ne fut pas besoin de creuser de fosse. Nous traînâmes les corps jusqu'en un lieu situé seulement à dix mètres de la lisière. Là, dans une clairière cernée d'arbres semblables aux prêtres en robe noire de quelque religion païenne, aboutissait une cheminée souterraine calcaire qui attendait les morts.

Tandis que je m'agenouillai au bord du trou, en braquant le rayon de la lampe de poche de Joel sur les profondeurs apparemment infinies de ce puits, je demandai :

— Comment savais-tu que c'était là ?

— Je repère toujours les lieux quand on s'installe sur un nouvel emplacement. Si tu peux trouver un truc comme ça, ça te tranquillise de savoir que tu en disposeras en cas de besoin.

— Toi aussi, tu es en guerre.

— Non. Pas comme tu as l'air de l'être. Je les tue seulement quand je n'ai pas le choix, quand ils vont tuer des forains ou quand ils ont l'intention de s'en prendre à des gogos et de nous en laisser la responsabilité. Je ne peux rien pour le mal qu'ils font aux gogos dans le monde des sédentaires. C'est pas que je me moque de ce qui arrive aux gogos, tu sais. Je m'en moque pas. Mais je ne suis qu'un homme et je ne peux pas grand-chose et la seule chose à ma portée, c'est de protéger les miens.

Autour de nous les arbres frottaient leurs soutanes de feuilles. Une odeur de sépulcre montait du puits.

— Tu as jeté d'autres gobelins là-dedans ? m'enquis-je.

— Deux seulement. Généralement, à Yontsdown, ils nous laissent tranquilles parce qu'ils sont trop occupés à préparer des incendies d'école, à empoisonner les gens dans les pique-niques paroissiaux, ce genre de choses.

— Ici, c'est un vrai nid pour eux, tu le sais !

— Oui.

— Tu les as jetés quand les autres ? demandai-je en plongeant un regard dans le puits calcaire sans fond.

— Il y a deux ans. Deux d'entre eux se sont introduits dans la fête l'avant-dernière nuit de notre séjour, avec l'intention d'allumer un incendie qui détruirait tout le parc d'attractions et nous anéantirait. A leur grande surprise, j'ai contrecarré leurs plans.

Courbé en avant, les cheveux en bataille, son visage malformé paraissant plus étrange que jamais dans la lueur de la lampe électrique, le monstre de foire tira le premier cadavre jusqu'au bord de la cheminée comme un ogre accumulant de la viande en prévision de l'hiver.

— Non, dis-je. D'abord... il faut leur couper la tête. Puis balancer les corps dans le puits mais il faut enterrer les têtes séparément... au cas où.

— Ah... au cas où quoi ?

Je lui racontai mon expérience avec le gobelin que j'avais enterré sous le plancher de Shockville la semaine précédente.

— Je ne leur ai pas coupé la tête jusqu'à maintenant, remarqua-t-il.

— Alors il y a un risque pour qu'un de ces jours il y en ait deux qui reviennent.

Reposant le corps, il garda un moment le silence, méditant ces ennuyeuses nouvelles. Au vu de sa taille et de l'effroyable ensemble que formaient ses traits rugueux, on pouvait croire qu'il n'avait aucun mal à provoquer la terreur et on ne se serait jamais douté qu'il eût peur lui-même. Pourtant dans cette lumière incertaine je voyais l'anxiété sur son visage et aussi dans ses deux bons yeux, et quand il parla, je l'entendis aussi dans sa voix.

— Tu veux dire qu'il y en a peut-être deux par là, quelque part, qui savent que je sais ce qu'ils sont... et peut-être qu'ils me cherchent... qu'ils me cherchent depuis longtemps, qu'ils se rapprochent ?

— C'est possible, rétorquai-je. Je pense que la plupart d'entre eux restent morts quand on les a tués. Il n'y en a sans doute qu'un petit nombre qui réussissent à conserver une étincelle de vie suffisamment forte pour rebâtir leur corps et finalement se ressusciter eux-mêmes.

— Un petit nombre, c'est déjà trop, dit-il, nerveux.

Je tenais à présent la lampe de telle manière que le rayon éclaboussait l'ouverture du puits, parallèlement au sol, et frappait les troncs d'un couple d'arbres de l'autre côté de la clairière. Joel Tuck baissa les yeux pour regarder à travers le pinceau lumineux qui allait en s'élargissant, la bouche béante du boyau, comme s'il s'attendait à voir des mains de gobelins surgir des ténèbres, comme s'il croyait que ses victimes étaient revenues à la vie depuis longtemps mais étaient restées là en bas, où il les avait mises, à attendre son retour.

— Je crois pas, assura-t-il, que les deux que j'ai balancés là-dedans reviendraient. Je les ai pas décapités mais je leur ai salement fait leur affaire et même si une étincelle de vie était restée en eux quand je les ai amenés là, en tombant dans ce trou ils ont eu leur compte. Et puis, s'ils étaient revenus, ils auraient averti les autres à Yontsdown et le groupe qui est venu saboter la grande roue aurait été drôlement plus prudent.

En dépit de la profondeur du puits et bien que Joel eût certainement raison sur l'impossibilité pour les gobelins de revenir de cette tombe glaciale et sans fond, nous avons décapité les six démons que nous avions mis à mort cette nuit-là. Nous avons abandonné leurs corps au boyau mais leurs têtes, nous les avons enterrées dans une fosse commune plus loin dans les bois.

Sur le chemin du retour, en suivant un sentier de forêt, tandis que nous avancions à travers les ronces et les herbes, j'étais si fatigué que j'avais l'impression d'avoir les os sur le point de se désassembler. Joel Tuck lui aussi paraissait épuisé et nous n'avions ni l'énergie ni la clarté d'esprit nécessaires pour nous poser mutuellement les questions dont les réponses nous manquaient. Cependant, je voulus savoir pourquoi il avait joué l'idiot le mercredi matin, quand je l'avais interrompu dans l'installation des piquets de tente et que je l'avais entrepris sur sa précédente intervention nocturne en ma faveur.

Paraphrasant la question qu'il m'avait posée au sujet de Rya une semaine plus tôt, il me répondit :

— Ma foi, à ce moment-là, je n'étais pas sûr d'avoir percé la surface sous ta surface. Je savais qu'il y avait en toi un tueur de gobelins, mais j'ignorais si c'était ton secret le plus profond. Tu semblais être un ami. N'importe quel tueur de gobelins ne pouvait que me plaire. Seigneur, oui ! Mais je suis prudent. Quand j'étais tout jeune, je n'étais pas prudent avec les gens, tu vois, mais j'ai appris. Oh, ça, j'ai appris ! Quand j'étais petit, j'étais désespéré par ma face de cauchemar, j'avais un tel besoin d'affection, une telle envie d'être accepté que je m'attachais à n'importe qui, pourvu qu'on ait un mot gentil pour moi. Mais l'un après l'autre ils m'ont tous trahi. Il y en a certains que j'ai entendus rire dans mon dos et chez d'autres, j'ai détecté une pitié écœurante. Certains de mes tuteurs et de mes amis fidèles ont gagné ma confiance mais seulement pour s'en montrer indignes en essayant de me faire définitivement interner, pour mon bien ! A l'époque j'avais onze ans et j'ai su que les gens avaient autant de couches de personnalité qu'un oignon et qu'avant de devenir ami avec quelqu'un il valait mieux être sûr que chacune de ses couches était aussi propre et bonne que la peau du dessus. Tu vois ?

— Je vois. Mais quel pouvait bien être le secret que j'aurais caché sous le secret de mon activité de tueur de gobelins, à ton avis ?

— Je n'en savais rien. Ça pouvait être n'importe quoi. Alors je t'ai gardé à l'œil. Et cette nuit, quand ce salopard avait l'air d'être sur le point de t'avoir avec son madrier, je ne m'étais pas encore fait une opinion sur ton compte.

— Dieu du ciel !

— Mais je me suis rendu compte que si je n'intervenais pas, j'allais peut-être perdre un ami et un allié. Et en ce bas monde, des amis et des alliés dans notre genre ça ne se trouve pas facilement.

Dans la prairie séparant la forêt du parc d'attractions, alors que la lune avait disparu et que les bras noirs de la nuit nous entouraient les épaules avec des airs conspirateurs, nous avancions pesamment ensemble, les hautes herbes chuchotant autour de nos jambes. Des lucioles scintillaient autour de nous et s'éloignaient en douceur pour des missions éclairées à la lanterne qui échappaient à notre compréhension. Notre passage mettait un terme temporaire au chant des criquets et aux appels des crapauds mais le chœur reprenait de plus belle dans notre sillage.

Comme nous arrivions sur l'arrière de la tente abritant les Mystères du Nil de Sabrina, un spectacle de girls à la sauce égyptienne, Joel s'arrêta et posa une grosse main sur mon épaule, me contraignant à faire halte moi aussi.

— Cette nuit quand les six ne reviendront pas à Yontsdown, où on les attend, ils vont s'inquiéter. Tu ferais peut-être mieux de dormir dans ma caravane. Ma femme n'y verra pas d'inconvénient. Il y a une chambre d'amis.

C'était la première fois que j'entendais dire qu'il était marié et j'avais beau me faire un point d'honneur de garder l'attitude blasée des forains envers les monstres, j'eus à ma grande honte un sursaut en découvrant que Joel Tuck avait une épouse.

— Qu'est-ce que tu en dis ? demanda-t-il.

— Ça m'étonnerait qu'il se passe encore quelque chose cette nuit. Et puis, si c'est le cas, ma place est auprès de Rya.

Il se tut un moment. Puis :

— J'avais raison, hein ?

— A quel sujet ?

— Ton béguin.

— C'est plus que ça.

— Tu... es amoureux d'elle ?

— Oui.

— Tu en es sûr ?

— Oui.

— Est-ce que tu es sûr de connaître la différence entre le béguin et l'amour ?

— Bon Dieu, qu'est-ce que c'est que cette question ? demandai-je.

Je n'étais pas vraiment en colère contre lui, simplement mal à l'aise de détecter la résurgence de ce sentiment énigmatique en lui.

— Désolé, dit-il. Tu n'es pas un jeune de dix-sept ans ordinaire. Tu n'es pas un gamin. Aucun gamin n'aurait appris, vu et fait ce que tu as appris, et je ne devrais pas l'oublier. Tu sais ce qu'est l'amour, je suppose. Tu es un homme.

— Je suis vieux, assurai-je, fatigué.

— Est-ce qu'elle t'aime ?

— Oui.

Il garda le silence un long moment mais laissa sa main sur mon épaule, comme s'il cherchait avec application les mots pour faire passer l'important message qui défiait même son formidable vocabulaire.

— Qu'est-ce qu'il y a ? demandai-je. Qu'est-ce qui te gêne ?

— Je suppose que quand tu dis qu'elle t'aime... tu le sais pas seulement parce qu'elle te le dit mais... aussi grâce à ces talents spéciaux, à ce don de perception que tu possèdes.

— C'est exact, répondis-je en me demandant pourquoi ma relation avec Rya le préoccupait autant.

Ses questions sur ce thème si délicat semblaient presque le fruit d'une curiosité banale mais je sentais vaguement qu'il y avait plus que cela, et puis il m'avait sauvé la vie, aussi réprimai-je mon premier mouvement d'irritation pour dire :

— Avec mon don de double vue, avec mes pouvoirs psychiques, je sens qu'elle m'aime. Ça te satisfait ? Mais même si je n'avais pas eu un sixième sens, j'aurais su ce qu'elle ressentait.

— Si tu en es sûr...

— J'ai dit seulement que je l'étais.

Il soupira.

— Excuse-moi, encore. C'est juste que... j'ai toujours été conscient qu'il y avait... quelque chose de différent chez Rya Raines. J'ai eu le sentiment que la surface sous la surface chez elle... n'était pas bonne.

— Elle a un secret sinistre, lui dis-je. Mais ce n'est pas ce qu'elle a fait. C'est ce qu'on lui a fait, à elle.

— Elle t'a raconté tout ça ?

— Oui.

Il hocha sa tête hirsute et fit mouvoir sa mâchoire de pelle mécanique.

— Bien. J'en suis enchanté. J'ai toujours senti la bonne part, la part valable de Rya mais il y a toujours eu autre chose, ce truc inconnu qui me donnait des soupçons...

— Comme je t'ai dit, son secret est qu'elle a été victime et non criminelle.

Il me donna une petite tape sur l'épaule et nous nous remîmes en route, contournant la baraque à strip-tease, puis les bizarreries animales, passant entre l'une et l'autre tentes pour gagner l'allée centrale et Gibtown-sur-roues.

Je pressai le pas tandis que nous approchions des caravanes. Cet échange sur Rya me rappelait qu'elle était en danger. J'avais beau l'avoir mise en garde, savoir qu'elle était sans doute capable de se défendre une fois avertie de la venue de difficultés, j'avais beau ne pas la croire en péril pour l'instant, un serpent d'appréhension s'enroulait au creux de mon estomac. J'avais hâte de vérifier qu'elle allait bien.

Joel et moi nous nous séparâmes en nous mettant d'accord pour nous revoir le lendemain afin de satisfaire notre curiosité réciproque sur nos capacités psychiques et de partager ce que nous savions de la race gobeline.

En me dirigeant vers l'Airstream de Rya, je songeai au massacre de la nuit, en espérant ne pas être trop visiblement souillé de sang. Je concoctai une histoire pour expliquer les taches sur mon jean et mon T-shirt au cas où Rya serait éveillée. Si par chance, elle était encore au lit, je pourrais prendre une douche et ranger mes vêtements pendant qu'elle rêvait.

Je me sentais comme la sombre Faucheuse elle-même, rentrant chez elle après le travail.

Je ne savais pas qu'avant l'aube elle aurait de nouveau besoin de sa faux.

16

Une éclipse totale du cœur

Assise dans un fauteuil, dans le salon de l'Airstream, Rya était toujours vêtue du pantalon jaune et du chemisier vert émeraude qu'elle portait la dernière fois que je l'avais vue au parc d'attractions. Elle tenait à la main un verre de scotch et quand mon regard se posa sur son visage, je retins les trois ou quatre paroles trompeuses que j'avais formulées sur le chemin de la maison. Quelque chose ne tournait pas rond, pas rond du tout ; c'était visible dans son regard, dans le tremblement qui amollissait sa bouche, dans les cernes charbonneux apparus sous ses yeux, dans la pâleur qui la vieillissait.

— Qu'est-ce qu'il y a ? demandai-je.

D'un geste, elle m'invita à m'asseoir sur le siège en face d'elle et comme je montrais les taches sur mon jean — ce n'était pas trop, trop terrible, maintenant que je les voyais à la lumière —, elle déclara que cela n'avait pas d'importance et de nouveau m'indiqua le fauteuil du doigt, cette fois avec une nuance d'impatience. Je m'exécutai, conscient tout à coup de la présence de sang et de terre sur mes mains et de quelques traces sanglantes sur mon visage. Mais elle ne parut ni choquée ni intriguée par mon allure, et ne chercha pas à savoir où j'étais passé ces trois dernières heures, ce qui était bien le signe du sérieux des nouvelles qu'elle avait à me communiquer.

Comme je me posais au bord du siège, elle prit une longue gorgée de scotch. Le verre cogna contre ses dents.

Elle frissonna et dit :

— Quand j'avais onze ans, j'ai tué Abner Kady et on m'a enlevée à ma mère. Je te l'ai déjà raconté. On m'a mise dans un orphelinat d'État. Ça aussi je te l'ai raconté. Mais ce que je ne t'ai pas expliqué, c'est que... quand je suis allée à l'orphelinat... Ça a été la première fois que je les ai vus. Eux.

Stupéfait, j'amorçai un mouvement pour me lever.

D'un geste, elle m'incita à rester où j'étais.

— Ce n'est pas tout, dit-elle.

— Toi aussi, tu les vois ! Mais c'est incroyable !

— Pas tant que ça. La fête foraine est le meilleur refuge pour les marginaux et est-ce qu'il y a plus marginal que ceux de nous qui voient les... autres ?

— Les gobelins. Je les appelle les gobelins.

— Je sais. Mais c'est logique, non, que les gens de notre espèce échouent dans les fêtes foraines... ou dans les asiles ?

— Joel Tuck, dis-je.

Elle battit des paupières, surprise.

— Lui aussi, il les voit ?

— Oui. Et je le soupçonne de savoir que tu les vois.

— Mais il ne me l'a jamais dit.

— Parce qu'il dit qu'il perçoit une obscurité chez toi, et c'est le plus prudent des hommes.

Elle termina son scotch et puis garda un long moment les yeux fixés sur les cubes de glace, de l'air le plus triste que je lui eusse jamais vu. Comme j'esquissais de nouveau le geste de me lever, elle dit :

— Non, reste là. Ne t'approche pas de moi. Je ne veux pas que tu essaies de me réconforter. Je ne veux pas qu'on m'embrasse. Pas maintenant. Je dois en finir avec ça.

— Très bien. Continue.

— Je ne les avais jamais vus, ces... gobelins, dans les collines de Virginie. C'était pas très peuplé et on n'allait jamais très loin de la maison, on voyait jamais d'étrangers, alors il y avait peu de chances que j'en rencontre. Quand je les ai vus pour la première fois à l'orphelinat, j'ai été terrifiée, mais j'ai senti que je serais... éliminée si je leur laissais découvrir que je les voyais sous leur déguisement. En posant des questions avec beaucoup de précautions et de dissimulation, j'ai vite appris qu'aucun des autres enfants ne savait qu'à l'intérieur de nos maîtres il y avait des bêtes.

Elle leva le verre, se souvint qu'elle l'avait vidé et le maintint dans son giron avec les deux mains pour les empêcher de trembler.

— Tu peux imaginer ce que c'était pour une enfant sans défense d'être à la merci de ces créatures ? Oh, ils ne nous causaient pas trop de blessures physiques, parce que s'il y avait eu trop d'enfants morts ou sévèrement battus, une enquête aurait été déclenchée. Mais le règlement offrait mille occasions d'infliger de vigoureuses fessées et comportait un large éventail de punitions. Ils étaient maîtres en tortures psychologiques, aussi, et ils nous maintenaient dans un état constant de peur et de désespoir. On aurait dit qu'ils se nourrissaient, littéralement, de notre détresse, de l'énergie psychique produite par notre angoisse.

J'avais l'impression que dans mon sang s'étaient formées des paillettes de glace.

Je mourais d'envie de la serrer dans mes bras, de lui caresser les cheveux, de lui assurer qu'ils ne poseraient plus jamais leurs sales pattes sur elle, mais je sentais qu'elle n'avait pas encore fini et qu'elle n'apprécierait pas une interruption.

A présent, elle chuchotait presque :

— Mais il y avait un sort pire que de rester dans cet orphelinat. L'adoption. Tu vois, je me suis vite aperçue que les couples qui se présentaient parfois pour s'entretenir avec les gosses en vue de les adopter, étaient aussi des gobelins et qu'on donnait toujours l'enfant à un ménage dont l'un des membres, au moins était... de leur espèce. Tu comprends le truc ? Tu vois ? Tu sais ce qui arrivait à ces gosses adoptés ? Dans l'intimité de leurs nouvelles familles, à l'abri des regards de l'État, dans le « sanctuaire » de la famille, où les secrets honteux sont plus facilement gardés, ils étaient torturés, on se servait d'eux comme jouets de plaisir. Alors si l'orphelinat c'était l'enfer, être envoyé chez un couple pareil, c'était encore pire.

La glace passait de mon sang à mes os, dont la moelle semblait avoir gelé.

— J'ai échappé à l'adoption en jouant les débiles, en faisant semblant d'avoir un QI si bas qu'on n'aurait pas plus de plaisir à me torturer qu'à maltraiter un animal stupide. Tu comprends, il leur fallait des réactions. C'est ça qui les excitait. Et je ne veux pas dire seulement, la réaction physique à la douleur qu'ils infligent. C'est tout à fait secondaire. Ce qu'ils veulent, c'est ton angoisse, ta peur, et il est difficile d'engendrer une terreur d'une complexité satisfaisante chez un animal stupide. J'ai donc échappé à l'adoption et quand j'ai été assez âgée et assez forte pour m'en tirer toute seule, je me suis enfuie et réfugiée à la fête foraine.

— Quand tu avais quatorze ans.

— Oui.

— Assez âgée et assez forte, répétai-je avec une sombre ironie.

— Après onze ans d'Abner Kady et trois ans sous la coupe des gobelins, j'avais toute la force nécessaire.

Si son endurance, sa persévérance, sa puissance et son courage avaient déjà quelque chose d'impressionnant, cette nouvelle information me révélait une bravoure presque trop prodigieuse pour être comprise. C'était sûr, je m'étais trouvé une femme spéciale, une femme dont la détermination à survivre suscitait une admiration respectueuse.

Je me rejetai dans mon siège, presque assommé par l'horreur de ce que je venais d'entendre. J'avais la bouche sèche et amère, l'estomac me brûlait et il y avait en moi un grand vide.

— Mais bon Dieu, qu'est-ce que c'est que ces gens ? D'où sortent-ils ? Pourquoi s'en prennent-ils à la race humaine ?

— Je connais la réponse.

Un instant, je ne saisis pas pleinement la portée de cette phrase. Puis, quand je vis qu'elle voulait bien dire qu'elle connaissait la réponse à mes trois questions, je me redressai sur mon fauteuil, le souffle coupé, électrisé.

— Comment sais-tu ? Comment as-tu découvert ?

Elle baissait les yeux sur ses mains, sans mot dire.

— Rya ?

— C'est nous qui les avons créés.

Je sursautai :

— Comment est-ce possible ?

— Eh ben, tu vois... l'humanité est sur cette planète depuis plus longtemps qu'on le croit d'ordinaire. Bien des milliers d'années avant notre civilisation, il y en a eu une autre... C'était bien avant l'histoire écrite et elle était même plus avancée que la nôtre.

— Qu'est-ce que tu veux dire ? Une civilisation perdue ?

Elle hocha la tête.

— Perdue... détruite. Pour les gens de cette ancienne civilisation, la guerre et la menace de la guerre étaient un problème aussi aigu que pour nous à présent. Ces nations avaient développé des armes nucléaires et abouti à une impasse pas très différente de celle où nous sommes presque. Mais cette situation sans issue ne les a pas conduits par nécessité à rechercher une trêve, tant bien que mal, ou à faire la paix. Bon sang, non. Non. Le dos au mur, ils ont cherché d'autres moyens de faire la guerre.

Une partie de moi se demandait comment elle savait ces choses mais je ne doutais pas un instant de la vérité de ce qu'elle disait car mon sixième sens et peut-être aussi un écho de la mémoire de l'espèce enfoui dans l'inconscient me convaincaient de la sinistre réalité d'un récit que d'autres auditeurs auraient pris pour de pures divagations, un conte à dormir debout. Je ne pouvais me permettre de l'interrompre pour lui demander une nouvelle fois d'où elle tirait ses informations. D'abord, elle ne semblait pas pressée de me l'expliquer. Ensuite, j'étais captivé, complètement pris par ce prodigieux récit qu'elle paraissait avoir un obsessionnel besoin de livrer. Nul enfant à l'heure du coucher n'a jamais été aussi passionné par une fable merveilleuse, aucun condamné n'a jamais écouté la lecture du verdict avec autant d'attention que moi écoutant cette nuit-là Rya Raines.

— En ce temps-là, ils avaient développé leur capacité à... altérer la structure génétique des animaux et des plantes. Pas seulement l'altérer, mais monter, greffer un gêne sur un autre, supprimer des caractères ou en ajouter à leur gré.

— C'est de la science-fiction.

— Pour nous, oui. Pour eux, c'était la réalité. Cette percée a considérablement amélioré la vie des gens en donnant de meilleures récoltes... et une alimentation plus régulière... et une multitude de nouveaux médicaments. Mais c'était aussi un grand potentiel de malheur.

— Et ce potentiel n'est pas resté longtemps inexploité, conclus-je, non pas grâce à mon don de double vue mais avec la certitude cynique que la nature humaine n'était pas différente — pas meilleure — il y a des dizaines de milliers d'années.

En songeant à la grotesque face de ces démons, je dis :

— Mais quel animal spécifique ont-ils altéré pour obtenir ce... cette chose ?

— Je ne sais pas exactement, mais je crois que ce n'est pas tant une altération qu'une... une espèce entièrement nouvelle. Une race faite par l'homme avec une intelligence égale à la sienne. D'après ce que je comprends, le gobelin possède deux codes génétiques pour chaque détail de son apparence physique — l'un essentiellement humain et l'autre qui ne l'est pas — plus un gène de liaison, très important, qui donne la capacité de métamorphose, de sorte

258

que la créature a la possibilité de choisir entre deux identités, d'être, du moins en apparence, un être humain, ou un gobelin, selon les nécessités du moment.

— Mais ce n'est pas réellement un être humain, même quand il nous ressemble, observai-je.

Puis, songeant à Abner Kady, il me vint à l'esprit que même certains êtres humains authentiques ne sont pas des humains.

— Non, même s'il peut passer à travers les plus rigoureux examens médicaux de ses tissus, c'est toujours un gobelin. C'est sa réalité fondamentale, quel que soit le modèle physique qu'il adopte à un moment donné. En fait, son point de vue inhumain, ses pensées, ses façons de raisonner sont tous étrangers au plus haut degré à notre compréhension. Il a été conçu pour pénétrer en pays ennemi, se mêler aux gens, passer pour un être humain... puis, au moment le plus approprié, il retourne à son effroyable réalité. Par exemple, imaginons cinq mille gobelins infiltrés en territoire adverse. Ils pourraient lancer des attaques terroristes au hasard, troubler les échanges commerciaux et la vie sociale, créer une atmosphère de paranoïa...

J'imaginais le chaos. Le voisin redoutant le voisin. On ne se fierait plus à personne en dehors des membres de la proche famille. La société telle que nous la connaissons ne résisterait pas à une telle atmosphère de suspicion paranoïaque. La nation assiégée serait rapidement soumise.

— A moins que ses cinq mille gobelins ne soient programmés pour frapper tous en même temps, dans une seule et même explosion de délire meurtrier qui pourrait en une nuit faire passer deux cent mille personnes de vie à trépas.

Un être griffu et crochu, une machine soigneusement élaborée pour le combat et une apparence sidérante : le gobelin n'était pas fait seulement pour tuer mais aussi pour démoraliser.

En imaginant les effets d'une armée de gobelins, je fus un moment incapable de parler.

Mes muscles étaient tendus, noués, et je ne parvenais pas à les détendre. J'avais la gorge serrée. La poitrine me faisait mal.

Tandis que je l'écoutais, un poing de terreur se refermait sur mes entrailles et serrait.

Mais ce n'était pas seulement l'histoire des gobelins qui m'affectait.

Autre chose

Un pressentiment vague.

Quelque chose approchait...

Quelque chose de mauvais.

J'avais l'impression qu'au moment où, enfin, je connaîtrais tous les détails des origines des gobelins, je me retrouverais plongé dans une horreur au-delà de l'imaginable.

Au fond de son fauteuil, épaules basses, tête courbée, yeux baissés, Rya disait :

— Ce guerrier... gobelin avait été spécialement conçu pour être inaccessible à la pitié, à la culpabilité, à la honte, à l'amour, à la compassion et à la plupart des émotions humaines, bien qu'il sût assez bien les imiter quand il désirait passer pour un homme ou une femme. Il n'avait aucun remords à commettre les actes de violence les plus extrêmes. En fait... si j'ai bien compris les informations que j'ai accumulées depuis des années... si j'ai correctement interprété ce que j'ai vu... le gobelin avait même été conçu pour éprouver du plaisir à tuer. Bon Dieu, les trois seules émotions qu'il connaît, c'est une certaine aptitude limitée à la peur (qui lui a été implantée par les généticiens comme un mécanisme de survie), la haine et le goût du sang. C'est pourquoi... avec un éventail aussi limité de sensations, la bête essaiera de tirer le maximum de toutes celles qui lui seront offertes.

Aucun tueur humain, que ce fût dans leur civilisation comme dans la nôtre, dans les centaines de milliers d'années d'histoire connues ou non, n'a pu manifester un comportement d'assassin qui égalât ne fût-ce que d'un centième l'intensité obsessionnelle, compulsive, psychopathique de la conduite de ces soldats de laboratoire. Aucun fanatique religieux qui s'est gagné une place au paradis en prenant les armes au nom de Dieu n'a jamais massacré avec un tel zèle.

Mes mains boueuses et sanglantes étaient si étroitement entrelacées que les ongles écorchaient mes paumes et pourtant je n'arrivais pas à les décrisper. J'avais l'air d'un pénitent déterminé à obtenir l'absolution par la mortification de sa chair. Mais l'absolution pour qui ? De qui portais-je les péchés ?

— Mais, Seigneur, m'écriai-je, la création de ce guerrier... c'était... c'était de la folie pure ! Une chose pareille ne pouvait pas rester sous leur contrôle.

— Apparemment ils ont cru qu'ils y arriveraient. D'après ce que j'ai compris, chaque gobelin sortant du laboratoire possédait, implanté dans le cerveau, un mécanisme susceptible de susciter des souffrances temporairement incapacitantes et de déclencher la peur chez la créature. Grâce à ce système, un guerrier désobéissant pouvait être puni n'importe où dans le monde.

— Mais quelque chose a cloché.

— Il y a toujours quelque chose qui cloche.

— Comment sais-tu tout ça ?

— Chaque chose en son temps. Je t'expliquerai.

— J'y compte.

Sa voix morne et grise s'était encore assombrie en parlant des sécurités implantées chez les gobelins pour prévenir rébellions et bains de sang intempestifs. Évidemment, ils avaient été créés stériles. Ils ne pouvaient pas se reproduire, seuls les labos en fabriquaient. Et chaque gobelin avait subi un conditionnement intensif qui dirigeait sa haine et ses élans meurtriers vers un groupe racial ou ethnique étroitement défini, de manière à pouvoir être lancé sur un ennemi spécifique, sans qu'on n'ait à craindre qu'il s'en prenne imprudemment aux alliés de ses maîtres.

— Alors, qu'est-ce qui a cloché ? demandai-je.

— J'ai besoin d'un autre scotch, annonça-t-elle.

Elle se leva pour gagner la cuisine.

— Verse-m'en un, dis-je.

J'avais mal partout, les mains me brûlaient et me piquaient parce que je n'avais pas extrait la totalité des échardes. Le scotch aurait un effet anesthésiant.

Mais il ne pouvait anesthésier le sentiment d'un danger imminent. Ce pressentiment devenait toujours plus fort et je savais qu'il persisterait, quelle que fût la quantité d'alcool que j'ingurgiterais.

Je jetai un coup d'œil à la porte.

Je ne l'avais pas verrouillée en entrant. Nul ne verrouillait sa porte à Gibtown, que ce fût dans le Gibtown de Californie ou à Gibtown-sur-roues, parce qu'aucun forain n'avait jamais volé un autre forain.

Je me levai, marchai jusqu'à la porte pour appuyer sur le bouton de blocage de la poignée et mettre le verrou.

J'aurais dû me sentir mieux. Mais non.

Rya revint de la cuisine et me tendit un verre de scotch avec des glaçons

Je résistai à l'envie de la toucher car je sentais qu'elle ne voulait pas encore que je m'approche. Pas tant qu'elle ne m'aurait pas tout raconté.

Revenant à mon fauteuil, je me rassis et avalai en une seule gorgée la moitié de mon scotch.

Elle reprit son récit mais son nouveau verre de whisky n'améliora pas le ton morne de sa voix. J'avais le sentiment que son état d'esprit n'était pas seulement dû à l'horrible histoire qu'elle racontait, mais aussi à un malaise personnel. Je n'obtenais pas de perception claire de ce qui la rongeait.

Elle poursuivit en m'expliquant que le secret de la fabrication des gobelins avait bientôt filtré, comme il en advient toujours de tout savoir secret et une demi-douzaine de pays eurent rapidement des soldats de laboratoire semblables aux premiers gobelins, mais avec des modifications, des raffinements et des améliorations. Ils faisaient pousser leurs créatures dans des cuves, par milliers et l'impact de cette espèce d'arme devait se révéler aussi terrible que celui d'un échange nucléaire total.

— Souviens-toi, dit Rya, que les gobelins étaient censés être une solution de remplacement à la guerre nucléaire, un moyen beaucoup plus destructeur d'atteindre la domination mondiale.

— Belle solution !

— Bon, si la nation qui les a produits avait pu garder l'exclusivité de cette technique, elle aurait bel et bien conquis le monde en quelques années, sans recourir aux armes nucléaires. Mais quand tout le monde a eu des soldats gobelins, quand la contre-terreur a répondu à la terreur, de tout côté on s'est rendu compte qu'avec ces guerriers artificiels, la destruction mutuelle était aussi assurée qu'avec des armes nucléaires. Alors ils sont parvenus à un accord de rapatriement et de destruction de leurs armées de gobelins.

— Mais certains ont triché.

— Je ne crois pas... Je me trompe peut-être, j'ai peut-être mal compris... mais je crois que certains de ces soldats ont refusé de revenir.

— Ah ben ça !

— Pour des raisons qu'on n'a — ou du moins que je n'ai — jamais saisies, certains gobelins ont subi des modifications après leur sortie du laboratoire.

Passionné de science pendant toute mon enfance, j'avais une idée ou deux sur le sujet.

— Peut-être leurs changements étaient-ils dus à la fragilité de leurs chromosomes artificiels et de leurs montages de gènes.

— En tout cas, il semble que l'un des résultats de cette mutation a été le développement d'un ego, d'un sens de l'indépendance.

— Ce qui est sacrément dangereux chez un tueur psychopathe fabriqué par la biologie, dis-je avec un frisson.

— On tenta de les soumettre en activant l'implant générateur de douleur. Certains se rendirent. D'autres furent découverts en train de se tordre et de hurler dans d'inexplicables souffrances qui effectivement les démasquaient. Mais d'autres apparemment mutèrent d'une autre façon, soit en acquérant une incroyable résistance à la douleur... soit en apprenant à l'aimer, et même à prospérer sur elle.

J'imaginais sans peine comment les choses à partir de là avaient évolué.

— Dans leur déguisement humain parfait, avec leur intelligence égale à la nôtre, avec pour seules émotions la haine, la peur et le goût du sang, ils étaient indécelables... à moins de soumettre tous les habitants de la planète à un examen cérébral pour détecter l'implant. Mais il y avait des milliers de trucs permettant d'échapper à cette expertise. Fabriquer de faux certificats, se dissimuler dans les régions sauvages en effectuant des raids en ville pour se réapprovisionner... ou satisfaire l'envie pressante de tuer. C'est ça, non ?

— Je ne sais pas. Sans doute. Quelque chose de ce genre. Et à un certain moment, alors que la campagne mondiale de contrôles cérébraux battait son plein... les autorités ont découvert que certains des gobelins rebelles avaient subi une autre mutation fondamentale...

— Ils n'étaient plus stériles.

Rya sursauta.

— Comment le sais-tu ?

Je lui parlai de la gobeline enceinte de Yontsdown.

— Si j'ai bien compris, reprit-elle, la plupart restèrent stériles mais certains purent se reproduire. La légende dit..

— Quelle légende ? Où as-tu entendu raconter tout ça ?

demandai-je, de moins en moins capable de contenir ma curiosité. De quelles légendes parles-tu ?

Toujours aussi peu disposée à divulguer ses sources, elle ignora ma question :

— Selon la légende, une femme prise dans la campagne d'examens cérébraux se révéla être une gobeline et on la contraignit à prendre sa forme véritable. On l'abattit et en mourant elle mit bas une portée grouillante de bébés gobelins. En agonisant, elle reprit forme humaine, ainsi que l'exigeait son programme génétique (pour échapper aux autopsies et tromper les médecins légistes). Et quand on exécuta ses rejetons, ils se transformèrent en bébés humains en trépassant.

— Et alors l'humanité sut qu'elle avait perdu la guerre contre les gobelins.

Rya hocha la tête.

Ils avaient perdu la guerre parce que les enfants gobelins nés dans une matrice bestiale n'avaient aucun des mécanismes de contrôle décelables par examen cérébral. Il n'existait aucune méthode permettant de pénétrer leur déguisement. De ce jour, l'homme partagea la planète avec une espèce qui était son égale en intelligence et qui n'avait pas d'autre projet que la destruction de l'humanité et de ses œuvres.

Rya termina son scotch.

J'avais terriblement envie d'un autre verre, mais j'avais peur de le prendre car dans mon état d'esprit du moment, le deuxième aurait certainement entraîné un troisième et le troisième un quatrième et je ne m'arrêterais qu'ivre mort. Je ne pouvais me permettre de me laisser aller, car le sombre pressentiment d'un désastre imminent m'oppressait plus que jamais, équivalent psychique d'une masse noire de nuages d'orage s'accumulant par un jour d'été.

Je jetai un coup d'œil à la porte.

Toujours verrouillée.

Je regardai vers les fenêtres.

Elles étaient ouvertes.

Mais il y avait des jalousies au travers desquelles aucun gobelin ne pourrait se frayer un passage sans avoir à fournir un effort considérable.

— Ainsi, dit doucement Rya, nous n'étions pas satisfaits de cette terre que nous avait donnée Dieu. Certes, en ces temps oubliés, nous avions entendu parler de l'enfer, et nous trouvions le concept intéressant. Nous le trouvions si intéressant, si excitant que nous avons inventé des démons de notre cru et recréé l'enfer sur terre.

Si Dieu existait vraiment, je comprenais — comme jamais auparavant — pourquoi Il répandait sur nous douleurs et souffrances. En considérant d'un œil dégoûté l'usage que nous faisions du monde et de la vie qu'Il nous avait donnés, Il pouvait très bien dire : « Très bien, misérables fripons, très bien ! Vous aimez tout foutre en l'air ? Vous aimez vous faire du mal les uns aux autres ? Vous tellement aimez ça que vous avez fabriqué vos propres démons et que vous les avez lâchés contre vous ? Très bien ! Qu'il en soit ainsi ! Reculez un peu et laissez le Maître vous satisfaire ! Regardez ma fumée, les petits. Et voilà, prenez mes cadeaux. Que le cancer du cerveau soit, et aussi la polio et la sclérose en plaques ! Que les tremblements de terre soient, et les raz de marée ! Et les ganglions... vous aimez ça ? Hmmm ? »

— D'une façon ou d'une autre, les gobelins ont détruit cette ancienne civilisation, ils l'ont balayée de la surface de la terre.

Elle hocha la tête.

— Ça a pris du temps. Deux décennies. Mais selon la légende... un petit nombre d'entre eux a fini par accéder à des postes de responsabilité politiques suffisamment élevés pour déclencher une guerre nucléaire.

Ainsi firent-ils, selon la mystérieuse et indéterminée « légende » qu'elle citait. Peu leur importait que la plus grande partie d'entre eux fussent anéantis en même temps que notre espèce. Leur unique raison de vivre était de nous harceler et de nous détruire. Les missiles se sont envolés. Les villes ont été vaporisées. Pas une fusée n'est restée dans son silo, pas un bombardier à sa base. Des milliers et des milliers de charges nucléaires ont éclaté, tant et si bien que la croûte terrestre a été atteinte ou peut-être y eut-il une modification du champ magnétique et un déplacement subséquent des pôles, en tout cas les lignes de fracture bougèrent sur toute la planète, produisant des tremblements de terre d'une magnitude inimaginable. Des milliers de kilomètres carrés de terre basse disparurent dans les mers, des raz de marée submergèrent la moitié des continents et des volcans entrèrent partout en éruption. L'holocauste, l'âge glaciaire qui s'ensuivit et des milliers d'années ont effacé toute trace de la civilisation qui avait brillé sur les continents avec autant d'éclat que les lumières de notre fête. Les gobelins survécurent plus nombreux que les humains, car ces combattants-nés étaient plus coriaces. Le petit nombre d'humains survivants retourna aux cavernes et à la sauvagerie et lorsque de nombreuses saisons de misère eurent passé, l'héritage de civilisation disparut des mémoires. Si les gobelins ne furent jamais tentés par l'oubli, nous, nous oubliâmes les gobelins avec tout le reste, et dans les âges suivants, nos rares confrontations avec eux donnèrent naissance à de nombreuses superstitions — et à d'innombrables films d'horreur de série B — qui parlaient d'entités surnaturelles capables de métamorphose.

— Aujourd'hui nous avons de nouveau émergé de la fange et nous avons rebâti une civilisation et retrouvé le moyen de détruire le monde...

— ... et les gobelins, s'ils en ont la possibilité, appuieront un jour sur le bouton.

— Je crois qu'ils le feront. Il est vrai que ce sont des combattants moins efficaces que dans l'ancienne civilisation... plus faciles à vaincre dans un combat à mains nues... plus faciles à tromper. Ils ont changé, connu une certaine évolution, due au temps si long qui s'est écoulé et aux retombées nucléaires. Les radiations en ont stérilisé un grand nombre. C'est pourquoi, d'ailleurs, ils n'ont pas totalement envahi la terre et ne nous ont pas submergés sous le nombre. Et il y a eu... une légère modification de leur manie de destruction. A ce que je comprends, un grand nombre d'entre eux rejettent avec horreur l'idée d'une nouvelle guerre nucléaire... en tout cas à l'échelle mondiale. Tu vois, ils vivent longtemps ; certains d'entre eux ont quinze cents ans, ils ne sont donc pas si loin de la génération de l'holocauste. Les récits de la fin du monde, transmis par les ancêtres, sont toujours neufs et immédiats pour eux. Mais si la plupart se satisferaient de l'arrangement courant, qui consiste à nous pourchasser et à nous tuer comme des animaux de leur réserve personnelle, il y en a quelques-uns... quelques-uns qui désirent de tout leur cœur plonger à nouveau l'humanité dans les affres d'une agonie nucléaire... qui croient que c'est leur destin de nous effacer à jamais de la surface de la terre. Dans dix, vingt ou quarante ans, l'un d'entre eux va tenter le coup, tu ne crois pas ?

La certitude prochaine du jour du jugement dernier qu'elle avait décrit était impressionnante et déprimante au-delà de l'exprimable, mais je redoutais toujours une mort plus immédiate. La prescience d'un danger imminent était devenue une pression constante et déplaisante sur mon cerveau, bien que je fusse incapable de dire d'où viendraient les ennuis et quelle forme ils auraient.

L'appréhension me rendait légèrement nauséeux.

Glacé. Gluant de sueur. Frissonnant.

Elle alla chercher un autre scotch à la cuisine.

Je me levai. Approchai d'une fenêtre. Regardai au-dehors. Ne vis rien. Je retournai au fauteuil. M'assis sur le rebord. Eus envie de hurler.

Quelque chose approchait...

Quand de retour avec son verre, elle se fut rencognée dans son fauteuil, toujours lointaine, la mine toujours morose, je lui dis :

— Comment as-tu appris ça à leur sujet ? Il faut que tu me le dises. Tu es capable de lire dans leur esprit ou quoi ?

— Oui.

— Vraiment ?

— Un peu.

— Je ne peux rien percevoir chez eux, sinon... une rage, une haine.

— Je vois... un peu en eux. Pas vraiment leurs pensées. Mais quand je les sonde, j'obtiens des images... des visions. Je crois qu'une bonne partie de ce que je vois, c'est plutôt la mémoire raciale... des choses dont certains d'entre eux n'ont pas même conscience. Mais pour être honnête, il y a plus que ça.

— Quoi ? Plus... comment ça ? Et qu'est-ce que c'est cette légende dont tu parles ?

Au lieu de répondre, elle annonça :

— Je sais ce que tu faisais dehors cette nuit.

— Ah ? De quoi parles-tu ? Comment sais-tu ?

— Je le sais.

— Mais...

— Et c'est futile.

— Ah bon ?

— On ne peut pas les vaincre.

— J'ai vaincu mon oncle Denton. Je l'ai tué avant qu'il ait eu le temps d'apporter encore du malheur à ma famille. Joel et moi on en a arrêté six cette nuit, et si on ne l'avait pas fait, ils auraient trafiqué la grande roue pour qu'elle s'effondre. Dieu sait à combien de gogos on a sauvé la vie.

— Et qu'est-ce que ça fait ? demanda-t-elle, d'une voix qui avait pris une nouvelle nuance de sérieux, de sombre enthousiasme. Tout ce que vous aurez gagné, c'est que d'autres gobelins tueront d'autres gogos. Tu ne sauveras pas le monde. Tu risques ta vie, ton bonheur, ta santé mentale — et au mieux, tu te bats pour gagner du temps. La guerre, tu ne la gagneras pas. A long terme, les démons nous vaincront. C'est inévitable. C'est notre destinée, celle que nous avons planifiée pour nous-mêmes, il y a longtemps.

Je ne voyais pas où elle voulait en venir.

— Est-ce que nous avons le choix ? Si nous ne nous battons pas, si nous ne nous protégeons pas, nos vies n'ont pas de sens. Toi et moi, on peut être effacés n'importe quand, à leur gré !

Reposant le scotch, elle se laissa glisser au bord de son siège.

— Il y a un autre moyen.

— De quoi parles-tu ?

Ses beaux yeux se fixèrent sur les miens, et son regard était brûlant.

— Slim, la plupart des gens ne valent pas tripette.

Je sursautai.

— Ce sont presque tous des menteurs, des ragoteurs, des adultères, des voleurs, des fanatiques, tout ce que tu peux imaginer. Ils usent et abusent les uns des autres avec autant d'ardeur que les gobelins nous maltraitent. Ils ne méritent pas qu'on leur sauve la vie.

— Non, non, non. Pas la plupart. Beaucoup de gens ne valent pas un clou, c'est vrai, mais pas la plupart des gens.

— Mon expérience me dit qu'il n'y en a vraiment pas beaucoup qui soient meilleurs que les gobelins.

— Enfin, bon Dieu, ton expérience n'est pas représentative. Les Abner Kady et les Maralee Sween ne sont vraiment qu'une infime minorité. Je sais bien pourquoi tu penses différemment, mais tu n'as jamais rencontré mon père ou ma mère, mes sœurs, ma grand-mère. Dans le monde il y a plus d'humanité que de cruauté. Je n'aurais peut-être pas dit ça il y a une semaine, ou même hier mais maintenant que je t'ai entendue parler ainsi, maintenant que je t'entends dire que tout ça n'a pas de sens, je ne doute pas qu'il y a chez les gens plus de bon que de mauvais. Parce que… parce que… ben, il faut qu'il en soit ainsi.

— Écoute, dit-elle, sans détacher de mes yeux le regard de ses yeux d'un bleu suppliant, implorant, d'un bleu ardent et presque douloureux, tout ce qu'on peut espérer c'est un peu de bonheur dans un petit cercle d'amis, avec une ou deux personnes qu'on aime... et le reste du monde, on s'en fout. S'il te plaît, s'il te plaît, Slim, réfléchis à ça ! C'est déjà extraordinaire qu'on se soit rencontrés. Un miracle. Je n'aurais jamais cru trouver ce que nous avons trouvé ensemble. Nous sommes tellement faits l'un pour l'autre, tellement semblables... que même nos ondes cérébrales se chevauchent pendant notre sommeil... une mise en commun psychique quand on fait l'amour et quand on dort ensemble, ce qui fait que pour nous les relations sexuelles sont si bonnes, bon Dieu, et que nous partageons même les rêves ! Nous étions destinés l'un à l'autre, et le plus important, ce qu'il y a de plus important au monde, c'est que nous soyons ensemble le restant de nos vies.

— Oui, dis-je. Je sais. C'est ce que je pense aussi.

— Alors il faut que tu abandonnes ta croisade. Arrête d'essayer de sauver le monde. Cesse de prendre ces risques délirants. Laisse les gobelins faire ce qu'ils ont à faire, et nous vivrons en paix.

— Mais c'est là que tu te trompes ! Impossible de vivre en paix ! Ce n'est pas en les ignorant qu'on s'en sortira. Tôt ou tard, ils viendront fouiner autour de nous, avides de notre souffrance, assoiffés de notre douleur...

— Attends, Slim, écoute.

Elle était agitée maintenant, une vraie boule d'énergie nerveuse. Bondissant de son siège, elle s'approcha de la fenêtre, prit une profonde inspiration dans le courant d'air qui en émanait, se retourna vers moi et reprit :

— Tu es d'accord que ce qui compte par-dessus tout c'est ce qu'il y a entre nous, que c'est ça qui passe d'abord, quoi qu'il en coûte. Alors qu'est-ce que tu dirais si... si je te montrais un moyen de coexister avec les gobelins, un moyen d'abandonner ta croisade et de n'avoir plus jamais à t'inquiéter de ce qui pourrait nous arriver, à toi et moi ?

— Comment ?

Elle hésita.

— Rya ?

— Il n'y a qu'un moyen, Slim.

— Lequel ?

— C'est la seule façon sensée de se comporter avec eux.

— Enfin, bon Dieu, tu vas te décider à me le dire ?

Elle fronça les sourcils, détourna le regard, ouvrit la bouche pour parler, hésita encore, dit : « Merde ! » et sans crier gare, lança son scotch à travers la pièce. Des glaçons en jaillirent, qui se fracassèrent en tombant sur les meubles ou en heurtant le tapis, et le verre explosa contre le mur.

Interloqué, je me levai d'un bond, puis restai planté là, tandis qu'elle m'invitait du geste à me rasseoir et retournait à son siège.

Elle y prit place.

Inspira profondément.

— Je veux que tu m'écoutes jusqu'au bout, annonça-t-elle, que tu me prêtes l'oreille sans m'interrompre, et que tu essaies de comprendre. J'ai trouvé un moyen de coexister avec eux, qu'ils me laissent tranquille. Tu vois, à l'orphelinat et plus tard, j'ai compris qu'ils étaient invincibles. Ils ont tous les atouts en main. Je me suis enfuie, mais il y a des gobelins partout, pas seulement à l'orphelinat et on ne peut pas vraiment leur échapper, où qu'on aille. C'est sans espoir. Alors, j'ai pris un risque, un risque calculé, et je les ai contactés, je leur ai dit que je pouvais voir...

— Tu as fait quoi ?

— Ne m'interromps pas ! lança-t-elle d'une voix coupante. C'est dur... c'est dur... ça va être salement dur... et je tiens à aller jusqu'au bout, alors ferme-la et laisse-moi parler. J'ai parlé à l'un des gobelins de mes capacités psychiques. Tu sais, c'est une mutation de notre espèce, une conséquence de cette guerre nucléaire, parce que d'après les gobelins, dans l'ancienne civilisation, personne n'avait de pouvoirs psychiques — double vue, télékinésie, rien de tout ça. Aujourd'hui, on n'est pas nombreux, mais à l'époque, personne n'en avait... Quand les gobelins ont déclenché cette guerre nucléaire, avec toutes ces radiations qui sont tombées sur nous, on peut dire qu'ils ont créé des gens comme toi et moi. En tout cas, je leur ai expliqué que je voyais à travers leurs formes humaines le... la... je ne sais pas, disons le potentiel gobelin en elles...

— Tu leur as parlé et ils t'ont raconté leur... légende ! C'est comme ça que tu les connais ?

— Pas seulement. Ils ne m'ont pas raconté grand-chose. Mais tout ce qu'ils avaient à faire, c'était de m'en dire un peu et j'avais aussitôt une vision du reste. C'est comme... s'ils entrouvraient légèrement une porte et que je n'avais plus qu'à la pousser, je voyais même ce qu'ils cherchaient à me cacher. Mais peu importe, et j'aimerais vraiment que tu arrêtes de m'interrompre. Ce qui compte, c'est que je leur ai bien fait comprendre que je me moquais de ce qu'ils étaient, de ce qu'ils faisaient, du mal qu'ils faisaient aux gens, du moment qu'ils ne me faisaient pas de mal à moi. Et nous avons trouvé un... accord.

Éberlué, je me laissai aller au fond de mon siège et en dépit de ses exigences réitérées, je l'interrompis de nouveau :

— Un accord ? C'était aussi simple que ça ? Mais pourquoi est-ce qu'ils ne t'ont pas tuée, c'était encore plus simple ! Ils n'avaient rien à gagner, dans cet accord !

Le pendule de son humeur était reparti dans l'autre sens, vers un sombre et tranquille désespoir. Elle s'affaissa dans son fauteuil et quand elle parla, sa voix était à peine audible :

— Mais si, ils avaient quelque chose à gagner. J'avais quelque chose à leur offrir. Tu vois, j'ai un autre pouvoir psychique que tu ne possèdes pas... ou que tu n'as pas au même degré que moi... la capacité de détecter la perception extrasensorielle chez les autres, en particulier, la perception des gobelins. Je peux détecter ceux qui l'ont, même s'ils essaient de toutes leurs forces de le dissimuler. Je ne le sais pas toujours à la seconde où je les rencontre. Parfois ça prend du temps. C'est une conscience qui s'impose lentement. Mais je perçois les dons psychiques chez les autres aussi bien que les gobelins sous leurs déguisements. Jusqu'à ce soir, je croyais que cette perception était... eh bien, infaillible... mais maintenant tu me dis que Joel Tuck voit les gobelins et je ne l'ai jamais soupçonné. Je savais qu'il y avait quelque chose de spécial chez toi, dès le début, mais tu t'es révélé... encore plus spécial, de diverses façons.

A présent, elle chuchotait :

— Je ne veux plus qu'on se quitte. Je n'aurais jamais cru que je trouverais quelqu'un... quelqu'un dont j'aurais besoin... quelqu'un que j'aimerais. Mais tu es venu et maintenant, je veux vivre avec toi, mais pour ça, il faut que tu fasses avec eux le même arrangement que moi.

J'étais pétrifié. Immobile comme un roc, j'étais assis dans le fauteuil, écoutant les battements granitiques de mon cœur. C'était un son dur, froid, lourd, un son creux et funèbre, chaque battement résonnant comme un maillet qui s'abat sur un bloc de marbre. Mon amour, le besoin d'elle, le manque d'elle étaient toujours dans mon cœur pétrifié. Mais ces sentiments étaient inaccessibles, comme de belles sculptures restées à l'état de potentialités dans un bloc que n'a pas touché le ciseau de l'artiste. Je ne voulais pas croire ce qu'elle m'avait dit ni supporter ce qui allait venir après, bien que je fusse contraint d'écouter, de savoir le pire.

Tandis que les larmes lui montaient aux yeux, elle poursuivit :

— Quand je rencontre quelqu'un qui voit les gobelins... je... je le leur signale. Je préviens quelqu'un de leur espèce de la présence d'un homme doté de double vue. Tu vois, ils ne veulent pas mener une guerre ouverte, comme autrefois. Ils préfèrent la clandestinité. Ils ne veulent pas que nous nous organisions contre eux, même si en fait, c'est sans espoir. Alors je leur indique les gens qui connaissent leur existence, qui risqueraient de les tuer ou de répandre la nouvelle. Et les gobelins... eh ben... ils éliminent la menace. En retour, ils me garantissent que les gens de leur espèce ne s'en prendront pas à moi. L'immunité. Ils me laissent tranquille. Et si tu fais le même arrangement avec eux, alors ils nous laisseront tranquilles tous les deux... et nous pourrons être... nous pourrons rester... ensemble... heureux...

— Heureux ?

Ce mot, je ne le dis pas, je l'épelai.

— Heureux ? Tu crois que nous pourrions être heureux, sachant que nous survivons en... trahissant les autres ?

— De toute façon, les gobelins en auraient tué certains.

Au prix d'un effort énorme, je levai mes froides mains de pierre vers mon visage et le cachai dans la tombe de mes doigts, comme si j'avais voulu l'abriter de ces hideuses révélations. Mais c'était une rêverie enfantine. La vérité se tenait devant moi, dans toute sa laideur.

— Seigneur !

— Nous pourrions avoir notre vie à nous ! lança-t-elle, en pleurant sans retenue maintenant qu'elle sentait mon horreur et qu'elle voyait qu'il m'était impossible de passer l'arrangement infâme qu'elle avait négocié pour elle.

— Ensemble... Une vie... comme celle que nous avons menée la semaine dernière... mieux même... bien mieux... nous contre le monde, en sécurité, totalement à l'abri. Et les gobelins ne m'ont pas seulement garanti la sécurité en échange des informations que je leur donne. Ils me garantissent la réussite aussi. J'ai beaucoup de valeur à leurs yeux, tu vois. Parce que, comme je t'ai dit, beaucoup de ceux qui voient les gobelins se retrouvent soit à l'asile soit dans une fête foraine. Alors... alors, je suis dans une position idéale pour... eh ben, pour dénicher plus d'une personne douée dans notre genre, à toi et moi. Alors les gobelins m'aident aussi à m'en sortir, à progresser. Par exemple... ils avaient prévu de provoquer un accident aux autos-tamponneuses...

— Et je l'ai empêché, dis-je, froidement.

Elle eut un mouvement de surprise.

— Ah, oui. J'aurais dû m'en douter. Mais tu vois... l'idée c'était qu'une fois qu'il y aurait eu un accident, le gogo blessé aurait poursuivi le propriétaire et alors, il aurait été acculé, d'un point de vue financier, avec les amendes et tout le reste et j'aurais pu lui racheter son attraction à bon marché, prendre une nouvelle concession à un prix intéressant. Oh, merde. Je t'en prie. Je t'en prie, écoute-moi. Je vois ce que tu penses. J'ai l'air si... froide.

Effectivement, en dépit des larmes qu'elle versait, en dépit du fait que je n'avais jamais vu personne d'aussi malheureux qu'elle en ce moment, elle paraissait effectivement froide, amèrement froide.

— Mais, Slim, il faut que tu comprennes, au sujet de Hal Dorsey. C'est un salopard, vraiment, un pauvre type, et personne ne l'aime, c'est un traficoteur, un manipulateur, alors, bon Dieu, tu peux toujours courir pour que je regrette de le ruiner.

Je ne voulais pas la regarder mais je la regardai. Je ne voulais pas parler, mais je parlai.

— Quelle est la différence entre la torture que les gobelins infligent de leur propre initiative et celle que tu leur suggères d'infliger ?

— Je t'ai dit que Hal Dorsey est un...

— Quelle est la différence, coupai-je en élevant la voix, entre le comportement d'un Abner Kady et la façon dont toi, tu trahis ton espèce ?

Maintenant, elle sanglotait.

— Je voulais seulement être... en sécurité. Pour une fois dans ma vie — rien qu'une fois — je voulais être en sécurité.

Je l'aimais et la haïssais, la plaignais et la méprisais. Je voulais partager ma vie avec elle, je le voulais aussi intensément qu'avant mais je savais que je ne pouvais vendre ma conscience ni renier mes origines pour elle. Quand je songeais à ce qu'elle m'avait raconté d'Abner Kady et de sa mère simple d'esprit, que je considérais l'horreur de son enfance et mesurais l'étendue des plaintes qu'elle était en droit d'adresser à la race humaine, la faiblesse des liens qui la rattachaient à la société, je pouvais comprendre qu'elle collabore avec les gobelins. Je pouvais comprendre, presque pardonner, mais je ne pouvais pas être d'accord. En cet instant affreux mes sentiments étaient si complexes, c'était un tel embrouillamini d'émotions étroitement nouées que j'éprouvai une inhabituelle envie de suicide, si vive et si douce que j'en pleurai et je sus que le désir de mort qui la hantait quotidiennement devait ressembler à cela. Je devinais maintenant pourquoi elle avait parlé de guerre nucléaire avec tant d'enthousiasme poétique ce dimanche soir où nous avions grimpé sur la grande roue. Sous le fardeau du sombre savoir qu'elle portait, l'annihilation totale de tous les Abner Kady et de tous les gobelins, de la totalité de la civilisation, ce sale désordre, devait lui apparaître parfois comme une merveilleuse possibilité de libération et d'assainissement.

— Tu as fait un pacte avec le démon, dis-je.

— Si ce sont des démons, alors nous sommes des Dieux, puisque nous les avons créés.

— Sophisme. Et c'est pas un débat, bon Dieu !

Elle ne dit mot. Se recroquevillant, elle éclata en sanglots incoercibles.

Je voulais me lever, déverrouiller la porte, me ruer dans l'air pur de la nuit et courir, simplement courir sans arrêt, pour toujours. Mais il semblait que mon âme se fût pétrifiée à l'unisson de ma chair et que ce poids nouveau m'interdisît de m'arracher à la chaise.

Après une minute peut-être, durant laquelle ni elle ni moi ne trouvâmes quelque chose à dire, je rompis enfin le silence :

— Bon, où on va comme ça, bon Dieu ?

— Tu ne veux pas de cet... arrangement.

Je ne pris même pas la peine de répondre.

— Alors, je t'ai perdu.

Je pleurais, moi aussi. Elle m'avait perdu, et je l'avais perdue.

— Pour sauver mes semblables... ceux qui viendront... je devrais t'étrangler tout de suite. Mais... que Dieu me vienne en aide... je ne peux pas. Je ne peux pas faire ça. Alors... je vais empaqueter mes affaires et m'en aller. Pour une autre foire. Pour un nouveau départ. Nous... oublierons.

— Non. C'est trop tard pour ça.

Du dos de la main, j'essuyai les larmes de mes yeux.

— Trop tard ?

— Tu as commis trop de meurtres ici. Les meurtres et ta relation spéciale avec moi ont attiré l'attention.

Je n'avais pas seulement l'impression qu'on me poussait vers la tombe. J'avais le sentiment qu'on dansait sur elle. D'après la température que je sentais, il me semblait qu'on était en février plutôt qu'en août.

— Ton seul espoir, poursuivit-elle, était de voir les choses à ma façon, de faire avec eux les mêmes arrangements que moi.

— Tu vas vraiment... me livrer ?

— Je ne voulais pas leur parler de toi... pas après avoir commencé à te connaître.

— Alors, ne le fais pas.

— Tu n'as pas encore compris.

Elle frissonna.

— Le jour où je t'ai rencontré, avant d'avoir compris ce que tu représenterais pour moi, j'ai... passé l'information à l'un d'eux... j'ai laissé entendre que j'étais sur la piste d'un nouveau voyant. Alors il attend mon rapport.

— Qui ? Lequel d'entre eux ?

— Le responsable ici... à Yontsdown.

— Tu veux dire le chef des gobelins ?

— Il est particulièrement perspicace, même pour l'un d'eux. Il a vu que quelque chose de spécial se passait entre toi et moi et il a senti que tu étais quelqu'un d'extraordinaire, celui dont j'avais parlé. Alors il m'a demandé confirmation. Je n'ai pas voulu. J'ai essayé de mentir. Mais il n'est pas stupide. Il n'est pas facile à tromper. Il n'a cessé d'insister. « Parle-moi de lui, m'a-t-il dit, parle-moi de lui, sinon les choses vont changer entre nous. Tu n'auras plus l'immunité. » Tu comprends, Slim ? Je... n'avais pas le choix.

J'entendis un mouvement derrière moi.

Je tournai la tête.

De l'étroit corridor menant à l'arrière de la caravane, émergeait le chef de la police, Lisle Kelsko.

17

Le cauchemar réalisé

Kelsko avait en main son .45 Smith & Wesson mais il ne le pointait pas vers moi parce que, avec l'avantage de la surprise et de l'autorité de sa fonction, il ne pensait pas avoir besoin de tirer. Il le tenait sur le côté, canon pointé vers le sol mais il serait en mesure de le relever et de faire feu au moindre mouvement.

Derrière le visage carré d'un humain aux traits durs et brutaux, le gobelin me lorgnait méchamment. Sous les sourcils broussailleux de sa défroque d'homme, je voyais les yeux démoniaques en fusion, cerclés d'une peau épaisse et craquelée. Au-delà de la mince entaille de la bouche, il y avait la bouche du gobelin aux dents perversement aiguës, aux crocs recourbés. En voyant le gobelin de Kelsko pour la première fois, dans son bureau de Yontsdown, j'avais été impressionné : il avait l'air encore plus malveillant et féroce que la plupart de ses semblables, et combien plus laid ! Sa chair ridée et crevassée, hérissée de caroncules, ses lèvres pleines de durillons, ses ampoules, ses verrues, semblaient indiquer un grand âge. Rya disait que certains d'entre eux vivaient jusqu'à quinze cents ans, parfois plus et il n'était pas difficile de croire que cette chose qui se présentait sous le nom de Lisle Kelsko était si vieille. Elle avait probablement vécu trente ou quarante vies, passant d'une identité à l'autre, tuant à travers les siècles des milliers d'entre nous directement ou indirectement, en torturant des milliers d'autres et toutes ces vies et toutes ces années avaient abouti là, cette nuit, pour me liquider.

— Slim MacKenzie, lança l'être, gardant son identité humaine sans autre but que le sarcasme. Je vous arrête dans le cadre d'une enquête sur divers homicides récents...

Je n'allais pas les laisser m'emmener dans leur voiture de patrouille et me conduire dans quelque salle de torture très privée. Une mort instantanée, ici et maintenant, me souriait davantage. Aussi, avant que la créature ait eu fini son petit discours, j'avais plongé la main vers ma botte et saisi le couteau. J'étais assis, tournant le dos au gobelin, tordant le cou pour le regarder ; il ne voyait donc ni ma botte ni ma main. Pour une raison quelconque — à présent je suppose que je savais laquelle —, je n'avais jamais parlé à Rya du poignard et elle ne s'aperçut de ce que je faisais qu'à l'instant où, d'un seul mouvement fluide, je le tirai du fourreau, me relevai en pivotant et le lançai.

Je fus si rapide que Kelsko n'eut pas la possibilité de relever son arme et de m'expédier une balle, mais la créature tira un coup de feu dans le plancher tandis qu'elle tombait en arrière, la lame fichée dans la gorge. Dans cette pièce exiguë, le bruit résonna comme le tonnerre de Dieu.

Rya poussa un cri, de surprise plus que de mise en garde, mais le démon de Kelsko était mort avant même que le son eût passé ses lèvres.

Comme Kelsko s'abattait sur le plancher, alors que le claquement du coup de pistolet vibrait encore dans la caravane, je marchai jusqu'à la bête, tournai le couteau dans la plaie pour achever le boulot, le tirai de la chair tandis que le sang jaillissait, me relevai et pivotai sur mes talons juste à temps pour voir que Rya déverrouillait la porte et qu'un policier de Yontsdown entrait. C'était celui qui se tenait dans un coin du bureau de Kelsko quand Pudding, Luke et moi étions venus verser les pots-de-vin ; comme son chef, c'était un gobelin. Il était en train de franchir la dernière marche et passait le seuil et je vis ses yeux cligner en apercevant le corps de Kelsko, je le vis électrisé par la conscience soudaine d'un danger mortel, mais cette fois, j'avais fait passer le couteau dans ma main droite et le tenais en position de lancer. La lame vint frapper et trancher la pomme d'Adam du démon et au même instant ses doigts pressèrent la détente de son Smith & Wesson mais il visait au hasard et la balle détruisit une lampe sur ma gauche. Le gobelin tomba en arrière, à travers l'embrasure de la porte, au bas des marches, dans la nuit.

Le visage de Rya n'était que terreur. Elle pensait être ma prochaine victime.

Elle bondit hors de la caravane et courut pour sauver sa vie.

Un instant, je restai planté là, haletant, incapable de bouger, submergé. Ce n'étaient pas les meurtres qui m'avaient assommé ; j'avais déjà tué, et souvent. Ce n'était pas le risque encouru qui me coupait les jambes, j'avais déjà été maintes fois, comme aujourd'hui, en très mauvaise posture. Ce qui me clouait sur place, incapable de bouger, c'était le choc de découvrir l'extrême changement intervenu entre elle et moi, de voir ce que j'avais perdu et ne retrouverais plus jamais ; on eût dit que l'amour n'était rien de plus qu'une croix sur laquelle elle m'avait crucifié.

Et puis ma paralysie s'effaça.

J'approchai en chancelant de la porte.

Descendis les marches de métal.

Contournai le policier mort.

J'aperçus plusieurs forains sortis à la suite des coups de feu. Parmi eux, Joel Tuck.

A cinquante mètres de là, peut-être, Rya courait dans la « rue » entre les rangées de caravanes, vers le bord de la prairie. Tandis qu'elle traversait tour à tour les plages d'ombre et les rayons de lumière émanant des fenêtres et des portes des caravanes, l'effet stroboscopique lui donnait l'aspect irréel d'un spectre fuyant dans un paysage de rêve.

Je ne voulais pas me lancer à sa suite.

Si je la rattrapais, je serais obligé de la tuer.

Je ne voulais pas la tuer.

Il fallait que je parte, c'est tout. M'en aller. Ne jamais regarder en arrière. Oublier.

Je me lançai à ses trousses.

Comme dans un cauchemar, nous foncions sans but apparent, entre les parenthèses infinies des alignements de caravanes. Nous courûmes pendant ce qui sembla être dix minutes, vingt, et bien davantage, mais je savais que Gibtown-sur-roues n'était pas grand à ce point, je savais que ma perception temporelle était distordue par l'hystérie. En fait, il ne nous fallut sans doute pas plus d'une minute pour sortir du camp de caravanes et déboucher en plein champ. Les hautes herbes fouettèrent mes jambes, des grenouilles bondirent sur mon passage et quelques lucioles me frappèrent le visage. Je courus aussi vite que je pouvais, puis plus vite, allongeant le pas, tirant sur mes jambes, en dépit des douleurs terribles provoquées par les coups que j'avais récemment encaissés. Elle avait la vélocité de la terreur, mais l'écart entre nous diminuait inexorablement et quand elle atteignit la lisière des bois, je n'étais plus qu'à une quinzaine de mètres.

Elle ne lançait pas un regard en arrière.

Elle savait que j'étais là.

Malgré la proximité de l'aube, la nuit était très sombre, et dans la forêt il faisait encore plus noir. Bien qu'aux trois quarts aveuglés sous ce dais d'aiguilles de pin et de rameaux feuillus, nous ne ralentîmes guère. Débordant d'adrénaline comme nous l'étions, nous paraissions demander et recevoir plus que jamais de nos capacités psychiques, car nous trouvions intuitivement le chemin le plus facile à travers la forêt, passant d'une étroite piste de daim à une autre, poussant au point le plus faible des barrières de broussailles, sautant d'une plaque de calcaire à une souche abattue, coupant à travers un petit ruisseau pour suivre une autre piste, comme si nous étions des créatures nocturnes nées pour la chasse de nuit, et si je continuais à gagner du terrain, elle était toujours à plus de sept mètres de moi quand nous émergeâmes de la forêt au sommet d'une longue côte et commençâmes à descendre...

... vers un cimetière.

Je dérapai, m'arrêtai contre un haut monument funéraire et plongeai un regard horrifié dans le cimetière en contrebas. Il était immense, même s'il n'était pas infini, comme dans le rêve de Rya qui m'avait contaminé. Des centaines et des centaines de rectangles, de carrés et de spirales de granit et de marbre se dressaient le long de la pente et la plupart étaient visibles à un degré ou à un autre parce qu'au fond, il y avait une route éclairée de lampadaires à vapeur de mercure, qui illuminaient violemment la partie la plus basse du cimetière et créaient une toile de fond brillante sur laquelle se détachaient les silhouettes des pierres tombales les plus hautes. Il n'y avait pas de neige comme il y en avait eu dans le rêve, mais la vapeur de mercure répandait une lumière blanchâtre vaguement bleutée dans laquelle le cimetière paraissait gelé. Les tombes semblaient porter des vestes de glace et la brise secouait suffisamment les arbres pour répandre des graines qui, portées par une houppe floconneuse, tournoyaient dans les airs avant de tomber à terre comme de la neige, de sorte que le spectacle était étonnamment semblable aux lieux hivernaux du cauchemar.

Rya ne s'était pas arrêtée. Elle élargissait de nouveau l'écart entre nous, suivant un sentier sinueux entre les tombes.

Je me demandai si elle connaissait auparavant l'existence de ce cimetière ou si le choc était aussi fort pour elle que pour moi. Elle était déjà venue, les années précédentes, sur le champ de foire de Yontsdown et il n'était pas impossible qu'elle se fût promenée jusque-là. Mais en ce cas, pourquoi courir de ce côté ? Pourquoi ne pas avoir pris une autre direction pour éviter le destin que nous avions tous deux vu s'accomplir en rêve ?

A cette dernière question, je connaissais la réponse : elle ne voulait pas mourir... et en même temps, elle le voulait.

Elle avait peur que je la rattrape.

Mais elle le désirait.

Je ne savais pas ce qui arriverait quand je poserais les mains sur elle. Mais je savais que je ne pouvais pas simplement m'en aller ni rester là dans cette nécropole, à attendre que je me sois pétrifié comme un des monuments qui m'entouraient. Je la suivis.

Sur la prairie et dans les bois elle ne s'était jamais retournée mais maintenant elle pivotait pour voir si je venais, courait, me jetait un nouveau coup d'œil, repartait en courant, mais moins vite. Sur la dernière pente, je m'aperçus qu'elle poussait tout en courant un affreux gémissement de chagrin et d'angoisse et puis je franchis la distance qui nous séparait, l'arrêtai, la tournai vers moi.

Elle sanglotait et quand ses yeux rencontrèrent les miens, j'y découvris une expression de bête traquée. Pendant une ou deux secondes, elle chercha mon regard puis s'effondra contre moi, et un instant je crus qu'elle avait vu dans mes yeux ce qu'elle y cherchait mais en fait, c'était tout le contraire, ce qu'elle y avait trouvé la terrifiait encore plus. Elle s'était laissée aller contre moi non comme une amante en quête de compassion mais comme un ennemi désespéré, se collant à moi pour mieux ajuster son coup mortel. D'abord, je ne ressentis aucune douleur, rien qu'une tiédeur qui se répandait et quand je baissai les yeux et vis le couteau qu'elle avait enfoncé en moi, je fus momentanément persuadé que ce n'était pas réel, que j'étais encore dans le cauchemar.

Mon propre poignard. Elle l'avait arraché à la gorge du policier mort. Agrippant la main qui serrait le manche, je l'empêchai de tourner la lame et de la retirer pour frapper à nouveau. Elle avait pénétré à environ dix centimètres du nombril, ce qui valait mieux que si elle avait centré son coup, car elle m'aurait percé l'estomac et le côlon et tué à tout coup. C'était déjà mauvais, bon Dieu, pas encore douloureux mais la tiédeur devenait brûlure mordante. Elle se débattit pour extirper le couteau et moi, je me battais pour nous garder rigidement attachés l'un à l'autre et mon esprit bouillonnant n'aperçut qu'une seule solution. Comme dans le rêve, je baissai la tête, approchai ma bouche de sa gorge... et ne pus le faire.

Je ne pouvais l'attaquer comme une bête féroce à coups de dents. Je ne pouvais lui déchirer la jugulaire, ne pouvais pas même supporter l'idée de son sang jaillissant dans ma bouche. Ce n'était pas une gobeline. C'était un être humain. Une de mes semblables. Un membre d'une race pauvre, malade, malheureuse et très surestimée, la nôtre. Elle avait connu la souffrance et en avait triomphé et si elle avait commis des erreurs, des erreurs monstrueuses même, elle avait eu ses raisons. Si je ne pouvais pardonner, je pouvais du moins comprendre, et dans la compréhension, il y a du pardon, et dans le pardon, il y a de l'espoir.

L'une des preuves de l'humanité véritable est l'incapacité à tuer de sang-froid. Certainement. Car si ce n'est pas une preuve, alors il n'y a rien qui mérite le nom d'humanité véritable, et nous sommes tous, par essence, des gobelins.

Je levai la tête.

Je lâchai sa main, celle qui tenait le couteau.

Elle retira le couteau.

Je restai là, bras ballants, sans défense.

Elle tira son bras en arrière.

Je fermai les yeux.

Une seconde passa, une autre, trois.

J'ouvris les yeux.

Elle lâcha le couteau.

La preuve.

18

Premier épilogue

Nous avons réussi à sortir de Yontsdown, mais uniquement grâce aux risques extrêmes que tout le monde prit pour nous protéger, Rya et moi. Bon nombre de forains ignoraient pourquoi deux flics avaient été tués à la caravane, mais ils n'avaient pas besoin de le savoir, et n'y tenaient pas réellement. Joel Tuck inventa une histoire et si personne ne la crut une minute, chacun s'en satisfit. Ils refermèrent les rangs autour de nous avec un admirable sens de la camaraderie, heureusement inconscients du fait qu'ils s'opposaient à un ennemi autrement plus formidable que la police de Yontsdown et le monde sédentaire.

Joel chargea les corps de Kelsko et de son adjoint dans la voiture de patrouille, la conduisit dans un endroit tranquille où il décapita les cadavres et enterra les têtes. Puis ramenant la voiture de police et son chargement de corps décapités à Yontsdown, il la gara à la tombée de la nuit derrière un entrepôt, dans une contre-allée. Luke Bendingo vint l'y chercher pour le ramener à la foire, sans savoir que les flics morts avaient été mutilés.

Les autres gobelins de Yontsdown crurent peut-être que Kelsko avait été assassiné par un psychopathe avant même d'être parti pour le parc d'attractions. Mais même s'ils nous soupçonnaient, ils ne pouvaient rien prouver.

Je me cachai dans la caravane de Gloria Neames, la grosse dame, qui était la plus aimable des personnes que j'aie jamais connues. Elle aussi avait des pouvoirs psychiques. Elle pouvait faire léviter des objets en se concentrant sur eux et retrouver les affaires égarées grâce à un bâton de sourcier. Elle ne voyait pas les gobelins mais elle savait que Joel Tuck, Rya et moi les voyions et du fait de ses propres talents — que Joel connaissait — et parce qu'elle était d'une certaine façon notre semblable, elle crut nos récits sur les démons plus rapidement que quiconque ne l'aurait fait.

— Parfois Dieu donne un os à ronger à ceux d'entre nous qu'Il estropie, observa Gloria. Je suppose que les dons supranormaux sont plus répandus chez les phénomènes de foire comme nous et je crois que nous étions destinés à nous agglutiner. Mais de toi à moi, mon chou, je me passerais volontiers de ces pouvoirs si en échange je pouvais être mince et belle !

Le médecin de la foire, un alcoolique repenti nommé Winston Pennington, venait deux ou trois fois par jour soigner ma blessure. Aucune artère, aucun organe vital n'avait été atteint. Mais j'eus de la fièvre, souffris de vomissements et de déshydratation. Puis je délirai. Je ne me rappelle plus grand-chose des six jours qui suivirent ma confrontation avec Rya dans le cimetière.

Rya.

Elle devait disparaître. N'était-elle pas connue des démons comme une collaboratrice ? Ils continueraient à la chercher pour lui demander de dénoncer ceux qui perçaient à jour leurs déguisements. Elle était tout à fait sûre que seuls Kelsko et son adjoint savaient à quoi s'en tenir sur mon compte et puisqu'ils étaient morts, j'étais sauvé. Mais il lui fallait s'évanouir dans la nature. Arturo Sombra signala sa disparition à la police de Yontsdown, qui ne trouva aucun indice, évidemment. Au cours des deux mois qui suivirent, la compagnie géra pour elle ses concessions puis exerça son droit de forclusion garanti par contrat et s'appropria l'affaire. Et j'en fis l'acquisition. Avec les fonds fournis par Joel Tuck. A la fin de la saison, je conduisis l'Airstream de Rya à Gibsonton, en Floride et la garai près d'une caravane plus vaste qu'elle gardait parquée là. Quelques judicieuses manipulations de paperasses me rendirent aussi propriétaire de ce patrimoine sis à Gibsonton et je vécus là, seul, de la mi-octobre jusqu'à la semaine précédant Noël. Je fus alors rejoint par une femme à l'étonnante beauté, aux yeux aussi bleus que ceux de Rya Raines, au corps sculptural aussi parfait que celui de Rya mais avec des traits quelque peu différents et une chevelure aile de corbeau. Elle se présenta comme ma cousine oubliée de Detroit, Cara MacKenzie et annonça qu'elle avait beaucoup de choses à me dire.

En fait, en dépit de ma détermination à me montrer compréhensif, indulgent et humain, il me fallut encore affronter un restant de rancœur et de désapprobation à son endroit et, jusqu'à Noël, nous fûmes trop mal à l'aise pour parler beaucoup. Il nous fallut longtemps pour nous retrouver, pour renouer des liens et nous ne recouchâmes ensemble que le 15 janvier et au début ce ne fut pas aussi bon qu'autrefois. Néanmoins, début février, nous avions décidé qu'en fin de compte, Cara MacKenzie n'était pas ma cousine mais ma femme et, cet hiver-là, Gibsonton connut l'une de ses noces les plus grandioses.

Peut-être n'était-elle pas aussi splendide en brune qu'en blonde et il est possible que les quelques altérations chirurgicales qu'avait subies son visage eussent entamé sa beauté, mais c'était toujours la femme la plus adorable du monde. Et, ce qui importe bien davantage, elle avait commencé d'éliminer cette Rya émotionnellement handicapée qu'elle avait en elle comme une nouvelle espèce de gobeline.

Le monde continuait de tourner.

Ce fut cette année-là que notre président fut assassiné à Dallas. Ce fut la fin de l'innocence, la fin d'une certaine manière d'être et de penser et certains, découragés, dirent que c'était aussi la fin de l'espérance. Mais si les feuilles de l'automne en tombant révèlent le squelette des branches, le printemps rhabille les bois.

Ce fut aussi l'année où les Beatles sortirent leur premier disque aux États-Unis, l'année dont le tube fut « The End of the World », par Skeeter Davis, l'année où les Ronettes enregistrèrent « Be My Baby ». Et cet hiver fut celui où Rya et moi retournâmes à Yontsdown, en Pennsylvanie, pour quelques jours, en mars, afin d'y porter la guerre contre notre ennemi.

Mais ceci est une autre histoire.

Qui suit.

LUMIÈRE NOIRE

D'innombrables sentiers noctambules
Serpentent à la sortie du crépuscule.

Le Livre des douleurs comptées

Dans la nuit quelque chose se déploie
Qui n'est ni bon ni droit

Le Livre des douleurs comptées

La fin du jour qui susurre
C'est la nuit sortant de sa cosse dure

Le Livre des douleurs comptées

LUMIÈRE NOIRE

La première année de la Nouvelle Guerre

John Kennedy était mort et enterré, mais les échos de son requiem mirent longtemps à s'effacer. Tout au long de cet hiver gris, le monde sembla tourner au son d'une marche funèbre, et le ciel était bas comme jamais. Même en Floride, où les journées étaient en général sans nuages, nous sentions la grisaille que nous ne voyions pas et jusque dans le bonheur de notre nouveau mariage, Rya et moi ne pouvions échapper entièrement à l'humeur sombre du monde et au souvenir des horreurs que nous venions de vivre.

Le 29 décembre 1963, « I Want to Hold Your Hand », des Beatles, passa pour la première fois sur une radio américaine et le 1er février 1964, elle était numéro un dans tout le pays. Nous avions besoin de cette musique. Cet air et ceux qui suivirent à profusion nous réapprirent la joie. Les « Quatre garçons dans le vent » devinrent des symboles de vie, d'espérance, de changement et de survie. Cette année-là, « I Want to Hold Your Hand » fut suivi de « She Loves You », de « Can't Buy Me Love », « Please Please Me », « I Saw Her Standing There », « I Feel Fine » et de plus de vingt autres, en un flot d'une bienfaisante musique jamais égalée.

Nous avions besoin de ces bienfaits, non seulement pour oublier cette mort à Dallas au mois de novembre précédent, mais encore pour nous distraire des signes et présages de mort et de destruction qui de jour en jour s'accumulaient. Ce fut l'année de la Résolution sur le golfe du Tonkin, qui vit le conflit du Viêt-nam se transformer en guerre totale — même si nul ne pouvait encore imaginer à quel point elle serait totale. Cette année-là a peut-être été aussi celle où la réelle possibilité d'une guerre nucléaire s'est ancrée dans la conscience nationale, car elle s'exprima comme jamais dans le domaine artistique, en particulier dans des films comme *Dr Folamour* et *Sept jours en mai*. Nous sentions que nous marchions au bord d'un effroyable abîme et la musique des Beatles nous réconfortait comme l'air qu'on siffle dans un cimetière pour oublier les corps pourrissants.

L'après-midi du mardi 16 mars, quinze jours après notre mariage, Rya et moi étions à la plage, étendus sur des serviettes vert d'eau, devisant doucement, écoutant le transistor qui diffusait un programme composé pour un tiers au moins de chansons des Beatles ou de leurs imitateurs. La veille, la plage était envahie par la foule des dimanches mais à présent nous l'avions pour nous seuls. Sur la mer mollement ondoyante, les rayons du soleil de Floride créaient l'illusion de millions de pièces d'or, comme si le trésor perdu de quelque galion espagnol avait été remonté à fleur d'eau par la marée. Le sable blanc était rendu plus blanc par la brutale lumière subtropicale et nos bronzages s'assombrissaient d'heure en heure. J'étais couleur chocolat mais le teint de Rya était plus riche, plus doré ; sa peau avait une lumière de miel brûlant d'un attrait érotique si puissant que je ne résistais pas à la tentation de tendre le bras de temps à autre pour la toucher. Bien que ses cheveux eussent à présent la couleur de la nuit, elle était toujours la fille du soleil que j'avais vue pour la première fois au parc d'attractions Sombra Frères.

Une légère mélancolie, comme les lointains échos d'une chanson triste, colorait désormais nos journées, ce qui ne veut pas dire que nous fussions tristes ou que nous eussions trop vu, trop appris pour être heureux. A petites doses, la mélancolie peut être étrangement réconfortante, d'une sombre douceur ; par contraste elle donne parfois un tranchant exquis au bonheur, en particulier aux plaisirs de la chair. En cet après-midi embaumé où nous étions lovés dans le soleil et dans notre humeur doucement mélancolique, nous savions qu'à notre retour à la caravane, nous ferions l'amour et que notre union serait d'une intensité presque insupportable.

D'heure en heure, les journaux radiophoniques nous parlaient de Kitty Genovese, qui avait été tuée deux jours plus tôt à New York. Vingt-huit de ses voisins de Kew Gardens avaient entendu ses appels à l'aide terrifiés et avaient contemplé la scène de leurs fenêtres lorsque son agresseur l'avait poignardée à plusieurs reprises, s'était éloigné, puis était revenu pour la frapper encore et l'achever enfin sur le seuil de sa porte. Aucune des vingt-huit personnes n'était venue à son aide. Personne n'avait appelé la police une demi-heure plus tard, quand Kitty était morte. Deux jours après, l'histoire faisait encore les gros titres et le pays tout entier essayait de comprendre la leçon à tirer du cauchemar de Kew Gardens, de l'inhumanité, la dureté et la solitude de l'homme dans les villes. « On voulait pas être impliqués », disaient les vingt-huit spectateurs, comme si d'être de la même espèce, du même âge et de la même société que Kitty Genovese ne les impliquait pas déjà suffisamment pour susciter chez eux la compassion. Certes, nous le savions, Rya et moi, certains de ces vingt-huit spectateurs étaient presque sûrement des gobelins qui se délectaient de la souffrance de l'agonisante, du trouble émotionnel et de la culpabilité des lâches spectateurs.

A la fin du journal, Rya éteignit la radio et dit :

— Tout le mal du monde ne vient pas des gobelins.

— Non.

— Nous sommes capables d'inventer nos propres atrocités.

— Très capables, lui accordai-je.

Elle se tut un moment, prêtant l'oreille aux cris lointains des mouettes et des vagues qui se brisaient mollement sur la rive.

A la fin, elle dit :

— D'année en année, avec la mort, la souffrance et la cruauté qu'ils amassent, les gobelins acculent la bonté et l'honnêteté dans un recoin qui diminue sans cesse. Nous vivons dans un monde de plus en plus froid, de plus en plus mesquin, surtout, mais pas seulement, à cause d'eux, un monde dans lequel la plupart des comportements sont des mauvais exemples pour la jeunesse. Ce qui entraîne que chaque génération nouvelle sera moins accessible à la pitié, plus tolérante envers le mensonge, le meurtre et la cruauté. Cela fait moins de vingt ans qu'ont eu lieu les meurtres de masse hitlériens. Est-ce que la plupart des gens paraissent se souvenir de ce qui est arrivé, ou s'en préoccupent le moins du monde ? Staline a massacré au moins trois fois autant de gens qu'Hitler mais personne n'en parle. En ce moment même, Mao est en train de tuer des millions de personnes et d'en réduire des millions d'autres en poussière dans ses camps de travail forcé, mais est-ce que tu entends beaucoup de cris de protestation ? La tendance ne sera pas renversée tant...

— Tant que quoi ?

— Tant que nous n'aurons pas fait quelque chose contre les gobelins.

— Nous ?

— Oui.

— Toi et moi ?

— Pour commencer, oui.

Étendu sur le dos, je gardais les yeux fermés.

Jusqu'à ce que Rya parle, j'avais l'impression que le soleil déversait sa lumière à travers moi jusque dans la terre et que j'étais extrêmement transparent. Dans cette transparence imaginaire je trouvais un certain soulagement, une absence de responsabilité, une liberté par rapport aux sinistres implications des dernières informations.

Mais tout à coup, en examinant ce que Rya avait dit, je me sentis épinglé par les rayons du soleil, incapable de bouger, comme pris au piège.

— Nous ne pouvons rien faire, dis-je, mal à l'aise. Du moins rien qui change réellement les choses. Nous pouvons essayer d'isoler et de tuer les gobelins que nous rencontrons, mais ils sont probablement des dizaines de millions. En tuer quelques dizaines ou quelques centaines n'aura aucun effet important.

— Nous avons mieux à faire que tuer ceux qui viennent vers nous, assura-t-elle. Il y a autre chose.

Je ne répondis pas.

A deux cents mètres vers le nord, les mouettes fouillaient la plage en quête de nourriture — petits poissons morts, restes de hot-dogs laissés par la foule de la veille. Leurs cris qui m'avaient semblé aigus et avides me paraissaient maintenant froids, lugubres et désespérés.

— Nous pouvons aller les chercher, dit Rya.

Je voulais la faire taire, la suppliai en silence de ne pas poursuivre, mais sa volonté était bien plus forte que la mienne et mes prières muettes furent sans effet.

— Ils sont concentrés à Yontsdown, rappela-t-elle. Ils se sont fait une espèce de nid là-bas, un nid hideux et puant. Et il doit y avoir d'autres endroits comme Yontsdown. Ils sont en guerre contre nous mais ils mènent toutes les batailles entièrement à leur manière. Nous pouvons changer ça, nous pouvons porter la bataille chez eux.

J'ouvris les yeux.

Elle était assise, penchée sur moi et me regardait. Elle était incroyablement belle et sensuelle, mais il y avait une féroce détermination et une force d'acier derrière sa radieuse féminité. On eût dit quelque ancienne déesse de la guerre.

L'aimable bruit des brisants résonnait comme une lointaine canonnade, l'écho d'un combat à l'horizon et la brise tiède produisaient un son douloureux dans les plumets des palmiers

— Nous pouvons porter la bataille chez eux.

Je songeai à ma mère et à mes sœurs, perdues pour moi désormais du fait de mon incapacité à me dégager de cette guerre, perdues pour moi parce que j'avais engagé une bataille contre l'oncle Denton au lieu de lui laisser mener la guerre à sa guise.

Je tendis le bras vers Rya et touchai son front suave, ses tempes au dessin élégant, ses joues, ses lèvres.

Elle baisa ma main.

Son regard était rivé au mien.

— Nous avons trouvé l'un dans l'autre d'inimaginables réserves de joies et de raisons de vivre. Maintenant, nous sommes tentés de jouer les tortues, de rentrer la tête dans la carapace, d'ignorer le reste du monde. Nous sommes tentés de jouir de ce que nous avons ensemble et d'envoyer tout le reste au diable. Et pendant un moment... peut-être pourrions-nous être heureux ainsi. Mais un moment seulement. Tôt ou tard, à cause de notre couardise et de notre égoïsme, nous serions submergés de honte et de culpabilité. Tu n'as jamais été ainsi, tu as toujours eu le sens des responsabilités et tu ne parviendras jamais à l'enterrer, quoi que tu en dises. Et maintenant que moi, ce sens des responsabilités, je l'ai acquis, je ne réussirai pas à laisser tomber. Nous ne sommes pas comme ces New-Yorkais qui ont regardé sans rien faire Kitty Genovese se faire poignarder. Nous ne sommes pas comme ça, Slim. Si nous essayons de leur ressembler, nous finirons par nous haïr nous-mêmes et nous nous mettrons à nous en vouloir mutuellement de notre lâcheté, puis nous nous aigrirons et au bout d'un certain temps, nous ne nous aimerons plus, pas de la façon dont nous nous aimons aujourd'hui. Tout ce que nous avons en commun — et tout ce que nous espérons avoir — dépend de notre capacité à rester engagés, à faire bon usage de notre don de voir les gobelins.

Je posai la main sur son genou. Si tiède... si tiède.

— Et si nous mourons ? demandai-je.

— Ce sera au moins une mort utile.

— Et si un seul de nous meurt ?

— L'autre restera pour le venger.

— Piètre consolation.

— Mais nous ne mourrons pas, assura-t-elle.

— Tu en as l'air bien sûre.

— Je le suis. Tout à fait.

— J'aimerais être aussi sûr que toi.

— Tu peux.

— Comment ? demandai-je

— Crois.

— C'est tout ?

— Oui. Crois au triomphe de la justice sur le mal.

— Autant croire au père Noël.

— Non. Le père Noël est une créature imaginaire qui ne tient que par la foi. Mais nous parlons de bonté, de pitié, de justice — et ça, ce ne sont pas des fantasmes. Ça existe, que tu y croies ou non. Mais si tu y crois, tu mettras ta foi dans tes actes ; et si tu agis, tu contribueras à empêcher le triomphe du mal. Mais seulement si tu agis.

— C'est pas bête, ça.

Elle garda le silence.

— Tu pourrais vendre des réfrigérateurs aux Esquimaux.

Elle soutint mon regard, imperturbable.

— Des manteaux de fourrure aux Hawaiiens.

Elle attendait.

— Des lampes de bureau aux aveugles.

Elle ne consentait pas à me sourire.

— Et même des voitures d'occasion, dis-je.

Ses yeux étaient plus profonds que la mer.

Plus tard, revenus à la caravane, nous fîmes l'amour. Dans la lumière ambrée de la lampe de chevet, son corps bronzé semblait fait d'un velours couleur de miel et de cannelle, hormis la parcelle de peau qu'un minuscule deux-pièces protégeait du soleil et là son étoffe à elle, dans sa perfection, paraissait plus pâle et plus douce. Quand, au plus profond d'elle, ma semence soyeuse commença de se dérouler en longs et prompts filaments liquides, il me sembla que ces fils nous cousaient l'un à l'autre, le corps au corps et l'âme à l'âme.

Quand enfin je me détendis, me ramollis et glissai hors d'elle, je lui demandai :

— Quand partons-nous pour Yontsdown ?

— Demain ? murmura-t-elle

— Très bien, dis-je.

Au-dehors, le crépuscule avait apporté un vent brûlant venu de l'ouest à travers le golfe. Il secouait les palmiers et faisait racler les bambous les uns contre les autres et soupirer les pins d'Australie. Les parois et le toit métalliques de la caravane craquaient. Elle éteignit et nous demeurâmes étendus dans l'obscurité, son dos était collé contre mon ventre, et nous écoutions le vent, enchantés de notre décision peut-être, fiers de nous, peut-être, mais terrorisés sûrement, tout à fait terrorisés.

Vers le nord

Joel Tuck était contre. Contre notre noble attitude. « De l'idéalisme stupide. » Contre le voyage à Yontsdown. « Pas courageux : follement téméraire. » Contre la guerre que nous préparions. « Vous êtes sûrs de la perdre. »

Ce soir-là, nous avons dîné avec lui et sa femme Laura, dans leur double caravane installée en permanence sur l'un des plus vastes lotissements de Gibtown. Le terrain était couvert d'une végétation luxuriante : bananiers, une demi-douzaine de variétés colorées d'impatientes, fougères, bougainvillées, et même des jasmins étoilés. Les buissons soigneusement taillés et les massifs floraux élaborés donnaient à penser que l'intérieur de la demeure de Tuck serait encombré de meubles et d'une décoration surchargée, peut-être dans quelque lourd style européen. Attente détrompée. La maison était résolument moderne : des meubles contemporains simples, aux lignes nettes, presque dures ; deux audacieux tableaux abstraits, quelques pièces de verrerie, mais ni bibelots ni bric-à-brac ; et les couleurs étaient toutes dans des teintes de terre — beige, sable et marron — avec du turquoise comme seule note vive.

Je supposai que ce décor minimaliste visait à éviter d'accentuer les difformités faciales de Joel. Considérant sa taille énorme et son visage cauchemardesque, une maison pleine de meubles européens superbement sculptés et encaustiqués aurait été certainement transformée par sa présence et aurait paru moins élégante que gothique, comme un château hanté de cinéma. En revanche, dans cette ambiance contemporaine, l'impact de son allure de mutant était curieusement étouffé comme s'il n'était qu'une sculpture surréaliste bien à sa place dans ces pièces sobres. Mais la maison de Tuck n'était ni froide ni intimidante. Des étagères de livres en rangs serrés occupaient la totalité du mur du grand salon, ce qui donnait beaucoup de chaleur aux lieux, mais c'étaient les hôtes les principaux responsables de l'atmosphère douillette et amicale qui enveloppait immédiatement les visiteurs. Presque tous les forains que j'avais rencontrés m'avaient accueilli sans réserve et traité comme l'un des leurs ; mais même chez ces gens, Joel et Laura se distinguaient encore par leur talent pour l'amitié.

En cette nuit sanglante de la fin d'août où Joel et moi avions tué, décapité et enterré six gobelins de Yontsdown, j'avais été surpris de l'entendre parler de sa femme car j'ignorais qu'il fût marié. Par la suite, jusqu'au moment où je l'eus rencontrée, je me demandais quelle sorte de femme avait épousé un être comme Joel. J'avais imaginé toutes sortes de partenaires pour lui, mais personne comme Laura.

D'abord, elle était très jolie, mince et gracieuse. Pas belle à couper le souffle, comme Rya, pas le genre de femme devant laquelle les hommes entrent en transe, mais tout à fait jolie et désirable : des cheveux auburn, des yeux gris clair, un visage ouvert aux traits bien proportionnés, un sourire adorable. Elle possédait l'assurance d'une femme de quarante ans mais avait l'air de ne pas en avoir plus de trente. J'en conclus qu'elle était à mi-chemin. Ensuite, elle n'avait rien de l'oisillon tombé du nid : ce n'était pas le genre d'être à qui la timidité aurait interdit de rencontrer des hommes normaux ; rien d'une femme frigide qui aurait épousé Joel en se disant qu'il lui serait reconnaissant de ne pas être exigeant sur le devoir conjugal.

Un soir de la semaine précédant Noël, alors que Rya et Laura faisaient des courses, Joel et moi buvions de la bière en grignotant du pop-corn aromatisé au fromage et en jouant à la belote. Joel avait vidé suffisamment de Pabst ruban bleu pour céder à une sentimentalité d'un gluant sucré à sombrer dans un coma diabétique. Dans ces cas-là, il n'y avait plus pour lui qu'un seul sujet possible : sa femme bien-aimée. Il conclut un éloge dithyrambique en m'assurant que si elle n'était pas sainte, elle était bien proche de la sainteté. Et elle avait le talent de voir au plus profond des gens — non avec cette double vue qui nous permettait, à moi et à Joel, de repérer les gobelins, mais avec une bonne vieille perspicacité humaine. En Joel elle avait perçu un homme qui lui vouait un amour et un respect sans limites et qui, en dépit d'un monstrueux visage, était plus capable que la plupart des hommes de s'engager.

En tout cas, le soir du lundi 16 mars, quand Rya et moi révélâmes notre intention de faire la guerre aux gobelins, Laura et Joel réagirent comme nous nous y attendions. Elle fronça le sourcil, ses yeux gris s'assombrirent d'inquiétude et elle nous cajôla et nous embrassa plus que de coutume, comme si le contact physique était le filament final d'une toile d'affection qui pourrait nous retenir à Gibtown et nous empêcher de nous lancer dans une dangereuse mission. Joel marchait à grands pas nerveux, baissant sa tête déformée, ses massives épaules courbées ; puis il s'assit sur un sofa et incapable de tenir en place, se releva, arpentant de nouveau la pièce. Et pendant tout ce temps, il discutait pied à pied notre projet. Mais ni l'affection de Laura ni la logique de Joel ne nous ébranlèrent, car nous étions jeunes, hardis et droits.

Au milieu du dîner, alors que la conversation roulait enfin sur d'autres sujets, et que les Tuck semblaient avoir accepté à contrecœur notre croisade, Joel reposa tout à coup ses couverts en heurtant son assiette, secoua sa tête grisonnante et rouvrit le débat :

— C'est un pacte de suicide, nom de Dieu, voilà ce que c'est ! Si vous allez à Yontsdown avec dans l'idée de nettoyer ce nid de vipères, vous vous suicidez ensemble, c'est tout.

Sa mâchoire en pelle à charbon cabossée monta et descendit à plusieurs reprises comme si des centaines de paroles importantes étaient coincées dans cet imparfait mécanisme corporel, mais à la fin, quand il reprit, il répéta seulement :

— Un suicide.

— Et maintenant que vous vous êtes trouvés, dit Laura en se penchant à travers la table pour toucher la main de Rya, vous avez toutes les raisons de vivre.

— On va pas débarquer là-bas en fanfare, assura Rya. C'est pas la fusillade à OK Corral. On va procéder en douceur. D'abord nous essaierons d'en apprendre le plus possible sur eux, sur la raison de leur présence en si grand nombre.

— Et on sera bien armés, précisai-je.

— N'oubliez pas que nous avons un énorme avantage, insista Rya. On les voit mais ils le savent pas. Nous serons des fantômes menant une guerre de guérilla.

— Mais ils te connaissent, lui rappela Joel.

Rya secoua la tête et sa chevelure noire se rida de lueurs nocturnes :

— Non. Ils connaissent mon moi, quand j'étais blonde et avec un visage légèrement différent. Ils croient que cette femme-là est morte. Et, dans un certain sens... c'est vrai.

Joel nous dévisageait, frustré. Le troisième œil qui creusait la dalle de granit de son front semblait receler de secrètes visions d'apocalypse. La paupière se baissa. Il ferma ses deux autres yeux et soupira profondément. C'était un soupir de résignation et de tristesse profonde.

— Pourquoi ? Pourquoi diable ? Pourquoi éprouvez-vous le besoin de cette chose stupide ?

— Je veux leur faire payer mes années d'orphelinat, quand j'étais sous leur botte, expliqua Rya.

— Et moi je veux leur faire payer pour mon cousin Kerry, ajoutai-je.

— Pour Pudding Jordan, dit Rya.

Joel n'ouvrit pas les yeux. Il croisa ses énormes mains sur la table, comme s'il priait.

— Et pour mon père, poursuivis-je. L'un d'eux a assassiné mon père. Et ma grand-mère. Et ma tante Paula.

— Pour ces gosses qui sont morts dans l'incendie de l'école de Yontsdown, insista Rya.

— Et pour tous ceux qui mourront si nous n'agissons pas.

— Pour me racheter, dit Rya. Pour toutes les années où j'ai travaillé de leur côté.

— Parce que si nous ne le faisons pas, conclus-je, nous ne vaudrons pas mieux à nos yeux que ces gens qui sont restés derrière leurs fenêtres en regardant Kitty Genovese se faire découper en morceaux.

Un silence songeur suivit.

L'air de la nuit passait à travers les moustiquaires des fenêtres avec le léger sifflement d'un souffle glissant entre des dents serrées.

— Quand même, dit enfin Joel, vous deux tous seuls contre un tel nombre...

— Il vaut mieux que nous ne soyons que deux, rétorquai-je. On ne remarquera pas deux nouveaux venus discrets. On pourra fouiner sans attirer l'attention et ce sera plus facile de découvrir pourquoi ils se sont rassemblés en foule au même endroit. Et puis... si nous décidons d'en éliminer un paquet, nous pourrons le faire en restant dans l'ombre.

Dans les profondes orbites du crâne massif et déformé, les yeux marron de Joel s'ouvrirent ; ils étaient infiniment expressifs, emplis de compréhension, de désolation, de regret, et peut-être aussi de pitié.

Tendant un bras d'un côté pour prendre la main de Rya et un bras de l'autre pour poser la sienne sur son bras, Laura Tuck dit :

— Si en retournant là-bas, vous vous retrouvez dans une situation trop difficile pour y faire face seuls, nous viendrons.

— Oui, fit Joel, d'un ton dégoûté qui ne me parut pas tout à fait sincère. J'ai bien peur qu'on soit assez crétins et assez sentimentaux pour le faire.

— Et nous amènerons d'autres forains, ajouta Laura.

Joel secoua la tête.

— Bon, ça j'en sais rien. Les forains sont mal adaptés au monde extérieur, mais bien sûr ça ne veut pas dire qu'ils aient un petit pois dans la tête. Ils n'aimeront pas cette histoire.

— Peu importe, leur assura Rya, on se laissera pas coincer.

— On sera prudents comme deux souris dans une maison habitée par cent chats, ajoutai-je.

— On s'en sortira très bien, dit Rya.

— Vous n'avez pas de souci à vous faire, opinai-je.

Je pense que je croyais vraiment ce que je disais, que j'étais réellement sûr de moi. Je n'avais pas d'excuse : je n'étais même pas soûl.

Dans les heures solitaires de ce mardi matin, je fus réveillé par le tonnerre qui grondait au loin sur le golfe. Je restai étendu un moment, encore à demi endormi, prêtant l'oreille à la calme respiration de Rya et aux grondements des cieux.

Petit à petit, tandis que les brumes du rêve s'évaporaient, je m'aperçus que je faisais un cauchemar pénible juste avant de me réveiller et que le tonnerre y figurait. Comme d'autres rêves s'étaient révélés prophétiques, j'essayai de me rappeler celui-là, mais il m'échappait. Les vagues images de Morphée se levaient comme des rideaux de fumée dans ma mémoire, et me glissaient entre les doigts sans que j'aie pu les rassembler pour leur donner un sens. J'eus beau me concentrer longtemps, tout ce que je parvins à revoir, ce fut un lieu étrange et resserré, un mystérieux couloir, étroit et long — c'était peut-être un tunnel —, où une obscurité d'encre semblait suinter des murs et où les seuls endroits éclairés — d'une lumière insuffisante, jaune moutarde — étaient largement séparés par des plages d'ombres menaçantes. Je ne pouvais me souvenir de quel lieu il s'agissait ni de quels événements épouvantables ils avaient été le théâtre, mais même leur simple évocation informe et affaiblie me mettait dans les os un frisson de glace et faisait battre à mon cœur la chamade.

Sur le golfe le tonnerre se rapprochait. De grosses gouttes de pluie l'accompagnaient.

Le cauchemar s'éloigna encore et peu à peu ma peur disparut avec lui.

Le clapotis rythmique de la pluie sur le toit de la caravane me berça bientôt.

A côté de moi, Rya murmura dans un rêve.

Dans la nuit de Floride, à deux jours et demi seulement de Yontsdown, étendu dans la tiédeur estivale mais anticipant l'atmosphère hivernale du nord vers lequel j'étais appelé, je cherchai de nouveau le sommeil et le trouvai comme un enfant affamé quêtant le sein maternel, mais une fois de plus, je ne bus que le noir élixir du rêve. Et au matin, en m'éveillant, frissonnant et hors d'haleine, je fus, encore une fois, incapable de me rappeler l'étrange cauchemar — ce qui me tracassa mais ne m'alarma pas encore.

Gibtown est la résidence hivernale de presque tous les spectacles ambulants de la moitié est du pays. Comme les forains sont d'abord des marginaux et des paumés qui ne trouvent pas leur place dans la société normale, de nombreuses organisations de spectacles (au contraire de Sombra Frères), ne posent pas de questions en embauchant de nouveaux employés ou en passant contrat avec de nouveaux concessionnaires, et parmi les honnêtes marginaux, il y a un petit nombre — très petit — d'individus criminels. C'est pourquoi, quand on sait à qui s'adresser, et qu'on est connu comme un membre de la communauté digne de confiance, on trouve à peu près tout ce qu'on veut à Gibtown.

Il me fallait deux bons revolvers bien puissants, deux pistolets avec faux permis assortis, un fusil à canon scié, une carabine automatique, cinquante kilos au moins d'un plastic quelconque, des détonateurs avec minuterie incorporée, une dizaine de capsules de Penthotal, un paquet de seringues hypodermiques et quelques autres objets qu'on ne trouvait pas au Monoprix du coin.

Eddy le malin n'avait pas l'air particulièrement malin. Il avait surtout l'air desséché. Le cheveu couleur de sable, il était, malgré le soleil de Floride, pâle comme la poussière d'un ancien tombeau. Sa peau flétrie était parcourue de fines rides et sa bouche si sèche que les lèvres paraissaient écailleuses. Ses yeux avaient l'étrange nuance d'un papier jauni par le soleil. Il portait un pantalon et une chemise kaki qui bruissaient à chacun de ses mouvements. Sa voix basse et râpeuse me faisait penser au vent du désert soufflant dans des buissons morts. Fumeur invétéré qui gardait toujours un paquet de Camel à portée de son siège, il paraissait lui-même avoir été fumé comme une tranche de cochon.

Affalé dans un fauteuil recouvert de vinyle marron, Eddy le malin m'écouta, impassible, réciter jusqu'au bout ma longue liste d'achats. De ses doigts fins et décolorés par la nicotine, il tenait une cigarette dont il tirait de longues bouffées. Quand j'eus terminé, il ne posa aucune question, pas même avec ses yeux jaune parchemin. Il m'annonça simplement le prix et quand je lui eus remis la moitié de la somme à titre d'avance, il dit :

— Reviens à trois heures.

— Aujourd'hui ?

— Oui.

— Tu peux trouver tout ça en quelques heures ?

— Oui.

— Je veux de la marchandise de qualité.

— Bien entendu.

— Il faut que le plastic soit très stable, qu'il ne soit pas dangereux à manipuler.

— Je ne vends pas de la camelote.

— Et le Penthotal...

Lâchant un nuage de fumée puant, il me coupa :

— Plus on perdra de temps à en parler, plus j'aurai de mal à avoir le matériel pour trois heures.

Je hochai la tête, me levai et gagnai la porte. En lui jetant un dernier coup d'œil, je lui demandai :

— Tu n'es pas curieux ?

— Curieux de quoi ?

— De savoir ce que je prépare.

— Non.

— Tu te demandes sûrement...

— Non.

— Si j'étais toi, et que des gens viennent me demander des choses pareilles, je me poserais des questions. Si j'étais toi, je voudrais savoir dans quoi mon client s'est lancé.

— C'est pour ça que tu n'es pas moi.

Quand la pluie s'arrêta, les flaques furent bientôt absorbées par le sol et les feuilles s'égouttèrent et les tiges d'herbe abandonnèrent peu à peu l'humble posture dans laquelle l'averse les avait couchées, mais le ciel n'était pas clair ; il était bas sur la côte plate de la Floride. Les masses de nuages noirs qui s'infiltraient par l'est semblaient pourries, couvertes des pustules. L'air lourd ne sentait pas le propre comme il arrive après une forte pluie ; une bizarre odeur de moisi s'accrochait à la journée humide, comme si la tempête avait libéré d'étranges germes au-dessus du golfe.

Rya et moi préparâmes trois valises que nous chargeâmes dans notre break aux flancs peints imitation bois. A cette époque, déjà, Detroit ne produisait plus de vraies voitures aux parois de bois, ce qui était peut-être un signe précoce de la disparition prochaine de l'âge de la qualité, de l'artisanat et de l'authenticité, au profit de l'ère de la camelote, de la hâte et de l'imitation habile.

Avec solennité, et parfois beaucoup de larmes, nous dîmes au revoir à Joel et Laura Tuck, à Gloria Neames, à Morton le Rouge, à Bob Weyland, à Mme Zena, à Irma et Paulie Lorus et aux autres forains, en annonçant à certains que nous partions pour un court voyage d'agrément et en disant à d'autres la vérité. Ils nous souhaitèrent bon voyage et s'efforcèrent d'être le plus encourageants possible, mais dans les yeux de ceux qui connaissaient notre projet, nous lisions le doute, la crainte, la pitié et la désapprobation. Ils ne croyaient pas que nous reviendrions — ou que nous vivrions assez longtemps à Yontsdown pour apprendre quelque chose d'important sur les gobelins qui y vivaient ou pour leur infliger des pertes importantes. La même idée était dans toutes les têtes de nos amis, même si aucun d'eux ne l'exprima : *Nous ne vous reverrons jamais.*

A trois heures, quand nous gagnâmes la caravane d'Eddy le malin dans un coin éloigné de Gibtown, il nous attendait avec toutes les armes, les explosifs, le Penthotal et les autres objets que j'avais commandés. Le matériel était enfermé dans des sacs de tissu usé et fermés par des cordons et nous les embarquâmes dans le coffre comme si nous emportions du linge sale à la laverie.

Rya accepta de conduire la première. A moi échut la responsabilité de garder la radio réglée sur une bonne station de rock and roll au fur et à mesure que les kilomètres défilaient.

Mais avant même que nous fussions sortis de l'allée d'Eddy le malin, il nous arrêtait en se penchant à ma fenêtre. Dans un souffle fleurant le tabac, il dit avec un raclement de gorge :

— Si vous avez des ennuis avec la loi là-bas, et si on veut savoir où vous avez eu ce que vous ne devriez pas avoir, alors j'espère que vous respecterez l'honneur des forains et que vous me garderez en dehors de ça.

— Bien sûr, dit Rya, coupante.

A l'évidence, elle n'aimait pas Eddy.

— Pas la peine d'en parler, c'est insultant. Est-ce qu'on a l'air de traîtres juste bons à abandonner leurs semblables dans l'incendie pour rester au frais ? On est réglos.

— Je le crois, dit Eddy.

— Bien, bon..., fit-elle, sans se détendre.

Toujours penché vers nous au-dessus de la vitre baissée, Eddy le malin ne paraissait pas satisfait. On eût dit qu'il sentait que Rya avait autrefois trahi ses semblables.

— Si ça tourne bien pour vous — quoi que vous fassiez, et où que vous le fassiez —, et si vous avez encore besoin que je vous fasse des courses, n'hésitez pas à m'appeler. Mais si ça tourne mal, je ne veux jamais vous revoir.

— Si ça tourne mal, trancha Rya, vous ne nous reverrez jamais.

Il tourna ses yeux brûlés vers elle, les tourna vers moi et j'aurais juré entendre ses lèvres bouger avec un raclement métallique léger évoquant les rouages d'une machine rouillée.

— Moui, moui... j'ai comme l'impression que je ne vous reverrai jamais, effectivement.

Tandis que Rya sortait la voiture de l'allée en marche arrière, Eddy le malin nous regardait partir.

— A quoi il ressemble, pour toi ? me demanda-t-elle.

— A un rat du désert, répondis-je.

— Non.

— Non ?

— A la mort, dit-elle.

Je fixai la silhouette d'Eddy le malin qui s'éloignait.

Tout à coup, peut-être parce qu'il regrettait d'avoir mis Rya en colère et préférait nous quitter sur une note plus agréable, il sourit et agita le bras en signe d'au revoir. C'est la pire chose qu'il pouvait faire, car son visage mince et ascétique, sec comme des os et pâle comme un asticot, n'était pas fait pour sourire. Dans son rictus de squelette je ne perçus pas la chaleur de l'amitié mais l'appétit insatiable de la Faucheuse.

Avec cette image macabre comme dernière image de Gibtown, le voyage vers l'est et le nord à travers la Floride fut sombre, presque sinistre. Même la musique des Beach Boys, des Beatles, des Dixie Cups et des Four Seasons ne put nous mettre de meilleure humeur. Le ciel brouillé formait comme un toit d'ardoise, d'un poids qui semblait peser sur le monde et menaçait de s'effondrer sur nous. Nous traversâmes plusieurs grains. Parfois une pluie d'argent luisant fouettait l'air gris sans l'éclairer, brillait sur la chaussée tout en la rendant bizarrement plus sombre, coulait en rigoles de métal fondu dans le caniveau ou jaillissait, écumante, des gouttières et des conduits de drainage. Quand il ne pleuvait pas, une fine brume cendrée s'enroulait autour des pins et des cyprès, conférant des airs de lande anglaise à la brousse humide de Floride. Après la tombée de la nuit, nous rencontrâmes un brouillard qui s'épaississait en certains endroits. Nous parlâmes peu pendant la première partie de ce voyage, comme si nous avions craint que tout ce que nous dirions n'aboutirait qu'à nous déprimer un peu plus. Pour donner la mesure de notre humeur sombre, le premier disque des Supremes à avoir atteint les sommets, « When the Love Light Starts Shining Through His Eyes », qui s'était imposé depuis six semaines, et qui était l'exemple type du style « dynamique », résonnait à nos oreilles non comme un hymne à la joie mais comme un chant funèbre... et les autres airs de la radio avaient pour nous les mêmes échos sinistres.

Nous avons dîné dans une lugubre buvette au bord de la route, dans un box près d'une baie constellée de traces d'insectes et de coulures de pluie. Au menu, de la friture, de la friture très frite ou de la friture pannée.

L'un des chauffeurs de poids lourd installé sur un siège au comptoir était un gobelin. Il émanait de lui des images psychiques et dans ma vision crépusculaire, je m'aperçus qu'il avait souvent utilisé son camion Mack comme un char d'assaut pour éjecter d'imprudents automobilistes hors de la chaussée sur les portions désertes des grandes routes de Floride, en les heurtant pour les faire tomber dans des canaux où ils se noyaient, coincés dans leur voiture, ou dans des marais où la boue puante et gluante les aspirait. Je sentis aussi qu'il ne représentait aucun danger pour nous mais tuerait beaucoup d'autres innocents dans les nuits à venir, peut-être même cette nuit. J'eus envie de tirer le poignard de ma botte et de me glisser derrière lui pour lui trancher la gorge. Mais pénétré de l'importante mission qui nous attendait, je me contins.

Quelque part en Géorgie nous avons passé la nuit sur le bord de la route dans un motel aux murs de planche, non parce que les lieux étaient particulièrement séduisants, mais parce que l'épuisement s'était tout à coup abattu sur nous dans ce coin désolé et solitaire. Le matelas était plein de noyaux de pêches et le sommier déglingué n'arrangeait rien. Deux secondes après avoir éteint la lumière, nous entendîmes des cafards d'une taille inimaginable courir sur le linoléum craquelé du plancher. Nous étions trop fatigués — et trop effrayés par l'avenir — pour y prendre garde. En deux minutes, après un dernier doux baiser, nous nous sommes endormis.

De nouveau je rêvai d'un long couloir ombreux où de faibles lampes très espacées diffusaient un éclairage insuffisant. Le plafond était bas, les murs curieusement grossiers, mais je ne parvenais pas à discerner de quelle matière ils étaient faits. De nouveau je m'éveillai tremblant de terreur, un cri bloqué dans la gorge. J'avais beau fouiller désespérément ma mémoire, je ne me rappelais rien du cauchemar, rien qui expliquât la frénétique chamade de mon cœur.

Les chiffres lumineux de ma montre m'apprirent qu'il était trois heures dix. Je n'avais dormi que deux heures et demi mais je savais que je ne trouverais plus le repos cette nuit-là.

A côté de moi, dans la pièce sans lumière, toujours profondément endormie, Rya gémit, haleta, frissonna.

Était-elle en train de courir dans le ténébreux tunnel de mon cauchemar ?

Je me souvins de l'autre rêve de mauvais augure que nous avions en commun l'été précédent : le cimetière sur la colline. Si nous partagions de nouveau un cauchemar, nous pouvions être certains qu'il y avait là aussi l'annonce d'un danger.

Au matin je m'enquerrais de la cause de ses gémissements et de ses frissons. Avec un peu de chance, ses mauvais rêves auraient une origine plus prosaïque que les miens : sans doute la cuisine graisseuse du dîner.

En attendant, je restais allongé sur le dos dans l'obscurité, écoutant ma respiration calme, les murmures de Rya, ses mouvements épisodiques et la course perpétuelle et affairée des cafards d'eau aux nombreuses pattes.

Le matin du mercredi 18 mars, nous avons roulé jusqu'à un échangeur où se trouvait un restaurant Stuckey. Devant un petit déjeuner correct à base de bacon, d'œufs, de gruau d'avoine, de gaufres et de café, j'interrogeai Rya sur son rêve.

— Cette nuit ? demanda-t-elle en fronçant le sourcil tandis qu'elle trempait un bout de toast dans le jaune d'œuf. J'ai dormi comme une souche. J'ai pas rêvé.

— Tu as rêvé, lui assurai-je.

— Vraiment ?

— Sans arrêt.

— Je m'en souviens pas.

— Tu as beaucoup gémi. Tu as donné des coups de pied dans les draps. Pas seulement cette nuit, mais la nuit d'avant aussi.

Elle cligna des paupières et le bout de toast s'arrêta à mi-chemin de sa bouche.

— Oh. Je vois. Tu veux dire... que tu t'es réveillé d'un cauchemar et que tu m'as trouvée plongée dans le mien ?

— Exact.

— Et tu t'es demandé si...

— Si nous partagions encore une fois le même rêve.

Je lui décrivis l'étrange tunnel, les lampes qui clignotaient faiblement.

— Je me suis réveillé avec le sentiment que quelque chose m'avait poursuivi.

— Quoi ?

— Quelque chose... quelque chose... je ne sais pas.

— Bon, fit-elle, si j'ai rêvé quelque chose de ce genre, je m'en souviens pas.

Elle acheva son mouvement et mâcha le morceau de toast trempé d'œuf, l'avala.

— Alors, on a tous les deux des mauvais rêves. Ce n'est pas nécessairement... prophétique. Dieu sait que nous avons de bonnes raisons de mal dormir. La tension. L'anxiété. Quand on pense où nous allons, il n'y a pas de quoi s'étonner.

Après le petit déjeuner nous avons eu une longue journée de route. Pour déjeuner, nous nous sommes contentés de biscuits salés et de friandises achetées à la station-service où nous avons fait le plein.

Peu à peu, nous avons laissé derrière nous la chaleur subtropicale mais le temps s'est amélioré. Quand nous sommes arrivés vers le milieu de la Caroline du Sud, le ciel s'était tout à fait dégagé.

Curieusement — ou non — la journée d'un bleu intense ne paraissait pas, à mes yeux du moins, aussi brillante que l'après-midi assombri par la tempête où nous étions partis du golfe. Une obscurité était tapie dans les forêts de pins qui, par moments, s'alignaient des deux côtés de la chaussée et les ténèbres semblaient vivre et nous observer comme si elles attendaient patiemment le moment de se jeter sur nous, de nous envelopper et de nous sucer les os. Même quand la dure lumière cuivrée du soleil donna à plein, je vis venir les ombres, l'inévitabilité du crépuscule. Je n'avais pas le moral.

Le soir, dans un motel du Maryland plus confortable que celui de Géorgie, en dépit d'une fatigue aussi pesante que la veille, nous avons fait l'amour, ce qui nous a un peu surpris. Et ce qui nous a surpris plus encore, c'est que nous étions insatiables. Cela commença par de lents mouvements, des caresses languides comme dans les films artistiques, avec une douceur et une timidité dignes d'une première fois. Mais au bout d'un moment, nous y mîmes une énergie et une passion de prime abord inexplicables après ces longues heures de route. L'exquis corps de Rya ne m'avait jamais paru d'un dessin aussi élégant et sensuel, si tiède et souple dans sa plénitude, si soyeux... si précieux. Le rythme accéléré de sa respiration, ses petits cris de plaisir, ses brusques sursauts et ses faibles gémissements et la hâte avec laquelle ses mains exploraient mon corps et me pressaient contre elle — ces expressions de son excitation croissante alimentaient ma propre excitation. Je me mis à trembler de plaisir, littéralement, et chacun de ces délicieux frissons passait comme un courant électrique de moi à elle. Elle escaladait les degrés de l'orgasme jusqu'à des hauteurs à couper le souffle et en dépit d'une puissante éruption dans laquelle il me sembla me vider de tout mon sang et de la moelle de mes os en même temps que de ma semence, mon érection ne faiblit pas le moins du monde et je continuai avec elle, à monter vers un apogée de plaisir émotionnel et érotique que je n'avais jamais connu.

Comme nous l'avions déjà fait — avec toutefois moins d'intensité et de puissance — nous faisions ardemment l'amour pour oublier, pour nier, pour fuir l'existence même de la Mort et de sa faux. Nous essayions de mépriser et d'abjurer les véritables dangers qui nous attendaient et les peurs réelles que nous éprouvions déjà. Dans les délices de la chair, nous cherchions la consolation, la paix temporaire et la force à partager. Peut-être espérions-nous aussi nous épuiser assez pour ne rêver ni l'un ni l'autre.

Mais nous avons rêvé.

Je me retrouvai dans le tunnel faiblement éclairé, fuyant, terrorisé, une chose que je ne voyais pas. La panique se faisait entendre dans le bruit sec et dur de mes pas sur le sol de pierre.

Rya rêva aussi, et se réveilla à l'aube dans un cri, alors que je veillais déjà depuis des heures. Je la serrai dans mes bras. Elle tremblait de nouveau mais cette fois ce n'était pas de plaisir. Elle se remémorait des bribes de cauchemar : des lampes faibles et clignotantes ; des flaques de ténèbres fuligineuses ; un tunnel...

Un grave malheur nous arriverait dans un tunnel. Où, quand, comment, pourquoi ? Pour l'instant, je ne pouvais le prévoir.

Ce jeudi, je pris le volant et roulai vers le nord, en direction de la Pennsylvanie, tandis que Rya se chargeait de la radio. Le ciel de nouveau se couvrait de nuages gris acier, noirs sur les bords, comme les portes d'une armurerie céleste bosselées par la guerre.

Nous quittâmes la voie inter-États pour une route plus étroite.

Officiellement, nous n'étions qu'à quelques jours du printemps mais dans ces montagnes enneigées, la nature négligeait le calendrier. L'hiver régnait encore en monarque incontesté et occuperait le trône jusqu'à la fin du mois, au moins.

La campagne enneigée montait, en pente douce d'abord, puis plus abruptement, et les congères au bord de la chaussée étaient de plus en plus hautes. La route commença à serpenter et tout en suivant ses sinuosités, un souvenir s'insinua aussi comme un reptile dans ma mémoire. Je me souvins du jour où Pudding Jordan, Luke Bendingo et moi étions allés à Yontsdown pour graisser des bielles au bénéfice de Sombra Frères.

La campagne n'était pas moins menaçante que l'été précédent. D'une manière irrationnelle, mais indubitable, les montagnes elles-mêmes paraissaient mauvaises, comme si la terre, les pierres, les forêts pouvaient nourrir de mauvaises intentions. Les reliefs rocheux tourmentés qui surgissaient çà et là de la couverture neigeuse semblaient les dents cariées d'un monstre émergeant du sol comme d'un océan. Ailleurs, d'autres reliefs m'évoquaient la colonne vertébrale en dents de scie de reptiles géants. La lumière d'un gris lugubre ne créait aucune ombre distincte mais répandait sur chaque objet un teint de cendre, ce qui donnait le sentiment d'être entré dans un monde parallèle où les couleurs autres que le gris, le blanc et le noir n'existaient pas. Les hauts épineux se dressaient comme les pointes sur le gantelet d'un chevalier coupable d'infamie. Les érables et les bouleaux dénudés auraient pu être les squelettes fossilisés d'une ancienne race préhumaine. Un nombre incommensurable de chênes défoliés par l'hiver étaient déformés par la mousse qui les recouvrait.

— Nous pouvons encore faire demi-tour, dit tranquillement Rya.

— Tu le veux ?

— Non, soupira-t-elle.

— Et vraiment... on pourrait ?

— Non.

Dans ces montagnes hostiles même la neige ne brillait pas. On eût dit une matière d'une autre espèce que celle des régions souriantes. Ce n'était pas la neige de Noël — ou des stations de ski, de la luge, des bonshommes de neige et des batailles de boules de neige. Elle formait des croûtes sur les troncs et sur les bras des arbres nus mais cela ne faisait qu'accentuer leur aspect de squelette noir. Par-dessus tout, cette neige m'évoquait les salles carrelées de blanc de la morgue où l'on dissèque les cadavres pour chercher la cause et le sens de la mort.

Nous passâmes devant des lieux qui nous étaient familiers

depuis l'été précédent : le puits de mine abandonné, le basculeur de wagons à demi démoli, les masses rouillées des automobiles perchées sur des blocs de béton. La neige dissimulait certaines parties de ces objets mais ne diminuait en rien leur contribution à l'atmosphère dominante de désespoir, de ténèbre et de sénescence.

Le macadam de la nationale à trois voies était couvert d'une couche crissante de cendres et de sable, avec par endroits des plaques de sel blanc répandu par la voirie après la dernière tempête d'importance. Le revêtement était dépourvu de glace et de neige et les conditions de conduite étaient excellentes.

A la hauteur du panneau annonçant les limites de la ville de Yontsdown, Rya dit :

— Slim, tu ferais mieux de ralentir.

Jetant un coup d'œil au compteur, je découvris que je roulais bien vingt kilomètres au-dessus de la vitesse maximale autorisée. Avais-je l'intention inconsciente de traverser la ville comme une fusée pour ressortir à l'autre bout ?

Je levai le pied, et à la sortie d'un virage, aperçus, dans l'angle mort, une voiture de police en faction. La glace du conducteur était baissée juste assez pour laisser dépasser un radar.

Comme nous passions à sa hauteur, à quelques kilomètres à peine au-dessus de la vitesse limite, je vis que le flic derrière le volant était un gobelin.

21

Un hiver en Enfer

Je jurai à voix haute. Bien que je n'eusse dépassé la vitesse limite que de deux ou trois kilomètres-heure, j'étais certain que même une infraction mineure suffisait pour encourir la colère officielle dans cette ville aux mains des démons. Je jetai un coup d'œil inquiet dans le rétroviseur. Les feux d'urgence rouges commençaient à clignoter, jets de sang giclant sur la neige couleur morgue qui recouvrait le toit de la voiture de patrouille ; elle allait se lancer à notre poursuite, ce qui était un début rien moins que prometteur pour une mission clandestine comme la nôtre.

— Merde, s'exclama Rya en se tortillant sur son siège pour regarder par la vitre arrière.

Mais le véhicule de police ne s'était pas encore engagé sur la route, qu'une autre voiture, une Buick jaune maculée de boue, émergeait du virage, à plus grande vitesse que moi, attirant l'attention du flic gobelin sur ce contrevenant plus évident. Nous poursuivîmes notre route sans incident tandis que dans notre sillage le policier arrêtait la Buick.

Une soudaine bourrasque arracha un milliard de filaments neigeux au sol pour tisser instantanément un rideau gris argent qu'elle tira en travers de la route, nous dérobant à la vue la Buick, l'infortuné automobiliste et le policier gobelin.

— On n'est pas passés loin, dis-je.

Rya ne souffla mot. Devant nous, un peu en contrebas, s'étendait Yontsdown. Elle se retourna vers l'avant pour contempler la ville en se mordillant la lèvre inférieure.

L'été précédent, Yontsdown nous était apparue sinistre et médiévale. A présent, dans les griffes froides de l'hiver, la ville était encore moins attrayante. Dans le lointain obscur, la fumée et la vapeur vomies par les crasseuses cheminées des aciéries étaient plus noires et plus lourdement chargées de polluants qu'auparavant, comme des colonnes de rejets volcaniques. A quelques centaines de mètres au-dessus du sol, la vapeur grise s'éclaircissait et se déchirait en lambeaux sous le vent d'hiver, mais la fumée sulfureuse s'étirait d'un pic à l'autre. Marqué de cette combinaison de nuages noirs et d'aigres fumées jaunes, le ciel paraissait couvert d'hématomes. Et si le ciel avait reçu des coups, alors la ville en dessous avait été battue, lacérée, blessée à mort : ce n'était pas une communauté à l'agonie, mais une communauté de l'agonie, un cimetière à la taille d'une ville. Les alignements des maisons — bon nombre étaient délabrées, toutes couvertes d'un film de poussière grise — et les grandes bâtisses de brique et de granit m'avaient auparavant fait penser à des constructions médiévales. Elles avaient encore ce caractère anachronique, mais cette fois — avec la neige mêlée de suie sur les toitures, avec les stalactites de glace sale aux gouttières, avec le gel bilieux qui marbrait beaucoup de fenêtres —, elles évoquaient aussi des rangées et des rangées de pierres tombales dans un cimetière de géants. Et au loin, les voitures des trains au dépôt auraient pu être d'énormes cercueils.

J'étais submergé d'émanations psychiques et presque chaque courant de ce Styx était noir, froid, redoutable.

Nous passâmes le pont sur le fleuve qui était maintenant gelé, où d'énormes plaques de glace déchiquetées s'entassaient dans un enchevêtrement profus au-dessous du plancher métallique à claire-voie et au-delà de la rambarde d'acier. Les pneus cette fois ne parurent pas chanter mais pousser un cri aigu sur une seule note.

Au bout du pont, je rangeai brusquement la voiture le long du trottoir et coupai le moteur.

— Qu'est-ce que tu fais ? demanda Rya en considérant le bar-gril sordide devant lequel je m'étais garé.

C'était un bâtiment de ciment peint en verdâtre. Une peinture rouge passé s'écaillait sur la porte d'entrée et si les fenêtres étaient débarrassées de gel, elles étaient graisseuses et crasseuses.

— Qu'est-ce que tu cherches dans cet endroit ?

— Rien... J'ai besoin... j'ai seulement besoin que tu prennes ma place. Les émanations, tout autour de moi... ça sort de partout... De tous les côtés où je regarde, je vois... des ombres étranges et terribles qui ne sont pas réelles, des ombres de morts et de destructions futures... Je crois qu'il vaudrait mieux que je m'abstienne de conduire pour l'instant.

— La ville ne t'a pas fait cet effet-là la fois précédente.

— Bah, si. Quand je suis venu la première fois avec Luke et Pudding. Mais c'était pas aussi fort. Et je me suis très vite maîtrisé. Je vais m'habituer à ça aussi, d'ici un petit moment. Mais pour l'instant... je me sens... meurtri.

Tandis que Rya glissait du siège du passager à celui du conducteur, je sortis de la voiture et la contournai d'un pas mal assuré. L'air était d'un froid mordant; il sentait le mazout, le poussier, l'essence brûlée, la viande grillée dans le bar tout proche... et (je l'aurais juré) le soufre. Je m'installai sur le siège du passager, claquai la porte et Rya démarra, insérant en douceur la voiture dans la circulation.

— Où on va? demanda-t-elle.

— Traverse la ville jusqu'aux faubourgs.

— Et après?

— Trouve un motel tranquille.

Je n'aurais su expliquer vraiment la spectaculaire aggravation de l'effet qu'avait la ville sur moi, même si j'avais quelque idée sur la question. Peut-être, pour des raisons inconnues, mes pouvoirs psychiques s'étaient-ils renforcés, mes perceptions paranormales aiguisées. Peut-être le poids de chagrin et de terreur qui pesait sur la ville s'était-il incommensurablement accru depuis ma dernière visite. Ou bien redoutais-je plus que je ne croyais de revenir en ces lieux démoniaques? A moins que ma Vision Crépusculaire ne m'eusse donné le pressentiment que Rya ou moi, ou peut-être nous deux, allions mourir de la main des gobelins; mais si ce message extra sensoriel tentait de se frayer un chemin en moi, j'étais à l'évidence incapable de le percevoir et de l'accepter. Je pouvais certes l'imaginer, mais je ne parvenais pas à « voir » avec précision un destin si horrible et si absurde.

A l'approche de l'école de brique à deux étages où sept enfants étaient morts brûlés dans un incendie consécutif à l'explosion d'une chaudière, je vis que l'aile détruite par le feu avait été reconstruite depuis l'été précédent, et le toit d'ardoise réparé. A cette heure les élèves étaient en cours : on apercevait quelques enfants par les fenêtres.

Comme auparavant, une vague massive d'impressions psychiques jaillit des murs et se rua sur moi avec une force effarante et cette substance occulte était néanmoins aussi réelle pour moi qu'un raz de marée mortel. En aucun autre lieu je n'avais eu le sentiment d'une souffrance, d'une angoisse et d'une terreur humaine à peu près mesurables avec la précision d'une sonde évaluant la profondeur de la mer : en dizaines, en centaines, en milliers de brasses. Une légère vapeur froide précédait la vague meurtrière : premières images disjointes éclaboussant mon esprit en surface. Je vis des murs et des plafonds s'embraser... des fenêtres exploser en milliers d'éclats mortels... des langues de flamme s'étirer à travers les salles de classe dans les courants d'air qui les parcouraient... des enfants terrifiés aux vêtements en flammes... une institutrice qui hurlait, la chevelure en feu... le corps noirci, dont la peau partait en lambeaux, d'un instituteur recroquevillé dans un coin, sa grosse masse grésillant comme du bacon sur le gril...

La dernière fois, les visions que j'avais eues étaient celles d'un ancien incendie et d'un autre, plus grave, à venir. Mais cette fois je ne voyais que la future catastrophe peut-être parce qu'elle était plus proche dans le temps que celle du passé. Les images extrasensorielles étaient, à mon grand dam, les plus vives et les plus hideuses que j'eusse jamais vues, chacune tombait comme une douloureuse goutte d'acide dans ma mémoire et dans mon âme : des enfants à l'agonie, de la chair bouillante, fondant comme du suif ; des têtes de mort grimaçantes émergeant de la fumée ; leurs orbites noircies, évidées par la flamme avide.

— Qu'est-ce qui se passe ? demanda Rya, inquiète.

Je m'aperçus que je haletais et tremblais.

— Slim ?

Elle leva le pied et le break ralentit son allure.

— Roule toujours, lui intimai-je avant de fondre en larmes, car j'éprouvais, dans une faible mesure, la souffrance des enfants à l'agonie.

— Tu souffres, dit-elle.

— Des visions.

— De quoi ?

— Pour l'amour du ciel... continue... à rouler.

— Mais...

— Dépasse... l'école.

Pour articuler ces mots, je dus m'extirper d'une brume acide d'émanations psychiques, ce qui était presque aussi difficile que de se débattre dans un nuage de fumées denses et suffocantes.

Je fermai les yeux pour échapper à la vision de l'école et de sa destruction future mais en vain. La vague principale enflait, elle se dirigeait vers moi, elle s'abattait. J'étais la rive sur laquelle ce tsunami allait se briser et quand il se retirerait, le dessin de la côte serait entièrement remodelé, on ne la reconnaîtrait plus. La crainte désespérée me prit que cette immersion dans des visions cauchemardesques me laisse émotionnellement et mentalement brisé, fou peut-être ; alors je choisis de me défendre de la même manière que l'été précédent. Je serrai les poings et les dents, baissai la tête et dans un monumental effort de volonté, je détournai mon esprit de ces scènes de fournaise mortelle pour me concentrer sur mes bons souvenirs de Rya : l'amour que je voyais dans ses yeux clairs au regard direct ; les traits adorables de son visage ; la perfection de son corps, les extases charnelles que nous partagions ; le simple et doux plaisir de lui tenir la main, de regarder la télévision ensemble par une longue soirée...

La vague déferlait, de plus en plus près de moi...

Je m'accrochai à l'idée de Rya.

La vague me frappa...

Oh, mon Dieu !

... avec un impact écrasant.

Je criai.

— Slim ! me lança une voix lointaine, pressante.

Rya... Rya... mon seul recours.

J'étais là dans l'incendie, submergé par des visions de visages écorchés et rongés par le feu, de membres desséchés et noircis, un millier d'yeux terrifiés dans lesquels le reflet des flammes dansait et palpitait... la fumée, une fumée aveuglante qui montait du plancher brûlant et craquant... et je sentis l'odeur des cheveux qui grillaient et des chairs qui cuisaient, esquivai les plafonds et les débris divers qui s'abattaient... j'entendis les gémissements et les hurlements pitoyables, si nombreux qu'ils se fondaient en une musique terrifiante qui me glaçait jusqu'à la moelle en dépit de la chaleur environnante... et ces pauvres êtres condamnés chancelaient près de moi — instituteurs et enfants affolés cherchant une issue mais trouvant les portes inexplicablement verrouillées, et maintenant, oh mon Dieu, chaque enfant que je voyais — ils étaient des dizaines — tout à coup s'embrasait, et je courais vers le

314

plus proche, essayant d'étouffer ses flammes sous mon poids et de le sortir de là, mais j'étais un fantôme en ces lieux, insensible au feu et incapable d'influer sur le cours des événements, alors mes mains fantomatiques passaient au travers du garçon qui brûlait, à travers la petite fille vers laquelle je me tournais ensuite et tandis que leurs cris de terreur montaient, je hurlai moi aussi, j'aboyais et ululais de rage et de frustration, je pleurai et jurai et à la fin, tombai hors de l'enfer, dans l'obscurité, le silence, la profondeur, le calme d'un linceul de marbre.

Je remontai.
Lentement.
Vers la lumière.
Grise, brouillée.
Des formes mystérieuses.
Puis tout s'éclaira.
J'étais effondré sur mon siège, trempé de sueurs froides. Le break était à l'arrêt, garé.

Rya était penchée sur moi et posait une main fraîche sur mon front. Dans ses yeux lumineux, des émotions passaient comme des bancs de poisson : peur, curiosité, compassion, amour.

Je me redressai un peu et elle s'écarta. Je me sentais faible et encore passablement désorienté.

Nous étions sur le parc de stationnement d'un supermarché Acme. Des rangées de voitures recouvertes de la terne poussière de l'hiver étaient séparées par des murets de neige salie de suie, formés par les chasse-neige lors de la dernière tempête. Quelques clients avançaient en patinant ou en trottinant sur le trottoir dégagé, leurs cheveux, leurs écharpes et les pans de leurs manteaux claquant dans un froid plus vif qu'avant que je m'évanouisse. Certains poussaient des chariots aux roues branlantes qui leur servaient en même temps à transporter leurs courses et à se prémunir contre une glissade sur un trottoir traîtreusement verglacé.

— Raconte-moi, dit Rya.

J'avais les lèvres sèches et à la bouche le goût amer des cendres du désastre promis — mais non encore accompli. Ma langue collait au palais. Néanmoins avec une élocution quelque peu brouillée et d'une voix écrasée de fatigue, je lui racontai l'holocauste qui devait un jour balayer une monstrueuse quantité d'écoliers.

Rya était déjà pâle d'inquiétude pour moi mais quand je parlai, elle pâlit encore davantage. Quand j'eus fini, elle était plus blanche que la neige polluée de Yontsdown et des taches d'ombre étaient apparues autour de ses yeux. L'intensité de son horreur me rappela qu'elle avait une expérience personnelle des tortures que les gobelins pouvaient infliger à des enfants.

— Qu'est-ce qu'on peut faire ? demanda-t-elle.

— Je ne sais pas.

— Est-ce qu'on peut empêcher ça ?

— Je ne crois pas. L'énergie de mort qui jaillit de ce bâtiment est si forte... elle submerge. L'incendie paraît inévitable. Je crois pas qu'on puisse faire quelque chose pour arrêter ça.

— On peut essayer, dit-elle, farouche.

Je hochai la tête, sans enthousiasme.

— On doit essayer, insista-t-elle.

— Oui, très bien. Mais d'abord... un motel, un endroit où on peut se claquemurer et échapper un moment à la vue de cette ville de haine.

Elle trouva un endroit correct à trois kilomètres du supermarché, à un croisement assez calme. Le motel « Au Repos du Voyageur ». Elle se gara devant le bureau. Une vingtaine de bungalows sans étage, répartis en fer à cheval autour du parking. La fin d'après-midi était si sombre que l'enseigne lumineuse orange et verte était déjà allumée ; les trois dernières lettres du mot MOTEL étaient grillées et le dessin au néon d'un visage de caricature était dépourvu de nez. Le « Repos du Voyageur » était un peu en avance, quant au délabrement, sur l'état général de Yontsdown mais nous ne cherchions ni luxe ni beauté ; l'anonymat était notre premier besoin, plus important même que celui de chaleur et de propreté et le « Repos du Voyageur » paraissait pouvoir fournir ce que nous cherchions.

Encore épuisé par l'épreuve subie en passant devant l'école primaire, desséché et affaibli par la chaleur destructrice de ces flammes à venir, j'eus du mal à sortir de la voiture. Le vent polaire me parut encore plus froid qu'il n'était, car il contrastait violemment avec l'incendie qui continuait de siffler et de palpiter en moi, vésicatoire posé sur mon âme et mon cœur. Je m'accoudai contre la portière ouverte, aspirant avidement l'air moisi de mars, ce qui aurait dû me faire du bien, mais non. Je hoquetai, vacillai, repris mon équilibre et m'appuyai contre la voiture, en proie au vertige, un gris étrange se glissant aux confins de mon champ de vision.

Rya contourna la voiture pour me porter assistance.

— Encore des images psychiques ?

— Non... simplement... les suites de celles dont je t'ai parlé.

— Les suites ? Mais je ne t'ai jamais vu comme ça avant.

— Je ne me suis jamais senti comme ça.

— C'était si pénible que ça ?

— Oui... je me sens... foudroyé, écrasé... comme si j'avais laissé une part de moi dans cette école en flammes.

Elle passa un bras autour de mon épaule pour me soutenir et de son autre main me prit le bras. Comme toujours il y avait beaucoup de force en elle.

Je me trouvais idiot, mélodramatique, mais mon épuisement total et la faiblesse de mes membres étaient bien réels.

Pour éviter de me démolir, il me faudrait fuir cette école, emprunter dans la ville des itinéraires qui la laisseraient hors de vue. Dans ce cas plus que dans tout autre, mon don de double vue était plus fort que ma capacité à endurer la souffrance des autres. S'il devenait jamais nécessaire d'entrer dans l'immeuble pour empêcher la tragédie dont j'avais eu un aperçu, ce serait à Rya d'y aller.

Tandis qu'elle m'aidait à contourner la voiture et à traverser le trottoir du bureau du motel, mes jambes se raffermissaient davantage à chaque pas. Peu à peu la force me revint.

L'enseigne au néon, fixée à deux poteaux par des attaches métalliques, grinçait dans le vent polaire. Dans un bref moment de silence qui s'abattit sur la rue, j'entendis les branches sans feuilles des buissons corsetés de glace qui crissaient en se frottant les unes contre les autres et râpaient le mur du bâtiment.

Nous n'étions qu'à quelques pas de l'entrée du bureau et je recouvrais à peine ma force quand nous entendîmes un rugissement de dragon dans la rue derrière nous. Un énorme et puissant camion — un Peterbilt couleur vase tirant une gigantesque remorque découverte remplie de charbon — émergeait du plus proche virage. Nous le regardâmes tous deux et si Rya manifestement ne remarqua rien, je fus instantanément cloué au sol par la vision du nom de la société et du logo peints sur la portière : un cercle blanc entourant un éclair noir sur fond noir et les mots : SOCIÉTÉ CHARBONNIÈRE ÉCLAIR.

Ma vision crépusculaire perçut des émanations très particulières, très inquiétantes. Ce n'étaient pas des représentations aussi précises et écrasantes que les images de mort qui jaillissaient du bâtiment de l'école primaire mais elles me glaçaient. Un froid prophétique, infiniment pire que la froidure hivernale de ce mois de mars, irradiait du logo et du nom de cette compagnie minière.

Je sentis que là était la clé ouvrant sur le mystère de ce repaire que les gobelins s'étaient ménagé à Yontsdown.

— Slim ?

— Attends...

— Qu'est-ce qu'il y a ?

— Sais pas.

— Tu trembles.

— Quelque chose... quelque chose.

Comme je fixai le camion, il brilla et parut translucide, puis presque transparent. A travers lui, au-delà, je vis un étrange et vaste vide, terrible et sans lumière. Je voyais toujours parfaitement le camion mais en même temps, je découvrais des ténèbres infinies, plus profondes que la nuit et plus vides que les étendues sans air entre les étoiles lointaines.

J'eus plus froid encore.

De l'incendie de l'école au froid arctique déversé soudain par le camion, Yontsdown m'accueillait en fanfare, sauf que la fanfare jouait une musique ténébreuse, décadente et désespérante.

Quoiqu'incapable de comprendre pourquoi la compagnie charbonnière Éclair me faisait un tel effet, l'horreur qui m'emplit était si riche et si pure que j'en restai pétrifié, respirant à peine, comme on doit l'être après l'administration d'une dose paralysante mais non mortelle de curare.

Deux gobelins, déguisés en hommes, conduisaient le camion. L'un d'eux me remarqua et se retourna comme s'il comprenait qu'il y avait quelque chose de particulier dans la manière dont je les observais. En passant, il se tourna pour poser sur moi le regard de ses yeux écarlates débordants de haine. A l'intersection suivante, l'énorme transport de charbon passa à l'orange mais commença à ralentir pour se garer sur le côté de la route.

Me secouant pour chasser la terreur qui m'avait saisi, je dis :

— Vite. Allons-nous-en d'ici.

— Pourquoi ? demanda Rya.

— Ceux-là, répondis-je en montrant le camion qui s'était

318

maintenant arrêté le long du trottoir à quelques centaines de mètres. Ne cours pas... ne leur montre pas qu'on les a repérés... mais fais vite.

Sans plus poser de question, elle revint au break avec moi, se glissa derrière le volant pendant que je m'installais à la place du passager.

Au bout de la rue, le transport de charbon effectuait tant bien que mal un demi-tour sur place, sans se préoccuper de la ligne blanche. Il bloquait la circulation dans les deux sens.

— Merde, m'exclamai-je, ils reviennent pour nous regarder de plus près.

Rya mit le contact, passa une vitesse, et sortit rapidement du parking.

En essayant de dissimuler ma frayeur, je lui dis :

— Tant que nous sommes en vue, ne va pas trop vite. Il vaut mieux éviter d'avoir l'air de fuir.

Comme nous tournions au coin de la rue, je vis que le camion avait achevé sa manœuvre, et puis il disparut de ma vue...

A l'instant même, le froid étrange et terrible s'évanouit. L'impression d'un vide infini cessa de m'affecter.

Mais qu'est-ce que ça voulait dire ? Qu'était cette obscurité absolue et sans forme qui m'était apparue quand je regardais le camion ?

Qu'est-ce que les gobelins fabriquaient, nom de Dieu, dans cette société charbonnière ?

— Bien, fis-je d'une voix tremblante. Fais beaucoup de détours, en passant d'une rue à l'autre, pour qu'ils ne puissent pas nous revoir. Il est vraisemblable qu'ils n'ont jeté qu'un coup d'œil à la voiture, et je suis sûr qu'ils n'ont pas écrit le numéro d'immatriculation.

Elle s'exécuta, en suivant une route sinueuse en direction des faubourgs nord de la ville, son regard souvent fixé sur le rétroviseur.

— Slim, tu ne crois pas... qu'ils ont pu comprendre que tu voyais à travers leur déguisement humain ?

— Non. Ils ont juste.... bon, je ne sais pas... je suppose qu'ils ont dû remarquer que je les regardais intensément... que j'étais secoué de les voir. Alors ils ont eu des soupçons et ont voulu me voir de plus près. Ces êtres sont suspicieux de nature. Suspicieux et paranoïaques.

J'espérais dire la vérité. Je n'avais jamais rencontré de gobelin qui reconnût mon pouvoir psychique. Si certains d'entre eux avaient la capacité de repérer ceux de nous qui les voyaient, alors nous étions dans une situation bien plus difficile que je n'avais cru, car nous perdions notre avantage unique et secret.

— Qu'est-ce que tu as vu, cette fois ?

Je lui décrivis le vide derrière le camion.

— Qu'est-ce que ça veut dire ?

Inquiet et fatigué, je ne répondis pas tout de suite. Je m'accordai une minute de réflexion, mais ça ne changea rien.

Finalement, je soupirai :

— Je ne sais pas. Les émanations qui jaillissaient de ce camion... ne m'ont pas assommé ou étouffé, même si à leur façon elles étaient encore plus horribles que celles de l'école. Mais je ne sais pas trop ce que j'ai vu. Tout ce que je comprends, c'est que... je crois que c'est à travers la Compagnie Charbonnière Éclair qu'on arrivera à savoir pourquoi tant de gobelins se sont concentrés dans cette saloperie de ville.

— C'est la cible ?

— Oui.

Évidemment, je ne serais pas en mesure de commencer une enquête sur cette société minière avant le lendemain matin. Je me sentais d'humeur aussi grise que le ciel d'hiver et pas plus solide que les lambeaux barbus de brume qui pendaient aux visages menaçants — monstres et guerriers — qu'un esprit imaginatif pouvait discerner dans les nuages d'orage. J'avais besoin de temps pour me reposer et pour apprendre à tenir mes pensées à l'écart du grésillement d'images qu'émettaient en permanence choses et gens de Yontsdown.

Vingt minutes plus tard, le jour cédait place à l'obscurité. On aurait pu croire que la nuit disposerait un voile pudique sur les misères de cette ville maudite et mauvaise, qu'elle lui conférerait un brin de respectabilité, mais ce n'était pas le cas. A Yontsdown, la nuit n'était pas le maquillage de scène qu'elle était ailleurs. D'une certaine façon, elle accentuait les détails fétides, crasseux, fumeux, la souillure et l'excès qui marquaient ces rues, et attirait l'attention sur le caractère sinistre, médiéval, de la plus grande partie de son architecture.

Sûrs d'avoir semé les gobelins du Peterbilt, nous nous garâmes dans un autre motel — l' « Auberge routière Van Minkle », bien moins jolie que son nom. Quatre fois plus grande que le « Repos du Voyageur », avec des bâtiments à deux étages. En arguant de la fatigue du voyage, nous demandâmes des chambres tranquilles sur l'arrière du bâtiment et le réceptionniste nous donna satisfaction. Il ne s'agissait pas seulement de rechercher une tranquillité bienvenue, mais aussi de garer notre voiture à l'abri des regards de la rue, et donc d'un éventuel passage des gobelins de la Compagnie, si improbable que fût l'hypothèse.

Notre chambre était une boîte aux parois beiges, avec un mobilier solide et deux chromos marins bon marché. La commode et les tables de nuit portaient de vieilles brûlures de cigarettes, le miroir de la salle de bains avait des tâches de vieillesse et la douche n'était pas aussi brûlante que nous aurions aimé, mais nous ne comptions rester qu'une nuit. Au matin nous trouverions à louer une petite maison pour comploter tranquillement contre les gobelins.

Après avoir pris une douche, je me sentis suffisamment détendu pour m'aventurer de nouveau en ville, à condition que Rya reste à mon côté, et pas plus loin que la buvette la plus proche, où nous eûmes un dîner correct sinon remarquable. Nous y vîmes neuf gobelins parmi les clients qui y passèrent quand nous y étions. Il me fallait garder mon attention soigneusement fixée sur Rya, car la vue de leur groin porcin, de leurs yeux sanglants et de leur langue reptilienne qui gigotaient m'aurait coupé l'appétit.

J'avais beau ne pas les regarder, je sentais leur méchanceté, qui m'était aussi palpable que la vapeur montant de blocs de glace sèche. En subissant ces émanations froides de haine et de rage inhumaines, j'appris peu à peu à filtrer l'émission de murmures et de sifflements psychiques qui composait comme le bruit de fond de Yontsdown et au moment où nous quittâmes le café, je me sentis mieux.

De retour à l'auberge, nous transbordâmes dans la chambre les sacs d'armes, d'explosifs et autres objets illégaux, pour éviter de nous les faire voler pendant la nuit.

Un long moment, couchés dans l'obscurité, nous nous étreignîmes sans parler ni faire l'amour. S'étreindre, s'étreindre fort. Notre proximité était un antidote à la peur, une médecine contre le désespoir.

Rya finit par s'endormir.

J'écoutai la nuit.

En ce lieu, le vent ne résonnait pas comme un vent ordinaire : c'était un hurlement de bête de proie. De temps à autre j'entendais les gros camions qui transportaient leurs lourds chargements, et je me demandai si la Compagnie Charbonnière Éclair tirait ses produits des mines voisines vingt-quatre heures sur vingt-quatre. Et si tel était le cas... pourquoi ? Il me semblait aussi que la nuit à Yontsdown était, plus souvent qu'en d'autres villes, troublée par les mugissements des sirènes de police et des ambulances.

Pour finir, je m'endormis et rêvai. De nouveau l'effrayant tunnel. Des plages huileuses d'ombre entre les lampes. Un plafond bas, parfois déchiqueté. D'étranges odeurs. Un bruit de course. Un hurlement, un crissement. De mystérieux chants funèbres. Tout à coup, le ululement d'une sirène d'alarme. La certitude, cœur battant, souffle coupé, que j'étais poursuivi...

Quand je m'éveillai, un hurlement trempé de mucosité bloqué dans la gorge, Rya s'éveilla en même temps, haletante, et rejeta les couvertures comme si elle se libérait des mains de ses ennemis.

— Slim !
— Je suis là.
— Oh, mon Dieu.
— Ce n'était qu'un rêve.
Nous nous embrassâmes de nouveau.
— Le tunnel, dit-elle.
— Moi aussi.
— Et maintenant je sais ce que c'était.
— Moi aussi.
— Une mine.
— Oui.
— Une mine de charbon.
— Oui.
— La Compagnie Charbonnière Éclair.
— Oui.
— On y était.
— Dans un souterrain très profond.
— Et ils savaient que nous étions là.
— Ils nous donnaient la chasse.
— Et nous n'avions aucune issue, conclut-elle avec un frisson.
Nous fîmes silence.

322

Au loin : un hurlement de chien. Et de temps à autre nous parvenaient un raclement et d'autres bruits dus au vent, comme les pleurs d'une femme au supplice.

Au bout d'un moment, Rya dit :

— J'ai peur.

— Je sais, répondis-je doucement, en la serrant plus fort, de plus près, je sais. Je sais.

22

Étudier l'œuvre des démons

Le lendemain matin, un vendredi, nous avons loué une maison à Apple Lane, dans un district rural à l'extrême bordure de la ville, au pied des mornes collines de la chaîne orientale, non loin des principales mines de charbon. Elle était à trente mètres de la route, au bout d'une allée de gravier recouverte d'une croûte de glace et de neige tassée. L'agent immobilier nous conseilla de mettre comme lui des chaînes aux pneus de notre voiture. Des arbres — surtout des pins et des épicéas, mais aussi un bon nombre d'érables dépouillés de leurs feuilles, des bouleaux et des lauriers — descendaient des coteaux abrupts, entourant sur trois côtés la cour couverte d'un manteau blanc. En ce jour sombre et gris, il n'y avait pas de lumière solaire qui pût s'insinuer dans le périmètre de la forêt, aussi une inquiétante et profonde obscurité commençait-elle immédiatement après la lisière. Elle remplissait les bois partout où se portait le regard, comme si la nuit elle-même, condensée, avait trouvé refuge là à l'approche du jour. La maison, louée meublée, était un bâtiment en rondins avec un toit de feuilles goudronnées et possédait trois petites chambres à coucher, une salle de bains, un salon, une salle à manger et une cuisine — le tout posé sur une cave ombreuse, humide, au plafond bas, dans lequel était installée la chaudière à mazout.

D'indicibles atrocités avaient été commises dans cette salle souterraine. Mon sixième sens me révéla l'existence d'un résidu psychique de torture, de souffrance, de folie et de sauvagerie à l'instant où l'agent immobilier, Jim Garwood, ouvrit la porte en haut de l'escalier de la cave. Le mal jaillit, palpitant et sombre, comme du sang d'une blessure. Je ne tenais pas à descendre dans cet endroit ignoble.

Mais Jim Garwood, un homme d'âge mûr au teint olivâtre, plein de componction, tenait à nous montrer la chaudière pour nous donner des instructions sur son utilisation. A contrecœur, je les suivis, Rya et lui, dans cette fosse de souffrances humaines, en me tenant fermement à la rampe branlante de l'escalier, en essayant de ne pas hoqueter de dégoût devant la puanteur de sang, de bile et de chair brûlante que seul je pouvais sentir à travers le temps. Au bas des marches, je marchai exprès les pieds bien à plat pour ne pas chanceler d'horreur à cause d'événements anciens qui, pour moi au moins, transpiraient des murailles aujourd'hui encore.

Montrant du geste les planches et les étagères alignées le long d'un mur, ignorant la puanteur de mort que je percevais et sans même mentionner les odeurs déplaisantes courantes — moisissures, mousse, humus, Garwood dit :

— Vous avez beaucoup de place ici.

— Je vois, répondit Rya.

Ce que moi je voyais, c'était une femme ensanglantée et terrifiée, nue et enchaînée à la chaudière à charbon qui s'était trouvée à la place de l'actuel appareil à mazout, sur la même dalle de béton. Son corps était lacéré, couvert de contusions. L'un de ses yeux, noirci, était gonflé et fermé. Je perçus qu'elle s'appelait Dora Penfield et qu'elle avait peur que son beau-frère, Klaus Orkenwold, lui arrache les membres et jette son corps morceau par morceau dans les flammes de la fournaise sous les yeux terrorisés de ses enfants. Ce fut en fait ce qui lui arriva, mais je parvins, en un effort désespéré à refouler l'image de sa mort réelle.

— La Société des carburants Thompson livre le mazout toutes les trois semaines pendant l'hiver, expliqua Garwood, et moins souvent en automne.

— Ça revient à combien de remplir le réservoir ? demanda Rya, jouant à la perfection son rôle de ménagère attentive à son budget.

Je voyais un garçon de six ans et une fillette de sept à différents stades des mauvais traitements cruels qu'on leur infligeait... battus, brisés. Bien que ces victimes pitoyablement sans défense fussent mortes depuis longtemps, leurs gémissements, leurs cris de souffrance et leurs lamentables appels à la pitié me parvenaient à travers les corridors du temps. Je dus réfréner mon envie de pleurer.

Je vis aussi un gobelin d'aspect particulièrement pervers — Klaus Orkenwold soi-même — maniant un fouet à bestiaux, puis d'autres instruments de torture. Mi-démon, mi-boucher de la Gestapo, il allait et venait dans le cachot aménagé par ses soins, tantôt dans son déguisement humain, tantôt, pour ajouter à la terreur de sa victime, dans son apparence de gobelin, ses traits enluminés d'orange par la flamme de la chaudière, dont la porte était ouverte.

Je continuai, je ne sais comment, à sourire et à opiner du chef à l'adresse de Jim Garwood. Je parvins, je ne sais pas non plus comment, à poser une ou deux questions. Et à sortir de la cave sans rien révéler de ma détresse extrême, même si je ne saurais jamais comment je réussis à projeter une image convaincante d'équanimité pendant que j'étais agressé par ces émanations sinistres.

De retour au rez-de-chaussée, la porte de la cave bien fermée derrière nous, les événements meurtriers qui s'y étaient déroulés ne se firent plus sentir. A chaque expiration, je purgeais mes poumons de l'odeur de sang ranci et de bile puante. Comme la maison correspondait parfaitement à nos besoins de confort et d'anonymat, je décidai que nous la prendrions et que je m'abstiendrais simplement de m'aventurer au sous-sol.

Nous avions donné de faux noms à Garwood : Bob et Helen Barnwell, originaires de Philadelphie. Pour expliquer le fait que nous n'étions pas employés dans le coin, nous avions fignolé une histoire : étudiants en géologie, licenciés de fraîche date, nous entamions un semestre de recherche sur le terrain pour la préparation d'un doctorat de géologie, qui portait sur certaines particularités des couches rocheuses des Appalaches. Cette couverture expliquerait les excursions que nous serions amenés à faire pour reconnaître les puits de mine et les carrières de la Charbonnière Éclair.

Si je n'avais que dix-huit ans, j'avais l'air suffisamment vieux pour le rôle. Plus âgée que moi, Rya pouvait passer pour ce qu'elle prétendait.

Jim Garwood ne manifesta aucun soupçon.

Le mardi précédent, à Gibtown, Eddy le malin nous avait fourni de faux permis de conduire et d'autres papiers qui nous constituaient une fausse identité, mais ne prouvaient pas notre appartenance à la Temple University de Philadelphie. Nous supposions que Garwood ne vérifierait rien puisque nous louions pour six mois seulement la maison de Apple Lane, et que nous versions la totalité du loyer d'avance en liquide, ce qui faisait de nous d'intéressants locataires, relativement sûrs.

A l'heure actuelle, où l'on trouve des ordinateurs dans tous les bureaux et où une carte de crédit TRW s'obtient en quelques heures et peut tout révéler sur vous, de votre domicile et de votre emploi à votre goût en matière de toilette, la vérification de notre histoire aurait été automatique. A l'époque, en 1964, la révolution micro-informatique étant encore dans les limbes, on croyait les gens sur leur mine.

Par bonheur, Garwood n'avait aucune lumière en géologie et n'était pas en mesure de nous questionner.

Revenus à son bureau, nous signâmes le contrat de location, lui versâmes l'argent et reçûmes les clés.

Nous avions à présent une base d'opération.

Nous transportâmes nos affaires à la maison d'Apple Lane. Si la maison m'avait paru convenable un moment plus tôt, je la trouvai inquiétante en prenant possession des lieux. Il me semblait qu'elle était consciente de notre présence, qu'une intelligence profondément hostile palpitait dans ses murs, que ses lampes étaient des yeux omniprésents, qu'elle saluait notre arrivée et que dans ce salut, il n'y avait pas de bons vœux, seulement une terrible faim.

Ensuite nous sommes revenus en ville pour effectuer quelques recherches.

La bibliothèque du comté était une incroyable bâtisse gothique adjacente au palais de justice. Les murailles de granit étaient noircies et rongées depuis des années par les effluves de l'aciérie, les escarbilles des locomotives et l'haleine puante des mines de charbon. Un toit au faîte crénelé, d'étroites fenêtres munies de barreaux, une entrée très en retrait et une lourde porte de bois donnaient l'impression que l'immeuble était une chambre forte renfermant non des livres mais quelque énorme dépôt financier.

A l'intérieur, de solides chaises et tables de chêne brut offraient au lecteur de quoi s'installer pour lire sans confort. Derrière, les rayonnages : des étagères de chêne de deux mètres cinquante encadrant des allées éclairées par des ampoules jaunies sous des abat-jour d'émail bleu en forme de cône. Les allées étroites et assez longues formaient un labyrinthe. Je songeai, je ne sais pourquoi, aux tombes de l'ancienne Égypte profondément enfouies sous des masses pyramidales de pierre, violées par les hommes du XXe siècle avec leurs illuminations électriques remplaçant les lampes à huile et les chandelles de suif.

Nous parcourûmes, Rya et moi, les couloirs aux parois de livres, pénétrés de l'odeur du papier jaunissant et des couvertures moisissantes. J'avais l'impression que le Londres de Dickens, le monde arabe de Burton et un millier d'autres univers appartenant à un millier d'autres auteurs étaient là pour être inhalés et assimilés quasiment sans qu'il fût nécessaire de les lire, comme des champignons envoyant des nuages âcres de spores qui fertiliseraient l'imagination. J'avais envie de tirer un volume d'une étagère pour m'évader entre ses pages, car même les mondes cauchemardesques de Lovecraft, de Poe ou de Bram Stocker auraient été bien plus attirants que l'univers réel dans lequel nous devions vivre.

Mais nous étions venus d'abord pour nous plonger dans le *Yontsdown Register,* dont des exemplaires étaient disposés au fond de l'immense salle, derrière les rayonnages. Les numéros récents étaient disponibles sur des étagères tandis que les plus anciens étaient microfilmés. Nous passâmes deux heures à revoir les événements des sept derniers mois, et nous apprîmes beaucoup de choses.

Les corps décapités de Lisle Kelsko et de son adjoint avaient été trouvés dans la voiture de ronde abandonnée l'été précédent par Joel Tuck et Luke Bendingo au terme d'une nuit de violence. Comme je l'avais espéré, la police avait attribué le meurtre à un rodeur. Mais à ma grande horreur, j'appris qu'ils en avaient arrêté un : Walter Dembrow, jeune vagabond censé s'être suicidé en cellule deux jours après ses aveux et son inculpation pour le double homicide. Il s'était pendu. En se confectionnant une corde avec sa chemise.

Des araignées de culpabilité couraient le long de mon épine dorsale et s'installaient sur mon cœur pour le dévorer.

D'un même mouvement, Rya et moi avons levé les yeux de l'écran du lecteur de microfilms et échangé un regard.

Pendant quelques instants nous ne parlâmes ni l'un ni l'autre. Nous n'en avions ni l'envie ni le courage.

— Seigneur, murmurai-je, bien que personne ne pût nous entendre.

J'avais la nausée. Je me réjouis d'être assis car mes jambes flageolaient.

— Il ne s'était pas pendu, affirmai-je.

— Non, ils lui ont épargné le souci de le faire.

— Après Dieu sait quelles tortures.

Elle se mordit les lèvres et ne dit mot.

A bonne distance, parmi les rayonnages, des gens chuchotaient. Des pas légers s'éloignaient dans le labyrinthe fleurant la pâte à papier.

Je frémis.

— En un sens... j'ai tué Dembrow. Il est mort à ma place.

Elle secoua la tête.

— Non.

— Mais si. En tuant Kelsko et son adjoint, en donnant aux gobelins un prétexte pour tourmenter Dembrow...

— C'était un vagabond, coupa-t-elle en me prenant la main. Tu crois que beaucoup de vagabonds sont sortis vivants de cette ville ? Ces créatures se délectent de nos souffrances. Ils cherchent avidement des victimes. Et les plus faciles pour eux, ce sont les vagabonds — les chemineaux, les beatniks, des gens en quête de révélation ou de Dieu sait quoi, les gosses qui quittent la maison pour se trouver eux-mêmes. Tu en ramasses un sur la route, tu le bats, tu le tortures, tu l'assassines, tu enterres tranquillement son corps et personne ne saura jamais ce qui lui est arrivé — ou ne s'en préoccupera pas. Du point de vue des gobelins, c'est plus sûr que de tuer des gens du coin, et tout aussi satisfaisant, alors je doute fort qu'ils aient jamais raté l'occasion de torturer et de massacrer un vagabond. Si tu n'avais pas tué Kelsko et son adjoint, ce Dembrow aurait très vraisemblablement disparu en traversant Yontsdown, et sa fin aurait été à tout coup la même. La seule différence c'est qu'il a servi de bouc émissaire, qu'il a offert aux flics un corps utile pour clore le dossier. Tu n'es pas responsable.

— Si je ne le suis pas, qui alors ? demandai-je, effondré.

— Les gobelins. Les démons. Et bon Dieu, on leur fera payer pour Dembrow comme pour tout le reste.

Ses paroles et son ton convaincu me rassérénèrent un peu (pas beaucoup).

La sécheresse des livres — évoquée par le froissement de pages tournées par un rat de bibliothèque dans une allée cachée — se communiquait à moi. En songeant à Walter Dembrow, je me sentais brûlant, déshydraté et quand je m'éclaircis la voix, j'émis un son rauque.

Poursuivant notre lecture, nous découvrîmes que Kelsko avait été remplacé à la tête de la police par quelqu'un dont le nom m'était péniblement familier : Klaus Orkenwold. C'était le gobelin qui avait autrefois sévi dans la maison que nous louions. Rien que pour le plaisir, il avait torturé et mis en pièces sa belle-sœur qui habitait là. Il l'avait jetée dans la chaudière, et ses deux enfants à la suite. En venant à la bibliothèque, j'avais raconté mes visions à Rya et maintenant nous échangions des regards étonnés et inquiets.

Comme je l'ai déjà dit, j'avais des excès d'humeur sombre durant lesquels je considérais le monde comme un endroit absurde livré à un ensemble d'actions et de réactions dépourvu de sens, où la vie n'a aucun but valable, où tout est vide, cendre et cruauté insensée. Quand je suis dans cet état, je suis un frère en esprit du sombre auteur de l'Écclésiaste.

Je n'étais pas dans une de ces périodes.

En d'autres occasions, quand je suis d'une humeur plus spirituelle, je distingue dans notre existence des traits étranges et fascinants qui échappent à ma compréhension, des points de vue encourageants sur un univers ordonné dans lequel rien n'arrive par hasard. Dans ma vision crépusculaire, je perçois vaguement une force qui guide, un ordre intelligible utile pour nous — peut-être un objectif d'importance. Je sens un dessein, dont la nature précise reste à mes yeux profondément mystérieuse.

C'était une de ces occasions.

Nous n'avions pas choisi de revenir à Yontsdown. Nous étions destinés à y retourner pour affronter Orkenwold... ou le système qu'il représentait.

Dans un portrait d'Orkenwold, un journaliste du *Register* louait le courage dont le policier avait fait montre dans plusieurs tragédies personnelles. Il avait épousé une veuve avec trois enfants — Maggie Walsh, née Penfield — et après deux années d'un mariage notoirement très heureux, il avait perdu sa femme et ses enfants adoptés dans un brutal incendie qui avait détruit sa maison alors qu'il se trouvait de permanence à l'extérieur. Le feu avait été si destructeur qu'il n'en était resté que des os.

Un mois après cette tragédie, un autre coup du sort. Le coéquipier de patrouille d'Orkenwold, qui était en même temps son beau-frère, Tim Penfield, avait été tué d'un coup de feu par un cambrioleur d'entrepôt qui avait été comme par hasard abattu juste après par Klaus.

Ni Rya ni moi n'avons exprimé l'évidence : le beau-frère d'Orkenwold, qui n'était pas un gobelin, avait commencé à le soupçonner du meurtre de Maggie et de ses trois enfants, et s'était en conséquence fait assassiner.

Le *Register* citait une déclaration d'Orkenwold à l'époque .

— Je ne sais vraiment pas si je vais continuer à travailler dans la police. Ce n'était pas seulement mon beau-frère. C'était mon coéquipier, le meilleur ami que j'aie jamais eu et j'aimerais tant que ce soit moi et non lui qui ait été tué.

Un numéro superbe. Et son prévisible et rapide retour à son poste fut salué comme un autre signe de courage, une illustration de son sens des responsabilités.

Penchée sur le lecteur de microfilms, Rya croisa les bras, se recroquevilla et frissonna.

Je n'avais pas besoin de l'interroger sur la cause de ce frisson.

Je frottai l'une contre l'autre mes mains glacées.

Le vent d'hiver miaulait et rugissait contre les hautes, étroites et opaques fenêtres de la bibliothèque, mais ce bruit ne pouvait nous refroidir plus que nous ne l'étions déjà.

Il me semblait qu'au lieu de lire un article de journal ordinaire nous étions plongés dans un volume interdit, un *Livre des damnés,* dans lequel les sauvages activités des démons étaient méticuleusement consignées par un scribe infernal.

Durant seize mois Klaus Orkenwold avait assisté financièrement sa belle-sœur veuve, Dora Penfield et ses deux enfants. Mais il fut frappé par une autre tragédie : tous trois disparurent sans laisser de trace.

Je savais ce qui leur était arrivé.

Après avoir épousé la sœur de Tim Penfield, puis l'avoir torturée et tuée avec ses trois enfants, après avoir assassiné Tim Penfield, Orkenwold avait achevé d'anéantir les derniers représentants de la lignée Penfield.

Les gobelins étaient les chasseurs.

Nous étions leurs proies.

Ils nous traqueraient sans repos dans ce monde qui n'était pour eux qu'une immense réserve de chasse.

Je n'avais pas besoin d'en lire davantage pour être fixé. Je poursuivis néanmoins, comme si, en lisant les mensonges du *Register,* je portais en silence témoignagne de la mort des Penfield et que j'acceptais le devoir sacré de les venger.

A la suite de la disparition de Dora et de ses enfants, au terme d'une enquête de deux mois, on découvrit un coupable en la personne d'un célibataire, contremaître à la mine, Winston Yarbridge qui vivait seul dans une maison à cinq cents mètres d'Apple Lane, la maison de Dora. Yarbridge poussa de grands cris d'innocence et sa réputation d'homme pieux et tranquille plaidait pour lui. Mais pour finir, le malheureux fut reconnu coupable sur la foi des preuves écrasantes réunies contre lui et qui indiquaient que, dans une crise de démence sexuelle, il s'était introduit dans la maison des Penfield, avait violé la femme et les deux enfants, les avait froidement coupés en morceaux qu'il avait jetés dans la fournaise d'une chaudière bourrée jusqu'à la gueule de charbon gorgé de pétrole. Des sous-vêtements tachés de sang avaient été découverts dans la maison de Yarbridge, dans une malle au fond d'un placard. Comme on pouvait s'y attendre de la part d'un maniaque, on s'aperçut aussi qu'il avait conservé un doigt de chacune de ses victimes, dans des bocaux d'alcool étiquetés au nom de celles-ci. Il y avait aussi chez lui les armes meurtrières ainsi qu'une collection de revues pornographiques consacrées aux joies du bondage et du sadisme. Il prétendit que ces satanés objets avaient été mis chez lui par d'autres — ce qui, bien sûr, était vrai. Quand on découvrit deux empreintes digitales lui appartenant sur la chaudière des Penfield, il déclara que la police devait mentir sur l'endroit où elle les avait trouvées — ce qui, évidemment, était le cas. La police assura que le dossier qu'elle avait contre lui était en béton et que l'infâme Yarbridge, à cette époque où l'on ne lésinait pas sur la peine capitale, mourrait sûrement sur la chaise électrique — ce qui, bien entendu, arriva.

Orkenwold lui-même avait contribué à résoudre l'affaire et, selon le *Register,* il avait ensuite réalisé sa stupéfiante carrière au service de la loi, avec un nombre sans précédent d'arrestations et d'inculpations. Le sentiment général était que Orkenwold méritait largement sa promotion au poste le plus élevé du service de police. La promptitude avec laquelle il avait déféré un vagabond, Walter Dembrow, à la justice pour le meurtre de son prédécesseur ne faisait que confirmer qu'il était fait pour ce travail.

J'avais eu beau tuer Lisle Kelsko, je n'avais apporté aucun répit aux malheureux habitants de Yontsdown. En fait, la machine politique du pouvoir gobelin avait fonctionné en douceur et mis un autre tortionnaire émerite à la place vacante.

Détournant un instant le regard du lecteur de microfilms, Rya fixa les autres fenêtres de la bibliothèque. Seule une lumière blême faible comme un rayon de lune parvenait à traverser le verre couvert de gel et la lueur de l'appareil éclairait davantage son visage inquiet. Enfin, elle dit :

— On peut croire que, quelque part, quelqu'un aurait dû soupçonner Orkenwold dans cette interminable série de soi-disant tragédies.

— Peut-être, rétorquai-je. Dans une ville ordinaire, un autre flic, un journaliste, une autorité quelconque, déciderait peut-être de l'avoir à l'œil. Mais ici, ils commandent. La police, c'est eux. Ils ont la haute main sur les tribunaux, le conseil municipal, le cabinet du maire. Ils possèdent aussi très vraisemblablement le journal. Ils tiennent chacune des institutions qui pourraient servir à la manifestation de la vérité, alors la vérité est refoulée à jamais.

Nous nous replongeâmes dans la lecture des microfilms puis des collections reliées du *Register*. Entre autres choses, nous apprîmes que le frère de Klaus Orkenwold, Jensen, possédait un tiers de la Charbonnière Éclair. Les autres propriétaires, chacun pour un tiers, étaient un nommé Anson Corday, patron du seul journal de la ville, et le maire, Albert Spectorsky, le politicien au teint fleuri que j'avais rencontré l'été précédent lors de la mission de Pudding, notre graisseur de bielles. La toile d'araignée du pouvoir gobelin apparaissait clairement et, comme je le suspectais, le centre de la toile, c'était la Charbonnière Éclair.

Quand nous eûmes terminé nos recherches en bibliothèque, nous risquâmes une visite au cadastre, au sous-sol du palais de justice voisin. L'endroit grouillait de gobelins, mais les employés du service, qui n'occupaient pas de position de pouvoir réel, étaient des êtres humains ordinaires. En parcourant les registres, nous reçûmes la confirmation de ce que nous avions soupçonné : la maison d'Apple Lane, dans laquelle les Penfield étaient morts et dans laquelle nous avions emménagé appartenait à Klaus Orkenwold. Il l'avait héritée de Dora Penfield... après l'avoir assassinée ainsi que ses enfants.

De nouveau, la sensation d'un dessein mystérieux... comme s'il existait une chose telle que la destinée, comme si nous devions nous mêler de près, et peut-être de manière fatale, à l'élite des gobelins.

Nous avons dîné de bonne heure en ville, fait quelques achats d'épicerie avant de rentrer, Rya conduisant.

Pendant le dîner, nous avions discuté pour savoir s'il ne serait pas plus sage de chercher un nouveau domicile dont le propriétaire ne soit pas un gobelin. Mais nous avions conclu par la négative : abandonner la maison après avoir payé le loyer d'avance attirerait l'attention sur nous. Vivre dans cette maison souillée allait requérir beaucoup de précautions mais nous y serions autant en sécurité qu'en n'importe quelle autre maison de la ville.

Nous roulions sur East Duncannon Road, à trois kilomètres de la bifurcation pour Apple Lane, lorsque, franchissant un croisement, nous aperçûmes une voiture de police arrêtée au feu rouge à notre droite. Une lampe à vapeur de mercure envoyait des rayons teintés de pourpre à travers le pare-brise sale de la voiture, éclairant juste assez l'intérieur pour que je voie que le flic derrière le volant était un gobelin. Le visage haineux et démoniaque n'apparaissait que vaguement derrière le déguisement humain.

Mais je vis autre chose qui, un instant me coupa le souffle. Rya avait déjà franchi quelques dizaines de mètres quand je parvins à articuler :

— Gare-toi !

— Quoi ?

— Gare-toi le long du trottoir. Arrête le moteur. Éteins les phares.

Elle s'exécuta.

— Qu'est-ce qui se passe ?

Il me semblait que mon cœur déployait des ailes, les agitait et voltigeait frénétiquement dans ma poitrine.

— Ce flic au croisement, commençai-je.

— Je l'ai remarqué, opina Rya, un gobelin.

Je déplaçai le rétroviseur pour m'en servir et vis que les feux du croisement n'avaient pas encore changé. La voiture de police attendait toujours au coin de la rue.

— Il va falloir que nous l'arrêtions.

— Le flic ?

— Oui.

— Que nous l'arrêtions... Pourquoi, qu'est-ce qu'il va faire ?

— Tuer. Il va tuer quelqu'un.

— Ils vont tous tuer... c'est leur activité principale.

Non, je veux dire ce soir-même Il va tuer quelqu'un ce soir

— Tu en es sûr ?

— Bientôt. Très bientôt.

— Qui ?

— Je ne sais pas. Je ne crois pas qu'il le sache encore. Mais avant longtemps, d'ici une heure au maximum, il va trouver une... occasion. Et il la saisira.

Derrière nous, le feu passait à l'orange, puis au rouge. L'autre passait au vert et la voiture de ronde tournait au coin, venait dans notre direction.

— Suis-le, demandai-je à Rya, mais pour l'amour de Dieu, pas de trop près. Il ne faut pas qu'il s'aperçoive qu'on le surveille.

— Slim, on est ici pour accomplir une mission bien plus importante que de sauver une seule vie. On ne peut pas la compromettre simplement parce que...

— Il le faut. Si on le laisse aller en sachant qu'il va tuer un innocent ce soir...

Le véhicule nous dépassa, en direction de l'est.

Refusant de le suivre, Rya insista :

— Écoute, essayer d'empêcher un seul meurtre, c'est comme de tenter de boucher un trou énorme dans un barrage avec un chewing-gum. Il vaut mieux qu'on se fasse tout petits et qu'on continue notre recherche pour découvrir le maximum sur la totalité du réseau gobelin...

— Kitty Genovese, dis-je.

Elle me regarda fixement.

— Souviens-toi de Kitty Genovese, insistai-je.

Elle plissa les paupières. Frissonna. Soupira. Elle passa une vitesse et, à contrecœur, suivit le flic.

23

Abattoir

Il patrouilla à travers un quartier perdu de maisons décrépites : trottoirs défoncés, escaliers branlants, rambardes de vérandas cassées, murs vieux et lépreux. Si ces objets avaient eu des voix, ils auraient gémi, poussé d'amers soupirs, toussé, fait entendre une respiration sifflante, émis quelques faibles protestations contre l'injustice du temps.

Nous suivions discrètement.

Dans la journée, après avoir signé le bail, nous avions acheté des chaînes pour nos pneus dans une station-service. L'acier cliquetait et claquait et, à vitesse supérieure, chantait dans les aigus. De temps à autre, les restes de l'hiver craquaient sous nos roues renforcées.

Le flic roula lentement devant plusieurs entreprises fermées — un magasin de pots d'échappements, un dépôt de pneus, une station-service abandonnée, une librairie vétuste — et les puissants projecteurs de la voiture de ronde fouillaient les flancs obscurs des bâtiments, cherchant sans nul doute d'éventuels cambrioleurs, mais ne débusquant que des ombres tournoyantes qui bondissaient et disparaissaient dans le faisceau de lumière.

Nous nous maintenions à bonne distance, en le laissant tourner dans les rues adjacentes et disparaître à notre vue de longues secondes pour qu'il ne remarque pas que la même voiture était toujours dans son sillage.

A un moment son chemin le conduisit à la hauteur d'une automobiliste en panne garée sur le bas-côté, contre une congère, près du croisement de Duncannon Road et d'Apple Lane. La voiture accidentée était une Pontiac verte vieille de quatre ans portant les traces d'un long voyage, avec de petites stalactites de glace, ébréchées et boueuses, accrochées au pare-chocs arrière. Elle avait une plaque d'immatriculation new-yorkaise, ce qui me confirma dans l'impression que c'était là que le flic allait trouver sa victime. Un voyageur venu de loin et traversant Yontsdown constituait une victime idéale car nul ne pourrait prouver qu'il avait disparu dans telle ville plutôt que dans telle autre.

La voiture de police monta sur le bas-côté et s'arrêta derrière la Pontiac.

— Dépasse-les, intimai-je à Rya.

Une superbe rousse d'une trentaine d'années portant des bottes montant jusqu'aux genoux, un jean et un manteau de plaid gris descendant à mi-cuisse, se tenait devant la Pontiac, son haleine formant un panache blanc dans l'air glacé. Elle jetait un regard interrogateur sur le moteur dont elle avait relevé le capot. Bien qu'elle eût ôté l'un de ses gants, elle semblait ne savoir que faire des doigts pâles qu'elle avait dénudés ; elle tendit une main hésitante vers quelque chose sous le capot, puis la retira, la mine confuse.

Visiblement en quête de secours, elle lança un regard dans notre direction tandis que nous ralentissions au croisement.

Une fraction de seconde, là où aurait dû être sa tête, j'aperçus un crâne de squelette. Les orbites vides semblaient profondes, sans fond.

Mes paupières battirent.

Dans ma vision crépusculaire, sa bouche et ses narines grouillaient de vers.

Je clignai une nouvelle fois les yeux.

La vision s'éloigna et nous aussi.

Elle mourrait cette nuit... à moins que nous n'intervenions pour l'aider.

Le coin du prochain pâté de maisons était occupé par un bar-restaurant, dernier endroit éclairé avant que Duncannon Road s'élève dans les coteaux noirs comme le charbon, couverts d'arbres, qui cernaient la ville sur trois côtés. Rya gara notre voiture sur le parc de stationnement à côté d'une camionnette à plateau bâchée et coupa les phares. De cette position, en regardant vers l'ouest, cachés par les branches d'un énorme pin marquant le coin du terrain du restaurant, nous pouvions observer le croisement de Duncannon et d'Apple Lane. Le policier gobelin se tenait devant la Pontiac, aux côtés de la rousse au manteau gris, très convaincant dans le rôle du bon chevalier volant au secours d'une dame en détresse.

— On a laissé les revolvers à la maison, dit Rya.

— Nous ne pensions pas que la guerre avait déjà commencé. Mais après cette nuit, ni toi ni moi nous ne sortirons sans un pistolet, décidai-je, tremblant encore d'avoir vu le crâne grouillant de vers.

— Mais pour l'instant, en tout cas, nous n'avons pas d'armes.

— J'ai mon poignard, rétorquai-je en tapotant ma botte.

— C'est pas beaucoup.

— C'est suffisant.

— Peut-être.

Au croisement, la rousse, sans aucun doute soulagée d'être secourue par un représentant de la loi souriant et courtois, montait dans le véhicule de police.

Quelques rares voitures étaient passées, leurs phares faisant scintiller la neige, des bouts de glace et des cristaux de sel sur le trottoir. Il y avait peu de circulation sur Duncannon, dans cette banlieue campagnarde et à cette heure du soir, car le trafic avec les mines de la montagne avait cessé. Et maintenant, hormis la voiture de police qui quittait le bas-côté et se dirigeait vers nous, la grand-route était déserte.

— Prépare-toi à le suivre encore.

Elle passa une vitesse mais s'abstint de mettre les phares.

Nous nous recroquevillâmes sur nos sièges, la tête dépassant à peine du tableau de bord. Nous suivîmes le flic du regard comme deux crabes de Floride dont les yeux pédiculés dépassaient à peine du sable de la plage.

Lorsque la voiture de ronde passa à notre hauteur, accompagnée du cliquetis plaintif et rythmique des chaînes de ses pneus, nous aperçûmes le gobelin en uniforme qui conduisait. Pas trace de la rousse. Elle était pourtant montée sur le siège du passager, nous l'avions vue de nos propres yeux.

— Où est-elle ? demanda Rya.

— Juste après qu'elle est montée, les dernières voitures sont passées sur Duncannon. Personne ne les observait, alors je parierais que le salopard a vu là une occasion et qu'il l'a saisie. Il lui a sans doute passé les menottes et l'a forcée à se coucher sur le siège. Peut-être même qu'il l'a matraquée et assommée.

338

— Elle peut très bien être déjà morte, suggéra Rya.

— Non. Vas-y. Suis-les. Il ne la tuera pas aussi simplement, pas s'il peut l'emmener quelque part à l'abri des regards pour la tuer lentement. C'est ça qui leur plaît, quand ils peuvent se le permettre — faire mourir à petit feu.

Le temps que Rya sorte le break du parking du restaurant, la voiture avait presque disparu dans Duncannon. Loin devant, les feux arrière montaient, montaient, montaient et pendant un moment, semblèrent suspendus dans l'air sombre très au-dessus de nous, puis disparurent derrière la crête d'une colline. Pas un seul véhicule derrière nous. Dans un bref et brutal bégaiement du bruit des chaînes mordant le macadam, Rya accéléra et nous nous lançâmes à la poursuite de la voiture de patrouille, à la vitesse maximum possible, tandis que la route passait de trois à deux voies.

Tandis que nous suivions la côte, des pins et des épicéas entr'aperçus — fantômes menaçants, dans leurs houppelandes et leurs capuchons d'aiguilles toujours vertes — émergeaient tout près de la route.

Nous fûmes bientôt à moins de trois cents mètres de la voiture mais nous ne craignions pas d'être repérés. Dans ces premiers contreforts de la chaîne, la route serpentait et nous l'avions rarement en vue plus de quelques secondes, ce qui signifiait que nous n'étions pour lui que deux phares au loin qu'il pouvait difficilement percevoir comme un danger. Tous les kilomètres, une allée — la plupart du temps boueuse, quelques-unes couvertes de gravier, un très petit nombre goudronnées — disparaissait au milieu d'arbres recouverts d'une croûte de glace, sans doute en direction de maisons dont la présence se manifestait en général sous la seule forme d'une boîte aux lettres accrochée à un piquet au bord de la route. Parvenus au sommet d'une côte abrupte, nous vîmes en contrebas le véhicule de police en train de ralentir dans une de ces allées. Poursuivant sur notre lancée, nous passâmes devant la bifurcation où, sur la boîte aux lettres, le nom HAVENDAHL était inscrit au pochoir. En jetant un coup d'œil au-delà, dans le tunnel sous les pins, je vis les feux arrière s'amenuiser dans une obscurité si parfaite et si profonde que, un instant, le sens des distances et des relations spatiales me fit défaut : il me sembla être suspendu dans l'air tandis que la voiture du flic entrait dans le sol, au-dessous de moi, se frayant un chemin vers le centre de la terre.

Rya se gara le long de la route à deux cents mètres de la voie privée, dans un endroit où les chasse-neige en tournant avaient entièrement dégagé de ses congères le bas-côté de la route.

En sortant de la voiture, nous découvrîmes que la nuit était devenue plus froide depuis que nous avions quitté le super-marché. Un vent humide descendait des sommets des Appalaches. On eût dit qu'il venait de climats plus nordiques, de la sombre toundra canadienne, des champs de glace de l'Arctique ; il avait une dure et nette odeur d'ozone qui évoquait les pôles. Nous portions tous deux des manteaux de daim bordés de fausse fourrure, des gants et des bottes imperméables. Nous avions pourtant froid.

Ouvrant la portière arrière, Rya souleva le panneau qui dans le plancher dissimulait la roue de secours et en tira un démonte-pneu. Elle le soupesa, testant son poids et son équilibre. Remarquant que je l'observais, elle dit :

— Bon, toi tu as ton couteau, et moi maintenant, j'ai ça.

Nous marchâmes jusqu'à l'allée dans laquelle la voiture avait tourné. Le tunnel formé par les frondaisons était noir et inquiétant comme un passage dans le Palais du rire. Espérant que mes yeux s'habitueraient bientôt à ces ténèbres, conscient que l'endroit offrait le cadre idéal d'une embuscade, je m'engageai sur l'étroite allée boueuse, Rya tout près de moi.

Des bourrelets de terre gelée et des bouts de glace pourrie craquaient sous nos bottes.

Le vent gémissait aux plus hautes branches des arbres. Celles du bas raclaient, craquaient et crissaient doucement. Le bois mort semblait imiter la vie.

Aucun bruit de moteur. A l'évidence, il s'était arrêté quelque part devant nous.

Nous avions parcouru environ quatre cents mètres lorsque je me mis à courir, non parce que je voyais mieux — ce qui était le cas, mais parce que j'avais soudain senti que le temps pressait pour la jeune femme rousse. Rya ne posa aucune question et m'imita.

L'allée devait faire dans les huit cents mètres et quand nous émergeâmes des arbres couverts d'un linceul dans une clairière enneigée où la nuit était un peu plus claire, nous étions à cinquante mètres d'une maison de bois blanche. De nuit, en tout cas, elle paraissait bien entretenue. Des lumières brillaient à l'étage. La lampe de la véranda de l'entrée était allumée, révélant une rambarde ornementale presque rococo, aux balustres sculptés. Des volets noirs flanquaient les fenêtres. Un panache de fumée s'élevait de la cheminée de brique, déporté vers l'ouest par le vent.

La voiture de ronde était garée devant la maison.

Je ne vis aucune trace du flic ni de la rousse.

Haletants, nous nous arrêtâmes en bordure de la clairière, là où la masse noire des bois sans lumière nous rendait encore invisibles à quiconque observerait par la fenêtre.

A soixante ou soixante-dix mètres sur la droite de la maison, se dressait une vaste grange dont le toit avait les bords ourlés de neige luminescente. Ce dernier bâtiment semblait déplacé en ces lieux, car le sol était certainement trop pentu et rocheux pour une culture rentable. Et puis, dans la pénombre, je distinguai un écriteau peint au-dessus des doubles portes : CIDRERIE KELLY. Sur le terrain qui s'élevait derrière la maison, les arbres étaient alignés comme des soldats à la parade, martiale procession à peine visible sur la colline enneigée : un verger.

Je m'accroupis et tirai le poignard de ma botte.

— Tu ferais mieux d'attendre ici, suggérai-je à Rya.

— Et ta sœur.

Je connaissais sa réponse d'avance et son courage raffermit le mien.

Rapides et silencieux comme des souris, nous suivîmes le bord de l'allée, penchés en avant pour nous dissimuler derrière les congères de vieille neige sale et en quelques secondes nous étions près de la maison. En pénétrant sur la pelouse, nous dûmes ralentir le pas. La neige y formait une croûte qui cédait sous les pas dans un craquement inquiétant ; mais si nous posions le pied fermement et lentement, nous pouvions réduire le bruit à un grésillement étouffé. A présent, le vent — ululant, ricanant, reniflant sous les avant-toits — était plus un allié qu'un adversaire.

Nous longeâmes le mur.

A la première fenêtre, à travers des rideaux diaphanes qui comblaient l'espace libre laissé par des draperies plus épaisses, je découvris un salon : un âtre de briques usées, une horloge de campagne, des meubles coloniaux, un parquet de pin poli, des tapis, des gravures de Grandma Moses se détachant sur le papier peint rayé et pâle.

La deuxième fenêtre donnait aussi sur le salon.

Je ne vis personne.

N'entendis personne. Rien que le vent aux mille voix.

La troisième fenêtre donnait sur la salle à manger. Déserte.

Nous fîmes un pas de côté sur la neige.

A l'intérieur de la maison, une femme hurla.

Des bruits sourds, des craquements.

Du coin de l'œil, je vis Rya lever sa barre de fer.

La quatrième et dernière fenêtre de façade donnait dans une pièce bizarrement nue de quatre mètres sur quatre : un seul meuble ; pas de décoration, pas de tableaux ; les murs et le plafond beiges étaient lacérés et souillés de taches marron-rouille ; le linoléum gris, maculé, était encore plus décoloré que les murs. Cette pièce ne semblait pas appartenir à la même maison que le salon et la salle à manger, si propres et si ordonnés.

La fenêtre, aux bords ourlés de gel, était mieux occultée que les autres par les draperies — de sorte que je n'avais qu'une fente étroite par où examiner la pièce. En pressant le visage contre la vitre, je parvins, néanmoins à voir soixante-dix pour cent de la salle... et donc aussi la rousse. Nue, assise sur une chaise de pin, les poignets menottés derrière le dossier. Elle était assez près de moi pour que je voie les veines bleues sur sa peau très pâle, et qu'elle avait la chair de poule. Ses yeux, fixés sur une chose située hors de mon champ de vision, s'écarquillaient de terreur.

Un autre bruit sourd. Le mur de la maison trembla comme si quelque chose de lourd avait été lancé à l'intérieur.

Un étrange hurlement. Cette fois, ce n'était pas le vent. Je le reconnus d'un coup... le cri perçant d'un gobelin enragé.

Rya le reconnu aussi car elle émit un léger sifflement de dégoût.

Dans la pièce sans meubles, un de ces démons surgit à ma vue, venant du coin aveugle. Il s'était métamorphosé et ne se dissimulait plus dans le costume humain, mais je savais que c'était le policier que nous avions suivi. A quatre pattes, il se déplaçait avec cette déroutante grâce des gobelins, que la grossièreté de leurs bras, de leurs hanches, de leurs épaules aux os déformés ne laissaient pas deviner. La méchante tête de chien était baissée, découvrant ses crocs nus et reptiliens. Sa langue fourchue et tachetée gigotait obscènement en sortant de la bouche aux lèvres noires et grenues. Les yeux porcins, rouges, lumineux et pleins de haine étaient sans cesse fixés sur la femme sans défense qui paraissait sur le point de sombrer dans la folie.

Tout à coup, le gobelin, se détournant d'elle, courut à travers la pièce, toujours à quatre pattes, comme s'il allait se jeter la tête la première sur un mur et à mon grand étonnement, il monta le long de la paroi, courut sur toute la longueur de la pièce juste en dessous du plafond, à toute vitesse, comme un cafard, prit le virage du mur suivant, traversa à moitié celui-ci et redescendit sur le linoléum pour enfin s'arrêter devant la femme attachée, et se dresser sur les pattes de derrière.

L'hiver entra en moi, volant la chaleur de mon sang.

Je savais les gobelins plus rapides et plus agiles que la plupart des êtres humains — au moins des êtres humains ne possédant pas mes qualités supranormales — mais je n'avais jamais assisté à une exhibition pareille. Peut-être était-ce parce que je n'avais jamais vu les bêtes dans l'intimité de leurs maisons, où elles pouvaient tout aussi bien grimper au mur chaque fois que ça leur chantait. Et quand j'avais eu l'occasion d'en tuer, j'agissais promptement sans leur laisser le temps de se réfugier au plafond.

Je croyais tout savoir sur ces êtres, mais ils me surprenaient encore. Cela m'inquiéta et me déprima, car je ne pouvais m'empêcher de me demander quels autres talents ils m'avaient cachés, dont la découverte pourrait se révéler mortelle.

En se dressant sur ses pattes de derrière, le gobelin m'avait montré autre chose, que je n'avais jamais vu : un hideux phallus d'une bonne trentaine de centimètres, qui jaillissait d'une poche écailleuse et pendante dans laquelle à l'état détumescent, il se dissimulait. Il était courbe comme un sabre, épais et affreusement érigé.

L'être avait l'intention de la violer avant de la mettre en pièces à coups de dents et de griffes. Il avait évidemment choisi de la violer dans sa forme monstrueuse parce que la terreur de la victime serait plus riche, son désespoir délicieusement aggravé. Il ne pouvait avoir pour but de l'engrosser, car sa semence ne se développerait jamais dans une matrice humaine.

De plus, il était manifestement certain qu'il allait l'assassiner brutalement. Pris de nausée, je compris tout à coup pourquoi la pièce était dépourvue de meubles, pourquoi elle était si différente du reste de la maison, et pourquoi sur les murs s'accumulaient des couches brunes. Cet endroit était un abattoir, une boucherie. D'autres femmes avaient été amenées ici, avaient été humiliées, terrifiées et enfin déchiquetées pour le plaisir.

Pas seulement des femmes. Des hommes aussi. Et des enfants.

Tout à trac, je reçus des impressions psychiques repoussantes du bain de sang à venir. Des images extralucides émanaient des murs éclaboussés de sang et se projetaient sur la vitre devant moi, comme sur un écran de cinéma.

Avec un terrible effort, je repoussai ces images de mon esprit et les renfonçai dans les murs de l'abattoir.

Me détournant de la fenêtre, je me coulai en silence jusqu'à l'angle de la maison, certain que Rya me suivait. En bougeant, j'ôtai mes gants et les fourrai dans mon manteau, pour pouvoir manier au mieux le poignard.

Sur l'arrière de la maison, le vent nous frappa plus fort, car il descendait droit des montagnes au-dessus, une avalanche de vent, brutale et pénétrante. En quelques secondes mes mains se glacèrent et je sus qu'il me fallait entrer rapidement dans la maison chauffée ou perdre la dextérité dont j'aurais besoin pour lancer le couteau.

Les marches de la véranda de derrière étaient gelées ; la glace comblait les jointures des planches, qui craquaient pendant que nous montions.

Des stalactites de glace pendaient à la balustrade.

La véranda aussi protesta sous notre poids.

La porte de derrière était à gauche. J'ouvris sans mal l'écran tempête en aluminium et verre. Ses gonds gémirent.

Après l'écran, la porte arrière fut aussi aisée à déverrouiller. Les gobelins n'avaient que faire des verrous car ils étaient génétiquement programmés pour n'avoir qu'une capacité de peur limitée et parce qu'ils ne nous craignaient quasiment pas. Le chasseur ne craint pas le lapin.

Rya et moi pénétrâmes dans une cuisine parfaitement ordinaire, tout droit sortie de *Maisons et Jardins* où l'air tiède était parfumé de l'odeur du chocolat, des pommes cuites et de la cannelle. La normalité parfaite de la cuisine la rendait encore plus effrayante.

Sur une table de Formica à droite de l'entrée, une tarte aux pommes maison était posée à côté d'un plateau rempli de sablés. Je n'avais jamais imaginé les gobelins douillettement installés pour dîner à la maison, se détendant après une journée de sang, de torture et de terreur secrète. Une idée à retourner l'estomac.

De la pièce sans meubles qu'un mur seulement séparait de la cuisine, nous parvenait une série de bruits sourds et de grattements.

La malheureuse était désormais incapable de crier : je l'entendais supplier d'une voix chevrotante.

Je défis la fermeture à glissière de mon manteau, me dégageai rapidement les bras des manches, laissant tomber sans bruit le vêtement au sol. Il m'aurait gêné.

Un passage voûté et trois portes fermées, outre celle donnant sur l'extérieur, permettaient de sortir de la grande cuisine. De l'autre côté de la voûte, j'apercevais le couloir et les escaliers desservant toute la maison. Des trois portes, l'une communiquait probablement avec le sous-sol, l'autre avec une resserre. La troisième devait conduire dans la pièce où se trouvaient le démon et sa victime. Mais je ne voulais pas faire de bruit en ouvrant une porte, dont rien ne me disait que ce serait la bonne. C'est pourquoi nous traversâmes en silence la cuisine, passâmes sous la voûte, prîmes le couloir, où la première porte à gauche, entrouverte, était celle de l'abattoir.

Je craignis que la femme ne me remarque si je tentais un coup d'œil discret à l'intérieur et que sa réaction ne donne l'alerte au gobelin. Je bondis donc dans la pièce sans savoir où se trouvait mon adversaire. La porte, ouverte à la volée, claqua contre le mur.

Le gobelin, qui se penchait sur la femme, pivota dans ma direction en émettant un fétide sifflement de surprise.

Avec une surprenante rapidité, le phallus triomphant se rabougrit et disparut dans la poche écailleuse, qui elle-même parut se replier dans une cavité corporelle protectrice.

Saisissant le couteau par la pointe, je le brandis derrière ma tête.

Sifflant toujours, le gobelin se jeta sur moi.

Au même instant, mon bras se rabattit vers l'avant. Le poignard voltigea.

A mi-bond, le gobelin fut frappé à la gorge. La lame s'enfonça profondément, bien qu'elle ne fût pas aussi bien placée que je l'aurais voulu. Ses narines de pourceau luisantes et frémissantes émirent un grognement de surprise et de fureur, et du sang brûlant jaillit de son museau.

Il fonçait toujours. Il entra en collision avec moi. Durement.

Nous vacillâmes, heurtâmes bruyamment le mur. Mon dos fut pressé contre le sang séché de Dieu sait combien d'innocents et pendant un instant (avant de bloquer ce flux avec détermination), je sentis la douleur et l'horreur des victimes dans les affres de l'agonie, dont les émanations avaient adhéré à la peinture et au plâtre.

Nos visages n'étaient qu'à quelques centimètres. L'haleine de la créature empestait le sang, la chair morte, la viande pourrie — comme si de se nourrir de la terreur de la femme lui avait donné le souffle d'un carnassier.

Des dents, d'énormes dents, crochues et grinçantes, dégoulinantes de salive m'apparurent à un centimètre des yeux, promesse émaillée de souffrance et de mort.

La langue sombre, huileuse, démoniaque se déroulait vers moi comme celle d'un serpent en quête de proie.

Je sentis les bras noueux du gobelin m'entourer, comme s'il voulait m'écraser contre sa poitrine.

Mon cœur battant à tout rompre brisa en moi le loquet de la réserve d'adrénaline et je fus brusquement emporté sur un flot chimique qui me donna la sensation d'être un dieu — même si, je dois l'admettre, c'était un dieu effrayé.

Mes bras étaient plus ou moins coincés en travers de ma poitrine. Je serrai alors les poings et lançai les coudes vers l'extérieur de toute mes forces, dans les bras du gobelin, brisant l'étreinte qu'il essayait de maintenir sur moi. A l'instant où il lâchait prise, je sentis ses griffes m'arracher un bout de chemise et ses phalanges osseuses claquer contre le mur derrière moi lorsque l'un de ses bras s'éleva.

Il hurla de rage, un cri étrange d'autant plus étrange que les ondes sonores, montant des cordes vocales aux lèvres, vibraient contre la lame du couteau et acquéraient une tonalité métallique avant l'expulsion. Avec le hurlement du gobelin du sang fut pulvérisé, éclaboussant mon visage ; quelques gouttes atterrirent dans ma bouche.

Stimulé par le dégoût, la peur et la fureur, je m'arrachai au mur, rejetant la bête en arrière. Nous vacillâmes et tombâmes ; j'atterris sur l'être et saisis la poignée du couteau dépassant de la gorge, la tordit brutalement, la libérai, frappai encore et encore, incapable de m'arrêter bien que la luminosité vermillon du sang eût rapidement passé au rouge vase. Ses talons tambourinaient faiblement sur le parquet, léger clac-clac-clac contre le linoléum. Ses bras s'effondrèrent, inutiles, et ses longues griffes cornées tapotaient sur un code dépourvu de sens le sol de l'abattoir. Finalement, je tirai la lame de droite à gauche en travers de sa gorge, coupant muscles, veines et artères. Voilà, j'avais fini... et il était fini.

Hoquetant, haletant, crachant copieusement pour débarrasser ma bouche de toute trace de sang, je me mis sur les genoux, au-dessus du gobelin agonisant.

Au-dessous de moi, il subissait une dernière transformation convulsive, consacrant le peu de vie qu'il lui restait à reprendre forme humaine, suivant le programme génétique donné à son espèce aux temps lointains de sa création. Les os craquaient, sautaient, claquaient, se fondaient, bouillonnaient et se resolidi-fiaient suivant des modifications frénétiques ; tendons et cartilages se déchiraient pour se renouer et se retramer ; les tissus plus mous émettaient un son suintant de succion en adoptant de nouvelles configurations.

Ce changement lycanthropique nous fascinait tant, la femme menottée, Rya et moi, que nous ne remarquâmes le deuxième gobelin qu'au moment où il fit irruption dans la pièce, nous prenant par surprise comme nous avions pris la première bête.

En cet instant, les capacités psychiques de Rya, pourtant moins fortes, fonctionnaient sans doute mieux que les miennes, car j'en étais encore à lever la tête pour voir entrer le gobelin, que Rya abattait déjà le démonte-pneu qu'elle avait apporté avec elle. Le coup fut porté avec une telle fureur et si solidement placé que je vis Rya maintenir avec difficulté sa prise sur l'arme ; le choc puissant tordit presque la barre dans ses mains. L'assaillant se jeta en arrière avec un hurlement de douleur, assurément blessé, mais pas assez pour tomber.

Il criait et crachait comme si ses postillons étaient pour nous un poison violent. Avant même que la barre eût cessé de vibrer dans les mains de Rya, il s'était remis du coup. Il se rua sur elle avec une vitesse et une agilité terrifiantes. La saisit dans ses deux énormes mains. De ses dix griffes. N'attrapa quasiment que le manteau. Grâce à Dieu. Quasiment que le manteau.

Avant qu'il ait pu se libérer une main du tissu pour lui lacérer le visage, j'étais debout. En mouvement. Deux pas, un saut. J'étais sur son dos écailleux. Le prenais en sandwich entre Rya et moi. Abaissais le couteau. Durement. L'enfonçais comme un pieu. Entre les épaules osseuses et déformées. Jusqu'à la garde. Dans le cartilage. Je ne pus le sortir en le tournant.

D'un coup la bête se secoua avec une puissance inhumaine. Comme un cheval de rodéo. M'envoya valdinguer. Je heurtai le plancher. La douleur fulgura dans mon épine dorsale. Ma tête cogna contre le mur.

Le monde se brouilla. Puis s'éclaircit.

Mais un instant, je fut trop assommé pour me lever.

Je vis mon couteau qui dépassait toujours du dos du gobelin.

Rya aussi avait été repoussée du gobelin mais il repartait vers elle. Mais elle avait utilisé ce répit pour reprendre ses esprits et adopter une tactique. Au lieu de le fuir, elle marcha sur l'assaillant en se servant du démonte-pneu cette fois non comme une matraque, mais, en pointant le côté pince comme une lance, en le lançant en avant au moment où l'ennemi bondissait sur elle, enfonçant l'outil de métal dans le ventre du gobelin, qui émit un horrible râle de surprise et de douleur.

Les deux grosses mains à quatre phalanges se refermèrent sur la lance improvisée et Rya lâcha prise. Tandis que le gobelin reculait en tanguant et entrait en collision avec le mur, en essayant d'arracher l'arme de ses tripes, je retrouvai assez de force pour me lever. Je marchai sur la chose infâme.

J'agrippai la barre gluante de sang des deux mains. L'être ancien paraissait son âge, maintenant que le sang le quittait à torrents. Levant des yeux assassins mais faiblissant sur moi, il essaya de me déchirer les mains de ses griffes acérées. J'arrachai le démonte-pneu avant qu'il ait eu le temps de m'écorcher, reculai et me mis en devoir de frapper méthodiquement la créature. Je cognai jusqu'à ce qu'il tombe à genoux, jusqu'à ce qu'il s'effondre la face contre le sol. Même alors, je ne m'arrêtai pas mais tapai et tapai encore jusqu'à ce que le crâne explose, jusqu'à ce que les épaules soient pulvérisées, ses coudes écrasés, ses hanches et ses genoux brisés, jusqu'à ce que je dégouline d'une sueur qui nettoie le sang de mon visage et de mes mains, et jusqu'à ce que je n'aie plus la force de lever la barre pour porter un autre coup.

Ma respiration grondante résonnait entre les murs.

Avec une poignée de Kleenex, Rya essayait de se nettoyer les mains du sang du gobelin.

La première bête — morte maintenant — avait retrouvé sa forme humaine nue et abîmée dès le début de la bataille avec la deuxième. On voyait à présent que c'était le flic que nous avions suivi.

Le deuxième gobelin, transformé, était une femme du même âge approximativement que le flic.

Sa femme peut-être. Ou sa maîtresse.

Étaient-ce des notions qu'ils connaissaient vraiment, mari et femme, amant et maîtresse ? Ou bien est-ce qu'ils ne formaient des couples que pour passer inaperçus dans le monde humain ?

Rya avait des haut-le-cœur, semblait sur le point de vomir, mais réprima son envie et jeta les mouchoirs trempés de sang.

Je frottai la lame sur mon jean.

La femme nue sur la chaise tremblait violemment. Ses yeux étaient pleins d'horreur, de confusion et de peur — elle n'avait pas seulement peur des gobelins mais aussi de Rya et de moi. Compréhensible.

— Amis, grinçai-je, nous ne sommes pas... comme eux.

Elle me fixait sans pouvoir parler.

— Occupe-toi... d'elle, demandai-je à Rya.

Je me tournai vers la porte.

— Où..., commença Rya.

— Vais voir s'il y en a encore.

— Y en a pas. Ils seraient déjà là.

— Vaut mieux vérifier.

Je quittai la pièce, espérant que Rya comprendrait que je voulais qu'elle calme et rhabille la rousse en mon absence. Je désirais que la femme retrouve un peu de son intelligence, de ses forces, de sa dignité et du respect de soi-même avant que je revienne lui donner des explications sur les gobelins.

Dans la salle à manger, le vent à la fenêtre tour à tour chuchotait en conspirateur et gémissait plaintivement.

Au salon l'horloge émettait un cliquetis creux.

En haut des marches, je trouvai trois chambres et une salle de bains. Dans chaque pièce, le craquement arthritique des chevrons des mansardes se faisait entendre tandis que le vent passait sous les combles, frappait le toit et furetait sous l'avant-toit.

Plus de gobelins.

Dans la salle de bains froide je me débarrassai de mes vêtements trempés de sang et me lavai rapidement dans le lavabo. Je ne regardai pas dans le miroir : je n'osai pas. Tuer des gobelins était un acte de justice. Mais à chaque fois que je m'en prenais à ces démons, c'était un peu plus difficile ; cela me demandait davantage, il me fallait déployer toujours plus de violence, de sauvagerie. Après chacune de ces séances sanglantes, une nouvelle froideur apparaissait dans mon regard, une dureté métallique qui me déconcertait et me consternait.

Le flic avait à peu près ma taille et dans la chambre des maîtres de maison, je choisis une chemise et un Levi's. Ils m'allaient parfaitement.

Je descendis et trouvai Rya et la rousse qui m'attendaient au salon, devant les fenêtres, dans des fauteuils qui paraissaient douillets, mais où elles étaient bien mal installées. De leur poste, elles voyaient l'allée et pourraient donner l'alarme en cas d'arrivée d'une voiture.

A l'extérieur, des fantômes de neige levés par le vent se hâtaient dans les ténèbres, vagues formes phosphorescentes lancées dans de mystérieuses missions.

La femme était rhabillée. Son expérience ne l'avait pas atteinte mentalement, même si elle se recroquevillait et si ses mains s'agitaient nerveusement contre son ventre.

Je tirai à moi une petite chaise avec un coussin piqué et m'assis à côté de Rya, lui prenant la main. Elle tremblait.

— Qu'est-ce que tu lui as dit ? m'enquis-je.

— Une partie... sur les gobelins... ce qu'ils sont, d'où ils viennent. Mais elle ne sait pas qui nous sommes ou comment nous parvenons à les voir quand elle ne peut pas. J'ai gardé ça pour toi.

La rousse s'appelait Cathy Osborn. Trente et un ans, professeur de littérature associé à l'université Barnard de New York, originaire d'une petite ville de Pennsylvanie à cent kilomètres à l'ouest de Yontsdown. Son père avait été récemment admis à l'hôpital à la suite d'un malaise cardiaque et Cathy avait pris un congé pour venir auprès de lui. Il s'était bien remis et maintenant elle retournait à New York. Amoureuse de littérature, elle avait lu pas mal d'œuvres fantastiques mais, ajouta-t-elle, elle avait du mal à avaler ce que Rya lui avait raconté à propos de soldats fabriqués par manipulations génétiques en une époque perdue de l'Histoire.

— Je sais que je ne suis pas folle, bien que je me pose sans arrêt la question, et je sais que j'ai vu ces choses hideuses quitter leur forme humaine et y revenir, mais je continue de me demander si je ne l'ai pas imaginé, ou si je n'ai pas eu des hallucinations même si je suis sûre que non, et toute cette histoire de civilisation ancienne détruite par une grande guerre... c'est trop, vraiment trop et maintenant, je bavarde — non ? — oui, je sais que je bavarde, mais j'ai l'impression que mon cerveau va flancher, vous comprenez ?

Je ne lui facilitai par les choses. Je lui parlai de la vision crépusculaire, des capacités psychiques moindres de Rya et lui dit quelques mots sur la guerre silencieuse — jusqu'à présent — que nous menions.

Son regard devint vague, non parce qu'elle refusait de m'écouter ou parce qu'elle était surchargée d'informations, mais parce qu'elle avait atteint un état dans lequel sa vision du monde simple et rationnelle était complètement renversée, où sa résistance à l' « impossible » était anéantie.

— Comment faire pour retourner enseigner la littérature ? Maintenant que je sais ces choses, comment pourrais-je mener une vie ordinaire ?

Je jetai un coup d'œil à Rya en me demandant si elle avait une réponse à cette question et elle dit :

— Ce ne sera sans doute plus possible.

Cathy fronça le sourcil et ouvrit la bouche pour parler mais un son étrange l'interrompit. Un cri soudain cri perçant, — en partie comme un gémissement infantile, en partie comme un grognement porcin, en partie comme un crissement d'insecte — troubla la paix de ce salon au mobilier rigoureusement colonial. Ce n'était pas un son que j'associais aux gobelins, mais il n'était certainement pas d'origine humaine et ne ressemblait à aucun bruit d'animal de ma connaissance.

Je savais que ces gémissements ne pouvaient émaner des gobelins que je venais de tuer. Ils étaient indubitablement morts — du moins pour l'instant. Si on leur laissait leurs têtes, peut-être trouveraient-ils le moyen de revenir parmi les vivants mais pas avant des semaines ou des mois.

Rya se leva instantanément de sa chaise, cherchant à tâtons un objet qui n'était pas près d'elle — le démonte-pneu, je suppose.

— Qu'est-ce que c'est ?

J'étais debout, moi aussi, poignard à la main.

L'effrayant ululement, qui paraissait composé de nombreuses voix avait le pouvoir alchimique de transmuter le sang en eau glacée. Si le Malin en personne revenait sur terre sous la forme de Satan ou de quelque autre diable particulier, ce serait sûrement sa voix, inarticulée mais hostile, la voix de tout ce qui n'était pas bon et n'était pas juste. Cela venait d'une autre pièce, mais je ne pouvais décider si la source en était située à ce niveau de la maison.

Cathy Osborn fut plus lente à se lever, comme si elle répugnait à affronter une nouvelle terreur.

— J'ai... j'ai déjà entendu ce bruit, dit-elle, quand j'étais attachée dans la pièce, quand ils ont commencé à me tourmenter. Mais il s'est passé tant de choses si vite que... j'avais oublié.

Rya regarda le parquet devant moi.

Je baissai aussi les yeux, car je m'apercevais que ce bruit aigu — comme un gémissement électronique, mais encore plus étrange — venait de la cave.

24

La cage et l'autel

Le flic qui gisait dans son abattoir taché de sang avait son arme de service, un Smith & Wesson .357 Magnum. Je m'en munis avant de passer à la cuisine pour ouvrir la porte en haut de l'escalier de la cave.

L'étrange gémissement gazouillant montait de l'ouverture ombreuse et exprimait d'une manière grossière l'impatience, la colère, la faim. Ce bruit était si hideux qu'il semblait posséder une qualité tactile ; j'imaginais sentir le contact du cri comme celui d'humides mains de spectre glissant sur mon visage et mon corps, sensation froide et moite.

La salle souterraine n'était pas totalement noire. Une lumière basse et douce, émanant peut-être de bougies, clignotait dans un coin invisible.

Cathy Osborn et Rya insistèrent pour m'accompagner. Pour Rya, évidemment, il n'était pas question de me laisser affronter seul la menace inconnue et Cathy avait peur de rester seule au salon.

Immédiatement derrière la porte, je trouvai le commutateur. Le déclenchai. En bas, une lumière jaune apparut, plus brillante et plus forte que la lueur de chandelle.

Le ululement s'arrêta.

En me rappelant la vapeur psychique d'ancienne souffrance humaine que dégageaient les murailles de notre cave d'Apple Lane, je fouillai les lieux de mon sixième sens, cherchant le même type d'émanations puantes. Je perçus effectivement des images et des sensations de double vue, mais ce n'était pas ce à quoi je m'attendais, et ça ne ressemblait à rien de connu. Je n'arrivais pas à en tirer un sens : des formes entrevues, bizarres, ombreuses que j'étais incapable d'identifier, en noir et blanc, avec tous les dégradés de gris, bondissant à un rythme violent et frénétique... pour ensuite onduler sur un mouvement lent, reptilien, qui donnait le mal de mer ; et de soudaines explosions de lumières colorées dans des nuances inquiétantes, sans signification ni source apparentes.

Je percevais des émotions d'une force inhabituelle, qui jaillissaient d'un esprit troublé, comme d'une canalisation cassée, plus distordues et sinistres que les rêves et les désirs aberrants du pire des hommes. Mais cela ne ressemblait pas non plus précisément à l'aura des gobelins. C'était l'équivalent émotionnel d'une chair pustuleuse, gangrenée ; je pataugeais dans le chaos intérieur d'un dément comme dans une fosse d'aisance. La folie — et une soif de sang, par-dessous — était si répugnante que je m'efforçai de bloquer mon sixième sens.

Je dus vaciller un peu car, derrière moi, Rya posa une main sur mon épaule et chuchota :

— Ça va ?

— Oui.

L'unique volée de marches était raide. La plus grande partie de la cave s'étendait hors de vue sur la gauche et je n'aperçus qu'une petite partie du sol de béton gris.

Je descendis avec précaution.

Rya et Cathy me suivirent. Nos bottes faisaient un bruit creux sur les marches de bois.

Une odeur délétère, faible d'abord, devenait plus prégnante au fur et à mesure de notre descente. Urine, excréments, sueur rancie.

Au bas des marches, nous découvrîmes un vaste sous-sol vide de tout le bric-à-brac ordinaire : pas d'outils, aucun fatras d'objets utiles aux activités de bricolage de l'époux, pas de récipient de vernis ou de peinture, pas de fruits ni de légumes mis en conserve. Une partie de l'espace servait d'autel et une autre était occupée par une grande et solide cage : des barreaux d'acier tous les quinze centimètres, qui montaient du sol au plafond.

A présent ils nous fixaient en silence. Néanmoins, les affreux occupants de la cage étaient sans aucun doute la source des miaulements qui nous avaient attirés ici dans ce trou maudit. Chacun mesurait un peu plus d'un mètre vingt. De petits gobelins. Préadolescents. C'étaient manifestement des membres de l'espèce

354

démoniaque... tout en étant différents. Nus, rayés d'ombres et d'une fumeuse lumière jaune, ils nous surveillaient de derrière les barreaux et cependant, leurs corps et leurs visages subissaient de lents et incessants changements. D'abord je sentis en quoi ils différaient sans le comprendre mais je m'aperçus vite que leur capacité de métamorphose échappait à tout contrôle. Ils étaient apparemment bloqués dans un état crépusculaire de flux sans fin, leurs corps mi-gobelins, mi-humains, leurs os et leur chair se transformant encore et encore, sans cesse, au hasard. L'un d'eux avait un pied humain au bout d'une jambe gobeline et des mains dans lesquelles des doigts d'enfant humain alternaient avec ceux d'un gobelin. Alors même que je les observais, deux doigts d'homo sapiens se mirent à prendre la forme des démoniaques terminaisons digitales à quatre phalanges et serres perverses tandis que d'autres doigts gobelins adoptaient une allure humaine. L'une des deux autres créatures nous fixait avec des yeux durs, mauvais, mais tout à fait humains, dans un corps par ailleurs entièrement monstrueux ; mais comme je fixais, dégoûté, cette déconcertante combinaison, le visage adopta une autre forme qui mêlait les traits humains et gobelins d'une manière nouvelle — et encore plus horrible.

— Qu'est-ce que c'est que ça ? demanda Rya avec un frisson.

— Je pense que ce sont... des enfants malformés, répondis-je, en me rapprochant de la cage, mais en restant hors de portée de leurs bras.

Les créatures gardaient un silence tendu et attentif.

— Des monstres. Des accidents génétiques. Les gobelins ont un gène métamorphique qui leur permet de passer à volonté dans la peau d'un homme et de la quitter. Mais ces saloperies... sont sans doute nées avec un gène métamorphique imparfait, une portée complète de monstres. Ils ne maîtrisent pas leur forme. Leurs tissus sont en constant mouvement. C'est pourquoi leurs parents les ont enfermés ici, comme les gens des siècles passés qui cachaient leurs enfants idiots dans les caves et les greniers.

Derrière les barreaux, l'une des noueuses erreurs de la génétique siffla à mon adresse et les deux autres l'imitèrent aussitôt avec enthousiasme — un son bas, sifflant, menaçant.

— Seigneur Dieu, dit Cathy Osborn.

— Ce n'est pas une simple difformité physique. Ils sont aussi complètement fous — pour les normes humaines et gobelines à la fois. Fous et très, très dangereux.

— Tu le perçois... psychiquement ? demanda Rya.

Je hochai la tête.

En parlant de leur folie, je m'étais rendu vulnérable à l'éruption psychique de leurs esprits dérangés, que j'avais sentie pour la première fois là-haut, sur le seuil de la porte de la cave. Il y avait des désirs et des besoins trop étranges pour que je les comprenne mais dont je devinais la perversité, mêlée d'une repoussante soif de sang. Des excitations tordues, des appétits sombres et déments, de dégoûtantes et effrayantes fringales... De nouveau, je bloquai mon sixième sens comme on ferme une chaudière et la fournaise grondante d'émanations psychiques céda peu à peu la place à un petit feu tolérable.

Ils cessèrent de siffler.

Avec un craquement, un claquement, leurs yeux humains se plissaient, rougeoyaient, devenaient gobelins.

Un groin porcin poussait sur un visage humain, dans le bruit humide de la reformation — mais s'arrêtait à mi-chemin et se repliait dans le visage humain.

L'un d'eux émit au fond de sa gorge un bruit haché, épaissi de mucosité, et je soupçonnai qu'il s'agissait d'une espèce de rire, méchant et glaçant, mais un rire tout de même.

Ici, des crocs sortaient d'une bouche humaine.

Là, une mâchoire canine émergeait, lourde et sauvage.

Et ici, un pouce parfait poussait brusquement dans un doigt à quatre phalanges.

Activité lycanthropique continue. Les changements n'étaient jamais achevés, la transformation devenait à elle-même sa propre fin. Folie génétique.

L'un des cauchemardesques triplés déroula son bras grotesquement déformé entre les barreaux d'acier, tendant la main aussi loin que possible. Dans celle-ci un nid serré de doigts — certains humains, d'autres non — s'ouvrit. Rapides comme une araignée, ils se déroulaient, pointaient, gigotaient : une gesticulation dépourvue de sens.

Les deux autres bestioles se mirent à bouger dans tous les sens, à grimper aux barreaux pour retomber sur le plancher ignoble, s'agitant comme des singes mais sans la joie que ces derniers mettent généralement dans leurs bouffonneries. Ils n'étaient pas non plus aussi agiles que les gobelins que nous avions tués dans l'abattoir.

— Ils me donnent la chair de poule, dit Rya. Tu crois que ça arrive souvent... des portées de monstres comme ça ? Leurs gènes manipulés se détériorent peut-être de génération en génération. Peut-être qu'il y a de plus en plus de naissances de ce genre, et qu'ils sont en train de reperdre leur capacité à procréer, par mutation... comme ils l'ont acquise.

— Peut-être. Je ne sais pas. Ce serait bien agréable de penser qu'ils sont en train de disparaître comme ça, et qu'un jour, d'ici deux cents ans, peut-être, ils ne seront plus qu'une poignée.

— Deux cents ans, ça me fait une belle jambe, dit Cathy Osborn, misérable.

— Voilà le problème, acquiesçai-je. Deux cents ans, c'est long. Et je ne crois pas qu'ils se résigneront à disparaître comme ça. Avec tout ce temps devant eux, ils trouveront un moyen d'entraîner dans la tombe avec eux la totalité de l'humanité.

Tout à coup, le plus hardi des monstres ramena son bras dans la cage et soutenu par la voix de ses compagnons bâtards, se mit à pousser un gémissement semblable à celui qui nous avait donné l'alerte. Le ululement perçant rebondissait sur les murs de parpaing, musique à deux notes parfaite pour cauchemars, chant monotone de désirs déments qu'on aurait pu s'attendre à entendre dans les couloirs d'un asile.

Ce bruit, combiné avec les odeurs d'urine et d'excréments rendait notre présence dans cette cave presque intolérable. Mais je n'allais pas partir tant que je n'aurais pas enquêté sur l'autre point intéressant : l'autel.

Rien ne me prouvait en fait qu'il s'agissait bien d'un autel, mais cela y ressemblait fort. Dans le coin du sous-sol le plus éloigné de l'escalier, et de la cage des monstres, une table robuste était drapée d'un tissu de velours bleu. Deux étranges lampes à pétrole — des sphères de verre couleur cuivre contenant du carburant et une mèche flottante — flanquaient apparemment une icône vénérée, placée sur une tablette de pierre polie de trente centimètres sur trente et de dix d'épaisseur. L'icône était en céramique — Un rectangle de vingt-cinq centimètres de long, vingt de large, douze d'épaisseur, assez semblable à une brique de taille inhabituelle — d'un luisant qui donnait une profondeur considérable (et une qualité mystérieuse) à ses reflets sombres comme la nuit. Au centre du rectangle noir, un cercle de céramique blanche d'environ douze centimètres de diamètre, était coupé en deux par le dessin très stylisé d'un éclair noir.

C'était la marque de la Compagnie Charbonnière Éclair que nous avions vue la veille sur le camion. Mais ici, disposée comme un objet de vénération, illuminée de lampes votives, avec tous les sous-entendus d'un symbole sacré, indiquant qu'il s'agissait d'une réalité plus importante qu'un vulgaire logo de société.

Ciel blanc, éclair noir.

Qu'est-ce que ça symbolisait ?

Ciel blanc, éclair noir.

Le hurlement des mutants dans leur cage était toujours aussi fort mais mon attention était totalement captivée par l'autel et par l'objet de culte au centre.

Je n'arrivais pas à imaginer comment une espèce comme celle des gobelins — créée non par Dieu mais par l'homme, et haïssant son créateur — avait pu se doter d'une religion. Si ceci était bien un autel, qu'est-ce qu'ils y adoraient ? A quels dieux étranges payaient-ils tribut ? Comment ? Pourquoi ?

Rya passa devant moi pour toucher l'icône.

— Non, dis-je.

— Pourquoi ?

— Je ne sais pas mais... fais pas ça.

Ciel blanc, éclair noir.

Bizarrement, il y avait quelque chose de pitoyable et même de touchant dans le besoin gobelin de dieux, d'autels et d'icônes permettant une représentation concrète de leurs croyances spirituelles. L'existence même d'une religion impliquait le doute, l'humilité, une perception du juste et de l'injuste, une aspiration à des valeurs, une soif admirable de sens et de projet. C'était la première fois que je voyais une chose donnant à penser qu'il existerait un terrain commun à l'humanité et aux gobelins.

Mais, bon Dieu, j'avais appris à mes dépens que ces démons ne connaissaient ni le doute, ni l'humilité. Leur perception du bien et du mal était trop simple pour nécessiter des fondements philosophiques : juste, c'était ce qui leur bénéficiait et nous faisait du mal, mal, le contraire. Leurs valeurs étaient celles du requin. Leur but, notre destruction ; pour ça, pas besoin de doctrine religieuse ou de justification divine.

Ciel blanc, éclair noir.

En fixant ce symbole, je sentis qu'il y avait quelque chose de monstrueusement mauvais dans leur foi inconnue, une indicible abjection, en comparaison de laquelle le satanisme, avec ses sacrifices humains et ses éviscérations d'enfants, paraissait aussi bénin que la sainte Église catholique et romaine.

Dans ma vision crépusculaire, je vis l'éclair de céramique noire clignoter sombrement dans le cercle de céramique blanche et je m'aperçus que des vagues d'énergie mortelle irradiaient de ce symbole menaçant. Je me souvins du vide vaste, froid et sans lumière que j'avais perçu en voyant le camion de la Compagnie Charbonnière Éclair. Je le revoyais en fixant l'autel. Une infinie obscurité. Un infini silence. Un froid incommensurable. Un vide infini. Le néant. Qu'est-ce que c'était que ce vide ? Qu'est-ce que cela signifiait ?

La flamme des lampes à pétrole.

Dans la cage les abominations démentes hurlaient un chant de colère, qui ne signifiait rien.

La puanteur de l'air s'aggravait à chaque seconde.

L'icône de céramique, tour à tour objet de curiosité, d'étonnement et de spéculation, était brusquement à l'origine d'une peur sans mélange. En la fixant, à demi pétrifié, je sentis qu'en elle gisait le secret de la massive présence de gobelins à Yontsdown. Mais je perçus aussi que le destin de l'humanité était otage de la philosophie, des forces et des projets que l'icône représentait.

— Sortons d'ici, dit Cathy Osborn.

— Oui, approuva Rya, allons-y, Slim. Allons-nous-en.

Ciel blanc.

Éclair noir.

Rya et Cathy sortirent pour essayer de dénicher dans la grange deux seaux et un bout de tuyau — des objets qu'on devait pouvoir trouver dans une cidrerie, même hors saison. Ensuite, elles siphonneraient deux seaux d'essence dans le réservoir du véhicule de police et les ramèneraient à l'intérieur.

Cathy Osborn tremblait et paraissait sur le point de tomber gravement malade, mais elle serra les dents (les muscles de ses mâchoires saillaient dans l'effort pour ne pas vomir) et fit ce qu'on lui demandait. Elle montrait beaucoup plus de cran et de capacité d'adaptation que je n'en aurais attendu de la part d'une personne qui avait passé sa vie entière au-delà du monde réel et dans l'enclave douillette de l'université.

Cependant, pour moi, le temps du Grand Guignol était revenu.

En évitant de trop regarder mes victimes massacrées ou les ombres bizarres et inquiétantes que je projetais tandis que j'étais penché comme Quasimodo sur ma tâche morbide, je tirai un par un les deux gobelins de l'abattoir à la cuisine qui sentait encore la tarte aux pommes et les fis basculer dans l'escalier de la cave. En bas, j'amenai les deux cadavres nus au milieu de la pièce.

Dans la cage les affreux triplés étaient retombés dans le silence. Six yeux fous, certains humains et d'autres luisant de la démoniaque lumière écarlate, m'observaient avec intérêt. Ils ne manifestèrent aucune peine à la vue de leurs parents assassinés ; ils étaient incapables de comprendre ce que signifiait pour eux ces mots. Ils n'étaient pas non plus furieux, ni même effrayés. Simplement curieux à la manière des singes.

J'aurais bientôt à m'occuper d'eux.

Pour l'instant, j'avais à faire. Bloquer autant que possible mon sixième sens, me durcir pour mener à bien ce boulot déplaisant : une impitoyable exécution.

Je soufflai la flamme de l'une des lampes de l'autel, la transportai jusqu'aux cadavres des gobelins et vidai son contenu inflammable sur les corps.

Le carburant clair fit briller leur peau pâle.

Leurs cheveux s'assombrirent tandis que le pétrole les imbibait.

Des gouttes de liquide tremblèrent au bout de leurs cils.

L'odeur écœurante de l'urine et des excréments fut supplantée par celle du combustible.

Les spectateurs encagés regardaient toujours en silence, retenant leur souffle.

Je ne pouvais plus repousser l'échéance. J'avais passé le .357 Magnum dans ma ceinture. Je le tirai.

Quand je me tournai vers eux et approchai de la cage, leurs regards allaient et venaient des corps sur le plancher au pistolet. L'objet éveillait chez eux la même curiosité que la vue des corps de leurs parents — avec une certaine circonspection aussi, peut-être, mais aucune frayeur.

J'abattis le premier d'une balle dans la tête.

Les deux autres s'écartèrent des barreaux et se mirent à courir en tous sens, en hurlant avec bien plus de force et d'émotion qu'ils n'en avaient manifesté jusque-là, cherchant où se cacher. C'étaient peut-être des petits débiles, pire encore, des idiots vivant dans un monde de peu de poids où cause et effet n'existaient pas — mais ils étaient assez intelligents pour comprendre la mort.

Il me fallut tirer quatre fois pour en finir avec eux, même si c'était facile. Trop facile. D'habitude, je prenais plaisir à tuer les gobelins mais ce massacre n'était pas de mon goût. C'étaient des créatures pathétiques — mortellement dangereuses, sans aucun doute, mais stupides et pas difficiles à vaincre. Tuer des adversaires encagés... ça ressemblait à ce que ferait un gobelin.

Emmitouflées dans leurs manteaux et leurs écharpes, Rya et Cathy Osborn réapparurent. Chacune transportait un seau galvanisé, rempli aux trois quarts d'essence et elles descendaient les marches de la cave en déployant un luxe de précautions pour ne pas s'éclabousser.

Elles jetèrent un coup d'œil aux trois monstres dans la cage... et détournèrent vite le regard.

Tout à coup, je fus submergé par le sentiment pressant que nous étions restés trop longtemps dans la maison et qu'à chaque minute qui passait nous risquions un peu plus d'être découverts par les autres gobelins.

— Finissons-en, chuchota Rya, son chuchotis, nullement nécessaire, me révélant qu'elle ressentait la même chose.

Prenant le seau de Cathy, j'en déversai le contenu dans la pièce, arrosant abondamment les deux cadavres.

Tandis que Rya et Cathy battaient en retraite au rez-de-chaussée en emportant avec elles la lampe à pétrole toujours allumée, je jetai le deuxième seau d'essence sur le sol. Hoquetant, étouffé par les émanations, je montai les marches en haut desquelles les femmes m'attendaient.

Rya me tendit la lampe.

— J'ai de l'essence sur les mains, dis-je en me ruant vers l'évier de la cuisine.

Un instant plus tard, après m'être nettoyé de ces dangereuses taches, mais très conscient d'être au-dessus d'une bombe, je pris la lampe et retournai en haut de l'escalier. Des vapeurs d'essence montaient en vagues suffocantes. Je jetai la lampe au bas des marches.

La sphère cuivrée explosa en heurtant le sol de ciment. La mèche mit le feu au pétrole éparpillé, une flamme bleu paon déclencha l'ignition de l'essence. Une terrible fournaise rugit sous nos pieds. Une explosion de chaleur balaya les marches, si violente qu'en reculant dans la cuisine, je crus un instant que mes cheveux s'étaient enflammés.

Rya et Cathy avaient déjà battu en retraite sous la véranda de derrière. Nous courûmes le long de la maison, passâmes devant la voiture de ronde garée près du porche et continuâmes notre course sur les huit cents mètres de l'allée.

Avant même que nous ayons atteint la lisière de la forêt qui cernait la propriété, nous vîmes le reflet de l'incendie sur la neige à nos pieds. Quand nous nous retournâmes, les flammes avaient déjà jailli à travers le plancher de la cave, dans les escaliers. Les fenêtres brillaient d'une lueur orange comme les yeux des bonshommes d'Halloween. Puis les vitres explosèrent avec un bruit sec qui portait loin dans l'air froid de la nuit.

Maintenant le vent allait rapidement pousser la flamme jusqu'aux combles, à la faîtière. L'incendie serait si fort qu'au sous-sol, les corps seraient réduits à des os et à des cendres. Avec un peu de chance, les autorités — les gobelins — conclueraient à un incendie accidentel. Une enquête approfondie était aussi possible, et l'on découvrirait alors des traces de balles sur les squelettes et d'autres preuves d'un crime. Même en ce cas, nous aurions un jour ou deux devant nous avant que les tueurs gobelins commencent leurs recherches.

Près de la maison, la neige semblait se teinter de sang. Plus loin, la lumière jaune orange et d'immenses ombres bizarres dansaient, s'enroulaient, bondissaient, se tordaient sur le manteau chaulé de l'hiver.

La première bataille de la nouvelle guerre. Et nous l'avions remportée.

Nous détournant de la maison, nous nous ruâmes dans l'allée, dans le tunnel formé par les branches des épineux. La lueur de l'incendie n'arrivait pas jusque-là. En dépit d'une pénombre qui se rapprochait férocement, réduisant presque la visibilité à zéro, nous ne ralentîmes qu'à peine. Pour avoir emprunté le chemin à l'aller, nous savions qu'il ne s'y dressait aucun obstacle important.

Nous avions bientôt atteint la route principale et, plus au nord, le break. Rya prit le volant. Cathy s'assit près d'elle. Je m'installai à l'arrière, le revolver de police sur les genoux, m'attendant à moitié à voir les gobelins surgir, prêts à tirer.

Des kilomètres plus loin, j'entendais encore dans ma mémoire vibrer les étranges cris des enfants gobelins.

Nous conduisîmes Cathy à une station-service et les emmenâmes ensuite, elle et le mécanicien, jusqu'à sa voiture. Il eut vite fait de découvrir que la batterie était morte. Comme il avait prévu l'éventualité, il en avait emporté une neuve.

Quand la Pontiac de Cathy roula de nouveau, et que le dépanneur, payé, fut parti, la jeune femme nous jeta un coup d'œil, à Rya et à moi, puis baissa son regard hanté vers le sol gelé. Poussés par le vent mordant, des nuages blancs de vapeur s'échappaient du pot d'échappement.

— Qu'est-ce qui va se passer, maintenant ? demanda-t-elle d'une voix tremblante.

— Vous étiez en route pour New York.

Elle eut un rire sans gaieté.

— Je pourrais aussi bien être en route pour la lune.

Un break et une Cadillac flambant neuve passèrent devant nous. Les conducteurs nous dévisagèrent.

— Montons dans la voiture, proposa Rya en frissonnant. Nous serons au chaud.

Nous nous ferions aussi moins remarquer.

Cathy s'installa derrière le volant, se tourna sur le côté, m'offrant ainsi son profil puisque je m'étais assis à l'arrière. Rya avait pris place à côté d'elle.

— Je ne peux pas continuer à vivre comme si rien ne s'était passé.

— Mais il le faut, dit Rya avec force et douceur. C'est la vie, ça... continuer comme si rien ne s'était passé. Et tu ne peux certainement pas t'ériger en sauveuse du monde, courir partout avec un mégaphone pour crier que des démons se font passer pour des gens ordinaires et se promènent parmi nous. Tout le monde croira que tu es devenue dingue. Tout le monde hormis les gobelins.

— Et ils s'occuperont vite de toi, intervins-je.

— Je sais, je sais, assura Cathy en hochant la tête.

Elle se tut un moment puis reprit d'une voix plaintive :

— Mais... comment je vais faire pour retourner à New York, à l'université, sans savoir qui est gobelin ? Comment vais-je faire confiance aux gens ? Comment est-ce que j'oserais épouser quelqu'un sans savoir ce qu'il est vraiment ? Peut-être qu'il voudra m'épouser pour me torturer, pour avoir un jouet à lui seul. Tu sais ce que je veux dire, Slim... la façon dont ton oncle a épousé ta tante et a ensuite apporté du malheur à toute ta famille. Comment faire pour avoir des amis, de vrais amis avec qui je puisse être ouverte, directe ? Vous voyez ? Pour moi maintenant c'est pire que pour vous parce que vous, vous avez la capacité de voir les gobelins. Moi, je dois supposer que n'importe qui est un gobelin ; c'est la seule attitude qui offre des garanties de sécurité. Ce qui veut dire que je serai seule, seule pour toujours, totalement seule, à jamais, parce que si je fais confiance à quelqu'un ça se terminera mal pour moi. Seule... C'est une vie, ça ?

Elle était dans le pétrin. Je ne m'en étais pas vraiment rendu compte jusque-là, mais au fur et à mesure qu'elle parlait, cela devenait clair. Et je ne voyais aucun moyen de l'en sortir.

De son siège, Rya me jeta un coup d'œil.

Je haussai les épaules, non pas au hasard mais pour manifester ma frustration et dans une certaine mesure, ma détresse.

Cathy soupira et frissonna, déchirée entre le désespoir et la terreur — deux émotions difficiles à éprouver à la fois, car la dernière suppose l'espérance.

Après un silence, Cathy dit :

— Je ferais aussi bien de prendre un mégaphone pour commencer à essayer de sauver le monde, même si je dois finir dans une maison de fous, puisque c'est ce qui m'attend de toute façon. Ça ne va pas traîner, je craquerai vite, je suis d'une nature extrovertie ; j'ai besoin de contacts. Alors je vais vite me retrouver complètement paranoïaque, bonne pour le cabanon. On m'enfermera. Et vous ne croyez pas qu'il y a forcément beaucoup de gobelins dans le personnel de ce genre d'institution, où les gens sont enfermés comme du gibier facile ?

— Oui, acquiesça Rya en songeant évidemment à l'orphelinat où elle avait souffert. Oui.

— Je ne peux pas retourner. Je ne peux pas vivre là où je dois vivre.

— Il y a un moyen, annonçai-je.

Cathy se tourna vers moi avec dans le regard plus d'incrédulité que d'espoir.

— Il y a un endroit, poursuivis-je.

364

— Bien sûr, dit Rya.

— Sombra Frères.

— L'organisation foraine, expliqua Rya.

— Devenir foraine ? demanda Cathy, étonnée.

Sa voix trahissait une légère répugnance que je ne pris pas en mauvaise part et que Rya, je le savais, comprenait aussi. Le monde sédentaire tient toujours beaucoup à affirmer que sa société est la seule bonne ; c'est pourquoi il étiquette les gens du voyage comme des vagabonds, des marginaux, des paumés et sans doute des voleurs, tous tant qu'ils sont. Comme les vrais gitans qui ont du sang romanichel, nous sommes universellement tenus en piètre estime.

Je n'embellis pas l'avenir qu'une telle décision garantirait à Cathy Osborn. Je l'exposai sans ambages, afin qu'elle prît sa décision en toute connaissance de cause :

— Il te faudra renoncer à l'enseignement que tu aimes, à la vie universitaire, à la carrière que tu t'es construite avec tant de mal. Il te faudra entrer dans un monde qui te sera presque aussi étranger que l'ancienne Chine. Tu ne pourras pas t'empêcher de te conduire comme une sédentaire, de parler comme un gogo et les autres forains te traiteront avec suspicion, il te faudra un an ou plus pour gagner complètement leur confiance. Tes amis et ta famille ne comprendront jamais, tu deviendras un mouton noir, un objet de pitié, de sarcasme, de spéculations infinies. Tu risques fort de briser le cœur de tes parents.

— Oui, acquiesça Rya, mais chez Sombra Frères, tu seras sûre qu'il n'y aura pas de gobelins parmi tes voisins et tes amis. Il y a trop de gens, parmi nous, qui sont devenus forains parce qu'ils voient les gobelins et qu'ils ont cherché refuge dans la fête. Si l'un d'eux se présente, qui ne se conduit pas comme un simple gogo venu dépenser son argent, on lui règle son compte vite et sans bruit. Alors, tu seras en sécurité.

— Ni plus ni moins que n'importe qui en ce monde, complétai-je.

— Et tu pourras gagner ta vie, en commençant par travailler pour Slim et moi.

— Et tu finiras par économiser assez pour t'acheter une ou deux concessions.

— Oui, assura Rya, tu te feras plus d'argent que dans l'enseignement. Et avec le temps... eh ben, tu oublieras pas mal le monde sédentaire d'où tu viens. Tu t'en souviendras comme d'un monde lointain, un rêve, un mauvais rêve.

Elle lui passa un bras derrière l'épaule pour la rassurer, de femme à femme.

— Je te promets que quand tu seras devenue une vraie foraine, le monde extérieur te paraîtra horriblement sinistre et que tu te demanderas comment tu as pu le supporter.

Cathy se mordillait la lèvre inférieure.

— Oh, mon Dieu...

Comme nous ne pouvions lui rendre son ancienne vie, nous lui offrions la seule chose dont nous disposions : du temps. Du temps pour réfléchir, pour s'adapter.

Quelques voitures passèrent. Peu nombreuses. Il était tard. La nuit était profonde... et froide. La plupart des gens étaient chez eux au coin du feu ou dans leur lit.

— Seigneur, je ne sais pas, dit Cathy, d'une voix chevrotante, lasse, indécise.

Les vapeurs du pot d'échappement s'étiraient devant la vitre. Pendant un moment, à travers la glace, je ne vis que ces brouillards virevoltants, argentés et rapides, dans lesquels des visages spectraux semblaient continûment se former et se dissoudre avant de se reformer très vite, en me jetant des regards affamés.

En cet instant, Joel et Laura Tuck, et mes autres amis forains me semblèrent loin, plus loin que la Floride, plus loin que la face cachée de la lune.

— Je suis perdue, inquiète, effrayée, avoua Cathy. Je ne sais pas quoi faire. Je ne sais vraiment pas.

Au vu de l'épreuve terrifiante qu'elle avait endurée, étant donné qu'elle ne s'était pas effondrée comme l'auraient fait la plupart des gens et qu'elle s'était rapidement remise du choc de la révélation que Rya et moi lui avions apportée, j'estimai qu'elle était capable de venir avec nous dans la fête foraine. Ce n'était pas une petite prof craintive ; elle avait une force inhabituelle et nous avions toujours de l'emploi pour des gens énergiques. Je sentais que Rya partageait mon opinion et qu'elle espérait que Cathy Osborn se joindrait à nous.

— Je... je ne sais pas.

Deux des trois chambres de notre maison étaient meublées, et Cathy passa la nuit dans l'une d'elles. Elle ne pouvait ni repartir pour New York ni abandonner sa carrière et sa vie ordinaire si brusquement.

— Demain, j'aurai pris une décision, promit-elle.

Sa chambre était la plus éloignée de la nôtre. Elle insista pour que nous laissions les portes ouvertes pour le cas où il nous faudrait appeler à l'aide.

Je lui assurai que les gobelins ignoraient que nous étions parmi eux.

— Ils n'ont aucune raison de venir ici cette nuit, dit Rya, apaisante.

Nous ne lui parlâmes pas du propriétaire de cette maison, Klaus Orkenwold, shérif de Yontsdown et tortionnaire.

Mais Cathy restait inquiète, nerveuse. Elle exigea de dormir avec une veilleuse et nous lui en confectionnâmes une avec sa lampe de chevet et l'un de ses chemisiers sombres.

Quand nous la quittâmes, je me sentais mal, maladroit — comme si nous abandonnions un enfant à la merci de la chose qui vivait sous le lit ou du monstre qui se cachait dans le placard.

Rya finit par s'endormir.

J'en fus incapable. Du moins pendant un long moment.

Éclair noir.

Je pensai sans cesse à cet éclair noir, essayant de comprendre sa signification.

De temps à autre, comme la puanteur des cadavres enterrés sous la maison, des ondes incertaines de radiations psychiques montaient de la cave où Orkenwold avait tué une femme et deux enfants.

De nouveau, j'éprouvai la certitude que c'était moi qui nous avais conduits inconsciemment à cette maison, que ma double vue avait choisi cette maison entre toutes parce que je voulais — ou mon destin voulait — un affrontement avec Klaus Orkenwold, comme je m'étais affronté avec Lisle Kelsko avant lui.

Dans le gémissement sans fin du vent, j'entendais des échos des cris aigus qu'avaient poussés les monstres dans leur cage avant que je les abatte et les incinère. Je n'étais pas loin de croire qu'ils avaient arraché leurs corps percés de balles et leurs os rongés par le feu aux ruines fumantes de la maison et criaient maintenant en rampant, en se traînant, en fuyant dans la nuit, qu'ils approchaient sans se tromper dans ma direction comme des chiens infernaux flairant l'âme pourrissante et damnée de leur proie.

Parfois, dans les craquements et les claquements de la maison (qui n'étaient que la réponse naturelle au froid terrible et au vent insistant), il me semblait entendre les flammes qui bondissaient au-dessous de nous et dévoraient le rez-de-chaussée, incendie allumé peut-être par les choses qui avaient brûlé dans la cage d'acier. A chaque ronflement de la chaudière, je sursautais de surprise et de peur.

A côté de moi, Rya grogna, gémit. C'était le rêve, aucun doute.

Gibtown, Joel et Laura Tuck, et mes autres amis forains... ils me manquaient. Je pensai à eux, évoquai un à un leurs visages amicaux, m'attardant sur chacun avant d'en appeler un autre, et du simple fait de penser à eux, je me sentais un peu mieux.

Puis je compris qu'ils me manquaient et que leur amour me donnait du courage tout comme autrefois ma mère et mes sœurs me manquaient et m'encourageaient de leur amour. Ce qui signifiait sans doute que mon monde d'autrefois, le monde de la famille Stanfeuss, avait disparu, disparu pour moi à jamais. Si mon inconscient avait à l'évidence encaissé cette disparition, je n'en avais jamais eu conscience. La fête foraine était devenue ma famille, et c'était une bonne famille, la meilleure, mais j'éprouvai une profonde tristesse en découvrant que je ne retournerais jamais chez moi et que les sœurs et la mère que j'avais aimées dans ma jeunesse étaient comme mortes pour moi.

25

Avant la tempête

Le samedi matin les nuages étaient d'un gris plus menaçant que la veille. Comme si l'assombrissement signalait une augmentation de son poids, le ciel s'était rapproché de la terre.

Le halètement asthmatique du vent de la nuit s'était arrêté mais le calme qui en résultait ne procurait aucun soulagement. Un étrange sentiment d'attente, une angoissante tension semblaient faire partie du paysage enneigé. Les arbres à feuilles persistantes qui se dressaient contre le ciel ardoise auraient pu être les sentinelles attendant dans la terreur l'arrivée de puissantes armées. Ceux qui avaient perdu leur habit de feuillage avaient des allures prophétiques, comme si, en levant leurs bras squelettiques et noirs ils avaient averti du danger imminent.

Après le petit déjeuner, Cathy Osborn remit ses bagages dans sa voiture avec l'intention de poursuivre son voyage jusqu'à New York, où elle ne resterait que trois jours, le temps de résilier le contrat de location de son appartement, d'envoyer une lettre de démission à l'université (prétextant des ennuis de santé, si faible que fût l'excuse), de mettre dans des cartons ses bouquins et le reste de ses affaires et de dire au revoir à un petit nombre d'amis. Cette dernière opération serait difficile. Parce que ces quelques personnes lui manqueraient beaucoup. Parce qu'elles penseraient qu'elle avait perdu la tête et, avec les meilleures intentions du monde, mais de manière bien pénible, tenteraient de la faire changer d'avis. Parce qu'enfin, elle ne serait pas sûre que ces amis seraient bien les hommes et les femmes ordinaires qu'ils semblaient être.

Dans l'air calme, d'un froid pénétrant, Rya et moi nous lui

souhaitâmes bonne route près de sa voiture, en essayant de lui dissimuler à quel point nous étions inquiets pour elle. Chacun à notre tour, nous l'étreignîmes avec force et puis tout à coup, nous nous embrassâmes tous les trois ensemble, car nous étions désormais inextricablement liés les uns aux autres par les événements bizarres et sanglants de la nuit précédente, attachés par la terrible vérité.

Pour ceux d'entre nous qui ont découvert leur existence, les gobelins ne sont pas seulement une menace mais aussi un catalyseur d'unité. Paradoxalement, ils engendrent un sentiment de fraternité entre les hommes et les femmes, et si nous parvenons un jour à les faire disparaître de la surface de la terre, ce sera parce que leur présence nous a unis.

— Dimanche matin, annonçai-je à Cathy, j'appellerai Joel Tuck à Gibtown. Il t'attendra et Laura et lui te trouveront un logement.

Nous lui avions déjà décrit Joel pour qu'elle ne soit pas trop choquée par ses difformités.

— Joel est un amoureux des livres, un lecteur vorace, tu devrais avoir plus en commun que tu ne crois avec lui. Et Laura est vraiment un amour.

Nos paroles résonnaient avec la dureté et la froideur de l'acier dans l'air parfaitement immobile et glacial du matin. Chaque mot que nous prononcions sortait avec une bouffée blanche de respiration gelée, comme s'il avait été ciselé dans un morceau de glace sèche, sa signification procédant autant des formes de la vapeur que du son.

La peur de Cathy était aussi visible que sa respiration. Elle ne redoutait pas seulement les gobelins : elle avait peur de la nouvelle vie qui l'attendait.

— A bientôt, dit-elle d'une voix tremblante.

— En Floride, précisa Rya. Au soleil.

Pour finir, Cathy Osborn monta dans sa voiture et partit. Nous la suivîmes du regard tandis qu'elle remontait l'allée, tournait dans Apple Lane et disparaissait au premier virage.

C'est ainsi que les professeurs de littérature deviennent forains et que la croyance en un univers aimable ouvre sur des découvertes plus sinistres.

Il s'appelait Horton Bluett. Au premier coup d'œil, c'était un vieux bonhomme. Un grand type osseux, tout en angles visibles sous le manteau rembourré de forestier qu'il portait la première fois que nous l'avons vu. Il semblait puissant et il était vif. Le seul signe trahissant son âge était un léger affaissement des épaules, comme si elles ployaient sous un considérable poids d'années. Son large visage était usé plus par une vie de plein air que par l'écoulement du temps proprement dit : avec des rides profondes par endroits et un fin réseau de lignes autour des yeux. Un gros nez rubicond, un menton énergique, et une large bouche prompte au sourire. Ses yeux noirs étaient vigilants mais point inamicaux, son regard avait la clarté de la jeunesse. Il portait une casquette de chasse rouge avec les protège-oreilles relevés et une bride attachée sous le menton mais des touffes de cheveux gris fer hirsutes s'échappaient sur le front.

Nous roulions sur Apple Lane quand nous le vîmes. Les forts vents de la nuit précédente avaient répandu plusieurs centimètres de neige poudreuse sur son allée, et il maniait une pelle avec une ardeur ignorant les dernières statistiques de crise cardiaque. Sa maison étant plus proche de la route que la nôtre, son allée était donc plus courte mais la tâche qu'il avait entreprise était néanmoins formidable.

Ce n'était pas seulement dans les journaux et auprès d'autres sources officielles que nous avions l'intention de collecter des informations sur la Charbonnière Éclair. Nous comptions aussi sur les gens du cru pour nous fournir des détails plus fiables et plus intéressants que ceux donnés par des médias aux mains des gobelins. Nous nous garâmes donc dans son allée et nous nous présentâmes comme ses nouveaux voisins qui louaient la maison d'Orkenwold.

Il se montra d'un abord cordial, mais resta manifestement sur la réserve, attentif et légèrement suspicieux, comme souvent les ruraux le sont avec les nouveaux venus. En quête d'un moyen de briser la glace, je me laissai porter par mes instincts et agis comme le ferait un homme de l'Oregon découvrant un voisin confronté à une tâche difficile : je lui offris mon aide. Il déclina poliment, mais j'insistai :

— Mince alors, l'homme qui n'a pas la force de tendre la main vers la pelle, où trouvera-t-il l'énergie de monter au ciel au jour du Jugement ?

Remarque qui séduisit Horton Bluett. Il avoua qu'il disposait d'une seconde pelle. J'allai la chercher dans son garage et nous travaillâmes avec ardeur le long de l'allée, Rya me relayant de temps à autre quelques minutes, puis faisant de même avec M. Bluett.

Nous parlâmes du temps et des habits d'hiver. L'opinion d'Horton Bluett était que les manteaux à l'ancienne doublés de molleton étaient cent pour cent plus chauds que les vêtements ouatés, isolés, de l'âge de l'espace qui étaient apparus depuis une décennie sur le marché, tel celui qu'il portait. Si vous ne croyez pas que nous avons pu passer plus de dix minutes à discuter les mérites du molleton, alors vous ne comprendrez jamais le rythme de la vie rurale ni ne devinerez le plaisir qu'on trouve dans des conversations mondaines de ce genre.

Dans les premières minutes de notre visite, je remarquai que Horton Bluett reniflait bruyamment et souvent, en essuyant son gros nez du dos de sa main gantée. Bien qu'il ne se mouchât pas une seule fois, je crus à un léger rhume. Au bout d'un moment, il s'arrêta mais ce n'est que plus tard que j'ai découvert le but secret de tous ces reniflements.

Bientôt le travail de déblaiement fut terminé. Rya et moi manifestâmes l'intention de repartir mais il insista pour que nous venions chez lui boire un café brûlant et goûter de son gâteau aux noix.

Sa maison sans étage était plus petite mais en meilleur état que la nôtre, entretenue avec un soin presque maniaque. Partout où se posait le regard, on avait l'impression qu'une nouvelle couche de peinture, de vernis ou de cire avait été appliquée une heure plus tôt. Horton était douillettement barricadé contre l'hiver : les volets-tempête de ses fenêtres et de ses portes étaient convenablement ajustés, une énorme provision de bois était préparée pour l'âtre qui, au salon, ajoutait sa chaleur à celle d'un poêle à charbon.

Nous apprîmes qu'il était veuf depuis près de trente ans et avait développé à merveille ses talents domestiques. Il semblait particulièrement fier de sa cuisine et son excellent café aussi bien que son superbe gâteau — de craquants et dodus cerneaux de noix mêlés en abondance à la pâte au beurre sous une couche de chocolat amer — montraient qu'il possédait parfaitement les arcanes d'une solide cuisine rurale et familiale.

Il expliqua qu'il était retraité des chemins de fer depuis neuf ans.

Et si son épouse Etta lui avait cruellement manqué depuis sa disparition, en 1934, le vide qu'elle avait laissé dans sa vie à lui avait semblé s'élargir, en 1955, quand il avait pris sa retraite. Car il avait alors commencé à passer plus de temps dans cette maison qu'ils avaient construite ensemble avant la deuxième guerre mondiale. A soixante-quatorze ans, on aurait pu le prendre pour un quinquagénaire aguerri. Les seules marques gênantes de l'âge, c'étaient ses mains noueuses et cornées de travailleur, des mains qui avaient quelque chose d'ancien et souffraient un peu d'arthrose... et il y avait aussi cet ineffable sensation de solitude qui pèse toujours sur un homme dont la vie sociale tenait entièrement au métier qu'il ne pratique plus.

J'avais déjà englouti la moitié de ma part de gâteau quand je remarquai comme par curiosité pure :

— Je suis surpris de voir qu'il y a tant de mines de charbon en activité dans ces collines.

— Ah ça oui, mon bon monsieur, ils vont là-dessous très profond pour en chercher, sans doute passqu'il y a des tas de gens qui peuvent pas se permettre de passer au chauffage à mazout.

— Je ne sais pas... je croyais que les gisements de charbon dans cette partie de l'État avaient été déjà drôlement épuisés. Et puis, aujourd'hui, on extrait surtout à ciel ouvert, en particulier dans l'Ouest, où ils n'ont qu'à le gratter au lieu de creuser des tunnels. Ça revient moins cher.

— On fait toujours des tunnels ici.

— Ça doit être drôlement bien géré, intervint Rya. Ils doivent serrer leurs frais généraux d'une manière ou d'une autre. Je veux dire, nous avons remarqué les camions de la société minière. Ils ont l'air neuf.

— Ces camions de la Charbonnière Éclair, précisai-je. Des Peterbilt. Vraiment superbes, le dernier modèle.

— Ça oui, mon bon monsieur, c'est les seules mines du coin, alors je suppose qu'ils s'en sortent bien passqu'ils ont pas de concurrents.

Ce sujet de conversation semblait le mettre mal à l'aise. Peut-être m'imaginais-je sa nervosité, peut-être projetais-je sur lui ma propre anxiété.

J'allais insister sur cette question, mais Horton appela son chien — il répondait au nom de Grognon — qui était couché dans un coin pour lui donner un morceau de gâteau et la conversation dériva sur les vertus des corniauds par rapport aux bêtes de pure race. Grognon était un bâtard aux antécédents inextricables, noir, de taille moyenne avec des taches marron sur les flancs et autour des yeux. Il s'appelait ainsi parce que c'était un chien exceptionnellement bien élevé et silencieux, qui répugnait à aboyer ; il exprimait sa colère et lançait ses mises en garde par un grognement bas et menaçant et manifestait son plaisir par un grognement plus doux accompagné d'une agitation frénétique de la queue.

A notre entrée, Grognon nous avait inspectés, longuement et de près avant de nous juger acceptables. C'était un comportement assez ordinaire de la part d'un chien. Mais ce qui ne l'était guère c'était la façon dont Horton Bluett l'observa à la dérobée tandis qu'il nous étudiait ; il semblait disposé à ne nous accorder sa confiance que si nous recevions l'approbation de son bâtard à tête de clown.

Maintenant, ayant terminé sa part de gâteau, Grognon se léchait les babines et s'approchait de Rya pour se faire un peu câliner, puis se tournait vers moi. Le cabot semblait savoir que la conversation portait sur lui et que l'opinion générale le plaçait bien au-dessus des snobs à pedigree.

Un peu plus tard, j'eus de nouveau l'occasion de revenir sur le sujet de la compagnie minière et je fis une remarque sur l'étrangeté du nom et du logo de la société.

— Ah, fit Horton en fronçant le sourcil, vous les trouvez étranges ? Moi j'y vois rien d'étrange. Le charbon et l'éclair sont deux formes d'énergie, vous voyez. Et la noirceur du charbon — c'est comme un éclair de lumière noire. Ça se tient, non ?

Je n'avais jamais vu les choses sous cet angle et ça se tenait. Mais je savais que le symbole — ciel blanc, éclair noir — avait une signification plus profonde, car je l'avais vu au centre de l'autel.

De nouveau, j'eus le sentiment que le sujet de la Charbonnière Éclair le rendait nerveux. Il s'empressa de détourner la conversation dans une direction totalement différente. Comme il portait le café à ses lèvres, ses mains tremblèrent et il renversa un peu de liquide. Peut-être n'était-ce qu'un tic de vieillard. Peut-être ce tremblement ne signifiait-il plus. Peut-être...

Une demi-heure plus tard, tandis que notre voiture nous éloignait de chez Bluett, le maître des lieux et son chien nous contemplant depuis la véranda, elle dit :

— Un brave type.

— Oui.

— Un homme bien.

— Oui.

— Mais...

— Oui ?

— Il a des secrets.

— Quelle sorte ?

— Je ne sais pas. Mais même quand il semble n'être qu'un vieux paysan hospitalier et bavard, il cache quelque chose. Et... ma foi, j'ai l'impression qu'il a peur de la Charbonnière Éclair.

Des fantômes.

Nous étions comme des fantômes, errant à flanc de montagne, attentifs à être aussi silencieux que des esprits. Notre accoutrement de fantôme était composé d'un fuseau de ski blanc et imperméable, d'une veste de ski blanche et de gants blancs. Nous nous débattions dans une neige qui nous montait jusqu'aux genoux, en pleine colline, comme si nous cherchions un passage difficile menant hors de la terre des morts. Nous marchâmes comme des spectres le long d'un étroit ravin qui signalait le cours d'une rivière glacée et, dans l'ombre froide de la forêt nous nous glissâmes furtivement. Quoique nous eussions voulu être incorporels, nous laissions derrière nous des empreintes de pas et parfois en poussant les branches des épineux, nous faisions un bruit cassant qui résonnait à travers les corridors infinis des arbres.

Nous avions garé la voiture au bord d'une petite route et avions parcouru près de cinq kilomètres avant de parvenir, par un chemin détourné, à la formidable clôture qui définissait le périmètre du terrain de la Compagnie Charbonnière Éclair. Cet après-midi nous avions seulement l'intention de reconnaître et d'étudier les principaux bâtiments d'administration, d'avoir une idée de l'importance de la circulation entrant et sortant de la mine et de découvrir dans l'enceinte une brèche par laquelle nous pourrions nous introduire aisément le lendemain.

Mais en découvrant la clôture, au sommet d'une large crête appelée le Vieux Plateau, je me demandai si nous pourrions seulement pénétrer dans les lieux, aisément ou pas. Le rempart, haut de deux mètres cinquante, était formé de sections de chaînes robustes de trente mètres reliant des poteaux solidement enfoncés dans du béton. Le sommet en était coiffé du plus affreux barbelé que j'aie jamais vu ; bien que la glace enrobât certaines des pointes coupantes, quiconque tenterait de traverser serait déchiré par les centaines de pointes acérées. Des branches d'arbres avaient été sciées, de sorte que rien ne passait par-dessus les chaînes. A cette époque de l'année, on ne pouvait pas non plus creuser sous la clôture car le sol gelé était dur comme la roche ; et je soupçonnai que même dans des mois plus tièdes, le percement d'un tunnel se heurterait à quelque barrière invisible s'étendant à plusieurs mètres sous le sol.

— Ce n'est pas une simple clôture, chuchota Rya. C'est une barricade avec toutes ses défenses, c'est un rempart, bon Dieu, ni plus ni moins.

— Ouais, soufflai-je doucement. Si la clôture entoure les centaines d'hectares que possède la compagnie, elle doit faire plusieurs kilomètres de long. Un truc pareil... bon Dieu, ça doit coûter une fortune.

— Aucune raison de l'installer rien que pour empêcher de temps à autre quelqu'un d'entrer sur le territoire d'une mine.

— Non, il doit y avoir autre chose là-dedans, quelque chose qu'ils sont déterminés à protéger.

Nous avions approché la clôture par les bois mais de l'autre côté une clairière se dessinait. Dans la neige qui la couvrait, nous aperçûmes de nombreuses traces de pas parallèles à la barrière.

Montrant les traces du doigt, je baissai encore la voix :

— On dirait qu'ils font des patrouilles régulières le long du périmètre. Et je ne doute pas que les gardes soient armés. Il va falloir faire attention, garder les yeux et les oreilles ouvertes.

Nous reprîmes nos allures de fantômes pour repartir vers le sud et hanter d'autres parties de la forêt, gardant la clôture en vue, mais restant assez loin pour ne pas être repérés par les gardes. Nous nous dirigions vers l'extrémité méridionale du Vieux Plateau, d'où nous aurions une vision plongeante sur le siège de la société. Nous avions mis au point le chemin d'approche grâce à une carte détaillée que nous avions achetée dans un magasin de sport qui approvisionnait les randonneurs et les campeurs du week-end.

Un peu plus tôt, sur la route du comté, en passant devant l'entrée étrangement en retrait de la Charbonnière Éclair, nous n'avions pas vu de bureaux. La distance, les arbres et les collines protégeaient les bâtiments. De la route, on ne distinguait qu'une porte et une petite maison de gardiens, devant laquelle tous les véhicules approchant devaient s'arrêter pour subir une inspection avant d'être autorisés à poursuivre. Les mesures de sécurité paraissaient d'une rigueur ridicule pour une entreprise d'extraction de charbon et je me demandai quelles explications ils donnaient pour se couper aussi totalement du reste du monde.

Nous avions vu deux voitures à la porte et toutes deux étaient occupées par des gobelins. Le garde aussi appartenait à l'espèce démoniaque.

Maintenant, tandis que nous progressions le long de la crête en direction du sud, la forêt se révélait un obstacle bien plus difficile qu'auparavant. Sur ces hauteurs, les arbres à feuilles caduques — des essences dures telles que le chêne et l'érable — avaient cédé la place aux épineux. Plus nous avancions et plus nous rencontrions d'épicéas et de pins. Ils poussaient plus dru comme si nous étions témoins du retour de la forêt à son état originel. Les frondaisons étaient souvent entrelacées et poussaient si bas que nous devions nous baisser ou même, par endroits, passer à quatre pattes sous des herses vivantes et épineuses abaissées près du sol. Sous nos pieds, des branches mortes et brisées se dressaient comme des épines, exigeant notre attention en menaçant de nous empaler. En de nombreux points le sous-bois était bas parce qu'il n'y avait pas assez de lumière pour le nourrir. Le reste était composé pour moitié de ronciers et pour moitié d'églantiers hérissés de piquants aigus comme des rasoirs et épais comme la pointe d'un stylet.

Enfin, comme la crête réduisait spectaculairement de surface à l'approche de son extrémité sud, nous retrouvâmes la clôture. Accroupis contre la chaîne, nous pouvions regarder dans une vallée large d'environ quatre cents mètres et, suivant les indications de la carte, longue de deux kilomètres. En dessous, les épineux qui régnaient sur les hauteurs avaient disparu. A leur place les arbres dénudés se dressaient vers le ciel dans une profusion de pointes noires, comme si des milliers d'araignées fossilisées gisaient sur le dos, agitant leurs pattes dans tous les sens. De la route du comté et de la porte principale partait une route privée à deux voies qui émergeait des arbres dans une vaste clairière dégagée pour les bâtiments administratifs, les dépôts de matériel et les ateliers de réparation de la Charbonnière Éclair. La route continuait de l'autre côté de la clairière, disparaissant à nouveau sous les arbres, vers le puits de mine qui se trouvait à un kilomètre de là, à l'extrémité nord de la vallée.

Les bâtiments du XIX\u1d49 siècle, à un ou deux étages étaient noircis par le temps, par la poussière de charbon soulevée par les camions et par les fumées des machines. Au premier coup d'œil, on les aurait crus construits avec du charbon. Les fenêtres étroites étaient parfois munies de barreaux et la lueur de lampes fluorescentes n'apportait aucune chaleur à leurs carreaux sinistres et sales. Le toit d'ardoise et les linteaux exagérément lourds des portes et des fenêtres — il y en avait même au-dessus des larges entrées des garages —, donnaient à ces structures l'allure de gros sourcils froncés et menaçants.

Côte à côte, nos haleines se mêlant dans un air d'une tranquillité surnaturelle, avec un sentiment croissant de malaise, Rya et moi contemplions en contrebas les employés de la compagnie minière. Hommes et femmes entraient et sortaient des garages et des ateliers d'où provenaient des grincements, des cliquetis, des claquements incessants de machines et d'ouvriers au travail. Tous se déplaçaient vivement, comme débordants d'énergie et de détermination, comme s'ils répugnaient à donner à leurs employeurs moins de cent dix pour cent de valeur en échange de leurs salaires. Il n'y avait pas de traînard, pas de tire-au-flanc, personne pour s'attarder à jouir d'une cigarette dans l'air piquant avant de retourner à son labeur à l'intérieur. Même les hommes en costume-cravate, cols blancs possédant théoriquement des postes plus assurés, se déplaçaient entre leurs voitures et les sinistres bâtiments administratifs sans perdre de temps, apparemment pressés de se mettre au travail.

C'étaient tous des gobelins. Même à cette distance, je n'avais aucun doute.

Rya aussi avait perçu leur vraie nature. Doucement, elle dit :

— Si Yontsdown est leur nid, alors ça, c'est le nid dans le nid.

— Une sacrée ruche, observai-je. Tous à bourdonner là comme des abeilles industrieuses.

A un moment, un camion de charbon déboucha du nord en grondant à travers les arbres sans feuilles de la vallée, suivit la route qui coupait la clairière en deux et s'engagea dans l'autre bras de forêt, en direction de la grande porte. Des camions vides venaient en sens inverse. Les chauffeurs et leurs coéquipiers étaient tous des gobelins.

— Qu'est-ce qu'ils font là ? demanda Rya.

— Quelque chose d'important.

— Mais quoi ?

— En tout cas rien de bon pour nous et notre espèce, c'est bougrement certain ; Et je ne pense pas que le centre de l'entreprise soit dans ces bâtiments.

— Alors, où ? Dans la mine même ?

— Ouais.

La lumière parcimonieuse, filtrée par les nuages s'effaçait rapidement au profit d'une précoce obscurité hivernale.

— Il faut qu'on revienne tôt demain matin et qu'on remonte vers le nord de la palissade, jusqu'à ce que nous puissions voir le puits de mine.

— Et tu sais ce qui suivra, dit sombrement Rya.

— Oui.

— Nous ne verrons pas assez, alors, il faudra qu'on entre.

— Sans doute.

— Qu'on aille sous la terre.

— Je suppose.

— Dans les tunnels...

— Ben...

— Comme dans le rêve.

Je ne dis rien.

— Et comme dans le rêve, poursuivit-elle, ils découvriront que nous sommes là et se lanceront à notre poursuite.

Avant que la nuit nous surprît sur la crête, nous laissâmes la clôture et nous ne retournâmes vers la route où nous avions garé le break. Les ténèbres semblaient sourdre du sol de la forêt, s'égoutter comme une sève des lourdes frondaisons des pins et des épicéas, suinter de chaque broussaille emmêlée. Quand nous atteignîmes les champs et les pentes à découvert, la couverture de neige lumineuse était plus brillante que le ciel. Nous retrouvâmes nos empreintes qui ressemblaient à des blessures sur une peau d'albâtre.

Comme nous arrivions à la voiture, la neige commença à tomber. Ce n'était pour l'instant qu'une poudre voltigeante, comme des bouffées de cendre tombant d'un plafond noirci par un ancien incendie. Néanmoins, dans la lourdeur extrême de l'air et dans le froid engourdissant, il y avait un indescriptible mais indéniable signe de la grande tempête à venir.

Sur le chemin de retour, les rafales de neige se succédèrent sans discontinuer. De gros flocons arrivaient, transportés par les courants d'un vent qui ne donnait pas encore toute sa puissance. Sur la chaussée, ils formaient des voiles opaques et j'aurais presque pu croire que le macadam noir était en fait une épaisse feuille de verre, que les voiles de neige étaient de vrais rideaux et que nous roulions à travers une immense fenêtre, écrasant les rideaux sous nos pneus, déformant le verre en dépit de son épaisseur. Cette vitre séparait peut-être notre monde du suivant. A tout moment, en se brisant, elle nous projetterait dans la géhenne.

Nous garâmes la voiture et entrâmes dans la maison par la porte de la cuisine. Tout était sombre et silencieux. Il n'y avait plus qu'à allumer la lumière et monter se changer pour enfin préparer le repas.

Mais dans la pièce principale, assis sur un siège qu'il avait tiré dans un recoin sombre, Horton Bluett nous attendait.

Grognon était avec lui. Je vis les yeux luisants du chien une fraction de seconde avant d'appuyer sur le commutateur, trop tard pour retenir mon geste.

Rya sursauta.

Elle et moi transportions dans nos vestes imperméables des pistolets munis de silencieux et j'avais mon poignard, mais toute tentative pour utiliser nos armes aurait entraîné pour nous une mort instantanée.

Horton tenait le fusil de chasse que j'avais acheté à Eddy le malin quelques jours plus tôt. Il était dirigé vers nous et vu le champ couvert par cette arme, nous serions abattus tous deux en deux coups maximum.

Horton avait trouvé la plupart des autres objets que nous avions soigneusement dissimulés, ce qui montrait qu'il avait consacré à une fouille de la maison la plus grande partie de l'après-midi que nous avions occupé à parcourir le Vieux Plateau. Sur le sol autour de lui étaient répandues les emplettes que j'avais faites auprès d'Eddy : la carabine automatique, les boîtes de munitions, les quatre-vingts kilos de plastic enveloppés dans du papier, les détonateurs, les ampoules de Penthotal et les seringues hypodermiques.

Le visage de Horton paraissait plus vieux que quand nous l'avions rencontré, plus près de son âge véritable.

— Alors, lança-t-il, qui êtes-vous, bon Dieu ?

26

Une vie sous camouflage

A soixante-quatorze ans, Horton Bluett n'était pas diminué par l'âge et ne tremblait pas devant la proximité du tombeau, ce qui lui conférait une apparence formidable tandis qu'il nous contemplait de son siège, dans un coin, son chien fidèle à ses côtés. Il était dur et vif, en homme qui affronte l'adversité sans se plaindre, qui dévore tout ce que la vie lui jette, crache sur tout ce qu'il n'aime pas et se sert du reste pour prendre des forces. Sa voix ne tremblait pas et sa main était ferme sur la pompe et sur la détente du fusil. J'aurais préféré traiter à peu près avec n'importe quel homme de cinquante ans plus jeune.

— Alors, qui ? répéta-t-il. Vous êtes qui, les gars ? Pas un couple d'étudiants en géologie qui préparent leur doctorat. Ça c'est de la bouillie pour les chats, c'est sûr. Qui êtes-vous vraiment, et qu'esseque vous faites ici ? Asseyez-vous au bord du lit, tous les deux ; regardez-moi et gardez les mains croisées sur les genoux. Ça va. Très bien comme ça. Pas de mouvements brusques, compris ? Maintenant, racontez-moi ce que vous avez à me raconter.

En dépit des soupçons évidemment puissants qui l'avaient poussé à commettre cet acte peu ordinaire : une violation de domicile avec effraction, en dépit de ce qu'il avait découvert, Horton nous aimait bien. Il était extrêmement prudent, intensément curieux de connaître nos motivations, mais n'estimait pas qu'une relation amicale fût encore exclue. Je le sentais parfaitement et, eu égard aux circonstances, j'étais surpris par l'état d'esprit relativement bienveillant que je percevais chez lui. Ce que je sentais était confirmé par l'attitude du chien. Assis, attentif, il n'était pas ouvertement hostile, ne grognait pas. Certes, Horton nous abattrait si nous nous jetions sur lui. Mais il n'y tenait pas.

Rya et moi lui racontâmes à peu près tout sur nous et les raisons de notre venue à Yontsdown. Quand nous parlâmes des gobelins dissimulés sous une apparence humaine, de ces soldats d'une ère oubliée à la génétique trafiquée, Horton Bluett fronça le sourcil et répéta à plusieurs reprises « Bon Dieu », presque aussi souvent que « Saprelotte ! » Il posa quelques questions pertinentes sur certains des aspects les plus déroutants de notre récit — mais ne sembla jamais mettre en doute la véracité de nos dires ni s'interroger sur notre santé mentale.

Étant donné le caractère extraordinaire de notre histoire, son impassibilité était plutôt déconcertante. Les gens de la campagne tirent souvent fierté de leur calme, de leurs manières pondérées, à la différence de la plupart des gens des villes. Mais cette impassibilité rurale était portée à l'extrême.

Une heure plus tard, nous n'avions plus rien à révéler et Horton avec un soupir posa le fusil de chasse sur le plancher près de sa chaise.

A l'imitation de son maître, Grognon baissa lui aussi la garde.

Rya et moi nous nous détendîmes aussi. Elle avait été plus nerveuse que moi, peut-être parce qu'elle ne percevait pas l'aura de bonnes intentions qui entourait Horton Bluett. Une bonne volonté prudente mais une bonne volonté tout de même.

— J'aurais pu vous dire que vous étiez différents, expliqua Horton, dès l'instant où vous êtes venus dans mon allée me proposer votre aide.

— A quoi l'avez-vous vu ? demanda Rya.

— Je l'ai senti.

Je compris d'un coup qu'il ne parlait pas au figuré mais qu'il avait bel et bien senti en nous l'odeur de notre différence. Je me rappelai comment lors de notre première rencontre il avait reniflé comme s'il était enrhumé sans jamais se moucher.

— Je peux pas les voir aussi clairement et facilement que vous, reprit Horton, mais depuis que je suis môme, il y a des gens qui pour moi sentent mauvais. Je ne peux pas exactement l'expliquer. C'est un petit peu comme l'odeur de choses très très vieilles, très anciennes ; vous savez... comme de la poussière accumulée depuis des centaines et des centaines d'années, sans avoir jamais été remuée dans une tombe profonde... mais pas exactement de la poussière. Comme une odeur de rassis mais pas vraiment rassise...

Il fronça les sourcils, cherchant ses mots.

— Et il y a une amertume dans leur odeur qui ne ressemble pas à l'aigreur de la transpiration ou à n'importe quelle odeur corporelle. Un peu comme le vinaigre, peut-être, mais pas tout à fait. Avec peut-être une touche d'ammoniaque... mais non, pas ça non plus. Certains ont une odeur subtile qui chatouille juste un peu les narines, qui les agace — mais les autres puent. Et ce que cette odeur me dit — ce qu'elle m'a toujours dit depuis que je suis gamin, c'est à peu près ça : « Écarte-toi de ce type-là, Horton, c'est un méchant, un vrai salaud, méfie-toi de lui, fais attention, prudence, prudence. »

— Incroyable, dit Rya.

— Mais vrai, assura Horton.

— Je le crois, répliqua-t-elle.

Maintenant je savais pourquoi il ne nous avait pas crus fous et pourquoi il avait accepté si rapidement notre histoire. Nos yeux nous révélaient les mêmes réalités que ses narines.

— On dirait, observai-je, que vous avez une version olfactive de nos capacités psychiques.

Grognon souffla comme pour approuver puis s'étendit et posa sa tête entre ses pattes.

— Chais pas comment appeler ça, dit Horton, tout ce que je sais, c'est que j'ai ce truc depuis toujours. Et très tôt, j'ai su que je pouvais me fier à mon odorat quand il me disait que quelqu'un était un fieffé salaud. Parce qu'ils avaient beau avoir l'air bien gentil et se conduire comme il faut, je voyais que les gens de leur entourage — voisins, conjoints, enfants, amis — avaient toujours plus que leur part de malheur. Je veux dire que ces gens qui sentaient mauvais... ils répandaient, ils transportaient la souffrance avec eux, non pas leur propre souffrance mais celle des autres. Et un bon nombre de leurs amis et de leurs parents sont morts trop jeunes ou de mort violente. Mais bien sûr, il n'y avait jamais moyen de les montrer du doigt en les accusant d'être responsables.

Estimant désormais qu'elle était libre de ses mouvements, Rya ouvrit la fermeture à glissière de sa veste de ski et s'en débarrassa.

— Mais vous nous avez dit que vous aviez senti quelque chose de différent en nous, alors vous êtes capable de repérer d'autres êtres que les gobelins.

Horton secoua sa tête grisonnante.

— Ça m'était jamais arrivé jusqu'à ce que je vous rencontre. J'ai senti immédiatement une odeur presque aussi étrange que celle de ces gens que vous appelez les gobelins... mais elle était différente. Difficile à décrire. Un peu comme la sensation dure et pure de l'ozone. Vous voyez ce que je veux dire... l'ozone, comme après la foudre, comme après l'éclair, une odeur piquante mais pas du tout déplaisante. Fraîche. Une odeur fraîche qui vous donne l'impression qu'il y a encore de l'électricité dans l'air et qu'elle vous traverse en craquant, qu'elle vous donne de l'énergie et vous purge de toute la lassitude et de la fange qui sont en vous.

Ouvrant à mon tour ma veste, je demandai :

— C'est l'odeur que vous avez sentie quand vous nous avez rencontrés ?

— Hé oui, dit-il en souriant brusquement de toutes ses dents, fier de ses capacités. Et tout de suite, en vous sentant, je me suis dit : « Horton, ces gosses sont différents, mais ce n'est pas une mauvaise différence. » A vue de nez.

Sur le parquet Grognon grommela au fond de sa gorge et sa queue tapota le tapis.

Je compris que les liens d'affinité qui unissaient cet homme et ce chien tenaient au fait que tous deux comptaient par-dessus tout sur leur odorat. A l'instant précis où cette idée me frappa, je vis la main de l'homme quitter le bras du fauteuil pour aller caresser le chien et simultanément ce dernier lever sa grosse tête à la rencontre de la caresse. Apparemment le besoin d'affection du chien et l'intention de l'homme de lui en fournir avaient produit des odeurs que chacun avait détecté et auxquelles ils avaient répondu. Entre eux existait une forme élaborée de télépathie qui reposait non sur la transmission de pensée mais sur celle d'odeurs.

— Mais, reprit Horton, j'étais quand même inquiet, passque vous sentiez différemment de tout ce que je connaissais. Et puis vous vous êtes mis à fouiner, à chercher des informations mine de rien, à poser des questions sur la Charbonnière Éclair et ça, ça m'a tarabusté, c'est sûr.

— Pourquoi ? demanda Rya.

— Parce que depuis que les anciens propriétaires de la mine ont vendu, vers le milieu des années cinquante, et que le nom de l'endroit a été changé, tous les nouveaux employés de l'Éclair que j'ai rencontrés, tous jusqu'au dernier, puaient comme cinq cents diables ! Depuis sept ou huit ans, je considère l'endroit comme mauvais — la compagnie, les mines — et je me demande ce qui peut bien s'y passer, bon sang de bois !

— Nous aussi nous nous le demandons, assura Rya.

— Et nous allons le découvrir, déclarai-je.

— En tout cas, j'avais peur que vous représentiez un danger pour moi, que vous me prépariez un sale tour, alors venir ici et fourrer le nez dans vos affaires, c'était simplement de l'auto-défense.

Nous redescendîmes pour préparer un dîner que nous prendrions ensemble, en utilisant les quelques emplettes qu'il nous restait : œufs brouillés, saucisses, frites maison, toasts au pain complet.

Rya s'inquiéta de ce qu'il fallait donner à Grognon, qui se léchait les babines dans la cuisine pleine de senteurs exquises.

— Oh, fit Horton, on n'a qu'à prévoir une quatrième assiette pour lui servir la même chose qu'à nous. On dit que ce n'est pas sain pour les chiens de les nourrir comme les humains. Mais c'est comme ça que je l'ai toujours traité et à ce que je vois, ça ne lui a pas fait de mal. Regardez-le, il est capable de flanquer une dérouillée à un lynx. Alors donnez-lui des œufs, des saucisses, des frites — mais pas de toast. C'est trop sec pour lui. Il aime les mûres, les pommes et surtout les muffins aux myrtilles, s'il y a beaucoup de baies dans la pâte et qu'ils sont bien humides.

— Désolé, annonça Rya, amusée, pas de muffins en magasin.

— Ça ira comme ça, je lui offrirai un bon plat de porridge en rentrant.

Nous plaçâmes l'assiette de Grognon dans un coin et le reste de la compagnie s'attabla.

La neige — flocons duveteux que les bourrasques n'accumulaient que lentement — voltigeait dans les ténèbres extérieures et glissait devant les fenêtres. Si la neige était légère, le vent était fort, imitant le hurlement des loups, le grondement des canons et des trains dans la nuit.

Pendant le dîner, nous en apprîmes davantage sur Horton Bluett. Grâce à son bizarre talent — appelons-le « olfactopathie » — il avait mené une vie relativement sûre, en évitant les démons chaque fois qu'il pouvait, en les traitant avec de grandes précautions. Quand il en rencontrait. Sa femme Etta était morte en 1934 non du fait des gobelins, mais du cancer.

Leur union inféconde — de son fait à lui, assura Horton — avait été si heureuse qu'il n'avait jamais songé à faire entrer une autre femme dans sa vie. Dans les trois décennies qui avaient suivi le décès de son épouse, il avait partagé sa vie avec trois chiens, dont Grognon était le dernier survivant.

Avec un regard d'affection au bâtard qui léchait son assiette, Horton expliqua :

— D'un côté, j'espère que ma vieille carcasse craquera avant la sienne, passque ça va être dur pour moi de l'enterrer. C'était déjà dur avec les deux autres — Japeur et Barboteur — mais ça va être encore pire avec Grognon passque c'est le meilleur chien qui a jamais existé.

Grognon leva la tête de l'assiette et fit un mouvement vers son maître comme s'il savait qu'on venait de le complimenter.

— De l'autre côté, je détesterais mourir avant lui et le laisser à la merci du monde. Il mérite qu'on le chouchoute jusqu'à la fin de ses jours.

Tandis qu'Horton considérait son chien avec affection, Rya me regardait et je la regardais, et je savais qu'elle pensait à peu près la même chose que moi : Horton Bluett n'était pas seulement gentil mais aussi plein de ressort et d'une indépendance peu commune. Durant toute sa longue vie, il avait eu conscience du fait que le monde était plein de gens disposés à faire du mal aux autres, il avait compris que le Mal avec un grand M parcourait le monde dans des formes très réelles et très charnelles, et pourtant il n'était pas devenu paranoïaque, il ne s'était pas transformé en un reclus dépourvu d'humour. La nature lui avait joué le plus cruel des tours en lui volant sa femme bien-aimée, mais il n'était pas devenu amer. Ces trente dernières années, il n'avait eu que ses chiens pour toute compagnie, mais il ne s'était pas mué en excentrique comme la plupart des gens dont les principales relations sont leurs animaux domestiques.

C'était un exemple encourageant de la force, de la détermination et de la solidité de granit dont était capable l'humanité. Malgré des milliers d'années de souffrance aux mains des gobelins, notre espèce produisait encore des individus aussi admirables que Horton Bluett.

— Bon, fit-il en détournant son regard de Grognon vers nous. Qu'est-ce que vous allez faire maintenant ?

— Demain, dit Rya, nous retournerons dans les collines et nous suivrons la clôture de la Compagnie Éclair jusqu'à ce que nous trouvions un endroit d'où nous aurons une vue sur l'entrée de la mine, pour découvrir ce qui s'y passe.

— Désolé de vous apprendre qu'il n'y a pas de points de vue de ce genre, rétorqua Horton tandis qu'elle essuyait une dernière trace de jaune d'œuf avec son dernier bout de toast. Pas le long du périmètre, en tout cas. Je pense que c'est pas par hasard, d'ailleurs.

— On dirait que vous y êtes allé voir, dis-je.

— C'est vrai.

— C'était quand ?

— Oh, je pense que c'était à peu près un an et demi après le rachat de la compagnie par les... gobelins, comme vous les appelez, et l'installation de cette clôture dingue. A ce moment-là, j'ai remarqué que beaucoup de gens bien qui travaillaient là depuis toujours étaient mis peu à peu sur la touche, placés en préretraite. Avec des pensions très généreuses, pourtant, de façon à ne pas exciter les syndicats. Et tous ceux qu'on embauchait, jusqu'au dernier manœuvre, semblaient appartenir à cette espèce puante. Ce fut pour moi une surprise passque, bien sûr, cela signifiait qu'ils se savaient très différents des miens et qu'ils se regroupaient par moments pour préparer leurs sales coups. Naturellement, comme je vis ici, j'avais envie de savoir ce qu'ils mijotaient à la Charbonnière Éclair. Alors je suis allé y jeter un coup d'œil, j'ai marché tout le long de cette saloperie de clôture. Pour finir, je n'ai rien pu voir et je n'ai pas voulu prendre le risque de passer par-dessus la clôture. Comme je vous l'ai déjà raconté, j'ai toujours été très prudent avec eux, j'ai toujours fait attention à garder mes distances.

L'air étonné, Rya posa sa fourchette et demanda :

— Alors qu'est-ce que vous avez fait ? Vous avez simplement ravalé votre curiosité ?

— Bah, oui.

— Si facilement ?

— Ça n'a pas été facile. Mais chat échaudé... vous comprenez ?

— Tourner le dos à un tel mystère... il faut de la volonté pour ça.

— Pas pour ça. Il fallait avoir peur. J'étais terrorisé. Complètement.

— Vous n'avez pas l'air facile à terroriser, intervins-je.

— Vous faites pas du roman à mon sujet, jeunes gens. Je suis pas un prestigieux vieux montagnard. Je vous ai dit toute la vérité... toute ma vie j'ai eu la trouille d'eux, ils m'ont terrorisé. Alors j'ai rasé les murs en faisant de mon mieux pour qu'ils ne me remarquent pas. On pourrait dire que j'ai passé ma vie camouflé, à essayer de me rendre invisible, alors je ne vais pas brusquement me mettre en pantalon rouge et agiter les bras pour attirer l'attention. Je suis prudent, c'est comme ça que j'ai vécu assez longtemps pour me retrouver dans la peau d'un vieux grincheux qui a encore toutes ses dents et toute sa tête.

Après avoir nettoyé son assiette, Grognon s'était roulé en boule près de lui et semblait installé pour une petite sieste. Mais il se dressa brusquement et s'approcha de la fenêtre. Posant ses pattes de devant sur le rebord, il pressa son nez noir contre la vitre et regarda fixement à l'extérieur. Peut-être soupesait-il simplement les avantages et les inconvénients d'une promenade destinée à se soulager la vessie dans cette nuit d'un froid piquant. Ou bien, peut-être, quelque chose avait-il attiré son attention.

Je n'avais pas la sensation d'un danger imminent mais je décidai qu'il valait mieux être prudent — et prêt à bouger vite.

Rya repoussa son assiette, saisit sa bouteille de Pabst ruban bleu, avala une gorgée et s'enquit :

— Mais enfin, Horton, comment les nouveaux propriétaires ont-ils justifié la clôture et les autres mesures de sécurité ?

Il referma ses mains aux grosses articulations, couturées de cicatrices, sur sa propre bouteille de bière.

— Ben, avant la vente de la compagnie, il y a eu trois morts sur ce terrain en une seule année. La compagnie possède des centaines d'hectares et en certains endroits, c'est un vrai gruyère, tout près de la surface. Ce qui entraîne certains problèmes. Par exemple, les fossés d'effondrement qui se forment quand les couches supérieures du sol s'affaissent lentement — et parfois vite — dans des cavités de mines abandonnées à de grandes profondeurs. Le sol s'ouvre — gloup — comme la bouche d'une truite qui attrape une mouche.

Grognon abandonna enfin le rebord de la fenêtre pour venir se rouler de nouveau en boule au pied de son maître.

Le vent chantait aux carreaux, sifflait sous les avant-toits, dansait sur la toiture. Rien de menaçant dans tout cela.

Mais je demeurai attentif aux bruits inhabituels.

Balançant sa grande carcasse osseuse sur la chaise de cuisine, Horton reprit :

— En tout cas un type du nom de Mac Farland, qui chassait le daim sur le terrain de la compagnie a eu la malchance de passer à travers le toit d'un tunnel abandonné. Il s'est cassé les deux jambes, à ce qu'on a dit ensuite. Il a appelé au secours, il a dû hurler comme un possédé mais personne ne l'a entendu. Quand les sauveteurs l'ont retrouvé, il était mort depuis deux ou trois jours. Quelques mois avant, deux gosses du coin, qui avaient dans les quatorze ans, sont montés là-haut pour jouer les explorateurs comme font les gosses, et la même saloperie est arrivée. Y sont passés à travers le toit d'un ancien tunnel. L'un s'est cassé un bras, l'autre une cheville et s'ils ont manifestement essayé de toutes leurs forces de ramper jusqu'à la surface, ils n'y sont jamais arrivés. Les sauveteurs les ont trouvés morts. Alors la femme du chasseur et les parents des gosses ont entamé des poursuites contre la compagnie minière et il ne faisait pas de doute qu'ils allaient gagner et un gros paquet, encore. Les propriétaires ont décidé de s'arranger avec eux à l'amiable, ce qui fut fait, mais pour trouver l'argent, il leur a fallu vendre leurs actions.

— Et ils ont vendu à une société comprenant Jensen Orkenwold, Anson Corday — qui possède le journal — et Spectorsky, le maire.

— Ben, il n'était pas encore maire, mais ça n'a pas tardé ensuite, ça c'est sûr. Et ces trois-là ont la puanteur des gobelins.

— Ce qui n'était pas le cas des anciens propriétaires, risquai-je.

— Vous avez raison, dit Horton. Les anciens, ma foi, c'était des hommes, rien d'autre, ni pires ni meilleurs que la plupart d'entre nous, en tout cas ils n'étaient pas de l'espèce puante. Mais voilà où je voulais en arriver : c'est pour ça que la clôture a été construite. Les nouveaux propriétaires ont déclaré qu'ils ne voulaient pas risquer ce genre de poursuites judiciaires. Et s'il y a eu des gens pour trouver qu'ils poussaient le bouchon trop loin avec cette clôture, la plupart ont vu là le signe bienvenu de leur sens des responsabilités.

Rya me regarda et ses yeux bleus étaient assombris à la fois par la colère et la pitié.

— Le chasseur... les deux garçons... ce n'étaient pas des accidents.

— Sans doute, dis-je.

— Ils ont été assassinés, reprit-elle, cela faisait partie d'un plan pour chasser les propriétaires de la mine et les forcer à vendre, pour que les gobelins puissent s'en emparer... et faire ce qu'ils veulent faire, quoi que ce soit.

— Sans aucun doute, dis-je.

Horton Bluett plissa les yeux et son regard se posa successivement sur Rya et moi, puis sur Grognon, enfin sur la bouteille de bière qu'il tenait en main et puis il frémit de tout son corps.

— Je n'aurais jamais pensé que les gosses, le chasseur... ben, par tous les diables, le chasseur c'était Frank Tyner, je le connaissais, et il ne me serait jamais venu à l'idée qu'il ait pu être assassiné. Même après les arrangements à l'amiable, quand j'ai remarqué que les gens qui prenaient possession de la mine étaient tous de la mauvaise espèce. Maintenant que vous me le dites, ça tient très bien. Pourquoi je m'en suis pas aperçu avant ? Je deviens gâteux sur mes vieux jours ?

— Non, lui assura Rya. Mais vous êtes un homme moral et si vous aviez été conscient de ce meurtre, vous vous seriez senti obligé d'agir. Ce qui aurait signifié la mort pour vous.

— A moins que ce soit parce que, n'est-ce pas, vous ne les voyez pas. Leur étrangeté vous apparaît mais moins qu'à nous. Et sans cette vision spéciale, vous ne voyez pas à quel point ils sont organisés, déterminés et infatigables.

— Quand même, j'aurais dû me douter.

Je pris des bières fraîches au réfrigérateur, les décapsulai et posai les bouteilles sur la table. En dépit des rafales silencieuses de neige qui caressaient les carreaux, et du vent qui nous jouait un pot-pourri glaçant, nous appréciâmes tous la bière froide.

Pendant un moment personne ne parla.

Chacun de nous était absorbé dans ses pensées.

Grognon éternua et se secoua, faisant cliqueter les plaques de son collier et reposa sa tête à terre.

Je croyais que le chien sommeillait mais, s'il se reposait, il était néanmoins en alerte.

A la fin, Horton Bluett dit :

— Vous êtes décidés à regarder la mine de plus près.

— Oui, fis-je, et Rya aussi.

— On peut pas vous convaincre d'y renoncer.

— Non, dit Rya, et moi aussi.

— A votre âge, on ne vous apprendra pas la prudence.

Nous lui accordâmes que nous étions possédés par la stupide imprudence de la jeunesse.

— Ben alors, reprit Horton, je crois que je peux vous donner un petit coup de main. Vaudrait mieux, je crois, parce qu'autrement ils vous coinceraient pendant que vous traîneriez à l'intérieur de la clôture et ils feraient un peu de sport avec vous.

— Nous aider ? répétai-je. Comment ?

Il prit une profonde inspiration et ses yeux noirs et purs parurent s'éclaircir sous le coup de sa résolution.

— Pas la peine de vous casser la tête à essayer de voir l'entrée de la mine ou le matériel. Oubliez ça. De toute façon, vous ne verriez sans doute rien de valable. Je suppose que l'important se trouve au fond des mines, sous le sol.

— Il me semble à moi aussi, dis-je, mais...

Il me coupa d'un geste de la main et reprit :

— Je peux vous montrer un moyen de vous introduire en douce dans la place, à travers leurs dispositifs de sécurité, jusqu'au cœur des principaux puits en activité de la Charbonnière Éclair. Vous verrez tout de vos yeux, de très près, ce qu'ils fabriquent. Je ne vais pas vous donner de conseils à ce sujet, pas plus que je vous en donnerais pour un combat à mains nues contre une tronçonneuse. Je pense que pour votre propre bien, vous avez vraiment trop de cran, vous croyez trop à votre bonne cause bien romantique, vous êtes trop pressés, trop cinglés pour mettre en marche ces petites machines que vous avez en vous et qui s'appellent l'instinct de conservation.

Rya et moi commençâmes à parler en même temps.

De nouveau, il nous fit taire en levant ses grosses mains tannées.

— Ne vous méprenez pas. Je vous admire d'être comme ça. De la même manière qu'on peut admirer un cinglé quelconque qui descend les chutes du Niagara dans un tonneau. On sait bien qu'il n'aura aucun effet sur le Niagara alors qu'il risque, lui, de subir de sacrets effets du Niagara. C'est ce qui, entre autres, nous différencie des animaux inférieurs : notre intérêt pour les défis à relever, notre envie de courir des risques, même quand ils sont si gros qu'on n'a aucune chance de s'en sortir, même quand on ne gagnera rien à s'en sortir. C'est comme de lever le poing vers le ciel en menaçant Dieu pour qu'Il change quelque chose dans la création et nous laisse un peu tranquilles. C'est peut-être stupide, c'est peut-être sans espoir... mais c'est courageux et d'une certaine manière, satisfaisant.

Tandis qu'il finissait sa deuxième bière, Horton refusa de nous expliquer comment il nous introduirait dans la Charbonnière Éclair. Il dit que ce serait une perte de temps de nous l'expliquer puisque le lendemain matin, il faudrait qu'il nous montre de toute façon. Il consentait seulement à nous avertir que nous devrions être prêts à partir à l'aube, quand il reviendrait nous chercher.

— Écoutez, lançai-je, nous ne voulons pas que vous vous engagiez au point de risquer d'être coincé avec nous.

— On dirait que vous êtes sûrs d'être coincés.

— Eh bien, si nous le sommes vraiment, je ne veux pas que vous soyez pris dans le tourbillon.

— Vous bilez pas, Slim. Combien de fois je vous l'ai déjà expliqué ? La prudence, pour moi, c'est comme une seconde peau.

Il nous quitta à vingt et une heures quarante, en déclinant notre offre répétée de le ramener chez lui en voiture. Il était venu à pied pour ne pas avoir à cacher son auto en arrivant chez nous. Maintenant il rentrait chez lui. Et il tenait à sa « petite promenade ».

— C'est plus que ça, me récriai-je, il y a un bon bout de chemin et de nuit, par ce froid...

— Mais Grognon tient à cette balade, et je ne veux pas le décevoir.

De fait le chien paraissait pressé de sortir dans la nuit glacée. Il s'était levé et précipité vers la porte dès que Horton s'était dressé. Il agitait la queue et grognait de plaisir. Peut-être n'était-ce pas la nuit froide ou la promenade qu'il attendait avec tant de plaisir ; peut-être qu'après avoir partagé son maître avec nous toute la soirée, il se réjouissait à l'idée d'avoir Horton pour lui seul.

Sur le seuil de la porte ouverte, tandis qu'il enfilait ses gants et que Rya et moi nous nous serrions l'un contre l'autre dans le courant d'air glacé qui passait devant lui, Horton jeta un coup d'œil perçant sur les flocons de neige qui virevoltaient paresseusement et dit :

— Le ciel est comme une bouilloire qui va exploser. On le sent à la pression de l'air. Quand ça partira, il y aura un beau blizzard, ça c'est sûr. Si tard dans l'année, ce sera la dernière neige de la saison... mais ce sera pas du gnognotte.

— Quand ? demandai-je.

Il hésita comme s'il consultait le dernier bulletin météo de ses articulations.

— Bientôt mais pas très bientôt. Ce sera comme ça toute la nuit et ça ne va pas faire plus d'un ou deux centimètres au petit jour. Après quoi... ça viendra, une belle tempête, vers midi, demain.

Il nous remercia pour le dîner et pour la bière comme si nous venions de passer une soirée ordinaire entre voisins. Puis il s'enfonça avec Grognon dans les ténèbres précédant la tempête. En quelques secondes, il était hors de vue.

Comme je fermais la porte, Rya dit :

— C'est quelqu'un, hein ?

— Ça oui, approuvai-je.

Plus tard, quand nous fûmes couchés, lumières éteintes, elle dit encore :

— Ça va se réaliser, tu sais. Le rêve.

— Ouais.

— On va à la mine demain.

— Tu veux annuler ? demandai-je. On peut simplement rentrer chez nous à Gibtown.

— Tu en as envie ? demanda-t-elle.

J'hésitai avant de répondre :

— Non.

— Moi non plus.

— Tu es sûre ?

— Je suis sûre... mais... serre-moi.

Je la serrai dans mes bras.

Elle m'étreignit en retour.

Le destin nous tenait. Sa prise était ferme.

27

La porte de l'enfer

Au matin, juste avant l'aube, l'averse de neige tombait encore par à-coups et la tempête attendue semblait bloquée dans le ciel bas.

Le jour vint lui aussi à contrecœur. Un faible filament de vague lumière grise apparut aux crénelures irrégulières des montagnes qui dressaient leur haut rempart à l'est. Peu à peu, avec l'émergence fantomatique de l'aube, d'autres filaments ténus s'ajoutèrent au premier, à peine plus brillants que les ténèbres sur lesquelles ils étaient tissés. Quand Horton Bluett arriva dans son 4/4 Dodge, l'étoffe fragile de la nouvelle journée était encore si délicate qu'elle semblait près de se déchirer et d'être emportée par le vent, laissant le monde dans une obscurité perpétuelle.

Il n'amenait pas Grognon avec lui. Le chien me manquait. A Horton aussi. Sans Grognon, le vieil homme semblait en quelque sorte... incomplet.

Nous nous installâmes tous trois confortablement dans la camionnette, Rya entre Horton et moi. A nos pieds, nous avions de la place pour les deux sacs à dos remplis de matériel, dont quarante des quatre-vigts kilos de plastic. Il y avait de la place, aussi, pour nos revolvers.

J'ignorais si nous réussirions réellement à entrer dans les mines, comme Horton nous l'avait assuré. Et même en ce cas, le plus vraisemblable était que ce que nous découvririons nécessiterait que nous ressortions discrètement pour prendre le temps d'assimiler ce que nous aurions appris. Apparemment, il y avait peu de chances pour que nous ayons besoin des explosifs ce jour-là. Mais en raison de mon expérience passée avec les gobelins, je voulais être prêt au pire.

Les phares du Dodge creusaient un tunnel dans la chair charbon de la nuit récalcitrante. Nous suivîmes une route, puis une autre, montant d'étroites vallées de montagne où l'aube équivoque n'avait pas encore glissé un seul doigt.

Des flocons gros comme des demi-dollars tournoyaient dans le faisceau des phares. Ils tournaient aussi en quantités modestes sur la chaussée, comme des pièces qu'on fait glisser d'un bout à l'autre de la table.

— J'ai toujours vécu là, depuis ma plus tendre enfance, expliqua Horton, j'ai été mis au monde par une sage-femme dans la petite maison de ma famille là-haut dans ces collines. C'était en 1890, ce qui doit vous paraître si lointain que vous devez vous demander s'il y avait encore des dinosaures à cette époque. En tout cas, j'ai grandi ici, j'ai appris ce pays, appris à connaître les collines, les champs, les bois, les crêtes et les ravins aussi bien que mon visage dans le miroir. On a exploité des mines dans ces montagnes depuis les années trente de l'autre siècle, et il y a des puits abandonnés, certains murés et d'autres non, de tous les côtés. Le fait est que certaines mines sont reliées à d'autres, et dans le sous-sol, c'est un vrai labyrinthe. Quand j'étais gosse j'étais un fana des grottes, des vieilles mines. Si je les explorais avec tant d'intrépidité, c'était peut-être parce que j'avais déjà senti qu'il y avait tous ces méchants — les gobelins — dans le coin et parce que j'avais déjà appris qu'il me faudrait être prudent le restant de ma vie et que je satisfaisais le besoin d'aventure, habituel chez les gosses dans des courses solitaires, où je ne pouvais compter que sur moi-même. C'était plutôt fou mais maintenant ça va nous servir. Je peux vous montrer un chemin pour traverser la montagne en passant par une mine abandonnée, creusée vers 1840, qui est reliée aux mines du début du siècle, qui à leur tour rejoignent par des voies tortueuses certains des tunnels secondaires les plus étroits des puits de la Charbonnière Éclair. Sacrément dangereux, vous comprenez. Très imprudent. Je ne le conseillerais pas à des gens sensés mais vous, vous êtes fous. Fous de vengeance, fous de justice, fous du besoin de faire quelque chose.

La camionnette conduit par Horton quitta la deuxième route et bifurqua dans une allée boueuse pleine d'ornières, coupée de temps à autre d'éboulements. De là nous tournâmes sur une piste moins dégagée mais encore passable, puis nous coupâmes à travers une prairie en pente que même un véhicule à quatre roues motrices n'aurait pas pu attaquer si le vent ne s'était pas mêlé de balayer la plus grande partie de la neige et de l'empiler le long des rangées d'arbres.

Il se gara au sommet de la colline, aussi près que possible des arbres.

— On continue à pied.

Je pris le plus lourd des sacs à dos et Rya s'empara de l'autre, qui n'était pas précisément léger. Nous transportions tous deux un revolver chargé et un pistolet muni d'un silencieux, le premier dans un étui d'épaule sous nos vestes de ski, le second dans les poches profondes de nos pantalons. J'avais aussi le fusil de chasse et Rya la carabine automatique.

En dépit d'un armement plus que suffisant, je me sentais encore dans la peau d'un David qui s'élance sur ses petites jambes dans l'ombre de Goliath, équipé d'une malheureuse fronde.

La nuit avait enfin renoncé et l'aube trouvé le courage de se montrer. Les ombres profondes s'attardaient encore de tout côté et le ciel lourd d'une tempête rentrée n'était pas aussi spectaculairement brillant que durant la nuit ; néanmoins, ce dimanche était enfin sur nous.

Tout à coup je songeai que je n'avais pas encore téléphoné à Joel Tuck pour le prévenir de l'arrivée de Cathy Osborn, ex-professeur de littérature à Barnard. Cet oubli me tracassa mais je me rassérénai rapidement. J'avais encore beaucoup de temps devant moi avant que Cathy ne sonne à la porte de Joe — pourvu qu'il ne nous arrive rien à la mine.

Horton Bluett avait apporté un sac de voyage en tissu fermé par un cordon. Il l'avait pris sur le plateau du Dodge et le tira derrière lui en s'enfonçant dans l'amas de neige en lisière du bois. Quelque chose faisait un bruit léger dans le bagage. S'arrêtant tout de suite après la limite de la forêt, il glissa un bras dans le sac, en tira en rouleau de ruban rouge, en coupa un morceau avec un petit couteau très coupant et l'enroula autour d'un arbre à hauteur des yeux.

— Comme ça vous retrouverez tous seuls votre chemin, expliqua-t-il.

Il nous conduisit rapidement sur une piste de daim. Tous les trente ou quarante mètres, il s'arrêtait pour nouer une autre longueur de ruban rouge autour d'un tronc d'arbre et je remarquai que de chaque signe on apercevait le précédent.

En descendant la piste, nous aboutîmes à une boueuse route de forêt abandonnée, et la suivîmes un moment. Quarante minutes après que nous eûmes quitté le véhicule, au sommet d'un large ravin, Horton nous conduisit vers une longue zone sans arbres pour le service de laquelle la route avait été apparemment construite. Là, le sol était sévèrement entaillé. Une partie des parois du ravin avaient été creusées et une autre semblait mâchée. Au cœur du ravin avait été percé un tunnel de forage de mine. L'entrée était à demi masquée par une avalanche si ancienne que la boue avait rempli les espaces entre les pierres ; des arbres de bonne taille entrelaçaient leurs racines dans cet éboulis.

Après avoir cheminé parmi les arbres étrangement noués et tordus, et contourné l'effondrement de roches pour entrer dans la galerie, Horton s'arrêta et tira du sac trois puissantes lampes de poche. Il nous en donna une à chacun et garda la troisième pour lui. Le rayon de la sienne éclaira successivement le plafond, les parois et le sol du tunnel.

Le plafond n'était qu'à trente centimètres de ma tête et j'avais l'idée folle que les parois de roche inégale — creusées avec tant de mal au siècle dernier, à coups de barre à mine et de pelle, avec beaucoup de poudre explosive et des océans de sueur — se rapprochaient lentement. Elles étaient parcourues de minces veines de charbon et de ce qui avait dû être un quartz laiteux. Des madriers massifs couverts de goudron étaient régulièrement disposés contre les murs et en travers du plafond, comme les côtes dans la carcasse d'une baleine. Ils étaient en mauvais état, fendus et affaissés, éclatés, couverts de mousse par endroits, sans doute à demi rongés de pourriture et certaines des poutres d'angle manquaient. J'eus l'impression que si je m'appuyais contre la mauvaise planche, le toit s'effondrerait d'un coup.

— C'est sans doute l'une des premières mines du comté, dit Horton. Ils travaillaient surtout à la main et tiraient les wagonnets avec des mules. On a déménagé les rails dans un autre puits quand celui-là a été mis hors service mais de temps en temps vous buterez sur des restes de traverses enfoncées dans le sol.

Levant les yeux sur les poutres moisies, Rya demanda :

— On peut s'y fier ?

— Est-ce qu'on peut se fier à quoi que ce soit ? rétorqua Horton.

Louchant sur le bois pourri et sur les murs lépreux, il ajouta :

— En fait par ici, c'est le pire, puisque vous allez passer des mines les plus vieilles aux plus récentes, mais si vous êtes prudents, tout le long du chemin, vous ferez attention où vous mettrez les pieds et vous ne vous appuierez à aucun des supports. Même dans les puits plus récents — disons, ceux qui n'ont qu'une dizaine ou une vingtaine d'années, eh ben... une mine, en fait, c'est rien que du vide et vous savez que la nature l'a en horreur.

De son sac il tira deux casques qu'il nous remit en nous enjoignant de ne jamais nous en séparer.

— Et vous ? demandai-je en dégageant ma tête du capuchon de ma veste pour m'en coiffer.

— Je n'ai pu en dénicher que deux et comme je ne vais pas loin, je m'en passerai. Allons-y.

Nous le suivîmes dans les profondeurs de la terre.

Dans les premiers mètres du puits, durant les sèches journées d'automne, des feuilles mortes s'étaient entassées le long des murs puis avaient été largement saturées par les eaux d'infiltration et sous leur propre poids humide elles avaient formé des masses denses et compactes. Près de l'entrée, où le froid hivernal se faisait sentir, les feuilles pourrissantes, les mousses et les vieilles poutres étaient gelées et inodores. Mais plus loin, la température s'élevait au-dessus de zéro et dans notre avance, nous rencontrions par endroits des relents puants.

Horton nous fit tourner dans un tunnel qui était plus large que le premier parce qu'une riche veine de charbon avait occupé cet espace. Tout à coup, il s'arrêta, tira du sac une bombe de peinture et la secoua vigoureusement. Le raclement dur de la boule résonna le long des murailles. Il dessina une flèche blanche sur la roche, indiquant la direction d'où nous venions. Nous n'étions pourtant qu'à un virage de la sortie et nous ne pouvions nous perdre à cet endroit.

Un homme prudent.

Nous reprîmes la marche à sa suite, sur une centaine de mètres de tunnel (deux autres flèches) ; tournâmes dans un couloir plus court mais plus large (une quatrième flèche) avant de nous arrêter devant un puits vertical (cinquième flèche) conduisant dans les entrailles de la montagne. Le trou n'était qu'un carré d'un noir légèrement différent de celui du sol du tunnel et quasiment invisible. Si Horton ne s'était pas arrêté, j'y serais tombé et me serais cassé le cou.

Après nous avoir mis en garde contre la vétusté des échelons fixés dans la paroi du puits, Horton éteignit sa lampe et s'enfonça dans les ténèbres. Rya passa la carabine en travers de ses épaules et le suivit. Je descendis à mon tour.

Tandis que les barreaux métalliques l'un après l'autre bronchaient sous mon poids, j'eus des visions de la mine abandonnée depuis longtemps. Deux, peut-être trois hommes étaient morts là dans la première moitié du siècle dernier et leur trépas n'avait pas été sans douleur. Mais ce n'était que des accidents ordinaires. Rien à voir avec les gobelins.

Quatre étages plus bas, je me retrouvai dans un autre tunnel. Horton et Rya m'attendaient, dans le nimbe inquiétant de leurs lampes posées à terre.

A ces profondeurs, les poutres de soutènement couvertes d'une épaisse couche de goudron étaient sans doute aussi vieilles que celles du niveau supérieur, mais leur état était meilleur. Pas bon. Ni rassurant. Mais du moins les parois n'étaient-elles pas aussi humides que celles du haut, et le bois se trouvait dépourvu de moisissures et de mousse.

Le calme de cette cave profonde me frappa soudain. Le silence était si grand qu'il en acquérait du poids : je sentais sa douce, son insistante pression sur mon visage et sur la peau de mes mains dégantées. Un silence d'église. Un silence de cimetière. Le silence du tombeau.

Horton le brisa en ouvrant le gros sac pour nous en montrer le contenu. Outre le ruban rouge dont nous n'avions plus besoin, il y avait deux bombes de peinture blanche, une quatrième lampe, des paquets de piles de rechange enveloppés de plastique, deux bougies et deux boîtes d'allumettes résistantes à l'humidité.

— Si jamais vous avez envie de retrouver votre chemin pour sortir de ce trou sinistre, expliqua-t-il, servez-vous de la bombe à peinture comme je vous ai montré.

Il peignit sur le mur une flèche indiquant la direction du puits au-dessus de nos têtes.

Rya prit une bombe :

— Je m'en charge.

— Vous croyez peut-être, reprit Horton, que les bougies sont là au cas où les lampes ne marcheraient plus, mais c'est pas ça. Vous avez assez de piles de rechange. Si jamais vous vous perdez ou si — ce qu'à Dieu ne plaise — s'il y a un effondrement derrière vous, qui vous coupe la route, vous allumez une bougie et vous regardez de près la flamme pour voir de quel côté elle incline, où va la fumée. S'il y a un courant d'air, la flamme et la fumée le chercheront, et quand il y a un courant d'air, ça veut dire qu'il doit y avoir une issue vers la surface, qui sera peut-être assez large pour que vous vous glissiez dehors. Vu ?

— Vu, fis-je.

Il nous avait aussi apporté de quoi nous sustenter : deux Thermos de jus d'orange, des sandwiches et une demi-douzaine de friandises.

— Vous allez passer la journée à jouer les spéléos, même si vous vous contentez de vous introduire dans les puits de la Charbonnière Éclair pour jeter un petit coup d'œil et revenir tout de suite à la maison. Bien sûr, j'ai comme un soupçon que vous ferez plus que ça. En tout cas, même si tout se passe bien, vous ne ressortirez pas avant demain. Vous aurez besoin de manger.

— Vous êtes adorable, dit Rya avec sincérité. Vous avez rassemblé tout ça la nuit dernière... et je parie qu'il ne vous est pas resté beaucoup de temps pour dormir.

— Quand vous aurez soixante-quatorze ans, vous ne dormirez pas beaucoup, puisque vous aurez l'impression de gaspiller le temps qu'il vous reste.

Il était embarrassé par le ton affectueux de Rya.

— Sapristi ! d'ici une heure je serai à la maison et je pourrai faire une sieste, si ça me dit.

— Mais, objectai-je, sans vous pour nous guider, nous serons perdus au bout d'une minute.

— Pas avec ça, rétorqua-t-il en tirant une carte de l'une des poches de son manteau. Dessinée de mémoire, mais j'ai une mémoire comme un piège d'acier, alors je pense pas qu'il y ait la moindre erreur là-dedans.

Il s'accroupit, nous l'imitâmes et il étala le plan sur le sol entre nous en dirigeant le faisceau d'une lampe sur son œuvre. Cela ressemblait à un de ces labyrinthes qu'on trouve dans les pages de bandes dessinées des journaux du dimanche. Le pire, c'est que la carte continuait au verso et se compliquait encore, si possible.

— Jusqu'à mi-chemin, expliqua Horton, vous pouvez parler comme en ce moment. Mais là, à partir de la marque rouge... c'est l'endroit où je crois que vous feriez mieux d'être silencieux, de ne vous parler qu'en cas de nécessité, en chuchotant. Les sons portent loin dans ces tunnels.

Considérant les tours et détours de la carte, je remarquai :

— Ce qui est sûr, c'est qu'on va avoir besoin des deux bombes de peinture.

— Horton, demanda Rya, vous êtes certain que tous les détails sont justes ?

— Ouais.

— Je veux dire, bon, vous avez peut-être passé votre enfance à explorer ces vieux puits, mais c'était il y a longtemps. Combien... soixante ans ?

Il s'éclaircit la gorge et parut de nouveau embarrassé :

— Oh, bon, ce n'est pas si vieux, avoua-t-il, les yeux fixés sur la carte. Vous comprenez, après la mort d'Etta, j'étais en quelque sorte perdu, et écrasé par ce poids terrible, le poids de la solitude et d'une vie à la dérive. Et comme c'était de plus en plus lourd, je me suis dit : « Horton, bon Dieu, si tu trouves pas vite quelque chose pour tuer le temps, tu vas finir dans une chambre capitonnée. » Et alors je me suis rappelé la paix et le réconfort que j'avais trouvés dans les grottes quand j'étais gosse. Alors je m'y suis remis. C'était vers 1934, pendant dix-huit mois, tous les week-ends, je me suis baladé dans ces mines et dans un tas de grottes naturelles. Et il y a neuf ans, quand j'ai atteint l'âge de la retraite, je me suis retrouvé dans une situation similaire, alors je me suis remis à la spéléo. Un truc dingue à mon âge, mais j'ai fait ça pendant presque un an et demi avant de décider enfin que j'en avais plus besoin. En tout cas, ce que je dis c'est que cette carte-là est basée sur des souvenirs qui n'ont pas plus de sept ans.

Rya posa une main sur son bras.

Il la regarda enfin.

Elle sourit et il sourit. Il posa une main sur la sienne et la serra doucement.

— Bon, fit Horton, si vous ne vous bougez pas un peu, vous serez de vieux gâteux comme moi avant de sortir de là.

Il avait raison, mais je ne voulais pas le quitter. Nous risquions de ne jamais nous revoir. Nous le connaissions depuis moins d'un jour, et les potentialités de notre amitié n'avaient guère été explorées.

Horton nous laissa le sac et son contenu en n'emportant qu'une lampe de poche. Il emprunta de nouveau le puits pour remonter.

Les barreaux rouillés grinçaient et craquaient. En haut il grogna en se hissant sur le sol du tunnel. Une fois remis sur ses pieds, il fit une pause pour nous observer. Il semblait vouloir dire beaucoup de choses, mais à la fin il chuchota doucement :

— Dieu soit avec vous.

Le faisceau de sa lampe disparut.

Il n'y eut bientôt plus en haut que l'obscurité

Le bruit de ses pas s'éloigna

Il était parti.

Dans un silence pensif, nous réunîmes les lampes de poche, les piles, les bougies, la nourriture et les autres objets et les entassâmes dans le sac.

Avec nos sacs à dos, nos armes suspendues à l'épaule, tirant le paquet de Horton, nous avançâmes, nos lampes trouant l'obscurité, en consultant la carte, toujours plus loin dans la terre.

Je ne percevais pas de menace immédiate mais mon cœur battait la chamade tandis que nous suivions le tunnel en direction du premier coude. Je n'avais pas l'intention de reculer, mais je sentis que nous avions passé le seuil de l'Enfer.

28

Vers le septième cercle

Descente...

Quelque part loin au-dessus, un ciel morne dominait le monde, des étourneaux voltigeaient à travers une mer aérienne, quelque part le vent faisait bruire les arbres et la neige couvrait le sol tandis que des flocons neufs tombaient, mais cette vie de couleur et de mouvement se passait là-haut, au-delà d'innombrables mètres d'une roche solide qui lui donnaient de plus en plus l'apparence d'une vie inventée, d'un royaume imaginaire. La seule chose qui parût vraie, c'était la pierre — pesante comme une montagne —, la poussière, de loin en loin, des mares peu profondes d'eau stagnante, les poutres craquantes avec des étais de fer rouillé, le charbon et les ténèbres.

Nous remuions une poussière de charbon fine comme du talc. Des éclats de houille, et de temps à autre des morceaux plus gros gisaient le long des parois, de petites îles de minerai formaient des archipels dans les flaques d'eau couvertes de scories et dans les parois, les couches restantes de veines presque épuisées captu-raient le faisceau de gelée blanche de la lumière et luisaient comme des joyaux noirs.

Certains des passages souterrains étaient presque aussi larges que des autoroutes, d'autres plus étroits que les couloirs d'une maison, car c'était un mélange de véritables puits de mine et de tunnels d'exploration. Les plafonds s'élevaient à deux ou trois fois notre hauteur, puis redescendaient si bas que nous devions nous plier en deux pour progresser. Par endroits les parois avaient été creusées avec une telle précision qu'elles paraissaient couvertes d'un crépi de ciment tandis qu'ailleurs elles étaient profondément entaillées et percées. A plusieurs reprises, nous trouvâmes des éboulements partiels, un des murs et parfois une partie du toit s'étant effondrés, coupant le tunnel en deux et nous forçant même à quelques reprises à ramper.

Un léger sentiment de claustrophobie s'était emparé de moi quand nous avions fait notre entrée dans les mines et au fur et à mesure que nous nous enfoncions dans le labyrinthe, la peur me serrait de plus près. Mais je réussis à lui résister en évoquant ce monde d'oiseaux en vol et d'arbres agités par le vent au-dessus de nous et en me redisant sans cesse que Rya était avec moi, car j'avais toujours tiré de la force de sa présence

Nous avons vu d'étranges choses dans les profondeurs de la terre, et avant même d'approcher du territoire des gobelins. Par trois fois nous sommes tombés sur des amas de matériel abandonné et cassé, d'outils métalliques et d'autres équipements spécialement adaptés aux travaux de la mine, qui étaient pour nous aussi incompréhensibles que les objets d'un laboratoire d'alchimie. Soudés les uns aux autres par la rouille en agglomérats angulaires, ils donnaient le sentiment que la montagne travaillait les détritus qui l'avaient envahie pour créer une sculpture célébrant sa propre pérennité et moquant la nature éphémère des intrus. L'une des sculptures ressemblait à une silhouette vaguement humaine, d'aspect démoniaque, une créature hérissée d'ergots, de barbillons coupants et munie d'une épine dorsale tranchante. Je m'attendais à la voir bouger avec un raclement et un claquement de ses os de métal, ouvrir un œil pour l'instant caché et qui était formé par l'ancienne lampe à pétrole d'un mineur du siècle dernier, faire claquer une mâchoire d'acier dans laquelle des vis tordues saillaient comme des dents pourries. Moisissure et mousses présentaient une palette de couleurs — jaune, vert bilieux, rouge poison, marron, noir — mais c'était surtout le blanc, dans toutes ses nuances, qui dominait. Certaines mousses, très sèches, tombaient en poussière — une poussière de spores, peut-être — quand on les touchait. D'autres étaient humides. Les formes les plus répugnantes luisaient comme les rebuts d'autopsie de quelque forme de vie extraterrestre. Certaines parois étaient recouvertes d'accrétions cristallines de substances inconnues sécrétées par la roche, et une fois, nous vîmes nos propres images distordues bouger à travers ces millions de facettes noires et polies.

A une profondeur abyssale, nous avions parcouru plus de la moitié du chemin vers Hadès lorsque dans un silence de sépulcre nous découvrîmes le squelette luisant de ce qui avait dû être un gros chien. Le crâne gisait dans une mare d'eau noire de deux centimètres de profondeur, mâchoires ouvertes. Comme nous nous tenions au-dessus de lui, le faisceau de nos lampes en se reflétant dans la flaque fit briller d'une inquiétante lueur les orbites vides. Comment un chien était-il parvenu à ces profondeurs, en quête de quoi ? C'était un de ces mystères qui ne seront jamais résolus. Mais la présence de ce squelette paraissait si déplacée que nous ne pûmes nous empêcher d'y voir un présage que nous nous refusions à déchiffrer.

A midi, près de six heures après être entrés dans la première mine avec Horton Bluett, nous fîmes une pause pour partager un des sandwiches qu'il nous avait donnés et boire un peu de jus d'orange. Nous ne parlions pas car nous étions suffisamment près du territoire de la Charbonnière Éclair pour que nos voix parvinssent aux gobelins, même si nous n'entendions rien d'eux.

Après quoi, nous avons parcouru encore une distance importante jusqu'à une heure vingt, moment où franchissant un coude, nous avons vu devant nous de la lumière. Une lumière jaune moutarde. Quelque peu brouillée. Menaçante. Comme la lumière de notre cauchemar commun.

Nous avons rampé le long du tunnel étroit, humide, décrépi et sans lumière qui conduisait au croisement d'où partait la galerie illuminée. Bien que nous ayons avancé avec mille précautions inutiles, chaque pas nous a paru résonner comme le tonnerre et chaque expiration gronder comme le souffle d'un titan.

Au croisement, je me suis arrêté et me suis collé le dos au mur.

J'ai écouté.

J'ai attendu.

A l'évidence, si un Minotaure habitait ce labyrinthe, il le parcourait sur des semelles de crêpe car le silence était aussi profond que les lieux. En dépit de la lumière nous étions apparemment aussi seuls que durant les sept dernières heures.

Je me penchai en avant. Plongeai le regard dans le tunnel baigné de lumière, à gauche d'abord, puis à droite. Pas de gobelins en vue.

Nous fîmes un pas hors de notre cachette, pénétrant dans un déluge de lumière jaune qui mettait sur nos visages une lueur jaunâtre et cireuse.

Sur la droite, le tunnel se continuait sur six ou sept mètres à peine et rétrécissait énormément avant d'aboutir à une muraille de roche nue. Sur la gauche, il faisait plus de six mètres de large et se poursuivait sur une cinquantaine de mètres en s'élargissant jusqu'à atteindre environ vingt mètres de large, là où il coupait une autre galerie. Les lampes électriques, suspendues à un câble qui courait au centre du plafond, étaient espacées de dix mètres ; des abat-jour coniques au-dessus d'ampoules de moyenne puissance formaient au sol des tâches de lumière bien définies, séparées entre elles par des espaces de trois ou quatre mètres d'ombre profonde

Tout comme dans le rêve

La seule différence appréciable entre la réalité et le cauchemar était que les lampes ne clignotaient pas et que nous n'étions pas poursuivis.

Là s'arrêtait la carte de Horton Bluett. Au-delà nous étions entièrement livrés à nous-mêmes.

Je jetai un coup d'œil à Rya. Brusquement, je regrettai de l'avoir entraînée ici. Mais on ne pouvait pas revenir en arrière.

Du geste, je montrai le bout du tunnel.

Elle hocha la tête.

Nous tirâmes des poches profondes de nos fuseaux nos pistolets munis d'un silencieux. Nous ôtâmes le cran de sûreté. Nous engageâmes une balle dans le canon et le cliquetis étouffé du métal bien huilé fila comme un chuchotis le long des murs veinés de charbon.

Côte à côte, nous avançâmes aussi silencieusement que possible vers l'extrémité large de la galerie, passant de l'ombre à la lumière, de la lumière à l'ombre.

Au croisement, je me collai de nouveau le dos au mur et avançai pour jeter un coup d'œil précautionneux dans le tunnel qui coupait le nôtre. Il était lui aussi large de vingt mètres mais en faisait bien soixante-dix de long, et s'étendait pour les trois quarts à notre droite. Les poutres étaient vieilles mais plus récentes que toutes celles que nous avions déjà vues. Considérant la largeur, c'était plus une salle immense qu'un simple tunnel de plus. Il y avait non pas une mais deux rangées d'ampoules électriques sous des abat-jour de métal, ce qui créait sur le sol le dessin d'un échiquier.

Je croyais la salle déserte et j'allais faire un pas en avant lorsque j'entendis un raclement puis un cliquetis, puis un autre raclement. Je scrutai avec plus d'attention le damier d'ombre et de lumière.

Sur la droite, à trente mètres, un gobelin émergea de l'une des zones d'ombre. Il était nu, dans tous les sens ; ni vêtements, ni enveloppe humaine. Il transportait deux instruments que je ne reconnus pas. A plusieurs reprises, il leva l'un, puis l'autre à hauteur de ses yeux, portant son regard sur le plafond puis sur le sol, puis le long des murs, comme s'il prenait des mesures ; à moins qu'il n'étudiât la composition des parois.

Me tournant vers Rya, qui se tenait derrière moi contre le mur du tunnel secondaire, je portai un doigt à mes lèvres.

Ses yeux bleus étaient très larges et le blanc en était teint du même jaune que sa peau. L'étrange lumière éclaboussait aussi son costume de ski et luisait sur son casque, ce qui lui conférait l'allure d'une idole dorée, d'une déesse de la guerre, casquée et incroyablement belle, avec des yeux de saphirs précieux et sacrés.

Du pouce et de deux doigts, j'imitais à plusieurs reprises le geste de l'injection.

Elle hocha la tête, ouvrit sa veste très doucement pour éviter tout bruit de fermeture à glissière, et plongea la main dans la poche intérieure, où elle avait placé une seringue hypodermique enveloppée de plastique et une ampoule de Penthotal.

Je risquai un autre coup d'œil au coin de la paroi et vis que le gobelin me tournait le dos, absorbé par ses étranges mesures. Légèrement penché en avant, il examinait le sol à ses pieds à travers une lentille. Il marmonnait quelque chose pour lui-même ou bien chantonnait un air très particulier. En tout cas, il faisait suffisamment de bruit pour couvrir une approche discrète.

Je me glissai hors du tunnel secondaire, laissant Rya derrière moi et m'approchai de ma proie, en m'efforçant d'être à la fois rapide et silencieux. Si j'attirais l'attention de la bête, elle pousserait certainement un cri, alertant ses semblables de ma présence. Je ne voulais pas que nous soyons obligés de fuir à travers le labyrinthe souterrain sans avoir rien commencé, avec une horde de ces démons à nos trousses.

D'ombre en lumière, de lumière en ombre je m'avançai.

Le gobelin chantonnait toujours.

Trente mètres à parcourir.

Vingt-cinq.

Les battements de mon cœur résonnaient à mes oreilles comme les marteaux piqueurs qui avaient autrefois fonctionné dans les veines de charbon de cette mine.

Vingt mètres.

Ombre, lumière, ombre...

Si mon pistolet était prêt à tirer, j'avais l'intention d'éviter d'abattre l'ennemi, de le prendre complètement par surprise, de m'assurer une prise sur son cou et de le tenir dix à vingt secondes, jusqu'à ce que Rya se précipite avec le Penthotal. Après nous pourrions l'interroger, lui administrer tout le Penthotal nécessaire, car si ce produit était d'abord un calmant, on l'appelait aussi parfois le « sérum de vérité ».

Quinze mètres.

Je n'étais pas certain qu'il aurait le même effet sur les gobelins que sur les hommes. Mais c'était très possible, car, en dehors de leur talent métamorphique, leur métabolisme était apparemment similaire au nôtre.

Douze mètres.

Je ne crois pas que la créature m'ait entendu. Je ne crois pas qu'elle m'ait senti, par l'odorat ou tout autre sens. Mais son étrange gazouillis s'interrompit et l'être se tourna en abaissant l'instrument qu'il tenait devant ses yeux et en levant sa tête hideuse. Il me vit sur-le-champ, car à cet instant je traversais l'une des zones éclairées.

Ses yeux écarlates brillèrent d'un éclat plus fort en m'apercevant.

Je n'étais qu'à dix mètres de la bête mais je ne pouvais franchir cette distance d'un seul bond. Je n'avais pas le choix : j'appuyai deux fois sur la détente. Les balles jaillirent avec le bruit étouffé d'un chat en colère qui crache. Le gobelin tomba en arrière dans un carré d'ombre, mort, le premier trou dans la gorge, le deuxième entre les yeux.

Les douilles de cuivre éjectées résonnèrent sur le sol de pierre, me faisant sursauter. Comme c'était des preuves de notre présence, je les cherchai, en ramassai une, puis une autre avant qu'elles roulent dans l'ombre.

Quand je m'en approchai, Rya était déjà à genoux devant le gobelin mort, cherchant vainement son pouls. La créature avait presque achevé son retour à la forme humaine. Quand ses derniers traits démoniaques eurent disparu, je vis que son enveloppe était celle d'un homme approchant de la trentaine.

Du fait de la soudaineté de la mort, le cœur s'était arrêté presque aussitôt de pomper et peu de sang avait été répandu sur le sol. Je me hâtai d'essuyer ces traces avec un mouchoir.

Rya s'empara des pieds du gobelin, je le saisis par les bras et nous le transportâmes à l'extrémité de la pièce. Là, entre la dernière lampe et le mur, s'étendaient sept mètres d'obscurité. Nous dissimulâmes le mort, les instruments dont il s'était servi et le tissu tâché de sang dans la partie la plus profonde de ce noir cul-de-sac.

Est-ce que ses congénères remarqueraient son absence ? Et si oui, quand ?

Qu'est-ce qu'ils feraient en la remarquant ? Ils fouilleraient la mine ? Jusqu'où ? Quand ?

A la frontière entre un bloc d'ombre et une masse de lumière, appuyés l'un contre l'autre, Rya et moi conversâmes à voix si basse que nous nous comprenions plus au mouvement des lèvres qu'au son.

— Et maintenant ? demanda-t-elle.

— On a commencé le compte à rebours.

— Oui, je sais.

— Si on remarque son absence...

— Sans doute pas avant une heure ou deux.

— Sans doute, acquiesçai-je.

— Peut-être dans plus longtemps.

— S'ils le trouvent...

— Ça prendra encore du temps.

— Alors, on continue.

— Au moins un peu plus loin.

Rebroussant chemin, nous passâmes à l'endroit où le gobelin était mort et nous nous avançâmes à l'autre bout du large tunnel. Il donnait dans une immense salle souterraine, une cave circulaire d'au moins soixante-dix mètres de diamètre, avec une voûte dont le plus haut point devait se trouver à dix mètres du sol. Des batteries de lampes fluorescentes étaient suspendues au plafond, diffusant une lumière hivernale sur toute chose. Dans un espace où un terrain de football aurait tenu aisément, les gobelins avaient réuni un ahurissant ensemble de matériel : des machines à mâchoires d'acier grandes comme des bulldozers et destinées manifestement à mordre le roc pour cracher du gravier ; d'énormes marteaux piqueurs, d'autres plus petits ; des rangées de tapis roulants à alimentation électrique qui, alignés les uns derrière les autres, pourraient transporter les déchets des machines dévoreuses de roche ; une dizaine de chariots élévateurs. Dans l'autre moitié de la pièce, se dressaient d'énormes tas : du bois de charpente, de courtes poutrelles métalliques soigneusement disposées en pyramides, des centaines de fagots de tringles d'acier ; des centaines — des milliers peut-être — de sacs de ciment ; plusieurs gros tas de sable et de gravier ; des rouleaux de gros câble électrique, de la taille d'une voiture, des rouleaux plus petits de fil de cuivre isolé ; deux kilomètres au moins de conduits de ventilation en aluminium ; et plus, bien plus encore.

Le matériel était disposé en rangées nettement séparées par des allées. Nous en scrutâmes trois en progressant lentement d'une dizaine de mètres sur le pourtour de la salle et nous constatâmes qu'elle était déserte. Pas de gobelin, pas un bruit en dehors du chuchotis fantomatique de nos propres mouvements.

La vue du matériel étincelant et l'odeur d'essence neuve et de graisse donnaient à penser que ces machines avaient été récemment nettoyées et préparées, puis descendues pour l'exécution d'un nouveau projet dont l'exécution n'avait pas encore commencé mais ne devrait plus tarder. A l'évidence le gobelin que je venais de tuer s'occupait des derniers calculs nécessaires avant le début des travaux de terrassement.

Je posai une main sur l'épaule de Rya et plaçant mes lèvres tout contre son oreille, je soufflai :

— Attends, on retourne d'où on vient.

A l'entrée du vaste tunnel dans lequel j'avais tué le gobelin, je me débarrassai de mon encombrant sac à dos, et en tirai deux kilos de plastic et deux détonateurs. Je sortis un pain d'un kilo de son enveloppe et le fourrai dans un creux en haut de la paroi à quelques mètres du seuil de la salle voûtée. La charge était placée au-dessus du niveau d'une tête humaine, dans l'obscurité, là où on risquait peu de la trouver si on cherchait le démon disparu. Je plaçai le deuxième pain dans une autre anfractuosité sombre du mur opposé, de façon que les deux explosions pussent bloquer le passage.

Les détonateurs fonctionnaient sur piles et chacun avait une minuterie d'une heure maximum. Je les enfonçai dans les charges mais ne mis par la minuterie en marche. Je ne le ferais que si nous repassions par là avec nos ennemis à nos trousses.

De retour dans la salle voûtée, nous la traversâmes sans bruit, examinant de près les machines et les équipements, essayant de deviner la nature du projet en cours. A l'extrémité de la salle géante, sans avoir rien appris d'important, nous arrivâmes à un ensemble de trois ascenseurs, dont deux étaient des cabines prévues pour monter de petits groupes de gobelins à travers un gros puits dans la roche. Le troisième était une large plate-forme tirée par quatre câbles gros comme mon poignet ; elle était de taille suffisante pour monter et descendre les plus gros équipements que nous avions vus.

Je réfléchis un moment puis, avec l'aide de Rya allai quérir huit madriers sur le tas le plus proche et les disposai sur le sol pour former une espèce d'escalier de fortune.

Prenant ensuite les deux kilos de plastic que transportait Rya, je les séparai en trois charges. Montant sur mon échafaudage, je fourrai les pains dans des creux de la roche grossièrement taillée, directement au-dessus de chaque ouverture d'ascenseur. Là, l'ombre n'était guère épaisse et si la pierre et l'explosif se ressemblaient assez pour se confondre, les détonateurs étaient encore visibles. Mais j'estimais que ce niveau de la mine n'était pour l'heure pas très fréquenté ; et même les gobelins qui passeraient par là avaient peu de chances de lever les yeux et de scruter la pierre au-dessus des ascenseurs.

Je ne déclenchai pas non plus les minuteries.

Rya et moi ramenâmes les madriers sur leur tas.

— Et maintenant ? demanda-t-elle.

Bien qu'elle sût que nous étions seuls à ce niveau, elle chuchotait encore car elle ignorait jusqu'où nos voix pouvaient porter dans le puits de l'ascenseur.

— On monte ? C'est à ça que tu penses ?

— Oui, dis-je.

— Ils ne vont pas entendre l'ascenseur ?

— Si. Mais ils penseront sans doute que c'est lui, celui que nous avons tué.

— Et si on tombe sur eux en haut, en sortant de la cage d'ascenseur ?

— On sort les pistolets, le fusil et la carabine. Ça nous donnera assez de puissance de feu pour les balayer, tous tant qu'ils seront autour de ce putain d'ascenseur. On battra en retraite tout de suite dans la cage, on redescendra et on repartira par où on est venus, en déclenchant les détonateurs. Mais si on ne tombe pas sur eux, alors, on se glissera dans la mine le plus loin possible pour voir le maximum de ce qu'il y a à voir.

— Qu'est-ce que tu crois que c'est ?

— J'en sais rien, dis-je, inquiet. Sauf que... ce qui est sûr, bon Dieu, c'est qu'ils font pas de l'extraction de charbon par ici. L'équipement à ce niveau n'a pas été réuni pour ça.

— On dirait qu'ils se construisent une forteresse.

— On dirait, acquiesçai-je.

Nous avions atteint le septième cercle, le dernier de l'Enfer. Maintenant il nous fallait remonter vers les cercles supérieurs, en espérant de toutes nos forces ne pas rencontrer Lucifer en personne, ni aucun de ses séides

29

Le jour du jugement dernier

Le moteur de l'ascenseur tournait bruyamment. Avec une déconcertante quantité de grincements et de raclements, la cage sans porte montait. Quoique la distance fût difficile à évaluer, je calculai que nous monterions en gros de vingt-cinq à trente mètres avant de nous arrêter au niveau suivant de... l'installation.

Pour moi, cela n'avait pas de sens d'appeler ce complexe souterrain une mine. La Charbonnière Éclair extrayait évidemment de grandes quantités de charbon en d'autres points de la montagne, mais pas ici. En ces lieux, elle s'était lancée dans une tout autre entreprise, que les activités minières servaient à camoufler.

En sortant de l'ascenseur, Rya et moi nous retrouvâmes au bout d'un tunnel désert d'une centaine de mètres de long, aux parois de ciment lisse. Des lumières fluorescentes étaient intégrées dans le plafond arrondi. De l'air tiède et sec sortait de grilles de ventilation en haut des murs incurvés, tandis que des bouches d'aération d'un mètre carré, près du sol, aspiraient doucement l'air refroidi. De gros extincteurs rouges étaient placés à côté de portes d'acier poli disposées environ tous les cinq mètres de chaque côté du couloir. Des interphones étaient fixés près des extincteurs. Une atmosphère d'efficacité incomparable et la présence d'un projet menaçant, énigmatique, pesaient sur ces lieux.

Je sentais une pulsion rythmique dans le sol de pierre, comme si des machines titanesques tournaient dans de lointaines caves.

A l'opposé des ascenseurs, le symbole familier mais mystérieux était sur le mur : un rectangle de céramique noire de un mètre vingt de haut et de un mètre de large était fixé dans le mur avec du mortier ; au centre, un cercle de céramique blanche de cinquante centimètres de diamètre était traversé par un éclair noir.

Tout à coup, à travers le symbole, je vis ce froid étrange, immense et effrayant que j'avais senti quand j'avais jeté pour la première fois un coup d'œil sur un camion de la Charbonnière Éclair deux jours plus tôt. Un néant éternellement silencieux, dont je ne pouvais exprimer correctement la puissance et la profondeur. Il m'attirait comme un aimant. J'avais l'impression que j'allais tomber dans ce vide hideux, aspiré comme par un tourbillon et je dus détourner les yeux de l'éclair de céramique noire.

J'approchai de la première porte à ma gauche. Pas de poignée. Je poussai un bouton blanc dans le chambranle et les battants du lourd portail glissèrent instantanément avec le bruit de soufflerie de l'air comprimé.

Rya et moi nous précipitâmes à l'intérieur, prêts à utiliser le fusil et la carabine automatique, mais la salle était sombre et apparemment inoccupée. A tâtons, je cherchai le commutateur et allumai des tubes de lumière fluorescente. C'était un énorme entrepôt rempli de caisses de bois entassées presque jusqu'au plafond et soigneusement disposées en rangées. Chacune portait la marque du fabricant, ce qui, en quelques minutes de déambulation silencieuse, nous permit de déterminer que l'endroit était rempli de pièces détachées pour toutes sortes d'équipements, du tour à la fraiseuse, de l'élévatrice au transistor.

Éteignant les lumières et refermant la porte derrière nous, nous repassâmes par le couloir pour entrer dans la salle voisine.

Dans chaque pièce, nous trouvâmes de nouvelles réserves : des milliers d'ampoules incandescentes et fluorescentes dans leurs cartons ; des centaines de caisses contenant des milliers de boîtes qui à leur tour contenaient des millions de vis et de clous de toutes tailles et de tous poids ; des centaines de marteaux de toutes formes, des clefs, des clefs à tube, des tournevis, des pinces, des perceuses électriques, des scies, d'autres outils. Dans une salle, vaste comme une cathédrale, aux murs plaqués de cèdre recouverts d'un produit antimite à l'odeur qui coupait le souffle, d'énormes pièces de tissu — de la soie, du coton, de la laine, du lin — étaient alignées sur des étagères jusqu'à cinq mètres au-dessus de nos têtes. Une autre cave était remplie d'équipement et de matériel médical : appareils de radiographie dans leurs housses de plastique ; appareils d'électrocardiogramme et d'électro-encéphalogramme eux aussi étroitement enveloppés ; boîtes de seringues hypodermiques, pansements, antiseptiques, antibiotiques, anesthésiques ; et bien d'autres objets encore. De ce tunnel nous passâmes dans un autre semblable, également désert et bien entretenu. Il y avait là des barils de toutes sortes de grains : blé, riz, avoine, seigle. Selon l'étiquette, le contenu avait été desséché et scellé sous vide pour conserver sa fraîcheur au produit pendant au moins trente ans. Des centaines, non, des milliers, de barils pareillement scellés renfermaient de la farine, du sucre, des œufs et du lait en poudre, des tablettes de vitamines et de sels minéraux, auxquels s'ajoutaient de petits fûts d'épices.

Nous entrâmes dans une immense armurerie : des caisses scellées de pistolets, de revolvers, de carabines, de fusils, de mitraillettes bien graissés, de quoi équiper plusieurs sections d'infanterie. Je ne vis pas de munitions, mais j'étais bien certain que des millions de balles étaient conservées quelque part dans ces lieux. Et j'aurais parié qu'il y avait des salles remplies d'instruments de violence et de guerre bien plus mortels.

Une bibliothèque d'au moins cinquante mille volumes se trouvait dans la dernière salle de ce tunnel, juste avant le deuxième croisement à ce niveau. Elle aussi était déserte. Tandis que nous avancions le long des étagères de livres je songeai à la bibliothèque du comté de Yontsdown, car toutes deux étaient comme des îlots de normalité dans un océan d'étrangeté infinie. Dans l'une et l'autre régnait une atmosphère de paix et de tranquillité — si fragile qu'elle fût — et dans l'air planait une odeur point désagréable de papier et de couverture.

Mais les deux bibliothèques différaient par le type de volumes qu'elles proposaient. Rya remarqua l'absence de fiction : ni Dickens, ni Dostoïevski, ni Poe, ni Stevenson. Je n'aperçus pas non plus de section historique : Gibbon, Hérodote, Plutarque étaient bannis. Pas de biographie, ni de poésie, ni d'humour, ni de récits de voyage, ni de théologie, ni de philosophie. Les étagères gémissantes recélaient des textes secs solennellement voués à l'algèbre, la géométrie, la trigonométrie, la physique, la géologie, la biologie, la physiologie, l'astronomie, la génétique, la chimie, la biochimie, l'électronique, l'agriculture, l'élevage, la conservation des sols, l'ingénierie, la métallurgie, les principes de l'architecture...

Avec cette seule bibliothèque, un esprit rapide et l'assistance de temps en temps d'un instructeur instruit, on pouvait apprendre à créer et gérer une ferme prospère, à réparer une automobile ou même à en fabriquer une (ou un avion, ou un appareil de télévision), à dessiner et à construire un pont ou une centrale hydro-électrique, à bâtir un haut fourneau, une fonderie et une aciérie pour la production d'excellentes tringles et poutrelles d'acier, concevoir et monter les machines et les usines nécessaires pour produire des transistors... C'était une bibliothèque spécialement réunie pour apprendre tout ce qui était nécessaire au maintien de tous les aspects physiques d'une civilisation moderne mais qui ignorait les valeurs émotionnelles et spirituelles sur lesquelles reposait cette civilisation : il n'y avait rien là sur l'amour, la foi, le courage, l'espoir, la fraternité, la vérité et le sens de la vie.

Au milieu des rayonnages, Rya chuchota :
— Une collection très riche.

Elle pensait : « effrayante ».
— Très riche, répétai-je.

Mais je songeais : « terrifiante ».

Nous avions bien vite compris à quelle sinistre entreprise cette installation entièrement souterraine était destinée mais ni elle ni moi ne désirions l'exprimer. Certaines tribus primitives qui ont un nom pour le diable refusent de prononcer ce nom parce qu'elles croient que son seul énoncé ferait apparaître celui qui le porte. De même répugnions-nous à discuter du projet des gobelins comme si nous redoutions d'en rendre l'exécution inéluctable.

Du deuxième tunnel, nous passâmes dans le troisième où le contenu des salles confirma nos pires soupçons. Dans trois immenses pièces, sous des lampes spéciales destinées certainement à accélérer le processus de photosynthèse et de croissance, nous découvrîmes de vastes réserves de graines de fruits et de légumes. Il y avait de gros réservoirs métalliques d'engrais liquide. Des fûts convenablement étiquetés étaient remplis de tous les produits chimiques et minéraux nécessaires à la culture hydroponique. Des rangées de larges plateaux encore vides attendaient d'être remplis d'eau, de produits nutritifs et de plants où ils formeraient l'équivalent hydroponique de champs fertiles. Considérant les énormes quantités de nourriture séchée et empaquetée sous vide, et les dispositions prises pour faire de la culture artificielle, étant donné que nous n'avions vu très vraisemblablement qu'une partie de leurs préparatifs agricoles, il m'apparut qu'on pouvait estimer, sans risque d'erreur, qu'ils étaient en mesure de nourrir des milliers d'entre eux pendant des décennies lorsque le jour du jugement dernier serait venu et qu'il leur faudrait chercher un abri ici pour très longtemps.

En allant de salle en salle et d'un tunnel à l'autre, nous rencontrions fréquemment le symbole sacré : ciel blanc, éclair noir. Je devais éviter de le regarder car à chaque fois j'étais assailli avec une force toujours plus grande d'images extrasensorielles de la nuit froide, silencieuse et éternelle. J'avais une envie folle de fixer une charge de plastic à ces images de céramique et de les faire sauter — elles et tout ce qu'elles représentaient, de les mettre en pièces, de les réduire en poussière ; mais je ne gaspillai pas l'explosif.

De temps à autre, nous voyions aussi des tuyaux qui sortaient des murs de ciment, traversaient une portion de pièce ou de couloir puis disparaissaient dans un autre mur. Parfois, il y avait un seul tuyau, parfois il y en avait six, parallèles, de différents diamètres. Tous étaient blancs, mais des symboles étaient peints au pochoir pour les équipes d'entretien, et chacun d'entre eux était aisé à déchiffrer : eau, électricité, téléphone, vapeur, gaz. Là, au cœur de la forteresse, étaient ses points vulnérables. A quatre reprises je soulevai Rya pour qu'elle place une charge munie d'un détonateur entre les conduits. Comme pour celles que nous avions déjà disposées, nous ne mîmes pas en route les minuteries des détonateurs, car nous comptions le faire en partant.

Nous tournâmes au coin du quatrième tunnel. Nous avions à peine parcouru cinq ou six mètres que les battants d'une porte, juste devant nous, s'ouvrirent dans un souffle d'air comprimé. Un gobelin fit un pas dehors, à deux mètres de nous. A l'instant même où ses yeux porcins s'élargirent, où ses narines charnues et humides frémirent, et où il eut un mouvement de recul, je m'avançai en brandissant la carabine et abattit le canon sur le côté de son crâne, qu'il heurta violemment. Comme la bête tombait, je changeai ma prise et abattit la crosse sur le front démoniaque qui n'explosa pas, je ne sais pourquoi. J'allais frapper encore, écraser sa tête et la réduire en bouillie sanglante mais Rya retint mon bras. Les yeux du gobelin s'étaient voilés et roulaient dans leurs orbites, et avec le bruit familier et écœurant des os craquants et des chairs glouglou-tantes, il avait entamé son passage à la forme humaine, ce qui signifiait qu'il était soit mort soit inconscient.

Rya s'élança, pressa le bouton dans le chambranle et la porte d'acier se referma.

S'il y avait d'autres gobelins dans la pièce d'où il venait, ils n'avaient certainement pas vu ce qui lui était arrivé. Ils auraient accouru à sa rescousse ou donné l'alarme.

— Vite, dit Rya.

Je savais ce qu'elle voulait dire. C'était peut-être l'occasion que nous espérions.

Mettant mon arme en bandoulière, j'agrippai le gobelin par les pieds et le tirai dans le tunnel que nous venions de quitter. Rya ouvrit une porte et je hâlai notre victime dans l'une des salles équipées pour la culture hydroponique.

Je cherchai son pouls.

— Il vit, chuchotai-je.

La créature était entièrement enfermée dans le corps dodu d'un homme d'âge moyen à gros nez, petits yeux rapprochés et moustache peu fournie. Il était nu, ce qui semblait être la mode d'Hadès.

Ses paupières papillotèrent. Il se tordit.

Rya sortit la seringue hypodermique de Penthotal qu'elle avait préparée tout à l'heure. Serrant le bras du captif avec un bout de caoutchouc, elle fit saillir la veine au creux du coude.

Dans la lumière cuivrée des faux soleils suspendus au-dessus des réservoirs hydroponiques vides, les yeux de notre prisonnier s'ouvrirent et quoi qu'ils fussent encore troubles, la bête revenait rapidement à elle.

— Dépêche, dis-je.

Rya répandit quelques gouttes de drogue sur le plancher pour chasser l'air de l'aiguille (nous ne pourrions questionner la créature si elle mourait d'une embolie quelques secondes après l'injection) et injecta le contenu de la seringue.

Quelques secondes après l'administration du produit, notre captif devint rigide, muscles tendus, articulations raidies. Ses yeux s'écarquillèrent, ses lèvres se retroussèrent, découvrant les dents dans une grimace. Ces symptômes me décourageaient et renforçaient mes doutes quant à l'efficacité du Penthotal sur les gobelins.

Mais je me penchai vers lui, plongeant mon regard dans les yeux de l'ennemi, qui semblait voir au-delà de moi, et tentai de l'interroger.

~ Tu m'entends ?

Un sifflement qui pouvait être un oui.

— Comment t'appelles-tu ?

Le regard du gobelin restait inflexible. Il émit un gargouillement furieux entre ses dents.

— Comment t'appelles-tu ?

Cette fois, sa langue se dénoua, sa bouche s'ouvrit et une bouillie de sons dépourvus de sens s'en écoula.

— Comment t'appelles-tu ?

D'autres sons incompréhensibles.

— Comment t'appelles-tu ?

De nouveau, il ne produisit qu'un bruit bizarre mais je m'aperçus que c'était le même que celui qu'il avait déjà émis ; ce n'étaient pas n'importe quels sons mais un mot de plusieurs syllabes. Je sentis que c'était son nom, mais non pas celui sous lequel il était connu dans le monde des hommes.

— Quel est ton nom humain ? demandai-je.

— Tom Tarkenson.

— Où habites-tu ?

— Huitième Avenue.

— A Yontsdown ?

— Oui.

La drogue ne les calmait pas comme nous. Néanmoins, le Penthotal produisait un état de rigidité et de transe et semblait susciter des réponses fiables plus encore qu'avec un être humain. Les yeux du gobelin prenaient une fixité hypnotique alors qu'un homme aurait dormi et en réponse à toute question aurait divagué avec une élocution pâteuse.

— Où travailles-tu, Tom Tarkenson ?

— A la Charbonnière Éclair.

— Quel poste ?

— Ingénieur des mines.

— Mais ce n'est pas ton vrai travail ?

— Non.

— Que fais-tu réellement ?

Une hésitation, puis :

— Je prépare...

— Quoi ?

— Votre mort, dit-il, et un instant ses yeux s'éclaircirent et fixèrent les miens, mais la transe le reprit.

Je frissonnai.

— A quoi sert cet endroit ?

Il ne répondit pas.

— A quoi sert cet endroit ? répétai-je.

Il émit une autre longue chaîne de sons qui n'avaient aucun sens à mes oreilles mais qui, du fait de leur complexité, devaient bien signifier quelque chose.

Je n'avais jamais imaginé que les gobelins eussent un langage propre. Sans doute était-ce une langue parlée dans le monde disparu des premiers âges, avant l'apocalypse nucléaire. Alors que leur instinct les poussait à nous éliminer de la surface de la terre, c'étaient eux, paradoxalement, qui avaient conservé l'ancienne langue de notre espèce.

— Quelle est la fonction de cette installation ? insistai-je.

— C'est un abri...

— Un abri contre quoi ?

— ... le ...noir.

— Un abri contre le noir ?

— ... l'éclair noir.

Avant que j'aie le temps de poser la question suivante, le gobelin battit des pieds contre le sol de pierre, se tordit, plissa les yeux, cracha, leva une main vers moi. Mais si ses articulations n'étaient plus bloquées, elles ne lui obéissaient toujours pas. Son bras retomba sur le sol, ses doigts tremblèrent spasmodiquement, comme si du courant électrique les parcourait. L'effet du Penthotal passait rapidement.

Rya avait préparé une autre seringue pendant l'interrogatoire. Elle enfonça l'aiguille dans la veine et injecta un supplément de drogue. Chez l'homme, le Penthotal est métabolisé relativement vite, ce qui nécessite un goutte-à-goutte lent pour maintenir le patient sous l'effet du calmant. Apparemment, il en allait de même pour les gobelins. La deuxième dose opéra presque immédiatement sur la créature. Ses yeux se brouillèrent de nouveau et son corps se rigidifia.

— Tu dis que c'est un abri ? demandai-je.

— Oui.

— Un abri contre l'éclair noir ?

— Oui.

— C'est quoi, l'éclair noir ?

Il fit entendre une inquiétante complainte et frissonna.

Dans ce son déconcertant, quelque chose donnait une impression de plaisir, comme si la simple contemplation de l'éclair noir envoyait de délicieuses vibrations dans notre prisonnier.

Je frémis, moi aussi, mais de peur.

— Qu'est-ce que c'est, l'éclair noir ?

Contemplant à travers moi le spectacle d'une inimaginable destruction, le gobelin parla d'une voix lourde de malveillance, pénétrée d'ardeur religieuse :

— Le ciel blanc-blanc est un ciel délavé par des dizaines de milliers d'énormes explosions, un unique éclair d'un horizon à l'autre. L'éclair noir est l'énergie noire de la mort, la mort nucléaire qui s'abattra du ciel pour anéantir l'humanité.

Je regardai Rya.

Elle me regarda.

Ce que nous avions suspecté — et dont nous n'avions pas osé parler — se révélait vrai. La Charbonnière Éclair préparait un abri dans lequel l'espèce gobeline se réfugierait pour survivre à une autre guerre détruisant le monde, semblable à celle qu'ils avaient déclenchée dans une ère oubliée.

Je demandai à notre prisonnier :

— Quand donc cette guerre éclatera-t-elle ?

— Peut-être... dans dix ans.

— Dix ans à partir de maintenant ?

— ... peut-être...

— En 1973 ?

— ... ou dans vingt ans...

— Vingt ?

— ... ou dans trente...

— Quand, bon Dieu ? Quand ?

Derrière les yeux humains, les yeux brillants du gobelin palpitaient d'une lueur plus forte, lourde d'une folie démente et d'un désir encore plus dément.

— On n'est pas sûrs de la date... du temps... Il faut du temps... pour que les arsenaux soient construits... pour perfectionner les fusées... les rendre plus précises... La puissance de destruction doit être si énorme que, quand on la déclenchera, elle ne laissera pas subsister le moindre humain. Cette fois, aucune graine ne doit échapper à l'incendie. La terre doit être purgée... nettoyée d'eux et de toutes leurs excroissances...

Il rit d'un profond rire de gorge. C'était le glaçant croassement d'un plaisir pur et sombre, et sa jouissance devant la promesse de

422

l'apocalypse était si intense qu'elle vainquit un instant l'étreinte paralysante de la drogue. Il se tortilla presque sensuellement, arqua son corps jusqu'à ce que seules ses chevilles et sa tête touchent le sol et parla à toute vitesse dans sa langue ancienne.

Un frisson me parcourut, si violent qu'il ébranla chaque muscle et chaque os de mon corps. Mes dents claquaient.

La participation du gobelin à sa vision religieuse s'intensifia encore, en dépit de l'étau de la drogue. Tout à coup, comme si un barrage s'était rompu en lui, l'être poussa un soupir tremblé et soulagea sa vessie. Le flot et la puanteur de l'urine semblaient jaillir non seulement de la ferveur de destruction de la bête, mais aussi de l'étreinte du Penthotal.

Rya avait préparé une troisième seringue.

Je plaquai la créature au sol.

Rya enfonça l'aiguille dans la veine et commença de pousser le piston.

— Pas tout d'un coup ! lançai-je en contenant l'envie de vomir que me donnait la puanteur d'urine.

— Pourquoi ?

— Il ne faut pas le tuer avec une surdose. J'ai encore des questions à lui poser.

— Je vais y aller doucement.

Elle ne lui administra qu'un quart de la dose, assez pour le rendre à nouveau rigide, et laissa l'aiguille dans la veine pour reprendre instantanément l'injection en cas de besoin.

— Il y a longtemps, dis-je au captif, à une époque oubliée des hommes, l'époque où votre espèce a été créée, il y a eu une autre guerre...

— La Guerre, répéta-t-il doucement, d'un ton pénétré de respect, comme s'il parlait d'un événement très sacré. La Guerre... La Guerre...

— Dans cette guerre, est-ce que votre espèce a construit des abris comme celui-là ?

— Non. Nous sommes morts... morts avec les hommes parce que nous étions les créations des hommes et que nous méritions donc de mourir.

— Alors, pourquoi construire des abris, cette fois ?

— Parce... nous avons échoué... échoué... nous avons échoué...

Il battit des paupières et tenta de se lever.

— Échoué...

Je fis un signe de tête à Rya.

Elle injecta encore un peu de drogue à la bête.

— En quoi avez-vous échoué ?

— … échoué à éliminer la race humaine… et alors… après la Guerre… nous n'étions plus très nombreux à chasser les survivants humains. Mais cette fois… oh, cette fois, quand la guerre sera finie, quand les incendies seront éteints, quand les cieux auront dégorgé toutes leurs cendres froides, quand les tempêtes de pluies amères et de neige acide auront cessé, quand les radiations auront atteint un seuil tolérable…

— Oui ? insistai-je.

— Alors, poursuivit-il dans un murmure pénétré de la révérence des fanatiques religieux livrant une prophétie miraculeuse, de nos refuges, des groupes de chasseurs opéreront de temps en temps des sorties… pour traquer jusqu'aux derniers les survivants, hommes, femmes et enfants. Nos chasseurs feront des battues et ils tueront… tueront jusqu'à ce qu'ils n'aient plus rien à manger ni à boire ou jusqu'à ce que les radiations résiduelles les aient fait mourir à leur tour. Cette fois nous n'échouerons pas. Nous aurons assez de survivants pour garder des équipes d'extermination en action pendant un siècle, pendant deux, et quand la terre sera indiscutablement nue, quand il n'y aura plus que le silence parfait d'un pôle à l'autre et plus le moindre risque d'une renaissance de la vie humaine, alors nous éliminerons la dernière œuvre restant de l'homme… Nous-mêmes. Alors tout sera noir, très noir, et froid et silencieux, et la pureté parfaite du Néant régnera pour l'éternité.

Je ne pouvais plus feindre de croire que le vide impitoyable perçu dans le symbole n'était qu'une illusion. Je comprenais maintenant clairement sa signification. Dans ce signe, je voyais la fin brutale de toute vie humaine, la mort d'un monde, sans espoir, l'extinction.

— Mais tu ne te rends pas compte de ce que tu dis, lançai-je au captif. Tu es en train de me dire que le but ultime de votre espèce c'est son autodestruction.

— Oui. Mais après vous.

— C'est insensé.

— C'est le destin.

— La haine portée à de telles extrémités, c'est dépourvu de sens, c'est de la folie, c'est le chaos.

— Votre folie, rétorqua-t-il en me souriant tout à coup de toutes ses dents. Vous l'avez mise en nous, non ? Votre chaos : c'est vous qui l'avez fabriqué.

Rya injecta encore de la drogue.

Le sourire s'effaça du visage de la créature aux niveaux humain et gobelin, mais elle ajouta :

— Vous... votre espèce... vous êtes les maîtres inégalés en matière de haine, vous êtes des connaisseurs en destruction... des empereurs du chaos. Nous sommes ce que vous nous avez faits. Nous ne possédons aucun potentiel que votre espèce n'ait pas prévu. En fait... nous ne possédons aucun potentiel que votre espèce n'approuve pas.

Comme si j'avais été vraiment dans les entrailles de l'Enfer, confronté à un démon qui tenait entre ses pattes écailleuses l'avenir de l'humanité et envisageait de lui pardonner si j'arrivais à le persuader, je me mis à discuter de la valeur de la race humaine.

— Nous ne sommes pas tous des maîtres de la haine, comme tu dis.

— Tous, insista-t-il.

— Certains d'entre nous sont bons.

— Aucun.

— La plupart d'entre nous sont bons.

— Vanité, rétorqua le démon avec cette inébranlable confiance qui (selon la Bible) n'appartient qu'au Malin et permet de semer le doute dans l'esprit des mortels.

— Certains d'entre nous sont capables d'amour.

— Il n'y a pas d'amour, rétorqua l'être.

— Tu te trompes. L'amour existe.

— Ce n'est qu'une illusion.

— Certains d'entre nous aiment, insistai-je.

— Tu mens.

— Certains d'entre nous se soucient des autres.

— Rien que des mensonges.

— Nous avons du courage et nous sommes capables de nous sacrifier pour le bien des autres. Nous aimons la paix et haïssons la guerre. Nous soignons les malades et pleurons les morts. Va te faire voir, nous ne sommes pas des monstres. Nous élevons les enfants et cherchons à leur laisser un monde meilleur.

— Vous êtes une espèce répugnante.

— Non, nous...

— Mensonges.

Il siffla, un son qui trahissait la réalité inhumaine derrière le déguisement humain.

— Mensonges et auto-illusions.

— Slim, me dit Rya, ça ne sert à rien. Tu ne peux pas les convaincre. Pas eux. Ce qu'ils pensent de nous n'est pas une simple opinion. Ce qu'ils pensent de nous est inscrit dans leurs gènes. Tu ne peux pas le changer. Personne ne peut le changer.

Elle avait raison, bien sûr.

Je soupirai. Hochai la tête.

— Nous aimons, répétai-je avec entêtement, tout en sachant qu'il était inutile de discuter.

Tandis que Rya administrait des petites doses de Penthotal, je poursuivis l'interrogatoire. J'appris qu'il existait cinq niveaux dans cet abri souterrain, chacun deux fois moins étendu que celui du dessous, de sorte qu'ils formaient une espèce d'escalier au cœur de la montagne. Il y avait, expliqua le démon, soixante-quatre salles terminées et approvisionnées, chiffre qui m'étonna mais n'était pas incroyable. C'était un peuple industrieux, une société d'abeilles que n'embarrassaient pas les questions d'individualités qui sont la marque glorieuse — quoi que parfois frustrante — de notre espèce. Un seul projet, une seule méthode, un seul but primant tout le reste. Jamais de désaccords. Pas d'hérétiques ni de factions. Pas de débats. Ils marchaient inexorablement vers leur rêve d'une terre éternellement silencieuse, nue, noire. Selon notre prisonnier, ils comptaient ajouter encore au moins une centaine de salles à ce refuge avant que vienne le jour d'envoyer des missiles au-dehors et des milliers d'entre eux afflueraient discrètement de tous les points de Pennsylvanie et des autres États de l'Est dans les mois précédant la guerre.

— Et il y a d'autres nids comme Yontsdown, se réjouit le démon, où l'on construit des abris comme celui-là.

Horrifié, j'insistai durement pour savoir où étaient ces autres abris mais notre captif ignorait leur emplacement.

Ils prévoyaient de terminer leurs abris sur chaque continent au moment où les engins nucléaires auraient atteint un niveau de perfection analogue à celui de l'époque oubliée. Alors les gobelins agiraient, appuieraient sur le bouton du cataclysme.

Tandis que j'écoutais ce délire, une sueur froide et aigre m'avait envahi. J'ouvris ma veste de ski et la puanteur de la peur et du désespoir que dégageait mon corps me monta aux narines.

Rya avait une autre ampoule de Penthotal. Elle la leva en m'interrogeant du regard.

Je secouai la tête. Il n'y avait rien de plus à apprendre. Nous en savions déjà trop.

Elle reposa l'ampoule. Ses mains tremblaient.

Le désespoir pesait sur moi comme un suaire.

— Nous aimons, lançai-je au démon, qui commençait à se tordre et à sursauter sur le sol. Va te faire foutre, nous aimons, nous aimons.

Puis je tirai mon poignard et lui ouvris la gorge.

Il y eut du sang.

Je n'éprouvai aucun plaisir à sa vue. Une sombre satisfaction, peut-être, mais pas de plaisir réel.

Comme le gobelin avait déjà forme humaine, il n'y eut pas de métamorphose. La mort glaça le regard des yeux humains et dans le costume de chair malléable, les yeux gobelins faiblirent, puis s'assombrirent.

Comme je me relevai, une sirène retentit, grondant contre les murs de béton : ouououououou !

Comme dans le cauchemar.

— Slim !

— Oh, merde ! m'exclamai-je, et mon cœur bondit dans ma poitrine.

Est-ce qu'ils avaient trouvé le gobelin mort du niveau inférieur, dans son incertaine tombe d'ombre ? Ou bien s'étaient-ils aperçus de l'absence du second ?

Nous nous précipitâmes vers la porte. Mais en y arrivant, nous entendîmes derrière le battant des gobelins crier dans leur langue ancienne et courir dans le tunnel.

Nous savions maintenant que le refuge abritait soixante-quatre salles sur cinq niveaux. L'ennemi n'avait aucun moyen de savoir jusqu'où nous avions pénétré et où nous étions, il n'allait donc pas fouiller forcément cette pièce en premier. Cela nous laissait quelques minutes. C'était peu, mais c'était précieux.

La sirène mugissait, et le bruit violent se ruait au-dessus de Rya et de moi comme de puissantes vagues d'eau.

Nous courûmes sur le pourtour de la salle, en quête d'une cachette, sans être sûrs de ce que nous cherchions, et ne trouvant rien... jusqu'à ce que mon regard tombe sur l'une des grilles d'aération au niveau du sol. Elles faisaient plus d'un mètre carré et étaient maintenues non par des vis, comme je le craignais, mais par une simple pince-pression. Quand je tirai sur la pince, la grille s'ouvrit. Le passage aux parois métalliques qui commençait au-delà faisait un mètre carré et l'air aspiré courait le long du conduit avec un doux susurrement creux et un grondement encore plus doux.

Collant mes lèvres à l'oreille de Rya pour être entendu malgré la sirène, je lui dis :

— Retire ton sac à dos et pousse-le devant toi, avec le fusil. Tant que la sirène retentit, ne t'inquiète pas, fais autant de bruit que tu voudras. Mais quand ça s'arrêtera, il faudra être beaucoup plus silencieux.

— Il fait nuit là-dedans. On peut utiliser les lampes ?

— Ouais. Mais quand tu verras une autre lumière devant toi, coupe ta lampe. On ne peut pas risquer que le rayon soit vu à travers une grille dans les couloirs.

Elle entra dans le conduit devant moi, en rampant sur le ventre, et en poussant le fusil et le sac à dos devant elle. Comme elle remplissait plus de la moitié de l'espace, la lueur de sa lampe n'était guère visible et peu à peu elle disparut.

Je poussai mon paquetage, l'éloignant encore plus avec le canon de ma carabine puis entrai à plat ventre. Je dus me tordre douloureusement dans cet espace étroit pour atteindre derrière moi la grille et la faire claquer avec suffisamment de force pour qu'elle se referme.

Le hurlement de l'alarme passait à travers toutes les grilles du système de ventilation et rebondissait sur les parois métalliques du conduit, plus perçant encore qu'entre les murs de béton.

La claustrophobie que j'avais éprouvée en entrant dans les galeries de mine du XIXᵉ siècle avec Horton Bluett me revenait, décuplée. J'étais presque sûr de me retrouver bientôt bloqué et suffoquant. Ma poitrine était prise entre les battements frénétiques de mon cœur et le métal froid du conduit. Un cri se forma dans ma gorge mais je l'étouffai. Il n'y avait rien d'autre à faire qu'avancer. Derrière nous, c'était une mort assurée et si devant nous la mort était à peine moins certaine, il me fallait néanmoins aller là où les chances étaient les meilleures.

Nous avions adopté un point de vue sur l'Enfer différent de celui des démons : le point de vue des rats courant dans les murailles.

30

Loin de la fête

Le hurlement insistant de la sirène me rappela le signal de départ pour le motocycliste du mur de la mort chez Sombra Frères, qui utilise un son similaire pour électriser les badauds. Le sombre labyrinthe du système de ventilation faisait penser au dédale du Palais du rire. En fait la société secrète des gobelins, si différente du monde normal, offrait une espèce de version plus sombre de la société fermée des forains. Tandis que Rya et moi avancions en nous tortillant dans les conduits, je me sentis comme un jeune gogo qui aurait osé s'aventurer dans le parc d'attractions après la fermeture pour éprouver son courage en s'introduisant dans les baraques à monstres quand toutes les lumières sont éteintes et que nul de son espèce ne peut l'entendre crier.

Parvenue au conduit vertical donnant dans le plafond du nôtre, Rya dirigea la lampe vers le haut. Je fus surpris de la voir monter par là, en tirant derrière elle son paquetage. Mais en suivant je découvris que l'une des parois du puits avait des barreaux étroits destinés à faciliter l'entretien. On pouvait à peine s'y accrocher de la pointe des pieds et du bout des doigts mais ils rendaient l'ascension possible sans trop d'acrobaties. Même les gobelins, capables de marcher sur les murs et les plafonds, avaient trouvé difficile de grimper le long des parois lisses du conduit vertical.

Tout en montant, je songeai que c'était une bonne idée de fuir ce niveau. Nous y avions laissé le deuxième gobelin mort et quand le cadavre serait découvert, les recherches se concentreraient à coup sûr dans cette zone. Une vingtaine de mètres au-dessus de notre point de départ, nous débouchâmes dans un conduit horizontal qui courait le long de l'étage suivant, et Rya se déplaça à travers une série de passages connectés les uns aux autres. La sirène se tut enfin.

Mes oreilles continuèrent de résonner longtemps après.

A chaque bouche d'air, Rya s'arrêtait pour jeter un coup d'œil à travers la grille. Quand elle repartait, je la suivais et l'imitais. Certaines pièces étaient désertes, obscures et silencieuses. Mais dans la plupart, des gobelins armés nous traquaient. Parfois je ne voyais d'eux que des pieds et des jambes mais à en juger par le ton d'urgence de leurs voix aiguës et par la rapidité de leurs mouvements, je savais qu'ils fouillaient les lieux.

Depuis le moment où nous avions pris l'ascenseur, nous avions ressenti des vibrations dans les planchers et dans les murs des tunnels et des pièces que nous avions traversés. Au bruit, il semblait qu'une énorme machinerie concassât la roche quelque part au loin et nous avions supposé qu'il s'agissait d'une activité minière. Quand la sirène se tut et que mes oreilles cessèrent de sonner, je m'aperçus que le grondement se faisait entendre aussi à l'intérieur du système de ventilation. En fait, plus nous approchions du quatrième niveau et plus le bruit augmentait, passant d'un grondement à un rugissement contenu. Les vibrations aussi se faisaient de plus en plus sentir.

Près de l'extrémité du conduit du quatrième étage, nous atteignîmes une bouche d'air à travers laquelle Rya vit quelque chose qui attira son intérêt. Plus souple que moi, elle réussit à se retourner dans cet étroit réduit sans faire de bruit et nous nous retrouvâmes face à face devant la grille.

Je n'avais pas besoin de regarder au-dehors pour savoir que la source du grondement profond et continu se trouvait dans la salle voisine, car le bruit et les vibrations avaient atteint un apogée. Regardant à travers les espaces étroits entre les barreaux de la grille, je vis la base d'acier de ce qui paraissait une énorme machine, sans en voir suffisamment pour savoir de quoi il s'agissait.

J'avais aussi la possibilité d'étudier en gros plan les pieds fort griffus de nombreux gobelins. Vraiment trop gros, le plan. Les autres étaient assez loin pour que je voie qu'ils étaient armés et fouillaient entre les énormes machines.

Quelle que fût la source du bruit et des vibrations, il ne s'agissait pas d'extraction de charbon, car il n'y avait ni poussière ni odeur de minerai. En outre, on n'entendait ni foreuse ni marteau piqueur. De près, le grondement restait inchangé, même s'il était plus fort.

Je ne savais pourquoi Rya s'était arrêtée là. Intelligente et vive d'esprit comme elle était, je me doutais bien qu'elle avait une idée, peut-être même un plan. Et voilà bien ce qui me manquait : un plan.

En quelques minutes, l'équipe de recherche eut fouillé toutes les cachettes possibles dans la pièce au-delà de la grille. Les gobelins s'en allèrent ; leurs voix désagréables s'éteignirent.

Ils n'avaient pas pensé à regarder dans les conduits de ventilation. Mais bientôt, ils corrigeraient cette omission.

En fait, peut-être s'étaient-ils déjà glissés dans le système d'aération et peut-être n'étaient-ils plus très loin.

Rya avait peut-être eu la même idée car visiblement elle avait décidé de sortir des conduits. De l'épaule elle poussa la grille. La pince céda et la grille se rabattit à l'extérieur.

Initiative risquée. Si un seul des gobelins qui fouillaient tout à l'heure s'était attardé, ou si d'autres travaillaient dans la salle... La chance était avec nous. Nous sortîmes en tirant notre barda derrière nous et refermâmes la grille sans être vus.

Sans nous consulter, nous nous collâmes derrière une énorme machine. Il ne me fallut pas longtemps pour comprendre où nous étions. C'était la centrale d'énergie du complexe, qui produisait son électricité. Le grondement était en partie celui d'une batterie d'énormes turbines tournant sous la pression de l'eau ou peut-être de la vapeur.

La caverne était impressionnante. Avec près de deux cents mètres de long et cent de hauteur, elle aurait pu contenir des immeubles de six à huit étages. Dans des compartiments d'acier peints en gris administratif, cinq génératrices grosses comme des maisons de deux étages étaient alignées au centre de la salle, entourées d'un équipement de surveillance, dont la plus grande partie était à la même échelle gigantesque.

En cherchant toujours la protection de l'ombre, nous traversâmes la salle en sautant de l'abri d'une machine à une autre, de caisses de pièces détachées à des rangées de chariots électriques.

Au sommet des murailles, directement au-dessus de nos têtes, courait une coursive d'acier. Une énorme grue était suspendue au plafond par des rails qui y étaient fixés. Apparemment elle pouvait se déplacer d'un bout à l'autre de la salle.

Tandis que nous nous glissions d'un abri à l'autre, nous fouillions du regard aussi bien le niveau inférieur de la centrale que la coursive. Nous aperçûmes un gobelin, puis deux autres, au sol. A chaque fois, ils étaient à une centaine de mètres, absorbés dans leurs tâches de surveillance de l'installation et ils ne nous remarquèrent pas. Heureusement, aucun ennemi n'apparut sur la coursive, d'où il nous aurait aisément repérés.

Près du milieu de la pièce, nous tombâmes sur un canal d'une dizaine de mètres de profondeur et d'une dizaine de mètres de large, qui coupait en deux la salle. Il était parcouru par un tuyau de huit mètres de diamètre environ, assez large pour contenir un camion, et de fait, au bruit, il semblait qu'un convoi permanent de poids lourds le parcourait.

Je compris que les turbines tournaient sous la pression d'une rivière souterraine détournée qui se ruait dans ce tuyau. En considérant la rangée de générateurs gros comme des immeubles, je me demandai pourquoi les gobelins avaient besoin de tant d'électricité. Ils en produisaient assez pour alimenter une ville cent fois plus grande que celle qu'ils construisaient.

Des passerelles enjambaient le canal. L'une d'elles n'était qu'à dix mètres de nous. Mais en la traversant, nous nous exposerions terriblement. Rya dut penser la même chose car nous avons fait demi-tour en même temps et nous nous sommes rapidement rabattus vers une cachette qui nous avait paru acceptable.

Le seul moyen de sortir de ce soi-disant abri souterrain était de rester là assez longtemps pour que l'ennemi crût que nous étions déjà échappés. Alors ils arrêteraient de nous chercher ici et tourneraient leur attention vers le monde de la surface.

Notre cachette : des égouts d'un mètre de large parcouraient le col de ciment de la salle, qui s'inclinait doucement vers les bouches. Les gobelins devaient nettoyer le sol au jet. La bouche que nous avions découverte était une grille métallique dans un espace protégé par deux machines. Grâce à la lampe électrique, je constatai que le tuyau vertical descendait sur deux mètres jusqu'au conduit horizontal, légèrement plus petit, qui partait dans les deux sens.

Ça pouvait aller.

Nous soulevâmes la grille et jetâmes notre équipement dans le trou. Rya sauta, disposa les sacs et les armes de part et d'autre dans le conduit horizontal et s'installa dans la branche de droite. Je la suivis et tentai de remettre la grille en place sans bruit. J'échouai. Au dernier moment elle me glissa des doigts et se cala dans son logement avec un fracas métallique qui dut résonner dans toute la salle. J'espérai que chacun des ouvriers gobelins croirait que le son avait été produit par l'un de ses semblables.

En me glissant dans l'autre branche du conduit, sur la gauche, je constatai qu'il était légèrement en pente pour faciliter l'écoulement de l'eau. Il était sec. Ils n'avaient pas dû nettoyer récemment.

De l'autre côté du puits vertical, Rya me faisait face, mais l'obscurité était si complète que je ne la voyais pas. Je savais seulement qu'elle était là.

Quelques minutes passèrent. Le bruit des génératrices au-dessus de nous et de la rivière souterraine quelque part au-delà de Rya était transmis à travers le sol et dans le conduit lui-même, rendant toute conversation impossible. Il nous aurait fallu crier pour communiquer, ce qui était évidemment hors de question.

Tout à coup, j'eus la sensation que je devais tendre le bras vers Rya. En m'exécutant, je découvris qu'elle tendait elle aussi le bras vers moi, en me présentant un sandwich enveloppé dans du papier paraffiné et une Thermos de jus de fruits... Elle ne parut pas surprise de sentir mes mains qui cherchaient les siennes dans l'obscurité. Aveugles, sourds et muets, nous maintenions encore le contact.

Ma montre lumineuse m'indiqua qu'il était cinq heures de l'après-midi, et qu'on était toujours dimanche.

Obscurité, attente.

Je laissai mon esprit vagabonder jusqu'en Oregon. Mais la perte de ma famille me déprimait trop.

Alors je songeai à Rya. Mais je me retrouvai bientôt affublé d'une érection gênante.

Alors j'évoquai la fête foraine et mes nombreux amis. Mon abri à moi, ma famille, mon chez-moi, c'était Sombra Frères. Mais bon Dieu, comme nous étions loin de la fête! C'était presque aussi déprimant que de penser à l'Oregon.

Alors je dormis.

Comme je n'avais guère fermé l'œil depuis plusieurs nuits et que j'étais épuisé, je dormis d'une traite pendant neuf heures. A deux heures du matin, je m'arrachai violemment à un rêve, instantanément conscient.

Une fraction de seconde, je crus que le cauchemar m'avait réveillé. Puis je m'aperçus que plusieurs voix filtraient à travers la grille : des voix de gobelins qui parlaient avec animation dans leur ancienne langue.

Je tendis le bras et dans l'obscurité trouvai la main de Rya qui cherchait la mienne. Nos doigts s'entrelacèrent et nous écoutâmes.

Au-dessus, les voix s'éloignaient.

Dans la caverneuse centrale des bruits résonnaient que nous n'avions pas encore entendu : un concert de grincements et de claquements métalliques.

Je compris, sans avoir besoin de mon don de double vue, qu'ils entreprenaient une nouvelle fouille. En neuf heures, ils devaient avoir retrouvé l'autre gobelin mort, les ampoules vides de Penthotal, les aiguilles usagées, et peut-être des traces de notre passage dans les conduits de ventilation.

Quarante minutes passèrent. Au-dessus les sons ne diminuaient pas.

Inquiet, j'entendis des pas approchant de la bouche d'évacuation. De nouveau, plusieurs gobelins se réunirent autour de la grille d'acier.

Un rayon de lumière perça la grille.

Rya et moi retirâmes instantanément nos mains et comme des tortues se repliant dans leurs carapaces, nous reculâmes silencieusement des deux côtés du conduit horizontal.

Devant moi, des rais de lumière dessinaient des rayures sur le sol. On ne pouvait pas voir grand-chose en raison du brouillage provoqué par la grille.

La lumière s'éteignit.

Ma respiration s'était bloquée. Je soufflai doucement, aspirai de l'air frais.

Les voix ne s'éloignèrent pas.

Un moment plus tard approcha un bruit de grincement et de craquement, qui se mua en raclement tandis qu'ils amenaient la grue suspendue au-dessus de la bouche.

La lumière revint, brillante comme celle d'un projecteur de théâtre.

Devant moi, à quelques centimètres, au-delà de l'ouverture du conduit horizontal dans lequel j'étais étendu, la lumière illuminait le sol du petit puits, faisant apparaître chaque détail de façon presque surnaturelle. On eût dit que le rayon était brûlant. S'il y avait eu de la moisissure dans le tuyau, je n'aurais pas été surpris de la voir grésiller et se vaporiser. Le souffle coupé, je suivis du regard le mouvement de la lumière, tremblant de la voir s'arrêter sur une miette de sandwich ou tout autre signe de notre présence.

De l'autre côté du rayon, j'aperçus vaguement le visage de Rya, à peine éclaboussé de lumière. Elle me regardait, elle aussi ; mais comme moi elle était incapable de détacher ses yeux du rayon plus d'une seconde.

Tout à coup la lance lumineuse s'arrêta.

Je m'efforçai de voir ce qui avait retenu la main du gobelin qui tenait le projecteur, mais rien ne me sembla devoir attirer l'attention.

Le faisceau ne bougeait plus.

Au-dessus de nous, les gobelins parlaient plus fort, plus vite.

J'aurais voulu parler leur langue.

Mais je croyais savoir de quoi ils discutaient : de descendre dans le conduit pour y jeter un coup d'œil. Quelque anomalie avait attiré leur attention.

Un frisson de peur me parcourut comme un glissando de harpe, chaque note plus froide que la précédente.

Je me voyais battant laborieusement en retraite dans le tuyau, trop coincé pour me battre, tandis que l'un des gobelins se lancerait tête en avant à ma poursuite. Avec la vélocité de son espèce, la bête m'aurait lacéré la face — ou arraché les yeux ou ouvert la gorge — avant même que j'aie pressé la détente. Je la tuerais sûrement mais je mourrais de manière horrible.

Le rayon bougea encore, balayant lentement le fond du conduit vertical.

S'arrêta de nouveau.

Des brins de poussière vagabondaient dans le rayon lumineux.

Allons-y, salopards, pensai-je. Venez, venez, on va régler ça.

La lumière s'éteignit.

Je me crispai.

Viendraient-ils dans l'obscurité ?

Ils ramenaient la grue à sa place primitive.

Je n'arrivais pas à y croire. Dans l'obscurité je tendis le bras en avant et trouvai la main de Rya. Nos doigts s'agrippèrent au milieu du puits redevenu sombre. Sa main était glacée mais se réchauffa peu à peu dans la mienne.

J'étais ragaillardi. Il m'était difficile de garder le silence, car j'avais envie de rire, de pousser des cris et de chanter. Pour la première fois depuis que nous avions quitté Gibtown, je sentis la brume du désespoir se dissiper un peu et l'espoir briller quelque part au-dessus.

Ils avaient fouillé deux fois leur abri et ne nous avaient pas dénichés. Maintenant ils ne nous trouveraient sans doute plus car ils seraient convaincus que nous nous étions échappés. Dans quelques heures, après leur avoir laissé encore le temps de se renforcer dans cette conviction, nous nous glisserions hors du conduit, et nous nous en irions en déclenchant les charges des détonateurs au passage.

Nous regagnerions Yontsdown après avoir à peu près réussi ce que nous étions venus faire ici. Nous aurions appris les raisons de l'existence de leur nid, et nous aurions fait quelque chose — ce ne serait peut-être pas assez, mais ce serait quelque chose.

Je savais que nous nous en sortirions sans mal, entiers, sains et saufs.

Je le savais, je le savais. Je le savais, vous dis-je.

Parfois mon don de double vue me fait défaut. Parfois, un danger plane, une obscurité descend, que je ne vois pas, si fort que je regarde.

31

La mort de ceux que nous aimons

Les gobelins avaient remis la grue en place et étaient partis vers deux heures le lundi matin. J'estimai que Rya et moi devions rester là encore quatre heures, ce qui signifierait que nous sortirions de la montagne vingt-quatre heures après y avoir pénétré sous la conduite de Horton Bluett.

Je me demandai si la tempête de neige qui menaçait était venue et si le monde en surface était blanc et propre.

Je me demandai si Horton Bluett et Grognon dormaient en cet instant dans leur petite maison propre d'Apple Lane — ou s'ils étaient réveillés, l'un et l'autre, l'un ou l'autre, en songeant à nous deux, en se demandant ce qui nous arrivait.

Depuis des jours, je n'avais jamais été de meilleure humeur. Je découvris que mon insomnie habituelle m'avait quitté. En dépit des neuf heures de bon sommeil dont j'avais déjà joui, je sommeillai de temps à autre, et m'endormais parfois profondément, comme si des années de nuits sans repos s'étaient tout à coup abattues sur moi.

Je ne rêvai pas. Ce qui me parut une preuve de changement favorable. J'étais extraordinairement optimiste. Cela faisait partie de mes illusions.

Je ne me réveillai qu'une heure et demie après le moment que je m'étais fixé pour le départ. On était lundi matin, il était sept heures trente et j'attendis encore trente minutes, guettant les bruits de la centrale.

Je n'entendis rien d'inquiétant.

A huit heures, je tendis la main vers Rya, la lui serrai puis m'extirpai du tuyau et m'accroupis dans le conduit vertical pour examiner dans le noir à tâtons mon pistolet à silencieux et ôtai le cran de sûreté.

Il me sembla que Rya chuchotait :

— Fais attention.

Mais je n'en étais pas sûr : le rugissement de la rivière souterraine et le grondement de la centrale étaient trop forts. Peut-être ne fût-ce que l'effleurement de sa pensée. Nous étions si proches, de plus en plus.

Debout, je collai mon visage à la grille en essayant de voir à travers. Je ne distinguai qu'un cercle très étroitement resserré. Si des gobelins accroupis avaient entouré la bouche, à trente centimètres, je ne les aurais pas repérés. Mais je sentais que la voie était libre. Me fiant à mon intuition, je plaçai le pistolet dans la poche de mon costume de ski et, des deux mains, soulevai la grille et la rabattis sur le côté, faisant moins de bruit qu'en entrant quinze heures plus tôt.

Je sortis du trou, Rya me passa notre équipement et je l'aidai.

Nous nous étreignîmes très fort, puis mîmes les sacs à l'épaule et reprîmes les fusils. Nous nous recoiffâmes de nos casques. Je laissai le sac de Horton dans l'égout après y avoir pris tout ce dont nous avions encore besoin : les bougies, les allumettes et une Thermos de jus de fruits.

Nous possédions encore vingt-deux kilos de plastic et pour en faire usage, nous avions peu de chances de trouver meilleur endroit qu'ici, au cœur de l'installation. Courant d'un coin d'ombre à l'autre, car nous n'avions pas fini de jouer les rats, nous parcourûmes l'énorme salle sur la moitié de sa longueur en réussissant à éviter les quelques ouvriers qui s'y trouvaient. Tout en avançant, nous placions rapidement nos charges. Nous étions de méchants rats. Du genre qui fait des trous dans les coques de navire. Sauf qu'aucun rat n'éprouverait jamais un plaisir aussi intense que le nôtre dans l'exécution d'une œuvre de destruction. Nous trouvâmes des portes de service à l'arrière des compartiments des générateurs et nous nous y glissâmes pour y laisser de petits présents de mort. Nous plaçâmes d'autres charges sous les chariots électriques et dans toutes les machines devant lesquelles nous passions.

Nous mettions la minuterie de chaque détonateur en route avant de l'insérer dans le plastic. Nous réglâmes les premiers sur une heure, les suivants sur cinquante-neuf minutes, les suivants sur cinquante-huit, les suivants sur cinquante-six car il nous fallut plus longtemps pour trouver où les placer. Nous essayions de faire en sorte que toutes les explosions eussent lieu en même temps, ou à peu près.

En vingt-cinq minutes nous avons disposé vingt-huit pains de un kilo avec leur minuterie. Ensuite, comme il ne nous restait plus que quatre kilos, nous sommes entrés dans le conduit de ventilation par où nous étions passés le soir précédent. Nous refîmes la même route en sens inverse.

Il nous restait trente-cinq minutes pour descendre au cinquième étage, retrouver les charges que nous avions placées la veille, y enclencher les détonateurs et, en suivant les flèches blanches, nous éloigner suffisamment pour échapper aux effondrements en chaîne qu'allaient déclencher les explosions. Il nous fallait nous déplacer avec précaution, sans bruit... et vite. Ce serait juste, mais je pensais que nous arriverions.

Le voyage à travers les conduits de ventilation fut plus facile et plus rapide que dans l'autre sens car nous connaissions les lieux et la direction à prendre. En six minutes, nous fûmes dans le conduit vertical muni de barreaux.

Quatre minutes plus tard nous arrivâmes devant la grille de la salle de culture hydroponique où nous avions interrogé — et tué — le gobelin.

Elle était noire et déserte.

Le cadavre avait été enlevé.

Derrière le rayon de ma lampe, je me sentis horriblement exposé. Je m'attendais à ce qu'un gobelin se lève entre les réservoirs hydroponiques vides et nous ordonne de nous arrêter. Mais cette attente fut heureusement déçue.

Nous nous précipitâmes à la porte.

Dans vingt-cinq minutes, les explosions commenceraient.

A l'évidence notre longue attente dans le conduit d'évacuation avait convaincu les démons que nous n'étions plus dans les lieux. (Ils devaient être dans tous leurs états, se demander qui nous pouvions bien être, pourquoi nous étions venus et dans quelle mesure nous allions faire connaître ce que nous avions appris.) Au cinquième étage les couloirs étaient maintenant aussi déserts qu'à notre entrée. Ce niveau n'était après tout qu'un entrepôt, qui n'avait besoin que de rares visites d'entretien.

Nous nous précipitâmes d'un tunnel à l'autre, le fusil de chasse et la carabine prêts à tirer. Nous ne nous arrêtâmes que pour enclencher les détonateurs dans les quatre kilos de plastic déjà disposés près des tuyaux d'eau, de gaz et autres qui traversaient les tunnels. A chaque fois, nous devions lâcher les fusils, je soulevais Rya pour qu'elle déclenche les dispositifs de mise à feu, et je nous sentais terriblement vulnérables. J'étais certain que des gardes surgiraient juste à cet instant.

Il n'en fut rien.

Apparemment, les gobelins ne craignaient pas un sabotage. Qu'ils se soient abstenus de prendre des précautions après notre intrusion montrait qu'ils se sentaient encore en sécurité et que cette attaque leur paraissait insignifiante. Depuis des milliers d'années, ils avaient toutes les raisons de se sentir supérieurs à nous. Leur certitude que nous n'étions qu'un gibier facile, c'était un de nos avantages dans la guerre contre eux.

Nous atteignîmes les ascenseurs dix-neuf minutes avant l'heure H. Onze cent quarante secondes que chaque battement de mon cœur comptait deux fois.

Quoi que tout se fût déroulé jusque-là sans anicroche, je redoutais de prendre les ascenseurs pour gagner l'étage inférieur inachevé. Mais il n'était pas encore équipé de conduits de ventilation et nous n'avions pas le choix.

Nous entrâmes dans la cage et, très ému, j'appuyai sur le levier de commande. Des craquements, grincements, ronronnements effrayants accompagnèrent notre descente dans le puits rocheux. S'il y avait des gobelins dans la salle d'en dessous, ils seraient alertés.

La chance ne nous abandonnait pas. Aucun de nos ennemis ne nous attendait quand nous prîmes pied dans la salle voûtée.

De nouveau, je posai la carabine et soulevai Rya. Avec une rapidité qui l'aurait fait engager par des experts en démolition, elle mit en marche les détonateurs dans chacune des trois charges que j'avais disposées dans les dépressions de la roche au-dessus des trois ascenseurs.

Dix-sept minutes. Mille vingt secondes. Deux mille quarante battements de cœur.

Nous traversâmes la salle voûtée en nous arrêtant quatre fois pour déposer les quatre derniers kilos dans les machines.

Quatorze minutes. Huit cent quarante secondes.

Nous atteignîmes le tunnel où, au plafond, la double rangée de lampes équipées d'abat-jour coniques mettait un damier de lumière et d'ombre sur le sol de pierre. C'était là que nous avions tué le premier gobelin. J'avais laissé des charges de un kilo de chaque côté du corridor, près de l'entrée de la grande salle. Avec une confiance accrue, nous fîmes halte pour manœuvrer les minuteries de ces bombes finales.

Le tunnel suivant était le dernier à être éclairé. Nous courûmes jusqu'à son extrémité et tournâmes à droite, dans la première galerie du plan de Horton. (En le lisant à rebours.)

Nos lampes avaient faibli, mais pas assez pour nous inquiéter. Et puis, nous avions des piles de rechange en poche — et des bougies, si nous devions en arriver là.

Je me défis de mon sac à dos et l'abandonnai. Rya m'imita. A présent, les provisions qu'ils contenaient encore n'avaient plus d'importance. Tout ce qui comptait, c'était la vitesse.

Je mis mon arme à la bretelle et Rya m'imita avec le fusil de chasse. Nous glissâmes les pistolets dans les poches de nos pantalons. N'ayant plus en main que les lampes, la carte de Horton et la Thermos, nous essayâmes de mettre le maximum de distance entre nous et les propriétés de la Charbonnière Éclair avant que l'enfer ne se déchaîne.

Neuf minutes et demie.

Laissant derrière nous le monde gobelin souterrain méticuleuse-ment conçu et construit, nous pénétrions dans un chaos humain et naturel, dans les vieilles mines que l'homme avait forées et que la nature était sinistrement déterminée à remplir peu à peu. Suivant les flèches blanches, nous courions le long des tunnels moisis. Nous rampions à travers d'étroits passages dont les parois s'étaient effondrées.

Une répugnante mousse terne poussait sur un mur. Elle explosa quand nous la traversâmes, répandant une puanteur d'œuf pourri, souillant de vase nos tenues de ski.

Trois minutes.

Nous pataugeâmes dans une mare couverte d'un film de scories.

Deux minutes.

Le voyage à l'aller avait pris sept heures, de sorte que la plus grande partie du chemin de retour serait encore à faire après la dernière explosion, mais chaque pas qui nous éloignait des gobelins améliorait — du moins l'espérais-je — nos chances de sortir de la zone des effondrements.

Encore une minute et demie, peut-être.

Les lampes qui s'affaiblissaient de plus en plus, en bondissant dans nos mains dessinaient sur les murs et les plafonds des hordes de fantômes, une troupe d'esprits, de spectres frénétiques qui nous poursuivaient, couraient sur le côté, montaient, descendaient à nos chevilles.

Une minute.

Le silence sépulcral de la terre s'emplissait d'une multitude de sons rythmiques : nos pas, la respiration haletante de Rya ; ma respiration rageuse, plus forte encore que la sienne ; tous bruits dont les échos rebondissaient d'un mur à l'autre ; une cacophonie syncopée.

Je songeai qu'une minute était presque passée, mais la première explosion mit une fin prématurée à mon compte à rebours. C'était un grondement puissant et lointain que je sentis plus que je ne l'entendis, mais je n'avais aucun doute sur son origine.

Nous arrivâmes dans un puits de forage. Rya passa sa lampe dans sa ceinture, le faisceau vers le haut et entama l'escalade. Je la suivis.

Un autre grondement, suivi immédiatement d'un troisième.

L'un des barreaux rongés de rouille me resta dans la main. Je glissai et tombai d'environ quatre mètres.

— Slim !

— Ça va ! lançai-je, bien que je fusse tombé sur le coccyx, m'ébranlant toute la colonne vertébrale. La douleur me traversa comme un éclair, ne laissant derrière elle qu'un élancement atténué.

Par chance, je ne m'étais pas tordu une jambe : la fracture eût été inévitable.

M'élançant de nouveau dans le puits, je l'escaladai avec l'assurance et la vélocité d'un singe, ce qui n'était pas facile, étant donné l'élancement au bas de mon dos. Mais je ne voulais pas que Rya s'inquiète pour moi, s'inquiète pour quoi que ce fût d'autre que la nécessité de sortir de ces tunnels.

La quatrième, la cinquième et la sixième explosions secouèrent l'installation souterraine dont nous venions de partir et la sixième fut beaucoup plus bruyante que les autres. Autour de nous les parois bougèrent et le sol bondit deux fois. De la poussière, des morceaux de terre, et une véritable pluie de cailloux dégringola sur nous.

Au plafond, je vis une vieille poutre se fendre et à peine étais-je passé en trombe sous elle qu'elle s'abattait sur le sol. Un cri de terreur m'échappa et je pivotai sur mes talons, m'attendant au pire mais Rya était passée sans mal. Mon impression que notre chance ne se démentirait pas se renforça. Je savais que nous nous en sortirions sans blessure grave. Bien que j'eusse déjà appris de cruelle manière qu'il faisait toujours plus clair juste avant la nuit, j'avais depuis un moment oublié ce truisme et, d'ici peu, je regretterais mon manque de mémoire.

Une tonne de roche avait suivi la chute de la poutre. Comme une quantité plus grande allait tomber bientôt — la surface de la roche se gonflait comme de la terre humide gorgée de pluie —, nous repartîmes au pas de course, côte à côte, car le tunnel était large. Derrière nous, le bruit de l'effondrement devenait toujours plus fort, au point que je craignis que la galerie entière ne s'effondrât.

Les charges restantes explosèrent en un seul effroyable tir de barrage, que nous entendîmes moins que nous ne le sentîmes. Diable, la montagne tout entière semblait trembler, secouée dans ses fondations par des trépidations massivement violentes que les explosions seules ne pouvaient provoquer. Évidemment, la moitié de la montagne était trouée par plus d'un siècle d'exploitation minière et était donc affaiblie. Et le plastic avait peut-être déclenché d'autres explosions, de carburant et de gaz. Mais l'apocalypse avait apparemment de l'avance, et ma confiance était ébranlée par chaque onde de choc parcourant la roche.

Nous toussions dans l'air saturé de poussière, dont une partie tombait du plafond, mais dont la plus grande quantité arrivait par-derrière nous en lourds rouleaux de nuages. Si nous n'échappions pas bientôt au cercle d'influence de l'effondrement de la cité souterraine, si d'ici une minute ou deux, nous ne parvenions pas dans des tunnels préservés et dans un air plus pur, nous serions étouffés dans la poussière, une mort qui ne figurait pas parmi celles que j'avais envisagées.

De plus, le rayon faiblissant de nos lampes perçait difficilement le nuage de poussière. La lumière jaune se reflétait dans le brouillard de particules. Plus d'une fois je perdis le sens de l'orientation et manquai de me cogner la tête contre le mur.

La dernière des explosions était finie, mais un processus dynamique était à l'œuvre, et le flanc de la montagne cherchait un autre arrangement qui relâcherait les tensions et les pressions accumulées, qui remplirait ses cavités artificielles. Des deux côtés, et au plafond, la puissante roche commençait de craquer et d'exploser de la manière la plus étonnante, non avec le grondement sur une seule note qu'on aurait attendu mais dans une symphonie disharmonieuse de sons de ballons explosant d'un coup d'aiguille, de noisettes écrasées, de lourdes poteries brisées, d'os éclatés et de crânes fracturés ; cela résonnait et claquait comme des quilles de bowling renversées par la boule, crissait comme de la Cellophane, retentissait, tonnait comme des centaines de gros marteaux abattus par des centaines de solides forgerons sur des centaines d'enclumes d'acier — et il y avait même fréquemment un tintement pur et doux suivi presque aussitôt d'un cliquetis quasi musical qui faisait penser à un fin cristal frappé, écrasé.

Des éclats, puis des bouts de roche, puis des cailloux commencèrent à tomber sur nos têtes et nos épaules. Rya criait. Je lui agrippai la main, la tirai derrière moi à travers l'averse de pierres.

Des morceaux encore plus importants du plafond se mirent à tomber, certains, de la taille d'une balle de base-ball, frappant le sol autour de nous. Une pierre grosse comme le poing me heurta l'épaule, une autre me toucha le bras droit et je faillis laisser tomber la lampe. Deux autres projectiles frappèrent aussi Rya. Cela faisait mal, certes, mais nous continuions. Je bénis Horton de nous avoir fourni des casques, mais cette protection ne suffirait pas si tout s'effondrait sur nos têtes. La montagne explosait comme un Krakatoa à l'envers mais du moins la plus grande partie tombait-elle dans notre sillage.

Tout à coup, les ondes de choc diminuèrent d'intensité, ce qui était un changement si bienvenu que je crus l'imaginer. Mais au bout de dix pas, il fut clair que le pire était passé.

Nous atteignîmes le bord du nuage de poussière et pénétrâmes dans un air relativement pur, crachant et éternuant pour nous dégager les bronches.

Mes yeux étaient baignés de larmes et je ralentis pour m'éclaircir le regard en plissant les paupières. Le rayon de lumière jaune palpitait tandis que les piles donnaient leur dernière énergie mais je vis nos flèches blanches devant nous.

Rya courant de nouveau à mes côtés, je suivis le signal, bifurquai dans un nouveau tunnel — où l'un des démons bondit du mur sur lequel il était accroché et plaqua Rya sur le sol avec un cri perçant de triomphe et un claquement meurtrier des mâchoires.

Je lâchai la lampe mourante qui clignota mais ne s'éteignit pas et me jetai sur l'agresseur de Rya. En m'abattant sur la créature, je tirai instinctivement mon poignard plutôt que le pistolet. J'enfonçai profondément la lame au défaut de l'omoplate et le tirai en arrière, l'arrachant à Rya, tandis qu'il criait de douleur et de colère.

Tendant les bras vers moi, il plongea ses griffes dans mon pantalon de ski, déchirant le tissu imperméable. Une douleur brûlante foudroya mon mollet droit. Je savais qu'il m'avait arraché de la chair avec le pantalon.

Je lui passai un bras derrière le cou, lui tirai sur le menton et lui ouvris la gorge — série d'actions rapides qui s'enchaînèrent à toute vitesse comme des figures de ballet et ne prirent pas plus de deux secondes.

Tandis que le sang jaillissait de la gorge tailladée de mon ennemi qui commençait à reprendre forme humaine, je sentis, plutôt que je n'entendis, un autre gobelin se détacher du mur ou du plafond derrière moi. Je roulai sur le côté en même temps que je retirai le couteau du cadavre, et le second attaquant s'abattit sur son compagnon agonisant.

Le pistolet était tombé de ma poche et il était hors de ma portée, entre moi et le démon qui venait de bondir.

La créature virevolta pour me faire face, ses yeux, ses dents et ses griffes flamboyant dans une fureur préhistorique. Je le vis s'accroupir sur ses hanches puissantes et j'eus à peine le temps de lancer le couteau qu'il se jetait sur moi. La lame ne tourna que deux fois avant de s'enfoncer dans sa gorge. Crachant le sang, projetant de grosses morves sanglantes de son museau porcin, il tomba sur moi. Bien que l'impact de la chute eût fait pénétrer le poignard jusqu'à la garde, le gobelin réussit à enfoncer ses griffes à travers ma veste et sur mes flancs jusqu'aux hanches, pas très profond, mais assez profond quand même.

Je repoussai la bête mourante, en laissant échapper un cri quand ses serres s'arrachèrent à ma chair.

La lampe était presque morte, mais dans la lueur lunaire qui restait, je vis un troisième gobelin se lancer sur moi à quatre pattes, m'offrant un profil bas et la plus étroite cible possible. Il était parti de plus loin, de l'extrémité du tunnel peut-être, ce qui me donna tout juste le temps, en dépit de sa vitesse, de plonger sur le pistolet, de lever le canon et de tirer deux fois. La première balle le manqua. La deuxième toucha son haïssable visage porcin, faisant exploser l'un de ses yeux écarlates. Il tomba sur le côté, heurta le mur, plongé dans les convulsions de la mort.

A l'instant où la lampe s'éteignait dans une ultime pulsation, il me sembla voir un quatrième gobelin qui se glissait comme un rat le long du mur. Avant d'être sûr de ce que j'avais vu, nous fûmes plongés dans une obscurité totale.

La douleur rongeant comme un acide ma jambe lacérée, et brûlant mes flancs griffés, je ne pouvais me déplacer aisément. Je n'osais pas rester à l'endroit où je me trouvais quand la lumière avait disparu, car s'il y avait bien un quatrième gobelin...

Je passai au-dessus d'un cadavre, puis butai contre un autre, jusqu'à ce que je trouve Rya.

Elle gisait face contre terre. Tout à fait silencieuse.

Pour ce que j'en savais, elle n'avait pas bougé ni émis un son depuis que le gobelin avait jailli du mur et l'avait collée au sol. Je voulais la mettre doucement sur le dos et chercher son pouls, lui parler, l'écouter me répondre.

Je ne pouvais rien faire de cela tant que je n'aurais pas vérifié la présence ou l'absence du quatrième gobelin.

Accroupi près de Rya pour la protéger, je tournai le visage vers le tunnel sans lumière et écoutai.

Le silence était revenu dans la montagne et il semblait, du moins pour l'instant, que ses plaies avaient fini de se refermer. L'obscurité était plus profonde que celle qu'on trouve derrière les paupières closes. Lisse, sans forme, sans faille.

J'entrai dans un dialogue involontaire avec moi-même, le pessimiste discutant avec l'optimiste :

« Elle est morte ? »

« N'y pense même pas. »

« Tu l'entends respirer ? »

« Seigneur, si elle est inconsciente, sa respiration est très faible. Elle va peut-être très bien, elle est seulement inconsciente et respire si bas qu'on ne l'entend pas. Compris ? Compris ? »

« Elle est morte ? »

« Ta gueule ! »

447

« Parce que si elle est morte, à quoi bon tuer le quatrième gobelin ? A quoi bon sortir d'ici ? »

« Nous sortirons d'ici tous les deux. »

« Si tu rentres chez toi seul, à quoi sert d'avoir un chez-soi ? Si cet endroit est sa tombe, alors autant que ce soit la tienne aussi. »

« Tais-toi. Écoute. Écoute... »

Silence.

L'obscurité était si parfaite, si épaisse, si lourde qu'elle semblait avoir une consistance. J'avais l'impression de pouvoir prendre de pleines poignées d'obscurité humide, d'en arracher à l'air jusqu'à ce que la lumière apparaisse quelque part.

Tout en prêtant l'oreille dans l'attente du léger raclement des talons du démon sur la pierre, je me demandai ce que les gobelins faisaient là quand nous étions tombés sur eux. Peut-être suivaient-ils les flèches blanches pour voir comment nous étions entrés. Revenaient-ils après avoir constaté où elles aboutissaient, ou bien avaient-ils à peine commencé de remonter la piste ? S'ils nous avaient pris par surprise, ils semblaient n'avoir eu que quelques secondes pour réagir à notre approche. S'ils avaient eu plus de temps, il nous auraient tués tous deux — ou faits prisonniers.

« Elle est morte ? »

« Non. »

« Elle est tellement silencieuse. »

« Inconsciente. »

« Tellement immobile. »

« Ta gueule. »

Je tendis le cou, tournai la tête.

Toujours rien.

Le fruit de mon imagination ?

J'essayai de calculer combien de balles restaient encore dans le chargeur du pistolet. Il en contenait dix. J'en avais utilisé deux contre le gobelin que j'avais abattu le dimanche sur le damier de lumière du tunnel. Deux autres sur celui que j'avais tué ici. En restait six. Ce serait largement suffisant.

Un bruit glissant.

Inutile d'écarquiller les yeux. Je les écarquillai tout de même.

Obscurité profonde comme au fond de la botte de Dieu.

Silence.

Mais... là. Un autre cliquetis.

Et une odeur infecte. L'haleine puante d'un gobelin.

Clic.

Où ?

Clic.

Au-dessus de moi.

Je me renversai en arrière, sur Rya, expédiait trois balles vers le plafond, entendis l'une d'elles ricocher sur la pierre et un cri inhumain et n'eus pas le temps de tirer les trois dernières balles car le gobelin gravement blessé s'écrasait au sol près de moi. Me sentant proche, il rugit et lança ses griffes en avant, passa autour de moi un de ses bras étrangement articulés mais monstrueusement forts, me tira à lui et plongea ses griffes dans mon épaule. Il croyait sans doute, désorienté par l'obscurité, s'attaquer à mon cou. Tandis qu'il m'arrachait un morceau de chair, j'eus juste assez de force et de présence d'esprit pour fourrer le pistolet sous son menton en le pressant contre sa gorge et tirer trois fois, lui faisant exploser la cervelle.

Le tunnel obscur se mit à tournoyer.

J'allais m'évanouir.

Ce n'était pas bien. Il y avait peut-être un cinquième gobelin. Si je m'évanouissais, je ne me réveillerais peut-être plus.

Je secouai la tête.

Me mordis la langue.

Je pris de profondes inspirations en fermant très fort les yeux pour que le tunnel arrête de tourner.

A voix haute, je dis :

— Je ne veux pas m'évanouir.

Puis je m'évanouis.

Quoique je n'aie pas eu le loisir de consulter ma montre à l'instant précis où je me suis évanoui, je ne pense pas m'être évanoui très longtemps. Une minute ou deux au maximum.

Quand je repris conscience, je restai un moment étendu, l'oreille tendue dans l'attente du bruit d'une course de gobelin, comme un bruissement de feuilles d'automnes poussées par le vent. Puis je me rendis compte que même une seule minute d'évanouissement aurait signifié la fin pour moi si un autre démon s'était trouvé dans le tunnel.

Je rampai sur le sol en me frayant un chemin entre des

corps changeant de forme, tâtonnant à l'aveuglette des deux mains, à la recherche d'une des lampes, mais ne trouvant que du sang tiède.

Une panne d'électricité en enfer, sale affaire, songeai-je follement.

Je fus sur le point d'en rire. Mais mon rire aurait été suraigu, trop étrange, alors je l'étouffai.

Puis je me souvins des bougies et des allumettes que contenait l'une des poches intérieures de ma veste. Je les sortis de mes mains tremblantes.

La langue de flamme grésillante fit reculer l'obscurité, mais pas assez pour me permettre d'examiner Rya d'aussi près qu'il l'aurait fallu. Mais je repérai les deux lampes, en sortis les piles usées et les remplaçai par des neuves. Je soufflai la bougie, l'empochai et retournai m'agenouiller près de Rya. Je posai les lampes à terre de manière que leurs rayons se croisent sur elle

— Rya ?

Elle ne me répondit pas.

— S'il te plaît, Rya.

Immobile. Très immobile.

Le mot « pâle » avait été inventé pour son état.

Son visage était froid. Trop froid.

Je vis un hématome en train de noircir, qui couvrait la moitié droite de son front et, suivant la courbe de la tempe, descendait jusqu'à la pommette. Du sang brillait au coin de sa bouche.

En pleurant, je soulevai une de ses paupières, mais je ne savais pas le moins du monde ce que je cherchais, alors j'essayai de sentir sa respiration en approchant une main de ses narines, mais ma main tremblait tellement que je ne pouvais rien sentir. Enfin, je fis ce qu'il me répugnait de faire : je soulevai une de ses mains, glissai deux doigts sous son poignet et cherchai son pouls, que je ne trouvai pas, que je ne trouvai pas, Seigneur, que je ne trouvai pas. Puis je m'aperçus que je pouvais le voir, qu'il battait faiblement à ses tempes, palpitation à peine perceptible et quand je tournai précautionneusement sa tête sur le côté, je vis aussi le pouls sur sa gorge. Vivante. Peut-être pas beaucoup. Peut-être pas pour longtemps. Mais vivante.

Avec un regain d'espoir, je l'examinai, cherchant les blessures. Sa tenue de ski était lacérée et les griffes du gobelin avaient pénétré jusqu'à sa hanche gauche, la faisant saigner, mais peu. Je redoutais de trouver l'origine du sang au coin de ses lèvres, car il pouvait s'agir d'une hémorragie interne : sa bouche était peut-être pleine de sang. Mais non. Elle avait une coupure à la lèvre, rien de plus. En fait, en dehors de l'hématome sur le front et le visage, elle n'avait pas l'air blessée.

— Rya ?

Rien.

Il me fallait sortir des mines, remonter à la surface avant que d'autres effondrements aient lieu ou que d'autres gobelins se lancent à notre recherche — ou avant qu'elle meure faute de soins.

J'éteignis l'une des lampes et la glissai dans l'une des poches où j'avais gardé le pistolet. Je n'avais plus besoin de l'arme, car si j'étais de nouveau confronté aux gobelins, je serais certainement anéanti avant d'avoir pu tous les détruire, quelle que fût ma puissance de feu.

Comme elle ne pouvait pas marcher, je la portai. Mon mollet droit avait trois marques profondes des griffes des gobelins. Sur mes flancs, de cinq trous — trois à gauche, deux à droite —, du sang suintait. J'étais roué de coups, écorché, siège de centaines de douleurs et de souffrances mais je réussis à porter Rya.

L'adversité ne nous donne pas toujours force et courage : quelquefois, elle nous détruit. En période de crise, nous ne sentons pas toujours un flot d'adrénaline qui nous donne des forces surhumaines, mais cela arrive assez souvent pour faire partie de notre folklore.

Cela m'arriva dans ces couloirs souterrains. Tout bien considéré, ce n'est pas la perspective de notre propre mort qui nous effraie le plus, qui nous remplit de terreur. Non, ce n'est pas ça. Ce qui nous plonge dans une terreur éperdue, c'est l'idée de la mort de ceux que nous aimons.

La crainte de perdre Rya me poussa à travers ces tunnels avec une détermination plus grande que si je m'étais simplement préoccupé de ma survie. Dans les heures qui suivirent, je perdis conscience de la douleur, de la souffrance de mes muscles et de mon épuisement. Tandis que mon esprit et mon cœur bouillonnaient d'émotions, mon corps fonctionnait comme une froide machine, qui progressait inlassablement, parfois ronronnant avec une précision bien huilée, parfois claquant, craquant et grinçant mais toujours sans se plaindre, sans rien sentir. Je portais Rya dans mes bras comme je l'aurais fait d'un petit enfant, et il me semblait qu'elle pesait moins que la poupée dudit enfant. Quand j'arrivai à un puits, je ne perdis pas de temps à me demander comment la porter au niveau supérieur du labyrinthe. J'ôtai ma veste de ski et lui enlevai la sienne ; puis avec la force digne d'une vraie machine, je déchirai ces solides vêtements le long des coutures étroitement serrées, les déchirai même là où il n'y avait pas de couture, jusqu'à ce que je les eusse réduits en bandes de tissu solide et rembourré. En les nouant ensemble, je confectionnai un harnais qui passait sous ses bras et entre ses jambes, et pendait au bout d'un double câble de quatre mètres de long muni d'une boucle à son autre extrémité, et je montai, les pieds sur les barreaux, le dos contre la paroi opposée. La boucle du câble me barrait la poitrine et mes bras étaient dirigés vers le bas, chaque main tirant un des bouts de câble pour soulager ma poitrine du poids de Rya. Je veillais à ne pas lui cogner la tête contre les parois ou contre les barreaux de fer, la ménageant tout le long du chemin, doucement, doucement. Ce fut une prouesse de force, d'équilibre et de coordination qui par la suite parut phénoménale mais, sur le moment, s'accomplit sans que je réfléchisse à sa difficulté.

Nous avions mis sept heures à l'aller, mais nous étions alors tous deux en bon état. Pour rentrer il nous faudrait une journée, peut-être deux.

Nous n'avions rien à manger, mais ça irait. Nous pouvions bien tenir un jour ou deux.

Mais à un moment je pensai à l'eau, dont le corps a bien davantage besoin. C'est le carburant de la machine humaine et sans elle, la panne guette. La Thermos de jus d'orange avait échappé aux mains de Rya quand le gobelin s'était jeté sur elle. J'avais entendu le bruit du verre cassé et n'avais pas pris la peine de rechercher la bouteille. Maintenant nous n'avions plus que l'eau des mares. Elle était souvent couverte de scories, elle aurait probablement le goût du charbon, de la moisissure, pire encore, mais je ne sentais pas plus les goûts que la douleur. De temps à autre, j'abaissais Rya suffisamment pour m'accroupir près d'une flaque stagnante, balayer la saleté de la surface et prendre de l'eau dans mes mains. Parfois, j'ouvrais la bouche de Rya et lui faisais couler de l'eau dans la gorge. Elle ne frémissait pas, mais comme l'eau descendait, je me réjouissais en constatant les mouvements de contraction et de détente involontaires qui montraient qu'elle avalait.

Un miracle est un événement qui ne dure guère : une fugitive vision de Dieu manifestée en quelque aspect matériel du monde, les stigmates d'une statue du Christ qui laissent brièvement échapper du sang, une larme ou deux coulant des yeux sans regard d'une image de la Vierge Marie, le ciel tournoyant de Fatima. Mon miracle à moi dura des heures, mais il ne pouvait s'éterniser. Je me souviens d'être tombé à genoux, de m'être relevé, d'avoir continué, d'être retombé, manquant cette fois de lâcher Rya, d'avoir décidé de prendre un peu de repos pour son bien sinon pour le mien, rien qu'une courte pause pour reprendre des forces... et puis je me suis endormi.

Quand je me réveillai, j'avais de la fièvre.

Et Rya était toujours silencieuse et inerte.

La vague de son souffle continuait d'aller et venir. Son cœur battait toujours mais son pouls me parut plus faible.

J'avais laissé la lampe allumée en sombrant dans le sommeil. Maintenant elle était très faible, presque morte.

Maudissant ma stupidité, je pris la deuxième lampe dans ma poche.

A ma montre, il était sept heures et je supposai que nous étions lundi soir, mais pour autant que je pusse savoir, nous étions peut-être mardi matin. Je n'avais aucun moyen d'estimer combien de temps j'avais peiné dans les mines et combien de temps j'avais dormi.

Je nous trouvai de l'eau.

Je la soulevai de nouveau. Après cette interruption, je voulais que le miracle continue, et ce fut le cas. Mais la puissance qui m'avait empli était bien moindre que je n'avais cru. Dieu était retenu ailleurs et m'avait confié à un ange moins tendre que son Maître. Ma capacité à repousser la douleur et la fatigue avait diminué. Je franchis à pas pesants une distance considérable avec une admirable indifférence robotique mais de temps à autre, j'avais conscience de souffrances si dures que je laissais filtrer un faible gémissement et même, à deux reprises, je hurlai. Parfois la douleur de mes muscles et de mes os torturés m'apparaissait et je devais rejeter cette prise de conscience. Rya avait cessé d'être légère comme une poupée et parfois elle pesait des tonnes.

Je passai devant le squelette du chien. Je lui jetai de nombreux coups d'œil inquiets tout en m'éloignant, l'esprit hanté d'images de ces os lancé à notre poursuite.

Errant aux confins de la conscience et de l'inconscience, comme un papillon de nuit qui va d'une flamme aux ténèbres et des ténèbres à la flamme, je me retrouvais souvent dans un état et dans une situation qui me flanquaient une frousse terrible. Plus d'une fois j'émergeais de ma nuit intérieure pour découvrir que j'étais agenouillé au-dessus de Rya et pleurais à chaudes larmes. Chaque fois je la croyais morte, mais chaque fois, je trouvais son pouls — il était infime, certes, mais il était là. Toussant et crachant, je me réveillais le visage dans une flaque d'eau où je m'étais abreuvé. Parfois, reprenant conscience, je m'apercevais que, Rya dans mes bras, j'avais dépassé l'une des flèches blanches de deux cents mètres ou pris le mauvais passage ; il me fallait alors faire demi-tour et reprendre le bon chemin.

J'avais chaud. J'étais brûlant.

Pendant quelque temps, j'avais régulièrement consulté ma montre mais je finis par laisser tomber. Cela ne servait à rien et ne me réconfortait nullement. Je ne pouvais dire dans quelle portion du jour nous étions, si nous étions la veille ou le lendemain. Je supposai que nous étions lundi ou mardi matin.

Je passai en chancelant devant les équipements miniers soudés par la rouille qui formaient une silhouette grossière d'extra-terrestre à tête cornue, poitrine hérissée de piquants et d'os tranchant comme une lame. Plus tard, dans d'autres tunnels, je crus l'entendre qui me suivait en bringuebalant, plein de patience, incapable de me rattraper mais convaincu qu'il m'aurait simplement par sa persévérance, ce qui était sans doute vrai car mon pas faiblissait nettement.

De la flamme de la conscience à l'obscurité insensible, je voltigeais comme un papillon. Je m'éveillai assis le dos contre la paroi du tunnel, serrant Rya dans mes bras, inondé de sueur. Mes cheveux étaient plaqués sur ma tête et les ruisselets salés qui descendaient de mon front et de mes tempes me piquaient les yeux. La transpiration dégoulinait de mes sourcils, de mon nez, de mes oreilles, de mon menton, de mes mâchoires. J'étais trempé comme après un bain. J'avais plus chaud que sur aucune plage de Floride, bien que la chaleur vînt entièrement de l'intérieur ; il y avait une chaudière en moi, un soleil rougeoyant était enfermé dans ma cage thoracique.

454

Quand je repris de nouveau conscience, secoué d'un tremblement incoercible, la sueur bouillante semblant se glacer instantanément sur ma peau, je m'efforçai de détourner mon esprit de mes propres malheurs et de me concentrer sur Rya pour retrouver l'énergie et la force miraculeuses que j'avais perdues. En l'examinant, je ne trouvai plus de pouls ni aux tempes, ni à la gorge, ni au poignet. Sa peau semblait encore plus froide. Je soulevai frénétiquement une de ses paupières et je crus discerner quelque chose de différent dans son œil, un vide terrible. « Oh non », dis-je, et je cherchai de nouveau le pouls — « Non, non, Rya, s'il te plaît, non » — mais ne trouvai toujours rien. « Bon dieu, non ! » Je la serrai contre moi, la serrai plus fort, comme si je pouvais empêcher la Mort de l'arracher à mon étreinte. Je la berçai comme un bébé en lui racontant qu'elle s'en sortirait, qu'elle s'en sortirait très bien, que nous nous étendrions de nouveau sur les plages, que nous ferions encore l'amour et que nous ririons, que nous serions ensemble longtemps, longtemps.

Je voulais qu'elle vive. J'insistais pour que la Mort s'en aille. Je discutai avec le sinistre spectre, essayant de l'amadouer, de le cajoler, m'efforçant ensuite de le raisonner, puis je le suppliai et les supplications se transformaient vite en discussion tendue ; à la fin, je le menaçai, comme si on pouvait menacer la Mort. Fou. J'étais fou. Délirant de fièvre, oui, mais aussi, hors de moi de chagrin. Dans mon esprit je formai une image d'elle vivante et souriante puis serrant les mâchoires et grinçant des dents, je retins ma respiration et bandai ma volonté pour que cette image mentale devienne réalité, tendu si fort dans cette bizarre tâche que je m'évanouis de nouveau.

Puis, la fièvre, le chagrin et l'épuisement conspirèrent pour m'enfoncer plus profondément au royaume de l'incohérence. Parfois, je me retrouvais en train d'essayer de la guérir et parfois je chantais doucement pour elle — surtout des airs de Buddy Holly, avec des paroles étrangement déformées par le délire. D'autres fois, je gazouillais des dialogues de films avec Mirna Loy et William Powel que nous adorions, et d'autres fois c'étaient des bouts d'échanges entre elle et moi, des phrases dites dans des moments de tendresse et d'amour. Tantôt je rageais contre Dieu et tantôt je lui rendais grâce, l'accusai amèrement de sadisme cosmique pour, quelques secondes plus tard, fondre en larmes en Lui rappelant sa réputation de miséricorde.

J'étais incapable de me lever pour continuer, mais je voyageais dans les nombreux rêves qui me venaient quand je sommeillais. En Oregon j'étais assis dans la cuisine des Stanfeuss, mangeant une part de tarte aux pommes de maman tandis qu'elle me souriait et que mes sœurs me disaient quel bonheur c'était de me voir de retour et combien papa serait heureux quand — très bientôt — je le rejoindrais dans la paix de l'autre monde. Au parc d'attractions, je me présentais à la mailloche pour me faire embaucher par Mlle Rya Raines mais la propriétaire de la baraque était quelqu'un d'autre, que je n'avais jamais vu et elle disait qu'elle n'avait jamais entendu parler de Rya Raines, qu'une telle personne n'avait jamais existé, et dans ma terreur, je me précipitais dans la fête d'une concession à l'autre, en quête de Rya mais personne n'avait jamais entendu parler d'elle, jamais. Et à Gibtown, j'étais assis dans une cuisine, buvant de la bière avec Joel et Laura Tuck et d'autres forains, dont Pudding Jordan, qui n'était plus mort. Quand je me précipitai pour le prendre dans mes bras et le serrer, fou de joie, le gros homme me dit qu'il n'y avait pas de quoi s'étonner, car la mort n'était pas une fin, et que je devais regarder là près de l'évier, et comme je suivais des yeux son geste, je vis mon père et mon cousin Kerry qui buvaient du cidre et me souriaient de toutes leurs dents et ils me lançaient : — Salut, Carl, ça a l'air d'aller, mon gars —, et Joel Tuck dit...

— Seigneur, comment as-tu fait pour aller si loin ? Regardez-moi cette blessure à l'épaule.

— On dirait une morsure, constata Horton Bluett en se rapprochant avec une lampe.

— Il a du sang sur le côté ici, reprit Joel Tuck d'une voix inquiète.

Et Horton ajouta :

— Les jambes de son pantalon, là, elles sont trempées de sang.

Le rêve avait basculé dans le puits de mine où j'étais assis, Rya dans mes bras. Les autres personnages du rêve avaient disparu. Il ne restait plus que Joel et Horton.

Et Luke Bendingo, qui apparut entre les deux autres.

— T-t-tiens bon, S-s-slim, on r-r-rentre à la maison.

Ils voulurent me prendre Rya et ce me fut intolérable même si ce n'était qu'un rêve. Alors je me battis. Mais je n'avais plus beaucoup de forces et ne pus leur résister longtemps. Son fardeau si doux disparu, j'étais sans but, et je m'effondrai comme une chiffe, en chialant.

456

— Ça va, Slim, dit Horton, on se charge de tout maintenant. Laisse-toi aller, on va faire le nécessaire.

— Va te faire foutre, rétorquai-je.

Joel Tuck éclata de rire :

— C'est bien, t'as le moral, mon gars, t'as vraiment le moral qu'il faut pour survivre.

Je ne me souviens plus de grand-chose. Des fragments. Je me rappelle avoir été trimbalé à travers des tunnels noirs dans lesquels le faisceau des lampes dansait. Quelqu'un me soulevant les paupières... Joel Tuck m'observant avec inquiétude... sa face de cauchemar toujours aussi agréable à voir.

Puis je fus dehors, à l'air libre, où les durs et gris nuages qui paraissaient éternellement suspendus sur le comté de Yontsdown étaient toujours là. Il y avait une grande quantité de neige fraîche sur le sol, plus de cinquante centimètres. La tempête qui menaçait quand Horton nous avait conduits à la mine était venue et repartie et les montagnes étaient recouvertes d'un drap de neige nouvelle.

Des traîneaux. Ils en avaient deux, de ceux qui ont des patins larges comme des skis, avec un siège à l'arrière. Et des couvertures. Une profusion de couvertures. Ils m'attachèrent sur l'un des traîneaux et m'enveloppèrent dans deux couvertures de laine tiède. Ils placèrent le corps de Rya sur l'autre traîneau.

Joel s'accroupit près de moi :

— Je ne crois pas que tu sois tout à fait avec nous, Carl Slim, mais j'espère que tu saisiras au moins en partie ce que je vais te dire. Nous sommes venus ici par une route détournée parce que les gobelins surveillent de près toutes les routes et les pistes de montagnes depuis que vous avez foutu en l'air leur Charbonnière Éclair. Le chemin du retour va être long et difficile et il faudra faire le moins de bruit possible. Tu me comprends ?

— J'ai vu les os d'un chien en Enfer, lui dis-je, étonné d'entendre ces mots passer mes lèvres, et je crois que Lucifer veut sans doute faire pousser des tomates hydroponiques parce qu'il fera frire nos âmes et s'en fera des sandwiches club.

— Il délire, dit Horton Bluett.

Joel posa une main sur mon visage comme si par ce contact il pouvait concentrer un moment mon attention fragmentée.

— Écoute-moi bien, mon jeune ami. Si tu te mets à gémir comme tout à l'heure sous terre, si tu te mets à parler ou à sangloter, il faudra qu'on te bâillonne, ce dont j'ai certainement pas envie parce que tu as déjà assez de mal à trouver ta respiration. Mais on peut pas risquer d'attirer l'attention sur nous. Pigé ?

— On recommence à faire les rats, dis-je, comme dans la centrale, rapides et silencieux, on rampe dans les conduits.

Cela dut lui paraître insensé mais c'était le maximum que je pouvais faire pour exprimer que j'avais compris.

Fragments. Je me souviens que mon traîneau était tiré par Joel. Luke Bendingo tractait le corps de Rya. De temps à autre, pour de courtes périodes, l'indomptable Horton Bluett les relayait, fort comme un bœuf en dépit de son âge. Des pistes dans la forêt. Le baldaquin des frondaisons — aiguilles vertes gainées de glace. Un torrent gelé fit fonction d'autoroute. Un champ à découvert. Nous restions dans l'ombre de la lisière. Un arrêt pour se reposer. Un bouillon brûlant qu'on me faisait boire dans une Thermos. Un ciel qui s'assombrissait. Vent. Nuit.

A la tombée de la nuit, je sus que je vivrais. Je rentrais à la maison. Mais la maison sans Rya, ce ne serait pas la maison. Et à quoi bon vivre sans elle ?

32

Second épilogue

Rêves.
Rêves de mort et de solitude.
Rêves de pertes et de chagrin.
La plupart du temps, je dormais. Et quand mon sommeil était interrompu, le coupable était en général Doc Pennington, alcoolique repenti et très populaire médecin des forains. Le diligent praticien me plaçait des sacs de glace sur la tête, m'administrait des injections, surveillait de près mon pouls et m'encourageait à boire le plus possible d'eau, puis, plus tard, de jus de fruits.

J'étais dans un étrange endroit : une petite pièce aux murs de planches mal dégrossies, qui, sur les deux côtés, cessaient avant le plafond de bois. Un sol sale. Une porte de bois qui s'arrêtait à mi-hauteur du chambranle. Un vieux lit de fer. Une lampe unique sur un cageot. Une chaise pour le Dr Pennington et mes autres visiteurs. Un radiateur électrique portatif dans un coin, dont les résistances rougissaient.

— Une chaleur terriblement sèche, disait le Dr Pennington. Ce n'est pas bon. Pas bon du tout. Mais c'est ce que nous pouvons faire de mieux. Nous ne voulons pas de toi chez Horton. Aucun d'entre nous ne doit traîner là-bas. Les voisins pourraient remarquer qu'il y a beaucoup d'invités et en parler. Ici, on se planque. Même les fenêtres sont aveuglées. Après ce qui s'est passé à la mine, les gobelins fourrent leurs nez partout pour découvrir les nouveaux venus, les étrangers. Faudrait pas attirer l'attention sur nous. J'ai bien peur que tu doives supporter la chaleur sèche même si ça n'est pas très bon dans ton état.

Peu à peu le délire passa.

Même quand mes idées s'éclaircirent assez pour parler ration-nellement, je demeurai incapable de former des mots, et quand la faiblesse passa, je fus, pendant un moment, trop déprimé pour parler. Néanmoins, à un moment, la curiosité fut la plus forte et dans un murmure rauque, je demandai :

— Où suis-je ?

— Derrière chez Horton, répondit le médecin, au bout de son terrain. Dans une écurie. Sa femme... elle adorait les chevaux. Ils ont eu des chevaux à une époque, avant qu'elle meure. C'est une écurie à trois stalles, avec un grand atelier, et tu es dans une des stalles.

— Quand je vous ai vu, je me suis demandé si j'étais de retour en Floride. Vous êtes venu jusqu'ici ?

— Joel s'est dit qu'on risquait d'avoir besoin d'un médecin qui sache se taire, c'est-à-dire d'un forain, c'est-à-dire de moi.

— Vous êtes venus à combien ?

— Joel, Luke et moi, c'est tout.

Je commençai à lui dire combien j'étais reconnaissant de tous les efforts qu'ils avaient dépensés et de tous les risques qu'ils avaient pris, pour ajouter ensuite que je désirais seulement qu'on me laisse mourir tranquille pour rejoindre Rya. Mais mon esprit s'embruma de nouveau et je sombrai dans le sommeil.

Peut-être pour rêver.

C'était à parier.

Quand je m'éveillai, le vent hurlait derrière les parois des stalles.

Assis à mon chevet, Joel Tuck me veillait. Avec sa taille, son visage, son troisième œil et sa mâchoire de pelle mécanique, il avait tout de la puissance élémentaire, de la chose qui faisait hurler le vent.

— Comment te sens-tu ? demanda-t-il.

— Pas terrible, chuchotai-je d'une voix rauque.

— Tu as l'esprit clair ?

— Trop clair.

— Alors je vais te raconter un peu ce qui s'est passé. Il y a eu une grande catastrophe à la mine de la Charbonnière Éclair. Au moins cinq cents tués. Peut-être la plus grande catastrophe minière de l'histoire. Des inspecteurs des mines et des fonction-naires de la sûreté civile de l'Etat et de la Fédération ont afflué et des équipes de secours sont encore au travail, mais ce n'est pas très bon.

Il eut un large sourire.

— Bien entendu, inspecteurs, fonctionnaires et équipes de secours sont tous des gobelins, ils y ont veillé. Ils maintiendront le secret sur ce qui s'est passé ici. Je suppose que quand tu auras retrouvé ta voix et tes forces, tu me raconteras ce qu'ils faisaient vraiment là-bas.

Je hochai la tête.

— Bien, reprit-il, ça fera une histoire pour les longues soirées bière de Gibtown.

Joel me donna d'autres informations. Lundi matin, tout de suite après les explosions à la mine, Horton Bluett était allé chez nous à Apple Lane et avait déménagé toutes nos affaires, y compris les kilos de plastic que nous n'avions pu emporter. Il s'était dit que quelque chose avait dû mal tourner et que nous mettrions peut-être quelque temps à sortir de la montagne. Bientôt, recherchant les saboteurs, les flics gobelins contrôleraient tous les nouveaux venus en ville, y compris les locataires de Klaus Orkenwold. Horton s'était dit qu'il valait mieux que la maison d'Apple Lane soit nette, car constatant la disparition des étudiants en géologie locataires des lieux, Orkenwold entrerait en contact avec l'université dont ils étaient censés dépendre. Découvrant qu'ils y étaient inconnus, il comprendrait que c'étaient eux les saboteurs et, surtout, se dirait qu'ils avaient quitté Yontsdown pour une destination inconnue.

— Alors, poursuivit Joel, ils vont relâcher la pression, en tout cas de ce côté, et il sera plus facile pour nous de filer à Gibtown sans se faire remarquer.

— Comment as-tu...

Ma voix dérailla, je toussai.

— Comment as-tu...

— Tu essaies peut-être de me demander comment j'ai su que tu avais besoin d'aide ?

Je hochai la tête.

— Ce professeur, Cathy Osborn, m'a appelé de New York. C'était le lundi tôt dans la matinée. Elle m'a annoncé qu'elle se proposait d'arriver mardi soir à Gibtown, mais je n'avais jamais entendu parler d'elle. Elle a dit que tu étais censé m'appeler dimanche et tout expliquer. Alors j'ai compris que quelque chose n'allait pas. J'ai dit à Cathy de venir, que Laura s'occuperait d'elle et puis j'ai annoncé à Doc et à Luke que Rya et toi deviez avoir besoin des forains. J'ai pensé que ce serait trop long d'y aller en voiture, alors on est allés voir Arturo Sombra lui-même. Tu sais, il a un brevet de pilote et un avion. Il nous a emmenés à Altoona par la voie des airs. Là on a loué une camionnette et on a roulé jusqu'à Yontsdown, Luke et Doc devant, moi à l'arrière, à cause de ma gueule — au cas où tu l'aurais pas remarqué, elle attire l'attention. M. Sombra voulait venir avec nous mais c'est un personnage assez remarquable lui aussi et nous avons pensé qu'il valait mieux pas se faire remarquer.

Joel expliqua que Cathy Osborn lui avait donné notre adresse à Yontsdown. En arrivant, ils étaient allés directement à la maison et l'avaient trouvée vide, nettoyée par Horton Bluett. Au courant de l'explosion à la mine et sachant par Cathy que nous considérions l'endroit comme le centre des gobelins, Joel avait deviné que nous étions dans le coup. Mais il ignorait que les nouveaux arrivants étaient repérés, surveillés, fréquemment interrogés ; ils avaient eu une sacrée chance, tous les trois, d'arriver à Apple Lane sans avoir attiré l'attention.

— Alors, poursuivit Joel, dans notre naïveté, nous avons décidé que le seul moyen de parvenir jusqu'à vous était d'interroger vos voisins. Et bien sûr, nous avons rencontré Horton Bluett. Je suis resté dans la camionnette pendant que Doc Pennington et Luke allaient discuter avec Horton. Puis le docteur est sorti au bout d'un moment. Il pensait que Bluett savait quelque chose, qu'il parlerait s'il se persuadait que nous étions vraiment des amis à vous, et que le seul moyen de le convaincre était de lui démontrer que nous étions des forains. Et qu'y a-t-il de plus convaincant que ma tronche déformée ? Qu'est-ce que je pourrais être d'autre qu'un forain ? Et ce Horton, c'est quelqu'un, hein ? Tu sais ce qu'il m'a dit après m'avoir bien reluqué ? Tu sais ce qu'il a trouvé à dire ?

Je secouai faiblement la tête.

— Horton m'a regardé, raconta Joel en souriant de toutes ses dents, et il a simplement dit : « Eh ben, il me semble que vous devez avoir du mal à trouver des chapeaux à la bonne taille », et puis il m'a offert un café.

Joel rit de plaisir, mais je ne pouvais pas même m'arracher un sourire. Rien ne m'amuserait plus jamais.

462

— Je te fatigue ? demanda Joel.

— Non.

— Je peux m'en aller, te laisser te reposer et revenir plus tad.

— Reste, dis-je, car tout à coup je ne pouvais supporter l'idée d'être seul.

Joel posa une main sur mon bras.

— Bon, alors repose-toi tranquillement et écoute. Alors... une fois que Horton nous a acceptés, il nous a tout raconté. Nous avons envisagé de monter le soir même à votre recherche, mais il y avait eu une grosse tempête de neige le dimanche et une autre se préparait pour la nuit de ce lundi. Horton nous a répété que nous signions notre arrêt de mort en allant dans la montagne par ce temps. « Attendez que ça s'éclaircisse », il a dit. « C'est sans doute pour ça que Slim et Rya ne sont pas encore de retour. Ils sont sans doute là-haut à attendre que le temps s'améliore pour redescendre. » Ça paraissait raisonnable. Cette nuit-là, on s'est installés dans la vieille étable, en bouchant les fenêtres, on y a garé le camion — il y est encore, d'ailleurs, juste derrière les portes des stalles — et on a attendu.

(A ce moment-là, bien sûr, je transportais Rya dans les tunnels, je la hissais hors des puits depuis des heures et j'avais très vraisemblablement atteint la limite du miracle d'endurance dû à l'afflux d'adrénaline.)

La deuxième grosse tempête avait éclaté dans la nuit du lundi, et avait rajouté quatre centimètres de neige à la couche accumulée le dimanche. En fin de matinée, mardi matin, le front de perturbations s'était déplacé vers l'est. Tout comme la camionnette de Horton, celle de Joel avait quatre roues motrices. Ils décidèrent d'aller à notre recherche dans la montagne. Mais Horton opéra d'abord une reconnaissance rapide et ramena des mauvaises nouvelles : les routes de montagne, dans un rayon de plusieurs kilomètres autour de la mine, grouillaient de « puants » en jeeps et camionnettes.

— Nous ne savions que faire, poursuivit Joel, alors on a réfléchi à la situation pendant deux heures et puis, vers une heure de l'après-midi du mardi, on a décidé que le seul moyen de parvenir là-bas et d'en revenir discrètement, c'était à travers bois, à pied. Horton a suggéré de prendre les traîneaux, au cas où vous seriez blessés. Ça nous a pris quelques heures pour rassembler le matériel, alors on est partis mardi vers minuit. On a dû drôlement

463

zigzaguer pour éviter les routes et les maisons, sur des kilomètres. On n'est arrivés à cette entrée de mine effondrée que le mercredi à minuit. Alors, en homme prudent, Horton a insisté pour qu'on fasse une pause et qu'on surveille la mine jusqu'à l'aube, pour vérifier qu'il n'y avait pas de gobelins.

Je secouai la tête, incrédule.

— Attends. Qu'est-ce que tu racontes... c'était mercredi matin... quand tu m'as trouvé ?

— Exact.

J'étais stupéfait. J'aurais cru qu'ils m'avaient tiré de mon rêve mardi au plus tard. En fait, j'avais transporté Rya de tunnel en tunnel et j'avais surveillé son pouls, dans les transes pendant trois jours entiers avant d'être secouru. Et depuis combien de temps gisait-elle morte dans mes bras ? Un jour au moins.

En découvrant combien mon délire avait duré longtemps, je me sentis tout à coup plus las et désespéré.

— Quel jour... sommes-nous ?

Ma voix s'était réduite à un chuchotement encore plus bas, à peine plus fort qu'une expiration.

— Nous sommes arrivés ici juste avant l'aube du vendredi. Maintenant, c'est dimanche soir. Tu as été pas mal inconscient depuis trois jours, mais tu t'en remettras. Tu es faible et épuisé, mais tu t'en sortiras. Bon Dieu, Carl Slim, j'avais tort de vous dire de ne pas y aller. Tu as déliré dans ton sommeil et je sais un peu ce que vous avez trouvé dans la montagne. On ne pouvait pas laisser ça continuer, non ? Ça aurait signifié la fin de nous tous, hein ? Vous avez fait du bon boulot. Vous pouvez être fiers. Vous vous êtes sacrément bien débrouillés.

Je croyais avoir usé tout le stock de larmes alloué en une vie mais tout à coup, j'éclatai en sanglots.

— Comment peux-tu... dire ça ?... Tu avais... raison... totalement raison. Nous n'aurions jamais dû venir.

Il eut l'air surpris, déconcerté.

— J'ai été stupide..., dis-je avec amertume. Prendre le monde... sur mes épaules. Peu importe les dégâts que j'ai causés à leur abri... rien ne valait de perdre Rya.

— Perdre Rya ?

— Je laisserais les gobelins prendre le monde... si seulement je pouvais avoir Rya encore vivante.

La plus étonnée des expressions apparut sur le visage démoli :

464

— Mais mon vieux, elle est vivante, se récria Joel. Blessé, délirant, tu l'as transportée sur quatre-vingt-dix-neuf pour cent du chemin de sortie de ces mines, et tu lui as évidemment fait boire assez d'eau, et tu l'as maintenue en vie jusqu'à ce qu'on vous retrouve tous les deux. Elle ne va pas très fort et il lui faudra bien un mois pour récupérer, mais elle n'est pas morte, et elle ne va pas mourir. Elle est de l'autre côté de cette écurie, à deux stalles de la tienne !

J'étais sûr de réussir à marcher jusque-là. Sur toute la longueur de l'écurie. Ce n'était rien. Je l'avais ramenée de l'Enfer, non ? Je m'arrachai à mon lit, je repoussai les mains de Joel qui tentait de me retenir. Mais quand j'essayai de me dresser, je tombai sur le côté et je permis enfin à Joel de me porter comme j'avais porté Rya.

Le Dr Pennington était auprès d'elle. Il se leva d'un bond de sa chaise pour que Joel m'y pose.

Rya était en plus mauvais état que moi. L'hématome sur son front, sa tempe et sa joue avait noirci et pris un plus mauvais aspect. Elle avait l'œil droit au beurre noir et très injecté de sang. Ses deux yeux étaient profondément enfoncés dans leurs orbites. Là où sa peau n'avait pas été atteinte, elle était cireuse et blanche comme le lait. Une fine pellicule de transpiration couvrait ses sourcils. Mais elle était vivante et elle me reconnaissait et souriait.

Elle souriait.

Avec un sanglot, je lui pris la main.

J'étais si faible que Joel dut me tenir par les épaules pour m'empêcher de tomber de la chaise.

La peau de Rya était tiède et douce et merveilleuse. Elle me serra imperceptiblement la main.

Nous étions revenus de l'Enfer, tous les deux, mais Rya était revenue d'un lieu encore plus lointain.

Le mardi soir, plus de neuf jours après notre descente dans les mines, vint l'heure de rentrer à la maison.

J'étais encore raide et endolori là où j'avais été mordu et griffé, et n'avais qu'à moitié recouvré mes forces. Mais je pouvais marcher en m'appuyant sur une canne et ma voix s'était améliorée au point de me permettre de parler avec Rya pendant des heures.

Elle avait de brefs étourdissements. A part cela, sa guérison avait commencé à progresser plus vite que la mienne. Elle marchait mieux que moi et son niveau d'énergie était presque normal.

— La plage, dit-elle, j'ai envie de m'étendre sur la plage tiède et de laisser le soleil chasser l'hiver de moi. Je veux voir les bécasseaux qui cherchent leur déjeuner dans les vagues.

Horton Bluett et Grognon vinrent nous dire au revoir. Nous l'avions invité à se joindre à nous à Gibtown, comme Cathy Osborn, mais il avait décliné : « Je suis un vieux bonhomme avec ses manies et je me suis adapté à ma solitude. » Comme il s'inquiétait toujours de ce qui arriverait à Grognon s'il mourait avant le corniaud, il allait récrire son testament pour nous le léguer, ainsi que tout l'argent qu'on pourrait tirer de ses biens.

— Vous en aurez besoin, passque sinon ce démon à tête poilue vous boufferait la baraque.

Grognon grogna son accord.

— Nous prendrons Grognon, dit Rya, mais nous ne voulons pas de votre argent.

— Si vous ne le prenez pas, c'est l'État qui mettra la main dessus et au gouvernement, il y a un tas de gobelins.

— Ils prendront l'argent, dit Joel, mais toute cette discussion est inutile, vous savez. Vous enterrerez encore deux autres Grognon et vous nous enterrerez probablement tous.

Horton nous souhaita bonne chance dans notre guerre secrète contre les gobelins mais je jurai que j'avais eu mon content de batailles.

— J'ai fait ma part. Je ne peux pas plus. C'est trop gros pour moi, de toute façon. C'est peut-être trop gros pour tout le monde. Tout ce que je désire, c'est la paix dans ma vie, l'abri de la fête foraine… et Rya.

Horton me serra la main et donna un baiser à Rya.

Il ne fut pas facile de nous dire au revoir. Ça ne l'est jamais.

En quittant la ville, j'aperçus un camion de la Compagnie Charbonnière Éclair avec son haïssable insigne.

Ciel blanc.

Éclair noir.

Quand je plongeai le regard dans le symbole, je perçus grâce à ma double vue le vide habituel : la vacuité silencieuse, sombre et froide du monde postnucléaire.

Mais cette fois, le vide n'était pas tout à fait silencieux, pas totalement noir, parsemé de lointaines lumières, et pas totalement vide. Évidemment, en détruisant l'abri des gobelins, nous avions quelque peu modifié l'avenir et repoussé l'apocalypse. Nous ne l'avions pas totalement empêchée. La menace demeurait. Mais elle avait reculé.

L'espoir n'est pas une stupidité. L'espoir est le rêve de l'homme éveillé.

Plus loin, nous passâmes devant l'école élémentaire où j'avais prévu la mort de dizaines d'enfants dans un grand incendie déclenché par les gobelins. De l'arrière de la camionnette, où je me trouvais, je passai la tête entre les sièges avant pour mieux apercevoir le bâtiment. Il n'y avait plus de vague d'énergie mortelle qui en jaillissait. Je ne vis pas d'incendie futur. Les seules flammes que je perçus furent celles de l'ancien incendie. En changeant l'avenir de la Compagnie Charbonnière Éclair, nous avions d'une manière ou d'une autre changé celui de Yontsdown. Les enfants mourraient d'une autre manière, dans d'autres manigances des gobelins, mais ils ne trouveraient pas la mort dans l'incendie de leurs classes.

Dans l'avion de M. Sombra, le directeur nous annonça qu'il n'avait pas renouvelé le contrat avec le comté de Yontsdown et qu'un autre parc d'attractions irait là-bas tous les étés.

— C'est plus prudent, dit Joel Tuck et tout le monde éclata de rire.

Sur la plage, tandis que les bécasseaux cherchaient leur déjeuner dans la crête écumante de la vague, Rya demanda :

— Tu le pensais vraiment ?

— Quoi ?

— Ce que tu as dit à Horton à propos d'abandonner la bataille.

— Oui. Je ne veux pas courir de nouveau le risque de te perdre. A partir de maintenant, on s'écrase. Notre monde, c'est nous, toi et moi et nos amis de Gibtown. C'est un monde agréable. Étroit mais agréable.

Le ciel était haut et bleu.

Le soleil brûlait.

La brise du golfe était rafraîchissante.

Au bout d'un moment, elle demanda :

— Et Kitty Genovese, là-bas à New York, où il n'y a eu personne pour l'aider ?

— Kitty Genovese est morte, répliquai-je froidement.

Je n'aimais pas la résonance de ces paroles, et la résignation qu'elles impliquaient, mais je ne les rétractai pas.

Loin sur la mer un pétrolier se dirigeait vers le nord.

Les palmiers bruissaient derrière nous.

Deux jeunes garçons en maillot de bain passèrent en courant, riant aux éclats.

Plus tard, bien que Rya n'eût pas cherché à poursuivre la conversation, je répétai :

— Kitty Genovese est morte.

Cette nuit-là, les yeux ouverts à côté de Rya, je songeai à certains éléments qui me paraissaient bizarres.

D'abord : les monstres gobelins dans la cage du sous-sol de la maison de Havendahl.

Pourquoi les gobelins gardaient-ils en vie leurs enfants malformés ? Etant donné leur comportement de termite et leur penchant pour les solutions brutales, il eût été naturel de leur part de les tuer à la naissance. Bon Dieu, leur créateur, l'homme, ne leur avait pas donné la capacité d'aimer ou d'éprouver de la compassion, ou un sentiment de responsabilité parentale. Leurs efforts pour garder en vie leur progéniture, même dans d'ignobles conditions, étaient inexplicables.

Ensuite : pourquoi la centrale électrique de l'installation souterraine était-elle si puissante, produisant une énergie cent fois supérieure à celle qui était nécessaire ?

Quand nous avions interrogé le gobelin sous Penthotal, il ne nous avait peut-être pas tout dit sur les buts de cet abri, ni divulgué la totalité de leurs vrais plans à longue échéance. Il est certain qu'ils accumulaient des réserves pour survivre à une guerre nucléaire. Mais peut-être n'avaient-ils pas seulement l'intention de détruire. Peut-être osaient-ils rêver de nous remplacer sur la terre, une fois qu'ils nous en auraient éradiqués. A moins que leurs intentions ne fussent trop étranges pour être saisies, aussi différentes que leurs processus de pensée l'étaient des nôtres.

Toute la nuit, je me battis avec les draps.

Deux jours plus tard, lézardant de nouveau sur la plage, nous entendîmes l'habituelle série de mauvaises nouvelles entre des airs de rock and roll. A Zanzibar le nouveau gouvernement communiste prétendait qu'il n'avait pas torturé et tué un bon millier de prisonniers politiques et qu'il les avait en fait relâchés en leur disant de rentrer chez eux. Mais ces mille personnes s'étaient perdues en rentrant chez elles. La crise au Viêt-nam s'aggravait et on murmurait qu'il fallait envoyer des troupes là-bas pour stabiliser la situation. Quelque part dans l'Iowa, un homme avait tué sa femme, trois enfants et deux voisins ; la police le recherchait à travers tout le Midwest. A New York, il y avait encore eu un massacre entre bandes pour un conflit de territoire. A Philadelphie (à moins que ce fût à Baltimore), douze personnes étaient mortes dans l'incendie d'une habitation à loyer modéré.

Le journal prit fin et la radio nous offrit les Beatles, les Supremes, les Beach Boys, Mary Wells, Roy Orbison, les Dixie Cups, J. Frank Wilson, Inez Fox, Elvis, Jan et Dean, les Ronettes, les Shirelles, Jerry Lee Lewis, Hank Ballard — rien que du bon, du vraiment bon, du magique. Mais je ne sais pourquoi je ne me laissais pas prendre comme d'habitude par la musique. Dans ma tête, par-dessous les airs, j'entendais la voix du journaliste récitant une litanie de meurtres, de mutilations, de catastrophes et de guerres, une sorte de version de « Silent Night » que Simon et Garfunkel allaient enregistrer quelques années plus tard.

Le ciel était aussi bleu que d'habitude. Le soleil n'avait jamais été si tiède ni la brise du golfe si douce. Mais je ne pouvais tirer aucune joie des plaisirs de la journée.

Cette satanée voix de journaliste résonnait toujours dans ma tête. Je ne trouvais pas le bouton pour la faire taire.

Ce soir-là nous avons dîné dans un excellent petit restaurant italien. Rya dit que la nourriture était merveilleuse. Nous bûmes trop de vin.

Plus tard, au lit, nous fîmes l'amour. Nous atteignîmes l'orgasme. J'aurais dû être satisfait

Au matin, le ciel était encore bleu, le soleil tiède, la brise douce — et de nouveau tout cela me parut plat, dépourvu de substance plaisante.

Devant un pique-nique sur la plage, je dis :

— Peut-être bien qu'elle est morte, mais on ne devrait pas l'oublier.

Jouant les innocentes, Rya leva les yeux d'un sachet de chips et demanda :

— Qui ?

— Tu sais bien.

— Kitty Genovese.

— Bon Dieu, je voudrais vraiment jeter l'ancre, nous envelopper dans la sécurité de la fête foraine et vivre toute notre vie ensemble.

— Mais on peut pas ?

Je secouai la tête et soupirai.

— Nous sommes une drôle d'espèce, tu sais. La plupart du temps, guère admirable. Pas la moitié de ce que Dieu espérait quand Il a plongé ses mains dans la glaise et nous a sculptés. Mais nous avons deux grandes vertus. L'amour, bien sûr. Ce qui inclut la compassion et l'empathie. Mais, bon Dieu, la seconde vertu est plus une malédiction qu'autre chose. Ça s'appelle la conscience.

Rya sourit, se pencha par-dessus notre pique-nique et me donna un baiser.

— Je t'aime, Slim.

— Je t'aime, moi aussi.

Le soleil était bien agréable.

Ce fut l'année où l'incomparable Louis Armstrong enregistra « Hello Dolly ». La chanson de l'année fut « I Want to Hold Your Hand », des Beatles et Barbra Streisand ouvrit la saison de Broadway avec *Funny Girl*. Thomas Berger publiait *Little Big Man*, tandis que Audrey Hepburn et Rex Harrison étaient les vedettes de *My Fair Lady* au cinéma. Martin Luther King et les mouvements des droits civiques faisaient partie des grandes nouveautés. A San Francisco, un bar proposait les premières danseuses aux seins nus. Ce fut l'année où l'on arrêta l'étrangleur de Boston, l'année où la Ford Motor Company vendit la première

Mustang. Ce fut l'année où l'équipe des Cardinaux de St. Louis gagna la Coupe contre les Yankees, et ce fut l'année où le Colonel Sanders vendit sa chaîne de restaurants, mais ce ne fut pas l'année où notre guerre secrète avec les gobelins se termina.

COLLECTION « BLÊME »

« SPÉCIAL SUSPENSE »

« SPÉCIAL FANTASTIQUE »

CLIVE BARKER
Livre de Sang
Une course d'enfer

JAMES HERBERT
Pierre de Lune

ANNE RICE
Lestat le Vampire

« SPÉCIAL POLICIER »

WILLIAM BAYER
Voir Jérusalem et mourir

NINO FILASTÒ
Le Repaire de l'aubergiste

PATRICK RAYNAL
Fenêtre sur femmes

LAWRENCE SANDERS
Le Privé de Wall Street
Les Jeux de Timothy

ANDREW VACHSS
La Sorcière de Brooklyn

NINO FILASTO
Le Repaire de l'aubergiste

La composition de ce livre
a été effectuée par Bussière à Saint-Amand,
l'impression et le brochage ont été effectués
sur presse CAMERON
dans les ateliers de la S.E.P.C.
à Saint-Amand (Cher)
pour les Éditions Albin Michel

AM

Achevé d'imprimer en octobre 1989
N° d'édition 10869. N° d'impression 9382-1764.
Dépôt légal : novembre 1989